本小说纯属虚构，如有雷同，纯属巧合。

在彼岸散步

Walking on the other side

周泉润 著

北方文艺出版社
·哈尔滨·

图书在版编目（CIP）数据

在彼岸散步 / 周泉润著 . -- 哈尔滨：北方文艺出版社，2023.3
 ISBN 978-7-5317-5787-0

Ⅰ.①在… Ⅱ.①周… Ⅲ.①长篇小说-中国-当代 Ⅳ.①I247.5

中国国家版本馆CIP数据核字（2023）第022456号

在彼岸散步
ZAIBI'AN　SANBU

作　　者 / 周泉润
责任编辑 / 富翔强　　　　　　　封面设计 / 刘　美

出版发行 / 北方文艺出版社　　　　邮　编 / 150008
发行电话 / (0451) 86825533　　　经　销 / 新华书店
地　　址 / 哈尔滨市南岗区宣庆小区1号楼　网　址 / www.bfwy.com
印　　刷 / 三河市嵩川印刷有限公司　开　本 / 170×240　1/16
字　　数 / 412千字　　　　　　　印　张 / 28.25
版　　次 / 2023年3月第1版　　　 印　次 / 2023年3月第1次印刷
书　　号 / ISBN 978-7-5317-5787-0　定　价 / 88.00元

目录

CONTENTS

引 子 /01

第一章　夫子 /03

　　一　夫子的由来 /03

　　二　初识五行 /05

　　三　父亲受骗 /06

　　四　小儿麻痹症 /08

　　五　我想戴红领巾 /14

　　六　为石榴而战 /17

第二章　秦怀秀 /19

　　一　马老师 /19

　　二　友谊的风，轻轻地吹 /22

　　三　学会悲伤 /25

　　四　物理竞赛第一名 /26

　　五　庆祝 /28

第三章　闵佳欣 /32

　　一　给老师讲《易经》/32

　　二　闵佳欣的欣赏力 /34

　　三　红烧肉 /37

　　四　闵佳欣 /40

　　五　小学究 /42

　　六　盼望开学 /45

　　七　高考 /48

第四章　卫贞 /51

　　一　晒稻谷 /51

　　二　谈婚论嫁 /55

　　三　单独见面 /59

　　四　算卦 /61

　　五　卫贞 /62

　　六　长江师范大学 /65

　　七　父亲得病 /68

第五章　大学生活 /72

　　一　李冰 /72

　　二　打架 /76

　　三　李冰说她喜欢夫子 /79

　　四　变故 /81

　　五　流浪生活 /84

　　六　女店主 /89

　　七　出租屋里 /94

　　八　东西湖治脚 /96

　　九　看相 /98

　　十　心病 /101

　　十一　李冰找夫子 /105

十二 作假证 /109

十三 夫子给了李冰一巴掌 /110

第六章 严寒梅 /112

一 阑尾炎 /112

二 热恋 /114

三 母亲的担忧 /118

四 严寒梅的父亲 /120

五 审问 /122

六 失控的夜晚 /125

七 父亲去世 /126

八 甜蜜的周末 /128

九 倔强 /131

十 田野的清香 /132

十一 婚后 /137

十二 儿子 /139

十三 出轨 /143

十四 事发 /146

十五 出走 /152

第七章 下海 /155

一 停薪留职 /155

二 钱心安 /159

三 蓝姐 /163

四 哪有恨妈的 /165

五 二婚 /168

六 怎样才能怀上孩子 /170

七 胖子接手三替公司 /172

八 钱心安受辱 /175

九 胖子反抗 /178

十　《经济时报》/179

　　十一　女领导 /183

　　十二　贷款 /186

　　十三　胖子的怀疑 /189

第八章　转战武汉 /195

　　一　蔡扣 /195

　　二　听课 /197

　　三　规划未来事业 /203

　　四　首战告捷 /205

　　五　夫妻 /209

　　六　胖子的烦恼 /213

　　七　胡哲 /215

　　八　岑琴的手段 /219

　　九　座谈会 /223

第九章　夫子的辉煌 /226

　　一　夫子挨了余胜男重重的一脚 /226

　　二　禁止传销 /230

　　三　捐资 /235

　　四　演讲 /238

　　五　飞宇商厦 /241

第十章　重归学校 /246

　　一　在火车上遇见秦怀秀 /246

　　二　借车回家 /247

　　三　教书生活 /251

　　四　谭笑爱上了夫子 /254

　　五　母亲的葬礼 /258

　　六　鲁青山的病 /262

　　七　夫子被抓 /267

第十一章　北漂生活 /275

　　一　初上北京 /275

　　二　任艳 /276

　　三　应聘 /279

　　四　醉酒 /283

　　五　崭露头角 /286

　　六　高萍 /291

　　七　任艳的嫉妒 /295

　　八　回家 /297

第十二章　南下 /300

　　一　康丽公司 /300

　　二　徐州会议 /303

　　三　永灵 /304

　　四　冠冠国际有限公司 /310

　　五　整容 /313

　　六　天有不测风云 /320

　　七　反思 /322

第十三章　命运 /324

　　一　法事 /324

　　二　白月光 /327

　　三　五指山 /329

　　四　丁星义 /334

　　五　离婚 /338

第十四章　大东家（国际）有限公司 /340

　　一　策划 /340

　　二　开业大典 /342

　　三　英年早逝 /343

　　四　半醉半醒 /347

五　山兰 /353

　　六　欧阳竹 /359

第十五章　裂变 /364

　　一　大东家 /364

　　二　欧阳明 /365

　　三　疯狂的曼谷 /367

　　四　打架 /372

　　五　离婚小计谋 /376

　　六　陈媛入狱 /382

　　七　《塑造品牌的必经之路》/384

　　八　巴黎会议 /389

　　九　海外扩张 /395

　　十　衡阳生产基地 /398

第十六章　浮沉 /407

　　一　母校聚会 /407

　　二　荣归故里 /408

　　三　迷人的柬埔寨 /412

　　四　飞机上的意外 /414

　　五　看守所 /415

　　六　祭祖 /421

　　七　回衡阳基地 /426

　　八　疫情 /428

　　九　反省 /430

　　十　健康主义 /432

尾　声 /436

引 子

公元 2020 年,一场突如其来的疫情蔓延而来。鬼哥被隔离在小区三十二层的大楼里,已经超过一个月了。他时而打坐参禅,置身彼岸,大彻大悟;时而散步厅堂,笑看此岸的凡尘世界。

第一章 夫子

一 夫子的由来

东荆河又叫芦伏河、冲河、襄河、中襄河、南襄河，全长一百七十多公里，横卧在汉江平原，如一位伟大的母亲养育着沿江的儿女，潜江、监利、洪湖、仙桃各个县市都是她养大的孩子。这里盛产粮、棉、油、猪、鱼、禽、蛋……曾几何时，这位母亲并不养人，反而让沿河的子民饥饿难耐。

1963年5月23日，夫子出生在东荆河中段的一个叫杨林尾的地方。这里因为堤岸上有十几公里长的杨树林带，其首端就称为杨树峰，杨林尾因为处在杨树林尾端而得名。

夫子姓鲁，祖上是从山东老家迁徙过来的，他们居住的这个小村名为鲁家嘴，得名原因，这些后人们直到现在也没搞清楚。现在这里的人大都以姓孔而自豪。可是在70年代，这个姓却让他们吃过不少苦头，于是他们就把姓改成鲁，和鲁迅同姓就不再被人误解和欺负了。

夫子在姊妹七个中排行老七，当地人都叫他七伢子。七伢子大名叫鲁德夫，人们又叫他夫子。童年的伙伴们中，大多数人的名字都很有乡土气息，如狗剩、板凳、刚子等，像夫子这么有学问的名字，在湾里是独一无二的。夫子从小就显露出超乎常人的学习天赋，记忆力惊人，甚至到了过目不忘的程度。人们都说夫子是义曲星转世，放在旧社会一定能考中状元。

夫子从小就如饥似渴地学习。当同龄人在玩泥巴、打架的时候，夫子总是拿着一本书全神贯注地读。有些道理，夫子不懂，有些他似懂非懂。如"克己复礼"，他无论如何也不知道是什么意思，像"三人行，必有我师"，他似乎又懂得一些，就是三个人走在一起，其中可能有一个人可以做他的老师。有时在放学的路上，他会问同伴三个人中谁是老师，同伴就会相互争论，都说自己是老师。我是老师，夫子则不和他们争论，他知道谁是老师得靠本事，不能光靠嘴说。于是他提议，说："我们摔跤，谁摔赢了谁就是老师。"

两个同伴都比他壮实，可是却缺乏他的机灵，摔到最后，两个身强力壮的人都成了他的手下败将，最后只能承认他是老师。看到倒在地上的同伴，夫子那流着鼻涕的瘦长脸上总是显出难得的笑容。他用手擦去满脸的汗水，却留下一道道污秽的痕迹。失败的同伴又开始嘲笑他长得丑陋，也的确，他不仅瘦，还长相难看，一头松毛似的头发像刺猬一样顶在头上，尖尖的下巴不时长着红红的小疙瘩，脸上总有些灰尘积结在上面形成一道保护层。还有夫子的哥哥姐姐穿剩下的衣服总是那么不合身，套在身上像一个晾衣架子挂着一件破衣服，看起来一点也不起眼。

同伴的不服气有时让夫子很气恼，有时就发狠说，总有一天，老子要成你们的老师，一个真正的老师。

同伴也不服气，表示你要成了我们的老师，天上的太阳就会从西边升，东边落。

夫子的父亲从祖上接受了一些医学知识，同时还通晓《易经》，这让他在当地成了一个很有学问的人。他的父亲能拿起毛笔写对联，每到过年的时候，有不少村民会拿着红纸请写对联。有时队长也会安排他父亲给村民写一天对联，连墨水都是会计给他买的。每当这个时候，大都是星期六或星期天，这样，哥哥姐姐们都去上工了，而他却成了父亲的帮手。父亲写，他就用两只小手给父亲牵纸。父亲写好了他就按次序放在地上，一副一副放好。很多对联的内容他都记在心里，这让他比其他的学生多了很多知识，很多成语也成了他后来走入社会的财富。

父亲爱吸烟，劣质的烟雾把父亲的牙齿熏得很黑，但却让父亲一生不得牙病。当时的人们很多人上火，常常捂着脸说牙疼，可是夫子却很少看到父亲牙疼。当然这个秘密父亲也不轻易和人说，不然别人会说，父亲在故意害别人。因为拿钱买烟会花光他们那点可怜的治牙病的钱。

父亲和他一样瘦,但父亲却很少生病。他认为父亲很少生病的原因是父亲总保持乐观的态度,父亲有时给别人写对联或算命或看相,别人会送一些点心或鸡蛋什么的,父亲会得意地唱上几句沔阳花鼓戏。

夫子家的生活条件比别人家的优越,这让夫子从小就有一种难以言说的优越感。有时他觉得知识这个东西很奇妙,心里装的知识多了,别人自有一种敬佩甚至羡慕的感觉。每当他在同学们面前无意间流露出的那些从对联中学来的知识时,他的同伴们总会用一种异样的目光看着他。他知道那是他们在羡慕他,羡慕他比他们懂得多,而且有一种无形的气质在影响着别人。

二 初识五行

随着他步入学校大门,读书的快乐给他打开了一片新的天地。奇妙的数学让他觉得这个世界上还有好多新奇的东西在等着他去探索和学习。老师在讲台上讲的数学题,他会反复计算,有时方法和老师讲的不一样,但结果却一模一样,这让他很是兴奋。还有那些古代诗词,更是让他有如在历史中穿梭般的感觉。他把诗中的词语和眼前的情景相对照,发现古人的眼光是那样独特。可是那看似简单的意蕴却常常让他只能意会不能言传。他也试着写,却怎么也写不出古人的意境。

因前面有哥哥姐姐们分担家务,让他有更多的时间去读那些他感兴趣的书,而那些感兴趣的书又让他产生新的兴趣。所以,初中毕业的时候,他的成绩成了学校的骄傲,也成了父亲的骄傲和家庭的骄傲。

可是,父亲好像并不喜欢他读那些古代诗词,他有意让他看他手里已经翻烂了的那些五行八卦之类的书,所以六十纳音他很小的时候就能背诵,还有那些相生相克的内容他虽然一知半解,但通过套用那些内容去忽悠不知情的人,常常会让人目瞪口呆,觉得他说的都是很高深的东西。

他的两个姐姐很早就结婚了,大姐嫁给村里一个干部的儿子,让他在村里身价提高不少。姐姐很疼爱他,他常常到姐姐家里去玩,特别是放假的时候，他会到姐姐家里去住上两天。姐姐家门前有个池塘，他没事的时候就脱光衣服下到池塘抓鱼、逮泥鳅。看到弟弟满身污泥的样子，姐姐会埋怨他几句，可看到盆子里跳跃的泥鳅和鱼，姐姐脸上又会露出欣喜的笑容，因为这些鱼和泥鳅给这个家庭增加了快乐和营养。

可他的另一个姐姐却没有那么幸运，他嫁给了另一个乡镇的鳏夫。那个人家里还有三个孩子。姐姐本来是不想嫁的，可是那个人一下子给姐姐送来了一千块钱的大礼。当时父亲看到那些钱，眼珠子竟停在那钱上一动不动，好半天才移开。那人直接喊："爹，同意不同意？您说个话！"父亲竟神使鬼差地连说："同意，同意。"可站在一旁的二姐眼里却噙满了泪水。

夫子也站在旁边，觉得那些钱就像太阳在放着光芒。他走近姐姐，说："姐姐，你有钱了。有好多钱啊！"他以为姐姐的泪水是因为那些钱才流出来的。

父亲在家里的权威不容姐姐有半句反抗的话。姐姐只好跟着那个比她大许多的男人走了。看着渐渐走远的姐姐，夫子想了很久："姐姐那么好看，怎么会喜欢那个比他大许多的男人？"

姐姐走后，他看到父亲把那些钱藏了起来，连母亲也不知藏在哪里。直到有一天，父亲坐在低矮的堂屋里放声大哭，母亲问他为什么哭的时候，他才说，他要杀了那个骗子，直到在母亲的一再追问下，父亲才说出他被骗的经过。

三　父亲受骗

本来父亲在队上有些名气，家里还有些积蓄，这让周围人嗅到了钱的味道。一天，一个自称是父亲的朋友，穿着西服，提着黑色提包来到家里，父亲正在和一个兴趣相投的人谈八卦，那人一屁股坐在父亲的椅子上说："我给你送钱来了。"

父亲打量了他好久，还是想不起来在哪儿见过。那人又说了好多他们相识的经历，可是父亲说他实在想不起来了。那人说："想不起来不要紧，想得起挣钱就行了。"于是那人从包里拿出几张官金票子，对他说："认识这个吗？这叫美钞，某军阀在战乱时期留下一大笔钱藏在一个大山里……"他是想找几个人合伙把那笔钱取出来，但要一些费用。

父亲不动声色，默默地在心里盘算着，盘算过后，觉得这是个机会，而且他也觉得他这辈子命里还真有一次发财的机会。于是就问那人怎么操作。那个人说："也不用出钱，每人只准备一些路费，一起去寻找就行了。"

夫子站在一旁，看那个人说得很真诚，不像骗人的样子。这时，那个谈八卦的人也凑上前来，拿过几张钱钞，说："我认得，这是真正的美钞，只要找到这样的美钞，就一定能发财。"

父亲动心了，他把脸使劲地从上往下摸了一把，眼里也闪出得意的光芒，就好像那钱就放在那里等着他们去拿一样。

夫子站在那里，也有些欣赏父亲的决定。长这么大，父亲手头似乎从未宽裕过，如果父亲真能弄到一大笔钱，父亲一定会给他买很多他想要的东西，比如一支漂亮的钢笔，一件别人没有的新衣服。

那个来请他看相的人见他们谈得很投机，说了声："你们忙吧。"就退了出来。而那个朋友父亲也似乎想起来了，说："我们是不是曾在街上见到过？"那人连忙说："是，是。"

不久之后父亲就带着那些钱和那人一起消失了。

父亲一向对自己的精明颇为自信，从来没想到过会受骗。

可是等到他们到了一个陌生的地方，他和那个人来到一户农家借宿，那户人家独自住在一个山坳里，四周都没有邻居。父亲不放心，说要换个地方。那人说没人的地方才安全。好客的主人送给他们一瓶酒，两个人就喝了起来。不知不觉间，父亲竟有些醉了，就倒在床上休息。不想半夜时分，突然从外面闯进来两个蒙面人，将他们的包抢走了。走时丢下一句话："报案的话，当心灭你全家。"父亲暗自庆幸腰里的钱没被他们抢走，可是当他的手摸到腰里的钱时，顿时傻眼了，那里的钱竟然也没有了。

那人说："怎么会呢？他们并不知道你藏在腰里呀！"

父亲也觉得奇怪，可又实在想不起是怎么丢的。没有了钱的父亲只好和那人一起回家。快到家的时候，那人说："我就不送你了，我也要回家再想办法，弄到钱了再去寻宝。"他们把他们的行动称为"寻宝"。

父亲一进门，先是两眼一黑，差点摔倒，然后就坐在堂屋的桌子旁，越想越气,气得脸色发紫。那可是用小女儿一辈子的幸福换来的一千块钱啊，哪怕自己吃了，用了也算了，可是还没捂热就这么被别人骗了！不禁像个孩子似的张着嘴大哭起来。嘴里一直妈呀！爹呀！叫个不停。

母亲见状，也不敢说什么，只好由他哭去。夫子站在父亲身边，想说几句安慰话，却不知从何说起。父亲受骗后悲伤的样子深深地烙印在了他的脑海里，他在心里暗暗发誓："今后要是让我逮住那个骗子，非把他一口一口咬死不可。"

后来，父亲慢慢回忆他从那人进门到钱丢失的每一个细节，才明白那完全就是个骗局，是别人一步一步让他走进骗局无法醒悟。父亲想去报案，可是那人却不知跑到哪儿去了，再去找时，怎么也找不到了。过了好几年，有一天父亲在街上看到法院公告，才知道那人诈骗过不少人，被判了八年有期徒刑，父亲的名字也在判决书上，被称为"鲁某"。

从此以后夫子看到父亲消瘦下来，有人上门来看病，他也是心神不定，常常出错。哥哥姐姐们只好轮番将他接到家里去住几天，借以疗养心里的创伤。

四 小儿麻痹症

一天，夫子正在学校上课，突然感觉两腿不适，他使劲想站起来，可两腿有些不听使唤。两个同学将他扶起来，可他还是站立不住，老师连忙跑来看，用手摸他的双腿，他竟没有知觉。老师连忙跑到夫子家里通知夫子母亲。母亲来了，看到夫子坐在凳子上，拉他站起来，他却站不起来。母亲急得抹起了眼泪，嘴里不住地说："这可怎么好？这可怎么好？成了瘫子将来咋活呀！"

母亲请老师帮忙把他放到背上，背回家里，然后放到床上，让他躺好。父亲还没有从悲伤中恢复过来，也来看他，在他腿上按了又按，说是神经出了问题，给他请来了"马脚"点燃了一炷香，又烧了纸，结果没有一点作用。

夫子喜爱学习，看到自己的腿废了，眼泪一直没干。他是个要强的孩子，从来不甘示弱。这下可怎么办，成了瘫子，再也不能上学了，他在床上大喊："妈，我要上学！妈，我要上学。你给我去看腿。"

母亲坐在床边和夫子一起抹泪。父亲过来安慰，说："这都是命里的劫数，是躲不掉的，认命吧。"夫子大喊："我不认命，我的命没有这么差，你们给我找人来看，我要治腿。"

母亲把眼泪擦干说："儿啊，妈给你找医生去，就是走遍天下也给你治好你的腿。"

夫子抱住母亲说："妈，你们不能不管我呀！"

母亲出去了，找来村里的医生。医生是个三十多岁的女人，检查了他的身体，用手把腿按了一遍，说夫子得的是小儿麻痹症，是小时候忘了吃糖丸造成的，现在已无药可医了。

母亲一听，心如刀绞，脸上的颜色都变了。夫子听了，用两只手不住地在腿上捶，说："妈，你怎么给我生了这么条无用的腿呀，你还我好腿呀！"

村子里有不少孩子得了小儿麻痹症，得病后不能走路，大人找不到会治病的人，穷人家又拿不出钱来看病，这些孩子往往落得手脚残废的结果。夫子的表姐也得了这种病。没想到，这种可怕的病有一天也会落到夫子的身上。

母亲央求医生，说："你给他治治吧，哪怕扎几针也行啊。"女医生说："那我给他扎几针干针看看。"说着，从药箱里拿出几支银针，用手按住穴位，扎了进去。可是，扎过之后，夫子的腿没有反应。医生又扎，还是没有反应。女医生摇了摇头，说："还是送医院去看看吧。"

送走了医生，母亲对父亲说："你在家里吧，我到外面去打听打听，看看能不能找找土医生，找找偏方给他治一下，兴许治好了呢？"

父亲没说什么，只是坐在那里不做声，他知道这种病治愈的希望不大，可他也不希望最小的儿子成为瘫子。

母亲把全生产队都跑遍了，都没听说有谁会治这种病，最后脚步沉重地回到家里。夫子问母亲打听到了没有，母亲说："别慌，会打听到的。"

夫子听了母亲的话，心里略微好受些，但只要母亲要出门时，夫子就嘱托母亲再多打听一些人和地方。那天母亲上街买盐，走到街口，看到一位算命先生坐在那里，地上摆着一本书。母亲走上前去，算命先生以为母亲要算命，说："你是给自己算命，还是给你家人算命？"

母亲说，她不算命，就想打听一下有没有治瘫病的。算命先生听说后，犹豫了一会儿，说："柳树村里有一位老中医，专治疑难杂症。"母亲买了两斤糖，专程跑了十多里路，打听到老中医的住处，门关着。母亲到邻居家打听，邻居说："早上出去看病了，兴许马上回来，你坐这里等一下他吧。"

母亲耐着性子等，直到午饭后，老中医才摇摇晃晃地往家里走来。这时，家里已有人开了门。母亲上前，打个问讯。老中医问："你是来治病还是来问病？"

母亲说："我儿子得了瘫病，想请老先生去帮忙给看看。"

老中医看看慈眉善目的母亲，问："什么时候得的病？"

母亲于是将夫子得病的时间和情况对老中医说了。老中医说可以试试。

母亲听了，兴奋得不行，大声说："那好，老先生就请您马上走吧，我儿子天天哭着闹着，说不能上学了，你帮忙治好了，就是我们全家的大恩人，我们世世代代会感谢您！"

老中医六十多岁，头发灰白，精神矍铄，长须飘拂，身着对襟大褂，颇有几分仙风道骨。老中医说："我不大出门，你明天把儿子带来吧。"

母亲兴奋地一路小跑回到家里，全身衣服都汗湿了，进门就眉飞色舞地对父亲说："老头子，我打听到一个老中医，说夫子的病能治。"

还没等父亲回答，夫子就从急忙从床上爬了下来说："妈，你真的打听到了？"

母亲说："是的，儿子，你有救了。"

夫子听了，高兴得坐在地上使劲移动着身子，仿佛他的病现在就好了似的。

母亲和父亲把他抬到床上。那天晚上，夫子一夜没睡，他想象着老中医是个什么样子,路上好不好走？有多远？睡到半夜的时候,他问母亲："妈，你说，老中医真的说能治好我的腿吗？"

母亲被他喊醒了说："能，能，你睡吧，明天还要起早呢。"

在母亲的一再催促下，夫子才勉强闭上眼睛。可是，那大脑里还不时翻江倒海地想着腿可以在路上飞跑的样子。

鸡叫头遍的时候，夫子就喊："妈，快起来，鸡子都叫了。"

母亲说："还早呢，再睡会儿。"

夫子说："妈，我想早点儿去。"

母亲说："不是很远，治病不能急，去早了人家没起来咋办？"

夫子说："我想急着见那个老先生，他要是能治好我的腿，我就喊他爹。"

父亲听了夫子的话，在屋里插话说："胡说，你爹又没死，你说的那个老中医，我还给他剃过头呢，他的胡子长什么样我都知道。"

夫子说："那你怎么说不认识他？你是不想给我治腿了？"

父亲说："胡说，哪有老子不希望儿子健康的？我是一时没想起来，你这个病又不是人人都能治的。"

夫子问："爸爸，你也跟我们一起去吧。"

父亲说："有你妈去就行了，我就不去了，我还要去田里放水去呢，田里庄稼都干了。"

夫子坐在床上，把上衣都穿好了，轮到穿裤子的时候，连忙喊："妈，把裤子给我穿上。"

母亲大声说："你急什么急呀！天还没亮呢。"

天一亮，夫子就催着母亲上路，母亲拉着板车，将他抱到板车上，下面垫着被子，他觉得好舒服。

屁股下的旧板车，是父亲给人家剃了一年的头才攒下的钱买的。车子很旧，但经过父亲的精心维护，始终保持着最佳状态，随时都可以启程。

果然，十多里路，在天刚亮就赶到了。老中医的门还没开，母亲摸一摸湿润的衣服说："我们就在门外等吧，不然别人会说我们没眼色。"

夫子坐在车上，替母亲抹掉身上的露水。母亲身上冒着热气，在晨雾里显得年轻了许多。

太阳出来了，东方燃起万道霞光。大概是屋里听到了外面有动静，老中医开了门，见是昨天来的中年女人，说："不用来这么早的。"

母亲说："是儿子催得紧，只好一早赶来了，不急，先生。"

老中医走到板车前，在夫子的头上摸了摸，又把夫子的腿掂了掂，顺着脚往上一直到大腿根一路按下来说："是误诊了，不过不要紧。"

母亲把夫子抱进屋里，坐在木板凳上等着。

老中医洗好脸，又在外面做了几个伸胳膊动作，说："你躺到板凳上。"

夫子在母亲的帮助下躺在由两张板凳拼成的一个简易床上。

老中医从一个布包里拿出银针，用药棉擦了又擦，说："不疼。然后用食指和中指按着从腿上的穴位上扎了进去，每条腿都扎了十多根针。"

夫子开始有些怕，可是当针扎进肉里的时候，却并不感到疼，只是有些麻。不大一会儿，就感觉两条腿有些发热。

老中医说："我扎了五十多年针，有扎好的，也有没扎好的，如果扎不好，你们也不要怪我，治得好病，治不好命。"

母亲说："请老先生做主，治不好也不怪你。"

老中医从桌子上端起茶杯，坐在方桌前说："过半个小时，如果有感觉，就说明有救。"

夫子躺在木板凳上，一直望着母亲，看着母亲慈祥关切的脸，他感觉心里好温暖，他觉得是母亲的慈祥给他带来了希望。

老中医喝完茶，站起来，走到夫子身边，用大拇指在夫子腿上按了按问："疼不疼？"

夫子说："有点儿疼。"

老中医说："那就好，能治好。"

半个小时很快就过去了，老中医拔掉夫子腿上的银针，然后用手掌的大鱼际在每个穴位上按了好一会儿，对母亲说："你扶他起来试试。"

夫子感觉腿上能使劲了，可是当母亲把他的腿放到地上的时候，他还是不能站立，一下子倒在木板凳上。

老中医说："你让他躺一会儿再试。"过了十多分钟，母亲再次把他扶起来，让他双腿慢慢落地。这一次，夫子双腿颤抖着终于站了起来，虽然站得不是很稳，夫子已经很兴奋了，他大声喊道："妈，我能站起来了！我能站起来了！"瘫痪好久的夫子终于实现了站立的愿望。

老中医面无表情地说："从今日起，每十天来扎一次，三个月后停止，再静养几个月当可痊愈。"

刚说完，只见夫子双膝跪地，一下子跪在老先生面前。母亲以为失败了，没想到，夫子说："妈，我是给老师傅下跪，是他救了我！"

老中医满脸诧异，把他拉起来，认真地端详了一下夫子的脸，只见夫子的脸满是虔诚，眉宇间透着一股灵秀之气，说："回去让他好好读书，这孩子将来准有出息。"

母亲听了很高兴，但嘴上却说："一个废人哟，什么出息，能活着就不错了。"

夫子听了，也暗暗地在心里高兴。

老中医说："回去让他多读书，读书是正道。"

母亲千恩万谢，从腰里拿出一个布包，把仅有的一张卷成卷的十元票子递给老中医，老中医稍稍推辞一下就收下。母亲看到，老先生家里的地上，堆满了各种点心，桌子上也有。看到他们还没有吃饭，老中医随手拎了两包递到母亲手里说："这个给你带到路上给孩子吃吧。"

于是母亲千恩万谢地出了门。夫子说："妈，我饿了。"母亲说："就知道你想吃。"于是停下板车，把点心打开，是一人包新鲜的梅豆角，白色的，饱满的，一咬就从里面流出糖液的那种。那是他很爱吃的，可惜平时很难吃到。

母亲拉着他，他吃着甜甜的梅豆角，心想："一回到家我一定要试着走路，只有能走路才能有一切。"现在腿成了他生命的全部。

回到家里的时候，母亲要抱他下板车，他说不用，说要自己下车。他用手支撑着身体，慢慢移动着把双腿放到地上，那腿还有些不听使唤，但他强行让腿着地，站到地上。他用双手撑着让双腿承受身体的重量，渐渐感觉腿能使劲了。

母亲上前扶他，他推开母亲。等他放开双手打算站立的时候，因为重心不稳，一下子又摔倒在了地上。母亲上前拉他，他连忙说："不要拉我，不要拉我。"母亲说："你这伢真犟啊！"

他抓着车轮子，从地上慢慢爬着站了起来，这一次没有倒下。可是，他的嘴里却一下子吐出好多东西。母亲焦急地问怎么回事？上前一看，原来吐出来的都是点心。母亲打了他一下笑着说："你吃这么多干啥嘛！"

夫子笑着说："实在太好吃了。"其实，那点心是不能吃多的，吃多了是会吐的。

从此以后每隔十天，母亲就拉着夫子去扎针。三个月后，夫子能下地行走了。

五　我想戴红领巾

小学在离家一里远的地方，这一里路成了他一生的记忆，双腿依然不灵便，走路跟不上其他同学，常常掉队，但他仍努力赶上他们。

休学半年多了，学校有了很大的变化。学校的墙上刷成了醒目的白色，教室里的桌子换了新的，很多同学的脖子上都扎上了红领巾。他好羡慕。

有一次上体育课，围着操场跑，可是他的腿很不争气，跑了一会儿就跑不动了。老师问他为什么不跑了，他也不回答，又拼命地跑，可是那腿最终让他败下阵来，只好对老师说："老师，我的腿还没完全好。"

老师心疼地说："我就知道，可你为什么不说呢？"

夫子说："我怕说出来你不高兴。我要和他们一样不掉队，我也想戴上红领巾。"

老师说："你只要争取一定会的。"

他高兴地说："我真能行吗？"

老师没有肯定地回答他，只说一定要坚强。

从此,"坚强"二字就在他心里扎下了根,他觉得只有坚强才能达到自己的目的。有时,老师的一句平常话真的能让他刻骨铭心。

上劳动课的时候,要把学校的垃圾送到班级的棉花田里,很多女同学都带来了筐子,将粪一担一担地挑到田里。他也让母亲给他找来筐子,可是他的腿还是不行,他说:"不行我也要挑,同学们都在挑。"

到了学校。老师说:"鲁德大,你就不要挑了。"

他说:"不行,我也要挑。他让同学们给他装好粪,挑了一段路就要歇下来。"别人一路小跑地挑到目的地,他却要歇好几次才能挑到。班长张建国嘲笑他说:"夫子,别逞能了,你挑不过我的。"

夫子不服气地说:"挑不过我也要挑。"

老师走过来,说:"鲁德夫说得对,挑不过也要挑,总有一天会挑过的,要学'龟兔赛跑'。"

夫子的课程落下了,他找到没上过的功课,让老师给他补课。很快,那些落下的课他都补上了。期末考试,夫子的成绩比张建国好。夫子用胜利者的姿态看着张建国,张建国直视他的眼睛,两人僵持了一会儿后,张建国慢慢地移开了目光。

回到家里,夫子除了学校的课本外,他还爱看父亲放在桌子上的《易经》。那是一本很难读的书,开篇就是"天行健,君子以自强不息"。父亲说这是本相书,可他觉得和老师说的"坚强"差不多,"自强不息"不就是要人坚持到底不偷懒吗?还有"天行健",是说天跑得很快,脚步也要不停要奔跑,是要人珍惜时光。

这些似懂非懂的话让他很感兴趣。他在心里说:"先不要管他,老师说过,书读百遍,其意自见。读得多了意思就自然明白了。"

有时,他也看父亲的那些八卦书,那两条纠缠在一起的鱼让他觉得很奇怪。这看似简单的两条鱼,父亲却能说出很多道理,难道天卜的道理就在这两条鱼之中?

这些书虽然和课堂上的知识不沾边,可是却让他的思路大开。原来,这世上的知识远比课堂上学的要广要深。

每个学期结束,学校都要评奖。那天,颁奖会安排在操场上,各年级按班级排好队,站满了整个操场。他的语文得了奖,可是临到发红领巾时,却没有他。他心里很沮丧,脸上的表情很难看。过后,张建国说:"你知道为什么没有得红领巾吗?"

夫子随便说了一句:"是你在捣鬼。"

张建国一下子脸色大变。说:"你胡说!"说完马上走开了。

夫子去问老师,老师说:"要戴上红领巾,不能光学习好,还要劳动好。"老师的话让他心里很堵,劳动得有身体。可是他的腿却总是不争气,这不能怪他呀,他也想好好劳动。而且张建国总是在他面前炫耀自己强壮的身体,每次劳动的时候,他是真的不如张建国。所以,他对母亲说:"妈,我要到田里做活。"

母亲不解,问:"你不好好读书,到田里干什么活呀。"

夫子说:"学校说我劳动不行。"

母亲说:"这不能怪你,你只要好好读书就行了。"

夫子说:"可是我想戴上红领巾,老师说我劳动不行。"

母亲说:"那你就好好劳动吧,只要尽力了就行。"

过了几天,老师突然找到他,对他说:"鲁德夫,你怎么能搞歪门邪道呢?"

夫子被问得一头雾水。老师说:"你为了加入少先队,怎么能让你妈来给你说情呢?"

夫子的脸上红一阵白一阵,觉得母亲给他丢了脸,回到家里,他没好气地对母亲说:"妈,你跑到学校给老师说什么了?"

母亲说:"没说什么呀,只说了你的腿还没好,让老师不要逼你劳动。"

夫子说:"妈呀,你以后不要再到学校说什么了,我的事不要你管,就是不戴红领巾也不要给老师说,今天老师批评我了。"

母亲说:"好,以后我不去找老师了。"可是在心里,他却很感激母亲,母亲为了他能戴上红领巾,竟然去学校求老师。他想,母亲也是下了好大决心的,可见母亲为了儿子是什么事都会做的。

六　为石榴而战

　　夫子上初中了，除了上学，家里的农活也落在他肩上。父亲自从受了那次打击后就再没恢复，而且大脑受到严重刺激，说话语无伦次。夫子学习很刻苦，成绩在全校也名列前茅。他喜欢看书，没事的时候除了读学校的书外，还向同学们借小说看。那时书很少，好看的小说更少，一本书常常被人借来借去，书皮都借破了，还有人爱不释手。

　　在生产队干农活的时候，他常常看到大队干部还有公社干部站在田埂上指挥村民们干活。有时也看到田埂上走来长长的队伍，那些人的衣服都干干净净，穿戴都整整齐齐，一副干部模样。他站在田里，抬头看着他们，心想哪一天他也能加入到那些人中间该有多好？

　　江汉平原以水稻为主，到了农忙季节，插秧就成了全体村民的主活儿。

　　插秧虽然不累，可腰却受不了，一趟下来，往往累得直不起来腰，他只好用手使劲地捶腰。有时，回到家里，母亲还没回家，他只好自己做饭。以前父亲还做饭，现在不做了，都是母亲做好了端给他吃。

　　干活累了，就渴望上学，上学就不用再做那讨厌繁重的农活了。虽然父亲在农田里做了一辈子农活，从没叫过苦，可是才十三岁的夫子已经怕了农活了，他觉得哪一样都很累人，哪一样都让他退避三舍，只有坐在教室里他才感觉幸福。老师每每看到他做作业做得那么认真，时常表扬他，他心里就像喝了蜜一样甜，自尊心也大受鼓舞。

　　父亲的病慢慢好了起来，他就不用再下地干活了。很多时候他都坐在门前的石榴树下读书，写作业。门前的石榴树有碗口粗，每年到了九、十月，树上的石榴就像灯笼一样挂得满满的，常常惹得过往人投来羡慕的目光。

　　一天，父母都去地里干活了，他一个人坐在石榴树下做作业。那石榴虽已通红，但还没有真正成熟。不知从哪儿走来两个十八九岁的年轻人，好像是下乡青年，先是和他打招呼，然后就进了院子，然后就伸手去摘石榴。

　　夫子说："石榴还没熟。"其中一个说："摘一个尝尝。"夫子说不行。

正在不可开交的时候,队长跑来了,把他们两个人拉到一边说:"给他们道个歉算了。你们不知情,也不能怪你。不过,别让你父亲知道了。"

夫子还是恨恨的,说不给钱不让走。

后来在父亲的一再拉扯下,两个人才在队长的催促下走了。

第二章 秦怀秀

一 马老师

能戴上红袖章是每一个初中学生心中的梦想。夫子看到很多同学一上初中就戴上了红袖章,那红色的袖章不时在他梦中出现。他在学习上很有天赋,可是劳动总是不尽如人意。初中还在小学读书的地方,叫"戴帽初中"。劳动田还是在那块田里,只是老师换成了初中老师。

张建国没和他分在同一个班,这让他暗暗庆幸。没有了这个绊脚石,他加入组织的路可能会畅通一些。他在班上很听老师的话,特别是语文课,常常受到老师的表扬。

语文课老师姓马,是个有一点驼背的中年人,声音有些嘶哑,眼神有些忧郁。听同学们讲他的人生很坎坷,他听说后竟对老师产生了怜悯。有一次他竟想着要给马老师从家里带些菜来,因为马老师还是单身,放学了还要一个人做饭、洗衣服。

第一堂课,马老师并没有教他们如何学好语文,而是讲了很多古代诗人的故事。那些励志故事对他的语文学习产生了重要影响。他讲"女娲补天"的故事,这让他的脑子里产生了奇妙的想象,美好的神话有时让他心驰神往。还讲白居易为了学习,才十几岁头发就白了;还有范仲淹"日食一粥"刻苦攻读的故事,教育他们要有"先天下之忧而忧,后天下之乐而乐"的胸怀;这些都在他的心里产生了强烈反响。

秦怀秀是他认识的第一个女同学。他们从来没说过一句话,夫子怕和她说话,又想和她说话。

夫子的作文总是被老师作为范文拿到班上念，这让他的自尊心得到极大的满足。

秦怀秀身体健康，身材圆润有着一双大大的眼睛和秀气的眉毛，还有那嘴唇就像莲花花瓣。夫子背地里听父亲说，大眼睛的女人都会吸引男人。他观察过，不光他的目光常常在秦怀秀的身上打转，其他男同学的目光也和他一样被秦怀秀吸引。

期末考试结果出来了，夫子的语文得了一百分，这在学校还是头一次。因为语文里面的作文是很难做到完美的，可是夫子做到了。

有一次上体育课休息的时候，秦怀秀有意凑到他身边问他："你的作文为什么写得这么好？"

夫子很兴奋，一时竟不知如何回答是好，可他又很想跟她说话，因为她的笑脸让他心里很舒服。

夫子说："我也不知道，也许是我读书多的原因吧。"

秦怀秀问："你都读了一些什么书？我也想读。"

夫子笑着说："恐怕你读不了，我读我父亲的书，学校里没有。"

秦怀秀又问："什么书名，有时间能借我读一下吗？"

夫子调侃地说："算命的书，你也读吗？"

秦怀秀笑着说："瞎说，学生怎么能读这样的书？"

夫子说："我不骗你，真的我很喜欢读父亲的那些书，你要是有兴趣我可以拿来给你看看，恐怕你读不下去的。"

秦怀秀说："你不让我读，怎么知道我读不下去呢？"

在他们说话的时候，操场上的声音静了下来。放眼望去，有很多目光投向这里。

夫子说："他们在看你，你走吧。"

秦怀秀说："别管他们，我很讨厌那些眼睛。"

夫子说："你连我也讨厌吗？"

秦怀秀说："肯定不会讨厌你，那我们就这样说定了，你明天一定要把书带来。"

夫子有些犹豫说:"我怕我爸不同意。"

秦怀秀说:"你不会偷偷拿出来,干吗一定要让你爸知道?"

夫子有些没有底气地说:"那好吧。"

秦怀秀说:"瞧你,没个男人样。"

"集合了!"老师在喊。秦怀秀飞跑着离开了,回头又说:"别忘了。"

夫子也跟着她跑到队伍里去了。男女队是分开的,他们的目光却在两队之间传递着。

临到评选的时候,夫子满怀希望能被评上,可是同学们一个一个评来,却很少提夫子的名字。正在夫子十分沮丧的时候,秦怀秀举起了手,说:"鲁德夫也很优秀,我选他。"

同学们的目光一下子集中到秦怀秀身上,秦怀秀很大方地说:"你们看什么看,他哪点儿不好了,学习比你们强,劳动比你们努力。"

班长李强说:"他的思想不单纯,嘴里老是有些旧思想表露出来。"

秦怀秀说:"那是他的知识面广,你们也可以学呀。"

李强说:"我们不学那些旧东西。"

夫子明白了,原来他读那些旧书他们都知道。

李强说:"读书固然重要,但思想更重要,他的旧思想不好好改造,将来会害了他的。"

秦怀秀生气地一下子坐了下来说:"你们这是嫉妒。"

夫子觉得秦怀秀为自己受了委屈,站起来说:"我是看了些旧书,可是并不影响我追求进步,我真的很想加入组织,我也想当一名优秀生。"

和他同一个生产队的同学也站起来说:"他家的成分不好,他爸信迷信,老是给人家看相。"

同学们哄得笑了起来。

夫子觉得受到了极大的侮辱,站起来对那个同学说:"你爸还偷生产队的粮食呢,你怎么个说?"那个同学被揭了短,气急败坏地说:"你就是臭老九!"

"你才是臭老九!你是挖社会主义墙脚的小偷的儿子!"夫子反唇相讥。

那个同学受不了他的侮辱，冲到他面前，要和他打架。

老师连忙喝住他们说："你们再闹，就把你们赶出教室。你们都是初中生了，知道该怎么说话了，怎么还像个小孩子？"

夫子以为有了秦怀秀的推荐，他是可以加入组织的，可是公布的结果还是没有他。过后，他找到秦怀秀说："我虽然没有加入组织，但还是很感谢你。"

秦怀秀说："你感谢我什么？我只是说了真话而已，他们的思想都太陈旧，我觉得你将来比他们都要强。"

夫子问："你怎么知道？"

秦怀秀说："我也是看出来的，因为你很努力，不像他们成天混日子。"

夫子被秦怀秀的话感动了，说："你真的这么认为的？"

秦怀秀说："是真的这么认为，不过你要再勇敢一些，不要怕他们，他们就是嫉妒你。"

夫子从内心里感激秦怀秀，常常辅导她学习。

二　友谊的风，轻轻地吹

作文一直是夫子的强项。

初二又开学了。开学第一天，老师布置了作文，内容是写学习计划。夫子对这些东西不感兴趣，觉得这些都是老生常谈，不值得写，但因为是作业，他还是写了，在计划的最后，他写了"要做一名共产主义的接班人"。

这时，秦怀秀凑了过来，拿起他的作文本看，说："你的理想太伟大了，做共产主义接班人。"

夫子说："我要做共产主义接班人了。"

秦怀秀笑着走开了。

第二天上课前，马老师把他叫到办公室，问他为什么这样写。

他说："做共产主义的接班人。"

不知不觉中，夫子把秦怀秀当成了知己，他们成了无话不说的好朋友，学校开始传出他们的流言蜚语。

有一次，还是那个马老师把他叫到办公室，问他："你是不是和秦怀秀恋爱了？"

夫子听了，吓了一跳说："谁说的？我们只是在一起讨论学习。"

马老师说："你现在还小，还不是谈恋爱的时候，没有就好，你很有天赋，只要用功学习，将来会有出息的。"

夫子说："我的理想就是好好读书。"

马老师用手指在太阳穴上按了按，说："你只要把学习搞好就行。"

在夫子的眼里，马老师是一个像父亲一样的人，历经过苦难，对生活有着深刻的认识，而且看问题总是与众不同。他不明白，这么善良的马老师为什么一直单身，难道一个初中老师还娶不到老婆吗？这个疑问一直在他的脑海里深埋着，而且马老师的驼背一定是有原因的。

后来，在一次闲谈中，他听秦怀秀说她和马老师是亲戚，并且还是平辈，他就缠着秦怀秀打听马老师的消息。

马老师是她的表姐夫，是一个心里很苦的人。

夫子问："为什么？"秦怀秀说："我表姐也是老师，他们的恋爱遭到表姐家的反对，但表姐还是和他结婚了。在一次教学生写大字时，他布置的作业是写'毛主席万岁'五个字。同学们都完成作业后，还有一段时间才下课，他说：'你们再按照你们的习惯写几个词语吧。'结果，第二天，校长开会，在会上，有个女老师提出昨天的大字报有人反对。

校长一听，那还了得？问是谁？女老师把马老师班上学生写的大字拿给校长看，有学生在大字报上面加上了一些词语。

马老师没想到会有人在这上面做文章，本来他也发现了，觉得也没有什么，现在却成了别人陷害他的证据。他把当时的情况向校长做了解释，可是校长却说：'你这解释得通吗？你是老师，难道不知道这是政治问题吗？'

马老师当场作了检讨，校长对他的检讨不置可否。可是过了两天，学校开大会，让马老师站在会场前，接受老师和同学们的批判。马老师低着头站在那里，心里充满了委屈。没过几天他被停了课，被强迫到生产队里劳动改造。

他结婚后没有孩子，开始表姐倒是很体贴他，可是表姐家里却埋怨起来。自从马老师被劳动改造后，表姐觉得马老师当不成老师了，两个人的关系开始紧张起来，加上两个人在不同的学校，慢慢关系就疏远起来，虽然还没离婚，却早已形同路人。

马老师的父亲听说马老师犯了政治错误，被撤了老师的职，一口气上不来，去世了。马老师觉得是自己害死了父亲，思想受到进一步打击，慢慢变得沉默不语。

他在生产队一直默默劳动。从来不说一句话，生产队开他的批斗会，他也默默忍受着。这样过了一年多才接到学校通知，让他回学校上课。他才恢复工作，可是表姐却再也没找过他。他曾几次去找表姐，可表姐却不想再搭理他，但双方都不提出离婚，就这么一直拖着。"

马老师真可怜。

听完了秦怀秀的讲述，夫子不由得从心里发着感慨。

夫子问秦怀秀："你怎么知道得这么详细？"

秦怀秀说："当然知道啊。"

他知道，像秦怀秀这样的人，读完初中还要上高中，上完高中有可能参加工作，有大好的前途，不是他这样的穷孩子可以比的。

秦怀秀有意接近他，经常看他写的作文，每次看完他的作文后，就会问："你是怎么写出来的？"

夫子说："按照老师布置的题目就写出来了，这有什么难的？"

秦怀秀说："怎么我老是写不出来呢？有什么诀窍？"

夫子说："能有什么诀窍？你要多想就能写出来。"

秦怀秀说："你骗我，我也想得到，可就是写不出来。"

夫子很喜欢闻秦怀秀身上的气味。有一次他又把目光停在秦怀秀身上，秦怀秀问："好看吗？"

夫子却被问得脸通红，马上把目光移开，说："你的皮肤真白。"

秦怀秀笑着说："你不学好，将来会犯错误的。"

夫子说："那你以后不要来找我了。"

秦怀秀说："你不能坐怀不乱吗？"

夫子听了，觉得秦怀秀不是一般的女人，从内心里有些敬佩她。于是，他坐直身子，说："这样行了吧。"

秦怀秀笑了。

那是一个星期六的下午，学校放学后，夫子无意中发现秦怀秀还没有走，在课桌上写着什么。

夫子悄悄走近，低下头看过去，发现秦怀秀正在写日记，里面有夫子的名字。

秦怀秀全神贯注地写着，完全没注意到身边的夫子，娟秀的笔迹落在本子上，诉说着少女的心曲。夫子静静地看了一会儿，自己感觉不好意思，就退到教室的后面，拿了一本书，静静地看着。正是春末夏初时节，有暖暖的风吹来。

秦怀秀终于写完一整篇日记，揉揉眼睛，回头看到教室后面的夫子，两人相视一笑。

后来，秦怀秀就从学校消失了。又过了一段日子，夫子才知道秦怀秀转学了，据说到城里读书去了。

但夫子没有太多时间想这些，他必须抓紧时间学习，完成自己制定的一个个目标。

三 学会悲伤

一九七六年九月九日，是全国人民悲痛的日子，那天，毛主席逝世了。过了几天，学校组织学生到县城里开追悼会。他们走了好远的路才到了县城中心的广场上。那里要开一个万人追悼大会，就把所有的初中生都集中到了县城。

他以前去过县城，广场他也去过，但从来没见过这么多人。人们脸上的表情都很严肃，没人敢大声说话，广播里一直在放着哀乐，沉重的悲痛压着每个人的心，人们迈着沉重地脚步走入会场。

夫子所在的班级被安排在广场的边缘，他必须伸长脖子才能看到主席台。主席台的两边挂着白色的悼念标语，中央挂着毛主席大幅画像。台前摆着一长排桌子，桌子上铺着黑色的布。

会议开始了，主持人声音哽咽地念着会议议程，台下顿时响起一片哭声。

夫子站在队伍里，低着头，他哭不出来，但内心里却像失去了什么似的。有很多女同学哭了起来，他把头压得更低，生怕别人看到他没哭。

散会的时候，他走散了，可是就在他去找其他同学的时候，他看到了一个身影，像是秦怀秀，他急忙追上去。果然是她，她好像比他更高了，胸前也更挺拔了。

秦怀秀走得很快，他追上去，拉了一下她的衣襟。秦怀秀扭头一看是他，说："你怎么也来了？"

夫子说："同学们都来了。"又问："你在哪个学校读书？"

秦怀秀说："我在县城中学，我上次作文也得了一百分。"

夫子说："那好啊，其实作文很简单。"

秦怀秀说："我要走了，还要回学校去。"

夫子望着秦怀秀消失的背影，心里怅然若失。

回到家里，大队又开了追悼大会，大人和学生都参加了。那天，他站在父亲和母亲身边，看见母亲哭得很伤心，他也跟着掉了眼泪。父亲则将手张开，捂着脸抽泣。夫子看到父亲的双手全被泪水打湿了。

夫子的心里很震撼，他没想到会有这么多人为毛主席流泪。

四　物理竞赛第一名

听说县里要搞物理竞赛，夫子突然对物理产生了兴趣。他找来物理课本，从头到尾看了一遍，里面的内容有的老师教过，有的没有教，但他的记忆力好，只要看过的内容都能记住。这会让他在竞赛中占很大的优势。于是他找到马老师，说："我要参加竞赛。"马老师说："行，重在参与，就是不得名次也能锻炼一下胆识。"

马老师说："你要参加竞赛就要有重点地攻关。"马老师拿过课本，在上面把重点跟他说了，他都一一记了下来。在上物理课的时候，他特别留意老师讲的一些公式和定理，又把课本上的作业做了一遍，这样下了一番工夫之后，他有了一些自信心。

参加竞赛的学生不少，坐满了一大教室。拿过试卷他先把题目都看了一遍，有好些他竟然没做过，心里有些发虚。可是到了现在退出是不可能的了，他就硬着头皮做了下去，有好几道题都不会做，心想："这下完了，丢人丢大了，得不了名次，马老师会怎么看他？"

等到很多人交卷后他才交上去，他沮丧地走出考场，回到学校，对马老师说了考试情况，马老师说："重在参与，成绩不重要。"

听了马老师的话，他的心才释然了一些。

临到公布成绩的时候，同学们都涌向公布榜。夫子还没看到，就听到有同学说，他得了第一名。

大了不相信，脸上显示出惊讶的神色，怎么可能？他挤进人丛中，寻找自己的名字。65分，这是不该得奖的分数。他以为看错了，可名字排在最前面，名字前分明写着第一名。他有些好笑，心想："这也能得奖？"说明其他同学比他还差，他有些瞧不起自己。

颁奖大会在市里举行，他胸前戴着大红花，走进会场。主持人宣布颁奖开始，会场音乐过后，他被第一个叫上奖台，然后是其他获奖的同学依次上台，主持人让他发言，稿子是老师写的，他大声念完稿子。教育局长把一张不大的奖状递到他面前，他双手捧在手里，扭头看看其他获奖的同学，脸上的表情都很灿烂，而他却面色凝重。有个女同学给他递了一个眼神，他只当没看见。

他走出礼堂，外面站满了各个学校的学生。他漫无目的地跟着老师打算上车，身后的衣服却被人拉扯了一下，他扭头一看，是秦怀秀。他很惊讶问："是你呀，你怎么没参加比赛？"

秦怀秀说："没想到你物理也这么厉害。"

夫子看到秦怀秀穿着崭新的红色衣服，有着少女特有的风采说："厉害个啥，这点分只能说明我运气好。"

秦怀秀笑着说："看来你还是挺上进，这么谦虚。"

夫子也笑着说："其实你比我成绩好多了。"

秦怀秀还想和他说话，这时，老师催他上车。

他说："再见了，我要走了。"

秦怀秀有些不舍地把手掌放在胸前，向他挥挥手说："再见。"

夫子上了车，坐在车窗前，一直看着秦怀秀，直到汽车走出好远他才把目光移到前方。

回到家里，母亲早给他碗里打了五个荷包蛋放在桌子上，还放了糖。

父亲则把嘴里的烟拿到手里，一改往日的严肃对他说："这是你妈奖赏你的，没想到你这伢子还出了个风头，不过也不能骄傲。"

母亲坐到他身旁，看着他吃，说："要是不够，再给你打几个。"

夫子说："够了，妈，你也吃一个吧。"

母亲说她吃过了。夫子知道母亲在说假话，母亲怎么舍得吃荷包蛋呢，家里的鸡蛋要用来卖钱的。父亲的烟钱大都是鸡蛋换来的，当然父亲的剃头担子也能给他换不少烟，但最近生意不大好，上门来剃头的人很少。

父亲说："看来我还要再挑着剃头担子出门了。"

夫子问："为什么？"

父亲反问："你说呢？"

夫子看到苍老的父亲，头发已经花白，连腮帮子上的胡子也成了黑白相间的涂鸦，还有手指关节是那么粗细不一，还有已经弯曲的后背，似乎明白了父亲问话的意思。

五　庆祝

获奖的狂欢还没有退去，新的欣喜又接踵而至。

这天，村长上门了，说要好好表彰夫子取得的成绩，要他戴着大红花，由村宣传队敲锣打鼓地庆祝，让村人都知道，村里出了个物理冠军。

夫子有些意外，可是经不起村长的一番鼓励，当然还有父亲和母亲的游说，他就真的戴上大红花，跟着锣鼓队上街了。村民们都走上街头像看把戏一样看他走在队伍的前面，他的很多同学也跟在他后面以他为荣。那些站在门口观望的老人们则慢慢关上门，嘴里不知嘀咕什么。

庆祝完毕，村长又宣布，说根据他的成绩，村决定保送他到县重点中学去读高中。上了重点高中，那就等于是一只脚跨进了大学的门槛，他的心一下子激动起来，那是他一直向往的学校，没想到自己这么容易就可以进去读书，而许多同学可是费了九牛二虎之力却还是被挡在了中学门外。

回到家里，母亲和他的哥哥姐姐们都对他说："伢子啊，我看你还是别去上高中吧，你就要求去读中专吧，那样就可以把农村户口转成城市户口，毕业了还能安排工作，这样你就成了国家干部了，这不是你一直想要的吗？"

可是父亲却提出了不同意见，说："我看还是让他读高中吧，以七伢子的天赋上了大学会更有出息。"

父亲的话引起了大家的热议，一家人又反复权衡了中专和大学的利弊。最后，父亲一锤定音："不要再争了，七伢子必须上大学。"

夫子很佩服父亲的高瞻远瞩，他也认为自己应该有更高的平台来展示他狂傲的野心。而且上了大学，他就会比秦怀秀高上了一步，他要征服秦怀秀那颗骄傲的心，他要高高在上地俯视她，尽管他的想法秦怀秀根本不会知道。

夫子的家离县城有三十多里。

他一头挑着被子，一头挑着箱子出了门，父亲一路与他替换挑着行李，陪着他走进了庄严的学校大门。父亲挑过剃头挑子的肩膀第一次感觉到了骄傲，不大和他交流的父亲一路上和他说了很多话，把该交代的事都交代了个遍。

夫子心想，父亲一向见多识广，在父亲的眼里，这世界就是一片大海，只有胆量过人的人才敢下去，而且只有技术过硬的人才敢在里面畅游，最后到达目的地。

父亲的话对他的影响很深。他要成为学习尖子，等他毕业后就会分到理想的单位，才能让秦怀秀刮目相看。

学校的环境并不好，他被安排在一间能睡六位同学的集体宿舍，先来的同学都占了下铺，他只能睡在上铺，那样会增加很多不方便。他喜欢看书，上铺虽有电灯，却只能将书拿在手里看；而下铺的每个床上都会有一张小书桌，上面可以放很多书，也可以在上面做作业。

屋子很陈旧，斑驳的墙面呈现出很多无法形容的图案，让他产生很多联想。

来送孩子上学的人不少，有父母，有兄长，还有姐姐和妹妹，屋子里挤满了人。

夫子想让父亲坐一会儿，就找到下铺的同学，说他父亲走累了，让他在床上坐一会儿，那个同学觉得父亲邋遢，指着另一张床说："你坐那张床上吧。"

夫子说："坐一会儿不行啊？"说："爸，你就坐在这里。"

父亲刚坐下，那个同学上前一步把父亲拉了起来。夫子刚要发作，父亲连忙拉住他说："算了，我就站一会儿。"

夫子恨恨地说："你别欺人太甚。"

那个同学听见，说："欺负你了咋的？"

还没等话音落，夫子一脚上去，踢在那个同学的肚子上，那个同学也不示弱，伸出拳头挥了过来，夫子一闪，那个同学扑了空，倒在另一个同学的床上，同屋的人都上来，才把他们拉开。

夫子对父亲说："你坐下，我看谁还敢说不让坐。"另外几张床上的同学连忙拉过父亲，说让父亲坐。

夫子还是愤愤地说："别欺负农村人，农村人有的是力气。"

父亲没有坐，把那个倒在床上的同学拉起来，看了看他，轻轻地说："打疼了吗？他小些，你大些，家里条件也好些，多包涵他啊。你们在一起读书，是上辈子修来的缘分，我看你眉毛粗壮，印堂宽广，将来一定成大器。大人不计小人过，你就不要计较我家七伢子了。"

那个同学听父亲这么说，脾气也消了，低着头说："我的脾气也不好，对不起啊，以后多担待些。"

这时，那个同学的母亲进来了，听到父亲这么说，问："老先生，您会看相？"

父亲说："会一点，不过不能当真。"

那同学的母亲连忙拉着他坐到儿子的床上，拿出水果，说："老先生，不知怎么称呼您。您给我儿子好好看看吧。"

父亲说："面相再好也要努力呀，不然会害了你儿子的。"

那同学的母亲见父亲不想给她儿子看，就一再央求。父亲给他说了很多，都是好听的，惹得那位母亲高兴得不行，拉过她的儿子说："你以后要多向这位同学学习，别老想着欺负人。人外有人，天外有天，你要听妈的话。"

父亲帮忙打开行李，给夫子铺好床，检查一番觉得没有不妥后，父亲扛着扁担走了。

夫子把父亲送出很远才回来。看着父亲走远的背影慢慢变小，直到最后消失，夫子才觉得有些对不住父亲，他后悔没有让父亲吃过饭再走。

第二章 秦怀秀

第三章　闵佳欣

一　给老师讲《易经》

闵佳欣，听名字就不像是农村的。果然，上课第一天，老师安排座位时，夫子和闵佳欣坐在前后排，通过交谈，夫子得知闵佳欣住在县城里，家离学校很近。

学校在一个大院子里，一共有二十个班。当时全国人口已达八亿，正向九亿狂奔。一连十多排的教室在这个不大的县城里显得那么壮观，一个大操场，安装了两个篮球架子和一个足球场，操场四周都是高大的白杨树，还有几棵棕榈树夹在杨树中间，显得有些另类。

夫子坐在课堂上观察讲课老师。语文老师是个女的，四十多岁，身体有些胖，穿得过于紧密的衣服显出突出的肉感。她站在讲台上，手里拿着书本，一边用粉笔在黑板上写下讲课的内容，一边提醒学生做好课堂笔记。

夫子看见有学生提问，女老师很耐心地解答，他也想提问，却找不出问题。因为女老师讲的他都能听懂。有几次他试着提问，心里却跳得厉害。原来他还不善于在人多的场合说话，他觉得这是他的短板，他看到那些乡里的领导干部，不管人多人少，都能脸不红心不跳地讲得头头是道，就是他们队上的一个小队长，每次开会一讲都是一多小时，他想有意地锻炼一下自己的口语表达能力。

又到了女老师上课的时候，这次，他决定提一个问题让老师解答。老师刚讲完，他就把手举了起来，女老师见他是第一次提问题，说："鲁德夫，你有什么问题要提问？"这时，班上的同学都望着他，特别是前面的同学都把头扭过来，他顿时紧张起来，想好的问题却讲不出来，原本他是想提课本上的问题的，可是突然嘴里却说："《易经》是谁写的？"

女老师用好奇的目光看了他一会，问："你读过《易经》吗？"

夫子答："我父亲有这本书，我没事的时候看过，有些能读懂，有些读不懂，可是却不知道是谁写的。"

女老师说："你怎么会问这个问题？"

夫子说："我觉得好奇，谁能写出这样的书呢？"

女老师想了好一会儿，才对大家说："你这个问题我也回答不了，因为我也不知道，不过我只知道它是五经之一，是上古时期流传下来的典籍，是一本很难读懂的书，很多人的理解都不相同，不过这本书却是讲宇宙规律的，是中华文化的瑰宝。"

夫子没有得到回答，只知道这是本很难读懂的奇书。可是在父亲那里，那里面的内容父亲都能说得清楚，有时也讲给外人听，听得人很是惊讶。

"可我父亲说，那就是本算命的书，里面好多都是古人卜的卦。"

女老师说："看样子你很喜欢这本书。"停了一会儿，又说："不过它不是我们现在学习的重点，以后你还是把重点放在教科书上，那是要影响你们的未来的，我们的国家现在已经在慢慢开放，你们要掌握新知识，读一读那些新书籍，对你们扩大知识面很有帮助。"

下课了，夫子去上厕所，走到半路上，闵佳欣把他拉住了。

夫子问："做什么？"

闵佳欣说："找你有事。"

夫子说："等我上完厕所吧。"

闵佳欣说："你快点儿。"闵佳欣站在操场上像个被罚站的学生，过了好一会儿，夫子才从厕所出来。

闵佳欣说："你快点。"

夫子问："你到底什么事，这么急？"

闵佳欣说："我就问你，你能把《易经》拿来给我看看吗？"

夫子说："我这里没有，是我爸的，放在家里。"

闵佳欣说:"你一定要拿来给我看看,我想看看那究竟是一本什么样的书,被你说得那么有趣。"

夫子说:"什么有趣,你看了就知道了,恐怕你一句话都看不进去的。"

闵佳欣说:"你别小瞧人,我也是一个求知欲很强的人。"

夫子说:"等我回家了给你拿来吧。"夫子很喜欢和闵佳欣说话,从闵佳欣的眼光里,夫子看出了一种温和,他喜欢。

闵佳欣长得并不漂亮,脸上有几个浅浅的雀斑,但她的眼睛很清澈,像一股清泉似的,里面透着善良和温柔。她说话的声音很清脆,像伴着歌声的涓涓细流,笑声也很甜,她穿的衣服总像是新的,就是旧衣服也洗得干干净净,让人觉得很清爽。

夫子说完就往教室里走,闵佳欣跟在他后面,一直跟到教室里。他坐下,她也坐下,但闵佳欣的目光一直在他身上。

离上课还有点儿时间。闵佳欣凑到他跟前,问:"《易经》的第一句是怎么说的?"

"天行健,君子以自强不息。"夫子随口说道。

闵佳欣很欣喜:"还有呢?"

"地势坤,君子以厚德载物。"

你把全书背诵下来了?闵佳欣更惊讶。

"哪能啊,那么多?六十四卦呢。"夫子说。

这时,老师走了进来。闵佳欣回到自己的座位上,眼睛却望着夫子。

二 闵佳欣的欣赏力

体育课的第一项内容是跑步热身,夫子总是跟不上队伍。体育老师是个瘦高个子,姓雷,因为瘦,脸上的皮凹陷了进去,从腮帮子上可以明显地看到牙齿的痕迹。他总是穿着红色运动衣,胸前挂着铁制的口哨。他跟着学生一边跑一边吹着口哨,学生的步伐则随着口哨往前迈进。

夫子先是站在中间,跑着跑着就掉了队。

雷老师喊："快跟上。"

可夫子却越掉越远，最后干脆停了下来。

雷老师大声问："怎么回事？"

夫子不解释，接着又跑了起来，他的腿跑时间长点就疼，还有些不听使唤。

休息的时候，闵佳欣来到他身边，问他是怎么回事。

夫子轻描淡写地说："没事。"

"你一定有事，别瞒我！"闵佳欣严肃地追问。

夫子不想让同学们知道他小时候得过小儿麻痹症，腿本来就不好，说："我真的没事，不信你看。"说完他抬脚跑了两步，可是闵佳欣明显地看到夫子的腿有些不自然。

闵佳欣不放心地说："以后有事一定要和我说。"说话的口气像个姐姐在教训弟弟，夫子心里感到很温暖。

哨子响了，队伍集合起来，原来是接力赛跑，男女混合。夫子很巧合地站在了闵佳欣后面，原来闵佳欣比他还高出半个头，这是他悄悄站在她后面暗暗比较的。离得这么近，他把鼻子凑近闵佳欣，流着香汗的闵佳欣身上有一种女人特有的香味，只不过和秦怀秀有些不同，但都很好闻。

闵佳欣先跑了出去，夫子做准备，等到闵佳欣快要接近他伸出来的手时，他却有些激动就跑了出去，结果和闵佳欣撞了个满怀。闵佳欣没倒，他却倒在地上。

闵佳欣没有气恼，反而弯身把他扶了起来，说："没事吧？"

夫子强忍着疼，说："没事。"

那就快跑，闵佳欣脸上红扑扑的，娇嗔地催促他。

夫子跑出没多远，就两腿一软倒在地上。闵佳欣连忙跑过去，问他是怎么了？夫子不做声。闵佳欣将他扶起来，鼻息在他脸上扫来扫去。夫子闭着眼睛，享受着闵佳欣的照顾。这时，他才知道，他的腿接受不了高强度运动。

同学和老师都围了过来，夫子突然睁开眼睛，笑了起来说："我也不知道怎么就一下子倒了。"

老师摸了摸他的额头，又看了看他的眼睛，说："没事，你可能有点低血糖，以后多注意加强营养。"

其他人见没事，都逐渐散去，只有闵佳欣还站在他身边没有走。那句注意营养的话被她深深地记在心里。

中午吃饭的时候，闵佳欣有意跟在他身后，发现他只捡便宜的菜买。闵佳欣夺过他的碗，叫厨房的师傅给他打了一份肉，夫子抢过碗说："不要。"

闵佳欣没听他的，接过师傅的勺子一下子扣在夫子碗里。

夫子问："你干什么？"

闵佳欣说："你缺少营养，低血糖不是闹着玩的。"

夫子没有作声，却端着碗离开闵佳欣，走到靠墙的地方坐下，低着头吃了起来。肉的味道真好，夫子好久没有吃过肉了，可他心里却有些不爽，因为他不想接受闵佳欣的施舍，怕闵佳欣瞧不起自己，以为自己穷。可他又一想，他不穷吗？他腰里的钱都是数着用的，多一分都没有，可是闵佳欣好像没那么窘迫过，每顿都有荤菜，要不然，闵佳欣的脸上能有那么光滑、洁白？

闵佳欣端着碗过来了，坐到他对面。

夫子有些激动，停下筷子问："你为什么这样对我好？"

闵佳欣说："我们是同学，本应相互关心，再说，我欣赏你的才华。"

夫子笑了笑，说："我有什么才华？我怎么不知道？"

闵佳欣说："你要是缺钱，跟我说，我借给你。"

夫子听了，有些不高兴，说："我怎么会借你的钱？我不缺钱，我的钱够用。"可是说这话的时候，他的口气明显地缺乏底气。

闵佳欣说："我爸妈都在上班，他们就我一个女儿，他们喜欢满足我的各种要求。"

原来闵佳欣是独生女，不像他兄弟姐妹一大堆。

闵佳欣突然问："你有几个兄弟姐妹？"

夫子有些不好意思地说："你问这些干吗？"

闵佳欣说:"我想了解你的一切,你让我很好奇。"

三 红烧肉

星期天,因为闵佳欣告诉夫子不要回家,他答应了。学校食堂没有休息,他买了稀饭和馒头。刚洗好碗,闵佳欣就来了,说带他去图书馆。

夫子第一次听说图书馆,可是他没有多问,就跟在闵佳欣身后,沿着街道走了十多分钟,来到一栋大楼前。闵佳欣掏出借书证,工作人员让她进去,夫子站在门外,有些尴尬,闵佳欣和工作人员交待了几句,转身拉着夫子一同进去。

图书馆里都是一排一排的书,夫子从未见过这么多书,就像从未见过大海一样,他好奇地沿着书柜慢慢走。闵佳欣跟在他身后,也不说话,夫子把图书馆走了个遍,正没有主意的时候,闵佳欣说:"我们找个地方坐下吧。"

夫子跟在闵佳欣后面,来到一张桌子前。

闵佳欣问:"你想看什么书?"

夫子说:"都想看,我想把这里的书看完。"

闵佳欣说:"你看得完嘛?这么多,要不,我们看《易经》吧。"

夫子说:"这里怎么会有《易经》?"

闵佳欣小声说:"我找找看。"又对夫子说:"这里不能大声喧哗,你以后说话小声点。"

夫子看着闵佳欣向管理员走去。过了一会儿,闵佳欣失望地回来说:"这里果然没有。"又说:"我们去找其他的书吧。"

夫子起身,跟在闵佳欣后面,又沿着一排排书柜走着。这次夫子没有走马观花,而是认真地浏览着书脊上的书名,然后小心地从书柜里抽出来,翻看着。这里的好多书,他都听说过名字,却从未看过。他一本本地抽出来浏览一下然后又放回去。

闵佳欣问:"你怎么不看?"

夫子说:"我先了解一下,以后再慢慢看。"闵佳欣像个跟班,把他放回去的书又一本本抽出来，看看书里的内容，然后再放回去。

一上午时间就在走走停停中过去了。闵佳欣看看腕上的手表，说："中午了，我们回家吧。"

夫子说："你借本书带回去吧。"

闵佳欣问是什么书？

夫子说："《钢铁是怎样炼成的》。"

闵佳欣没说什么，过了一会儿，闵佳欣手里提着书来到夫子面前说："给你。"

夫子没说什么，接过书，就跟着闵佳欣出了图书馆。站在大楼前，夫子感觉这座城市很有深意，这个城市就像一本书，很多内容他根本不了解。

到了路边，夫子走在前面，闵佳欣把他喊住了，说："我走累了，坐三轮回去吧。"说完招手叫一辆人力三轮车停下。

夫子从来没坐过三轮车，说："我还是走回学校去吧。"

闵佳欣说："不回学校，去我家吧。"

夫子说："去你家干吗？"

闵佳欣说："没事，我爸妈都不在家里。"

夫子没有说什么，好奇心驱使他没有拒绝闵佳欣的要求。

三轮车七弯八拐地进了一个家属院。闵佳欣下了车，然后领着夫子来到一栋单元楼前，从楼梯道进去，一直上到六楼。夫子从未上过这么高的楼。闵佳欣开了门，夫子小心翼翼地进了屋，直接来到窗户前，往下看，城市的繁华瞬间展现在他的面前，他觉得闵佳欣能住在这么高的楼上，一定和这座楼一样高傲。

闵佳欣拿来一双拖鞋说："把鞋子换上。"

夫子说不用，闵佳欣说："必须换上。"夫子只好脱下鞋子，不想一股强烈的臭味直刺他的鼻孔，闵佳欣也下意识地皱了一下眉，但脸上依然带着笑。

夫子有些不好意思，笑着说："我的鞋子真臭。"

闵佳欣并没有讨厌的意思，只说："你的袜子要经常洗。"

夫子心想："我就这一双袜子，洗了就没得穿了。"平时他都是不穿袜子的，今天如果不是闵佳欣叫他，他是不准备穿的。

夫子说："地上这么干净，我就不换鞋子了。"

"那怎么行？虽然现在天气不冷，可地上还是很凉，你身体又这么差，当心着凉，穿上吧，没事的，过后我洗一下就行了。"闵佳欣小声地说。

闵佳欣的话让夫子觉得有些不舒服。

在她的心里，夫子是个不爱干净的人。闵佳欣问："中午吃什么？我来做。"

夫子说："我不会做饭，你做什么我就吃什么。"

"要不，我们做红烧肉吧。不过我没做过，只看见妈妈做过。"

夫子说："随便，我吃什么都行，从来不挑食。"

于是闵佳欣打开冰箱，从里面拿出一块五花肉，放在厨房的水池子里，说："肉要用冷水化一会儿，不然切不动，我先去把饭蒸上。"然后闵佳欣淘了米，把米放进电饭煲里，插上电，一会儿，屋里就有了米饭的香味。

闵佳欣从水池子里拿出肉来，小心地切着肉，不想，一下子切到手指头上，血顿时流了出来。夫子连忙拿过闵佳欣的手指，捏住，说："怎么这么不小心？"闵佳欣找来纱布让夫子给她包扎，夫子小心地包着手指。闵佳欣就那样静静地看着他。

包扎好了以后，闵佳欣继续切肉，把肉都切成了方块，然后点燃煤气灶，灶里喷出嗞嗞的火焰。闵佳欣把肉放进锅里，又加进酱油和糖。没过多久，锅里冒出了青烟，并发出了糊味。

闵佳欣不好意思地说："怎么糊了呢？我妈每次都是这么做的。"

就一个红烧肉，两个人吃了起来，那味道糊得厉害，真不好吃。夫子不敢说什么，怕扫了闵佳欣的兴。闵佳欣安慰他说："下次我再跟妈妈好好学学，学会了再做给你吃。"

夫子笑了起来，想起母亲做的菜，虽然没有肉，却是那么好吃。

闵佳欣说："有时间带我到你家里去玩吧。"

夫子说："我家在农村，有什么好玩的？"

闵佳欣说："农村比城里好玩，那里有一片一片的农田，田里有各种各样的庄稼，还有各种新鲜蔬菜。处处有鸟语花香，爸爸带我去看过我爷爷，他是个老中医，给人看好多病。"

夫子有些好奇，问："你爷爷是个老中医，他是不是很大年纪了？"

闵佳欣说："他最拿手的就是治疗小儿麻痹症。"

夫子说："那就对了，你爷爷给我治过腿，我的腿差点瘫了，多亏他治好了，不然我可没机会来这里上高中。"

闵佳欣也很好奇，问："你认识我爷爷？"

夫子说："不大认识，也不知道叫什么，是我妈领着我去的，我父亲给他剃过头。"

闵佳欣更加好奇："你父亲会剃头？"

夫子有些惭愧，说："不过都是剃光头，不会剃城里的头。"

闵佳欣说："农村都那样，已经不错了。"

其实夫子没吃饱，那红烧肉实在难吃，饭也做成了夹生饭。

吃过饭，闵佳欣让他进入她的书房，里面有很多书，都是学习参考书，夫子抽出来看了几本，不感兴趣，就放回到原处。

闵佳欣说："你以后要多教我，我脑子很笨。"

夫子说："你那么聪明，笨什么？"

闵佳欣说："你什么都懂，不像我，什么都不懂。"

夫子说："农村孩子当然懂得多了，不过都是和读书无关的，不像你，条件这么好。"

闵佳欣说："你可不能自卑哟，你很有天赋，将来一定大有前途。"

那天，他们玩到很晚才回家。闵佳欣一直把他送到楼下，看见他走远了才上楼。

四　闵佳欣

在闵佳欣的家里，夫子看到了他和闵佳欣的差距，那种距离是无法改变的，所以他要努力，他梦想着以后也像闵佳欣一样住上那样高的楼房。

宿舍里，同学们出出进进，很难用功学习，他只好到教室里去做作业。一般的作业他都在课堂上完成，可是有很多不懂的地方，他只好到教室里去思考。

女老师开始注意到这个貌不惊人的学生，几次从教室经过，她都看到夫子一个人在教室里静心思考。有时也看到他拿着闵佳欣借来的书读，那些书有些难懂，但他都强迫自己读下去。

直到熄灯的哨子响起，他才回到宿舍。有的同学已经打起了呼噜，他却没有睡意，就又借着窗外射进来的灯光，看他爱不释手的小说。

他对课堂上老师讲授的内容一般都能理解，笔记也做得很好，因此做作业对他来说是轻而易举的事情，更多的时候，他都把心思放在文科上，对数理化他不大上心。所以每次考试文科比理科好，这样就影响到他的整个成绩。

女老师虽然很喜欢他的语文成绩，但却时常提醒他不要偏科，因为考大学考的是综合成绩，偏科是会吃亏的。

女老师的话他并没有听进去，他依然我行我素地读书。在他的心里，上学读书只是人生的一个阶段，而阅读却能伴随人的一生。

闵佳欣不时来向他请教语文知识。夫子说："你就多看书就行了，把教科书读懂，再把书本上的作业做完就行了。"

到了单元考试，夫子总能轻松过关，成绩也都名列前茅。他的成绩奠定了他在班上学霸的地位，那些城里的同学再也不敢小瞧他，他也总是挺胸抬头，自卑感也开始慢慢消失。

闵佳欣不时给他借来小说让他读，读完了又让她还回去。闵佳欣总是不厌其烦，这让他从内心里充满感激。

直到瞌睡将他的眼皮合上，他才倒下床睡去。

语文考试开始了，夫子很快做完了卷子。闵佳欣不时用眼睛的余光和他打招呼，夫子就把做好的卷子递给她，没想到，被女老师看见了，把他的卷子收走了，闵佳欣觉得很对不起夫子。成绩下来了，他的语文是零分，闵佳欣一再道歉。夫子却不以为意，说："又不是期末考试，没什么。"

闵佳欣还是从心里觉得过意不去，说："你有什么要求尽管提。"

夫子说："我能有什么要求？你只要帮我借书就行了。"

闵佳欣高兴地挽起他的胳膊说："这没问题。"

五　小学究

有一次下课后，同班的同学见他们站得很近，就把他往闵佳欣身上推，他的身体撞到闵佳欣身上，差点就把闵佳欣撞倒在地上了。

闵佳欣倒不气恼，可夫子有些恼火，差点和同学打了起来。闵佳欣反而来劝阻，说："这有什么呢？其实他们都是朋友的。"

夫子对闵佳欣的大方有些不屑，说："他们是在欺负你。"

闵佳欣笑着说："别人怎么说有什么关系呢？"

夫子觉得还是和闵佳欣保持距离的好，就悄悄走开了。

他走进教室坐在课桌上，把课本打开，读鲁迅的小说。

闵佳欣跟了进来，把凳子搬过来坐到他身边，本来他们的座位就只隔了一个人行道。

夫子说："你去和他们打闹去吧，我读一会儿书。"

夫子每两个星期回一次家，拿生活费和换洗衣服。

江汉平原上一条沙土公路把一个一个村子串连到一起。夫子走过一个又一个村子，家就在眼前，门前一排杨树，笔直的树干直插云天，让夫子想起了茅盾的《白杨礼赞》，其实门前的这种杨树远没有北方的杨树能抗严寒，而且树干也没有北方的杨树白。

母亲在门前晒刚摘的棉花，雪白的棉花像落在地上的云朵，这些棉花叫籽棉，要脱了籽后才能卖掉，他读书的生活费还有其他费用就是靠这些棉花卖钱换来的了。

他喊了一声妈，母亲扭过头来，夫子已站在母亲身边，他现在已经长得比妈妈还要高了。母亲看他满头大汗说："进屋洗洗脸吧。"

夫子进屋。

父亲坐在堂屋里抽烟，问："跟得上吗？"

夫子说："还行，高中其实不难。"

父亲本无表情的脸上舒展了，说："读书就像做手艺，只要用心就不难，家里就你最小，他们都没有你的这种天赋。"

夫子坐到父亲的旁边，犹豫了一会儿，对父亲说："爸，我想把你的书拿到学校去看。"他想起对闵佳欣的承诺。

父亲说："你看那干啥？又不能增加成绩。"

夫子说："读书面要广，也不能读死书，什么书都要读。"

父亲觉得儿子说得有理，说："你要拿就拿去吧，不过这可是我们家祖上传下来的，不能弄丢了。"

夫子说："我知道。"

父亲希望他的手艺不失传，但是又不希望儿子像他一样走村串户给人家剃头，看相，去骗人。

他现在很想和父亲坐下来好好说说话，可是两代人的话语主题总有些不协调，他希望父亲对他的前途提出见解，可是父亲并没有引出话题，夫子也觉得无从说起，尽管他很想像大人一样，和父亲坐在一起聊天，谈相互感兴趣的话题。

夫子坐了一会儿，说："那我就拿去了。"

父亲"嗯"了一声，依然坐在那里抽烟，那劣质的烟，父亲一直挂在嘴上。

夫子走了出去，帮母亲去摘棉花上的杂质。他们要把最好的棉花拿去卖，这样才能卖到一级，他们不想因一点杂质影响棉花的价钱。

母亲问："你想吃什么？"

夫子说："我就想吃您炒的鸡蛋饭。"

母亲嗔怪地说："没出息，就不能想吃点鸡肉什么的？"

夫子知道家里现在不可能有肉的，他当然想吃肉。母亲说："你爸今天上街给你买了肉，还是肥肉，有三指头厚呢。"

夫子听说，喉咙动了动，他上学这么久，还是闵佳欣请他吃过一次肉，那肉的香味到现在还在他的胃里回味。

43

母亲围上围裙，进了厨房，她把肉拿到盆子里，从压水井里压上水，把肉洗干净。

夫子有恋母情结，看见母亲进了厨房，他也跟了进去，帮母亲将灶膛里的棉花梗点燃。不一会儿，母亲切好了肉，然后放进锅里翻炒，只一会儿，厨房里便弥漫了浓浓的肉香，母亲盖上锅盖，让肉在锅里翻腾。

母亲让夫子去喊两个住得较近的哥哥来吃肉，哥哥们都成家另住，农闲时到外面做泥瓦匠，家里比较宽裕。

夫子转了一圈，两个哥哥都高兴地跟来了，他们见到七伢子，觉得他比以前长高了，快要赶上他们的身高了，弟弟上了高中，在队里给他们长了脸，他们对弟弟也另眼相看。

一家人和和气气地围着桌子坐下，父亲倒上酒，也给七伢子斟了一杯。

夫子等哥哥们拿起筷子后，他才动筷子。两个哥哥各问了一些考试成绩，他说了，两个哥哥脸上都露出了笑容说："这样看来，七伢子是不用回家种地了，我们家终于有个当官的人了。"

在家里待了一天，星期一一大早，他就起身了。三十多里的路，他走了四个多小时，远远地，他就看到闵佳欣站在学校大门口等他。

走近了，闵佳欣拿过夫子身上背的一个蛇皮袋子，这是一种装了化肥的包装袋，闵佳欣摸了摸，见里面有她要的东西，笑着说："你父亲没说什么吗？"

夫子说："父亲喜欢我看书，我是他的幺儿子嘛。"

闵佳欣迫不及待地把书拿出来，一看是草版的，还是用线扎成的，就说："怎么这么旧？"

夫子说："古书都是这样的，你没见过吧，父亲为了这些书，差点儿没把命都搭上。"

闵佳欣问："怎么回事？"

夫子说："破'四旧'的时候，父亲舍不得把这些书交出去，就把书藏到一个破窑里。大队民兵逼着父亲交出来，父亲咬死说他已经烧了。民兵们不信，把父亲一直关着，说什么时候交待了就放他出来，父亲就是不开口，等三天后,我妈把他领回家的时候,父亲已经差点儿饿死了。直到我上小学的时候,父亲才从破窑里把那些书取出来,我就是那时候接触《易经》的。"

闵佳欣说:"难怪你这么珍惜这本书。"她把书打开,看了看,然后交给他,说:"还是给你看吧,我看不懂。"

夫子想卖弄一下学识,就翻开书,指给他看,上面果真写着:"天行健,君子以自强不息。"

闵佳欣说:"算了吧,还是留给你这个学究看吧。"

六　盼望开学

放暑假了,夫子看到母亲一直在田里干农活,父亲则坐在家里抽烟,偶尔给来剃头的人剃剃头,母亲做完农活,回到家里还要给父亲做饭,洗衣服。

夫子心疼母亲,就放下书本下地帮母亲干活。父亲拦住他,不让他去,他说:"你把书读好就行了。"可是夫子看到妈妈这么累,说:"我读不进去。"执意跑到田里,帮母亲薅草、打农药、摘棉花。

汉江平原是出了名的热,特别是六月天的棉花田里,高高的棉花秆密不透风,有时比蒸笼还热,夫子脱了上衣,打着赤膊,农田里蚊虫很多,身上被咬得全是红疙瘩,母亲的衣服也汗湿了。结实的母亲将摘下的棉花一包一包地扛回家,放到门前的打谷场上铺着的席子或晒垫上。

母亲心疼儿子,一再叫他不要摘了,可是夫子不听,他每天陪着母亲干活,直到天黑才回家。

母亲回家做好饭,端到外面小方桌上,父亲要小酌一杯。母亲给父亲拿来酒,倒上,父亲指挥母亲做这做那,母亲却没有怨言,这让夫子心里有些恨父亲,可是又不敢吭声,只能埋在心里。

月亮出来了,像一个大银盘子挂在树尖上。夫子搬把椅子坐在场子里,试着看书,月光下有些看不清,只能看见大的字。夫子只好点燃一盏柴油灯,挂在凉床前,这样就能看书了。他把《易经》一个字一个字地看,大部分

45

内容都能记下来。

有些内容夫子不理解，问父亲，父亲说他也不知道是什么意思，夫子只要记住就行了。夫子在心里犯嘀咕，原来父亲的知识也很有限，他给人看相，很多时候可能是靠蒙的，但他还是很佩服父亲，凭着一知半解的知识，竟然把七八个孩子拉扯大了。

夫子不一样，他看书很认真，不认识的字他都要查字典，把每个字的意思弄懂，有很多内容和父亲的解释不一样，这样更证实了他的判断，父亲很多时候都是在骗人，可他觉得父亲是那么不容易，他不忍心揭穿父亲的鬼把戏。

月亮从头顶慢慢走过，没多久就从东边走到西边去了。他躺到用门板支起来的凉床上，看着天上的星星，那些星星不住地闪着光，密密麻麻地怎么也数不清。他于是怀疑书本上关于星星的数量，还有《三国演义》上说的夜观天象，说天上的星宿都对应着地上的人，他也有些不相信，难道那上面都是一个一个人吗？是他们下凡来走一遭然后又回到天上去了吗？

夜空里有很多虫子在叫，有时还能听到鸟儿的叽叽喳喳声。不远处池塘的蛙声传来，勾起他对古代诗人的崇敬，那些听起来朗朗上口的诗句看起来简单，他试着吟诵，却怎么也写不出。

一天的劳动，让他的身体像散了架似的。这时，他想起了闵佳欣，闵佳欣生在城里，不需要做这些繁重的劳动。像他这样出生在农村的孩子，如果要摆脱这种劳动，唯一的途径只有读书了，读完高中，毕了业，他就可以找个工作，或者当个老师，那样不管是晴天还是下雨天，他都可以坐在教室里给学生们上课，每个月还有工资可以领，他想，等他有了工资，就可以交给母亲，母亲拿着他的工资一定会高兴地夸儿子有本事。

这样没边没际地想着，眼睛就慢慢地闭上了。

一个暑假他就是在劳动和想象中度过的，不过，最大的收获是他认真地读完了那本《易经》。父亲还有一本《道德经》，一直放在那里，里面的很多句子他都耳熟能详，没想到现在人们口头上说的话，在很早的时候，古人都说过，这让他认识到古人的智慧远超现代人。

重复的劳动已经让他的身心疲惫不堪，他盼望着能早点开学，那样他就能坐在教室里读书，听女老师讲古代诗词，也讲中外小说，还有就是能听到闵佳欣温柔甜美的声音。

时间过得真快，转眼就上高二了。夫子的成绩一直是班上的前三名，这让他在班上一直处于让人羡慕的地位，也让很多同学嫉妒，虽然他有时也在考虑将来到底怎么办？但更多的只是读书。

一天放学了，他来到闹哄哄的教室里，有几个同学在里面打扑克，他想看会儿书，只好拿着书来到了操场上。不知什么原因，闵佳欣没有走，她也在操场上站着，好像在等什么人。

夫子走近她问："你怎么还不回家？"

闵佳欣说："在等人。"

夫子问："等谁？"

闵佳欣说："等你呀。"

夫子不相信，问："等我做啥？"

闵佳欣说："还有几个月就要毕业了，你打算怎么办？"显然，闵佳欣是显然是考虑了好久才有意留下的。

一言惊醒梦中人。夫子没想到时间过得这么快。不知不觉已过去一年多了，两年的高中很快要读完了。

"你打算怎么办？"他问。

"我当然考大学。"闵佳欣说，"这还用问吗？"

夫子说："这我倒没想过，我能考上嘛？何况我家里哪有钱供我上大学呀。"

闵佳欣有些惋惜地说："你成绩这么好，当然要考大学呀，不考大学多可惜呀。"

他还是第一次听说要考大学，他不知道大学是什么样子，但在他心里，大学一定比高中更难上。

"我们一起考大学吧。"闵佳欣用央求的口气说。

夫子犹豫了一会儿说："我得回家征求一下我爸的意见，还有我妈，她那么累。"说话的时候，夫子的眼里充满了同情。

闵佳欣说:"读高中的都是为了考大学的,上了大学将来就不愁找不到好工作了,人生也更有前途啊。"

夫子见闵佳欣对自己这么有信心,有些感激地说:"那就考大学吧,大不了试试呗,考不上也不要紧。"

看到夫子有些玩世不恭。闵佳欣严肃地说:"夫子,你可不能这样随便对待自己,人生都是奋斗出来的,这个道理你应该懂呀。"

夫子觉得闵佳欣一直是个有心人,对他很照顾。有时,有些同学对他说风凉话,闵佳欣总是上前安慰他,叫他别往心里去,让他别理他们。她说:"你现在只读好书就行了,将来还不知道谁比谁强呢?"

闵佳欣问他吃饭了没有?夫子说还没有,闵佳欣说:"那你快去吃饭吧,吃了饭我们一起去散步。"

夫子原想闵佳欣还会请他到家里去吃饭呢,可是闵佳欣并没有请他,他有些失望,说:"那你走吧。"

操场上有些同学来来往往,有几个吃完饭的男生在打篮球,闵佳欣说:"你以后要多锻炼。打球,跑步什么都行。"

夫子笑着说:"你总是那么啰嗦,有点像我妈。"

闵佳欣脸红了红说:"我才不想当你妈呢。"说完迈着轻盈的步子走开了。

七 高考

整个高中,闵佳欣成了他生活的指南,他们一直坐在邻桌,两个人相互照应。夫子的成绩一直名列前茅,特别是语文成绩让闵佳欣倍感钦佩。

高考的声势在三个月以前就进入了高潮。学校挂上了各种标语,都是鼓励学生参加高考的内容。闵佳欣每天都有问题向夫子请教。

老师把课程提前上完,然后教他们怎么抓重点,又进行各种模拟考试,都希望自己的学生考上大学。

夫子倒显得很平静,他没有压力,看上去很轻松。

考试的日子越来越近,到处都弥漫着考试的硝烟。

离考试只有三天了，夫子把所有的课本都收了起来，放进伴随了他三年的木箱子里。闵佳欣很不解，说："正是临阵磨枪的时候，你怎么不看书了？"

夫子笑笑说："我要好好玩三天，再看，我的眼睛会瞎的。"

闵佳欣果真看看他的眼睛，真的有些红红的，尽管表面上他显得那么从容，但闵佳欣还是劝他，说："再巩固一下吧，这样有把握些。"

夫子笑笑，他回到宿舍打开被子，把自己裹在被子里，让整个身子处于一种放松状态，可脑子里却全是那些考试题。

同宿舍的同学以为夫子病了，问他要不要去医院看看，夫子没好气地说："你才病了呢！"

他的被子有些薄，睡着了不太暖和，他向邻床的同学借了一床被子盖在身上。

女老师听说他在睡觉，从来没进过他们宿舍的女老师走了进来，摸摸他的额头，问他是不是哪儿不舒服，他说他很好，就是想休息。

女老师问他有没有把握，他说不知道，他说他讨厌这样的考试，女老师摇了摇头没说什么，轻轻地走出了宿舍。

闵佳欣也来看他，坐在床上看他睡觉，也用手摸了他的额头，他觉得闵佳欣的手比女老师的手要温暖得多。

高考在另一所学校进行，那是一个陌生的学校，门外站了很多戴红色袖章执勤的民兵，他们如临大敌一般地站在大门前，四周还有很多流动岗哨，空气里散发着肃杀的凝重。

每个人都不说话，只身进入考场。监考老师都是陌生的面孔，面色都很严肃，讲完考试纪律后，就开始发试卷。

夫子把卷子拿在手里，先不动笔。老师提前都交代过，先把试卷认真地审视过后再动笔。夫子把所有的题目都审视过后才开始动笔，那些题目没有他想象得难，许多题目他都是轻而易举就做完了。作文是他的强项，是一篇抒发理想的散文，他把自己的想法如实地写了，尽管算不上多么高大上，可也跟得上当时的潮流，特别是关于对世界的看法，写得有些难懂，有些甚至连他也不太懂，这种有些卖弄的笔法以至于影响了他的后来生活。

考试结束后,就在他收好行李打算回家的时候,闵佳欣来了,给他送来了一个苹果,顺便问他今后有什么打算?

夫子看到闵佳欣的眼睛里有些潮湿,说:"听天由命呗。"

闵佳欣嗔怪地说:"你总是满不在乎的样子,这可是人生的紧要关头,如果这次没考好,你要复读,不能白白浪费这两年的时光。"

夫子应了声"行",又说:"我回去等消息,不过你放心,我是不会再去种那累人的土地了。"

第四章　卫贞

一　晒稻谷

整个暑假,他都在等待中煎熬,人生的苦闷莫过于前途未卜。夫子是个农家子弟,他的祖上无数代人没有在读书路上跋涉过,前面的几个哥哥姐姐,都只读了小学就回家种地了。只有他,偶然得以步入高中。这要得益于他的父亲的旧书,使他的心智大开,让他在高中的学习阶段也能够轻松遨游。

他把父亲挑去的被子挑了回来,还有那只木箱子,也完好无损地放回到原来的地方。父亲坐在椅子上,嘴动了动,却没有说话。

夫子知道父亲想问什么,就说:"考得不太理想,如果不出意外,上大学应该没有问题。"他说得很轻松,不像闵佳欣,为了考上大学,把自己关在家里进行苦修,好久都看不到她的身影。

"你也不能大意,这是你的前途问题,你的几个哥哥和姐姐都没你这样的机会。"

夫子说:"我尽力了,万一考不上是自己的命。"

说到命,他不服气,又说:"万一考不上明年再考,反正学校可以复读。"

父亲看了他一眼,语气生硬地说:"我们不能跟城里的孩子比,农村的孩子耽误不起,哪有时间去复读?我和你妈都快做不动了,考不上只能回家'修地球',我们没有条件复读。"

夫子也看了父亲一眼,觉得父亲这三年的确老了许多,脸上的皱纹几乎可以卷起来,说话底气也大不如前,倒是母亲虽然苍老许多,但田里的活还能照常去做。

稻谷刚刚收起来，是父亲和母亲一担担挑回来的，他知道这一担担的稻谷的沉重，挑在肩上仿佛像山一样，他说："要是早几天考试，我也可以回来挑稻谷的。"

父亲说："你不用操这个心，知道你在考试，我们就让你哥哥他们来帮了半天忙。"

夫子看到稻场上堆着一大堆刚打下的稻谷，正在享受阳光的热烈拥抱。早上父亲和母亲才用耙子开晒，这些稻谷有一大部分需要交公粮，只有少部分可以留在家里，如果考上了大学，这些稻谷就是他读大学的费用。

九月初的太阳脾气依然很大，把院子边的杨树晒得低下头，人也晒得有气无力的。

夫子脱去鞋子，把脚当做耙子一趟一趟地来回走，留下一道道翻晒的痕迹，脚下的地已经晒得发烫，走在上面很享受，农活很累，但有时也很有趣，这种像孩子们做游戏的农活，确实让人心情愉悦。

母亲让他休息一会儿，说不用翻得这么勤，但夫子没有停下来，因为天边起了云彩，他担心一会儿会下起雨来。

终于翻完了，脚下被稻谷的刺儿磨得生疼，这在小时候是不存在的。小时候大部分时间都是打赤脚，脚板磨成厚厚的茧子，走在雨后刀尖一样的路上如履平地。自从上了高中，他的脚上就没离开过鞋子，习惯了穿鞋子的脚开始怕打赤脚了。

他走到稻场边，把凉鞋穿上，感觉舒服多了。

果然，到了下午四点多的时候，天上突然滚起了雷声。不一会儿，乌云就统治了天空，闪电也开始肆虐起来。

父亲没有了往日的从容，开始和母亲配合着收晾晒的稻谷。夫子也急切地拿起麻袋、蛇皮袋子帮着将稻谷装进袋子里，然后扛进屋里，屋里靠墙已码了十多包。夫子累得不行，腰有些直不起来，可是眼看雨就要袭来，他不能停下。父母装好一包，他就往屋里扛一包。

大雨从不远处的树林间排山倒海般压了过来，落在夫子的脸上，被打得生疼。母亲眼看来不及了，只好找来油布、晒垫、席子等将稻谷盖上，夫子也帮着扯席子，被雨水打湿的席子很重，他要使很大的劲才能扯动席子。地上起水了，水灌进了谷堆。夫子心疼得不行，眼看着稻谷被水冲走，他只好不停地抢，能抢一点是一点。

　　暴雨过后，太阳又出来了，地上一片狼藉。父亲站在水中抽烟，母亲则手忙脚乱地收拾东西。他们没有休息，也没埋怨，他们经历了太多这种场面，从来没有倒下。

　　夫子跟母亲一起收拾，将油布、席子拖到别处晾晒，又把被雨水冲得到处都是的稻谷慢慢收拢。有的稻谷和泥浆混在一起，他把它们集中起来，装进盆子里，放上水，稻谷漂起来，夫子用竹篓、筛子捞起来，放到干净的地方，重新晾晒，夫子恨死了这场突然光顾的暴雨。

　　父亲看看太阳，终于落下去了，有些恋恋不舍。他没有恨暴雨，因为这样的突如其来的暴雨在他们的生活中实在太平常了，更多的时候是喜欢来一场暴雨，那样不仅缓解旱情，还可以缓解难耐的燥热。

　　粮食还要继续晒，夫子一连三天都和毒辣的太阳和繁重的劳动纠缠着，终于可以收起来了。卖粮的时候，他和父亲一起，头一天晚上就将粮食装上板车。鸡叫头遍的时候，父亲就把他叫起来，然后拉着满车的粮食往镇上的粮站里赶。等到他们汗流浃背地拉着粮食来到粮库的时候，粮站门口已排成了长长的队，只好跟在后面排队。

　　直到中午，才轮到他们，粮站验质的人拿着一把长长的带有槽子的刀子，一下子刺进麻袋，稻谷就被带出来。检验员放进一个小小仪器里面，用手摇动了几圈，看了看，说："粮食水份大，还要继续晒。"夫子急了，上去和验质的人理论，验质的那个人叼着一支烟，蛮横地对他说："老子说是湿的就是湿的，你个小狗日的，还敢跟老子犟？"

　　父亲一听，糟了，这一下，一天都不能回去了，他连忙把夫子拉到身后，一个劲地跟验质的人赔礼道歉："对不起，对不起，小孩子不懂事，您大人不记小人过，我们马上拉过去晒。"

　　夫子气得发抖，他捏紧了拳头，还想冲上去，被父亲紧紧地按住了，验质的人趾高气扬地走到下一个粮食板车前去了。

父亲说:"你吃了熊心豹子胆,敢得罪他?你要知道,在这里,他就是皇上,他说了算。"

夫子说:"我就是要跟他讲道理,我们晒了三天,怎么可能还是湿的?"

父亲说:"他说是湿的就是湿的,我们拖到对面水泥场上去晒吧。"

说完,父亲调转板车往水泥场那边去。这个时候,一个头戴草帽的中年人走了过来,他跟父亲打招呼:"老表,你来卖谷,怎么,是不是嫌你的谷湿了?"

父亲一看,是一个远房亲戚,他给父亲的印象是整天吊儿郎当不务正业,父亲说:"是的,我准备拖过去晒。"

亲戚说:"你是真的不知道还是傻呀,我告诉你,你就是还晒个几天,也是水份大。"

父亲不解:"那该怎么办?"

亲戚说:"你去买两包好一点的烟给我,我去帮你说说。"

父亲没有带钱,只好去找卖了粮的熟人借了一元钱,父亲把钱交给亲戚,说:"这个事你去办吧。"

亲戚拿了钱,给了父亲一张红色的纸条,说:"你重新去排队吧,轮到你的时候,你把条子拿出来,报我的名字,保准没有问题。"果然,又经过了两个多小时的排队,轮到验质的时候,还是那个检验员,父亲忐忑不安地拿出那张皱巴巴的纸条,报了亲戚的名字,检验员这次只是用那个带有槽子的尖刀子刺进麻袋,带出一小把稻谷,这次,他没有放进那个仪器里面,而是用手随便往嘴巴里面丢了几颗稻谷,说了一声:"拉过去过磅吧。"说完,他在一张白色的纸条上面龙飞凤舞地划了几个字,撕下来交给父亲。

父亲拿着那张白色的纸条,把板车拉到地磅上过了秤,再转到一个大型粮仓库里,夫子和父亲开始把粮食一包一包往粮食堆上扛。

已经是下午四点了,他们还滴水未进,可能是太饿了,在扛到最后一包时,夫子一头栽倒在粮堆上,父亲赶忙跑过去,把他抱在怀里,紧紧掐住他的人中。

夫子被父亲送到附近的卫生室，给他打了点滴，夫子才慢慢睁开眼睛。夫子问这是什么地方，究竟发生了什么事，父亲说是累的，让他躺在床上休息一会儿。

父亲回到粮库，拿了条子赶来，夫子已经起床了。夫子以为父亲拿到钱了，可是父亲说，粮库里没有钱，等回到村里，凭卖粮食的条子交完了公粮，扣完了二提五统的钱，才能够把剩余的钱给他们。

夫子觉得委屈，他觉得粮库不应该这样扣他们的粮款，应该当时就给他们结清，这样可以缓解一下手头的窘迫。夫子说："我明明看见有的人拿到了钱，为什么不给我们钱？"

父亲很平静地说："有的地方不一样，我们村里年年都是这样，何况现在又不急着用钱。"

夫子觉得父亲棱角分明的脾气已经被岁月磨平了。

二　谈婚论嫁

夫子一直盼望着邮递员给他带来好消息，可是邮递员总是让他失望。有时邮递员真的来了，他欣喜若狂，却发现没有自己的信件，倒是冈佳欣给他来过一封信，他看了看就扔到一边了。那只是一封问候的信，她说想来看他，可是又打消了念头，只好给他写封信，告诉他等待真的是一件很难受的事。

倒是秦怀秀来过一次，不过不是来看他的，而是跟着别人来做社会调查的。秦怀秀说她考上了一所中专，毕业后就参加了工作。秦怀秀显得比以前成熟多了，已经是一副农村妇女干部的打扮和口气，连走路也是那种从容不迫的样子。

夫子心想，这农村真的是能改变一个人的特性啊。望着秦怀秀离去的背影，夫子若有所失。

离发通知书的时间越来越近，夫子的心开始焦急起来。如果接不到通知书，他就要在这间灰暗的屋子里重新设计未来的生活。

终于等到发通知书了。

夫子到大队打听消息，可是大队说没有接到通知书，夫子的眼泪一下子就下来了。他直接从大队部跑到学校，三十多里路他是一口气跑到的，到了学校，很多同学都在那里，他看到了闵佳欣。闵佳欣高兴地告诉他，她被录取了。闵佳欣问他被录取了没有，夫子说没接到通知书，才来学校查看的。闵佳欣说也没看到他的名字。夫子不相信，连闵佳欣都被录取了，自己怎么会落榜呢？他不相信，跑去问班主任，班主任说："不对呀，以你的成绩没有理由不被录取呀。"

这让夫子的心里多少得到一点安慰。夫子不相信，就找到在学校当老师的表姐夫，表姐夫说："万一没有被录取，你可以再复读一年，以你的成绩考上是没有问题的。"他说要帮他查查分数，说不定是招生办把分数搞错了。

夫子垂头丧气地回到家里。

父亲知道夫子没有被录取，只是坐在那里抽烟，但父亲的眼睛明显在转动，在父亲的心里，更多的是在埋怨自己，心想可能是他那些书害了儿子。

夫子开始埋怨自己的命运，他把命运寄托在表姐夫的身上。

母亲安慰他说："读不了大学就不读，你几个哥哥没读大学还不是娶了媳妇，农村一样可以养活人。"

夫子知道母亲心里也很苦，是实在无奈才这么安慰他的。

看到夫子失魂落魄的样子，母亲和父亲商量，先给他找个对象，让他早点儿结婚，这样可以避免他胡思乱想，别为了读什么大学，把好端端的儿子给废了。

父亲同意母亲的意见，就到村里找媒人，过了两天，果然媒人上门了。

论亲戚，媒人是他们家族的一个婶娘，身后跟着一个看上去比夫子大的姑娘，那姑娘个子高高的，体格很壮，身材比闵佳欣还要苗条一些，还戴着一副眼镜。

夫子把她与秦怀秀和闵佳欣作了比较，发现那姑娘长得不比她们差，皮肤和闵佳欣一样白，脸庞有些像明星。

媒人直接进了屋，姑娘也跟着进了屋。进了屋的姑娘依然戴着眼镜，这让夫子觉得姑娘有些高傲,心里不免有些不舒服,毕竟自己是高中生,论身价不比她低,但他又不好问为什么进屋了还戴着眼镜。

母亲高兴得不行,以为家里增加了个棒劳力,这样她的劳动强度会减轻不少。

中午,母亲做了一餐丰盛的午饭,媒人还喝了酒,可是那姑娘自始至终都没说一句话,眼镜也一直戴着。夫子终于忍不住了说:"屋里比较暗,你能不能把眼镜取下来。"

这时,姑娘才取下眼镜,原来姑娘的左眼完全看不见,夫子顿时一句话也没有了。

那姑娘见夫子不说话,就大声说:"你要是嫌弃我是个瞎子,就直说。"

夫子说:"我不想找个残废人。"

父亲却说:"残疾人怎么了?又不影响做农活。"

媒人插话说:"你们先谈着,有了感情就好了,再说,人家也是读过书的,有文化,是来给你们家撑门户的。"

夫子不再说什么,却直在心里一万个不愿意。

送走了媒人,夫子对父亲说:"我不同意,我要复读,再去考大学。"

父亲说:"不行,家里没有钱再供着你,你能够说这个姑娘已经不错了,你别不识抬举。"

夫子第一次和父亲顶了嘴说:"要娶你娶,反正我不要。"

母亲也说:"夫子,这样的姑娘难找,这是我花了三块银元找人帮你介绍的,你别看她瞎了一只眼睛,又不是娘肚子里面带出来的,那是在学校被别人用竹签刺了的,人家有一张旺夫像,我们家就是需要这样的人。"

夫子不想再争辩,他一个人走到东荆河大堤上,看河水慢慢流淌,夫子看见有人在河边钓鱼,那鱼好像很好钓,不一会儿就有人钓上来一条大鱼,那人把鱼放进鱼篓子里,又继续钓。那人的旁边,放着一把小木头凳子。

夫子走近他,问:"河里鱼多吗?"

钓鱼的是一位五十多岁的中年人,衣服穿得很朴素,头上的草帽显得陈旧不堪。夫子走到他身边蹲下来,用手去抓鱼篓子里的鱼。夫子把手伸进篓子里，抓起一条一斤多重的鱼说："送我一条吧。"那人扭过头来，厉声说："我为什么要送你？"夫子今天就是想做一回坏人，他抓起鱼就跑。

不想那人想站起来却没能站起来，他抓起小木凳子砸向他，原来那人是个瘫子，不能走路。他连忙走回去，把鱼放进篓子里，说："我跟你闹着玩的，看你舍不舍得。"

那人说："你爸可是个规矩人，怎么养了你这个泼皮种子。"

夫子没想到他认识他爸，问："你住在哪儿？你教我钓鱼吧。"

那人的脸长得很周正，看上去根本不像个残疾人，他说："我才不教偷鱼贼呢。"

夫子辩解说："我没有偷东西的习惯，今天不知怎么了，就是想当一回坏人。"

那人说："你肯定是有不如意的事。"

夫子说："你怎么知道？"

那人说："你爸很会看人，可他把你看走眼了。"

夫子说："我爸不会看错的，我今年是最不顺的一年，高考没考好，找媒人介绍了一个媳妇。"

夫子觉得那人说话很有深度，应该和他爸爸差不多。

夫子问："你和我爸熟吗？"

那人说："没打过交道，只是听说过，不过，你错过了一门好亲事，那可是一个好姑娘。"

夫子问："为什么？我现在还不想结婚，我还要读书。"

那人说："结婚并不妨碍你读书呀，只要想读书，什么时候都可以继续读，家里有人照顾你爹妈，你不是更能安心读书吗？"

夫子没想到这个人说话这么在理，他问："那我现在怎么办？"

那人又钓起了一条鱼，他没有回答他的问话。夫子没有走，他还想听他再说些关于那个瞎眼姑娘的故事，但那人却沉默起来，不再和他说话。

河水流得很平静，远处还有人在撒网，那人自言自语道："现在撒什么网，又不是时候。"

夫子问："那什么时候撒网好？"

那人说："要么一大早，要么就是天黑的时候，他可能是个生手，不会打渔。"

夫子又问："这么说，你也会打渔？"

那人说："别看我是个残疾人，我打渔也是非常内行的。"

夫子没想到这个瘫子这么厉害。

那人说："你要是想找她，就去东洼村。"

三　单独见面

接下来几天，夫子闷在家里看《易经》，手上翻着书，心里却一片烦乱。他不甘心，自己那么用心地学习，而且成绩一直名列前茅，怎么会考不上大学！一想到以后要娶那个瞎了一只眼的姑娘，还要继续父母一辈在农村的生活，他就更不甘心了。

母亲停下手上的活儿，坐在了夫子身边，看着煎熬中的七伢子，心疼地说："妈知道你心里苦难受，你的成绩一直很好，没想到老天捉弄人。上大学看来没多大希望了，咱家的条件只是这样，你的身体又干不了重活，那姑娘虽然一只眼睛看不见，却是过日子的人，要是真能娶进门，也是你的福气。"

都说知子莫若母，果然一点都不错。母亲始终都是为了他着想。想到这里，夫子烦乱的心绪似乎得到了缓解。

母亲接着说："去看看那姑娘吧。"

夫子低着头，沉默许久，终于听话地离开了家。

路上，他像做贼一样，生怕别人看见，见到人从身边走过也尽量不去看。到了东洼村，他才想起还不知道那个姑娘叫什么，后悔没打听一下姑娘的住址。村里不时有人经过，他想打听，又不好开口，就信步在村里走着。

东洼村的房子和他们村里差不多，低矮、破烂。他一家一家走过，每经过一家都要朝里面看看，就在他失望地打算往回走的时候，突然听到有人在喊他:"夫子?"

他扭头一看,正是那个瞎眼姑娘。她正站在院子门口的路边喊他,他大喜过望,连忙跑到她身边,问:"你就住在这里?"

那姑娘说:"怎么了?我不能住在这里吗?"

夫子也笑着说:"当然可以。"

那姑娘说:"你不是看不上我吗?你是高中生,不会是来找我的吧。"

夫子说:"是啊,我就是来找你的,你家里还有什么人吗?"

那姑娘说:"我爸在屋里面,他今天没有去钓鱼。"

夫子问:"你爸会钓鱼?"

那姑娘说:"我爸说他前几天见过你。"

啊!夫子想起来了,说:"原来那人是你爸?"

那姑娘说:"是的,他每个月还有三十多块钱工资呢!他是在部队上施工时失去双腿的,你敢不敢见我爸?"

夫子说:"算了吧,我偷过他的鱼。"

那姑娘说:"我爸说你这个人不坏,你这么远地来了,不到屋里坐一会儿吗?"

夫子说:"不了,我怕见你爸。"

那姑娘见夫子不想见她爸,就和她一起出门往河边走。

夫子跟在瞎眼姑娘后面,不知不觉走到东荆河大堤上,河滩上有一片起到防护作用的小树林。树林里长满了杂草,有半人多高,也是鸟儿们嬉戏的地方,虫鸣和鸟鸣混杂在一起,形成一道不为人知的交响乐。欢乐属于鸟儿虫儿,夫子心里只有惆怅。

姑娘见夫子沉默不语,主动打破沉默:"说吧,你来找我有什么事?"

夫子避开她的眼睛,闷闷地说:"那天你到我家来,我有些不礼貌,来向你道歉。"

姑娘说:"没什么,我的眼睛这样,我已经习惯了,要别人接受可能还需要一点时间。"

夫子问:"你叫什么名字呢?"

姑娘说:"我叫卫贞。你不介意我的眼睛和我的瘫子爸爸了吗?"

夫子想起妈妈的话,抿了抿嘴唇,说:"我想先认识一下你。"

卫贞发现夫子始终没有看她的眼睛,就说:"那今天我们就算认识了,回家去吧。"

四 算卦

晚上睡不着,夫子翻开《易经》来看,又看不进去,就喊了一声:"爸!"

父亲已经睡下了,问他喊什么?

夫子说他睡不着,让他起来给算一卦。

父亲说:"半夜三更算什么卦嘛?"

夫子说:"算婚姻。"

披着衣服坐起来的父亲有些奇怪,本以为在七伢子心里上大学才是大事。

父亲并没有掐着指头算,而是把他的手拿过来,在他的脉上按了好一会儿,说:"你今天出去做啥了?"

夫子连忙抽回手说:"我不算了,不算了。"

父亲又夺回他的手,捏在手里,号完脉后说:"儿啊,做人要面对现实,不能和自己过不去。"

夫子说:"没有,我随便到处走了走,遇见了。要不你先给我算算上大学的事吧。"

父亲阴沉着脸说:"这个我不会算,你就做两手准备就行,反正离开学还早,能去就去,不能去就和那个姑娘结婚。"

"我不!"夫子的语气很坚决,"我才多大呀,结了婚,生了孩子,这辈子就埋在这里了。"

父亲的脸色变暖了,说:"那你就好好干活,不要到处跑,就在家里把书再好好温习一下。"在父亲的心里,人还是要多读书的。

夫子说:"你给别人都算得准,怎么给我算起来就这么难呢?"

父亲说:"儿啊,算命都是骗人的。是用来混饭吃的,要真算得准,那人还能活吗?"

夫子有些失望地说:"原来你那都是骗人的?"

父亲还从来没和他这么耐心地交流过,今天不知怎的,和夫子竟推心置腹起来,仿佛夫子一下子长大了。

父亲说:"所谓易,就是个'变'字,怎么说都有理。算命就是看人说话,谁都想听好听的,你就往好里说,有个差不多就行了,别人也就信了。"

父亲的形象仿佛一下子坍塌在了他面前,他说:"那你还让我看那书做啥?"他也不知道自己到底想做什么,心里仍旧一片烦乱。

父亲说:"书还是要看的,也有人靠着这本书养活一家人。"

五 卫贞

父亲的话并没在夫子的心里产生积极影响,夫子准备出门。

母亲问他去哪儿,他说家里闷得慌,到卫贞家去看看,母亲听说了,高兴地说:"好,多去她家玩玩,卫贞是个好姑娘。"

卫贞家里没人,夫子有些落寞,就到昨天他们去过的河边。远远地就看见卫贞站在河滩,眼望着河面出神。

夫子走到卫贞身边,叫了她一声。卫贞回过头,淡淡一笑。

卫贞平静地看着他,轻轻地说:"你要是不愿意,就不要勉强自己。我虽然欣赏你的才华,但也不是非你不嫁。"

夫子终于抬起头,看着卫贞的眼睛说:"你是个好姑娘,能娶到你是我的福气。只是我好像还没做好心理准备。"

卫贞的坦诚让夫子吃惊,他看着平静的水面,心里一片惘然。

"你明天来我家看看吧。"卫贞说。

天空滚过一声炸雷,接着闪电划破云层,发出刺眼的蓝光,豆大的雨点砸了下来,两个人冒雨回到家。

父亲看着夫子湿着衣服进来,问:"你去哪儿了,怎么衣服被打湿了?"

夫子说了实话："去找卫贞了。"

父亲说："你们还没定下来，不要走得太勤。"停了一会儿，又问："你见到她爸了吗？"

夫子没想到父亲会问得这么详细，想了想说："没见到。"

父亲说："要不明天我和你妈去给你把婚事定下来？"

夫子连忙摆手说："不忙，我们才刚认识，谈一阵再说，相互多了解一下对将来没坏处。"

父亲没再说什么，目光却一直把他送进卧室。

晚饭时，父亲在喝酒，夫子端起父亲的杯子，试了一口，说："好喝。"然后起身拿来杯子给自己倒了一杯，他只想一醉解千愁。

一杯酒下肚，并没什么感觉，只是脸上有点热，夫子又一连喝了三杯，吃过饭他就睡了。第二天上午，因昨晚没睡好，他很晚才起床。父亲依然坐在那里抽烟。他想找个理由去见卫贞，可不打声招呼又不好走，犹豫了半天，他突然想起来似的问："爸，你不是说要去卫贞他们家定亲去吗？"

父亲看了他一眼，反问："你不是说不慌吗？再说，定亲也得准备礼物吧，家里现在没有现钱，拿什么置办？"

夫子这才想到父亲一直都身无分文。是啊，这个家一直被贫穷困扰着，父亲根本没有钱置办婚事，说定亲只是探探他的真实想法。考不上大学的自己一无是处，有什么资格介意卫贞的眼睛呢？夫子心一横，罢罢罢，认命吧，免得父母再操心。

夫子一路来到卫贞家院门外。一个和卫贞很像的中年妇女提着两份求亲礼，对她前边的两个人说："还没问过卫贞的想法，这礼物我们不能收，你们先拿回去吧。"那两个人无论如何不肯接，飞快地走了。

卫贞从屋里出来，喊了一声"妈"。这时，夫子才从墙角走出来。

卫贞喊他："夫子，快进来，我爸妈都在家。"

夫子站在门口像定在了那里，卫贞来拉他才把他拉到屋里。

卫贞的父亲坐在桌子旁，显然是卫贞帮着父亲坐上去的，看上去像个正常人。

卫贞的父亲镇定地说:"果然是你。"

不知为什么,夫子有些怕眼前这个瘫子,确切地说是怕他这张脸。卫贞的父亲有着一张正直的国字脸,脸上的胡子和皱纹让他看上去十分威严,听说他参加过抗美援朝,想必那张脸吓退过不少美国人。

夫子心虚地喊:"卫叔,我以前不知道卫贞是你的姑娘。"

卫贞的父亲说:"你不是看不上卫贞吗?怎么又来找她?"

夫子小心地回答:"以前不知道,没想到卫贞又聪明又能干。"

卫贞的父亲说:"你们刚认识,怎么就知道她很能干。"

卫贞有些心疼夫子,大声说:"爸,你别像审查犯人一样审他,他胆子小。"

卫贞说:"爸,夫子来了,中午在家里吃饭,我去买菜吧,家里什么菜都没有。"

卫贞的母亲个子矮小,在父亲面前就像个小佣人,她轻声轻气地说:"你陪夫子玩,我去买吧。"

卫贞说:"那我们一起去。"又拉过夫子说:"你也一起去,喜欢吃什么就买什么。"夫子这才知道,卫贞的家里远比他家有钱。

夫子轻轻拉了一下卫贞。卫贞顿时脸一红说:"你要是不想去就不勉强,你在家里陪爸吧。"

夫子可不想在家里受罪,说:"我还是陪你们去吧。"

面对残疾的卫贞父亲,夫子心里有一种罪恶感。

街上离家有两里路光景,冷冷清清的。一条窄窄的石板路两边开了几家店铺,有卖百货的,有卖菜的,菜都不大新鲜。

卫贞跟着母亲,夫子跟着卫贞,像一支小队伍,吸引了街上不少目光。

卫贞走到卖肉的店铺,就站住不走了。母亲扭头看见卫贞,站到肉案旁,问:"多少钱一斤?"卖肉的师傅说:"三角五。"

"砍五斤吧。"母亲虽然个子小,口气却不小,声音很洪亮。

卖肉师傅看着母亲的目光有些异样。卫贞说:"你怕我们买不起呀?"

卖肉师傅连忙赔着笑脸说:"没有,没有,来的都是客,没有区别。"

卫贞叫师傅砍了一块最肥的座刀肉,母亲给了钱,卫贞提在手里,夫子连忙抢过来。

到了卖百货的店铺，卫贞又停下了。母亲问："还要买什么？"卫贞用手指了指柜子里的白果，那是一种用糖和面做成的白色点心，里面包着熬过的糖馅，很甜。

母亲笑着说："那就来一斤吧。"卫贞一脸兴奋。

买好后，一离开店铺，卫贞就把点心打开，抓了一把递给夫子说："我最喜欢吃了。"

三个人把街道逛了个遍，直到快中午了他们才赶紧走回到家里。

母亲和卫贞在屋里忙着，夫子则站在篱笆边看蜜蜂采蜜，把卫贞的父亲冷在屋里。

吃饭的时候，卫贞一个劲儿地给夫子夹肉。

卫贞的父亲看着夫子闷不做声，问："夫子，你还打算读大学吗？"

夫子被问得有些茫然，思考了好一会儿才说："可能没考上，考上了我还是想读。"

卫贞的父亲说："那卫贞怎么办？你们能尽快结婚吗？"

夫子说："这得问我爸，我家里好像还结不起婚。"

卫贞问："怎么，结婚还有什么结得起结不起的？"

夫子说："我家里一分钱都没有，卖稻谷的钱到现在还没拿到一分。"

卫贞的父亲说："你只说想不想尽快结婚，其他的你不用管。你说句痛快话，免得耽误了卫贞。"卫贞父亲说着，瞥了一眼墙角，那里放着两份提亲礼。

夫子踌躇再三，咬了咬牙，点了点头说："一切听您的安排。"

卫贞清澈如水的目光就那么静静地看着夫子，似乎要把他看穿。夫子于是找了个理由逃回家了。

六　长江师范大学

父亲对夫子说："你不能这样玩下去呀，你得找个事做。不然今后怎么办？"

夫子也着急起来，思考着做什么好？他发现每天一到晚上，村里的稻田埂上，穿梭着许多背着鳝鱼篓子的人，他们把蚯蚓或者土蛤蟆夹在两只竹片之间，用稻草缠住放在篓子里面，晚上埋进稻田，第二天早上把篓子提起来，就会捉到许多黄鳝或泥鳅。夫子也以一角钱一个买了一串鳝鱼篓子加入他们的行列，每一天都可以搞个几块钱。

正在夫子干得兴高采烈的时候，队长来到他们家里，说有人带信，让他去学校拿通知书。

夫子一听，一时竟说不出话来。还是父亲提醒他："别发呆，快让你叔坐。"又征求队长的意见："中午就在这里吃饭，跑来跑去的还要给我们操心。"

夫子这才恢复正常，说："那我现在就去拿，看看是不是他们弄错了。"夫子也不管队长在这里，就出了门。他一路小跑来到学校，站在校门口停下了，他要休息一会儿，他的腿跑疼了，再动就有可能支持不住。

有学生进进出出的，手里都拿着通知书。

夫子看见学校办公室就在前面，可他却走不过去，腿不知什么原因，挪不动。他只好扶着院墙站着，直到头上的汗干了，他又试着挪脚，可以慢慢地往前挪，有同学和他打招呼，他只是勉强动一下手。

女老师看见他，笑着说："鲁德夫，你怎么到现在才来？"

夫子勉强笑了笑，说："刚听到通知。"

通知书就一张纸，上面写着被录取学校的校名"长江师范大学"，还有他的名字，他坐在办公室门口，眼睛一直盯着那通知书，眼泪突然流了下来。

女老师问他为什么坐在这里，他说他要好好休息一下，他跑累了。女老师给他搬了把凳子，他双手撑着身子才坐到凳子上。

夫子心里百感交集，没想到别人都快去学校报到了，他才收到通知书，真是好事多磨。想起自己这几个月的纠结痛苦，总算有了个满意的结果。

他一口气跑回家，隔老远，他看见父亲坐在门前台阶上，嘴里叼着烟，烟雾从嘴里慢慢喷出。

夫子走上前去，把通知书递过去给父亲看。

父亲吐掉烟头，把通知书拿在手里，一个字一个字地看了好几遍，然后把通知书放在地上，用手掌将两个眼角擦了又擦，说："你的命就是这张纸啊。"

夫子一直站在父亲面前，父亲说："你好好玩几天吧，想想怎么跟卫贞解释，然后准备上学去。"

父亲的话音刚落，只见院子外不少人涌了进来，大家都来祝贺，手里也都拿着礼物。有的拿鸡蛋，有的提鸡子鸭子，还有的送绿豆黄豆。人们根据条件，将自己的祝福都寄托在手中的礼物上。

"他可是我们村第一个大学生啊，老伯，夫子不光给你们争了光，也给我们争了光，以后到了外面，我们也可以说，我们村也出了大学生。"

队长说夫子就是全村孩子的榜样，以后全村的孩子都要向夫子看齐。

父亲看见来了这么多人，连忙给男人上烟，给妇人搬凳子。母亲则招呼着去烧火做饭，说："都找地方坐下，吃了饭再走。"

和母亲差不多的姐妹说："都在你家吃饭，你有这么大锅吗？"

队长站在台阶上，又请了人帮忙，将一副对联贴到大门上。

那对联写着：

上大学全村第一

育栋梁举世无双

横批是：不负众望

夫子站在门口给大家鞠躬，来一个鞠一个，笑容一直持续着。

乡亲们有留下来的，也有家里有事放下东西就走了的，院子里闹哄哄的，这个院子自从盖好后还从来没有过这么高的人气。

脸上满是皱纹的父亲一直笑得合不拢嘴，接受着乡邻的祝福。

哥哥姐姐也来了，手里提着肉呀鱼呀什么的，他们让夫子休息去，说是别累着，让他养好身体，又说七伢子瘦了，都是这该死的通知书给害的。可是在母亲的眼里，七伢子从来就没有胖过。

桌子椅子不够，哥哥姐姐们又到湾里借来桌子椅子，把院子里摆满了。

村支部书记过来了，他是代表村里来给夫子送花鼓戏，他说夫子是村里出的第一个大学生，经过集体研究，他请来了鲁美娇的沔阳花鼓戏剧团，要在村里唱三天三夜花鼓戏，这在杨林尾公社十里八乡可是开天辟地头一回。

书记听说家里一分钱没有，就给粮站站长写了一张纸条，让夫子的哥哥跑一趟粮站，不大一会儿，哥哥到粮站把卖粮款拿回来了，父亲握着书记的手说："还是书记想得周到，真是雪中送炭啊。"

卫贞来了，站在外面一直没进去，直到夫子看见了，才走到门口把她迎进去，卫贞说："通知书拿到了？"夫子点点头。卫贞则站在他身边和他一起迎接客人。

村支部书记和队长，还有家族里面一些德高望重的长辈人在夫子家里吃了饭，又闹了很晚才回家。

七　父亲得病

第二天，村里所有的人都过来看戏，每一家都送来了两块钱的礼金，一时间，家里面热闹极了，三天后，花鼓戏唱完了，家里面还有客人，直到第五天，院子里才冷清下来。一片狼藉的院子让几个哥哥姐姐们累了个半死才收拾好。

哥哥姐姐们看着卫贞一直陪着他，等客人都走后，两个姐姐把他拉到一边，对他说："夫子，你真的要和卫贞结婚呀？"

夫子想了半天才说："爸妈都同意了，我能有啥办法？"

二姐说："那是以前，你现在是大学生了，要上四年大学，四年以后还不知道是什么样子呢？你可不能结这么早。"

夫子说："我也不想这么早结婚。"

姐弟们正在讨论这个问题的时候，母亲在屋里喊："夫子，你爸好像是病了，快来看看。"

夫子跑进屋里，看见父亲躺在床上，母亲用手给父亲按摩着胸口说："你爸心里难受，要不要送到卫生院去看看？"

夫子问父亲:"怎么回事?"

父亲用手指着心口,声音轻得比蚊子还小:"心里疼。"

夫子由哥哥姐姐们帮着,把父亲用板车送进了医院,母亲留在医院陪护。

他回到家里,哥哥们家里都有事,交待了几句都回家了,说有事了再叫他们。

屋里空荡荡的就他一人。看着寂静的家,他才感到父母的珍贵,他不能想象,这个家里面如果没有了父母会是什么样子?他有些六神无主。没有了父母的家除了冷清,更多的是孤独、可怕。他躺在床上,却怎么也睡不着,干脆起床,穿好衣服,把门锁好,然后摸黑赶到医院。

医院大门早已关了,他叫醒值班的老头,向老头说明来意,老头让他进去。来到父亲的病房,看见母亲趴在父亲的床沿上打瞌睡,他没有叫醒母亲。

父亲睁开眼睛看了看他,没有说话,父亲的眼睛无神得厉害。他有些害怕,只好把母亲推醒。

母亲问:"你怎么来了。"

他说一个人在家里害怕。

母亲说:"那你在这里陪着,我回去。"

夫子让母亲天亮了再走。

母亲说家里没人不行,就走了。

病房里静得怕人。病床上只有父亲一人,其他的都空着,夫子看着惨白墙壁,又看看没有动静的父亲,又害怕起来。这时,他才体会到没有父母的陪伴是多么可怕。

父亲住了一个星期医院才缓过劲来,病情刚刚有了好转,他就闹着要出院。

夫子和母亲用板车将父亲拉回家里休养。母亲出了医院,摸摸口袋,卖粮食的钱已所剩无几。母亲原以为父亲治病要不了多少钱,可是一结算,花了一百九十多,粮库会计将全部粮款送来了,加上乡亲们的礼金,总共才两百多块。母亲原来以为除了给父亲付了医疗费，还能省下一些钱让夫子带去上学，这下完了，母亲的心里又压上了一块石头。

父亲的生命如耗尽的油灯，没有好转的迹象。夫子看着父亲，焦急地在屋里走来走去。母亲的叹息声也从厨房传到父亲的卧室。

开学的日子近在眼前。母亲到所有的亲戚家去借钱，东家两块，西家三块地借，借了一天才借到十八块，大家手里都很紧。

母亲曾是地主家的女儿，当初因为成分不好，没人敢娶，是父亲把老大不小的母亲娶回了家里。出嫁的那天只有父亲一个人来接，外婆把藏了很久的三十块银元塞到母亲手里，说："我没有什么给你陪嫁，这算是妈的一点心意。"母亲给了每个孩子四块银元，还剩下六块银元准备留给七伢子。又花了三个银元给夫子定了亲，仅剩的三块银元母亲一直藏着。这次夫子上大学，母亲看着实在过不去，就把银元拿出来，到街上换了九块钱，和借来的钱一起塞到夫子手里，让夫子拿好，夫子接过钱，觉得那钱好沉好重。他的身上还从来没有装过这么多钱，顿时心里有些紧张。

书记带着锣鼓队，敲敲打打地来到院子里，院子顿时热闹起来。母亲笑着迎接客人。送行的队伍也来了，是队长亲自组织的，有五十多人，还有好多看热闹的也挤了进来，差点把院墙挤倒。

队长只好让大伙都站到外面去，说："送人的留下，不送人的都回去，以后你们家出了大学生队里也会带着队伍来送行。"

夫子来到床前向父亲告别，父亲只睁着眼睛点了点头。他走出房间，队长将他推到队伍前面。

锣鼓队跟在后面，沿路都是看热闹的人。夫子走在前面，没有看到卫贞，心里踏实了。

昨天晚上，夫子去找过她，说叫她不要送他了，他一早就要走。

到了杨林尾公社，还有一个和夫子一样考上了另一所大学的人也在这里集合，他们由公社统一派车送他们到学校，这时送人的队伍挤满了广场，足有好几百人。

卫贞一家见夫子就这样走了，也明白了是怎么回事。卫贞托媒人把母亲给卫贞的三个银元送回夫子家，夫子的父母觉得愧对卫贞，说什么也不肯收。多年后，夫子还会想起卫贞那只眼睛，就那样静静地看着他。

第四章 卫贞

第五章　大学生活

一　李冰

在长江中游的南岸，有一座美丽的城市，山水环绕，风景秀丽，有"江南明珠"之称。中心城区有一所省属师范大学——长江师范大学。大学坐落在青山湖畔，覆盆山麓。地势襟江带湖，含山蓄水。一座用钢管焊成的拱型大门，上面庄严地写着大学名称，校门后面隐藏着一排排砖木结构的房屋和一个巨大的操场。这就是夫子向往的大学，他的整个眼睛都被好奇占据了。

夫子和几个同学在车站下了车，他提着行李走进大门，来到新生报名处。报名处里有一男一女两位老师坐在那里登记，他被分在一五班，男老师做完登记，女老师给他发了饭票和伙食费，拿着十七块五角钱和三十五斤粮票，还有一个贴了登记相片的公费医疗本子，夫子心里别提有多高兴了。

夫子看到，有很多成年人也来报名，还有一对夫妻手里牵着一个女儿也在报名。那个小女孩拼命地往妈妈身边挤，不想碰到了夫子的腿上。夫子看了小女孩一眼，小女孩的妈妈和爸爸同时扭过头来看他，夫子连忙点头表示没事，十七岁的夫子差点把他们喊成了叔叔和阿姨。

夫子被分配到一个有着四张床位的宿舍里，他放下行李，连忙摸摸装钱的地方，钱还在。

晚上，按照报名时的分班，各班开新生见面会。一个三十多岁的长得帅气的男老师作了自我介绍，接着他把学校的优良传统以及取得的成就也作了介绍。说学校虽然名气不大，可也是走出过不少有名的人才，如某某县委书记或某某地委书记之类，学校的不少老师都是留校任教的。

夫子很认真地听着，心想，别看这个不起眼的地方，也是个藏龙卧虎之地。晚上，他把《易经》又拿出来看。

第二天不上课，夫子有时间到学校的各个角落去看了全貌。同宿舍的四个同学，分别来自不同的省份。夫子是第一次见到外省的学生，他们有着各不相同的声音，让夫子有些不适应，可也听来有趣。陕西的把"我"叫"额"，河南的叫"咱"，山西的叫"俺"。这些让他看到了一片广阔的天地。

跟他的床连成一排的那个同学是陕西人名字叫裘勇，他说他会打腰鼓，可惜这里没有。山西的叫侯俊，说他会做羊肉泡馍，可惜这里没有羊肉。河南的叫贾平山，说他会擀面，可这里没有案板和擀面杖，也擀不了面。夫子则说他什么都不会，几个同学非要让他说一样，他想了半天说他会看人钓鱼。

裘勇见他在看《易经》，又是草版，要竖着看，就拿过来，翻了几页，见里面全是繁体字，只有不多的几个简体字，问他怎么看这些东西，对学习有好处吗？

夫子见他见识短浅，说："我只是打发时间。"

裘勇说："打发时间可以找女同学聊天呀，何必把时间浪费在这些旧纸堆里。"

夫子说："你不懂。"

侯俊听了拿过裘勇手里的书，说："我看看，我喜欢看古书。"他看上去很认真看了几页。

夫子问："你听说过这本书吗？"

侯俊说他没听说过。

夫子问他看懂了没有？

侯俊说他看懂了几个字，大部分字不认识。

夫子说："这是中国的老祖宗传下来的一本很难读懂的书，毛主席对它都很有研究。毛主席的很多思想就是从这里得到启发，才写出来的。"

贾平山有些不服气，说："要说文化，河南是中原文化的正统，很多正统文化都发源于河南,你没看见街上算命的,耍猴的,跑江湖的河南人最多。"

夫子说:"我长这么大,只见过河南人,我们村就有个烧砖的师傅就是河南的,河南人胆子大,什么都敢干,哪里都敢去。"

贾平山也接过书,把夫子好好打量了一番,笑着说:"看来我们可以成为好朋友。"问:"你怎么对河南这么了解?"

夫子想了想说:"我听我爷爷说,我们的老家就在河南,是解放前发大水时,从河南迁过来的。"

贾平山看上去比夫子大好几岁,河南的风沙把他的脸刮得很糙,说:"那我们是老乡了。"

他们的关系近了许多。贾平山问:"你父亲是做什么的?一定是个有文化的人。"

夫子想了想,犹豫了一会儿,才说:"我爸是剃头的,顺便给人家看看相。"

裘勇调侃地笑着说:"算命瞎子呀。"

夫子说:"你爸才瞎子呢。"

贾平山说:"算命咋啦?总比你们那里什么都不善长强多了。"

裘勇问:"你去过我们陕西?"

贾平山说:"你们那个鬼地方我很早就去过,去贩过羊皮。"

裘勇说:"吹,读书还有时间去贩羊皮?"

贾平山说:"我跟我舅舅每个暑寒假都出去做生意,爱信不信。"

侯俊问:"那你爸当什么干部?"

贾平山说:"书记。"又反问侯俊。

侯俊说:"公社武装部长,我爸的手枪经常放在家里,我会打枪。"

夫子说:"你们都是干部家庭,我不能跟你们比。"

第二天八点上课,夫子起得有点儿晚,吃饭时排在最后,其他人都吃好了他还没吃上饭。等他走进教室的时候,教室里已坐满了人。他站在门口一看,班上三十多个人。有一半都是二十好几岁的年龄,有三分之一是女生。而且有几个女生显然已当了妈妈了。

他的个子不高,个子高的把前面的位子留了下来,他坐在第一排。第一天上课，他想知道老师长得怎样。不一会儿，从外面走进来一位五十多岁的老人，头发已经花白，并且不修边幅，身上的衣服被洗得褪了色，脸上戴着一副高度近视眼镜，镜面已有些模糊，他把讲义放到讲台上，先拿起粉笔在黑板上写下"教育"两个大字。

夫子抬头看着老师，虽然讲义放在讲台上，他却没有翻开，而是一边板书一边讲课程内容，那些知识仿佛就像自来水，从他的嘴里不断地流出，然后灌输到学生们的脑子里。夫子认真地做着笔记，同学们认真的学习态度让他不敢有半点松懈。

下课后，有的同学到操场上去打球，更多的同学坐在教室里温习老师讲过的内容。

那个女同学是在第三天主动和他打招呼的，那天在上课的路上，下起了雨，夫子躲在离教室不远的屋檐下，打算等雨下小了跑进教室里。这时，女同学也跑来躲雨，问他："你叫鲁德夫？"

夫子笑着回答："是啊，你叫什么？"

女同学回答："李冰。"

李冰肩上的衣服已打湿了，胸前的衣服贴在挺起的胸脯上。夫子有些不敢看她，就将脸望着教室方向，说："别人一般叫我夫子。"

李冰笑了起来，说："你可真像个夫子，不过叫夫子的都是迂腐的老文人。"

李冰笑起来脸上的两个小酒窝就像两朵粉红的小花朵，声音听起来特别清脆，就像一个个小磁棒掉在冰冻的石头上。光滑的脸上不时滚下一颗颗小水珠，还有手背上也落满了细小的水珠，她的头发扎成一束马尾一样，走路时左右摆动，现在却停在那里，有种让人联想的画意。

夫子把眼前的李冰和冈佳欣做着比较。冈佳欣到现在还没有消息，也许她在另一个城市里读书，已结识了另一些朋友。眼前的李冰正是他喜欢的那种水灵灵的女孩。他又想起了卫贞，她和李冰是不同的两个人。卫贞有着结实的身体，可眼前的李冰却不是那样，就像一团雪花，只可远观，不可近瞻。稍不留神放在手里就会化，掉到地上就会摔碎，却又有着让人不舍的诱惑。

夫子说："我才十七岁呢，怎么算是老文人？"

李冰依然微笑着说："我是比喻，不过你和别人不一样。"

夫子受到李冰的感染，也笑了起来，说："我是农村来的，和城里人当然不一样了。"

李冰马上严肃起来说："我可没有歧视农村人的意思，我是说你身上的气质，看上去比他们成熟，甚至比那些结了婚的大叔都成熟。"

夫子受到鼓舞，有些开心地说："我没感觉到和别人有什么区别。"

李冰问："你打算毕业了当老师吗？"显然李冰从踏进学校就给自己未来做好了规划。

夫子则有些不好意思地说："我没想过，人生这么长，将来做什么我还真没有考虑好。我想，做这样的规划还太早。"他说这话的时候，才敢把目光放到李冰的脸上。可是李冰则把目光放到了远处的学校去了，有些心不在焉的样子。

雨住了，李冰说："我们走吧。"他们走进教室一看，很多位子都还空着。李冰找了个位置坐下了。夫子看了一会儿，在李冰旁边坐了下来。

那堂课，老师讲的什么夫子几乎都没记住，李冰就像个干扰器，让他心绪不宁，他的目光不时在李冰身上瞅一下又马上移开。

李冰则目不斜视地听老师讲课，一边听一边做笔记。她低头的样子让夫子想起闵佳欣学习的样子。他把眼前的李冰当做高中时的闵佳欣，她们都是爱的使者，让他那颗卑微的心变得有了自信。

二　打架

学校食堂离教室有一百米的距离。每次最后一节课结束，夫子就直接去食堂打饭，然后端到宿舍里吃，其他同学也都一样。夫子很节约，从来都是拣最便宜的菜打，家里的父亲还在病中，母亲除了要操心田里的农活，还要照顾病床上的父亲，也不知道父亲的病怎么样了。

父亲是那种爱惜生命的人，也懂得生命长久的窍门，所以以不变应万变，成为父亲处世的准则。

李冰也在打饭,他站在李冰后面。李冰见是他,朝他笑笑。

这时,有个比他高得多的男生挤到他的前面。夫子不甘心,上前一步,将那个男生挤到后面,那个男生受到挑战,一把将他拉到身后,眼露凶光地说:"怎么,想打架?"显然那个男生欺负他是农村来的,没把他放在眼里。

李冰转过身来,看着那个男生,说:"你怎么插队?"

那个男生转怒为笑,说:"我是过来保护你的。"

李冰有些不高兴,说:"这是什么地方?谁要你保护?"

那男生讨了没趣,就把气撒到夫子身上,说:"回头找你算账。"

李冰离开队伍,把夫子拉到一边说:"我们到另一个窗口去打吧,别跟这种人讨没趣。"

夫子刚要走,那个男生却拉住他说:"你别走,就站在我前面,我让你。"

夫子挣脱那男生的手,要跟着李冰走。男生不放,夫子大声说:"你想怎么样?"那男生使劲一推,夫子没站稳,一下子倒在地上。这时,同学们都围了过来,指责那个男生。

夫子站起来,要上前打那个男生。李冰把他拉住了说:"别和这种人打架,不值得。"

老师听到有人打架,跑过来,把那个男生拉住问:"为什么打架,这是什么地方?跟我到办公室去。"

老师叫夫子也跟着,两个人走进办公室,李冰也跟了进来。

老师一进门就对着那个男生大声说:"栾伟,我知道你父亲是县委书记,可你也不能仗着你爸爸欺负人啊,你这已不是一次两次了,再这样,我就向学校申请开除你。"

夫子这才知道那个男生叫栾伟,可他并没有对他产生恨意。

李冰说:"栾伟,你这个人太不像话了!你是大学生,不是社会上的混世魔王,应该有点素质,你以后离我远点。"

栾伟竟厚颜无耻地说:"我喜欢你咋啦?学校也没规定我不能喜欢你呀。"

李冰气愤地说:"谁喜欢你呀,不学无术还到处闹事。"

老师对栾伟说:"你给鲁德夫同学道歉吧。"

栾伟大声说:"他算老几?我给他道歉?不道!"

夫子本来想原谅他,见他这么看不起自己,就扬起拳头一下子打在栾伟脸上,把栾伟的嘴打出血来了。

栾伟后退一步,还是没躲过拳头,正要还手,老师上前拉住了他,栾伟则不住地用脚踢他,都踢在空中。

老师大声训斥:"都回去,每人写一份检讨,不然都等着挨处分吧。"

栾伟从办公室走出去,夫子和李冰也跟着出了办公室。到了门外,栾伟指着夫子说:"你等着。"

李冰大声说:"你威胁谁呀,有权有势又怎么了?没人怕你。"

夫子则没有理他。

他知道他不是栾伟的对手,可是他不能在李冰面前太懦弱,刚才的那一拳是他的底线受到了挑战。他才鼓足勇气打出的那一拳,万一打坏了栾伟的眼睛,他真不知道怎么收拾,到现在他还有些后怕。

晚上,夫子坐在图书馆里看书。那里的书实在太多了,看得夫子眼花缭乱。他想找一找《易经》,他来到古典文学区,那些古典书籍几乎占了好几个区,他一一浏览,最后才在一个角落里找到。他抽出来一看却是现代版本,而且是简体字,还有很多注释,他看了看,觉得没他的版本厚重,正在将书放回去,肩上被人拍了一下。夫子扭头一看,是栾伟,他有些吃惊,顿时紧张起来,以为栾伟要找他打架,下意识地后退了一步。

栾伟笑着说:"别怕,我不是来打架的,是来专程向你道歉的,上午对不起你,不该对你那样。"

夫子有些受宠若惊,连忙转怒为喜说:"没事,我也有错。"

这时,李冰来到他们身边说:"这就对了,能走到一起都是缘分,更何况又是同学。"

栾伟说:"我听李冰说,你很喜欢《易经》。"

夫子不客气地说:"懂一点,我家里有一本。"

栾伟说:"能讲给我们听听吗?"

夫子说:"就是讲天地变化的书,也能当算命的书,我爸就是靠这本书混了一辈子。"

栾伟说:"走吧,我们到外面吃饭去。"

夫子说:"我吃过了。"

栾伟说:"谁没有吃过?就当宵夜。"

李冰一直跟着他们,也不说话。但夫子却不时地回过头来看看她。

栾伟说:"别老是看,别人以为你不正经,李冰喜欢你,我不跟你抢。"

李冰这才插嘴说:"你们把我当什么了?不好好学习,成天琢磨女同学。"

栾伟说:"其实我有女朋友,不过没有李冰漂亮。"

李冰说:"再胡说我就回去了。"

夫子没谈过恋爱,不知道怎么讨女人喜欢,听到李冰这么说,表示他现在只想读书。

他们每人点了一碗面条,里面还有瘦肉,夫子三口两口就扒拉完了,夫子摸了摸口袋,没带钱。

栾伟说:"我请客,不要你出钱。"

夫子的钱都是掐着用的,就说:"你家里这么有钱,还读什么书呀,叫你爸给你找个工作,又轻松又能挣工资,多好?"

栾伟说:"要不是想混个文凭,谁来受这份罪?"

李冰说:"一听你就是动机不纯,读书可不是来混的。我将来就想当个老师,站在讲台上给学生上课,晚上给学生备课,把我掌握的知识一股脑地传授给他们,多有意思啊。"

栾伟说:"看样子还是李冰同学有着高尚的学习动机。"

三 李冰说她喜欢夫子

李冰和夫子成了好朋友,只要去图书馆,李冰都要叫上夫子。夫子也很喜欢李冰,看到她就觉得心里舒服。

夫子享受着学习的快乐,也把栾伟的成绩远远地抛在后面。栾伟不时来找他，向他请教作业，夫子也肯帮忙，总是有求必应，有时候干脆就帮助栾伟把作业做了，他和栾伟也成了无话不说的朋友。

有一次体育课，他们累了，就躲在树荫下休息。栾伟突然问："你摸过女人吗？"

夫子看了看栾伟，问："你怎么突然问这个问题？"

栾伟说："我摸过，感觉美妙极了，我还亲过女人。"

夫子说："你一定是强行亲的。"

栾伟有些惊讶："你怎么知道？"

夫子说："我一看就知道，女人都不喜欢你这样的人，太粗俗。"

"你才粗俗。"栾伟有些不服气，女人也一样，喜欢粗野的男人。

期末考试，李冰没考好，来找夫子，夫子把每道题的答案都告诉了李冰，李冰说："难怪，我的好多题目都答错了。"然后他们来到学校后面的青山湖边。风从湖面徐徐吹来，像温柔的手抚摸人的脸，两人都感到惬意。

李冰拿出一本书，是《青春之歌》，她问："你看过这本小说吗？"

夫子说："我不爱看这些东西。"

李冰说："大家都在看。"

夫子说："我看的书都是有用的，万一以后找不到工作，我可以凭《易经》去算命，也不至于饿死。"

李冰虽然不喜欢听他说这些话，可也不讨厌他，因为她感觉夫子的话里总有些道理。

"你怎么这么悲观？"李冰说，"现在不是旧时代，学校都在培养人才，将来怎么可能没有工作，还会饿死人呢？"

夫子不想再争辩，就埋头看他带来的书。那是一本介绍社会主义计划经济方面的书，他正认真地看着。

李冰歪着头，看着夫子说："你一个学物理的，怎么看文科类的书这么上心？"

夫子笑了笑说："我虽然是学物理的，但是很爱好哲学、中文。"

李冰恍然大悟："难怪经常在中文系的课上看见你。"

夫子抬起头，看着李冰说："这么关心我？连我经常去中文系听课都知道？"

李冰咬了咬嘴唇说："天不早了，我们回去吧。"

夫子刚要起身，李冰突然在他脸上亲了一口说："我喜欢你，傻瓜！"说完她就跑开了。

夫子一时愣在那里。过后，他在心里想，李冰怎么会喜欢他这个农村人呢？他无法作出合理的解释。最后，他想，可能是城里的女孩子都喜欢踏实的读书人吧。

四　变故

在大一下学期刚开学的时候，突如其来的一场变故，让夫子的大学梦彻底破碎。

一天，下课的时候，夫子突然感觉脚后跟疼得厉害，几乎不能着地。他想回宿舍，却怎么也站不起来，几个同学把他送到校医院。医生给他检查后，让他多休息，暂时查不出什么病来，可是疼痛让他无法上学，他只能躺在床上看书。李冰下课后来看他，把学习内容讲给他听，其实，教科书上的内容他通过看书也能理解，不过，有了李冰的辅导，他的心里平静多了。

他每天到医院去扎针，但不见好，行动受到很大的限制，老师有时也来看他，鼓励他战胜病痛，一直不上课是不行的，学校经过再三考虑，决定让他休学一年，专心治疗。

夫子的脚越来越肿，已经完全不能下地了，他需要照顾。

因为省吃俭用，加上每个月有剩余的粮票可以换一点钱，他很感激学校给他提供的保障，让他不至于为生活发愁，公费医疗也保证让他治病不用自己掏腰包。

后来学校看到治不好他的病，将他转到武汉，他很高兴能到武汉治病。武汉这个大城市他还从来没有来过，看到窗外的城市高楼，他才感到世界是那么大，比他想象的要大得多，川流不息的人流，车水马龙的喧闹，增强了他治病的信心。

越是急切地想治好病，重返学校，脚后跟却越不争气，病越来越重，他躺在床上，用手去摸肿得像发糕的脚，用手摁，竟然摁不下去，而且疼得越来越厉害，有时半夜里疼醒。医院眼看治好无望，只好通知学校，学校安排人来看他，最后医院和学校协商，让他回家休养。

父亲处于半自理状态，农活和家务全压在母亲一个人身上，母亲明显地瘦了许多。

夫子被学校用车送到家里，母亲收拾好床和被褥，两个同学把他抬进屋里，放到床上。

夫子说着感谢的话，眼里涌出难舍的泪花，母亲也是千恩万谢，不停地说着要留他们在家里吃饭。

母亲明显地苍老了，头上堆满了如霜的白发。

夫子替母亲难过，今后怎么活，成了他一直在思考的问题。他觉得自己不能倒下，如果倒下了，母亲怎么办？家里就只剩下母亲了，母亲再一走，这个家就算彻底垮了，母亲除了每天给他做三顿饭，还要帮他穿衣服、洗脸洗脚、穿鞋子、按摩。母亲总是宽心，让他不用操心，好好看书，只要有个好心情病就会好。

等到母亲下地去了，他就一个人双手撑地爬下床，下到地上试着站起来。可是脚后跟一着地就疼得厉害，一站就疼，他只好依靠双手和脚趾在地上爬，反正不能睡在床上等死，他在心里说。他从屋里爬到门口，借助一只小板凳拉开门，然后从门口爬到场子里，又沿着场子四周不停地爬，地上有些烫，很难受，但是，这样总比睡在床上强，至少四肢可以运动，能够促进血液循环。

他坐在地上，看着他的脚，脚还是肿得老粗，他用拳头捶打脚，借以减轻疼痛。

他每天用这种办法强迫自己锻炼，磨练自己的意志，把双手当做脚用，手掌上结了厚厚的茧，他让母亲给他拿剪子，母亲问："做什么？"

他笑着说："我剪手上的茧子，放心吧，妈，我不会自杀的，我不能死在你前头，那样你怎么过呀。"

母亲听了，扭过头不去看他。母亲知道儿子善良，就尽自己所能照顾儿子。

有一次母亲出去做工了，夫子就爬到场里锻炼。直到中午母亲也没回来。他饿得厉害，可是家里没有吃的，他就爬到菜地里找吃的，菜地里红薯和胡萝卜都还没长大，他还是拔了一些萝卜根，带着泥巴就吃。

午后，天下起了小雨，他往回爬，爬到半路的时候实在爬不动了，就倒在地上想休息一会，不想睡过去了。雨开始下大了，地上起水了，他的身体完全泡在水里。

等他醒来的时候，发现自己不在原来的地方。不过当时在梦里，他和同学们在磁湖边游泳，和他们快乐地打闹。他还见到了李冰，他和同学相互比赛，看谁游得更远，李冰站在岸边给他鼓劲，大声喊着他的名字。

母亲到处打听治疑难杂症的先生。打听了好久也没打听到，原来给他治腿的老先生已经死了一年多。后来舅舅打听到一百多里外有个专治疑难杂症的老先生，母亲叫两个哥哥过来，拉着板车，走了一百多里来到那个老先生家里。

老先生的家在一个山脚下，三间瓦房掩映在一片竹林深处，一条小路夹在一人多深的篱笆里，七拐八弯地通到老先生门前，门前地上晒了不少从山上采下来的药草。

老先生七十多岁，一辈子靠几根银针生活，治好了无数难治的病。

夫子对上次的那个老先生还有印象，这位老先生明显比那个胖了许多，面色红润，童颜鹤发，母亲把带来的两斤点心递到先生手里，叫了一声"老先生"。

夫子被两个哥哥扶着躺在诊室的一张竹床上，地上有些潮湿，夫子仰面看着房顶上的檩子和瓦片，上面结了不少蛛网，心想着老先生能手到病除该多好。

老先生把双手掌面相互搓了搓，然后叫两个哥哥把夫子的裤子脱了，先生伸出手从脚脖一直按到腿根。

夫子感到先生的手像是有神奇的魔力一样，按过的地方，疼痛马上减轻了，老先生来回按了三遍，然后从一个麻布褡裢里抽出一束银针，用棉球把银针擦一遍，用手按住穴位，慢慢旋转着将针扎进穴位，接着一连扎了十多根。

每扎一个地方，夫子感觉那针就像风灌进骨缝里一样，以前连续的疼痛顿时缓解了不少。

老先生扎针的时候，夫子看到老先生的眼睛在腿上观察着。在医院里医生也给他扎过，可是扎得很疼，却没有老先生这么认真，也没有老先生这种舒服的感觉。

过了大约一个小时，老先生慢慢取出针，又从屋里拿出一个瓦罐，从里面倒出一些棕色药液，轻轻地从腿根到脚跟擦了一遍，擦过之后又用手掌慢慢地推揉，这时，夫子才感觉先生的手很重，两腿的肌肉在发热，还有些疼，但那种疼却很舒服。

夫子享受着这种被医治的快感，也不知过了多长时间，夫子好像美美地睡了一觉之后。母亲坐到了他的床边问："好些了吗？"

夫子醒了，把腿动了动，能使劲了，又使劲抬了一下，感觉腿有了一些力气，母亲扶他起来，他竟然能轻松坐了起来，夫子高兴地说："妈，好了。"

母亲用手擦了一下眼睛，然后转身跪到先生的面前，双手合拢给先生作了三个揖，原来母亲的很多礼节夫子还从来未见识过。

母亲把借来的钱掏出来，递到先生的手里。先生接过钱又退了两块给她，说让他们在路上买一点吃的，母亲千恩万谢地只喊先生。

临走的时候，先生又递给他们一个吊针瓶子，里面装满了棕色药水。并且交待："回家了每天擦一遍，要不了多久，他就会站起来的。"母亲又是一阵感激的话，先生摇摇手，意思是不用感谢。

母亲再次给先生鞠了一躬。

五　流浪生活

不知不觉休学已有一年。夫子的脚经过先生多次治疗，虽然有些好转，但脚后跟还是不能着地，一着地就疼痛难忍，只能双手扶着墙用脚趾慢慢行走，或者在地上爬。

学校来了通知，通知上说：因为那一年学校没有招生，他的学籍得以保留，并给了他两种选择，要么转到其他学校去读，要么再休学一年。

转学显然不现实，而休学则可以保留再一次上学的机会，他选择休学。这一年，学校只给生活费，没有医疗费了。

三哥会泥瓦匠手艺，在武汉的一个工地上做小工，每天有两块多钱的收入。三哥走的时候，夫子交待，让他帮忙把每个月的生活费领了，回家时一起带回家。真是"屋漏偏逢连夜雨"，三哥给他带回来一年的生活费，放在几个人租住的出租屋里，等到放假回家时，却发现被人偷了，他逼问同屋的人，哪个会承认呢？三哥只好回家把钱被偷的事告诉夫子，夫子能说什么呢？只能自认倒霉。

没有了生活来源，夫子陷入了思考。

家里实在太困难了，母亲已无力再支撑这个家，夫子看到，母亲已经被他折磨得腰也弯了，背也驼了，于是他做了一个大胆的决定，离家出走，远离家乡，到外面自食其力。

天慢慢冷了起来。一天半夜，他偷偷起床，带上简单的生活用具，走一会儿爬一会儿，离开了家。他先是来到县城汽车站，看到车站广场边上有人看相，偶尔能挣到钱。他也找来一块硬纸板，上面写前"看相"，他看到其他看相的人和他一样都是残疾人，要么是瞎子，要么是瘫子，还有一男一女坐在一起给人看相的。

他观察了很久，发现他们都在蒙人，说得和他完全不一样。五行八卦他都会，父亲看相的时候，他看到父亲能把命理分析得头头是道，让来看相的人都信服。

可坐了一天竟没一个人找他，何况他年纪还这么小，谁会找一个孩子气十足的人看相呢，和他坐在一起看相的都是中年人或老年人。

第二天，因为天气冷，夫子找了一顶大棉帽子扣在头上，又找了个棉袄套在身上，只露出半张脸和一对眼睛。终于有人过来找他了，那人报了生辰八字。夫子伸出右手，把八字在五个指头间来回数着，竟然算出了他的姓和住的地方，那人感到有些神奇，又问了他一些问题，夫子都给他做了合理分析，不想那人一下子给了他二十块钱，因为他是按六十四卦的卦象说的，比那些凭经验推算的要细致得多，而且把他归入一种命格，让他深信不疑。

慢慢地有人开始来找他的麻烦，说他占了他们的位置，抢了他们的生意，说他们在这里几年了，生意一直很好，凡来找他的人，就有人上前说他算的不准，在骗人，说他一个年轻娃子懂得什么算命？听的人一看他那个样子就都走开了。

夫子知道同行是冤家的道理，他知道他的到来，断了他们的财路，他们是在有意刁难他，他不跟他们计较，就转到另外的地方。夫子看到县城终究地方太小，算命的很少，有时挣的钱连吃饭都成问题。

在县城待了一个月，攒了些路费，他来到武汉。武汉的人流量大，机会更多，刚开始，他到街道边摆摊，虽然人流量大，可是很少有人找他看相，而且算命的人也少。有人给他指点迷津，说："你到码头上去吧，那里算命的人多。"

夫子听说后，费了好大劲才爬上公交车，来到汉口码头。

码头上停了很多船，大船停在江中心，小船则停在码头上，码头上热闹非凡，汽笛声此起彼伏，进出码头的船只首尾相接，千里不绝，看上去一派繁忙景象。

上下船的人很多，川流不息的，有牵儿带女的，有提着黑色公文包的。

在上下码头的走廊两边，一字儿排开都是算命的。下船的人都是揣着不同的目的，奔向不同的方向，在他们前途未卜的时候，都想有所寄托，于是算上一卦，以求得心理安慰。也有很多人都是在知道"命运"后去办事的，有的成功了，就深信不疑，没成功的，也只能埋怨自己的运气不佳，怀着"宁可信其有，不可信其无"的心态来算上一卦的。

江风飕飕地刮着，夫子穿得单薄，双手抱在胸前。到了江城，他不再故意装穷，他把赚来的钱买了几件像样的衣服，还扎了领带，看上去不再那么寒酸，只是两脚不能行走，虽然那个老先生让他燃起希望之火，病情有了好转，但还是无法站立。

晚上他就在码头候车室，蜷缩在一床破被子里，带在身边的生活用品被他当做枕头和护身工具。

后来他在码头边上租了一间小屋，只够容纳一张床和一个简易灶具。每天一大早，他简单地吃了早饭就去码头揽活，现在他不时轮换着码头，江城三镇所有的码头都留下过他的身影，除了有固定的摊位，还有回头客光顾。这让他觉得虽然清苦，却远比在家里看着母亲受苦强。

夫子一边赚钱，一边买中药煎了当茶喝，一边打听名医，希望把脚病治好。想着母亲一个人在家的艰难，他不时给母亲寄回去一些钱，至于收没收到，只有到了回家的时候，才能从母亲的口中得知。母亲倒不计较钱，看着夫子活着，而且混得到饭吃，母亲心里有了些许安慰。

虽然挂念母亲，但夫子从心里不想回家。当初去上大学时，自己是全村人的骄傲，得到所有人的艳羡，现在自己因病休学，落魄流浪，回去会面对怎样的情境呢？无非是善良的人说些同情的话，恶意的人说些讽刺奚落的话，这些都让夫子觉得难受。人情似纸张张薄，世事如棋局局新。

后来，算命越来越不赚钱，他在几个同样算命的人那里又学会了下象棋。他们下的象棋都是江湖残局，满盘都是陷阱，是专门用来骗人的，可是有很多不服输的人就专门和他们较劲，最多的赌注甚至超过了五百。

有时不想出去了，就躺在家里休息，邻居大妈看上去比较善良，有好吃的东西，也会不时送他一点。他和邻居大妈成了熟人。大妈不仅时常找他看看相，有时还邀请一些隔壁大妈来找他看相，不时会有些意外的收获。

也有年轻的媳妇找他算命。有一次来了一个面容愁苦的小媳妇，请夫子算算自己的苦日子何时到头。

夫子说："我给你算一卦吧。"

说完掐指一算，然后用粉笔在地上画了一个否卦。

小媳妇说："这卦是吉是凶？"

夫子说："这是否卦，卦象显示你这几年过得不好。"

小媳妇问:"那是凶卦?"

夫子说:"凡事符合自然的就是吉,违背自然的就是凶。"

小媳妇疑惑而急切地看着他。

夫子看了她一眼,微笑着说:"算到否卦是好事,代表你的苦日子马上到头了,一切都会朝好的方向发展。否卦和泰卦紧密相连,否泰只在一线之间,可以相互转化,所谓'否极泰来'就是这个意思。"

小媳妇的眼睛里闪着希望的光:"真的吗?"

夫子点点头说:"卦象是这样显示的,错不了。"

小媳妇由忧转喜,付了双倍的钱,千恩万谢地走了。夫子一边把钱装进口袋,一边想着,人算卦看相常常是图个心里安慰,命运如果早都注定了,由长相和卦象就能看出来,那人生还有什么意思!否极泰来是古代先贤留下的智慧,自己目前的处境也许已经坏到了极点,但愿不久之后就能治好脚,回到正常的人生轨道中。

有时,几个志同道合的残疾朋友来到他家和他喝酒,他和几个朋友们酒足饭饱后就在出租屋门前摆上棋局,给过往的人下套。

这世上就有一些不服的人,专门往别人设的陷阱里钻,还觉得自己豪气冲天。每当这时,几个人就会围在一起,相互下注,你十元他二十元地把钱摆在地上。过路的人看到有人赢了钱,也会来下一注,开始下注的人看到棋局有十分把握能胜,就毫不迟疑地下注,当走到快要结束的时候,不想死棋有了转机,夫子还会给他指点迷津,说他走错了,下注的人根本不听,以为自己绝对是走上胜利之路,结果只是败棋输钱。

也有人提醒,说他们是一伙骗子,可是下注人的不听,棋就摆在那里,只怪自己技不如人,在带着悔恨起身走开的时候,还不忘说上一句:"下次再来。"

夫子回笑着说:"欢迎,一定奉陪。"

看着自己的脚已经在地上爬行了一年多,他到处打听能治脚的人,他觉得这辈子不能就这样在码头上或者马路边摆一辈子棋,过着双手撑地的人生。

他过几天就要换个地方。这天他来到汉阳汽车站，这里离他租住的地方不太远，收工回家容易些。那是个阳光明媚的上午，他刚摆下棋局和算命的招牌，就有一位穿着长裙的年轻女人站在他面前，他随口问："算命吗？"显然她不是来下棋的。

女人不做声，只是看着他。他抬头看看女人，觉得有些面熟，却怎么也认不出来，向她说："要看就看，不看就走，别耽误我做生意。"

那女人还是不走，也不做声。过了好一会，像从回忆中走出来，惊讶地喊："夫子？"

夫子以为在喊别人，四下里看了看，没人应。

女人说："喊你呢？"

夫子问："你到底是谁？"

女人大声笑着说："我是李冰。"

夫子拉过李冰的手，在她的手背上掐了一下，问："疼吗？"

李冰摆开他的手，大声说："你干吗？"

夫子说："我看是不是真的？我是不是认错了人？"

李冰说："我是鬼呀，我能认错了，你怎么变成这样了？"

夫子说："我不是病了嘛，一直没好，只好流落街头，混饭吃呗。"

李冰有些心疼地说："你别这样了，走吧，我们吃饭去？"

夫子指指脚，说："我们能走着一块去吗？"

六　女店主

李冰看了看附近有家小吃店，用手指了指说："我在那里等你。"说完就径直往那家小吃店走了过去。

夫子没想到会在这里遇到李冰，而且李冰还像以前那样对他热情，脸上不禁有些动容。虽然还在考虑去还是不去，但双臂却不由自主地把身子转向了李冰去的地方。

李冰来到小吃店，里面只有两张小桌，李冰想走，可是看到远处的夫子，只好问店主："有什么吃的？"

店主说："热干面，稀饭，油条。"

李冰问："能炒菜吗？"

店主问什么菜？

李冰说："荤菜。"

"只有青椒炒瘦肉，其他的没有了。"店主说。

"那就来一盘吧。"李冰有些勉强，心想也只能如此了。

夫子爬了好久才到门前，又爬了好久才进小店。店主看见一个漂亮姑娘拉着一个叫花子模样的人进来吃饭，鄙夷的神色重重地挂在脸上，如果不是这样一个漂亮的姑娘在此，她甚至不会让他进店。

夫子又爬到凳子上，坐下，和李冰平起平坐在桌子旁。

李冰给夫子倒了茶。问："能够喝酒不？"

夫子说："来一杯吧，好久没喝那玩意了。"

李冰让店主倒一杯酒来。

店主磨蹭了好久才倒过来，看到夫子穿得像个乞丐似的，虽是深秋，还穿着白色变成灰色的衬衣，面前还有不少菜汤的圆圈痕迹，双腿拖在地上，裤子更是脏烂不堪，那酒杯放下的声音也特别响。

李冰不高兴了说："当心把杯子碰破了。"

店主是个女的，穿着和李冰一样的长连衣裙，问："他是你什么人？"

李冰大声说："朋友，咋啦？"

"男朋友吗？"

"是的，咋啦？"

女店主没再说什么，只用好奇的目光打量着李冰。

李冰说："有什么好看的？"

女店主被呛得厉害，没敢再挑衅。

菜端上来了，夫子故意声音很响地呷了一口酒并说："真香。"

李冰说："饿坏了吧，这里只有这些东西，对不住了啊！"

夫子很感激地说："没事，我习惯了。"

看到他们吃饭，女店主走到门外，站在长江边，看大江去了。

夫子一边喝酒一边吃菜，一边问李冰怎么在这里。

李冰说没事，随便逛逛，不想在这里遇到他了，她说她几次考试不及格，自己退学了，又问夫子怎么会变成这个样子。

夫子说："一言难尽。"他指了指自己的脚继续说："都是这双脚害的，不过，我现在到处在找医生治脚。"

李冰问："找到了吗？"

夫子说："找到过，可是没治好。不过，我还会继续找，我相信总会有人能治好我的脚。"

李冰有些心疼地说："那你得赶紧治呀，老是这样怎么能行？"

夫子笑着说："没事，我这样也好，在这片江湖上，我也混得下去，别看我这样，吃饭吃药没有问题。"

夫子喝了一杯酒，脸上没有什么反应。

李冰问："还喝吗？"

夫子说："再来一杯吧。"

李冰叫女店主再来一杯酒，女店主老大不情愿地走进来，拎着酒坛子直接给夫子倒了一杯。

夫子抬头看着她说："别这样，等我有钱了资助你开个大店。"

女店主脸上不屑地说："就你？"

李冰说："快喝吧，喝好了，带我去看看你住在什么地方。"

夫子说："那就不用了，我住得远。"

李冰说："再远我也要去。"

夫子感觉李冰是那么有情有意，心里不禁有些难过起来，可是他忍着没有表现出来，已经好久没有女人对他这么好了，他看惯了女人的白眼，看见李冰对他这样，他觉得李冰就像天使下凡。

一盘青椒炒肉丝很快就被他吃光了，连菜汤都被他喝光了。李冰说："你别这样。"

夫子笑着说："我一直都是这样，这叫不浪费一颗粮食，勤俭节约。"

李冰问:"你到底做什么工作?"

夫子从兜里掏出包东西,打开并说:"就做这个。"

李冰一看是一副象棋,问:"这能做什么?"

夫子说:"摆棋摊,骗人。"

李冰笑着说:"有人上当吗?"

夫子说:"总有人上当,这个世界就是这样,有了傻子才有骗子,是傻子在养活骗子。"

不想他们的谈话把站在门外的女店主慢慢给吸引进来了。女店主插话问:"你会下棋?"

"怎么?你也会下?"夫子问。

"我爸会下,他经常找人下棋。"

夫子说:"要不你把你爸找来我们下一盘?"

女店主脸上的表情好看多了,她出去了不一会儿,果然走进来一个五十多岁的满脸胡子的男人。女店主指着夫子说:"就是他。"

夫子抬头看着那个面相凶恶的男人,问:"你会下棋?"

女店主说:"这是我爸。"

女店主的爸爸看了看到脏兮兮的夫子,扭头要走。

夫子大声说:"怎么?不敢呀。"

女店主的爸爸转过身来,李冰赶紧给他让座,女店主的爸爸坐到了夫子的对面。

夫子说:"十块钱一盘,落棋为准,不许悔棋,游将三次为输。"

两个女人相互看看,都想看看好戏。

棋摆好了,夫子说:"您先走。"

女店主的爸爸也不客气,直接来了个当头炮,夫子并不跳马,也回了一个当头炮,两个女人屏住呼吸,等待结果。

不出十个回合,女店主的爸爸就推盘认输,他从口袋里面掏出十块钱递给夫子,夫子接在手里,举到面前晃了晃,然后装进上衣兜里。

第二盘夫子拿出一个马放在旁边,说:"您还是先走。"老师傅这次没用当头炮，而是走出一步仙人指路。

夫子还是还了一个当头炮，在十招之内，老师傅又推盘认输，又掏出十块钱递到夫子手里，夫子这次没接并说："下着玩的，别当真。"

老师傅脸上的表情展开了，问："你是干什么的？"

夫子说："流浪的。"接着又说："老师傅，你别下了，你永远也下不赢我，我走的是套路，你一动棋就入了我的套。"

老师傅从衣兜里掏出烟来，递给夫子一支，夫子接在手里，老师傅给他点上，说："厉害。"

夫子笑笑说："这都是江湖骗局，用来混饭吃的。"说完掏出之前的十块钱，交给老师傅。老师傅没接，只是看着夫子，说："你别走，教我一招，让我也骗骗别人。"

夫子说："我不能教你去害人，这些终究不是正道，我这是没有办法，你看我的双脚。"

李冰站在旁边，得意地看看女店主。女店主也看看李冰，脸上阳光了许多。

老师傅说："你到底是干什么的？"

李冰笑着对老师傅说："他是大学生，因为得了病才到武汉流浪的，为的是挣钱治病。"

老师傅看着女店主，说："把钱退给他。"

女店主说："我还没收钱呢？"

老师傅问他的名字，才知道他叫夫子，说："以后路过这里，就进来吃饭。"又对女儿说："不准收夫子的钱。"

夫子说："饭也吃了，棋也下了，我该走了。"说完双手已经撑在桌面上，准备起身。

老师傅问："去哪里？"

夫子说："我得打听治脚的先生，治我的脚。"

老师傅说："别走，我知道一个地方，你到东西湖那里，那里有个老先生，专治你这样的疑难杂症。"

夫子听了像溺水的人遇见了船，非常高兴，详细地询问了地址及老先生治病的情况。

七　出租屋里

李冰问他住在哪里，夫子说就住在钟家村附近。李冰叫了一辆三轮车，把他扶上车，然后自己也坐了上去。

夫子说："你去干嘛？你回去吧，我一个人回去。"

李冰说："怎么？我去看看不行啊？"

夫子说："你别去，我那里有什么好看的，明天一早我就去找那个老先生去。"

李冰不听他的，说："快走吧，我还能把你吃了？"

夫子没办法，只好由着李冰任性。

在一条狭窄的街道中间，夫子叫三轮车停了下来。李冰扶着夫子下了车，付了钱，李冰问："怎么走？"

夫子不答，慢慢爬到一个楼道里，又走了不远，才在楼道里发现了一间昏暗又潮湿的小屋。夫子开了门，李冰低着头进去，进门是一张小桌子，桌子上放着牙膏和盆子等生活用品，靠右墙边，地上铺着一床被子，夫子每天就睡在上面。

李冰说："你就睡在这上面？"

夫子说："怎么，不好吗？我觉得挺好的。"

"好个鬼哟，明天把房子退了，搬到我家里去住吧。"

夫子说："我住在这里很方便，出门就可以摆棋摊，到码头上也方便，其实我现在有个窝就可以过日子。"

李冰听了夫子的话，眼睛潮湿了，她揉了一下眼睛，说："明天我陪你去找老先生，看了病就搬走吧。"

夫子很感激，不知道李冰为什么这么帮他，也不知道李冰到底是怎么想的。

李冰看到地上全是垃圾，纸屑烟头什么的丢了一地，李冰找来扫帚，把屋里打扫了一遍，地上顿时干净了。李冰又找到楼道的自来水龙头，打来水，让夫子把脸洗一下。

夫子笑着说："看到我落魄成这样，你心疼了不是？"

李冰苦笑着说："看到一个大才子活成这个样子，谁都会心疼的。"

夫子心想，原来李冰只是在可怜自己。他说，才子活成这样子，那才叫有意思的活法。

房东是一位六十多岁的老太太，胖得像个圆球，一张胖脸把鼻子和眼睛挤得变了形，那双小手的十个指头像冰糖葫芦，她从楼道过，听见夫子屋里有说话声，就探头进去，看见一位穿着漂亮的姑娘在和夫子说话，心里很好奇，问："夫子，家里来客人了？"

夫子笑着说："一个同学。"

房东说："你可要注意点影响。"

夫子有些不高兴，大声说："婆婆，你不要瞎说，我们只是同学关系。"

房东连忙说："我开玩笑的，你的同学真好，长得这么好看。"

夫子笑着说："她是我们的大学的校花，有好多人追求的。"

李冰看着夫子在调侃自己，说："什么校花？狗屁。"

老婆婆也笑了，说："夫子，你可要对得起人家。"

夫子说："你放心，我知道怎么对待对我好的人，等我发达了，我一定会好好感谢她的。"

看看天黑了，夫子催李冰回去。李冰走了，不一会儿又回来了，手里提着两盒饭，夫子打开，原来是两盒热干面。

李冰说："晚上吃面吧。"

夫子说："我就爱吃热干面。"

吃过饭，李冰还是不走，看看天晚了，夫子只好爬了出去，不一会儿，那个胖婆婆来了，她把李冰领到家里，说："姑娘，你就在这屋里沙发上睡吧。"

李冰说了声"好"，就坐到沙发上去，她真的累了，就倒在沙发上，一会儿就进入了梦乡。

夫子则一直坐到天明。

八　东西湖治脚

早上七点，李冰出门，在外面叫了一辆的士，陪夫子来到了东西湖农场附近的一个小村湾，她把夫子扶下了车，夫子不让李冰跟他一起走，他坚持叫李冰在前面走，他在后面跟着。李冰问："为什么？"夫子说："你别问。"李冰只好在前面不远处一边走，一边打听那不知名的老先生的住处。

在一条港沟旁边有着三间平房的一个大院里，他们终于找到了老先生看病的地方。

两条长长的队伍从院子门外一直延伸到公路上，足有半里长，路上还站满了人。夫子看了，至少有三百人，排队的人很守规矩，那么多人竟没有人大声喧哗。

直到九点，大门才打开。夫子看到，在一张大大的八仙桌前，坐着一位六十多岁的留着山羊胡子的男人，脸上没有任何表情，长长的头发在后面挽成了一束，看上去颇有些仙风道骨，桌子上放着一把一尺多长的黑色方木尺子，院子的四面墙上挂满了"悬壶济世""药到病除""华佗在世"等各种锦旗，看上去十分壮观，地上摆满了各种罐头，麦乳精、米、面、油等各种礼物。夫子爬着把两瓶罐头也放在那些罐头之间。

夫子又爬到八仙桌前，只见那位长发男人，把长条方木在桌子上用力地拍了一下，大声说："战斗开始。"接着就有人给看病的人发单子，人们从前门依次进来，拿到单子后，又从后门依次出去。

夫子把单子接在手里，很是疑惑，连一句话都不问他，难道凭这张单子就能治好他的病？

他打开单子，看了又看，看到李冰想说什么，话到嘴边，被夫子给拦了回去，示意她什么也不要说。他问旁边的人，旁边的人说，叫他照单子抓药就行了。

走出大门，李冰把单子拿过来，只见上面写着：生地15克，熟地15克，石斛 15 克，红枣 4 枚，生姜 3 片……

夫子由李冰陪着，来到指定抓药的地方。那里有一个很大的窗口，里面来来往往的人在忙碌着。夫子递过单子，那人给抓了药，用纸包好，又回到神坛处将药方用黄裱纸包住点火烧掉，并将烧掉的纸灰用水泡了叫夫子喝掉，并嘱咐夫子用这药泡水喝，病就会好的。

李冰看了，觉得好笑，又替夫子难过，真是难为了夫子，为了治病，受这样的罪。

回到住处，李冰帮着夫子，将药泡茶让夫子喝。夫子喝了茶，不见好转，以为遇上了江湖骗子。

李冰不让夫子再住在那种地方，说："我送你回老家吧，这样对身体也好些。"

夫子也觉得再这样下去，有些对不起李冰，毕竟李冰在这里进出，面子上很不好看，连那个胖婆婆也很不理解。

于是夫子退了房，李冰陪着夫子回到老家。夫子的母亲以为夫子找到了女朋友，又看到李冰对夫子悉心照料，心里就把李冰当成了儿媳妇。

母亲更加苍老了，背也更驼了，脸上爬满了皱纹。母亲问起李冰的家，原来李冰的老家就在隔壁的一个镇子上，距离杨林尾三十多里地，李冰还是夫子的一个远房表亲。

几个哥哥看到李冰，都很高兴，背地里对夫子一再追问到底是用了什么魔法，让李冰看上了自己。夫子说："没那回事，李冰只是同情我，不是我的女朋友。"哥哥们只是不信。

三天后，药喝完了。奇怪的是，夫子喝了这药茶后，脚后跟居然能落地了，慢慢地走也不疼了。李冰又到镇上买了药回来，给夫子泡了茶。泡完茶，李冰说她要回去了，希望夫子尽快好起来，她还会来看他。

哥哥们知道李冰要走了，觉得过意不去，于是商量着送一个什么礼物给李冰，最后商量的结果是三个哥哥凑钱给李冰买辆自行车，让她骑着回家，这样也算是对好心的李冰一种报答。

夫子把李冰送到门口，看着李冰骑上自行车走出村了，一直等到看不见她的身影，才进屋。

母亲问："李冰怎么走了？"

夫子说："她说要回家看看妈妈，再去工作。"

母亲有些不舍地说："你可不能忘了人家，像李冰这样的姑娘现在很难找。"

夫子说："我知道感恩的。"

又吃了几副药后，脚后跟慢慢消肿，走路也比较轻松了。夫子很高兴，看到门口树上的鸟儿叫，他也学着那鸟儿叫，看着鸟儿飞走了，他自言自语地说："要是我也能长出一双翅膀飞起来多好。"

母亲带他到医院拍 X 光片，医生说他已经恢复正常了，他请医生开了证明，把证明放到贴身的口袋里，又用手按一按才放心。

回家的时候，他跟在母亲后面，一路小跑着，捡起地上的小石头、小土块不住地往远处扔，高兴得像个小孩儿。

九　看相

休学的时间也快到期了，暑假眼看也要结束了，夫子动身到学校去。他来到学校，看到学校已经变了样子，他找到教导处，办理了有关入学手续，编在了物理系 8201 班。夫子别提有多高兴了。

1982 年夏天，夫子终于回到了校园。原来的同学都成师哥师姐了。毕竟离开学校两年了，成绩自然有一点跟不上，于是他一头扎进教室里，如饥似渴地温习课程，那些落下的课，他很快补习完成。

家里已不能再给他提供任何资助，学校除了生活费外，没有任何补助。他需要买各种书籍和资料，还有生活日用品，虽然双脚恢复了，但体质还是跟不上，他还需要调养身体，商店里的很多营养品对他来说都具有很大的诱惑力。

于是，市内的几个码头又开始留下他的身影，只不过他不是拖着两腿，而是像踩着棉花一样走去，然后找个行人较多的地方，坐在地上，面前摆着"指点迷津"的牌子，招揽顾客。

他的目光已今非昔比，对客人判断的准确性就像打渔的人知道哪个地方能打到鱼一样，或者打猎的人能准确判断猎物会从哪条路上出没。

他一般不做声，而是用目光盯住客人。一次，他看到一个急匆匆赶路的三十多岁、穿着西装革履的人，破例招呼道："老板，你的面相不错，不过最近有些不顺，一般我不会主动给人看的。"

那人问："怎么了？我有什么灾吗？"

夫子进一步诱惑道："这要看了才知道，不过，从你走路的姿势上可以看出一些苗头。"

那人把手包放到腿上，蹲下身子，说："来，帮我看看手相？"

夫子说："不，不，我不看手相，我给你算算吧，你是不是要到公司去？"

"是的。"那人心里有些动摇。

"你最近的业务有些不顺。"夫子说。

"你怎么知道？"那人更加疑惑。

"你没有找对人，你找的人不对。"夫子又说。

"那你说找谁才对？"那人已经入套。

"找谁都不对。你要找到领导的弱点，比如男人都喜欢漂亮姑娘。"

"你这不是废话嘛，哪个男人不喜欢？"

"说玩笑话了。"夫子笑着说，"可你现在却陷在漂亮女人手里，这话没错吧。"

那人终于上钩："快说说，怎么办？"

夫子支招："出差一个月，把那个姑娘冷一个月，她怎么联系你都不要理，跟她玩失踪。这样你就可以专心找准对方的软肋，你这次是个大业务，应该全神贯注。"

那人听了他的话，一脚把他的牌子踢翻，丢下十块钱，说："你年纪轻轻的不学好，以后会砸了你的饭碗。"然后扬长而去。

夫子知道遇到了明白人，心里虽有些不受用，面上却很坦然，心想，他不这样昧着良心骗人，他的开支到哪里去找？

一个上午没有揽到一单生意，夫子有些沮丧，下午到了另一个码头，摆好牌子，坐在那里看《易经》，到了快收摊的时候，过来一对中年夫妇，面上的表情很难看。

当他们走到夫子面前时，看到地上的牌子，两个人一齐蹲下来，问："师傅，帮忙看看吧，我女儿走丢了，你算算，看到哪儿能找到她。"

夫子一听，问："她多大年龄？穿的什么衣服？"

那个女人说："十五六岁，穿着粉红色长裙，长得白白净净，四方脸。"

夫子又问："怎么走失的？"

女人说："别说了，她还在读初中，可她却谈起了恋爱，我们骂了她，她就离家出走了。我们已找了一天了也没找到。"

夫子问："他朋友住在哪里你们知道吗？"

女人说："不知道。"

夫子刚来的时候，看到一个小姑娘和他们说得差不多，只是脸长什么样他没注意，想必就是她，就指着前方的街道说："你们往这个方向去找，应该能找到。"

那个男人说："你能肯定？"

夫子说："这怎么肯定？找找试试吧，我又不收你们的钱。"

女人丢下十块钱，说："你给我们说了方向，就是帮了我们，如果我们找到了，再回来好好谢谢你。"说完，两人匆匆地往前跑去。

看看太阳到了天边了，夫子打算回学校去，把牌子收了起来，装进一个帆布书包里。这时，那一男一女，手里拉着他们的女儿来了，说："感谢这位大师，我们找到女儿了。"说着，掏出五张十块钱塞到夫子手里并且说："要不是大师指点，我们恐怕永远也找不到女儿了。"

夫子接过钱，装进口袋里，说："找到就好，不过，教育孩子要讲究方法，不能靠打、骂，那样只能适得其反。"

"大师说得对，我们以后会注意的，谢谢大师了。"

看到一家三口消失在大街了，他在心里说："什么时候我成大师了。"

回到学校，吃过晚饭，他在想，是去中文系听课，还是去哲学系听课。

  这两门课都是他最爱听的。在中文系，他听老师讲古典文学和外国文学，那些文学大师让他的眼界大开，思想得到极大的提升，对人生的思考更加深入。他曾经到图书馆看中外哲学史纲，结合《易经》，他发现中外哲学界的差别很大，特别对唯物主义哲学的思考，让他懂得了问题的多面性，他又结合自己当前的生活环境，逐渐形成自己的性格特征，比如他对自己未来的生活到底往哪里走，一直进行着缜密的思考，现在他已不限于自己找份工作，可以混到饭吃，而是让自己的人生过得精彩。

  在哲学思想里，意志不仅是一个概念，而且是一个个具体的行动，人的意志必须通过磨炼才可以强大。他把自己当前的困难当做对人生的历练，他发现，自己在李冰面前的从容都是出于一种自信，在他拖着不能着地的双脚从事和要饭的差不多一样混饭吃的时候，内心里却有着支撑他生活的勇气，他并不认为自己行为的可耻。相反，他瞧不起那些尸位素餐的生活。

  在图书馆，他做了大量的笔记，他把在码头上挣的钱很大一部分都买了书，虽然图书馆有很多书，但他很希望拥有属于自己的书，那样他觉得心里踏实些。在他的宿舍里，床上和床下到处都是书，有时他和同学们辩论一些哲学问题，都认为他提出的问题要么刁钻古怪，要么在教科书上找不到答案。大家都认为他的思想有些"乱"，有些"疯"，只有他心里知道这些问题将来都是需要去探索去解答的。

  夫子一边"骗钱"，一边读书，日子一天天过去。

十　心病

  李冰成了他的心病。

  李冰送他回家的前一天，夫子请李冰吃饭，那天他们还喝了酒，李冰喝酒喜欢上脸，脸红得像三月里的桃花，连眼睛都是红的，夫子不断地劝她，她也不客气，斟一杯喝一杯。

  女店主把他爸爸也叫来了。听说夫子要回家了，女店主的爸爸说："应该回去，你这样有天赋的人不能永远流浪在街头。"

夫子很感激，举起杯子敬女店主的爸爸，女店主的爸爸说："以后就叫我老程吧，我叫程大棚，名字是我妈给取的，是在一个大棚里生的。那时家里就只有江边的一个大棚。"

夫子说："那我叫你老程吧。"

女店主说："你才多大呀，没大没小的。"

程大棚说："就叫老程，他是跑江湖的，不能太弱，叫老程显得老道。"

李冰也觉得叫老程不大礼貌，见程大棚不计较，也就附合说："有点委屈程叔了。"

老程说："不委屈，以后我这里就是你们的家，你们要常来呀。"

夫子的酒量很大，喝了几杯还像没喝一样，脸色一点也没变。

老程说："李同志是个善良的姑娘，喝酒爱脸红。"

夫子说："她不光善良，而且还很有同情心。"

李冰见夫子夸她，说："这是我的本性。"不过她也知道，她不能再喝了，再喝就走不成路了，就说："程叔，明天我们就要走了，夫子要回家去养病了，以后我们会来看你的。"

老程说："早该回去。一个大学生不能就这么废了，我们这个社会很缺人才呀。"

夫子说："没想到老程还有家国情怀，真是难得，你看我虽然到处流浪，可我一直没有放弃自己的梦想和追求，我流浪其实是为了活下去。"

一瓶酒喝完了，老程叫女店主再去打点儿来。

女店主从一个大玻璃坛子里给每个人又打了一杯。

李冰说不能再喝了。夫子说："没事，大不了流落街头，你也做一回'流浪者'。《流浪者》是印度的一部电影，在中国几乎家喻户晓，特别是里面的歌词，'哈巴拉夫，哈巴拉夫，'"夫子忍不住哼了两句。

李冰说："算了，我们不做流浪者。"

那天直到天黑他们才离开老程的小店。李冰陪着夫子出了小店，心里难受得厉害，走出不远，李冰实在不能再走了。看见路边有一家小旅社，李冰走了进去。不一会儿走出来说："夫子，今晚我们就住这儿吧。"

夫子问:"贵吗?"

李冰说:"不贵,才十块钱。"

夫子没说什么。李冰牵着夫子进去。房间很小,里面勉强放着一张小床,厕所和洗漱间都在一个很小的角落里,仅放得下脸盆和毛巾牙刷什么的,墙上还安了一面镜子。

李冰进屋就躺在床上,笑着说:"我喝多了,先睡一会儿……"话还没有说完,就脱了鞋子倒在了床上,不一会儿就听到李冰的呼噜声。

夫子看着李冰匀称的身体,还有那起伏的山丘,心里一阵狂跳,他极力控制住自己,让心平静下来,他扶着椅子站到脸盆前,放了一点水,给滚烫的脸降了温,从镜子里,他可以清晰地看见李冰,李冰的身体起伏着,他不时扭头看着她,李冰就像一尊圣洁的雕塑躺在那里。他想到李冰对自己的好,觉得这样的圣洁的女人不可亵渎。

他在镜子里不住地打量自己,五官虽然还算端正,可是很瘦,脸皮贴着骨头,到现在为止,他不知道李冰为什么会对他那样好,对他这么放心,也不知道李冰现在的情况,李冰现在到底在做什么也没跟他说,他也不想问,他觉得问了没有什么好处,问了又能怎么样呢?他又没有能力帮她。不过,从李冰的内心里,他看出李冰家里肯定出了事,不然她不会有家不归的,何况一个大姑娘跟着他流浪,是怎么也说不过去的,虽然大武汉不缺稀奇事,可他们的关系在外人看来还是很奇葩的。

镜子里的夫子一会儿看看李冰,一会儿看看自己。他洗好脸,又往脸盆里打了水,洗了脚,把毛巾拿在手里,准备擦脚的时候,却停住了,要是他一个人住店,他会毫不犹豫地用毛巾擦脚的,可是李冰还没有洗脸,她醒了还要洗脸,他不能让李冰用自己擦了脚的毛巾再去洗脸,他把脚放在脸盆的边缘上,让脚慢慢晾干。

李冰在梦里喊:"夫子,你……别……走。"

夫子听了,想把李冰喊醒,问她怎么回事,可是看到李冰翻了个身又睡熟了,就没有喊她。他就这么坐着,看着李冰睡觉。

瞌睡上来了,夫子靠在床边坐着打盹,头不时地低一下,李冰不知什么时候醒了，看着夫子靠在床边睡着了。她下床把他摇醒，说："你到床上去睡吧。"于是把他扶到床上，夫子没有拒绝，上了床，就和衣靠着床边躺下。

李冰起来洗了脸，又上了厕所。

夫子其实没有睡着，李冰的动静传来，他只当没听见。李冰以后还要结婚生子，她不能把残缺不全的身体留给她未来的丈夫，那样李冰就会受一辈子欺负。

李冰洗好了，脱得只剩下内衣，她上了床，躺到夫子身边，推了一把夫子说："别装了，我知道你没睡着。"

夫子只好扭过身子，问："你刚才在梦里喊什么？"

李冰说："你一个人走了，要把我一个人留在陌生的地方，我想跟你走。"

夫子问："你不回家吗？"

李冰说："我不想回家，我爸和我妈离婚了，我讨厌那个家，我爸又找了一个女人，比我大不了多少。我妈一直在农村老家，难得来武汉看我一次，却被我爸骂走了。我气不过出来散心，刚好遇到了你。"

夫子说："你应该找份工作，然后成个家，过正常生活。"

"我还小，不想这么早就成家。"李冰把身子向夫子身边靠了靠。

夫子则把身体往墙边让。

夫子说："我明天要回家了，你还是回家去，你爸不会不管你的。"

李冰说："我就跟着你，你到哪儿我就到哪儿。"

夫子口气坚决地说："不行！你不能嫁给一个病瘫子，我知道自己是个废物，我不能害了你。"

李冰伸出手把夫子抱住。

夫子极力推开她，说："李冰，松开，你不能这样。"

李冰说："我不管，我就是喜欢你，不管你将来怎样，我都愿意跟着你。"

此时的夫子感觉到李冰的身体好烫，他强忍着自己的冲动，说："你往外面挪一点吧，我快要被你挤下去了。"李冰不听，往他身上靠得更紧。

夫子说："李冰，你听我说，我是个残疾人，没有将来，我不能害你。"

李冰说："我不怕，你会好起来的，我会陪着你，一直到你病好为止。"

李冰干脆脱下最后的衣服，然后又来脱夫子的衣服。夫子双手紧紧抓住衣服不让李冰脱，李冰不依，非要脱。夫子只好让她脱，李冰捧住夫子的脸，上前亲夫子，夫子又极力躲闪着不让李冰亲。

　　突然，夫子一把推开李冰，大声说："滚开，你这个贱女人。"说完怒气冲天地滚下床去。

　　李冰愣在那里，不知如何是好。李冰小声问："你怎么啦？"

　　夫子说："我一再说不行，我不能害你，你走吧。"

　　李冰跳下床，心疼地抱住他。不想夫子抽出皮带，扬了起来，说："你滚，再不滚，我真抽你。"

　　李冰冷静下来，慢慢穿好衣服，又把夫子的衣服扔到他身上，说："穿上吧。"

　　夫子赤着膀子，坐在那里，看着李冰说："你睡床上，我睡地上，就这样，别再胡思乱想了。"

　　第二天，李冰想给夫子买点东西带上，进商场后，发现门口有减价的衣服。李冰说："我给你买件上衣吧。"夫子说行。于是，李冰给夫子买了件西服上衣，她给夫子穿上，觉得还差点什么。刚好旁边有一条领带，李冰随即拿了一条套在夫子的脖子上，夫子拿在手里掂了掂，说这条好看。

　　夫子去掏钱，可是掏出来的钱只够买衣服，夫子苦笑了笑。

　　李冰从口袋里掏出钱来，亮了亮，说："就这些了。"两人都苦笑了笑。李冰让服务员将衣服包好，走出了商场。

　　夫子回想着李冰对于自己的一片痴心，心里很是纠结。如果将来有钱了，他第一个要回报的就是李冰，也把找到李冰当做今后生活的重要内容。

十一　李冰找夫子

　　一天下午，夫子正在听文学课老师讲老舍的《骆驼祥子》，讲到虎妞对祥子的爱情时，夫子突然想起了李冰，不觉眼睛温润了。等到他下课时，他走到教室门口时，发现李冰站在教室门口。

夫子大喜过望，一把拉住李冰，问："你怎么来了？真是踏破铁鞋无觅处啊。"

李冰则说："我是专程来找你的。"

夫子说："找我？"

"对啊。"李冰面色沉重地说。

夫子说："先别忙，吃饭去吧。来了就别走了。"于是两个人如情侣般一起往学生食堂走去。在学校情侣不少，夫妻也不少，所以，夫子和李冰亲热地走在一起，人们并不感到奇怪。

学校的生活费虽然不多，但夫子现在除了生活费，还有他在外面赚的钱，已经在同学们中间成了小富翁了。

吃过晚饭，李冰对夫子说："我找你有事。"

夫子说："别忙，我们去看电影去，学校礼堂在放《茜茜公主》，我们去看吧。"

李冰说："我找你真的有事。"

夫子说："什么事都不重要，陪你最重要，你知道我在找你吗？"

李冰问："为什么找我？"

夫子说："以前我没在意，自从我重返学校，我才知道你才是我要倍加珍惜的人，因为在我的生活中，你对我的帮助最大。"

李冰有些不屑地说："什么帮助？我没帮什么？那是你自己坚强。"

李冰只好跟着他一起去电影院看了电影。看完电影回来，李冰问睡哪里。夫子把他领到同班女同学钟琴的宿舍里。

李冰问："为什么不在你的宿舍里？"

李冰知道，以前在学校时，很多男同学都把女朋友带到自己的宿舍过夜，搞得同宿舍的学生心猿意马，热血沸腾。

夫子说："我可不想让他们看我们的笑话，再说，我没他们那么开放。"

李冰说："你要是愿意，我就到你宿舍里去睡，管他们干吗？"

夫子说："别说了，我已经跟钟琴说好了。"

李冰有些不愿意，说："你是不是和她好上了？要是那样的话，我就更不在这里睡了，我现在就走。"

夫子笑着说："哪里话，我没那么大的魅力，人家可看不上一个摆小摊算命的，人家爸爸可是一个大干部。"

李冰说："我今天来找你，也就是为我爸，你可能不知道，我爸也是部队的师长啊。"

啊！夫子惊讶道："你怎么不早说。"夫子说："你要是早说，我那天晚上就不会放过你。"

李冰笑着打了他一下，说："你坏。"

夫子这才想起，李冰如果不是有重要事情，是不会跑这么远来找他的，问："你到底有什么事？"

"我要你帮我一个忙。"李冰说。

夫子心想，别说一个忙，就是一百个忙，他也会帮的，到底什么事？

李冰想了好久才说："我也不知道怎么说，反正就想到了你，也只有你能帮我这个忙。"

"到底什么事呀，你快说。"夫子比较着急。

他们一边走，一边进了钟琴的宿舍。宿舍里没有人，其实她们听说夫子要带一个女同学来借宿，都躲出去了，为的是给他们留下空间，这也是他们相互之间的默契。

"我爸退伍后就在单位上和一个年轻的女人好上了，我妈劝了好久也没用，最后我爸和我妈离婚了。我妈在农村里生活得很凄凉，他也不管。我不甘心，我不想放过那个陈世美，我要报复他。"

夫子问："怎么报复？"

李冰说："我不知道，所以才来请你帮忙拿主意。"

夫子说："你真的这么恨他？"

李冰说："是的，我一定要让他付出代价。"

夫子说："你就这么狠心吗？"

李冰说："为了我妈妈，你快跟我想个办法吧。"

夫子开玩笑地说："要想报复他，除非你告他强奸你。"

李冰听了，一时竟不说话。

夫子说："那你现在靠什么生活？"

李冰说："我没钱了就去找他，他倒是经常给一点钱让我花。"

夫子转过脸去，看了看李冰，看了好久，才说："你真的决定要报复他？"

"是的。"李冰说，"我妈太可怜了，我妈很喜欢我爸，以前对我妈很好。自从缠上了那个女人，我爸就像变了一个人，对我妈不是打就是骂，我妈现在身上还有我爸打的伤。"

夫子感慨地说："男人怎么都这么坏，不过有时好起来也是很好的。"

听了夫子的话，李冰也认真地看了看夫子。

那晚，李冰在钟琴床上翻来覆去地睡不着。

第二天，夫子以为李冰会走，可是李冰一大早就来找他。夫子给他打了饭，吃完饭，李冰就在夫子的宿舍里看书。夫子去上课，等他回到宿舍的时候，李冰还坐在他床上等他。夫子又和她一起到食堂去吃饭。吃完饭，李冰依然走进了他的宿舍。

同学们都在看着李冰，目光在李冰的身上扫来扫去，似乎要从李冰身上找出什么来。

到了晚上，夫子见李冰还坐在他的床上，问："你什么时候走？"

李冰说："我还不想回去。"

李冰靠近他，说："我们出去吧。"

夫子问："去哪儿？"

李冰不说话，让他跟着她走。出了校门，李冰走进一家旅馆，登了记，说："今晚我们就待在这里吧。"

夫子转身要走。

李冰打开房间，把夫子推了进去，返身把门关上。

夫子说："你不要这样，你以后还要嫁人的。"

李冰说："我不管。"说着就脱了衣服，躺在床上。

夫子看着李冰的胴体，本想走开，可是李冰的身体的诱惑力实在太大了，他终于没有控制住自己，压在了李冰的身上。

早晨起床的时候，夫子看到洁白的床上留下一片红色的斑块，直到这时，夫子才知道李冰是要将自己彻底交给他。

李冰穿好衣服，就出了门，没过多久就消失在了大街上。

夫子追了出来，没有看见李冰，洗脸的时候，心里说："我他妈的就是个混蛋。"

十二　作假证

过了一个星期，夫子刚下课，李冰兴冲冲地来找他，说让他到法庭去，夫子问去干什么？李冰说去作证。

夫子有些害怕，问："作什么证？"

李冰说："你就说你是我的男朋友，是被我爸强行拆散了，还要说你陪我去打过胎。"

夫子觉得李冰把事情玩大了，可是看着李冰那认真的样子，夫子不好拒绝。他觉得苦命的李冰是那么可怜，自己是她的第一个男人，应该帮助她。晚上，李冰又在那家旅馆开了房，让夫子在那里陪了她一夜。

夫子搂着李冰的身体，感觉李冰在慢慢走向地狱，他把李冰搂得更紧了。

第二天，李冰又和以往那样一早就从夫子的眼前消失了。夫子却站在旅馆门前怅然若失看着李冰消失在大街上。

一个月以后，李冰通知夫子，让他上午八点准时到法庭去作证。夫子特意穿着李冰为他买的那件西服，扎上李冰为他买的领带。夫子心里希望李冰的官司能够赢，但又可怜那个没见过面的爸爸。他不知道，就因为那个爸爸抛弃了她妈妈，李冰就那么恨她爸爸。其实从人性上说，她爸爸根本没什么错，就是因为道德这个桎梏绑架了她爸爸，让她爸爸跌入万劫不复的深渊。

当他八点钟准时来到法庭门口的时候，李冰已经伸着头在那里张望，她的身旁还站着一个清瘦的女人。

夫子走近李冰，李冰向夫子做了介绍，说："这就是我妈妈，她被我爸给害得只剩下一把骨头。"

夫子叫了一声阿姨，李冰的妈妈只是象征性地点了点头，李冰的目光移向了站在远处的一个中年男人。夫子顺着李冰的目光看去，李冰的目光告诉他：就是那个男人。

夫子望过去，那个男人穿着西服，扎着领带，一副风度翩翩样子，他中等个子，身体却很强壮，一双扫帚眉让人看上去有些望而生畏，夫子知道，这样的男人大都有一副铁石心肠，而且刚愎自用，说一不二，走路很难转弯，做人很难低头。

十三　夫子给了李冰一巴掌

宣判过后，那个男人被法警戴上手铐，带出法庭。

李冰走到夫子的身边，以为夫子会替她高兴，可是夫子已经知道了事情的真相，头也不回地走出了法庭。李冰追上他，说请他去吃饭，李冰的母亲也走到夫子身边，说："谢谢你。"

夫子没有回答，对李冰说："你的良心会不安的。"

李冰站在那里，一时不知说什么好。母亲以为自己将那个负心人送进了监狱，女儿也收获了爱情，可是夫子却扬长而去。母亲让李冰去追，李冰却站在那里挪不动脚步。

夫子回到学校，一头扎进了图书馆。翻出厚厚的《资治通鉴》，强迫自己读那些书里的故事，却怎么也看不下去，他觉得自己才是真正的罪人，就因为一句话将一个不该进监狱的人送进了监狱。

他决定将李冰彻底忘掉，可是李冰的身影却不时在他眼前浮现，那个夜晚那么难忘，那么漂亮的女孩，那么完美的身体，而且那么清纯的一张脸。只是，法庭上的那一幕，让夫子看到了这张清纯漂亮的脸居然会那么残酷决绝。

如果不是法庭上的那一幕，他真想好好地疼爱李冰，和她成为真正的恋人，甚至夫妻。

李冰来找过他两趟，都被他躲过去了，他是真的不想再见到她，可怜之人必有可恨之处，这句老祖宗的话，在李冰身上得到最好的验证。

可是，李冰并不死心，直到有一天，李冰把他堵在了图书馆门口，问他："为什么一直躲着我？"

夫子说："我要抓紧时间查资料，写毕业论文。"

"借口。"李冰气愤地说，"你以为我不知道你是怎么想的吗？你必须和我好下去，我已经把自己全部都给了你，你不能甩了我。"说完，她看看没人，口气生硬地说："跟我走。"

夫子跟在李冰后面，来到他们熟悉的旅馆。

李冰说："我知道你现在看不起我，我妈妈看到你对我那样，伤心得要上吊，她让我来找你，想让我们尽快结婚。"

夫子看着眼前的李冰，一股怒火从心中燃起，他伸手给了李冰一巴掌。

李冰没有反抗，她觉得自己该打。

夫子说："你这个蛇蝎女人，我没想到你会这样对待你的父亲，你以后也会这样对我吗？"

李冰连声说："不会，不会。"

夫子说："原来你就是为了利用我，为了利用我打倒爸爸居然不惜出卖自己！"

李冰捂着脸，哭着说："我是真的喜欢你，难道你看不出来吗！"

李冰的眼泪汹涌而出，她想让夫子给她擦，就像那天晚上那样温柔。可是夫子把脸扭到一边，当做没看见。

李冰说："是我对不起你，但是我对你的感情是真的，希望我们有个好结果。"

夫子摇摇头说："我和你不会有结果的。"

李冰哭着说："你别走，你今天就陪我一晚，把气都撒出来吧。"

夫子不听，"砰！"地把门关上，也从此关上了他们感情的闸门。

第六章 严寒梅

一 阑尾炎

时间在教室、宿舍、图书馆和码头间呈连线运转。到了大学的最后一年，夫子开始为工作犯愁，虽然他的学识功底已经足以支撑他的思想，可现实却不容那么乐观。尽管他可以随时得到收入，可是总不至于大学毕业了再去跑码头给人算命、看相吧。他得有一份稳定的体面的工作，一份至少不让母亲发愁的还能让母亲脸上风光的工作，最好是能进政府部门当官，那是他从骨子里就羡慕的工作，当了官就可以光宗耀祖，就可以发号施令，还可以荣归故里。

看看毕业将近，他的这种读书做官论充斥着他的思想，有时他会不自觉地学着那些当官的人走路，说话和做各种手势。这种思想支撑着他拼命地泡图书馆，在那里一待就是一天，甚至两个馒头就让他度过一天，汗水甚至将书本打湿他也觉得很正常。

可是一个意外事件击碎了他的梦想，中午时分，他和同学一起来到食堂打好饭，边吃边往宿舍走，夫子吃饭很快，也不挑食，食堂有什么他就吃什么，快到宿舍的时候，肚子却疼得厉害，只好蹲下身子，以为吃得太急，过一会儿就会好，可是，那异乎寻常的疼痛让他根本站不起来。

同学们发现了，赶紧把他送到医院，经检查，原来是得了急性阑尾炎，他被立即送进手术室，第一次躺在无影灯下，很快失去了知觉。

手术进行了一个多小时，很成功。他躺在病床上，却无法入睡，脑子里想的全是工作。很多同学来看他，包括一些女同学，因为李冰对他造成的影响，他不敢再轻易地接近女同学。可是，在看望他的同学中，夫子发现，有一个女生在他的床边站了一会儿之后，就躲到一边哭了起来。夫子认得她，她叫严寒梅，一个苗条而清纯的漂亮姑娘，是附近水泥学校的学生，也是他的老乡。

夫子出院后，去找严寒梅。他一走进严寒梅宿舍，其他同学都知趣地出去了。

严寒梅很高兴，脸上洋溢着幸福的光芒，并留下他一起吃饭。严寒梅身高大约一米六，亭亭玉立的身材，白皙光洁的脸上有少许雀斑。他发觉严寒梅和以前他认识的几个女孩不一样。比如说，说话声音很轻很温柔，就像催眠曲，让人感到亲切而甜蜜。

随后，他们就常常在两所学校之间穿梭，青山湖边，覆盆山下，铺满煤渣的操场上，处处都有他们的身影。同学们都说他们恋爱了，夫子也有了恋爱的感觉。

夕阳下的磁湖边，浮光跃金，静影沉璧。磁湖睡美人在晚霞中更显出了绰约的风姿，微风暖暖地吹着，一切都让人沉醉。

夫子约严寒梅出来，在磁湖边流连着。夫子背着手，手里提着一个袋子，手心里都是汗。

夫子说："暖风熏得游人醉，只把磁湖作西湖。你看，磁湖睡美人多美啊！"

严寒梅说："大才了，诗吟得真好！"说完含笑着看着夫子的眼睛，感觉夫子今天有点异样。

夫子笑了笑说："一看到你我就会想起两句诗'疏影横斜水清浅，暗香浮动月黄昏'。"

严寒梅红着脸说："这两句诗是写梅花的吧？"声音温柔极了。

夫子的心跳得更厉害了，他郑重其事地说："这么好的诗句，只有真正爱梅的人才写得出来。我爱诗中的梅，更爱眼前的梅美人。"

严寒梅的脸更红了，说："你就会花言巧语哄人。"声音柔得能滴出水来。

夫子一脸严肃，认真地说："这两句诗是北宋诗人林逋写的。林逋一辈子不出仕不娶亲，只在杭州城外的孤山上种梅养鹤。如果你答应，我愿意

第六章　严寒梅

113

一生陪你爱你，执子之手，与子偕老。"

严寒梅脸上的红晕蔓延到了脖子，静静地站着，默不作声。

夫子忐忑地看着她，着急地说："你不说话，我就当你答应了啊？"

严寒梅缓缓抬起头，含着笑点了点头，随即满面娇羞地低下了头。

夫子心花怒放，走上前，一只手紧紧握住她的纤纤素手，另一只手递上了身后的袋子。

严寒梅柔声问道："这是什么？"

夫子说："给你买了一件连衣裙，希望你喜欢。"

严寒梅接过袋子，说了声"谢谢"。

夫子搂着严寒梅的肩膀，温柔地看着她，兴奋地说："我觉得自己是世界上最幸福的人了。"

严寒梅依偎在夫子的肩头，低声说："我也是。"

天空夕阳，湖光山色，都浸染了柔情蜜意。

二 热恋

夫子不知不觉沉浸在恋爱的甜蜜中，他每天都迫不及待地想见到心上人，大有"一日不见如隔三秋"之感。室友们打趣说夫子"沦陷"了，对，就是沦陷，彻底地沦陷，心甘情愿地沦陷。

夫子虽然有过和李冰的关系，但和严寒梅的恋爱，让他感受到了完全不同的体验，同样是男女，有灵魂的参与和全身心的投入，感觉是完全不一样的。

夫子一刻也不想和严寒梅分开，他不断计划着他们的未来，脑海里全都是二人琴瑟和鸣、夫妻恩爱的甜蜜生活。这个时候，为了严寒梅，为了爱情，夫子宁愿献出自己的一切，包括生命。

多年后的夫子回想起这段像梦一样的时光，常常有恍若隔世之感。而此刻深陷在爱情中的夫子未曾料到，这次恋爱完全改变了他的人生轨迹，更想不到自己倾尽所有不过落得个恓惶的结局。

这天，他们相约来到了电影院，夫子买了票，严寒梅买了瓜子，两人紧挨着走了进去。

电影开始了，是《钢铁是怎样炼成的》。保尔和冬妮娅的爱情场面让他们相互寻找到对方的手，并握在了一起。电影散场后，夫子送严寒梅回学校，他们的学校紧挨着。

他们不由自主地来到香樟树下，树的浓荫挡住了路灯射进来的光线。夫子伸手抱住严寒梅，严寒梅也贴着身子投入夫子的怀抱，夫子感觉严寒梅的身体很柔软，心也跳得厉害。

严寒梅说："你的心跳得好响啊。"

夫子说："那是生命的强音，也是恋爱的冲动。"

严寒梅用她的小拳头在夫子的胸口捶了一下，夫子感觉那不是拳头，而是幸福。

夫子问："快毕业了，你有什么打算？"

严寒梅说："我想好了，跟你到一个单位，你到哪儿我就到哪儿。"

夫子说："以前我怎么没注意到你呀，你是什么时候喜欢上我的？"

严寒梅说："我注意你好久了，学校都在流传着你的故事，说你们学校有个会算命的学生。还有你在图书馆里读书的身影，都给我留下很深的印象。"

夫子说："那你怎么不找我？"

严寒梅说："哪有女的主动找男的的？我相信缘分，是你的终究是你的，不是你的就算在一起也会分开。"

夫子说："你也相信缘分？其实古人早就说过，有缘千里来相会，无缘对面不相识，佛经上也说，老婆是你上辈子埋过的人，这辈子的情人是你上辈子的老婆。"

严寒梅说："你在哪儿看到的，有时间找出来我看看，你别骗我。"

夫子说："我何必要骗你呢，我们所学的东西，都是前人总结的结果。"

严寒梅笑着说："你真坏！难怪大家都叫你夫子，一听就是有学问的人，而且老成稳重。"

夫子坏坏地笑着说："有没有学问不要紧，要紧的是男人不坏女人不爱。"

说着把怀中的人儿搂得更紧了。心爱的女人对自己这么崇拜，夫子的心里开出了花。

此时，树上传来鸟儿的叫声。夫子说："我们回去吧，树上的鸟儿在偷听我们说话呢。树上的鸟儿成双对，恋人双双把家还。"

严寒梅一脸娇羞地跟着夫子往回走。夫子看着害羞的她，心里充满了甜蜜。

严寒梅毕业后，被定向分配到了县水泥厂当了一名化验员。她的工资是每个月三十八元。

严寒梅家是当时远近闻名的万元户，父亲是个木匠，除了种地，副业收入也不少。母亲是典型的农村媳妇，相夫教子，任劳任怨。还有一个弟弟，马上初中毕业，是父亲的心肝宝贝。

父亲是家里的天，在家里是绝对的权威，掌管着家庭的命运。他希望漂亮的女儿嫁个好人家，最差也要是城里的人家，有正式工作，家庭条件要好，最好是干部家庭，这样不止女儿能享福，将来还可以帮衬儿子。

这天，母女俩正在谈心。

母亲对严寒梅说："工作了，该做结婚的打算了。"

严寒梅说："还早呢，我不想过早结婚，我还想多玩几年再说。"

母亲已经听说严寒梅有了对象，有些不放心，说："玩几年可以，但有了对象第一个得让父母知道。你爸就你一个女儿，你可不要让他失望。"

严寒梅说："放心吧，我会领回家给你们审查的。"

母亲惊讶地说："这么说你已经有了？"

严寒梅撒娇地说："不告诉你。"

母亲说："你爸可下了死命令，坚决不能找农村的。"

严寒梅撇着嘴离开了母亲。

严寒梅想把父亲的意思告诉夫子，可是刚上班，工作有些忙，就强压着思念，等待夫子的消息。

夫子收到了严寒梅的一封信，信中只有勃朗宁夫人十四行诗集中的一首：

如果你爱我，请只为了爱的名义。
不要说，我爱她是为了
她的笑，她的美，她说话的样子娇柔动人，
她的念头正合我意，在这样的一天里，
真是让人畅心惬意。
因为呵，我的爱人，所有这些都非恒常，
它们或许也会因你而改变；
——因之而来的爱情也会因此而去。
也不要因为怜惜而爱我，
你为我揾干了腮边的泪滴，
——我也许会忘记哭泣。
我不要因为久惯你的温存，
却因此失去了你的爱意！
但请爱我，以爱的名义，
这样你的爱情才会长久，绵绵无期。

夫子顿时明白了严寒梅的用意和爱意，立即给系里写了一封回家乡教书，同时照顾老父母的申请信。交到系主任手里后，就马不停蹄地从学校跑来看她。

严寒梅在化验室里拥抱着夫子，问："工作落实得怎么样了？"

夫子说："已经向系里提出了申请，跟着你回县里。应该很快会批准的。"

严寒梅放心地点点头。

严寒梅把夫子领到食堂吃了饭，然后一起去看电影。

后面坐的观众是一对夫妻，一边看电影一边争吵，周围的观众时不时投来异样的眼光，他们竟全然不顾，越吵越起劲。

夫子扭过头去看那对夫妻，严寒梅用手把夫子的脸扭过来，意思是算了。夫子感到严寒梅的手特别细腻，于是把手抬起来，用手按住严寒梅的手，不让她的手移开。

严寒梅果然不动，过了一会儿，她把脸伸过去，在夫子的脸上亲了一口。

电影散了，严寒梅挽着夫子的胳膊走在大街的林荫道上，深秋的风迎面吹来，像婴儿的手在脸上抚摸，夫子搂着严寒梅，两个人都感觉走在这条路上是那么幸福。

到了厂门口，严寒梅把夫子领到工厂招待所住宿，交代服务员说是她的大学同学来看她，希望给她保密。

服务员热情地给夫子开了房间，两人进了屋。严寒梅从后面抱住了夫子，头埋在夫子的肩头。夫子转过身，在她脸上深深地吻了一口。严寒梅闭着眼睛，一脸陶醉。夫子看着心爱的人，克制住内心的冲动。厂里到处都是眼睛，过于亲密的举动会让他的梅子难堪。等到他们的关系真正定下来了，那时候才能没有顾虑。

严寒梅依依不舍地拉开房门，只见服务员手里拿着扫帚站在不远处装着扫地，他们知道那是在监视她。

回到家里，严寒梅想了好久，到底要不要将恋爱的消息告诉父母，夫子显然不符合父母的条件，严寒梅心里矛盾极了，夫子是她中意的人，在她的心里，夫子就是她的幸福，她很难放弃。

可是，父母的要求却让她犯难，按理说，母亲说的没错，是为自己好。如果谈个家庭条件差的，就会有一辈子的负担，得辛苦一辈子，可中意的人，让人着迷的爱情就在眼前，怎么能轻易放弃呢？保尔和冬妮娅的故事时时在她眼前浮现，她不能做冬妮娅，她要做保尔。

三 母亲的担忧

夫子被安排回县城，在他的高中母校，当了一名物理老师。

他把行李打了好几包，除了衣服被子就是书，那些书，他找了两个纸箱子装好，又用包装带扎紧，直接放到学校给他安排的单身宿舍里。

学校预付了一个月的工资，还给了他一个星期的休息时间，他回了一趟家里。

母亲见到儿子,高兴地跑出跑进,满是皱纹的脸上开放着春天般的花朵,几个哥哥姐姐也都提着东西来看他。

家里出了一个大学生,原本低矮破败的房屋仿佛也变得高大、亮堂起来。乡亲们都来看他,家里人来人往的,热闹非凡,母亲脸上一直挂着笑,忙着招待来看夫子的亲戚和乡邻。

大队书记也来了,和他握了手,问了好多问题,听说他被分配到了县第一中学,高兴地说:"这下好了,以后我们村的学生娃就不愁考大学了。"夫子笑笑说,那是一定的。

哥哥姐姐们都张罗着给他说对象。夫子说:"这你们就不用操心了。我已有了对象,叫严寒梅,过几天我带回来让你们过目。"哥哥姐姐们其实心里都有了目标,听说后都很失望地说:"怎么不早说?让我们白操心一场。"

母亲看到,夫子虽然脸上洋溢着笑容,可心里总有些失落。晚上,夫子把头一个月的六十八元工资加补贴交给母亲。母亲接在手里,说等他结婚时再用,又说,过几天就把严寒梅请到家里来玩,让她看看是不是她心中想的那样。

看到夫子心不在焉的样子,母亲问:"你是不是有心事?"

夫子说:"妈,我让你失望了,我其实是不想回来的,我想在城里找个工作,希望分到政府机关里的。可是那得要凭关系,我没办法,只好回来。"

母亲说:"回来好,我就是希望你回来,离家远了来去不方便,等正式上班了,你们就把婚结了,这样,妈也就安心了。"

夫子说:"妈,结婚还早,严寒梅还没和家里说呢,也不知道她家里同意不同意,你看我们家里就这条件,还不知道人家能不能看得上。"

母亲说:"只要你们俩一条心,日子都是人过出来的。我跟你爸结婚时什么也没有,还不是有了你们兄弟姊妹七个。"

夫子知道母亲岁数大了,抱孙子心切,就说:"那等严寒梅来了,你自己跟她说。"

母亲说:"说什么说,双方没意见,年底就把婚结了,明年家里就能看到孙子笑了。"

第六章 严寒梅

夫子笑着说:"妈,你养了这么多孩子,还不嫌烦呀。"

母亲也笑笑说:"烦什么烦?你结了婚,我这辈子的心就算操完了,孙子烦不烦,还说不定呢。"

夫子觉得母亲虽然在笑,眼里却有一丝愁绪。夫子问母亲担心什么。母亲告诉他,父亲这段时间感觉不对劲,有一天夜里突然说自己大限将至,让母亲不要难过。

夫子的心也揪了起来,安慰母亲说会尽快把严寒梅带回来,让母亲别舍不得花钱,多做些好吃的。

四 严寒梅的父亲

马老师的课一直深深地印在夫子的脑海里。他学着马老师的讲课风格,给学生们上物理课,从物理学家的故事讲起,看到学生们聚精会神地听课,他觉得自己的工作是那么有意义。

星期六上午,夫子刚上完课,打算买些东西,明天去看严寒梅。刚走到楼下,却发现严寒梅站在楼梯旁。

夫子很惊讶,问:"你什么时候来的?"

严寒梅手里提着苹果和香蕉,说:"我也刚到,听说你在学校,就直接来到这里。"

夫子看看四周没人,上前接过严寒梅手里的水果,牵着她的手,一起走进宿舍。

夫子说:"我正在想你,你就来了,你真是我的及时雨呀。"说完坏笑着亲了严寒梅一口。

严寒梅笑着说:"我是专程来的,我爸妈要见你。"

夫子说:"这么说你爸妈同意了?"

严寒梅说:"说不准,我爸爸很顽固。"

夫子问:"你们家到底是你妈当家还是你爸当家?"

严寒梅说:"当然是我爸呀。我家一切都是我爸说了算。"

夫子陷入沉默，过了一会儿，说："我们去吃饭吧。"

严寒梅问学校伙食怎么样，夫子说很一般，和学生吃得一样。严寒梅说："那我们到外面去吃吧，过两人世界。"

夫子带上门，和严寒梅一前一后下了楼，不断有老师和夫子打招呼，夫子说是大学同学来看他，他们到外面走走去。

严寒梅跟在夫子后面，有些跟不上，让夫子走慢一点。夫子则当做没听见，依然紧走慢赶。

街上很萧条，只有两三家餐馆，到了中午有的已经关门了。好在夫子对这里很熟悉，直接来到一家叫"隆兴"的餐馆里，墙上贴着"提倡勤俭节约，反对铺张浪费"和"五讲四美"的标语。

他们找了个位置坐下，夫子说："这里算是比较好的，你点菜吧。"

服务员走到他们面前，严寒梅见都是些家常菜，就随便点了一盘青椒肉丝，夫子则点了一盘回锅肉。

吃饭的时候，严寒梅说："你明天见我爸，不要和他犟，他说什么你就应什么。不过你放心，我会一直站在你这一边的。"严寒梅看着夫子，深情地说："我喜欢你。"

夫子说："要是你爸妈坚决不同意怎么办？"

严寒梅笑着说："你别怕，我有办法。不过你要给他一个好印象，这样我们才好往下走。"

夫子说："你这么有信心？"

严寒梅说："一个深爱着你的女人连这一点信心都没有，那怎么行？"

在夫子眼里，严寒梅就是个纯洁的小天鹅，如果她一直这么单纯将会是他一生的幸福。

菜上来了，两个人你给我夹一筷子，我给你夹一筷子，吃得很亲热。

两位上了岁数的女服务员不时地看他们一眼，小声说："现在的年轻人真会谈恋爱。"另一位瘦的说："要不你把你那个离了，也再谈一个。"

胖点的说："去你的，我没那么浪漫。"

五　审问

　　夫子的物理课很受学生欢迎，可学校领导却有意见，说他没按教学大纲教，偏离了教学方向，要对学生进行灌输，不能只是引导。夫子很反感领导的态度，他一意孤行，仍按自己的方法教学，领导干脆在会上提出了批评，搞得夫子意志很消沉。刚好这时候严寒梅来找他，让他去见她父母，他想借此忘掉眼前的烦恼。

　　严寒梅的家在靠近县城的一个村里，父亲很能干，是个出色的木匠，还会养鱼、扎扫帚，是远近闻名的万元户。父亲坚持供严寒梅读完大专，为的是女儿能有个铁饭碗，找个家境好的对象，这样不只自己过得好，还能帮助还在读书的弟弟。

　　夫子两只手提满了礼物，跟在严寒梅身后。严寒梅站在门前一边敲门一边喊："妈，我回来了。"

　　夫子随着喊声望进去，只见身材高大的寒梅爸生硬地说："进来吧。"

　　夫子的心不禁一凉。

　　严寒梅笑着对夫子说："这是我爸。"

　　夫子满脸笑容，热情地叫了声"叔叔"。

　　寒梅爸把夫子从头到脚打量了一通，鼻子里"哼"了一声，转身到屋后去了。

　　严寒梅叫了一声："爸！"

　　夫子尴尬得手脚都无处安放。幸亏寒梅妈过来，一边在围裙上擦手，一边热情地招呼夫子坐下，说饭菜马上就好。夫子感激地看着寒梅妈，放下手里的东西，小心翼翼地坐下。

　　这时，寒梅爸走过来，他身材高大瘦削，眉毛又浓又粗，眼神透着严厉，一双结满老茧的大手拿着一副旱烟袋。

　　夫子赶紧站起来，恭敬地看着寒梅爸。

　　寒梅爸指着方桌旁的椅子说："坐吧。"

夫子的心提到了嗓子眼，战战兢兢地坐下。

"在哪里上班？"寒梅爸问。

"在县一中。"夫子回答。

"工资多少？"

"六十八块。"

"过得去，毕竟是大学生。"寒梅爸的声音里听不出是赞扬还是批评。

"家在哪里？"

"杨林尾村。"

"哦，农村的。"寒梅爸眨着眼睛说。

"你看上我们寒梅什么了？她那么小，又不懂事。"寒梅爸又问。

夫子把目光投向严寒梅，说："梅子喜欢我，我也喜欢她。"

"恐怕没那么简单吧？"寒梅爸不相信夫子的话。

夫子说："是真的，我们在一起认识很长时间了，在大学时我们就彼此了解。"

"你们不在一个学校，怎么了解的？"寒梅爸追问道。

夫子说："我们是老乡，有一次我得了阑尾炎，她和同学们去看我，就这样认识了，我们是缘分。"

寒梅爸说："说得好听！"

夫子一下子仿佛被人揭了短，语气生硬地说："我说的都是真心话，就是喜欢梅子。"

寒梅爸听了，起身又进去了。

严寒梅看见夫子脸上出了汗，把一直拿在手里的水杯递到他手里，说："喝口水吧，你一定渴了。"

夫子接过水杯，把一杯子温开水全部倒进喉咙里。严寒梅心疼地说："你慢点喝。"

"看样子你爸对我不满意。"夫子低声说。

严寒梅说："我爸也是怕我过得不幸福。别担心，我有办法劝服他的。"

夫子点点头，仿佛在安慰自己。

123

严寒梅见父亲一直没有出来,就把夫子引到她的卧室里,夫子看到严寒梅的卧室里贴着很多《大众电影》杂志上面的明星照片,还挂着几个相框,里面是严寒梅的相片,书桌上还放着她的日记,房间里有淡淡的香味,是严寒梅身上的味道。夫子深深地吸了一口气,一直悬着的心稍稍放松下来。

严寒梅拿出一个相册,对夫子说:"我从小到大的相片除了墙上挂的,都在这里面。"

夫子接过来说:"快给我看看。"

这时,客厅里传来寒梅爸的声音:"叫他滚,我女儿不嫁农村人!"

"小鲁第一次来,你别这样。"寒梅妈劝着。

"头一次就结束最好,他就是看上我家是万元户,只有你那傻女儿才会上当!"寒梅爸不依不饶。

夫子的脸一下子红到了脖子,身体不由自主地颤抖。他合上相册说:"我还是先走吧。"

"对不起,我爸性子太直,我能劝住他的,你别生气啊。"严寒梅的声音充满了歉意。

夫子尴尬得恨不能找个地缝钻进去。他看了严寒梅一眼,走到客厅,跟寒梅妈打了个招呼,很快冲出了屋子。

严寒梅恼羞成怒,气得对着她爸喊:"您怎么能这样啊!"

寒梅爸瞪着女儿说:"你跟谁说话呢?反了你了!这样最好,让他知难而退。"

寒梅妈劝女儿说:"你爸也是为你好,看样子你爸对小鲁很不满意,要不你们算了吧。"

严寒梅气得差点儿哭了起来,大声说:"你们说了不算,我喜欢他,我偏要嫁给他!"

寒梅爸脸色大变,说:"这事由不得你,我让你们散你们就得散!"

严寒梅见没有回旋的余地,哭着往外跑。

寒梅爸说:"你给我回来!你要敢踏出大门半步,以后永远不要回来!"

严寒梅哭着说:"不回来就不回来!"

六　失控的夜晚

　　严寒梅一路追到夫子的宿舍,才发现夫子并没有回来。她在门口痴痴地等了两三个小时也没见夫子回来。直到学生下晚自习,门卫室的老爹爹喊关大门了,她才恋恋不舍地离开了。

　　夫子从严寒梅家出来,沿路奔跑,深深的羞辱像一把刀子剜着他的心。他一直是家里村里的骄傲,虽然经历过在汉口的艰难岁月,却从来没有受过这样的侮辱,来自未来岳父的侮辱,以后怎么相处呢?第一次见面就这样,还有以后吗?想到这里,夫子的心揪得更紧了,他舍不得严寒梅,这个温柔体贴的女孩是自己的初恋,他们有过那么多美好的回忆。

　　纷乱的思绪萦绕着夫子,他茫然无措地走在路上,不知道迎接他的会是怎样的命运。耳旁传来呼呼的风声,还夹杂着似曾相识的脚步声。那脚步声走走停停,一直尾随着夫子。夫子意识到问题,赶紧回头,居然看到了李冰。

　　夫子吃惊的目光遇到了李冰躲闪的眼神。

　　夫子说:"没想到在这儿遇到你。"

　　李冰说:"不是巧遇,是我一直在找你。"

　　夫子说:"找我干什么?"

　　李冰说:"我知道你今天心情不好,我也想有人陪我喝杯酒,一起去吧。"

　　夫子犹豫着,李冰一把拉住夫子,直奔一间旅馆。进门开了灯,夫子看到桌子上摆着酒菜,心里泛起一丝温暖,似乎还有一丝苦涩。

　　李冰倒满酒,夫子接过来,一口气干了。李冰又倒了一杯,夫子伸手要接,李冰却躲开了,柔声说:"吃点菜再继续喝,今天晚上我陪你喝,不醉不休。"说完给夫子夹了不少菜,夫子也不说话,端起碗来就喝。这样一杯一杯继续下去,渐渐地两人都醉了。

　　李冰满脸通红,大着舌头说:"我一直没忘记你,一直在找你,你那个梅哪里比我好？"

夫子说："我被她爸赶出来了，她爸嫌我穷……"

李冰走过来抱着夫子，哭着说："你还记得我们的第一次见面吗？"

夫子晕晕忽忽地抱着李冰……

第二天凌晨，夫子醒来时头疼欲裂，勉强睁开眼睛，看到躺在自己身边的李冰，心里一阵慌乱，赶紧坐起来穿衣服。

李冰揉着眼睛说："你醒了？昨天我们都喝多了。"

夫子说："对不起，我不该在这里过夜。"

李冰说："是我带你过来的，你没有什么对不起我，一切都是我自己愿意的。我的心意你都知道了，如果你愿意，我们马上结婚；如果你还是放不下你的梅，我以后都不找你了。"

夫子顿了顿说："昨天晚上的事很抱歉，大丈夫一诺千金，我不能辜负她。"

李冰似乎在笑，泪水却已模糊了双眼。

夫子回到学校，远远地看到严寒梅站在宿舍门口。

严寒梅一看到夫子马上跑过来，拉着他的手说："昨天晚上你去哪里了？我好担心你。"夫子拉着严寒梅的手，看到她的眼睛肿得厉害，估计一夜未睡。

夫子想到昨晚发生的事，觉得对不起寒梅，躲着她的目光说："在同学那里喝醉了，今天早上才醒酒。"

严寒梅说："还生我爸的气吗？别担心，就算他不同意，我也要和你结婚。"

夫子深受感动，深情地看着严寒梅说："我们一定会很幸福的。"

这时，传达室的老师叫夫子接电话，还说事情紧急，赶紧过来。夫子跑过去接电话，是母亲打来的，说父亲情况不好，叫他赶紧请假回去。

七　父亲去世

夫子十万火急地赶回家，父亲躺在床上，奄奄一息，双眼疲倦地闭着，枯瘦的手似乎想抓着什么。

夫子冲到父亲跟前，一把握住那双枯瘦的手，强忍着泪水叫了一声爸。

父亲缓缓睁开了眼睛，闪出了一点光芒。

母亲端来一碗汤，轻轻地说："来，喝点排骨汤吧。"

父亲缓缓地摇了一下头，夫子接过汤，说："妈，我来喂爸喝吧。"

母亲点点头，温柔地对父亲说："这是七伢子的工资买的，伢第一个月的工资，特地拿回来孝敬你的。"

父亲于是缓缓张开嘴，夫子小心翼翼地喂了一勺排骨汤，接着一勺一勺喂。喂了半碗后，父亲闭上了嘴巴和眼睛，似乎已经耗尽了全部的力气。

夫子给父亲盖好被子，端着碗走了出来。一家人都等在外面，面色凝重地看着夫子。

母亲说："你回来了，你们父亲也就可以安心地去了。他病了十年，今年70了，这一去也算得了解脱。今晚你们商量一下后事，夜里七伢子陪床吧。"说完擦了擦眼角的泪痕，进厨房去了。

深夜，万籁俱寂。夫子守在父亲床边，父亲有时清醒有时糊涂，清醒时偶尔会说几句话。旁边摆着一张小床，但夫子不想躺，他想这样坐在父亲身边，这样的日子恐怕不多了。看着父亲瘦得皮包骨头的脸，听着气息微弱的话语，夫子的眼泪像断了线的珠子落下来。

过了一阵，父亲睁开眼喊了一声"七伢子"，精力似乎又回到了身上，夫子赶紧答应。父亲让夫子扶着自己坐起来，夫子犹豫了一会儿，扶着父亲靠着床头坐起来，给父亲披上衣服，又把被子往上拉盖好。

父亲说："身后事我都给你妈交代过了，一切从简就行。所有的孩子中，最有出息的是你，最辛苦的也是你；最让我们骄傲的是你，最让人放心不下的也是你。你这一生大起大伏，大富大贵，却也必须承受大孤独大痛苦。你这一生属乾卦，却难以找到相配合的坤卦，恐怕婚姻多变，命途多舛。切记说话做事须讲究时、位、中、应；要守时待命，不可强求。一定要多做善事，积善之家必有余庆，为自己和后人积福。"

说完又闭上了眼睛，夫子来不及细想父亲的话，扶着父亲慢慢躺下，盖好被子，寸步不离地守在床边。

第二天凌晨，父亲咽下了最后一口气。夫子意识到昨晚的那番话是回光返照，泪水又模糊了双眼。是啊，父亲最放不下依然是他。

处理完后事，母亲拿出一个小木箱子，里面装了一本《易经》和一个罗盘，对夫子说："这是你爸留给你的。"

夫子接过箱子，紧紧抱在怀里。

八　甜蜜的周末

夫子回到县城。严寒梅心疼夫子，处处体谅他，白天想办法给他做好吃的，晚自习前拉着他去散步，温柔地开解劝慰他。

这样过了两三个月，严寒梅一直没有回家，寒梅妈忍不住来水泥厂找女儿，苦口婆心地劝女儿跟夫子分手，见女儿不为所动，就换了话题，让她有空多去看看读初中的弟弟，同时想办法帮忙销售家里的扫帚和鱼塘里养的鱼。

夫子得知了这些，就经常和严寒梅一起去看她弟弟，坚持每个星期给他补课，又想方设法说服了学校领导，采购了严寒梅家的扫帚和鱼。这些让严寒梅对夫子既感激又崇拜，更加坚定和夫子长相厮守的想法。

这天，夫子正在上课，寒梅爸出现在教室门口。夫子连忙出来招呼，寒梅爸冷着脸大声音说："你对寒梅做了什么，她这么长时间都不回家？你们的婚事我不同意，你们趁早散伙！"

有几个不安分的学生从窗户里探出脑袋张望，又聚拢了几个老师。夫子想拉着寒梅爸走，寒梅爸却不肯动，人越聚越多，后来后勤主任赶来，建议他们去找校长解决问题。

原来寒梅爸是来结扫帚和鱼的钱，所以顺利通过门卫，又一路找到了夫子的教室。围观老师们得知情况，感叹这老爹爹不知好歹。

校长打电话到水泥厂叫来了严寒梅。严寒梅见到父亲又气又羞，直接对校长说："我和鲁老师是光明正大地谈恋爱，我愿意的，没有人勉强。"

校长摊开两只手，对寒梅爸说："事实摆在眼前，孩子们彼此相爱，您何必棒打鸳鸯呢！现在不是旧社会了，不讲究父母之命媒妁之言。鲁老师重点大学毕业，是我们学校重点培养的骨干教师，前途一片光明，对小严爱护有加，是个好对象，您女儿很有眼光！"

寒梅爸灰头土脸地从校长办公室出来，一言不发地走了。严寒梅红着脸跟校长道歉，校长毫不介意，对他们表示欣赏和支持。

这天是周六，学校放假，学生和老师们都离开了校园。严寒梅一大早挎着包拎着菜篮子来到夫子的宿舍。

严寒梅用钥匙打开门，轻轻地放下菜篮子。她知道夫子几乎每天早上都要督早自习，加上这段时间为父亲去世伤心，晚上总睡不好，好不容易赶上周末，不忍心叫醒他。夫子在床上躺着，严寒梅温柔地看了他一眼，就忙着做早餐了。煎两个鸡蛋，煮两碗腊肉豆丝，又把买来的两杯豆浆放在热水里加温，拿起碗准备盛豆丝的时候，被人从后面抱住了腰，严寒梅知道，夫子醒了。

严寒梅转过身，温柔地靠在夫子肩膀上，嗔怪地说："醒了也不叫我，这段时间辛苦你了，怎么不多睡会儿？"

夫子在她额头上亲了一下，坏坏地说："想你想得睡不着呢。"

严寒梅笑着捶了他一下，心里甜蜜极了。

吃过早饭，夫子带着严寒梅在校园里散步。校园里只有他们俩，阳光，绿树，桂花香，偶尔传来一两声鸟啼，一切都让人沉醉。

到了晚上，校园里更安静了。夫子牵着严寒梅的手，缠绵的情话说不完听不够，不知不觉夜色已浓。严寒梅翻着夫子桌上的笔记本，上面有夫子抄的诗《致橡树》：

> 我如果爱你
> 绝不像攀援的凌霄花，
> 借你的高枝炫耀自己；
> 我如果爱你——
> 绝不学痴情的鸟儿，
> 为绿荫重复单调的歌曲；
> 也不止像泉源，

第六章 严寒梅

常年送来清凉的慰藉；

也不止像险峰，

增加你的高度，衬托你的威仪。

甚至日光。

甚至春雨。

不，这些都还不够！

严寒梅说："如果你是橡树，我就是你近旁的一株木棉，永远陪着你。"

夫子拥着她说："橡树和木棉长相厮守，繁衍了很多小树。"

严寒梅一脸娇羞地说："你就会油嘴滑舌！很晚了，我该走了。"

夫子依依不舍地送她到大门口。门已经关了，门卫室黑灯瞎火，喊了几声也不见人。夫子牵着严寒梅回到宿舍。

洗漱完毕，夫子忙着打地铺。严寒梅过来，低着头红着脸牵着夫子走到床边。夫子的脸也红了，一种神秘的力量在身体里流动，他有些激动地问："我们还没结婚，你真的愿意？"

严寒梅点点头，用很小的声音说："这样我爸再反对也没有用了。"

夫子心花怒放，从屉子里找出两根蜡烛，点燃，又关了灯。转身看到严寒梅迷离渴望的眼神，夫子高兴地捧起她的脸，闭上眼睛，就是深深的一吻，吻得目眩神迷、神思激荡。夫子搂着怀中的温香软玉，在她耳畔细语：今晚就是我们的洞房花烛夜。

第二天清晨，夫子从甜蜜的梦乡中醒来，看着依偎在自己身边的严寒梅，她还在熟睡中，嘴角含着笑。夫子轻轻地吻了吻她的面颊，又把被子往上拉了一下，脸上是幸福的笑。这个洞房花烛夜太珍贵了。

过了一会儿，严寒梅醒了，她揉揉眼睛，歪着头看了看夫子，红着脸翻过身，背对着夫子。

夫子拢着她的肩膀，小声地说："昨晚我太冲动了。你会不会后悔？"

严寒梅含笑带嗔地说："傻瓜，我自己愿意的，怎么会后悔！"

夫子心里乐开了花："等我们结了婚，我们一定会幸福的。"

严寒梅转过身，说："这段时间你受苦了，你那么帮我们家，我爸还那样对你，真是不好意思。"

夫子说："只要你开心，我就开心！别的都没有什么的。"

严寒梅把头埋进被子里："你真好！"

夫子说："我们马上就结婚！"

九　倔强

严寒梅带着夫子回了趟家。夫子手里拎着几罐麦乳精，还有两瓶铁盖茅台。夫子去财务室预支了3个月的工资，又辗转托人才置办齐了这些贵重的礼物。

严寒梅神采飞扬地跟着夫子走进家门，母亲感觉有些不对劲，满脸疑惑地接过夫子手里的东西，把他们迎进了家门。

父亲正在堂屋里抽烟，看了一眼铁盖茅台，嘴角露出似笑非笑的表情。

严寒梅说："爸，这是夫子专门买来孝敬您的。"

寒梅爸哼了一声："你们来有什么事？"

夫子说："我和寒梅经过慎重考虑，决定结婚。今天来跟您提亲。"

寒梅爸猛地站起身来，大吼一声："谁同意你们结婚了？你想用这两瓶茅台酒把我女儿骗走？我女儿跟着你天天喝西北风吗？"

寒梅妈走过来，拉着女儿说："你们是不是太着急了，结婚可是一辈子的事，这样就决定了？"

严寒梅坚定地说："我铁了心要嫁给他，你们不接受也没办法。"

寒梅妈说："他有什么好？家里穷得房子都没有，一个老母亲，那么多兄弟，你嫁过去能有好日子过吗？有了孩子谁给你带呀？一家三口一辈子住在集体宿舍？"

严寒梅说："我们有手有脚，自己能挣钱，不会一辈子吃苦。"

寒梅妈说："就凭他那一点点工资？不当家不知柴米贵，等你结了婚后悔都来不及！"

严寒梅说："我自己选的对象，我不会后悔的。"

夫子说:"我不会让寒梅吃苦的。你们是寒梅的父母,以后也是我的父母,我会和她一样孝敬你们,照顾弟弟。"

寒梅父母冷着脸一句话也不说。

严寒梅见父母始终没有好脸色,就拉着夫子出了门。父母的反对不仅没有拆散他们,反而让他们更坚定了结婚的信心,只要真心相爱,眼前的困难又算得了什么呢!

接下来的日子,严寒梅白天在水泥厂上班,晚上就坐车来到夫子的学校。水泥厂和学校相距五十里,但热恋中的人儿感觉不到奔波往返之苦。

逢到周末,夫子就骑自行车去接严寒梅,厂里的工人都知道严寒梅恋爱了。

两个人都不会做的菜,夫子就到学校食堂向师傅请教,他们站到一旁看师傅怎么做,然后回去照着做,很快,两个人都能做出几道大菜了。

为了严寒梅能吃上可口的菜,夫子还专门买了一本菜谱,严寒梅觉得幸福的生活像一曲动听的歌谣,每天环绕着她。

十　田野的清香

转眼到了第二年,这天严寒梅第一次跟着夫子回了乡下老家。一路上的田园风光,让严寒梅赞不绝口,阳光下的乡间小路充满了诗情画意,骑着自行车的姑娘小伙留下一路欢声笑语,路边的野花竞相开放,还有路两旁那高大挺拔的白杨树,犹如穿云的利剑。树上的鸟儿在唱歌,跳舞,传来一阵阵悦耳的旋律,白云悠闲地在头顶俯视着地上的美景,也不时变换着颜色,展示着美丽的身姿。

严寒梅坐在自行车后座上,双手紧紧搂着夫子的腰,像乡间赶集的少妇,脸上洋溢着幸福的光芒。麦子成熟了,麦穗泛着金黄,快到家的时候,夫子指着一排高大的杨树下的麦田说:"那就是我家的麦田。"

严寒梅朝着夫子指引的方向望去,一望无际的麦田和油菜田,有的已经收割,有的正在收割,还有即将成熟的麦穗低下害羞的头。

严寒梅说:"快停下来,我要好好看看我们家的麦田。"

夫子停下车,严寒梅跳了下来,严寒梅走进麦田,低头看着麦穗,她要好好打量一番这即将成熟的麦子。严寒梅闻了一会儿,喊:"夫子,快来闻,麦子好香啊。"

夫子说:"我怎么从来没闻到过麦子的香?"在夫子的印象里,每到农忙的时候,都是一家人最辛苦的时候,田里的农活把他们压得喘不过气来,很多时候都是累得躺在床上不想起来,他们闻到的都是身上汗味和脚下的粪臭味。

"真的,好香,是那种淡淡的清香。"严寒梅的脸在阳光的照射下像成熟的红苹果。

夫子不信,走进麦田,站在严寒梅身旁,低头细闻,还真的有一股清香沁入鼻息,然后深入肺部,在心里盘旋。

"你成诗人了。"夫子说。

"什么诗人啊,农村本来就是一个很好的地方。只是被'锄禾日当午'的诗给吓着了。"她顺手掐下一粒麦穗,拿在手里,说:"就是这些麦穗养活了人民群众,可是,很多人却看不起农村人。"

看着严寒梅流连忘返的样子,夫子催促道:"快走吧,天太热。"

严寒梅还有些依依不舍,说:"可能是我在水泥厂吸的灰尘太多了,见到这里的好空气,就想多待会儿,这里的景色真美。"

"你要是想看,我以后天天带你回家来看。"夫子被严寒梅的情绪所感染,说,"要是下雪的时候,这里的雪景更加好看。"

严寒梅说:"那你一定要带我来哟。"

夫子说:"走吧。"

离老远,就看见田畈里有一栋独立农舍,一条田间小路直通到那家农舍。夫子说:"你看,那就是我们的家。"

严寒梅跳下车,说:"我们走着回去吧。"于是他们的身影在满是春光的田间小道上移动着,从而引来从不同方向射向这里的目光。

严寒梅一边走一边打量,仿佛要记住这里的每条路时,远远地,严寒

第六章 严寒梅

133

梅就看见房屋门前站着一位银发老人。严寒梅说:"你看,有人在迎接我们。"

夫子说:"那是我妈。"接着就大声喊了一声:"妈——"

老人看见是她的夫子,小跑着走来,说:"儿呀,你回来了,回来了,走热了吧?"

"不热。"夫子说完,对严寒梅说:"这是我妈。"

严寒梅看了看眼前慈祥的银发老人,不知怎么喊好,喊阿姨还是喊奶奶,她一时拿不定主意,直到夫子推了她一把,说:"快喊妈。"严寒梅才轻声喊了一声"妈"。

母亲拉着严寒梅白嫩的小手,看了又看,不住地用指头在上面摸,说:"快进屋吧,当心把小手晒黑了。"

严寒梅笑着说:"没事,晒黑了健康,阳光是最好的护肤品。"

夫子埋怨严寒梅说:"妈不知道什么叫护肤品,妈从来就没用过。"

严寒梅说:"等回去了给妈买一瓶用。"

母亲进了屋,说:"你有心啦!农村条件差,不知道你习不习惯?"

"我习惯,妈。"严寒梅特意喊了一声妈。

母亲说:"你们想吃什么,快说,妈去给你们煮去,鸡蛋、鸭蛋,还有肉。"

夫子说:"妈,寒梅第一次来,你就拣拿手的做吧。"

母亲走到严寒梅身边,拉起她的手,柔声说:"听说你父母不同意你们的婚事?你的父母那么能干,他们也是为你好,怕你吃亏。好孩子,委屈你了。我们家条件的确不好,好在七伢子是个老实孩子,他打心里疼你。日后如果他亏待了你,我绝对饶不了他!你就在这里好好住几天,我明天杀老母鸡。"

又对夫子说:"七伢子,你要好好照顾严寒梅,可不能做傻事呀。"

严寒梅看着慈祥的母亲,说:"妈,夫子对我很好,这些常识我们都知道。"

母亲说:"知道就好,知道就好。"

不一会儿。院里就来了不少人,他们都是来看夫子这个大学生的,还有和他一起回来的城里媳妇。看到严寒梅长得细皮白肉,脸上又这么阳光,都扭过头去窃窃私语起来。

一个脸色黑黑的大嫂对着忙着招呼客人的夫子说:"夫子,你睡觉笑醒过吗?"

夫子被问得莫名其妙,睡着了哪个知道笑没笑。

母亲轻轻打了他一下,说:"人家在打趣你呢。"

其实夫子知道她们在打趣自己,可他从来就没体验过梦中笑醒的滋味。

另一个上了岁数的妇女又说:"夫子,什么时候带个大学生儿子回来?"

严寒梅听了,只是看着夫子笑,想看看他怎么回答他们刁钻古怪的问话。

没想到夫子轻松的说:"快了,那还不容易。"

还是那个黑脸的大嫂说:"说得这么轻巧,说生就能生啊,你以为是工厂造机器呀。"

我看夫子跟他爸一样,就是个造儿子的机器,那上了岁数的女人说完就对着大伙哈哈大笑起来。

大家也不客气,来了就帮着母亲摘菜,做饭,厨房里顿时忙碌起来,烟囱里面冒起了浓浓的炊烟,院子里顿时弥漫着浓重的乡村气息。

夫子把严寒梅安顿在门前的椅子上,让她看大家来来往往忙碌的身影,严寒梅的脸上荡起幸福的笑容,不时有姑娘小伙从她面前经过,都会有意打量一下这个少有的城里美人。

客人都夸赞夫子艳福不浅,夫子的脸上挂满了笑容。

这时,只听一个粗大的声音从院子外传来:我来看看我们的大学生带回来了怎样一个大美人。

人们循声望去,只见书记一边扬起手和大家打招呼,一边往门口走来。

严寒梅连忙站起来,知道来人不同一般。

夫子赶忙迎过来给严寒梅介绍说:"这是我们村里的书记,你叫大哥。"

严寒梅连忙笑着喊了声:"大哥。"

书记穿着扎进裤子的红色衬衣,脚上穿着黑色皮鞋,长长的脸上横着一对浓浓的眉毛,薄薄的嘴唇,看上去特别精神。他指着严寒梅说:"这个女娃叫什么?"

夫子说："叫严寒梅。"

书记打趣说："这是个很有意思的名字，是你爸爸取的吧。"

严寒梅见书记没把她当外人，说："是的，您怎么知道？"

"我是干什么的？我会算，中国人的名字都是这样，图个富贵吉祥。"书记接过夫子递上来的烟，笑着说。

严寒梅起身进屋，给书记倒了茶，书记接在手里，说："我今天是来问问能不能喝上你们的喜酒。"

严寒梅不知道怎么回答，夫子连忙说："能喝，能喝。"

书记说："能喝就好，我们农村的孩子不容易，你能看上我们夫子，算你有眼光，我们夫子可是我们村第一个大学生，他上大学的时候，我还跟他送了三天三夜的花鼓戏呢。"

严寒梅听了很为夫子骄傲，连忙说："是的，听说了。"

书记又说："那好，我今天给你们两个一个任务，必须给我们村带两名大学生出来，然后我给你们在村口竖一块碑。"

夫子听了，连忙说："书记，这我可不敢答应，连我这个大学生自己都感到很惭愧。"

书记说："那我不管，我只管跟你们要大学生。"

严寒梅笑着说："夫子，你看，书记对你期望多大，你就答应了吧。"

夫子说："那我们就一人带一个，你是村里的媳妇呀，也有一份责任。"

书记点燃一支烟，猛吸了一口，然后吐出很大一个烟圈，说："那就这么说定了，待一会我可要喝你们的喜酒了。"接着朝屋里喊："三婶，菜炒好了吗？"

夫子的母亲在厨房里答应："好了，马上好。"声音俨然是个年轻的媳妇的回答。

严寒梅没想到自己在这里受到了这么隆重的招待，很受感动。她跟着夫子忙前忙后地招呼客人，心里乐开了花。

那顿酒，书记和一帮客人从中午一直喝到太阳偏西。

十一　婚后

1987年,《冬天里的一把火》这首歌在全中国流行起来。夫子和严寒梅举行了简单而温馨的婚礼,他们都以为两人的小日子会像歌里唱得那样红红火火。

新婚宴尔,小日子最初仍充满了甜蜜。随着生活的稳定,两人从每天见面到每周见面,五十里的距离渐渐变得遥远。后来水泥厂换了书记和厂长,对职工的要求更高了,严寒梅明显觉得工作比之前更紧张了。夫子之前为了讨岳父的欢心已透支三个月的工资,加上婚礼的开销,渐渐感到吃力,又承担着教学压力,还要密切关注严寒梅弟弟的学习情况,常常疲惫不堪,有时难免烦躁。

婚后,生活似乎换了一副面孔展现在他们面前。婚前的如胶似漆如糖似蜜不见了,柴米油盐的琐碎展露无遗。在这样甜蜜和痛苦交替的日子里,严寒梅怀孕了。夫子很心疼她,很想多陪伴她,可是想到孩子出生后面临更大的开销,又不能放松工作,两边为难,常常夜不能寐。

严寒梅一个人在水泥厂,有时婆婆会来看她,带来鸡子、土鸡蛋等补品,但是主要还是自己照顾自己,加上强烈的妊娠反应,常常感觉脆弱而无助。每到这时,严寒梅就会想起妈妈说的话:"他是个农村的穷小子,除了一个不挣钱的工作,啥都没有,等你生了孩子就知道生活艰难了。"严寒梅知道,怀孕只是开始,孩子生下来没人带会面临更大的挑战。生活并不是有感情就能过得好的,自己当初是不是应该考虑一下妈妈的话。想到这里,严寒梅马上告诉自己:我和夫子的感情是最珍贵的,眼前的困难是暂时的,以后都会好起来。

终于熬到了可以请假的日子,夫子带着严寒梅请了产假,两人总算可以天天见面了。想到以后都有夫子在身边,严寒梅松了一口气。

没想到夫子成天忙得不可开交,上课、改作业、课余辅导……简直没有停下来的时候。严寒梅看着夫子像个陀螺一样旋转,又于心不忍,尽量多做家务，洗夫子脱下来的满是烟味的脏衣服，做饭时那些呛人的油烟味常常让她咳嗽不已，肚子里的孩子不时闹腾，她不得不蹲下来捂住肚子忍着疼，等到闹腾过后再去做那些永远做不完的家务。夫子一有空就抢着做饭洗衣服，偶尔带着严寒梅在校园里散步。

眼见离预产期越来越近，夫子把妈妈接过来帮忙。婆婆来了之后，严寒梅生活被照顾得很好，她很想夫子多陪陪她，可临近考试，夫子更忙了，下晚自习还要加班改作业，两个人的交流越来越少。有时严寒梅主动找他说话，他也顾不上，严寒梅不得不大声说："我跟你说话呢，你没听到啊？"

夫子大声回道："你没看见我有一大堆作业呀，没事你先睡吧。"

甜蜜和激情渐渐被琐事淹没。

这天，婆婆拉着严寒梅的手，对夫子说："你不要只顾着忙工作，要多关心寒梅，寒梅马上要生了，心里比你苦。"

严寒梅听了婆婆的话，不由得悲从中来，抱住婆婆哭了起来。

婆婆说："结了婚的女人都要经受这样的苦，没有哪个女人能躲得过，等孩子生下来，你就知道了。再苦也要埋在心里，这样才能熬过一辈子。"

严寒梅说："什么时候是个头啊。"

婆婆说："只有一直走在苦路上，才知道什么是甜，甜的时候什么苦都烟消云散了。"

严寒梅苦笑着说："妈，你总是让人先苦后甜，你现在是不是感到很甜啊。"

"是啊。"婆婆说，"你看，我现在把孩子们都拉扯大了，一个个都结了婚，有了家庭，有了孩子，我最操心的夫子也有了你这个好看又贤惠的媳妇，我现在可甜着呢。"

严寒梅重新打量了一下婆婆，雪白的头发下面是一张皱纹交错的脸，生命在这个世界上也不过七八十年的光景，可她心里的坦然却让严寒梅感到一种悲怆。

严寒梅问："妈，爸是做什么的？你喜欢他吗？"

婆婆说："他是个有本事的人，会剃头，会看相，我们家都是他一个人操持。虽然苦点，可比农村其他的人要强些，这也是我离不开他的原因。"

严寒梅又问:"那你以前是干什么的？"

婆婆有些骄傲地说:"说起来,我也很委屈的。我们家以前是杨林尾有名的大户,我爹是开榨房的,就是榨油的,我也算是大户人家的小姐。可是土改时我们家被打成了地主,家产被分光了,每天还要挨批斗。我父亲上吊死了,母亲拉扯我们几个儿女过着吃了上顿没下顿的日子,我都快三十了,也没人敢娶,是你们的爸爸不嫌弃,把我领回了家。虽然有人反对,可他们不敢对夫子的爸怎么样,他家里是贫下中农,他保护了我,也保护了我们家,他对我们家有恩,这辈子我都感激他。"

严寒梅听着婆婆讲她们家的故事,觉得足够写一本书的。她没想到夫子成了他们家唯一的读书人。

婆婆又说:"夫子从小就苦,得了不少病,遭了不少罪,现在总算好了,你要多担待一点,他是从苦日子里熬出来的。"

严寒梅听着婆婆的话,心里想,没想到他们家还有这曲折的经历,感觉自己的爱情竟很伟大。严寒梅说:"我会一辈子对夫子好的。"

婆婆说:"邡就好,两个人就是要相互体贴,相互扶持,再苦再累也不要轻易说分开的话。"

婆媳俩慢慢说着,慢慢就进入了梦乡。

十二　儿子

临近预产期的一天,严寒梅开始发作了。夫子手忙脚乱地催喊母亲,母亲一边镇定地吩咐他找辆车子送医院,一边熟门熟路地收拾东西,一起上了车。

严寒梅拼命地叫着疼:"快疼死我了,我不想活了。"夫子手足无措地在床前走来走去。

严寒梅伸出手,让他拉着她,说:"别离开我。"

严寒梅拼命挣扎了近10个小时之后,终于听见孩子的哭声,她松了一口气,晕了过去。

几个医生赶忙抢救,过了好一会儿,严寒梅才出了一口气。夫子说:"好了!好了!醒过来了。"

严寒梅醒了第一句话就说:"夫子,孩子一切都好吗?是儿子还是女儿?"

夫子无比心疼地说:"一切都好,我们有了儿子了,你受苦啦。"

严寒梅放下心来,疲惫地笑了笑说:"那就好,快把孩子抱来我看看。"

夫子赶紧把孩子抱过来,说:"你看看儿子,然后好好休息,等睡醒了再喂他。"

夫子高兴极了,他终于当爸爸了,而且第一胎就生了一个儿子。母亲看他高兴得像个孩子,也欣慰地笑着。

夫子一下课就来到医院,看见严寒梅睡着了,孩子在动,他掀开被子把儿子抱起来,儿子见到他就哭,他只好放下,孩子一放下就不哭了。

严寒梅醒了,见到夫子,说:"他怎么见到你就哭?"

夫子说:"我怎么知道?也许是你该喂奶了。"

医生来了,也叫严寒梅喂奶,可是没有奶水。医生说:"没奶水也要让他吃,一直要让他把奶水吸出来。"

严寒梅将奶头放进孩子嘴里,孩子吸了两口,严寒梅疼得皱起了眉。

医生说:"疼也要吸,不然奶水下不来。孩子就要挨饿。"

严寒梅只好忍着疼,让孩子不停地吸。

第三天的时候,孩子的哭声越来越小,有时还出现抽搐的症状,医生说要住院观察几天,这样严寒梅本打算再住两天就出院的,只好再住下。

医生让夫子去交钱,可他摸摸口袋,里面已经没有钱了,他只好对医生说:"我明天上午来交。"

回到学校,他跟校长说想预领下个月的工资。校长问了情况,给他批了一个条子,让夫子先支一个月工资。夫子火急火燎地赶到财务室,会计说手头没有钱,要开支票才行。夫子拿着支票去银行,银行却说学校账上没有钱了,工资款还没下来。

夫子没有办法,急得团团转。母亲从口袋里摸出一个旧手绢,一层一层打开,说:"这是你以前给我的钱,我都原封不动给你存着呢。"夫子接过手绢,心里感叹幸亏有这么细心的母亲。

可那点钱根本就是杯水车薪,没办法,夫子只好找哥哥姐姐借钱。

寒梅妈提着一个大包来到了病房。生气归生气,亲生的女儿总归是心疼的,何况生孩子这样的大事。婆婆赶紧过来迎接亲家母,抱着孙子给亲家母看过后,就借口洗尿布走开了,让她们娘俩说说知心话。

严寒梅愧疚又感激地看着妈妈,眼泪流下来。寒梅妈嗔怪着说:"生孩子这么大的事都不告诉我们,真的连亲妈都不认啦?幸亏夫子给我们报信。别哭了,女人坐月子不能哭,会落下病根子的,这一个月好好将养,什么也别想。"寒梅妈一边说一边塞给女儿500元钱。严寒梅哭得更厉害了。

寒梅妈四处看了看,似乎在寻找什么。

严寒梅说:"夫子打电话找他哥哥姐姐筹钱去了。"

寒梅妈担忧地说:"你看看,连生孩子都要靠借钱,你以后的日子怎么过?"严寒梅沉默不语。

寒梅妈见婆婆忙进忙出,就说:"亲家,我来帮忙照顾梅儿吧,夫子要上班,您一个人太辛苦了。"

婆婆说:"真是谢谢亲家。我辛苦点没啥,寒梅不容易,家里条件不好,委屈了寒梅。"

寒梅妈正准备答话,看到夫子满脸愁绪地进来了。

寒梅问他怎么了,夫子支支吾吾地不好开口。母亲说:"怎么回事你就直接说,没什么过不了的坎儿。"

夫子说:"学校通知我明天带学生去省城参加全国奥赛,要去一个星期。"

婆婆说:"学校领导不知道你媳妇刚生了孩子吗?就没有其他人了吗?"

夫子说:"领导知道,这几个学生是我班上的,从县里到省里的比赛都是我辅导的,现在是最后一关。这是我们学校第一次有学生能参加全国决赛,从县里到省里的领导都很重视,不好换人。"

婆婆说:"那这是光荣的事情,你给咱县里争了光。但现在是特殊时期,寒梅太不容易了,要听她的意见,她同意你才能去。"

寒梅妈看了看婆婆,又看了看严寒梅。严寒梅看着寒梅妈,她心里当然不想夫子在这个时候离开,但事情到这个份儿,不同意又太不通情理。

严寒梅说:"那你去吧,这么光荣的事我不拦你。"

婆婆马上说:"亲家,咱寒梅多么识大体,还是您从小教得好。"

夫子满脸的愁云渐渐散去,走过去抱起了儿子。

第二天一早,夫子就出发去省城了。孩子的情况没有明显好转,严寒梅在医院一住就是一个月,奶水依然没有下来,只好买奶粉喂孩子,手里的钱很快就用光了。夫子回来后又马不停蹄地筹钱,来回折腾,两个人都心力交瘁。

严寒梅对夫子说:"你别老是这么阴沉着脸,我又不欠你的。"

夫子没好气地说:"这么多事,都要用钱,你让我怎么开心。"

严寒梅看着本来就消瘦的夫子,知道夫子也是没有办法,只好忍气吞声,把气都撒在孩子身上,孩子在床上哭着,她也懒得理,任由孩子哇哇大哭。

严寒梅委屈地说:"又没有奶水,奶粉他又不好好吃,我怎么办?"

夫子甩手走出病房,很久才回来。

严寒梅坐在病床上,只是不住地流眼泪,心里有些后悔当初没有听妈妈的话。这样煎熬到出院,儿子的病总算好了。

夫子给儿子取名叫鲁青山。严寒梅觉得这个名字取得不太好,她想了好几个名字也觉得不理想,最后也只好依了夫子。

严寒梅休完产假后,把儿子带到水泥厂,厂里有托儿所,严寒梅上班中间还要给儿子喂牛奶,总是牵肠挂肚,难免影响工作。以前的严寒梅喜欢打扮,新衣服不断买,自从结婚以后,再没买过衣服,脸上也经常憔悴不堪。

夫子有时星期天才去看母子俩,看过之后就回学校了,连过夜都懒得在那里,严寒梅渐渐觉得委屈。

严寒梅和儿子出院的时候,夫子已经背上了一万多块钱的债了,借的钱有单位的,有哥哥姐姐的,有亲戚朋友的,眼看着借的债越来越多,工资到手没几天就没了。有时老师之间有个人情来往,他都踌躇好久才去,越来越觉得不堪重负。

孩子买奶粉还得用钱，夫子只好一边还旧债一边借新债，搞得生活十分狼狈，严寒梅的注意力似乎都在孩子身上，对他也没有了当初的温柔体贴。

夫子看着严寒梅那么辛苦，有些心疼严寒梅，自己也确实筋疲力尽了，于是提议把儿子送到乡下给母亲带。

一想到孩子要离开自己，严寒梅很不情愿，可是从孩子生下来到现在一直没好好休息，感觉已到崩溃的边缘。夫子反复地做工作，后来严寒梅终于答应把孩子送回去一段时间试试。

十三　出轨

原本以为没了带孩子的劳累，夫妻俩可以再回到甜蜜的新婚岁月，可生活往往让人失望。

严寒梅的工作因为孩子的拖累受到厂领导的批评，水泥厂改制后，原来的员工要重新组合，严寒梅面临下岗的危险。得知这些情况，她一下子蒙了，结婚前，厂长和书记都承诺要升她为化验室主任，结个婚生个孩子回来就要下岗了？

组合名单下来了，严寒梅果然被组合掉了。她伤心不已，夫子也束手无策，急得团团转。想到之前借的钱还没还上，以后还要养家糊口，生活真是艰难。

全国奥赛放榜了，夫子带去参赛的学生有两个获得全国一等奖，一个全国二等奖。从省里到市里，领导们高兴极了，学校挂起了条幅，县电视台、广播台反复播出这个好消息。夫子多次得到领导们的表扬，称赞他给市里创造了新纪录，为学校争了光，普通老师当中佩服者有之，羡慕者有之，嫉妒者亦有之。

夫子本就是学校少有的本科生老师，教学成绩和班级管理一直名列前茅，不少家长争先恐后地要把孩子送到夫子班上，加上这次奥赛的优异成绩，他越来越恃才傲物，言谈举止也不再收敛。1989年暑假，学校公示年度考核结果，全校有50多个考核结果为优秀的老师，其中居然没有夫子！

夫子想不通,去党政办询问,管人事的副校长说都是年级报上来的结果。夫子气不打一处来,大声说:"你们说我给学校争了光,表彰的条幅还挂着呢,我班上的成绩是第一名,难道年度考核还不能得个优吗?"

人事副校长被夫子问得哑口无言,满脸通红。后来还是党政办主任过来好说歹说,拉走了夫子。很快,夫子质问副校长的事就在学校传开了。校长和书记见到夫子时不再是之前笑眯眯的亲和的模样,而是若有所思地点一下头就走过去了。

这天,全校教职工大会上,副校长通报教师管理情况,点名批评几位老师不把主要精力放在工作上,天天打麻将,其中居然有夫子!

夫子怒从心头起,马上站起来说:"报告校长,我根本不会打麻将,从来没有打过麻将,请副校长拿出证据,否则必须就刚才的事情给个说法!"

台上坐的领导都懵了,人事副校长脸上一阵红一阵白。校长说:"鲁老师,这个情况我们下去会调查清楚,如果真的冤枉了你,我代表副校长向你道歉,并撤销通报批评;如果你真的打了麻将,也要为今天的事情向副校长道歉。"

夫子说:"好,我等着。"说完旁若无人地转身离开了会场,丝毫不顾全校教职工诧异的目光。

夫子在学校受了委屈,乘车去水泥厂找严寒梅。严寒梅正在厂里找老领导反映情况,争取不下岗。两人心情都不好,没说两句话就吵了起来。夫子气急败坏,一把抱起严寒梅往外走;严寒梅一边挣扎一边捶打他,夫子忍着疼,两只手紧紧抱着她,一口气把她放在床上,开始脱她的衣服。这时,严寒梅伤心地哭了起来,眼泪流得满脸都是。

夫子愣了一会儿,转身坐在凳子上,点上一支烟,小声地说:"对不起,我太生气了。"

严寒梅哭着说:"我马上要下岗了,你什么时候关心过我!你滚,我不想看见你!"

夫子站起来,想安慰她,又觉得说什么都显得苍白无力,停了一会儿,转身走了。严寒梅一把扔掉枕头,哭得更厉害了。

伤心归伤心,现实的问题还是要解决,严寒梅洗把脸,梳了头,又去找厂长和书记，依然没有结果。

严寒梅垂头丧气地从办公楼出来，心里沮丧极了。这时，同事雷强跟着她走了过来。雷强是厂长的儿子，高个子，长相普通，业务能力一般，沾父亲的光一直当着销售科长，这次重组又升了职，父子两人在厂里炙手可热。

严寒梅上班没多久，雷强就对她展开了猛烈的追求，送水果、请吃饭、约看电影，花样百出，严寒梅拒绝过两次，雷强毫不退缩，严寒梅就把夫子带到厂里来，雷强只好放弃。严寒梅结婚后，雷强娶了棉纺厂的一个女职工，今年刚生了一个女儿，他老婆休完产假就调到图书室上班，孩子也不用他们管，两个人都清闲自在。

雷强看到严寒梅愁眉不展，已猜到了七八分。寒暄几句，就说帮她跟厂长和书记求情，先留下来再做打算。严寒梅非常感激地看着雷强。

很快，严寒梅就得到通知，让她去化验室上班，等年终考核再最后决定去留，同时和她一起在下岗名单之列的职工都被清退了。有几个人一起去找厂长哭闹，说厂里的决定不公平，也无济于事。

严寒梅很庆幸自己有贵人帮忙，为了表达谢意，坚决要请雷强吃晚饭。在水泥厂附近的一个餐馆，两人四目相对，严寒梅表达感激之情。

雷强说："不用这么客气，我对你的心意，一直都没变。可惜我们没有缘分，你被那个穷小子骗走了。后来我想通了，只要你觉得幸福，我也放心了。没想到你结婚后过得这么艰难，你背叛全世界也要嫁给他，他却不珍惜，真是身在福中不知福。"

严寒梅听着这些知心话，眼泪不知不觉流下来。两人一直坐到餐馆打烊才离开，雷强送了严寒梅一枚价值不菲的胸针，款式很别致。严寒梅把胸针握在手里，跟雷强说了再见。

这一晚，严寒梅翻来覆去难以入眠，如果自己当初听父母的，嫁给雷强，就能过上轻松舒适的好日子。唉！没想到结婚后的日子这么艰难，夫子也变得让人不想接近。紧要关头，还是雷强雪中送炭，幸亏他不计前嫌。

没过几天，雷强以不能占女士的便宜为由，回请严寒梅两次，两人似乎越走越近了。后来厂里安排化验员到省城出差学习,严寒梅到了地方才知道雷强作为带队领导也来了。没有了在厂里的顾虑,两人更放得开了。晚饭后,雷强送严寒梅回房间,他鼓励严寒梅好好干工作,他父亲已经承诺了要把严寒梅留下来,以后调去更好的部门,说年终考核后决定是为了堵住悠悠众口。

严寒梅对雷强又多了一重感激,在灯光下看雷强,觉得这个男人也不错。不知不觉聊到了深夜,外面越来越安静,雷强的眼神越来越炽热。终于,雷强抱住了严寒梅,紧张地说:"我今晚不走了好不好?这么晚了,你忍心赶我走吗?"严寒梅红着脸,半推半就地顺从了。

学习完毕,返回的前一天,雷强带着严寒梅在省城逛了一整天,吃最有名的菜,还给她买了几套新衣服。严寒梅才想起来,自己生孩子以后就没有逛过街了。

后来,只要有出差的机会,雷强就会带上严寒梅,还时不时地给严寒梅几百块钱。到了年终,严寒梅果然顺利通过考核,彻底远离了下岗的威胁。第二年,厂里搞新项目,需要一个懂化验又会打字的人,厂长直接定了严寒梅,雷强是主要负责人。项目顺利投产,厂里的效益翻了一番,职工们都涨了工资,严寒梅作为功臣得到了表彰。与此同时,她和雷强的事渐渐成了厂里公开的秘密。

十四 事发

转眼到了1990年,鲁青山快三岁了。严寒梅的工作有人保驾护航,一切都很顺利,夫子在学校过得却不顺心,工作很累,成绩很好,却得不到应有的待遇。自从教职工大会事件后,校长们对夫子越来越冷淡。有老师背后议论:夫子年轻不知深浅,得了荣誉就恃才傲物,以后在学校恐怕难以发展得好。

有一天,夫子接到母亲打来的电话,说鲁青山情况不好,全身发黄,身上痒得到处抓,不爱吃东西,也不好好玩,每天都像睡不醒的。夫子不敢怠慢，赶紧调了课，回老家把鲁青山接到医院。医生说是黄疸肝炎，要住院治疗。夫子在病房安顿好鲁青山，有严寒梅陪护，他就匆匆回学校了。

这两年有母亲帮忙带孩子，两人专心工作，手头宽裕些了，这次住院不像鲁青山出生的时候那么捉襟见肘。

严寒梅总觉得亏欠了儿子，也愧对夫子，每天都在医院陪护，夫子只要没课就赶来医院。一来二去，他们和周围病房的家属都熟悉了。有一个比鲁青山稍大的男孩，也是黄疸肝炎，爸爸妈妈都忙，主要是奶奶在病房照顾。严寒梅见老人忙不过来，总是帮忙照应，奶奶很感激。两人相互询问了家里的情况，原来这孩子的爸爸是建委主任。

后来见到了孩子的爸爸，夫子和他相谈甚欢，他说夫子教物理课，还辅导学生得了全国物理奥赛大奖，很了不起，可惜在现在的学校待着太屈才了。

住了几个星期的医院，两个孩子的病渐渐好转，夫子和建委主任成了好朋友。半年后，建委主任告诉夫子，市十中缺一个物理老师，问夫子愿不愿去。夫子一口答应了。他在现在的学校干得不顺心，而且，夫妻两人长期两地分居，终究不是长远之计，市十中虽然是初中，却离水泥厂近，再不用过牛郎织女般的日子了。于是，夫子一边等调动，一边找来初三物理课本熟悉教材。

自鲁青山出院之后，严寒梅把鲁青山留在身边带了两个星期才依依不舍地送回了老家。然后她开始张罗给鲁青山找一个合适的幼儿园。

鲁青山生病这段时间，严寒梅一心都在孩子身上，雷强几次想找严寒梅都没有合适的机会。鲁青山回老家的第二天晚上，雷强终于忍不住了，直接来到严寒梅宿舍。

雷强说："你和夫子离婚，嫁给我。"严寒梅虽然依赖雷强，却从没想过离婚，她和夫子真心相爱，走到今天不容易，何况还有鲁青山。雷强真的靠得住吗？他老婆肯离婚吗？这一切那么不切实际。严寒梅觉得自己应该和雷强一刀两断，可又舍不得雷强带来的好处。如果不被人发现，不被丈夫揭穿，就这么暗渡陈仓又有什么不好呢？

第六章 严寒梅

147

夫子顺利地调到了市十中，接了一个初三的重点班。学校安排了宿舍，夫子喜滋滋地让严寒梅来布置新宿舍。

严寒梅在宿舍里忙碌，一副心不在焉的样子。夫子觉得奇怪，马上要夫妻团聚了，老婆怎么一点都不高兴呢？这样想着，夫子悄悄地观察严寒梅，她面色红润，皮肤比之前更光滑细腻，身上穿的新衣服看起来是高档货，头发才烫过，浑身散发着一个成熟少妇的风韵和神采，走在人群中绝对是很亮眼的一个。夫子照照镜子，镜子里的自己有些憔悴，朴素的衣服和鞋子，和严寒梅不像一家人。难道她有了其他情况？这个念头只是一闪而过，夫子想到这几年都没有好好陪过妻子，也没给他买过衣服，真是亏待她了。

两人在新学校食堂吃完晚饭，夫子带着严寒梅在校园里散步。校园广播正在放《亚洲雄风》：

　　我们亚洲　山是高昂的头

　　我们亚洲　河像热血流

　　我们亚洲　树都根连根

　　我们亚洲　云也手握手

　　莽原缠玉带　田野织彩绸

　　亚洲风乍起　亚洲雄风震天吼

　　我们亚洲　江山多俊秀

　　我们亚洲　物产也富有

　　我们亚洲　人民最勤劳

　　我们亚洲　健儿更风流

　　四海会宾客　五洲交朋友

　　亚洲风乍起　亚洲雄风漫天吼

　　啦～啦～啦～啦　亚洲雄风震天吼

　　啦～啦～啦～啦　亚洲雄风震天吼

　　我们亚洲　山是高昂的头

　　我们亚洲　河像热血流

我们亚洲　树都根连根

我们亚洲　云也手握手

莽原缠玉带　田野织彩绸

亚洲风乍起　亚洲雄风震天吼

　　当时举国上下都在筹备即将在北京举行的第十一届亚运会，学校里也粉刷一新，到处都喜气洋洋的。夫子也被人们的欢乐感染，情不自禁地牵起了严寒梅的手。两人热恋时期，夫子也常常带着严寒梅在原来的学校散步，那时候满校园都是二人的浓情蜜意，一切都像梦一样美好。

　　回到宿舍，严寒梅随手整理了夫子的书桌，把她刚织好的一个防水杯套套在夫子的玻璃杯上，又提起来试了试，不紧也不松，刚刚好。夫子被这个细节打动了，心里泛起一阵柔情，走过来拢住严寒梅的肩。

　　严寒梅没有回应他的温柔，伸手打开了收音机，省广播台正在播放广播剧《平凡的世界》，李野墨很有磁性的声音传来：

　　孙少平终于在大牙湾煤矿落了脚，成了一名矿工。他自从高中认识田晓霞以来，就一直保持着每天看报纸的习惯。此时，在茫茫雨雾中，少平撑着雨伞立在这报栏前，他突然被省报头版头条的大黑体字标题所吸引——南部那座著名的城市被洪水淹没了！

　　更让他大吃一惊的是，电文前面"记者田晓霞"几个字迅速跳入他的眼帘。啊？晓霞已经在那里了？那么，她还能如时按约赶到黄原来吗？

　　孙少平想着，看着，在他读完了这条惊人的消息后，马上发现了另外几行字——猛然他像被电击了一下，爆炸性的打击……又讯：本报记者田晓霞在发出这条消息后，在抗洪第一线为抢救群众的生命英勇牺牲……什么？牺牲？我的晓霞……这怎么可能？

　　孙少平一下把右手的四个指头塞进嘴巴，用牙齿狠狠咬着，脸可怕地抽搐成一种怪模样。洪水扑灭了那几行字，巨浪排山倒海般向眼前涌来……东面驶来的一辆运煤车在风雨中喷吐着白雾，车头如小山一般急速奔涌而过——他几乎和汽笛的喧鸣同时发出了一声长嚎……

孙少平伏在泥水中，绝望地呻吟着……

声情并茂的演播引人入胜，他们听得入神了，严寒梅不知不觉已流下了眼泪。夫子关上收音机，对严寒梅说："我们比孙少平和田晓霞幸福。"严寒梅点点头，夫子拥抱着严寒梅，说："让我们好好珍惜这幸福生活吧。"然后牵着她来到床边。

预想中的激情没有出现，严寒梅始终淡淡的，夫子感觉她的身体很陌生了。后来的很多年，夫子都没有这样宁静地听过广播了。多年后，夫子回忆起那个夜晚，一切都像在梦中。

距离近了，生活却没能回到当初的甜蜜，两人之间多了几分冷漠和疏远。

一天晚上，夫子突然接到派出所通知，说严寒梅被抓了，让他拿300块钱去领人。夫子把家里所有的钱都带上来到了派出所，夫子被人领着来到置留室，看见严寒梅坐在长条凳上，脸埋在怀里。那个和他通奸的人也坐在那里，一边吸烟一边仰着脸看着她。

民警把他叫到办公室，向他说明了严寒梅被抓的原因。原来严寒梅和雷强在汉江大堤上幽会，被执勤的民警抓了个正着，当即被带到派出所。民警让严寒梅写了保证书，签了字，夫子交了钱，严寒梅跟在夫子身后出了派出所。

此时已是深夜，路上行人很少，只有路灯有气无力地亮着，灯光里无数的蚊蝇在奋不顾身地扑火。

夫子推着自行车，一根接一根地狠狠地抽着烟。严寒梅跟在后面机械地挪着脚步，一言不发。

夫子真想丢下她一个人回学校，可是路上一个人也没有，只有不时出现的一两条流浪狗从路灯下跑过，还不时地扭过头来围着严寒梅转一圈。夫子骑上自行车走了几步，终究还是放心不下她，推着车子折转身，又回到严寒梅身边，也不说话。严寒梅坐上车，夫子原地起步，默默地驮着严寒梅走在昏暗的马路上。

他们已经有几天没见面了，没想到在派出所见了面，而且还是因为严寒梅与人通奸，夫子好长时间都觉得脑袋是懵的。

走了一段路，严寒梅轻轻地用手抱住夫子的腰，夫子没有反对，任由她抱着。寒气下来了，夫子只穿了件衬衣，严寒梅的胳膊让他温暖了许多。

进了宿舍，夫子说："你们是不是也在这屋里睡过？"

严寒梅回过头来，骂了一句："流氓。"

夫子苦笑了一下，没理严寒梅。严寒梅去洗澡间洗了脸和脚，又回到客厅。客厅里只放着一张小圆桌和一张三人沙发，还有一个碗柜里面放着平时吃饭的碗和剩饭剩菜。

夫子坐在沙发上，想着这个沙发上可能残留着那个男人的气息，不觉感到万般愤怒与恶心，于是，站起来在客厅里走来走去。直到严寒梅洗好了，走进房间，脱了衣服上了床，夫子才走进洗澡间，打开水龙头，把自己从头到脚淋了个遍。洗好后，又坐到沙发上抽起烟来，想着自己到底是走还是留。

严寒梅可能是累了，不一会儿就发出轻轻的鼾声。

夫子想了大半个小时，终于决定留下来，走进卧室摇醒严寒梅，把脱光了衣服的严寒梅拉到客厅里，严寒梅问："你要干什么？"夫子不说话，把严寒梅放倒在沙发上，严寒梅没反抗，任由他发泄。

严寒梅什么也不说，忍受一切，看到夫子结束了，她才又回到床上。

夫子依然坐在那里，在走与留的天平上两头摇晃，他实在不甘心，自己喜欢的女人，怎么就投入了别人的怀抱？他们，恐怕再也回不到原来的那种甜蜜了，他的梅也不再是原来那个纯洁的梅了。

他坐够了，站起来，走进卧室。微光下，看见严寒梅的身体依然是那么光滑，虽然生了孩子，可身材还是那么曼妙诱人，怒上心来，一把脱下仅有的衣服，让严寒梅腾出一个地方，躺下休息了一会儿。

他的脑子里满是那个男人，想着这个床上也曾留下过那个男人的体味，他一阵恶心，马上爬起来，穿上衣服，开了门，骑上自行车，走出了大门。

上班的时候，严寒梅的脑子里满是夫子痛苦的表情。到了这个时候，她反而觉得一块石头落了地。自从和雷强有了关系，她总是提心吊胆，生怕夫子发现，现在好了，再也不用遮掩了。她不怨夫子，夫子是个负责任的丈夫，至少在她被抓进派出所后，他没有不管不问，还帮她交了钱，没让她在那种地方受羞辱，钱肯定是他东拼西凑借的。可是，又觉得自己很冤，从结婚到现在，吃了这么多苦，如果自己当初听父母的劝，如果不是夫子没本事，让她常常捉襟见肘，总有还不完的债，她也不会走到这一步。她心里实在不好受，多么美好的感情，当初冒着和父母决裂的风险换来的婚姻，怎么就变成这样了呢？

她甚至希望雷强来找她。几天后，雷强带来了一个报纸裹着的包裹，跟她说，他父亲已经找了熟人，他们的事没有留下案底，让她别担心。严寒梅拆开报纸，里面是 1000 元钱。

夫子整夜整夜无法入睡，巨大的屈辱像潮水般涌来。不如离婚算了，免得再过这样的日子。想到这里，他开了灯，点燃一根烟，看着这个新宿舍，严寒梅把屋里收拾得很整洁，书桌上玻璃杯的杯套簇新簇新的，自己的身上还穿着严寒梅织的毛衫。夫子心里终究舍不得，一想到离婚心里就非常痛苦，何况鲁青山马上要来上幼儿园了，怎么能让他没有完整的家？可是，如果不离婚，自己能迈过这道坎吗？严寒梅会怎么选择，她愿意和雷强一刀两断，回来跟自己好好过日子吗？

就这样一根烟接着一根烟，不知不觉一夜又过去了。天亮的时候，夫子感觉浑身都是苦涩的烟味，舌头早已经麻木。他摁灭了手上的烟头，终于做了一个决定：和严寒梅好好谈谈，两个人直面婚姻里的问题，如果严寒梅愿意回来好好过日子，自己就和她一起改变，不追究过去的事。悟已往之不谏，知来者之可追，以后要多关心她、陪伴她。

十五　出走

夫子主动来找严寒梅，发现严寒梅不在水泥厂宿舍，屋里收拾得很整齐。问了厂里的职工，有人说好几天没看见她了。夫子有种不祥的预感，马不停蹄地来到严寒梅的娘家。

寒梅妈把夫子带到了严寒梅的房间，愧疚地说："我也不知道她去哪儿了。前两天她回来过,留下这些东西,说这些都是留给你和鲁青山的。你坐一会儿,我马上去做饭。"

夫子看着地上的两个大号编织袋,都装得鼓鼓囊囊的。打开其中一个的拉链,里面装着一个小书包、一个小闹钟、两个变形金刚,还有其他的玩具。打开小书包,里面有文具盒、还有一套小人书。这是给鲁青山上幼儿园准备的。另一个编织袋里面装的衣服,新买的好几套,还有织的毛衣,做的布鞋,还有一个报纸包。夫子打开来看,里面是2000元钱,还有一封信。拆开信,是严寒梅的笔迹。她在信上说,东西和钱是给鲁青山的,请夫子照顾鲁青山。如果忙不过来,外婆会帮忙。她走了,在新地方安顿好以后会回来处理他们的事,接鲁青山走……

夫子不记得自己怎么回到宿舍的……他觉得自己的心已经被掏空了,更深的屈辱袭来,将他本已千疮百孔的心又洗劫了一遍。经过了那么多不眠之夜的煎熬,他最终还是决定原谅严寒梅,还是想和她继续生活下去,没想到犯错的人却放弃了!难道曾经那么美好的爱情和婚姻在她心里没有一点分量,难道这个家已经没有任何值得她牵挂的了吗?

此时,夫子猛然想起了父亲临终的话,父亲说他会常年孤独,难以找到合适的伴侣。当时,夫子满心以为严寒梅就是她一辈子的妻子,没把父亲的话当回事,如今看来,父亲一语成谶,还是父亲洞悉命运的玄妙,当时就已经看到了今天的结果。

夫子伤透了心,自己为了夫妻团聚调来这个学校,调来没多久妻子和家都没了,自己为了这份感情付出了这么多,却换来这样一个不体面的分手,多么讽刺啊,命运多么会捉弄人啊!

美好的感情抵不过生活的琐碎和艰难,都说贫贱夫妻百事哀,曾经天真地以为自己和严寒梅能战胜这个魔咒,走到最后也不过是兰因絮果!

女人都希望男人重事业、重感情、重责任。可是有几个男人能做到呢?即使能同时具备这"三重"品质,这种男人也不一定是一个好丈夫、好父亲。有事业心,难免对家庭照顾不周;重感情,难免要对走进生命的人都重感情;重责任,难免要对生活中的任何人和事都要负责任。如此一来,妻子、孩子肯定是不满意的!

夫子浑浑噩噩地过了好多天,直到鲁青山开学的日子。没办法,夫子找学校要了隔壁的宿舍,把母亲接来,自己上班的时候,母亲可以帮着照顾鲁青山。

母亲看到夫子的时候吓了一跳,她怎么也没想到儿子会变成这样:形销骨立,双眼无神,竭力挤出的笑容掩盖不住内心的痛苦。母亲什么也没问,带着鲁青山搬进了宿舍。

后来母亲知道了所有的事情,她对夫子说:"你和寒梅还是缘分不够。说实话,嫁到咱们家,她也没过几天好日子。能跟着你捱过艰难,熬到苦尽甘来当然难得,想跟着别人去过舒服的日子也不算什么大错。七伢子,别恨她,眼前几年艰难的日子挺过去就好了,会有属于你的缘分。无论如何,妈都支持你。"

夫子疲惫地点点头。他知道,妈肯定也度过了无数个不眠之夜,流了不少眼泪。

母亲把夫子的生活安排得很好,鲁青山放学后常跟在夫子后面。孩子刚上幼儿园,正是好奇的时候,总有无数个问题。夫子牵着儿子柔嫩的小手,听着他喊爸爸,心里的纠结痛苦一点点缓解。

第七章 下海

一 停薪留职

1993年，下海经商的热潮席卷着中国大地，很多行政干部都下海经商，夫子的几个大学同学也下海了。夫子记得父亲临终前说他会有大成就，可是待在这个学校里，干到退休也不过如此，每月两三百元的工资，一眼望到底的清苦。

夫子后来知道严寒梅跟着雷强去深圳了。水泥厂在深圳设办窗口，厂长为了避开舆论，安排雷强去了。过了这么长时间，夫子想起往事不再像原来那样心如刀绞，慢慢地放下、原谅了她。毕竟，他们有过那么美好珍贵的感情，毕竟严寒梅当年顶着那么大的压力嫁给了他，还给他生了鲁青山这么可爱的孩子。

可是大子不甘心，不甘心自己满腹的才华却这样过一生，他要给鲁青山，给母亲更好的生活。于是他决定下海，没有了感情的羁绊，他可以轻装上阵。如果严寒梅在，他可能还下不了这个决心，现在他只要勇往直前地向前冲就行了。但是，到底做什么好，还没有具体的打算，他现在除了一点可怜的工资，没有其他的启动资金，大的投资显然不现实。

他在街上走着，突然想到信息也是商品，服务也是商品，我为什么不开一个商店买卖信息、提供服务收取佣金呢？这个想法让夫子兴奋了几天几夜。终于，一个大胆的策划案在夫子心中形成……

夫子说干就干，辞职、办执照、注册公司，克服重重困难，忙完这一切，接下来准备开业大展宏图了。

他在离学校不远的地方租了一间门面，请人写了一块招牌挂在门前，把学校宿舍里的办公桌搬了两张过来，又在墙上贴了几张公司简介和工作流程，还安装了一部固定电话。

开业那天，他请了一些同学和同事来捧场，把自己好好武装了一番，穿上西服，扎了领带，把脚下的鞋子擦得锃亮，还在身上喷了香水，头上也抹上了摩丝，一改往日的颓废，又在"丽丽"大酒店办了两桌酒席。

来的人不少，恭贺的话说了一大堆，夫子则前后照应，直喝得脸色发紫，两眼发直，摇晃着身子回到宿舍。那天，他连门都没关，幸好没有小偷光顾，不然连墙上的纸也会被人偷走。

直到天黑他才醒了，想起公司的门还开着，连忙跑去关门。

晚上，看到电视上很多工厂为了促销都在点电视剧。第二天一早他也跑到电视台去点了五十集的电视剧《新白娘子传奇》。这部剧刚在中央电视台第三套节目播出，非常受欢迎，大街小巷都回荡着《千年等一回》的歌声。电视台播出的第三天就有人上门了，结果是来应聘的，那女的长得眉清目秀，中等个子。

夫子问她会哄孩子吗？那女的说她也有个孩子，上班也要带上才行，夫子说："你还是走吧，我一个孩子就够受的，你再带一个来还怎么开展业务。"

那女的说："你别急呀，两个孩子我都带，我给你坐班，你到外面去联系业务，这样不是很好吗？"

夫子想了想，也是啊，与其请个人带孩子不如就让她带，他说："这样，我不给你固定工资，你的工资以提成为主，我每个月按你的业务量给你发工资，我们四六开，你四成我六成。"那女的想了想说："行。"

夫子这才问了那个女的姓名，女的说叫袁芳。丈夫在深圳打工，她一个人在家带孩子，闲得无聊，想找个事做。这样既带了孩子还能挣点钱补贴家用。夫子对她说："你比我幸运，你是有丈夫带孩子，我是没老婆带孩子。"

袁芳笑着说："你安心去跑业务吧，这里交给我了。"

夫子巴不得有人照顾鲁青山，就把鲁青山交给袁芳，没想到鲁青山见到袁芳也不哭。袁芳的女儿比鲁青山大两岁，平时都是一个人玩，有了鲁青山做伴，两个孩子很快玩到一起，袁芳又把家里的玩具拿过来给两个孩子一起玩。夫子开始放下心来，这下可以让母亲安心回老家了。母亲年轻时常年劳作，身体本来就消耗得厉害，带着鲁青山住在宿舍很不习惯，回老家就轻松多了。母亲见夫子重新振作起来，也就放心地回去了。

袁芳还真是把好手，撮合了几对夫妻，一传十，十传百，不到两个月，公司业务就逐渐好了起来。来找他看房子的，约男女双方见面的，还有到工厂看大门的，忙得不亦乐乎。业务扩大后，业务量也不断增加，袁芳又提议让夫子多招几名员工。

夫子提议，让袁芳大胆做，但有一条，招的员工必须是漂亮的。他说："漂亮女人养眼，冲着漂亮，就有人愿意找我们。"袁芳又提议给每个人做一套制服，公司就得像个公司，结果，来应聘的人络绎不绝。

有了袁芳的帮助，三替公司进行得很顺利，夫子接下来准备利用户外广告组织大型活动，例如职业招聘会、鹊桥夏令营等，既可以扩大公司业务，又可以进一步提高公司的知名度。

袁芳听夫子眉飞色舞地讲这些计划，心里很佩服。

夫子开玩笑地说："袁总，干脆你把你那老公离了，我们结婚吧，这样公司就是你的了。"

袁芳打了他一下，说："你放屁，我老公比你强多了，你死了这条心吧。"

年底一算账，公司净赚了五万多块钱，夫子把该还的账全部还清，把学校的宿舍又添了不少家用电器。老师们看到夫子的改变都羡慕得不行，纷纷帮他联系业务，拿提成。

阳历年的时候，夫子为了感谢袁芳，在"丽丽"酒店摆了一桌酒席，就只他和袁芳。袁芳的身材好像没有变，还是少女的身材，这让夫子常常心猿意马。那天他专门开了一瓶一百多块的红酒，说今天谁也不能推辞，谁要推辞就解雇谁，袁芳显然知道夫子的意图，也不推辞，她安排好两个孩子在餐厅里玩。两个人就你一杯我一杯喝了起来，夫子一再说着感谢袁芳的话。

夫子本来酒量不小，可他喝着喝着有些醉了。再看看袁芳却还是那个样子,袁芳喝一会儿酒就上一回厕所,一瓶酒完了,见袁芳还没有喝醉,他已差不多了。夫子让服务员再开一瓶。

袁芳说:"你都醉了,不能再喝了。"夫子不听,说哪有男人喝不过女人的,开! 服务员只好又开,袁芳又给他满上。夫子说:"不准再上厕所。"袁芳笑着说:"不上就不上。"两人又不停地喝,不大一会儿,夫子就倒在桌子上,嘴里说着:"我不服,我不服。"

袁芳一手抱着鲁青山,一手牵着夫子,让女儿跟在后面,把夫子扶着送回学校宿舍。

袁芳让夫子把门打开,夫子把钥匙递给袁芳,袁芳开了门,看到屋里满是新家具,说:"家里蛮不错的嘛。"

夫子一把把袁芳抱住,说:"你今天别走了,就在我这里休息。"

袁芳说:"你胡说,快松下,等鲁青山睡了我就走的。"

夫子不放,袁芳大声说:"快松开,不然我就喊了。"

夫子只好松手,说:"冰箱里有喝的,你随便喝。"

袁芳打开冰箱,拿出"健力宝",给两个孩子一人一瓶,也给自己打开一瓶。

夫子睁开眼睛,这才看见袁芳的裤子都湿了,还散着酒味。原来袁芳在喝酒时做了手脚。

夫子斜着身子躺在床上,把头垂在床边,说:"我现在就缺一个像你这样的女人。"

袁芳说:"女人多的是,想找女人还不容易? 明天我给你找一个就是。"

夫子说:"那几个女人我都见过,没有一个你这样的。"

袁芳说:"你娶了我,我不会让你消停的,你还是打消这个念头吧。"

夫子问:"你丈夫到底有什么魔力,让你这么死心塌地地跟他? "

袁芳说:"他跟你不是一路人,我也不会跟你过担惊受怕的日子。"

夫子一听,酒醒了一半,他没想到在袁芳的眼中,自己竟是个让人害怕的人,想到刚才的举动,自己都觉得荒唐。

第二天醒来的时候,他没看到鲁青山,又四下看看,也没看到袁芳。

夫子马上赶到公司，公司门开着，袁芳已经在那里了，袁芳的女儿在吃面条，袁芳则端着碗在喂鲁青山吃饭，夫子有些感动。

二 钱心安

业务越做越大，夫子策划的职业招聘会、鹊桥夏令营都很成功。三替经纪公司是夫子受一篇小说的启发想出来的奇妙点子。三替的意思是"替你搭桥，提供婚姻介绍业务；替你解忧，提供职业介绍业务；替你受累，提供房屋中介业务。"实际上就是建立一个买卖市场，让供需双方在这里交易，并提供服务，收取佣金。一旦涉及到法律服务，如讨债、打官司、离婚等就交给公安局、司法局处理。

三替公司的成功，引起了全社会的关注，县里的领导很支持，老百姓很好奇。每次大型活动，都是人山人海。

夫子的经营理念和思路无疑是超前的，当时的各大城市还没有"市场"的概念，更不知道信息、中介、经纪公司是何物。办执照时遇到了前所未有的难题：劳动局、民政局、房管局没有办过这种执照，不知怎么办。他们认为这种公司是和他们抢饭吃，拖着不予办理。夫子特意去省工商局考了经纪人证书，回来反复和县工商局的人解释沟通，最后才办好了经纪公司的执照。

如今，三替公司取得了巨大成功，人们恍然大悟：原来这样也可以赚钱！于是类似的公司渐渐多了起来。夫子首创的汉江三替经纪公司领导了江汉平原经纪行业。

这时，袁芳提出退出三替公司，说是她老公回来了，在市里开了一家公司，她要去帮老公打理。夫子有些不舍，可又不好阻拦，只好给袁芳包了2000块钱红包，看着袁芳拉着女儿走了，他在公司门口站了好久。

公司里有五个员工了，都是清一色的漂亮媳妇，成天打扮得花枝招展的，夫子就像蜜蜂飞在花丛中。他们和严寒梅比起来却都还有些差距，那些媳妇都伶牙俐齿的，不时打趣他，说着挑逗的话，他也不好发作，再说几个女人都很卖力，公司的业绩呈直线上升。

有个蓝姐，比其他的女人稳重些，她说："鲁青山越来越大了，你一个人带着不方便，要不，我帮你物色一个吧。"夫子对蓝姐很有好感，她不像其他几女人那样风风火火的，嘴巴又尖酸又刻薄。

夫子说："好啊，我正想找个女人，男人还真的离不开女人。"

夫子想起了严寒梅，半年前，严寒梅回家乡，他们正式办了离婚手续，第一段婚姻彻底画上了句号。严寒梅要把鲁青山带走，夫子无论如何也不肯——他不能没有鲁青山。严寒梅心有愧疚，没再要求鲁青山的抚养权。从那以后，夫子好像改变了很多，他对感情再没有那么纯粹的高要求，如果再婚，一定要找个能善待鲁青山会过日子的女人。夫子整个人仿佛从云端落地了，越来越接地气。

蓝姐笑着说："看你那一副色相，我已经跟别人说好了，明天带来，你们见个面。"

第二天中午，夫子在"丽丽"酒店等着，他现在出门很注重仪表，头发不再是像刷子一样直冲云霄，而是被摩丝给收拾得服服帖帖，还发着亮，他把扎得紧紧的领带松了松，整个人显得十分精神。

蓝姐来了，一身蓝色的工装看上去很是亮丽，身后跟着一个肤白矮胖的年轻女人，岁数他实在看不出来。那女人面带笑容，朝他笑笑，脸上的两个小酒窝很是可爱。

夫子伸手去握她的手，她连忙伸出小手放到夫子的手里。

夫子说："快坐，快坐，等你们好久了。"

蓝姐说："她叫钱心安，大家都叫她胖子，以前在纺织厂上班，后来失业了，在公安局侯政委家当保姆，孩子大了，她正在找事做。"

夫子说："好，好，刚好这里缺人，来了正好可以帮我。"

蓝姐说："人家是来找对象的，又不是来找工作的。"

夫子叫上菜。

菜很丰盛，摆了一大桌子，钱心安拿起筷子就吃，蓝姐推了钱心安一把，说："斯文点，跟了这个大老板，以后天天有你吃的。"

钱心安笑起来很好看，说："还不知道人家看得上看不上我呢？"

"看得上，看得上。"夫子连忙给钱心安夹了一块鱼，看着钱心安很快就把那块鱼送到嘴里。

钱心安有些不好意思，笑着说："我吃饭很快的。"

蓝姐看着钱心安说："你不要像没吃过一样。"

夫子连忙打圆场："没事，能吃才好。"嘴里说着，心里想着，只要对鲁青山好就行。

吃过饭，蓝姐说："你陪胖子到街上去逛一逛，给人家买两件衣服，别怕花钱。"

夫子连声说："知道，知道。"

蓝姐又说："人家还是黄花姑娘，你要知道怜香惜玉。"

钱心安打了蓝姐一下，说："人家不是那样的人。"

蓝姐打趣道："才见面就护着他。"

钱心安说："我不说话了，好不好。"

夫子领着胖子走进县城最大的商场。进去时，他故意拉着胖子的手，胖子也不拒绝，两个人在卖衣服的地方停下了，胖子选了好几件都不如意，不是短了就是穿不进去，又进进出出换了好几件，最后选中了两套。

见过几次面后，夫子带钱心安来到幼儿园，把鲁青山接回家里。鲁青山见到胖子，眼望着夫子，不知道怎么办，夫子教他喊："钱阿姨。"

钱心安把鲁青山抱了起来，然后哄他睡，不一会儿，鲁青山就在钱心安怀里睡着了。

钱心安坐在屋里有些拘束，夫子就打开了电视。

钱心安说："你经常看电视吗？"

夫子说也不是经常看，一边说一边倒了两杯水过来。

夫子开诚布公地说："鲁青山的妈妈叫严寒梅，跟人跑了，我想再给鲁青山找个妈，你不介意我有孩子吧？"

钱心安说："鲁青山很听话。"

夫子说："今晚就不要走了，明天我们一起去公司，你就在那里只负责

第七章　下海

电话，有客户来你就接待一下，顺便帮我照顾鲁青山吧。"

钱心安说："行。"

夫子问："你家是哪里的？"钱心安说了，夫子说："那里离我家不远，原来我们是老乡。"

钱心安说："以前听说隔壁湾里考上了一个大学生，公社很隆重地送他去上了大学，原来说的就是你呀。"她说没想到那个大名鼎鼎的大学生现在就坐在她面前，成了她的未婚夫。

夫子说："晚上你和鲁青山睡床上，我睡沙发。"

钱心安说："我睡沙发吧。"

夫子把钱心安引到洗漱间，说："你洗个澡吧，肥皂，毛巾都挂在毛巾架上。"

钱心安反手关了门，一会儿，就听水龙头放水声。洗到一半的时候，她打开门，让夫子拿干毛巾过来。夫子拿着毛巾站在门口。她说："进来啊，都是雾气，你递到我手上啊。"等夫子走近了，钱心安抱住了夫子。

第二天九点多钟的时候他们才起床，钱心安抱着鲁青山，跟在夫子后面去上班。

蓝姐说："这么晚才来啊？"

钱心安红着脸说："睡过头了。"

蓝姐又对夫子说："怎么样，胖子还行吧。"

夫子笑笑说："还行。"

蓝姐说："行就好好待她，别吃着碗里的，看着锅里的。择个日子，你们去民政局把手续办了，也不用请什么客，有心的话，请我们姐几个吃个大餐就行了。"

夫子说："那怎么行，胖子可是第一次结婚，我得隆重些，不过不能那么急，我得准备一下。"

蓝姐问："怎么准备？"

夫子说："当然是买房子呀，总不能让胖子窝在那间旧房子里结婚吧。"

钱心安挤到蓝姐身边站着，看着蓝姐，脸上笑成了一朵花。

蓝姐揪了一下钱心安的脸说："怎么样？不错吧。"

钱心安说："谢谢蓝姐。"

正说笑着，夫子接了电话，说要出去，走到门口，他又回过头来说："中午别走了，我请客，叫她们几个都参加。"

三　蓝姐

虽然有蓝姐从中监督，可夫子还是不时单独约公司的几个女人出去吃饭，他知道，和女人保持一定的暧昧关系是大有好处的，至少要让她们觉得自己在老板心中很重要。

女人的特性无非是有谁赏识她，她就心甘情愿为谁肝脑涂地，驾驭女人最好的方法就是讨好女人，除蓝姐坐班外，其他几个业务员就像被放出去的鱼鹰拼命抓鱼，却又被扎紧脖子，叼到鱼后都被打渔人一股脑地拿到船舱里，当然，她们也得到了她们应得的。

后来夫子干脆不给她们底薪了，谁联系的业务多谁就挣钱多。

她们最擅长的就是婚姻介绍了，她们几个都懂得女人的心，知道介绍对象心里想要什么。加上夫子从中撮合，成功率很高。比如，凡是她们认为有戏的，夫子就亲自出马，一般都是安排在中午见面，这样他就报销她们的中餐费，虽然多花了一顿中餐钱，却换来一对美满婚姻，这也算是功德一件。

夫子得到几个女人的赏识，自然是志得意满，想想当初自己站在讲台上，苦口婆心地给学生们灌输那些课本上的知识，他觉得现在的工作就是他想要的，他想给胖子更多更好的生活。

新房装好了，在爱琴海小区，他买了一间在二十六层的八十平方两室一厅的房屋，从那里可看到远处的东荆河以及更远处的老家，他想把母亲接来看看他的新房。

钱心安除了照顾鲁青山，没有什么其他的事。夫子和几个业务员相处得很融洽，对她们都像对钱心安一样好，怕钱心安心里不舒服，就把她搂在怀里，说："你别吃醋，我这都是为了工作，没有她们我怎么挣钱？再说我对她们越好，她们越卖力气，这叫策略。你不懂，但是你放心，新房都给你买好了，你还担心什么？"

钱心安说："我不担心，她们都羡慕我找了这么能干的男人呢。这辈子能嫁给你，我很知足。"

夫子把她拉到窗前，让她看远处的美景，说："你看，那看不见的地方就是我们的老家，有时间我带你去见见我妈。"

钱心安说："你妈有什么好见的，我只想天天跟你在一起，我妈我都懒得见。"

夫子责怪她："这就是你的不对了，母亲养了你一场，你得有感恩之心，没有母亲的养育，哪有你的今天？以后不要说这样的话，别人听了会瞧不起你的。"

钱心安说："那什么时候去？"

"等有时间了就回去。"夫子说道。他看着小鸟依人般的胖子，不由得把她搂得更紧了

夫子则在心里说："怎么他遇到的都是这么单纯的女人。"

有个叫菊子的女人在公司里做了大半年了，业绩很不错，她丈夫在一家化肥厂上班，虽然辛苦，但工资稳定，一个儿子已经在上初中了，一天，她找到夫子说想辞工。

夫子问她为什么？

菊子说她不想在那个家待了。

夫子直截了当地问："是不是有外遇了？"

菊子也不脸红地说："是的，有个男人，我给他介绍了几个女人他都没看中，最后，他说他看上我了，他家里条件不错，又是独子，我说我比他大，他说他就喜欢我，你说我该怎么办。"

夫子说："那就看你了，你私下和他谈谈，男女就那点事，以后就什么都明白了。"

菊子说："我哪有你想得那么开放。"

夫子和她们说话很随便，算是红颜知己了，说："如果他真喜欢你，你就离婚，如果只有三天兴趣，就一脚把他踢了。"

菊子厚脸皮地说："要是你，老娘二话不说就离婚，他一个老实人，老娘有些下不了手，可老娘又舍不得，万一他是真心的，老娘不就错过了一段好姻缘。"

夫子说："关键在你，我不给你出主意了。"

菊子调侃说："那老娘就跟他谈谈再说，没想到跟着你，老娘还有了第二春，哈哈！"

夫子听她这么说，反倒认真起来。只见她步如踩棉，身如摆柳，体如无骨，看着她的背影，反倒替她担心起来，因为这种女人最容易受人哄骗。

四 哪有恨妈的

钱心安一直催着他回家，夫子说："你急什么？"钱心安却不解释，其实她是看着夫子身边美女如云，她开始有些担心。她从心底爱上了夫子，夫子大学毕业，有才华，又会挣钱，哪个女人不爱呢！

早上，钱心安又催他回鲁家嘴老家去看看。

夫子说："等忙完了这阵子就回去。"

钱心安说："你别老是拖着，我想早一点见到你妈。"

"你以前不是不想见吗？"夫子反问。

"可我现在想见了。"钱心安说。

终于，在一个星期天，夫子安排好公司的事，交待蓝姐主持一下，就买了一些营养品，骑着摩托车，带着钱心安回家了。

上次严寒梅也是在半路上要下来看风景，这次钱心安在半路上也要下来，夫子问："看风景吗？"又到了麦收季节，一望无际的麦田里已经有人在收割，田野里四处弥漫着麦子的香味。

钱心安说："我得先想好，和你妈见了面说什么好。"这个问题出发的时候她就开始想了，所以越是快到的时候，她心里越是紧张。

夫子说："你想说什么就说什么，看到白白胖胖的媳妇，她一定会高兴的。"

摩托车的声音引来不少观望的目光，田里不时有人探头看看骑在上面的人，鲁青山坐在夫子前面，钱心安坐在后面，双手抱着夫子的腰，一路风光地在乡村道路上飞驰。

快到家的时候，夫子连着摁了几声喇叭，母亲出来了，以为来了什么人，站在院子门口看，摩托车一直开到门口，夫子连忙喊了一声妈，鲁青山也喊了一声奶奶。

钱心安下了车，站在那里，想了半天才叫了一声妈，夫子笑着说："叫声妈就这么难呀。"

钱心安又连叫了几声妈。

母亲的背已经驼得厉害了，头上的银发在阳光下闪闪发光，家里就母亲一个人，但院子里整理得还很干净，夫子问："哥哥姐姐们经常回家吗？"

母亲说："经常回，这几天快农忙了，都有事，不过家里的田都是他们帮种的，你今天怎么回来了？"

夫子看了一眼钱心安说："钱心安不是催着结婚嘛，所以我带她回来让您看看。"

母亲笑着说："好啊。"然后拉过钱心安的手，说："怎么这么胖啊，这么白的手能干活嘛？"

钱心安笑着说："能干，家里我什么都干。"

母亲问："你们都住在一起了？"

钱心安说："妈，都什么年代了，哪像你们那个年代，入了洞房才见面。"

母亲说："你们这些伢儿哟，随你们吧。"

钱心安说："我早就想来看您，可是夫子老是忙，忙，再忙也不能不要妈呀。"

母亲说："这娃真会说话，要吃啥，我给你们烧火做饭去。"

这时，一个女人抱着一个孩子来找母亲。夫子一看是卫贞，忙跑出来，问："你怎么来啦？"

卫贞显得很瘦很黑，脸上憔悴不堪。她说："你什么时候回来的，我找婶子说个事。"卫贞说着向母亲走去。

母亲说："卫贞，孩子又怎么了？"

卫贞说："又病了，老是不退烧，我想再跟你借点钱，给伢儿看病去。"

母亲进了屋，不一会儿，拿着一个小布包出来，从一包十元票子中抽出两张，问够了吗？卫贞说够了。

夫子看着卫贞苦楚的样子，问她嫁在哪里？

母亲说："她嫁给了咱们湾里的三娃。卫贞命苦啊，三娃子又懒又喜欢喝酒，老是打她。"

夫子问："为什么？"

母亲白了她一眼，说："为什么？你说为什么？你上大学走后，卫贞被人说攀高枝被抛弃了，没少受白眼，之前提亲的都反悔了。最后嫁给了脾气坏又懒的三娃子。三娃子说卫贞跟你谈过恋爱，是你挑剩下的。"

夫子惭愧地低下了头，没错，是自己害了卫贞。

卫贞看了看夫子，又看了看钱心安，没说什么，转身就走了。

夫子见了追出院子，掏出两百块钱，递给卫贞，说："拿去给孩子看病吧。"

卫贞不接，只是静静地看了他一眼，就抱着孩子走了。

钱心安用目光追随着他们，等夫子回到身边，钱心安问："她是谁？"

夫子说："我同学，嫁到我们湾里来了。"

钱心安说："我看见她好像只有一只眼睛。"

夫子说："走吧，去帮妈烧火做饭去。"

钱心安问："她以前是不是对你很好？"

夫子问："是的，怎么了？"

钱心安说："我看见她很可怜，你应该多给她一点钱。"

就凭这句话，夫子又把钱心安好好看了一会儿。

吃饭的时候，母亲不住地给钱心安夹菜。夫子说："妈，您自己吃。"钱心安给母亲夹菜。夫子说："你自己吃。"钱心安看看夫子。夫子说："妈，我准备和钱心安结婚了。"

母亲说："好啊，什么时候结？要到家里结，我们办得热热闹闹的。"

第七章 下海

167

夫子说："就在单位请几个朋友，办两桌就行了。"

钱心安说："那怎么行？听妈的，结婚是大事，再说，我要让我妈看看，气气她。"

母亲说："怎么了，你妈对你不好吗？"

钱心安说："我恨我妈。"

母亲说："娃呀，可不能这么说，哪有恨妈的？你可是你妈肚子里掉下来的肉。"

钱心安不做声了，她听不得别人说她妈好。

五 二婚

1995年，夫子和钱心安办理结婚手续，举行了婚礼。夫子不敢不听母亲的，母亲提前一个月就把几个儿子闺女叫回家来，到处邀请客人，又提前把家里新房布置好，屋里床上全换成新的，门前扎了彩。还请先生专门写了对联，又排了八字。母亲问八字合不合？先生说："现在都这样，能走到头就行。"

母亲问："能治治吗？"先生说："当然能治，不过有点麻烦，还要办些香表黄白纸什么的。"母亲叫老大去买。老大说："钱呢？"母亲说："你先垫上，等七伢子回来了我叫他给你，你妈走不动了，你们当大的多帮着操点心，另外，到时候别忘了'接'你爸回来看看。"

老大是屋里的主心骨，大事小事母亲都找他商量，老大也听母亲的话，几个小的对大哥也很尊重，说话他们都听。

提前一天，夫子把钱心安安排在城里宾馆住，为的是第二天早上方便化妆，夫子白天在家里忙，晚上就跑去陪钱心安。

头天晚上，乐队就进了门，院子里架起了高音喇叭，放着邓丽君的歌曲，全队的人都来了，大人小孩都穿着新衣服来看热闹。

夫子又请了辆吉普车，把学校领导请来了，把他们安排在堂屋上席。

婚礼在上午十点十八分举行。司仪拿着话筒对着客人喊："亲爱的朋友们,女士们,先生们,大家上午好!"

台下的人都举起头来朝台上看。"今天是鲁德夫先生和钱心安女士大喜的日子,他们将要在这里举行隆重的婚礼。在此,我代表我们乐队向他们表示热烈的祝贺。在这个幸福的时刻,大家欢聚一堂,共同庆祝他们的婚礼。因为,今天,他们是最幸福的人。"

接着夫子和钱心安上台,接着又把母亲请上了台。母亲向他们表示了祝福。

司仪宣布婚礼至此结束,请大家开怀畅饮。

接着鞭炮齐鸣,喇叭声响彻云霄,两个姐姐将他们送入洞房。

进门的时候,门口放着火盆,钱心安没注意,一脚踩在了火盆上,把一盆火踩得撒了一地,火星四溅。夫子张了张嘴,埋怨的话没有说出来。

鲁青山一直由两个姑姑哄着,看见爸爸进了屋,他也跟着跑了进来,一轱辘爬到床上蹦蹦跳跳,脚下的鞋子将床上弄脏了,钱心安心里老大不高兴,又不好发作,只是鼓着腮帮子生气。

夫子埋怨姐姐们没有招呼好鲁青山,让鲁青山乱跑。

秦怀秀不知什么时候也来了,她对夫子说:"你结婚这么大的喜事,也不告诉我一声。"

秦怀秀是跟乡长一起来的,她们一行还有两个干部,乡长说:"夫子是我们乡的名人,我们听说后,特地过来贺喜。"然后一人递给夫子十块钱,夫子推了几下,没有推开,最后才接住,随手交给钱心安。

钱心安一看,是三十块钱,高兴得踮起脚尖在地上转了一圈。

夫子问秦怀秀结婚了没有?秦怀秀说:"看你说的,好像我嫁不出去似的,我长得也不差呀。"乡长说:"她老公是公社的武装领导,听说你们读书时关系不错,怎么错过了一段好姻缘?"

秦怀秀说:"人家是有大理想的人,我怎么高攀得上。"

乡长说:"秦怀秀现在是乡里妇联主任,以后计划生育你可别落在她手里。"

夫子说:"放心吧,我不归她管。"

秦怀秀说:"现在是属地管理,除非你不生孩子,还有,除非你一直不回家。"

夫子问:"有孩子了吗?"

乡长说:"有了,两个。"

夫子说:"两个孩子了,怎么还能够当妇联主任,违反计划生育了吧?"

乡长说:"她只有一个,那一个是领导前妻的。"

夫子看了看秦怀秀,想说什么,却没说出来。

吃过午饭,夫子送走了乡长和秦怀秀一行客人,其他客人都走得差不多了,院子里才安静下来,帮忙的还在忙进忙出,夫子对哥哥姐姐们说:"今晚我们就不在家里住了,还要回学校。"

哥哥姐姐们都还以为夫子在高中教书,就说:"工作要紧,你走吧,我们帮忙收拾东西。"

母亲来了,拉住钱心安的手说:"安娃,以后多回来看看,照顾好夫子,夫子还像个孩子。"

钱心安说:"妈,我一切都听他的,你放心吧。"

告别母亲和哥哥姐姐们,夫子骑着摩托车驮着钱心安和鲁青山一溜烟地回到城里。

六　怎样才能怀上孩子

钱心安觉得光结婚还不够,得为夫子生个儿子,这样地位才能得到巩固。于是白天她在公司跟着蓝姐帮忙登记,带着客户看房子,接送鲁青山上幼儿园。每晚鲁青山一睡,她就抱住夫子,不让夫子休息。夫子渐渐有些吃不消了,说:"你能不能让我休息一晚上,天天这样,你不累呀。"

钱心安说:"不造出个娃儿来,你就别想休息。"

看着百依百顺的胖子,夫子开始有了自己的想法,他决定收敛自己。

一连几天,夫子都说有事,其实他是想故意冷落一下钱心安,到了第五天的时候,钱心安就受不了,她给夫子打电话,问夫子在哪儿?夫子说在谈一个大业务。钱心安说:"今晚必须回来,再不回来,我就抱着鲁青山去找你。"

想起鲁青山，夫子真的得好好感谢钱心安了，要不是钱心安的到来，让鲁青山得以有人照顾，得以让他放开手脚去发展业务。可是夫子的心实在不在女人身上，他要的是更多的财富和地位，一个钱心安远不是他的目标。

其实这几天他就躲在蓝姐的家里，谋划着进一步扩展业务。开经纪公司能有多大的利润空间？要想在这个社会立足，成为众人仰慕的翘楚，得有大的财富支撑，不能仅限于卖几套房子，介绍几个女人成婚，这样小打小闹不是长远之计，得做大的，做有影响力的事。

蓝姐的丈夫在政府办公室上班，是个科长。蓝姐曾和钱心安在一个厂里上班，纺织厂破产后，丈夫曾给她找过两个工作，都是吃闲饭做闲活，拿不了几个钱。自从加入夫子的公司，挣的钱比以前多许多，又加上夫子对她很好，把她当成知己，蓝姐也就尽心尽意地为夫子效力。

蓝姐看着钱心安像热锅上的蚂蚁，说："几天不在一起就要命了？"

钱心安藏起心事，说："我想要个孩子，却老是怀不上，要是你，不着急呀。"

蓝姐说："你们天天在一起，还怀不上啊？"

钱心安说："也不知怎么回事，肚子就是不争气。"

蓝姐说："这事得掌握时机，你看看孕妇指南吧，那里面会教你怎么做。"说着，把一本《孕妇指南》扔给她，说："做什么事都得讲技巧，不能蛮干。"

钱心安说："我最怕看书了，你给我讲讲就行了。"

蓝姐说："胖子，不是我说你，像你这样要不了多久，夫子准得甩了你不可，你得学会提升自己。"

蓝姐一句不经意的话提醒了钱心安。夫子有想法有钱，男人有钱就变坏这个道理她很懂，再好的女人也有让男人厌烦的时候。如果女人不占领主动，到时候被男人甩了还不知道为什么。

看到蓝姐做得顺风顺水，主要就是能力强，别看她只是坐在这里登登记，钱可没有少拿。她也看见蓝姐没事的时候都拿着书在看，原来是在提高自己，于是钱心安也拿起书看了起来。心想，她也要像蓝姐那样成为业务能手，万一夫子不要自己了，也可以开一家公司养活自己。

钱心安看了一会儿，说："没想到，怀个娃儿还有这么多讲究，我还以为只要两个人睡上几觉就能怀上。"

蓝姐说："你说的那叫误打误撞，要想生个优秀的，或是按你的意愿生，就得按照书上来。"钱心安说："这么说，这几天夫子不回家也是你教的他。"

蓝姐嗔怪地说："你个死胖子，你们两口子的事，扯上我干什么？"

钱心安说："好好好，我不说了，你快教教我吧。"

蓝姐说："这还差不多，要怀上，你得掌握时机，不要天天来，要让他把精子养壮，精子有了活力才能钻进你的卵子里，不然你永远受不了孕。"

钱心安说："谢谢蓝姐，看样子你真是高手，难怪夫子这么喜欢你。"

蓝姐说："打嘴。"

钱心安笑了笑，连忙把嘴捂起来。

七　胖子接手三替公司

夫子白天到处跑业务，和人谈判，找人沟通，大部分时间消耗在酒桌上和饭局上，晚上回到公司听蓝姐汇报业务。

钱心安慢慢开始熟悉公司的业务流程，手里也掌握了一些客户信息，促成了几单婚姻，开始变得志得意满起来。

夫子回不回家她也开始习惯了，不过每天还是给夫子打电话，让夫子早点回来。夫子觉得身体调整得差不多了，就给钱心安打电话，说中午回家吃饭。

钱心安问在家里吃还是在外面吃？夫子说："当然是在家里吃了。"钱心安早早去了菜市场，买了各种夫子爱吃的菜，又接回鲁青山。等到夫子回家，钱心安已经将饭菜做好了，看着一大桌子菜，夫子问："这几天难受吧。"

钱心安在心里说，没有男人真不是人过的日子。可嘴上却说："没有你们男人，女人照样过日子，难受什么呀。"

几天不见，钱心安越发显得水灵，夫子不觉心驰神往，钱心安知道夫子猴急得很，说："和你说个事。"

夫子说："什么事？"

钱心安说："我想跟你一起跑跑业务去，广告公司呀，电视台呀你都带我去转一转，让我也熟悉熟悉。"

夫子说："你就在家里把鲁青山带好，公司有蓝姐打理公司就行了。"

钱心安说："别人再好，毕竟不是两口子，我不放心，你没听说，最忠心的员工就是老婆嘛。我是看你太累了，想替你分分忧嘛，你看你一去几天不回家，我多担心啊。"

夫子没看到鲁青山，问："鲁青山呢？"

"他在房里玩。"钱心安说。她打开鲁青山的房间，鲁青山正在玩夫子给他买的积木，屋里扔的到处都是。

夫子也跟在钱心安身后来看儿子，儿子长得瘦小，和他一样瘦，看着怪可怜的。夫子在心里想。

钱心安转身，不想碰到了夫子，钱心安也不作声，拉着夫子走进他们的卧室，说："想我了吧？"

夫子也不说话，任由她脱，她把夫子推倒在床上，说："离开了这几天，我要检验一下，看看你有没有在外面鬼混。"

和钱心安亲热一般都是晚上，灯一拉没有什么新奇，今天他看到钱心安身上真是白，白得像玉。

过后，钱心安说："你以后别想在外面过夜了，你只能是我一个人的。"

夫子笑着说："我这么大一个人，你一个人吃得下吗？"

不想钱心安直眼看了他好一会儿，认真地说："不仅是你的人，连你的公司我都要吃下，别把我当傻瓜，你跟蓝姐是不是有一腿？"

夫子说："你想得真多，快吃饭吧，我早饿了。"

分别了几天，钱心安显得特别温柔，她给夫子盛好饭，把筷子递到夫子手里，又给夫子夹了满满一碗菜，说："我的男人只准我一个人伺候，别人休想。"

夫子一边吃着饭，一边想着钱心安近来的变化，心里想，别看这个胖得圆滚滚的女人，心里还真不简单。原来，女人一旦结婚，就都变成了思想家，她们看起人来比思想家的眼光还毒。

以前钱心安在公司都是听蓝姐的，蓝姐叫她做什么她就做什么，现在不是这样了。自从夫子失踪那几天开始，钱心安就一直在观察蓝姐，每次说到夫子，蓝姐都在情不自禁地笑，果然蓝姐也对夫子有意思。钱心安心里泛起醋意，她安慰自己：这个公司是夫子的，也就是她的，她才是这个公司的主人，蓝姐再能干，也只是个打工的。

从那个时候开始，她特别关注公司的财务，其实就是把每笔业务做好登记，根据记录给那几个女人发工资。

那几个女人一回到公司就经常跟胖子打趣，自从钱心安结婚后，几个女人当面叫她老板娘，背后都叫她胖子。

钱心安对蓝姐说："蓝姐，你把财务交给我管吧，我看你一个人挺累的。"

蓝姐问："你怎么有这个想法，你管得了吗？"

她说："我慢慢学嘛，哪一天你把我们甩了，我还是得学，你现在就可以教我管呀。"

蓝姐看着钱心安像刚认识似的说："你怎么会有这种想法，是不是不放心我，想炒我鱿鱼？我怎么就没有看出来呀。"

钱心安说："我先跟你说，你同意了，我再和夫子说。"

蓝姐板起脸来，生气地说："那也得夫子跟我说，你别忘了，你是怎么有今天的。"

钱心安不甘示弱地说："我有今天难道就一定要听你的吗？"她的野心终天暴露出来了。

蓝姐说："要不是我，你现在还不知道在哪儿要饭呢，或者被哪个野男人欺负呢？"

钱心安说："那是我命好，我赶上了，是夫子看上了我。他喜欢我，你只是帮我介绍了一下，再说，现在他已经成了我男人，他命中注定是我的男人。"

蓝姐从来就在心里瞧不起钱心安，更相信钱心安掌握不了这个公司，除了她，没人能够管理，说："你回去和夫子说吧，夫子同意了我就走，难道我还要看你的眼色吃饭不成？"说完,她把账本拿起来一下子砸到桌子上。

钱心安看着蓝姐气冲冲地走了，心里高兴得不得了，心想，以后她再也不用听蓝姐对她呼来唤去了，她一定要成为这家公司的老板。

钱心安决定等夫子一回家就把她的想法告诉夫子，可是夫子中午没有回家，她就在街上随便买了一点东西吃，鲁青山中午在幼儿园里吃饭，让钱心安省了不少事，她摸了摸自己的肚子，肚子还是那个样子，不由得心里有些着急，她现在掌控公司的欲望越加强烈。

蓝姐下午来上班了，一进门就问："夫子中午回来了吗？你跟他说了吗？"

钱心安心想："还不知道夫子同不同意呢，这时候和蓝姐摊牌是不是太早了点，何况公司开了几年了，都是蓝姐在打理，万一蓝姐走了，她又胜任不了公司的管理咋办？"于是她笑着说："没有，再说公司也离不开你呀，你和夫子关系又这么好，到现在我还是个外人呢。"

蓝姐被她的话给忽悠了，心想这个中午竟成了她的福音，说："你就别痴心妄想了，就你这个死胖子，怎么能管理得了这家公司。"

钱心安心里有了恨意，却依然示弱地说："以后还要全仗蓝姐操心。"

蓝姐说："都说这世界上白眼狼很多，今天我算是见识了，以后你老老实实地在公司待着，别老想着做你那老板梦。"

八　钱心安受辱

下午，任凭钱心安怎么巴结蓝姐，蓝姐都板着一副冷面孔，对她不理不睬。钱心安只好识趣地坐在一边看着蓝姐翻看那些账本，那几个女人的命运都掌握在蓝姐手里，她们的工资都是通过蓝姐一笔一笔给她们算出来，然后从银行取了钱发到她们手里，每次看到她们领着钱高高兴兴地离开，钱心安心里都有一种兴奋，那与其说是一种兴奋，还不如说是一种对权力的享受。

晚上，钱心安早早地做好饭，把鲁青山安顿好。等着夫子回来。

她不时地听听门外有响声没有，那门不知为什么一直发不出声音，她是憋了一肚子话要对夫子说，今晚要不把那些话说出来，她是无论如何睡不着的，她走到窗前，从楼上往下看去，那些人都像蚂蚁一样在地上移动，她只好失望地坐在桌前，把胖胖的小手抬起来，看看这双夫子喜爱的手有什么损伤，她把手扬起来对着屋顶上的灯照，发现手竟是透明的，这真是一双男人无法抗拒的手。她在心里得意洋洋地想。

眼看时间已经过了八点，夫子还没有回来的迹象，她只好把鲁青山叫过来，一起吃了饭，然后哄鲁青山睡下，鲁青山吵着要爸爸，钱心安只好说："爸爸今晚有事，不回来了。"鲁青山闹了一会慢慢闭上了眼睛。

虽然夫子经常不回家，但今晚胖子显得特别烦懑，一直到窗外的灯光暗了下来，城市都闭上了眼睛，她才慢慢爬上床，躺下，脑海里还是波浪翻滚，直到如水的月光从窗外倾泻到卧室的地上，她才闭上眼睛，慢慢进入繁杂的梦乡。

第二天一早，她怀着一肚子怨气，把鲁青山送到幼儿园，然后来到公司。

公司里很安静，她走进公司，蓝姐坐在办公桌前，她刚要坐下，就从另一间屋里冲出那几个女人，一下把她按倒在地上，脱下鞋子，使劲地抽打她的屁股，揪她的头发，抓她的脸，然后又扒下她的裤子，把她的大腿和屁股揪得青一块紫一块，直到她杀猪一般的告饶为止。打够了，几个女人才松开她，说："你以后只能老老实实地待在公司里打杂，别的不用你瞎操心，你想欺负我们娘儿们，妄想。"

蓝姐始终坐在那里没有动，等她爬起来，蓝姐说："去把两间屋的地拖一下，要拖干净。"

钱心安坐在沙发上，像看着一群母兽，她只好站起来，到屋外拿过她们刚拖过的拖把，慢慢地拖起地来。几个女人看着钱心安屈服了，才笑着一哄而散，各人拎着包出门跑业务去了。

夫子一直不露面，钱心安在心里骂。这个王八蛋，不知道死到哪里去了。

那天，她屈辱地过了一天，浑身疼痛地接送鲁青山，晚上也不再想夫子了，做了饭和鲁青山一起吃完，然后看着鲁青山玩积木。

这时，门外有钥匙插进锁眼的声音，夫子将包往桌上一扔说："气死我了。"

钱心安连忙跑过去，扶着他坐下，问出了什么事？

夫子故意愤怒地说："她们几个要向我摊牌，说有你没她们，有她们没你。"

钱心安不敢再火上浇油，说："那你准备怎么办？"

夫子说："我想把公司交给你，把她们全部炒了。"

钱心安一下子扑到夫子的怀里，说："你真是我的好丈夫。"又问："你还没吃饭吧，我刚吃过，我去跟你做，鲁青山也刚睡。"

夫子说吃不下，都是被她们给气得。

钱心安又伸手在夫子的胸腔处不住地揉搓，嘴里一连声地说："消消气，消消气。"

夫子说："我对她们这么好，她们却要拆我的台，我只能靠你了。"

钱心安说："那我给你放水，你好好洗个澡，休息一下。"

两个人睡下了，钱心安说："累了吧，我给你按按吧。"夫子不做声，任由钱心安给他按摩，按了半个多小时，钱心安明显地累了，问："好点了吗？"

夫子说："你睡吧。"钱心安却抱住夫子说："我的好老公，我想和你商量个事。"

夫子佯装瞌睡来了，问："什么事？"

"我想接手公司。"钱心安轻声说。

夫子问："你行吗？"

"行。"钱心安说，这半年我把公司的路子都摸熟了，没有她们我照样行。

夫子问："那你说说，你准备怎么办？"

钱心安说："我再招聘几个年轻的来，她们迟早会把你甩了的，你没见她们一个个虎视眈眈，都瞅着你的口袋呢，我们要早作打算。"

只这一句话提醒了夫子。商场如战场，只有绝对的利益，没有绝对的友谊，这句江湖上的至理名言他早就烂熟于心，她们和他套近乎，无非是看中他口袋里的钱。看来，钱心安是真心实意跟他过日子的。

夫子说："那就把公司交给你了，你想怎样就怎样，只是有一点，别闹出人命。"

钱心安忍着浑身的疼痛说了声好,然后起身去抹药去了,她腿上的伤疼得她实在难受。

九　胖子反抗

钱心安第二天早早送走鲁青山,赶到公司,把门锁换了。

等到蓝姐来上班,发现锁怎么也打不开,仔细一看,已经换了新锁,不一会儿,其他几个女人也来了,都进不了门,站在外面问蓝姐是怎么回事,蓝姐也说不出个所以然。

钱心安则躲在不远处看着她们。

几个人走也不是,不走也不是,只好等在那里。看看她们等得有些不耐烦了,钱心安才走了出来,说:"你们怎么现在才来?"

蓝姐问:"不是你把锁换了吗?"

钱心安说:"是啊,公司要关几天门,你们回去休息几天吧。"几个人见钱心安手里拿着钥匙,说:"你先把门打开,你说关门就关门啊,公司你没来的时候我们就来了,你算老几?"

钱心安见她们将自己围住,怕她们又要打自己,就冲出她们的包围,跑了出去。

蓝姐说:"真是没想到,一个乡下的死胖子竟敢欺负起我们,当初就不该把她介绍给夫子,夫子也是个王八蛋,他只想着自己,对我们是不管不问,我们就在这里等,等他给我们一个说法。"

其中一个说:"昨天是不是把她揍得太狠了,她怕起我们来了。"

另一个说:"她怕我们还敢锁门,不让我们上班?"

直到中午,夫子也没有露面,几个人只好怏怏不乐地回家去了。

下午,她们也没有等到夫子。晚上,几个人一起来到夫子的家里。敲门,夫子以为是钱心安回来了,开门一看,是她们几个。她们进屋就是一顿叫骂一顿乱砸乱摔,把家里搞得乱七八糟。

夫子只喊饶命。几个人说:"别用这种手段赶我们走,现在就把账给我们结清,我们不伺候你了。"

钱心安这时也回来了,进门一看,几个人怒气冲冲地冲上来要打钱心安,钱心安吓得把鲁青山往地上一丢,连忙顺着楼梯往楼下跑。

鲁青山吓得大哭起来,躲到夫子的身后。夫子说:"你们再闹,我就报警了。"

蓝姐说:"你报啊!快报!"

夫子不敢拿电话,说:"我现在没钱,等明天吧。"

"不行。"几个人异口同声地说,口气强硬得没有半点商量的余地。

夫子只好再和她们商量:"明天上午让蓝姐把你们工资算好,我去取了给你们。"

几个人相互交换一下目光,说:"明天上午,说定了,少了一个子都不行。"

夫子给蓝姐使眼色,蓝姐说:"别给我使眼色,我算看透你了,我也不伺候你了,你另请高明吧。"

夫子没想到事情会闹成这样,只好在心里埋怨钱心安,悔不该听她的话。

钱心安躲在不远处,看着她们都走了,才回到家里。夫子埋怨说:"是你做的好事,辞退也不能这样搞,传出去,我们以后怎么在江湖上混。"

钱心安说:"没事,我有办法,这不刚赶上毕业吗?我去技校招几个年轻学生来,要不了多久,肯定比她们强。"

夫子说:"我不管了,随你闹去。"

十 《经济时报》

随着市面上的中介公司越来越多,夫子开始考虑转行。他要开创新的行业,要做时代的弄潮儿,走在时代的前列。他要扩大影响力,有了影响力业务才能越做越大,做得越大,影响力才能越来越大,财富才能滚滚来。

县经委主办的《经济时报》是县里很有影响力的一家报刊,以前靠着政府文件,强行摊派各单位订阅,勉强可以维持。进入 90 年代,各大小报刊都采用承包制,政府一下了甩掉了这些包袱,由承包人自负盈亏。政府只收取一定数量的管理费，《经济时报》曾先后有多人承包，最后都只能以亏损而退出承包，将一个乱摊子重新交给经委。

夫子知道，尽管这家报刊连年亏损，可是它的影响力还在，县里各工业企业案头上都还摆着不少这份报纸。

夫子曾对这家报刊做过一些了解，主要是业务拓展不够深，都想靠着政府订阅，除了每年的经济工作会议上作一些宣传外，其他的时间都是坐在办公室里等着人家来订，完不成任务就找经委领导，领导也很头疼。

但夫子却在它上面看到了商机，如果像他开办经纪公司那样主动出击，再把广告办得活一些，报刊是可以赚钱的，况且通过办刊物还能认识很多领导，这些都是资源，只要充分挖掘，前途一片光明，不是经纪公司能比的。他做了充分调查，全县几百家企业，每家每年只做一次广告，就是一笔不小的收入，何况还有订报刊的收入，还有一点，他要一次承包三年，三年内承包费不能递增。

经委领导正好要甩掉这个包袱，就一口答应下来，并把主任电话要了来，说随时要向他汇报工作情况。

过年的时候，他给主任领导搬了两箱"五粮液"，外加五条"红塔山"，直接放进客厅里。主任一再挽留他吃饭，他又给主任正在读高中的女儿递上了一个千元红包。

吃过饭，主任将他送到门外，对他说："以后有什么困难随时可以找我。"夫子心领神会，笑眯眯地回到家里。

钱胖子把鲁青山交给一个专门接送孩子的骑三轮的人，她则专注于公司业务，她把招来的几个毕业生召集在一起，又请了一名技校的老师给他们讲课，并让他们考试，谁考试合格谁就上岗，几个男女学生很认真，结果她一下子招了十个人，头一个月效果不明显，但她都给他们发了五百块钱生活费，几个人感激不尽。

几个毕业生对于这个胖嘟嘟的老板很有好感，觉得这个人很善良，都喊她钱姐。

公司业务很快就有了起色，前来登记的人络绎不绝。钱心安慢慢摆脱了对夫子的依赖，独自操持起公司，并且腰包也慢慢鼓了起来，鼓了钱包的胖子野心越来越膨胀，干脆和夫子摊牌，要把公司过户到她的名下。

夫子本来就是个有雄心壮志的人，喜欢不断开疆扩土。见胖子提出要求，他并不反对，并满口答应，其实他的目光已不在介绍几个婚姻上面。

夫子另租了办公室，把编辑部设在一个大楼里，大楼很气派，几根高大的柱子让人看了眼睛发昏，二十几层的大楼更是让人抬头仰望，还有进出的人都是温文尔雅的绅士和小姐，这么气派的编辑部一定实力雄厚，这是他给人的第一印象。

他把各单位领导请到编辑部来，让两个穿着职业装面目清秀的姑娘来服务，完了又用大圆桌招呼他们，旁边另站着十八九岁，长相甜美的女服务员斟酒。

夫子小心陪着，酒足饭饱后又用车把他们一个个送到家里，说："实在对不住，对不住，耽误了你们太多时间，以后还要给你们添麻烦的。"

回到家里，他已不再盯着胖子看，而是盯着他列出的一长串名单，那串名单是他经过精心挑选出来的，那些人都是他的座上宾，但同时也是他的摇钱树，他要从他们身上获取他想得到的财富。

前期的投入已见效果，比如经委系统，凡是经委系统的单位，都订了报纸，并且都刊登了广告，这些单位每年的开支也就几千、万把块钱，除去投入，已所剩无几，这样的买卖只能维持，不能保持，如果老是保持这样的效益，那还不如躺在家里睡觉，出力不讨好的事情，夫子是绝对不会做的。

经营报纸，除了刊发作品和刊登广告，还能开发什么产品呢？他要深挖，从报纸中挖出金矿。

每年，各单位都有一定的宣传任务，发稿只是一种渠道，他决定扩大报纸版面。另外，每年组织两次培训，把各单位的通讯员组织起来，培训三天，每个人交两千元，开发票回去报销。这样，一百个人就是二十万，除去开支，还能落下一大半，这比一个单位一个单位跑不仅效益高，而且还来钱快。

如何下手？他想到了宣传领导。领导岑琴是个四十出头的女人，结过

第七章 下海

两次婚,都因为性格问题而劳燕分飞,至今单身,住着大房子,听说作风很泼辣又很难接近。

在经过一番分析研究后,他手里提着一个环保袋敲响了女领导的门。

女领导正在批改文件,见到由副领导领着进来的夫子,问:"你就是《经济时报》的社长?"

"是我,领导。"他面带微笑站在办公桌前。

"听说你的报纸办得不错,很多领导都在谈论你。"女领导面无表情地说。

"不敢,领导,我只是腿比较勤快,和各位领导联系比较密切。"夫子毕恭毕敬地回答。

"你来找我有什么事吗?"女领导问。

"我是专门来向您汇报工作的。"夫子小心地说。

"你可不归我管啊!"女领导脸上终于有了表情。

夫子凑前一步,将身子弯成六十度倾向领导,说:"我最近参加一个活动,他们让我宣传一种化妆品,听说效果不错,我给您送过来一些样品,请您试用一下,如果效果可以,我再给他们宣传。"

"你好像对女人很有研究?"女领导又严肃起来,夫子心里也紧张起来。

过了好一会儿,女领导说:"你打开我看看吧。"

夫子提着的心才又落了地,连忙打开包装,拿出一套精致的盘面,里面放着化妆品和各种工具,夫子打开瓶盖,一股香味顿时直冲鼻底。

"这么香?"女领导笑着问了一句。

"是蛮香,这是促销的,供人免费试用,如果效果好的话,请领导给宣传宣传。"

"这么贵重的东西,我可不敢要。"领导笑着说。

"再贵重的东西也无非是擦个脸,何况这些都是在推广费里出,就是中央电视台也只是靠广告赚钱。"

"我说了,你拿走吧。以后有什么工作你找相关部门汇报就行了。"女领导下了逐客令。

夫子没敢再停留,只好笑着关上门走了出去。

下班的时候，领导下属走进领导办公室，说："刚才鲁社长走时放了一盒化妆品，说是请你试用一下，他让我交给你。"

女领导笑着说："这个姓鲁的，还会搞这一套，他是不是也送了你一份？"

下属笑着说："给我也留了一盒。"

"我就说，这个人要提防点。"女领导看着她笑着说。

下属也笑着说："不是我说你，领导，你看你的脸是该保养保养了。"

"老了还保养它做什么？"女领导笑着说。

"精致才是女人的生命，这可不是我说的。"下属用手摸摸脸，说："不说了，我去试试看。"

女领导又笑笑说："你都快把你孩子他爸迷疯了，还试什么？"

"你也趁早找一个吧，这个大院里好多眼睛都像探照灯一样，你走到哪儿，他们都跟到哪儿呢。"

"这帮色狼，我一个都看不中。"女领导鄙夷地说了一句。

"等你老了就知道后悔了。"下属丢下一句关上门出去了。

没想到这句话，却让女领导低下头陷入深深的思索。

十一　女领导

夫子现在很注重打扮，头发每个星期必须有专门理发师护理，这是那个出国留过洋的女理发对他观察了好久才定下来的，特别是两边的鬓角一直剃得很光，能看出发光的头皮。西服都是名牌，脚上的皮鞋也由专门的擦鞋店服务。

培训会就在编辑部所在的会议室里，前来报到的人他人都认识。以前，人们喊他经理，现在他被喊成社长，鲁社长成了文化圈里的名人。

那个女领导也被他请来了，就坐在主席台的中间。两旁分别坐着文化局和经委领导，另外还有相关部门的领导和其他报社的领导，他们在主席台上坐成一排。电视台的记者是宣传部请来的，服务员都是清一色的美女，来参加培训的人心思都没放在听课上。

会议开始，女领导作重要讲话，她说："我们有些领导一听说让他们安排人来培训，就怨声四起，一个人如果不学习，不开阔眼界，不接受新知识，怎么在改革大潮中扬帆远航？现在是知识时代，只有不断提高自己的能力，扩大自己的知识面，才能适应时代的发展需求。一听说培训，要交几个钱就叫穷。你们少吃几顿饭就远不止几个培训的钱，你们外出旅游、住宾馆，还有吃饭喝酒，哪一样不要钱？相比一下，培训这钱花得值，以后只要是培训，你们都要踊跃参加，谁不参加就到我办公室去说明原因，我看你们的水平高还是讲课的老师高。"

"你们要向鲁社长学习，人家一个大学生一直在基层做着最基本的工作，现在担任社长，也是一步一步走出来的，他是跟我汇报了多次才组织的这次培训，很多同志还不想来？你们是什么态度？来了就要放下架子好好学习，把你们学到的知识应用到工作中去，谁打退堂鼓，迟到早退，你们直接向我汇报，我去给他们做思想工作，我说这么多，目的是要你们在这个知识爆炸的时代不落伍，能立于不败之地，有什么不理解的地方，可以会后找我沟通。"

女领导的话，铿锵有力，下面听的人一时鸦雀无声。

会后，夫子把几个特别要好的朋友另安排了一桌。经委主任拍着夫子的肩膀说："你小子，真有你的，你用什么迷魂汤把我们的美女领导都灌醉了。"

夫子笑笑说："这说明我的工作做到家了。"这以后，夫子就三天两头往女领导办公室里跑。下属对他说："你可别打我们领导的主意。"

夫子说："我哪有那么大胆子！何况领导哪能看上我啊？"钱心安成天泡在公司里，除了照顾鲁青山，很少过问夫子的事。

汉江平原虽说是鱼米之乡，可也有天公不作美的时候。一场百年不遇的洪水，将汉江大片农田变成一片泽国，农田普遍欠收，夫子在各个乡镇的报纸款变得异乎寻常地难收，那些特约记者都叫苦不迭。夫子只好请人家吃饭，帮忙把欠款结了，可大多数单位连工资都发不出，哪有钱结账呢？夫子一筹莫展，而且应酬开支越来越大。为了报纸能够正常运转，他只好拆东墙补西墙，借了一屁股债。

没有办法，夫子只好找女领导想办法。

女领导说："你在哪儿弄得破化妆品，你看把我的脸都抹成什么了？"

夫子凑近去看，果然，脸上有了不少皱纹，而且色斑越来越多，夫子当然清楚。夫子用手去摸了一下，发觉脸上还有抹过的化妆品，说："领导，我说个方法。不知你愿意不愿意试？"

女领导问："什么办法？"

夫子却故意卖起了关子，说："算了，我还是给你算算吧。"

女领导对夫子作过了解，知道他读书时跑过码头，给人看相，算命什么都干过，而且口才很好，才华也是出类拔萃，说："行啊，你给我算算吧，算得好就好，算不好就让你知道我的手段。"

夫子说："说说你的生辰八字。"

女领导："你想套我？"

"这屋里又没别人，你怕什么呢？"夫子说。

女领导说："我的岁数一向是保密的，今年四十五了，腊月二十三卯时，你算吧。"

夫子五指并拢，推来推去，说："你还有两年的单身生活，两年后会有贵人降临，并且不是本地人。"

女领导有些不信，说："别胡说八道，哪来的贵人？年轻的看不上我，老年的我看不上他，就这么过算了，大不了老了进福利院。"

夫子说："你说笑话了，像你这样一个马上要提正县级的人怎么会进福利院？"

"什么？我要提正县级？"女领导一下提起精神。

"对啊。明后两年，提不了，你怎么收拾我都行，我敢打包票。"

女领导此时抬起头来，重新打量了一下夫子。只见夫子清瘦英俊的脸，不俗的气度，满腹的才学，加上专注发展事业的雄心壮志，让夫子显得与众不同，在人群中总是最引人注目的一个。女领导发自内心地欣赏这个小兄弟，愿意帮助他。

女领导说:"你晚上陪我吃饭吧。"

夫子说:"吃饭可以,帮我贷款的事还得请领导再出个面,到时候我请客。"

女领导说:"你怎么又要贷款,上次的还没有还清呢。"

夫子说:"你知道,这次大水,几个乡镇的报纸款都还欠着,几个站长都快吃不上饭了,再不想办法,我这个社长恐怕就当不成了。"

女领导说:"这是最后一次,下不为例。"

"遵命!"夫子笑逐颜开地说。

十二　贷款

夫子跟着女领导走进能坐下十八人的大圆餐桌时,里面已经坐了不少人,中间的座位显然是给领导留着的,座位前的餐巾颜色和其他座位上的颜色明显不同,那是客人最尊贵的象征。

领导指着身边的位置让夫子坐,他没有坐,只是站着,他站着和每个认识的和不认识的人打招呼,并说等大家都坐了他再坐,其中的两个行长他专门走过去和他们握了握手,两个人的眼神都有些惊异。

吃饭的时候,女领导一直强调,说像这样的场面以后不要再搞了,上级一再强调禁止大吃大喝,吃一两顿还可以,如果天天这样搞就是铺张浪费,吃着心里也不安,并问:"今天是谁请的客?"

一个人站起来,说:"是我,我是棉纺厂的,请了两位行长,顺便请领导来帮忙陪陪客。"

女领导对着大家笑了起来,"怎么?我什么时候成你的陪客了。"

另一个行长连忙站起来赔礼,说:"不是,不是,是关厂长请我们来陪领导的,厂长把话说颠倒了。"

女领导说:"没错,我就是来陪客的,来吧。"一桌人开始推杯换盏,场面马上热闹起来。女领导酒量不小,接受着客人的敬酒,来者不拒,一圈过去,她说:"这样不行,各人找对象吧,一个一个这样敬,哪个受得了。"

夫子一直坐着,偶尔举举杯子,虽然他习惯了这种场合,可是他知道自己有几斤几两，和这些人在一起，哪有他说话的份？何况那几个行长都是他要仰仗的人物。两位行长虽然认识，但不是很熟悉，所以他不敢造次，只能陪笑着谦卑地举杯。

一个叫柳斌的行长见夫子是女领导带来的，有意和他打招呼，说："鲁社长，怎么今天没有你的声音啊，平时你可是很健谈的呀。"

夫子有些受宠若惊，连忙站起来，笑着说："对不起，对不起，有两位行长在，我不敢出声呀。"

柳行长说："这么说你也是来陪客的呀。"

夫子看看女领导，领导装着没看见。他只好说："不是，不是，我是来有求两位行长的。"

柳行长说："怎么？手头又紧张了？"

夫子说："是的，是的，今年农村欠收，款不好收。"

见夫子扯到贷款，女领导说："喝酒就喝酒，谈什么工作？鲁社长先敬二位行长两杯酒，没有酒谈什么工作？"

夫子说："领导说得对，我接受批评，来我先敬柳行长两杯酒。"

另一个刘行长却不高兴了，说："鲁社长，领导亲自给你做工作，你的面子不小啊。"

夫子知道刘行长受冷落了，连忙说："对不起，刘行长，是我失礼，我自罚一杯，然后再敬你。"

刘行长感慨地说："其实酒啊，不是个好东西，有时很容易乱性，比如好多很有前途的干部都败在酒上。"

夫子听刘行长话里有话，不好发作，连忙赔笑道："我非常赞同刘行长的高论，喝酒适可而止就行，千万不能酗酒。"

这时，女领导不高兴了，对刘行长说："刘行长今天好像不高兴，大家都在兴头上，你却来这么一瓢冷水，是不是怕我们喝多了？"

那个关厂长连忙站起来，说："没有，没有，领导，刘行长不是这个意思，还请领导放开量喝，都是为了工作，为了工作。"

没想到刘行长站起来说："关厂长，我今天借着酒劲，斗胆提醒你一句，

第七章　下海

像你这样大吃大喝，企业再多的钱也被你们给吃垮了。"

没想到女领导一下子站起来，大声说："老刘，你是什么意思？"

一桌子人都站起来走到领导面前，劝她："请领导消消气，都是酒话，喝得太猛了，大家少喝点。"

女领导说："算了，今天不喝了，都散了吧。"说完站起来就往外走。

夫子也连忙站起来，走到领导身边，拉了拉领导的衣角，说："领导，他们都是你的手下，给个面子吧，以后工作还要仰仗他们。"

其他人也都附和道："鲁社长说得对，喝酒也是工作，只有团结，工作才好开展。"

女领导只好坐下，说："你们两位行长都站过来，每个人喝一杯酒，算是给大家赔罪。"

关厂长连忙跑过去，替他们端起来酒杯，说："赔个错，消消领导的气。"

两个人举起杯子，一仰脖子将酒倒进喉咙里。

领导说："以后谁在喝酒时谈工作，别说我不给他面子。"

终于，宴席结束。夫子说："我在'天上人间'卡拉OK厅订了一个包间，请领导们去唱唱歌，放松放松。领导们一定要赏光啊！"

关厂长、刘行长、柳行长，相互看看，最后目光都落在女领导身上。

女领导大手一挥："去，都去，鲁社长想得很周到，既然已经安排好了，我们都不要扫兴。"

大家纷纷点头称是。于是，夫子安排车子，把一行人送到"天上人间"。当时唱卡拉OK刚开始流行，本市只有这一家，是高档的休闲场所，房间要预定。夫子提前三天订了最好的一间。

落座后，服务员端来茶水和点心。音乐响起来，夫子给每位领导点了几首歌，请领导们开唱。大家异口同声地说，请领导先唱。女领导也不推辞，对夫子说："小鲁，给我点《洒下一片深情》。"前奏响起，女领导轻启朱唇唱了几句"心海上飘过几多春雨，记忆中掠过几多秋风，旅途上伴随几多夏日，日历上送走几多寒冬"，大家一起热烈鼓掌。没想到女领导歌唱得这么好，基本没有跑调的，而且深情款款，令人沉醉。

接着每位领导唱了一首。女领导说："小鲁，你来一首。"大家都跟着催夫子，于是夫子点了一首《涛声依旧》。悠扬的旋律，动听的声音，跟女领导的歌相得益彰。

女领导竖起了大拇指，称赞说："小鲁真是全才，精通历史、物理，有生意头脑，歌也唱得一流，是咱们市里的人才，得重点培养。"

其他人无不跟着鼓掌。相比之下，其他几个人唱得很一般，关厂长基本没找着调儿。夫子端着一杯茶送到女领导面前。

女领导接过茶，笑着说："小鲁，我是真的欣赏你，把你当弟弟，你好好干，别让我失望。"

夫子高兴地说："那我就认您当干姐姐啦！下次专门摆一桌认姐姐。有这样的姐姐我老沾光了！"

女领导笑着点点头，说："在政策允许的前提下，我尽力帮你。"

夫子说："我绝对不会让姐姐失望。"

接下来女领导又唱了一首《风中有朵雨做的云》，台湾歌手孟庭苇的歌，和刚才的《洒下一片深情》风格不同。女领导的确是此中高手，在通俗与流行中自由切换。

夫子跟着唱了一首《忘情水》，唱得好听极了，简直是刘德华原音重现。

关厂长说："领导和鲁社长唱得实在太好了！刚才的两首歌都是今年春节联欢晚会上才出来的新歌，咱们还没听熟呢，二位已经唱得这么好了。我提议，请二位来个情歌对唱，大家说好不好？"

其他人赶紧鼓掌，热烈邀请。于是夫子点了一首《心雨》，这是一首女声为主的情歌。前奏响起来，夫子把话筒递到女领导面前，做了一个请的手势，女领导跟着旋律唱出了杨钰莹般甜美的声音。现场爆发出更热烈的掌声。

十二　胖子的怀疑

夫子顺利地拿到贷款，还了一部分欠账，又给女领导买了一套高档化妆品，晚上送到了家里。

连续几天不回家，钱心安有些不放心，接连给夫子打电话。夫子不耐烦说："打什么打，忙着呢。"

钱心安受到冷遇，在心里骂道："真是个彻头彻尾的混蛋。"

晚上，夫子回到家里，钱心安忍着不快，给他做了饭，然后把鲁青山哄上床，问："几天不回家，都在外面做什么？"

夫子不耐烦地说："能做什么？还不是应酬，跑贷款，报社里这么困难，我能在家里待得住吗？"

钱心安笑着说："这几天你累了，晚上好好陪陪你。"

夫子没有兴致，看到钱心安的脸，说："你烦不烦，我现在哪有心思做别的事？"

钱心安说："我知道，你在外面习惯了，可我也是个女人啊，再说，你以前可不是这样的。"

夫子不想解释，就说："你忙你的公司，我的事你少管。"

钱心安默不作声，心想可能真的累了，说："那你休息一会儿。"

两个人一同上床，钱心安不住地翻身，夫子只是不做声。

钱心安坐在床上，渐渐冷静下来，看着夫子说："我知道你很辛苦。如果你想住宾馆，我也拦不住，回来的时候说一声，我做好饭等你。"

夫子看着钱心安，有些不忍心，拍了拍她的肩膀说："今天太累了，早点睡吧。"

钱心安点点头，躺下了。她遭到拒绝，心里有些失落。夫子以前没有拒绝过她，这些天夫子都在外面忙些什么呢？也许真的是太忙太累了。她在心里叹了口气，有些心疼夫子。她想到自己只是个农村妇女，没读过什么书，到县城来打工，过着漂泊不定的日子。夫子不介意这些，跟他结了婚，充分信任她，还把三替公司交给她管理，如今过着富足的生活。结婚前，这是自己做梦都梦不到的。唯一的遗憾是自己到现在也没怀上孩子，虽然有鲁青山，但毕竟不是自己生的，自己一定要给夫子生个孩子，家庭才圆满。

夫子好几天没敢再去找领导，他坐在办公室里，翻看着各种报纸，那上面的消息，不时让他心惊胆战，很多还不上贷款的人最后都进了局子，他开始感到后怕，当然他也听说过贷款还不上的最后由银行冲账的事，可那样的好事能不能轮到他，那可是翻烂《易经》也无法预测的，何况他也没有充足的理由让银行冲账。

还款的紧迫感让他带着几个人下到乡镇去收报纸款，他的摩托车声音让欠款的人仿佛听到了鬼子进村的声音，每个乡镇政府仿佛有了消息树，一听到他的摩托车声音，领导都躲了起来，那可是一条艰难的收款路。

他跑了几天，乡镇的宣传委员个个叫苦不迭，搞得他也心灰意冷，回到城里，他去了领导家里，想让领导再想办法。领导喝多了，他闻到领导嘴里冒着一股酸腐味，赶紧退了一步。领导却说："你尽快想办法把贷款还上，上面马上要追查，我可是给你担保了好几笔。"

本来他是想找领导替自己打打圆场缓交报社承包款，没想到领导也开始逼宫，搞得他压力巨大。他来到办公室，打开好几天没有开过的门，用手摸一摸靠背椅，上面已落满了灰，他用手拍一拍，一屁股坐在椅子上，把那些欠款条子拿过来翻来翻去，越看越气，干脆把那些条子扔到地上，这时，电话铃响了，是谁？这个时候打来电话，他怎么知道自己这时在办公室里？

大楼里虽然人很多，但谁也不关心他在不在办公室里。他抓过电话，是银行工作人员打来的，催他还款。他把电话挂了，嘴里说道："像谁有钱不还你们似的。"

以前红火的时候，他的办公室里总是人来人往，门庭若市，现在他才领悟到门可罗雀的真正含意，那些曾经的特约记者现在都不知道跑到哪儿去了。他于是一个一个给他们打电话，电话都没人接，有的接了，只要他喂两声，电话又都挂了，知道是夫子也不接电话。其实他也知道，就是接了也是白搭，除了找他要工资外，不会有好消息。

报纸是办不下去了，怎么办？他坐在那里左想右想，只有厚着脸皮再去找女领导，但这时不行，她还正在生他的气呢，他就坐在那里思考着怎么摆脱眼前的困境。

第七章 下海

191

直到天黑，他才往家里走。好久没有回家了，他想给胖子来个惊喜。

胖子正在聚精会神地看电视，一个健康栏目，专家正在讲如何治疗不孕不育。夫子知道，胖子一直渴望生个孩子。

夫子喊了一声，胖子回头看到夫子，一脸的欣喜。她站起来对夫子说："回来怎么不提前打个电话啊？我好多买点菜啊。"

夫子看着她说："家里有什么就吃什么啊，我回自己家，又不是来做客。"

胖子把遥控器递给夫子，说："你看会儿电视，我去做饭，马上就好。"

夫子接过遥控器，疲惫地坐在沙发上，感觉终于放松了下来。还是家里好啊，一个贤惠的妻子，可口的饭菜，充满烟火气的生活。无论自己在外面怎么折腾，只要一回来就有了温暖的港湾。这正是夫子一直感谢胖子的地方，她虽然没读过书，也没生孩子，可她是一个过日子的好女人，她无怨无悔地照顾鲁青山，把家里打理得井井有条，而且孝顺婆婆，善待婆家的亲戚。只要把钱拿回来，胖子就给男人充分的自由。如果没有胖子守着大后方，他哪能没有后顾之忧地在外面打拼呢？

胖子很快端出了四菜一汤，都是夫子爱吃的，还有一瓶酒。夫子起身拧开瓶盖，给两人各倒上一杯，然后端起酒杯对胖子说："辛苦你啦！"

胖子红着脸说："我们是夫妻啊，干吗这么客气！"夫子给胖子夹了菜，两人都感到高兴。

吃完饭，胖子很快洗碗收拾完毕，催夫子去洗澡。夫子会意，虽然他并没有想法，但想到这么多天对胖子的冷落，今天也该履行丈夫的责任了。

两人上了床，胖子含情脉脉地看着夫子，夫子笑着搂紧她，她温顺地依偎在夫子胸前。

胖子嗔怪地问："这么多天了，你都在想什么？"

夫子说："贷款还不上，着急上火啊！"

胖子的手轻轻抚摸着夫子，说："那今天怎么回来了呢？"

夫子说："可能最近压力太大了。还不上贷款，恐怕要坐牢。"

夫子听着胖子的哭声，觉得胖子又可怜又可恨。胖子一心一意跟他过日子，加上一直没生孩子，心里始终是卑微的，面对他，是一种讨好的姿态。

可是，胖子真的一点都不了解他，他并不是一个随便的男人啊！男女之间就不能有简单的工作关系，就不能单纯地相互欣赏吗？这些，胖子完全不懂。夏虫不可语冰，说的就是他和胖子这样的情况吧。想到这里，夫子开始心烦意乱。

胖子还在哭，夫子哄了几句，没有效果，也就懒得理她。胖子哭了一会，自己停了下来，翻过身，背对着夫子睡着了。

夫子却辗转难眠，工作的危机，夫妻的隔膜，都让人感觉棘手。可是他的抱负，他的痛苦，他心里的孤独，又有谁能理解呢？另外，男女之事是自然而然、水到渠成的，真不是靠责任义务的约束能行的。

第二天，夫子不由自主地来到女领导的办公室门前，刚要敲门，过来一个工作人员，说："领导出事了。"

夫子一惊，问是什么事？

工作人员说："被调查了。"

夫子一听，立即警觉起来。不好，万一女领导供出自己骗贷的事，他也跑不了，他说了声"谢谢"，立马下楼，躲进家里。

胖子回来了，看见夫子意外地做了饭，胖子觉得奇怪："今天太阳怎么从西边出来了？"

夫子说："每次都是你做饭，今天我来做，你歇歇吧。"

胖子笑着说："是不是你那个领导被抓了？"

夫子问："你怎么知道？"

胖子说："我还知道，你快成逃犯了。"

夫子说："我想离开家，去外面寻找机遇。"

胖子说："一定要走吗？"

夫子说："女领导下台了，我现在还不上贷款，搞不好会身败名裂，留下来对你没有好处啊。幸亏三替公司已经过户到你名下，要不然恐怕也要被查封。"

胖子依依不舍地看着夫子，眼里流下泪水。夫子上前，拥抱着胖子。

胖子说："你放心地去吧，家里的一切都交给我。我还攒了一些钱，能对付一段时间，只要公司还在，我和鲁青山就不会饿死。等危机过去了，你一定要赶快回来。"

夫子听了很感动，一时声音哽咽起来，眼里也湿润了，手上把胖子抱得更紧了。

夫子感叹着，胖子果然是过日子的好手，家里交给她，自己很放心。面对共同的危机，夫妻俩很快团结起来了。夫子端上饭菜，胖子给夫子盛了饭，又给鲁青山盛了饭，三个开始吃饭，胖子不时给夫子夹菜，又成了让人羡慕的恩爱家庭。

第八章 转战武汉

一 蔡扣

大子在家里待不住，就偷偷跑到办公室里，好几天风平浪静的生活让他的心情慢慢放松。他把房间打扫了一遍，想着他竟不如一个只有小学文化的保姆出身的胖子，不禁有些好笑。

这时，门开了，他下意识地动了一下身子，进来的是一个身材微胖的年轻女人。

来人笑着说："我好像吓着你了。"

夫子这才镇静下来，说："你怎么像个幽灵似的。"

矮胖女人笑着说："这栋大楼说不定真的藏着不少幽灵呢。"

夫子这才看清，来人是他曾经招聘的报社特约记者蔡扣，不过蔡扣早就没干了，听说跑到武汉去经销什么化妆产品去了。

蔡扣长得圆滚滚的，胸脯很大，一张同样大的脸被化妆品给弄得人鬼难辨。她穿着开胸短衬衣，脚上的一双高跟鞋把她的身体至少衬高了三四寸。蔡扣说："听说你现在正走桃花运，我来看看你，社长。"

夫子听出蔡扣话里的嘲笑，问："你看上去混得不错呀，脸上的化妆品一定不便宜。"

"有钱大家赚，我是来给你送财富的。"蔡扣虽然脸不大好看，但笑起来还是蛮灿烂，其实女人都有两副面孔，高兴时和愤怒时往往有着天壤之别。

夫子说："你不会是来举报我，给我下套的吧？"

"怎么会呢？我们要团结，只有团结起来才能赚钱，你要懂得团结的力量。"听到蔡扣说到"团结"二字，夫子不禁好奇起来。

蔡扣不说话，从包里拿出一本小册子，扔到他面前说："你先看看这个，然后我再跟你说我来的目的。"

夫子拿起那本小册子，只见上面写着《21世纪的财富在这里！》。他也不让蔡扣坐，就打开小册子看了起来。夫子翻了几页觉得没啥意思，就放到桌子上，说："等我有时间了再慢慢看。"

蔡扣也没再说什么，就笑着说："那我走了，过几天我再来找你。"

夫子也不挽留，看着她步态悠闲地走出门去，他赶忙走到门口把门关上。这时，他又拿起那本小册子。原来这本小册子是讲市场倍增学的，就是把倍增学运用于产品销售之中，这是一种全新的营销手段。

夫子无处可去，只能在办公室消磨时间。女部长的事没有任何动静，他在心里暗暗祈祷女部长千万不要把自己供出去。晚上，他极尽温存地把胖子拉到自己身边，说："一日夫妻百日恩，百日夫妻似海深。把那个部长的消息说给我听一下吧。"

胖子说："你那个部长可是个人物，光在家里搜出的金银首饰就有两百多件，听说存折上还有50多万，被她拉下水的干部也有十多个。"

第二天他又来到办公室，正要翻开那本小册子，蔡扣又推门进来了。

"社长，我听说你喜欢吸烟，我给你买了两包，顺便想请你帮个忙。"蔡扣说时把身体向他靠了过来，夫子没有躲闪。

夫子问："帮什么忙？"

蔡扣说："我们公司从台湾请来了一个金牌讲师，分享上次你看的那个小册子上面所说的财富，你陪我去听一下，看是不是骗人的。"

夫子也怕上当受骗，正在犹豫不决。

蔡扣又说："又有烟抽，又有美女陪着去省城玩，车票我都替你买好了，你还不同意啊？"

夫子心想，反正现在没事，与其在这里耗着，不如到省城去逛一圈。俗话说：行动三分财，说不定是个机会呢。

见夫子同意了，蔡扣领着夫子出了门，他们在一家门面考究的餐馆里吃了饭，乘下午的车去武汉，参加晚上的会。

夫子以前可从来没把蔡扣放在眼里，当初招聘的时候也没注意她，他要的是业务能力，至于长相他根本不考虑。现在他才发现蔡扣也很有经商的潜质，至少她没有在他这一棵树上吊死，而是在看到他的报社没有多大潜力后，马上转移目标，及时调整方向，不至于像他一样受困。

夫子问："你进这个行业多久了？"

蔡扣说："也才两年多，当初你根本就不在意我们这些无名小卒。"

夫子说："人不可貌相，每个人来到这个世界上都有自己的轨迹，这是上天早就安排好了的，该吃哪碗饭早晚会吃哪碗饭，谁也逃不过宿命。"

"这么说你对这个行业有兴趣了？"蔡扣问。

"现在还难说，等我听了他们怎么说之后才能做决定。"

蔡扣说："我相信你一定行，你身上的素质非常适合做这个行业。"

夫子笑笑说："多谢你夸奖。"

二　听课

夫子这样能干的人肯来，蔡扣很兴奋，很有成就感，一路上总有说不完的话，一直鼓励夫子不要半途而废，做什么事只要坚持下去就一定会有所收获。

到了武汉，蔡扣找了一家宾馆，两个人各开了一间房。

吃过晚饭，蔡扣领着夫子走进了事先安排好的大宾馆里。门口站着两个保安，看到蔡扣进门，礼貌性地弯下腰去，嘴里说着："欢迎光临。"宾馆很豪华，大厅里吊着一个硕大的吊灯，足有十好几米高，吧台上，三个漂亮的女服务员坐在那里忙着手里的活，在楼梯口竖着一个长方形牌子，上面写着参加会议的人员请上十四楼。

夫子跟在蔡扣后面，目光一直在蔡扣的脖子上看，蔡扣的脖子没有胖子的皮肤白，可是很细腻，透着一种诱人的光泽。蔡扣领着夫子，递上两张票，礼仪小姐把他们引到指定的前排座位上坐下，主席台上播放着付笛生演唱的歌曲《众人划桨开大船》：

一支竹篙耶　难渡汪洋海
众人划桨哟　开动大帆船
一棵小树耶　弱不禁风雨
百里森林哟　并肩耐岁寒　耐岁寒
一加十　十加百　百加千千万
你加我　我加你　大家心相连
同舟嘛共济　海让路
号子嘛一喊　浪靠边
百舸嘛争流　千帆竞
波涛在后　岸在前
……

激情澎湃的歌声很快将现场的氛围调动起来了，夫子感觉这是一场异常热烈的欢聚。会议开始了，主持人是一位身材容貌都很靓丽的小姐，嗓音优美动听，表情甜美，加上华丽的舞台，让人感觉这是一台精心组织的高规格的演出。

主持人宣布："先生们，女士们，朋友们，会议前先请大家欣赏由我们会员自由组合的舞蹈队为大家献上的舞蹈节目。"接着音乐响起，四位穿着红色长裙的小姐踏着舞步上场，优雅的音乐、动人的舞姿顿时吸引了与会观众的目光。舞蹈结束后，一名男士上台为大家演唱了一首《少年壮志不言愁》，当他唱到"为了母亲的微笑，为了大地的丰收"时，会场响起热烈的掌声。

演唱完毕，主持人宣布现在请金牌讲师黎波先生为大家分享他的创业经验。

不一会儿，一个中年男士手拿话筒自信地走上前台，开始分享他的创业过程。

夫子的目光一直看着台上，他还从来没看到过这种场面，那些人都显得那么自信，从着装到神态都是那么自信，虽然他对自己的演讲口才很自信，可是看到台上那个男士口若悬河地讲述他的创业经历，特别是他对行业的描述和对经营理念的理解，大有妙语连珠的神韵，夫子侧过身子，小声地问蔡扣："你是不是经常听这样的分享会？"

蔡扣说："是的，几乎每个月都会听到这样的分享，别说话，认真听。"

黎讲师说："大家都知道鸡和蛋，鸡生蛋，蛋孵成鸡，鸡再生蛋，蛋再孵成鸡，这样循环往复，鸡和蛋越来越多，用在我们的事业上，就叫'市场倍增学'。'市场倍增学'这个说法听起来很深奥，其实很简单。下面我请两位朋友上台来，帮助我们来了解'市场倍增学'。愿意上来的朋友请举手。"

台下很多人举手，黎讲师走下去，请了两位观众上台，又让两位观众各自从下面拉了两位观众上台，新上来四位的观众又各自拉上两个人来。

黎讲师问大家："现在台上有几个人？"大家纷纷回答。黎讲师继续说："本来台上只有我一个人，现在有15个人，可以组成一个团队了。人越来越多，大家齐心协力，赚的钱就越来越多。我就是这种模式的受益者，通过三年的努力，我在北京上海、武汉、深圳几个大城市都有了自己的房子，并且每个城市都有奔驰宝马档次的车子停在那里，随时可以使用。这些财富我是通过什么渠道得到的呢？团队！是团队为我搭建了创业的平台，让我张开理想的翅膀，翱翔在财富的海洋；是团队给了我创造财富的勇气和力量，让我敢于挑战不可能，挑战财富的极限，拥有了辉煌的人生！"

台下发出雷鸣般的掌声。夫子的心里也受到极大的震撼，他一直想拥有大量的财富，可是之前顽强的努力却让他处于负债累累的境地，虽然他也享受过坐拥财富的成就感，可是更多的是因为财富的困扰带来的焦头烂额。

最后，黎讲师讲了个抓住机会的故事，即《阴阳界的故事》

从前，有三个秀才，文不能教书，武不能杀猪，生活都难以维持，天天祈求大慈大悲的观世音菩萨赐给他们发财的机会。

三年后，他们虔诚的祈祷感动了观世音菩萨，观音菩萨一口仙气把他们带到了天上。天庭之上，云雾缭绕，数十根百丈巨柱巍然耸立，柱子上刻有金色的盘龙图案，柱子尽头有一座金光流转的大殿，三个秀才赶紧双膝跪地，对着金碧辉煌的大殿朝拜。玉皇大帝安排仙女带他们四处观赏，吃的是龙肝凤脑，喝的是玉液琼浆。

七天后，观音菩萨对他们说："你们是凡人，不能久留天宫，我今天送你们回去。在你们回去的路上，会经过一个叫阴阳界的地方。那里一片黑暗，伸手不见五指，只能感觉到脚底下有沙子在滑动。对于沙子，你们抓也后悔，不抓也后悔。"说完一口仙气把他们吹下天庭。

在徐徐降落中，他们来到了阴阳界，脚底感觉到了沙子。

老大想：观音菩萨说了，抓也后悔，不抓也后悔，那我就抓一把带回去。

老二想：观音菩萨说了，抓也后悔，不抓也后悔，那我就捡一颗带回去。

老三想：观音菩萨说了，抓也后悔，不抓也后悔，我不抓。

回到地面，老大张开手一看，一把黄灿灿的金子，心里后悔极了：早知道是金子，我脱下衣服，多包些回来。老二老三更后悔。

黎讲师接着说："今天，是个千载难逢的机会，你们是抓还是不抓呢？"

黎讲师话音刚落，夫子马上拉着蔡扣的手问："在哪里登记，我要加入。"

蔡扣说："别着急，我一会儿领你去登记。"

主持人送黎讲师下台，请分享人上台。

第一个上台的人，是个瘸子，拄着根拐杖，一条腿站在地上，另半条腿悬在空中，他站在讲台上，口若悬河地讲述他如何战胜自我，抓住机遇，加入团队，又是如何通过自己的众多好友走上财富之路，他谈了拓展业务时的艰辛和取得的成功，目前手里已有十多万人的业务团队，他每年的收入都在七位数以上。他一讲完，夫子站起来热烈的鼓起掌来，受他的影响，全场人都站起来一起鼓掌。蔡扣看到夫子热情这么高涨，看他的眼神竟比热恋中的人还要温柔。第二个上台的是教师，第三个是财政局干部。三个分享人讲了一个小时左右。

蔡扣不时起身，到后台去，然后回到夫子身边，对他说："我们老总对你很感兴趣，会散了他说要见你。"

夫子越发来了劲，他埋怨蔡扣为什么现在才想起找他？要是早点找他，说不定他也和那个瘸子一样成了千万富翁了，蔡扣说："你会的，我相信你一定会！"

那些分享人一个个都是演讲高手，不时把会场气氛推向高潮，让掌声一阵阵响起，也让夫子佩服得五体投地。

分享会在一片掌声中结束，蔡扣把夫子引到一间办公室里。一位学者模样的老总伸出手来，夫子上前握住他的手，蔡扣抢上前说："这就是我刚才跟你说的夫子，他也是一个演讲高手，大学毕业，在商海里拼搏了多年，他很想加入我们的团队。"

老总的头发留得很长，披在肩上，高低不平的疙瘩布满整个脸庞，红润的脸色证明了他充沛的精力，他说："干我们这行，信奉的是坚持，只有坚持，坚持，再坚持，就一定会有丰厚的回报。"

夫子谦虚地说："还请老总多多指点，我会努力的，我在商海摸爬滚打了这么多年，就是没找到一条好的途径，现在找到了，我会努力的，请老总放心。"

老总又说："这个行业，加入的多，淘汰的也多，你要有思想准备。"

夫子说："不用多说了，在哪儿办手续？我马上办。"

蔡扣带夫子去办了手续。

晚上，夫子说要请老总吃饭，蔡扣很高兴，马上跑去联系老总，老总说吃饭可以，但不能铺张，蔡扣又拉了几个人，一共是六个，全都是女的，几个女的都穿得很时尚，见了夫子也都很健谈，只说行业里的事，从来不开玩笑，也不问他的家庭情况，看上去一个个都很正派，吃饭的时候，夫子问老总喝不喝酒？老总说不喝。夫子再三请求，说请客哪有不喝酒的？蔡扣也说："今天破例，就少喝点儿吧。"

夫子让服务员拣好的拿，老总看了酒，点了点头。蔡扣问几个女的，女的开始也说不喝，最后每人都倒了一杯，菜上来了，几个女的轮流给老总敬酒，一会儿，一瓶酒就见底了，夫子又叫了一瓶，老总说不能再喝了，

第八章 转战武汉

夫子给每个人又倒了一杯，很快又喝完了，还剩下小半瓶，老总说真的不能再喝了，夫子见几个女人都面红耳赤，老总说："你们好久没喝酒了吧？"几个女人都笑了起来。夫子结了账，蔡扣把半瓶没喝完的酒递给老总说："留着下次再喝吧，丢了浪费。"老总也不客气，把半瓶酒提在手里回去了。

夫子跟着蔡扣，到了十字路口，蔡扣和她们告别。一个长得相当漂亮的女人和蔡扣耳语了两句，蔡扣打了那个女的一下，说："别瞎说。"

几个女的很快消失在他俩的视野里。夫子问蔡扣那个女的说了什么？蔡扣说："她瞎说。"夫子猜想，她们一定在打趣蔡扣。

夫子喝了酒，兴奋了，说："我们找个地方去洗脚吧。"蔡扣说好啊，于是他们走近一个小巷，又往里走了一段路，看到一家洗浴中心，两个人走了进去。老板娘是一个中年妇女，穿着连衣裙，有些消瘦的脸上有颗小疣子，让原本漂亮的形象打了不少折扣。

老板娘问洗什么价位的，夫子说："来点高档的吧。"老板娘打电话叫了两位漂亮姑娘来了，把他们的脚放进水里。蔡扣说："洗脚都是在冬天，哪有夏天洗的，多热啊。"夫子说："这你就不懂了吧，冬病夏治效果最好。"

一边泡脚，两位美女一边给夫子和蔡扣按摩，夫子问了两位美女的年龄，又问结婚了没有，反正没话找话地交谈着。蔡扣则一直不做声，却一会儿把夫子瞅一眼，希望夫子打住，夫子见蔡扣在给他递眼色，说："这么漂亮的姑娘没人搭腔，多没意思啊。"

蔡扣说："做我们这个行业首先要作风正派，要行得正，心无旁骛。"

夫子听了蔡扣的教训，心里老大不高兴，从躺椅上坐起来，说："不洗了，在这种地方讲正经，都是不正经的人。"

蔡扣说："你怎么不像个男人了？洗好了再走，今晚不要你出钱。"

在分享会上，那些讲师看上去都道貌岸然，讲得也都很正能量，可他从蔡扣的身上却看不到这种正能量，看到的都是如何拥有财富，如何将别人的财富变成自己的财富，而且在他的心里也和蔡扣一样，恨不得将天下所有的财富都揽入自己怀中。

夫子说："开个玩笑罢了，哪来的那么多正经？"

洗完脚，两人各走各的。

三　规划未来事业

夫子在武汉的街头漫步，晚风徐徐吹来。回想着晚上的创业说明会，夫子心潮起伏，原来赚钱并不难，找对了方法很简单，市场倍增学是简单的道理，操作起来一点也不难，自己要收拾旧河山，向新的事业发起冲锋。想想这几年，自己艰辛创业惨淡经营，有名无实地做了几年老板，最后落得个这样的结局，两相对比，真是让人唏嘘感叹。所幸现在重新开始也为时不晚，抓住机会，开创新的事业吧。

一旦事业取得成功，生活各个方面都会越来越好。这时主持人那张精致的脸又浮现在夫子脑海中，自从创业说明会上见到她，夫子就念念不忘。夫子已经打听到她叫余胜男，是武汉某大学的老师，研究生学历。都说学历高的女人长得丑，没女人味，余胜男却是魅力十足，夫子觉得余胜男比他之前认识的所有的女人都要出色。

我一定要结识她，夫子在心里对自己说。

第二天，夫子跟着蔡扣来到她们公司总部。总部设在一栋大楼的七楼，整个一层都是他们办公的地方，夫子从那个排场里看到公司的实力，蔡扣说她们公司在各个大城市里都租有这种办公的地方。蔡扣领着夫子从一扇扇门前走过，说这些都是团队的负责人的办公室，夫子问她有办公室没有，蔡扣说她暂时还没有。

蔡扣走到最里边的一间办公室，敲了敲门，开门的是昨天晚上一起吃饭的齐总。一进门，夫子就说："我来交钱办手续。"

齐总甩了甩油腻的长发说："不急，昨晚想好了吗？"

夫子说："想好了。"说完回头把蔡扣看了看。

蔡扣说鲁总以前是报社的老总，他的人脉很广。

齐总说："我们就是要找像鲁总这样的人才加入。"

齐总安排夫子到财务室交了 680 元钱，办了手续。财务室的小姑娘给了夫子一个盒子，叫作"未来事业包"。原来这个公司叫未来集团有限公司，集团老总是朱总，以后的事业就是未来事业。

蔡扣伸出手笑着说："热烈欢迎鲁总加入我们的未来事业！"

夫子笑着和蔡扣握了握手。

夫子心里想着，市场倍增学、未来事业都是全新的经营理念，自己所在城市还从来没有过，自己要马上熟悉业务，好好规划，尽快带一个团队起来，把未来事业做大做强，再一次引领潮流，带着亲朋好友一起过上好日子。

夫子回到家里，打开入会时的未来事业包，发现只有两瓶螺旋藻和几本资料，吃了一把螺旋藻，就研究起资料来，他要赶快规划自己未来事业的目标和计划。他把报社办公室退了，把办公用品拉回胖子的公司里，说："我要一个房间办公。"

胖子现在已有了四间办公室，里面有两间做了培训室，夫子说："就放两张桌子，不影响你们培训。"

胖子没有反对，还帮夫子做了块招牌挂在公司招牌旁边。

夫子笑着说："还是老婆贴心啊。"

胖子说："我可没你那么没良心。"这时，鲁青山放学回来了，看见夫子连忙喊爸爸，夫子把鲁青山抱起来，在脸上亲了一口，说："想爸爸了吗？"鲁青山说："想。"胖子说："你爸爸现在成了野人了。"

夫子看到胖子把鲁青山照顾得很好，不禁对胖子充满感激。

随后的几天，夫子一直坐在办公室里打电话，看带回来的资料。那些资料让他如醉如痴，大有醍醐灌顶之妙。有时看到高兴处，不禁大声叫了起来。

胖子则在外面听得莫名其妙，以为出了什么大事，进来给他倒茶，问他出了什么事？夫子则说："蔡扣真是把我害得不浅。"

胖子不知就里，问蔡扣是谁？夫子说："她要是早点告诉我，我也不会走这些弯路，害得我白耽误了这么长时间。"

胖子终于明白了，原来夫子找到了一条发财的捷径。其实，之所以这么兴奋，完全是出于他对自己口才的自信。一个人680块钱，谁拿不出来呢？当初让他们订报纸，一份才一百多块，钱还很难收；现在让他们拿出680块钱，再让他们去找别人，别人也拿680块钱，找一万个人加入，那该是多少？不就成百万富翁了？

银行不知从哪儿得到他回来的消息，很快找上门来，让他还银行的钱，说再不还银行就要起诉他，本来已经弄好了起诉的材料，是行长看在以往的情分上才压了下来，并替他担保能还上，公安才没有到武汉去抓捕他。他很感激来人对他说这些，他说请银行放心，贷款他一定还上，不过还要缓一段时间，这段时间他也是在拼命想办法，两个银行的工作人员酒足饭饱之后，每人又得到一条烟的好处，才摇晃着身子回家去了。

这让夫子有了紧迫感，必须马上行动，要不然公安真的上门那可就麻烦了。

四　首战告捷

天气已经深秋，短袖换成了长袖，夫子还罩上了铁红色高档外套。夫子找了24个大学和江湖朋友，把他们请到一家高档宾馆里，围坐在一张拼接起来的大桌子上，桌子中间放着一盆硕大的鲜花。桌子上摆满了一般酒店都不供应的菜肴，上面光雕工就让那些未见过世面的同学大开眼界。

现在的夫子早已不是以前那个他们印象中夫子了，那份自信来源于他对财富的渴望。人到齐了，各自都展现了自己最强势的一面，有几个还把自己的红颜知己带了来，夫子说这样最好，说明他们的感情还是和从前一样。他说同学和战友是这个世界上最牢固的友谊，是最能经得起时间考验的，是一生的兄弟。

他说经过长久的探索，他终于找到一种利用倍增学原理集聚财富的方法，是从国外传过来的一种经营方法。他从包里拿出两瓶只有拳头粗的白色瓶子，说这就是发财的工具，你们每个人出680元买两瓶，然后再让你的朋友同样用680元买两瓶，这样各自发展自己的团队，有了团队，你就可以无限制地发展下去，就像打群架，单挑不行，得找人，人越多越好，人就是财富。

680块钱，也就一顿饭钱的事，可是却能让你实现一生的财富梦想。

有人问自己到底能赚多少钱，夫子说："大家不要急，你交了680块钱，以后就让你下面的人也交这些钱买两瓶这个东西，它叫螺旋藻，是一种高级营养品，对男人女人老人孩子都有超级好处，不相信你们拿回去自己试，你们交了钱，买了产品，其他的事我来办。"

看见大家有些犹豫，他说："大家不要有顾虑，是情义重要还是钱重要，你们自己掂量。如果大家觉得我们的情义还不值这680块，那就算我这顿饭白管了。你们走你们的阳关道，我过我的独木桥，我们的情义就到此为止。现在是一个天大的好机会，有财大家发，我首先想到的是我的同学。大家应该知道，我江湖上的朋友很多，这么多年，能够在这个险恶的江湖上行走，靠的就是同学情和江湖义气，等到你们发展到以你为中心的24个团队以后，你就会知道这道数学题的神奇，来，交钱吧。"

"今天你们把钱交了，过两天我就把产品带回来交给你们，你们拿了产品再去发展你的团队，神奇的财富梦想就会展现在你们眼前，不再过眼前这种窘迫的日子。"

"等到下次再集合的时候，我会给你们带来全新的经营理念，让你们的思想来一次前所未有的转变，人为财死，鸟为食亡，这句千年古训足以让我们大开眼界。"

一个星期以后，夫子又把大家召集在这家宾馆里。这次他没有坐在大圆桌上，而是坐在宾馆的大会议室里。他让蔡扣请明芬老师来作了一次财富分享的演讲，仍然是余胜男主持。没想到自己上次的号召产生了神奇的效果，一下子来了一百多人，演讲非常成功，那些来的人听得热血沸腾。

这次会议让夫子大获成功，他的名气在行业里一下子叫得很响。蔡扣的脸上现出无限荣光。这次，蔡扣特意请他吃了饭，一同去的还有明芬老师，夫子特意叫上了余胜男。明芬老师是一位四十多岁的体态优雅的女人，娇好的面孔、优雅的谈吐以及端庄的举止，让夫子看到了自己与她之间的差距。

听说她是大学讲师，一边在大学上课，一边从事倍增学传播，她不仅有自己的团队，而且每次讲课还有额外收入，收费还不低，在行业里成了响彻四方的佼佼者。蔡扣则在她面前像个只读过几天书的学生，跟在她后面亦步亦趋，在明芬面前，蔡扣几乎不说一句话，偶尔说一句也是请教的口吻。夫子越发感觉这个行业深奥而神秘。

吃过晚饭，夫子送三位女士回宾馆。一路上他和余胜男相谈甚欢，渐渐落在后面。喝了几杯小酒的余胜男面庞微微发红，眉梢眼角都透着风情，不经意地一笑，夫子整个人都沉醉了。

这个女人真是美得不可方物，明明可以靠脸吃饭，还这么有事业心，越了解她，夫子就越沦陷其中。未来事业刚起步，现在还不是时候，夫子暗暗叮嘱自己。

送走了明芬老师，接着又来了朱总，蔡扣忙前忙后地接待，干脆在这里住了下来。

这次是朱总讲课，夫子最盼望的就是听朱总讲课。在他的印象中，那个长发齐总就像一个花花公子的做派，不像有真才实学。从上次请他吃饭时的举动，他就看出来齐总不是个做大事的人，没有一点大格局。这次的分享比上次来的人更多，大家都是冲着财富来的，让夫子看到了人们追求财富的狂热。

仍然是余胜男主持，夫子又听到了余胜男那令人魂牵梦绕的声音。经过了前两次的接触，余胜男对夫子有了好感，这次看夫子的眼神明显多了几分温柔，还有几分佩服。

余胜男站在讲台上口若悬河，滔滔不绝地大讲朱总的能耐，眼睛却一直看着夫子。介绍完朱总，余胜男大声宣布："下面请我们亲爱的朱总为大家分享他的成功经验。"

朱总手拿话筒，作了自我介绍。他这才知道，朱总原来自己有一家中型公司，管理着一千多名员工，后来因为被骗，背上了沉重的债务，只好将公司抵押给了银行，成了身无分文的穷光蛋。后来他了解了这种销售方式，就创办了未来公司，担任董事长。

第八章 转战武汉

他一边讲他的经历一边讲人生的哲理，整个会议室里鸦雀无声，听得人仿佛进入了静音世界。等他讲完，说谢谢大家的时候，会场爆发出经久不息的掌声，也让一向不服人的夫子佩服得五体投地，他在心里说："没想到这个行业竟是个藏龙卧虎之地，真可谓人才济济。"

晚上，夫子把朱总安排在另一家高档的宾馆里，并配备了各种服务，没想到朱总把他和蔡扣找去，当着他的面退了总统套房，要求只住一般宾馆，因为住高级宾馆会消磨他的斗志，他说："我们是来求财的，不是来求祸的，这样的地方大都是是非之地，在这个行业里每个人只有行得正，才能走得远，你以后也要放弃那些乌七八糟的想法，一心一意地做业务，这样你的团队才能越做越大，越这样，你才能得到你想要的。"

一向自负的夫子在朱总面前像个小学生在接受老师的训斥，夫子虽然心里不爽，可细思却深有道理，原来追求财富和人的品行有着很大的关系。

于是他和蔡扣不约而同地走进一条巷子，找到一家旅社，开了一间小房间。朱总说："这样又省钱又安全，谁也不会来打扰。"

蔡扣是通过一些姐妹才认识朱总的，以前她也爱面子，什么都要讲究。在行业里待得久了，才逐渐认识到做事不能只追求表面风光，比吃比穿比享受，人来到这个世界不是来享受的，而是来历练的。

有时，蔡扣把这些道理讲给夫子听，夫子很是不屑，因为论起人生哲理，夫子远比蔡扣他们认识深刻，他在大学里读了很多哲学书籍，深知那些道理是多么实用。

安顿好朱总，两人分别开了各自的房间，此时的蔡扣像个淑女一样和他道了晚安，然后开了门，又转身把门关上，消失在了夫子的眼前。

夫子也开了门，走进散发着霉味的房间，自从大学毕业走上教学岗位后，直到自己下海经商，他还从来没走进过这种旅社，里面的简陋真是让他开了眼界，可是这种旅社住的人还真不少，从里面的拖鞋的磨损程度就可以看出来，房间里除了一张床和一间卫生间，就只有两条毛巾，其他什么都没有，那些被子和床单都很陈旧，不知有多少人在上面散发过汗臭味。

他勉强洗了洗脸和脚，他没有用那挂在墙上的毛巾，躺在床上，他想着朱总也和他一样睡着这样的房间，他不知道此时的朱总在想什么，也不知道蔡扣此时在想什么。

他把在台上的朱总和此时的朱总做着比较，现在这些人身上都充满了矛盾，包括蔡扣，他不理解，他们追求财富的目的到底是为了什么。在夫子看来，一切财富都是为人服务的，有了财富不享受，那要财富做什么呢？难道是为了好看？人往往在特殊的环境下思考人生，才会有意外的收获，就像此时的夫子。

夫子在心里感叹：幸亏余胜男临时有事先回武汉了，否则，如果按照朱总的要求，安排像明星一样光彩照人的余胜男住这样的地方，真真是亵渎佳人，他无论如何是不能接受的。

送走朱总和蔡扣，夫子就开始筹划下一次分享会，同时，他把那些交了钱的朋友们的产品逐个送给他们，追问他们又联系了多少人，得到的答复让他很满意。很快，他就成了行业明星，名气越来越大。在后来的分享会上，朱总就有意让他上台把他的经验分享给大家。他已很少回家了，几个月的实际操作让他获得了巨大的成功。

五　夫妻

他想回家去看看，过了这么久，他的确有点想胖子了，也想看看鲁青山以及胖子的公司现在怎么样了。

胖子见到他，很高兴，忙里忙外地给他做了一桌丰盛的午餐。

鲁青山放学回来了，见到夫子，连忙跑到他跟前叫他爸爸，夫子把鲁青山抱起来架在肩膀上，问他考了多少分？鲁青山说都是一百分，夫子在鲁青山的脸上亲了一口，说不错，然后把鲁青山放下，从包里掏出一沓钱，说："拿着，爸爸不能经常回来看你，让阿姨给你买好吃的。"

鲁青山说："我叫妈妈。"然后跑到胖子身边，说明天要开家长会，让她准时去。

胖子说了声好，让他去和爸爸玩。

吃饭的时候，胖子还给他开了瓶酒，夫子让胖子也喝，胖子说好久没有这样吃过饭了，她真想他回到她的身边。

夫子问："这么久没回来了，你过得好吗？"

胖子说："一切都好。"

夫子说："你看上去有心事？"

胖子说："我只想要个孩子，可是一直怀不上，我想可能是我的问题。"

夫子问她咋不到医院检查一下，胖子说她不想检查，怕检查出了是她的问题，夫子就不要她了。

夫子看着胖子瘦了不少，有些心疼地说："你总不能就这样过一辈子吧？"

胖子说："我还有你呢。"

夫子笑了笑说："我还想要几个孩子呢。"

胖子说："那这里也是你的家，你什么时候回来都行，反正我有鲁青山就行了，他现在很依赖我。"

夫子虽然有段时间有些怨她，可现在不怨了，不仅不怨，反而觉得在她的身上闪耀着母性的光芒。

吃过午饭，夫子说要休息一下，胖子跑进卧室把床收拾好，让夫子到床上休息，夫子走进卧室，在床上躺下来，在酒精的作用下不一会儿就打起了呼噜。

胖子走了进来，扯了一条毛毯给夫子盖好，然后笑了笑，走了出去。

夫子一直睡到胖子下班回家，夫子看到胖子开门，一手拉着鲁青山，一手提着一大包菜，她把鲁青山推到夫子面前，说："跟爸爸去玩。"

夫子说："我来帮忙吧。"

胖子说："不用，我一个人能行，你歇着吧，在外面跑了这么久，好不容易回趟家。"

看到胖子那么体贴，夫子心里有些内疚，可又一想，现在的他早已不是从前的夫子，从前的夫子只是个希望能够养活儿子老婆的男人，现在的他不光要当个养家的男人，还要成为一个高高在上的、有钱的男人，一个为梦想不断拼搏的男人，眼前的这个母性十足的女人已经拴不住他的心了。

他又想起了余胜男那张明星般的脸，还有她动听的声音。

晚上，胖子又做了一顿他喜欢吃的晚餐——老母鸡火锅。那个老母鸡是胖子专门在菜市场找熟人买的，她看着女老板杀好，然后又把毛褪干净才装进塑料袋的。她还做了夫子爱吃的红烧肉，红烧肉的食材也是她精心挑选的，她让卖肉的老板专门砍了一块正宗的五花肉，又让老板给切成了两公分大小的方块，另外她还专门给他买了两包好烟。做菜的时候，夫子要给她帮忙，被她谢绝了，她要尽到一个做妻子的责任，好好招待一下远道而回的夫子。看情形，夫子在外面混得不错，她很高兴，她就知道自己的男人会重整山河，会有更大的成功。这辈子能有夫子这样的丈夫，她觉得很骄傲。

夫子坐在桌子旁，看着胖子不停地给自己夹菜，感觉很温暖。他也给胖子夹了菜，说让胖子多吃点，这么长时间多亏胖子照顾鲁青山，胖子说："这么客气干嘛，小山也是我的儿子。"

天渐渐黑了，胖子起身收拾碗筷，夫子也帮着端去厨房，胖子洗碗，夫子擦桌子，鲁青山很自觉地去书房写作业。一切都是那么温馨。每当夫子在外面折腾累了就会情不自禁地想家，想鲁青山，想胖子。

胖子收拾完毕，回到客厅，一边陪着夫子看电视一边织毛衣，正在放《新白娘子传奇》。电视里，许仙和白娘子你侬我侬，说不尽的恩爱。胖子把头靠在夫子肩膀上，享受这难得的温馨时刻。

夫子说："这个电视剧真是耐看，几年了还在重播。"

胖子说："多好看啊，太感人了，看多少遍都不嫌多。"

夫子说："你们女人就是喜欢看言情剧。"

胖子说："说起来，第一次看这个剧，还是你点播的呢。那时候三替公司开业，去电视台点播的，一放就火了。大家都在讨论三替公司的鲁总真是个大人物。没想到，大人物后来成了我男人。"

夫子感慨地说："是啊。不知不觉几年过去了，三替公司当年的确红火，后来多亏了你打理。跟着我，让你受苦了。"

胖子说："别这么说，你天生是个大人物，是干大事的人，这个家也多亏你撑着。我一个来城里打工的农村妇女,做梦都不敢想能嫁给大人物,过上这么好的生活。照顾你和鲁青山,我觉得很幸福。"

夫子看了看整洁有序的家,还有双手不停织毛衣的胖子,很受感动,说:"咱家电视该换换了,明天去逛商场,换个更大些的。再给你买几套新衣服,我的老婆要穿得光鲜时髦才行!"

胖子眼里泛着泪光,点点头说:"先给鲁青山买书是正经,还要带他去剃头,头发长得都盖住耳朵了。"

这时,鲁青山拿着作业本出来对胖子说:"妈妈,老师让家长检查作业,还要签字。"

胖子笑着说:"爸爸在家呢,爸爸学问大,让爸爸签字。"

夫子笑着接过鲁青山手上的作业本,认真检查后签了字,又随手往前翻了翻,孩子的作业一直做得很认真,几乎每天都有胖子签得歪歪扭扭的"钱心安"三个字,看得出来胖子已经很努力了。

胖子说:"小山,过来让妈比比这件毛衣。"

鲁青山马上走到胖子面前,胖子拿着毛衣在他身上比划着,一边说着还行,可以收针了。

夫子看着这一切,心里不由得又添一重感动。胖子收起针线,带着鲁青山收拾好书包,安排他洗漱睡觉,这一切忙完后,又回到客厅。

电视上,许仙说:"娘子你看,红烛过半,夜已深沉,咱们早点安歇吧。"

夫子牵着胖子的手说:"娘子,咱们也安歇吧。"

胖子点点头,顺从地跟着夫子来到卧室。夫子让胖子度过了一个美好的夜晚。

夫子却睡不着,他坐起来点燃一根烟,看了看熟睡中的妻子:她在睡梦中还挂着笑。这个单纯的女人,把他当作天一样看待,死心塌地地给他守护着大后方,把鲁青山照顾得无微不至。鲁青山是他年轻时那场刻骨铭心的爱情的结晶,是他爱情梦的延续,是他最放不下的人。他和胖子这样的柴米夫妻,没有爱情也有亲情。充满烟火气的平凡而温馨的生活,有时也是无比动人的。更重要的是,他们的目标是一致的,都要努力把这个家维持下去，都愿意为这个家尽义务，这就够了。如果胖子能如愿以偿地怀上孩子，那就更圆满了。

夫子摁灭烟头，看着呼出的烟轻轻散去，眼前又浮现出余胜男的一张俏脸。老子现在需要一个秘书，余胜男老子必须拿下，夫子在心里说。他不觉得这对不起胖子，和胖子过日子，和余胜男谈情说爱，面子和里子他都要。爱情是自然而然发生的，凡是自然的都是合理的，都值得肯定。

六　胖子的烦恼

经过了几个夜晚，胖子满怀希望，期待着能怀上孩子。不能生孩子渐渐成了她的心病，每当看见周围熟识的人当了妈妈，她就羡慕得不行。她和夫子这种门不当户不对的婚姻，让她充满了危机感，在夫子面前，她总是小心翼翼言听计从，生怕有一天夫子不要她了。如果能生个孩子，儿子和女儿都好，成为她和夫子之间有力的情感纽带，所谓"母凭子贵"，即使夫子厌倦了她，也会看在孩子的份儿上，对她多几分情义，不会轻易和她离婚。

虽然有鲁青山，她也的确把鲁青山当做亲生儿子对待，不，她对鲁青山比对自己的孩子更好；鲁青山也和她亲，从心里依赖她相信她，把她当亲妈。可是鲁青山是夫子和前妻生的，现在她结婚这么久都没孩子，只能是她的问题。这些想法日日夜夜围绕着她，像一座大山压在她的心上，让她惶惶不可终日。

难得这次夫子回家待的时间长，她要抓住这个机会怀上孩子啊，夫子哪天一走又不知道什么时候才会回来，回来也不一定愿意碰她。谁叫她嫁了个大人物呢！

这天早上，胖子送鲁青山上学，回来给夫子带了早餐。两人刚吃完早餐，胖子就急火火地往厕所跑，出来后就一屁股坐在沙发上，一脸的颓败。夫子觉得奇怪，从自己回来到现在，胖子每天都是喜气洋洋的，刚才吃早餐的时候还是有说有笑，怎么去了趟厕所就变脸了呢！夫子走过去，坐在胖子旁边问她怎么了。

胖子红着眼圈说:"大姨妈来了,又没怀上孩子。"

夫子说:"没怀上也没关系,以后还有机会啊。何况小山对你比对我都亲。"

胖子哭着说:"你前妻给你生了小山,我啥也生不出来,是我有问题啊。"

夫子说:"你要真的在意,就去医院查查,有病治病,没病图个安心。"

胖子哭得更厉害了:"我不去!如果查出来我有病,又治不好,你会更嫌弃我!"

夫子说:"我什么时候嫌弃你了?我如果真的嫌弃你,当初就不会跟你结婚了。"

夫子看着胖子哭得一把鼻涕一把泪,有点不忍心,把纸巾递给她说:"擦擦眼泪,你这样讳疾忌医哪能行呢?"

胖子说:"什么记一记二的,我就不去医院!"

夫子听到"记一记二",又好气又好笑,没文化真可怕,没文化的女人胡搅蛮缠更可怕。他怜悯地看着胖子,哀其不幸怒其不争,劝又劝不好,不可理喻,不胜其烦,索性一跺脚出了家门。

他哪里知道,他不在家的时候,胖子已经悄悄去过医院了,尝试过很多治疗方法,满心以为会见效,结果还是失望。她嚷嚷着不去医院,其实是怕夫子知道后嫌弃她。

夫子百无聊赖地在街上转悠,他看到街上有个摆棋摊的,几个人围着棋摊在那里指指点点,夫子走近棋摊看到一个中年人和一个年轻人正杀得难分难舍,看得出两个人谁都不服谁,从棋面上也看得出两个人的水平都不差。夫子看了一会儿,眼看年轻人要输,夫子给他点了一步棋,结果他反败为胜。中年人站起来,推了夫子一掌,说:"来,我们下一盘?"

年轻人赢了十块钱,站起来说:"别打架,都是文明人。"

夫子不说话,蹲下身,开始摆棋。夫子让对方先走,对方上来就是当头炮,夫子只好跳马来迎战,站到二十步时,夫子明显占了上风,那中年人已是满头大汗,说:"这盘不算。"

夫子把手伸向他说:"给钱。"

中年人说:"再下一盘,赢了一起给你。"

夫子这次先走,以仙人指路对阵,对方还是以当头炮相迎,这次中年人输得更惨,中年人站起来要走,围观的人不答应了,都指责中年人不讲信用。

年轻人掏出十元钱递给夫子:"钱我给。大家都是喜欢下棋的人,别伤了和气。"

围观的人纷纷点头。夫子赞许地看了年轻人一眼,笑笑说:"我主要是看到他欺负老实人,我是打抱不平,既然认输了就算了。"说完夹起手包离开了棋摊。那些围观的人看着他走远,才又有人上阵,围观的人又围成一圈,开始新一轮的搏杀。

夫子走了一会儿,年轻人追了上来。夫子说:"小兄弟,找我有事?"

年轻人说:"我叫胡哲,多谢您刚才帮忙解围。您是高手,我想邀请您明天再来下棋。"

夫子看着年轻人,大约比自己小五六岁,中等个子,眉清目秀,而且彬彬有礼,印象不错。

夫子说:"好,明天一定来。"

七　胡哲

第二天,夫子提着几瓶健力宝来到昨天下棋的地方。胡哲早已等候在那里了,旁边多了一个热水瓶,一盒茶叶,两个有盖的瓷杯子。天渐渐冷了,胡哲细心地准备了热茶。

胡哲看见夫子来了,赶紧站起来迎接。夫子把健力宝放在桌子上,胡哲已经摆好了棋盘,二人也不寒暄,直接厮杀起来。胡哲的棋艺很不错,但还不是夫子的对手,二人你来我往,你进我退,杀得难分难舍。夫子几次眼看要赢,胡哲出其不意地走一步,棋局立刻柳暗花明。数度峰回路转,一盘棋下得一波三折险象环生。周围的人越聚越多,赞叹一声高过一声。

胡哲到底棋差一着,眼看要输了,夫子说:"小兄弟,我大你几岁,让你悔一步棋。"

胡哲说："谢谢哥哥，举棋无悔大丈夫，输也要输得光明磊落。"

夫子笑着点点头，落子定江山，赢了。

胡哲说："还是哥哥棋高一着，小弟佩服。"

夫子说："小兄弟厉害。棋逢对手真乃人生一大幸事！"

围观的人都赞叹不已，都说高手遇到了高手，称赞他们棋艺高超棋品好。夫子对大家笑笑，眼见有几个人早已摩拳擦掌，就拉着胡哲走到一边。胡哲心领神会，和夫子一起让出棋盘，坐在旁边喝茶聊天。

原来胡哲也是穷苦人家的孩子，父亲早逝，母亲守着一个早点摊儿，起早贪黑，苦扒苦做，供他念了大专。胡哲毕业后分到棉纺厂，没上两年班，棉纺厂就倒闭了，小伙子只好自谋生路。难得这两天空闲，就重拾下棋的爱好。遇到夫子感觉很投缘，连连说相见恨晚。

大了很喜欢胡哲这样有品格有眼力见的小伙，有心把他带进团队，就问他会些什么。

胡哲回答说："会开车，会拎包，会下棋。"

夫子哈哈大笑，说："小兄弟，以后跟着我干吧，保证有前途。"

胡哲不停地点着头说："我给大哥开车，闲时陪大哥下棋，一切听大哥的。"

夫子满意地点点头，拍拍胡哲的肩膀说："今天收获一员大将，很高兴，走，找个地方喝酒去！"

一顿饭吃到下午两三点，他跟胡哲讲了自己目前的事业，一万多会员的管理，安排胡哲做他的司机兼贴身秘书，还给了他1000元钱，让他回家安顿好老母亲，做好上班的准备。胡哲接过钱，感激地对夫子谢了又谢。

夫子和胡哲分开后就来到办公室，胖子正在和别人聊天，两人说着有一个女部长犯了错误被撤了职，在家里休息，长得这么好看的一个人还没结婚，一个人怪可怜的。家里想请一个保姆，只给她做三顿饭外加洗衣服，虽然有些朋友来看她，可说不上几句话，都给气走了，显然她对任何人都有气，大妈在她那里勉强做了一个月就辞工了，希望再找个和气一点的家政。

胖子说："做家政就是要能忍，会做，眼里看得见事，能揣摩主人的心思，主人如果满意了，还会额外加工资。"

夫子想，既然女部长的仕途走不通了，何不把她也拉进来，凭她的才能发财还不是小菜一碟？

他锁上门，对胖子说："我出去一下。"胖子问他回家吃饭吗，夫子说不用等他。

他拐弯抹角地步行来到女部长的楼下。上楼，敲开了女部长的门。"谁呀？女部长好像还在生气。"

"是我。"前女部长岑琴听出是夫子的声音。开了门，大声骂道："你这个弟弟，听见我倒霉了，跑得连影子都没有了。"

夫子笑着说："这你就有所不知了，我那是为你好，当时越少接近你，对你越有利，如果我那个时候还天天去找你，你想会是什么后果？把我牵扯出来，你是不是又会罪加一等，说你包养小白脸，替小白脸贷款，又是徇私枉法，你说，我是来好呢还是不来好呢？"

岑琴大声说："就知道你巧舌如簧，把老子骗得云里雾里，说吧，找我有什么事？我想一定不会是什么好事，我现在吃饭都成问题。"

夫子握了握她的手，说："跟着我干吧，保你衣食无忧。"

一年多来，好多人来看她，不是来找她要账的就是来看她笑话的，像夫子这样说来帮她的还是第一个。

岑琴说："什么事。不会是让我去工地上搬砖头吧。"

夫子说："哪能啊，我在你身上看到了潜质，比你当部长更自由，也更来钱。"

岑琴笑了起来，说："真有这样的好事？快说吧，算我没白帮你一场。"

夫子说："做资本运作，就是发展买家卖产品，一种男人女人都能吃，吃了夜夜欢歌的保健品。"

岑琴好长时间没笑了，今天笑起来很好看，说："你又来忽悠我，你就直说是卖春药还好听一些。"

"你得跟我跑一段时间，了解运作方法，凭你的人脉，不发财都难。"

岑琴催道："快说，快说，到底怎么卖，要本钱吗？"

夫子说:"要一点,不过你的我可以先给你垫上,你毕竟是我的老部长啊。"

"还提什么部长,这次进去能够安全出来算是万福了。其实想想,当老百姓也挺好的,无拘无束,自由自在,无官一身轻,只要不犯法,谁也不管你。"

"那就说好了,跟着我干,我们走吧。"

"走啥?在这里吃饭,陪我。"岑琴笑起来还真是好看,别看她现在落魄了,可风韵还在,比以前似乎更有女人味,也更有诱惑力。

夫子停下脚步,说:"那我去买菜。"

岑琴说:"家里还有菜,两个人也吃不了多少,今天我做饭,你坐着。"

夫子看见岑琴转变角色很快,知道这个人还会有所作为,就说:"也让你伺候我一回,享受一下被人伺候的乐趣。"

岑琴一边摘菜,一边笑着说:"看把你得意的,我要还是部长,你敢跟我这样说话?"

夫子看着她在那里摘菜,说:"我都敢跟你唱情歌了,还有什么不敢的?"

岑琴说:"当心我收拾你,你别忘了,你的那些贷款都是我帮你贷的。"

夫子说:"你别担心,通过这几年的努力,我已经把贷款都还完了,你也不用再担心了。"

岑琴做事很利索,不一会儿,四菜一汤就端上了桌子。岑琴问:"喝酒吗?"

夫子说:"喝。"岑琴于是从酒柜里拿出一瓶杏花村酒,打开,给每人面前倒了一杯。

岑琴举杯说:"碰一个。"夫子举杯和岑琴碰了一下,一口喝去半杯。岑琴也跟着喝了一大口。一瓶酒不一会儿就被两个人给喝光了。

岑琴问:"还喝不喝?"

夫子说:"算了吧,留着以后再喝。"

此时,岑琴已有了醉意,说:"把碗洗了。"

夫子对她说:"我早就知道你会有今天。你脸上无肉,眼中无人,荣华富贵都是过眼云烟,好在你命中有贵人相助,后半生不至于要饭,还是醒醒吧,以后当我的跟班你还有饭吃,不然你只有流落街头的命。"

岑琴听夫子这么一说，不再理他，翻过身子睡去了。

夫子洗了碗，拿出纸和笔，写了张字条，放在桌子上，走进卧室，看到岑琴沉睡在酒乡里，就带上房门回家去了。

八　岑琴的手段

胖子对夫子把家当作旅馆已经习惯了。她不再要求夫子什么，只是依然给他做饭，洗衣服，照顾他。夫子偶尔也会和胖子夫妻一回，但那多半是例行公事，两个人都没有了往日的激情。

早上，夫子来到办公室，听完了几个放出去的"鹰子"的报告，觉得她们的人脉资源已基本耗尽，有些走投无路，就让她们回去再好好考虑，资源是挖不尽的，就看怎么挖，几个人被灌输了一通成功学的案例，就催她们快点走，他说他还有事。

八点钟还差五分钟，他看了看外面，就点燃一支烟吸了起来，离八点还差一分钟，岑琴急急忙忙，头上冒着汗走进了夫子的办公室，说："这里太难找了，怎么在这么个鬼地方。"

夫子说："还算准时，先把办公室打扫一下吧，一会儿我们出去。"

这时，胖子走了进来，问："中午回家吃饭吗？"

夫子说："不吃。"然后走出办公室，来到门外在街上看行人匆匆从身边走过。

岑琴想和他说话，却看他理都不理就出去了，只好到外间拿来拖把开始拖地，地拖好了，又找来抹布把桌子抹干净，抹好了她就在夫子的办公桌前坐了下来。刚好夫子进来，说："怎么这么没规矩？起来。"

岑琴连忙站起来，说："你嘚瑟什么？我坐一下有什么？"

夫子说："老板就是老板，员工就是员工，每个行业都是有规矩的，以后要注意，别让我再看见。"

岑琴想发作，可看看夫子那个严肃劲儿，忍住了，就站在夫子面前问："还有什么事要做？"

夫子顺手拿起桌子上的一本书说："没事把这本书看看。"

岑琴拿起那本小册子，只见上面做了不少记号，问："这就是你说的市场倍增学？"

夫子说："看完了再说，你要从头做起，别偷懒。"岑琴坐在沙发上开始看了起来，夫子则坐在那里抽烟，把烟圈一串一串地吐出来然后散发到空气中。

不时有电话打过来，向夫子报告说又有人要办手续，夫子连声说好！好！放下电话，夫子对岑琴说："你看，今天又有几个人加入团队，她们有的月收入都达到五万以上了，比你当那个部长都强很多。"

岑琴看了一会儿，说："不看了，你说让我怎么去做吧。"

夫子说："你明天跟我到武汉去学习几天。"

分享会夫子已开过了，再参加就只能到武汉去，那里有无数个团队，几乎每天都有分享会，分享会不分团队，都可以参加，参加的人越多，参加进来的人就可能更多，参加进来的人多，会员费就会越多，团队的负责人提成就越多。

岑琴回到家里，站了一天的身体浑身像散了架一样，一年多来，她也想了好多，她现在没有了工资收入，只能将以前的积蓄用来维持生活，眼看着积蓄越来越少，再不工作可能就要喝西北风了，早知如此，何必当初。如果她不那样飞扬跋扈，颐指气使，并且远离那些私人老板，依然像以前那样勤勤恳恳地工作，哪会有今天的结局？如果平安无事，再过几年就可以退休了，那样她混个正处级，享受着处级退休待遇，谁看到不会低头哈腰？她现在真的后悔了。可是后悔有什么用？她给国家造成那么大损失，给组织也造成极坏的影响，这些都是她在被"双开"后才认识到的。她也曾想过找份工作做，可是无一技之长的她能做什么呢？体力劳动她是不会做的，至少得找份不说工资多高，也还算体面的工作。都说落草的凤凰不如鸡，只能面对现实了。

夫子的到来让她燃起了希望，毕竟当初她给过夫子不少帮助，对夫子她是很欣赏，也相信这个小兄弟不会亏待她。现在她对夫子又多了一份感激，那些她在位时对她百依百顺、唯唯诺诺的人现在看到她都绕着走，只有夫子雪中送炭。

今天虽然夫子那样对她，她也并不生气。如果做得好，真的如夫子说可以挣那么多钱吗？以前她也听说过，但到底是怎么一回事，她还真没研究过，现在要涉身其中，她就要放下身段，从头开始。

她决定跟着夫子做，不管夫子对她怎么样，只要能挣到钱就行。

夫子带着岑琴和胡哲来到省城，见到了齐总，向齐总介绍了岑琴的情况。齐总握着她的手说："我们就是需要你这样的人才，做我们这个行业，人脉最重要，而你最大的长处就是人脉广，我们欢迎你加入团队。"

岑琴似乎找回了自己的尊严，说："放心吧齐总，我会努力的。以后我就跟着鲁总多多学，好好干，为我们团队争得荣誉。"中午，齐总请她在一家很普通的餐馆里吃了煲仔饭，一人一份。看到夫子吃得很香，岑琴也觉得很香。以前这种饭局她是不屑一顾的，可不知怎的，今天吃得特别香，吃过饭又把端上来的白开水喝了一大碗。过后，夫子问岑琴，吃得还好吧。岑琴说吃得很好，比那些山珍海味好吃多了。夫子听了只是笑笑。

一连几天，岑琴和胡哲都跟着夫子参加各种分享会。岑琴不明白，这里怎么会有那么多分享会，几乎每天都有，而且参加的人看上去都信心十足，而且都活得风光亮丽，过得充实精彩。胡哲每次都带着笔记本，不断地记笔记，有时岑琴也帮他写几笔。分享会给了他们很大的鼓舞，他们心里充满了希望。

在其中一次高规格的分享会上，夫子又看见了光彩照人的主持人余胜男。胡哲听课间隙看到夫子眼睛一眨也不眨地盯着明星一样的女主持，女主持的目光也锁定在夫子身上，不由得会心一笑。会议结束后，夫子请主持过来，介绍大家认识了。岑琴连连赞叹余胜男的美，简直夺人心魄。这时胡哲笑着说："我和琴姐的行李还寄存在服务台，到时间应该去取了，鲁总和大明星聊着，我们先走一步。"说完拉着一脸懵懂的岑琴离开了。

夫子说："大明星，今晚赏光与在下共进晚餐吗？"

余胜男笑着点点头："鲁总稍等，我换件衣服。"

第八章 转战武汉

夫子看着余胜男婀娜多姿的身影走向换衣间，美滋滋地点燃一根烟，每吸一口都是甜的。

大约20分钟以后，余胜男回来了，换上了一件呢子大衣，卷曲的头发看似随意地披散在脸庞，一对珍珠耳环，恰到好处的口红颜色，衬得一张脸更加明媚动人，夫子简直舍不得移开眼睛。

夫子带着余胜男打车去了省城最高档的西餐厅，点了余胜男最喜欢的菜式。柔和的灯光，柔美的音乐，夫子满眼柔情地看着余胜男：天下真有这么美的女人，一颦一笑，一举一动都勾魂摄魄，这辈子能有这样的女人，死也甘心了。

吃完饭，夫子听余胜男的安排来到长江边散步。冷冷的江风吹在脸上，夫子也浑然不觉。跟着这样的女人，听着她的声音，哪怕走到天涯海角也愿意。夫子觉得自己恍惚回到了初恋时节，懵懂的少年面对心爱的人，心里揣着一头乱撞的小鹿，小鹿每撞一下就开出一朵甜蜜的花来。

二人在江边走走停停，夫子一连听余胜男打了几个喷嚏，赶忙掏出纸巾递上去。

余胜男接过纸巾，说了声谢谢。

夫子说："江风大，吹久了你受不了，我们找个地方住下来吧。"

余胜男娇嗔地看了他一眼，低下了头。夫子开心得像个孩子，一把拉住余胜男住进了最好的酒店。打开房门，夫子帮余胜男脱掉外套，然后拧开音乐，倒上红酒。

夫子非常绅士地把手伸向余胜男："美丽高贵的女士，能请你跳个舞吗？"

余胜男莞尔一笑，款款起身，走进夫子的怀抱。二人和着音乐，跟着舒缓的音乐翩翩起舞，仿佛有天生的默契。夫子闻着余胜男身上的香味，整个人都沉醉了。一曲终了，余胜男端起酒杯喝了一口，又把另一杯递给夫子。夫子接过酒杯放下，直接用余胜男的酒杯就着她的手喝了一口，嘴边出现了一点口红印。余胜男娇羞地笑了。夫子再也忍不住，一把抱起余胜男。

九　座谈会

岑琴和胡哲跟着夫子参加最后一场分享会，有的叫"事业分享会"，反正都是来参加学习的各路人马汇集在一起，听那些"成功"人士分享他（她）们成功的经验。鼓励与会的人员勇于实践，以实现自己的财富梦想。

下面的听众对讲师们在台上的精彩讲演不时报以热烈的掌声。

岑琴也被感染了，也没等人邀请，就直接走上讲台，对主持人说她也想讲讲自己这些天的感受。主持人征求了一下主席的意见，主持人把话筒递给岑琴，岑琴拿起话筒，清了清嗓子说："我是新加入团队的，刚才听了老师的分享，我也想把自己的感受分享给大家，希望兄弟姐妹们给予帮助。"接着她做了自我介绍，又把几天来见到的各个讲师的讲话做了总结，说："这是一个阳光行业，一个人要活得精彩，没有财富不行。一个团队要长盛不衰，没有团队精神不行，所以，我们来参加分享的人都应该团结起来，使我们的团队壮大，只有团队壮大了，我们每个人的财富才会增加，有了财富也就有了我们的未来。"

她的话音刚落，台下就响起热烈的掌声。岑琴深深地向台下鞠了一躬，台下又报以热烈的掌声。

她像个小姑娘一样走到夫子面前，问："我讲得怎么样？"

夫子没有说话，只是竖起大拇指在她面前晃了晃，岑琴把双手捧在胸前按了按，说："好长时间不讲话了，还真的有点紧张。"

这时，齐总领着蔡扣来到岑琴面前说："祝贺你，讲得太好了，你会成为一名很好的讲师的。"岑琴站起来伸手握住齐总的手，说："还请齐总多多指导。"

齐总松开她的手，然后向门外走去，后面跟着的蔡扣用手点了点夫子，也跟着齐总走了出去。一行人来到蔡扣的房间，参加座谈会。

房间里一共有十几个人，来自四面八方各个行业。大家先自我介绍，告诉大家自己的职业职务，主要经历等，再说说自己的困惑。最后发现大家都面临同一个问题：无论多么有才，无论多么努力，收入都很少，生活没有盼头。大家纷纷表示，未来事业是难得的好机会，今天有幸遇到，一定要抓住机遇，全力以赴，用自己的奋斗创造奇迹，改变命运。

座谈会在高昂的情绪中结束了，参加的人都深受鼓舞。群情激昂的热烈场面，深深地震撼了岑琴和胡哲。

第二天中午吃饭的时候，岑琴拿出几页信纸，对胡哲和蔡扣说："昨天激动得一晚上没睡着，干脆起来写了学习心得，还有几点想法，请你们批评指正。"

胡哲和蔡扣一起看着，胡哲情不自禁地赞叹："琴姐不愧是当过大领导的人，写出的文章就是不一样，字也这么漂亮，真好！"

蔡扣也赞许地点头，说："夫子看到了肯定也会赞不绝口。"

岑琴说："多亏夫子带我入行，才能认识你们这些伙伴，咱们一起干一番大事业。"

大家都点头。岑琴好像忽然想起了什么，说："早上起来到现在都没看到夫子，也不知道去哪儿了。"

话音刚落，胡哲就看见夫子进来，后面跟着余胜男。胡哲站起来说："说曹操曹操到，夫子回来了。欢迎大明星！"

夫子眉飞色舞地跟大家宣布："从今天起，余总加入我们的团队，做团队的金牌讲师。"

大家你看看我，我看看你，一时间难以置信。还是胡哲反应过快："欢迎余总加入。大明星从画上飘下凡尘，进了我们团队，是我们团队的福气。"

夫子得意地笑着："余总是研究生，财院的老师，也是全国唯一一位具备独立开展潜能训练资质的女讲师，她肯加入，我们团队会越来越强大！"

岑琴喜上眉梢："夫子真有本事！"

从这天开始，夫子和余胜男整天出双入对，余胜男是讲师，是主持人，还是夫子的贴身秘书。这样一位年轻漂亮，又能唱能舞能喝酒的高素质美人，一旦在活动中出现，马上成为全场的焦点，越来越多的人加入，夫子的团队如虎添翼，越来越兴旺。夫子每天斗志昂扬，有用不完的精力。收下胡哲、岑琴，又成功地征服了余胜男，夫子非常有成就感，有了这些左膀右臂，团队的打造升级之路将一帆风顺所向披靡。

余胜男温柔体贴，工作上是夫子的得力助手，生活上无微不至地照顾夫子，给了夫子作为男人的全部享受。在忙碌的工作之余，余胜男会带着夫子在江城游玩，整个江城都是他们的欢声笑语，整座城市都沉浸在他们相依相偎的情话里，夫子觉得自己过的是神仙般的日子。

第八章 转战武汉

第九章 夫子的辉煌

一 夫子挨了余胜男重重的一脚

夫子听从余胜男的劝告，在一家高档宾馆租了一个大的办公室和会议室，办公室配了老板桌，老板椅和电脑，会议室则配了凳子和投影仪器，夫子为学电脑，拼命地背熟了字根，又参加培训，很快掌握了电脑办公技术。

岑琴果然不负所望，将她原来的许多手下都召了过来，说是请他们来省城玩，其实就是给他们上课培训。

来的人由岑琴接待，然后引到宾馆吃饭，吃过饭就把他们引到会议室，让夫子给他们系统地讲述市场倍增学，很多人当场都签了合同，然后再回去发展下线。临走的时候，有人就已经有所收获，认为部长当老百姓也与一般人不一样。

夫子有时也把朱总请过来授课，夫子看到他和朱总的差距，心里暗暗下决心要培养自己的口才，他在心里说：做这行说穿了就是用两片嘴和三寸不烂之舌把那些想发财的人聚集在一起，然后让他们交钱，交了钱再让他们去聚集其他人来，这样事业才能越做越大。

一个星期下来。岑琴看到自己的存折上也有了五位数的存款。

有时，蔡扣也来听课。岑琴专门接待她，走时把她叫到办公室，悄悄地给她一个红包，里面一千两千的不等，蔡扣没想到岑琴是这么一个富有同情心的女人，不禁对她产生了好感，甚至感动，岑琴觉得蔡扣没有抓住夫子，是她最大的失误，很替她惋惜。

岑琴又请蔡扣吃了饭才让她走，从此，她们两人成了很好的朋友。

夫子有了余胜男，又忙着经营自己的团队，跟蔡扣的联系慢慢减少，两个人见面后也只是冷冷地打声招呼，倒是岑琴劝夫子，对蔡扣要好点儿，毕竟蔡扣的家境让她心酸，她是真心想帮她。

随着团队的扩张，夫子将宾馆租了一层，和余胜男像夫妻一样出双入对。

有一次，余胜男无意间在夫子的包里发现了他的另一个存折，里面竟有七百多万块钱的存款，余胜男连忙把存折放进包里。原来和她睡在一起的竟是个百万富翁，余胜男感到十分意外，觉得这个世界真是让她看不透，再看看自己的存折，里面十万块不到。

晚上，余胜男说："你有那么多钱，我们帮帮蔡扣吧。"

夫子把余胜男看了好一会儿，问："你怎么知道我有钱？"

余胜男说："我看到你的存折了，一个上面就有那么多。"

余胜男话还没说完，夫子扬起巴掌就扇在了余胜男的脸上，把余胜男扇得眼冒金花。

余胜男也不是省油的灯，飞起一脚踢在夫子的裤裆里，把夫子踢得一下跪在地上。夫子支撑不住，又倒在地上，过了好久才出了口气。

余胜男先是站着欣赏，后来慌了，连忙把夫子扶起来，夫子则摇摇手，让她别动。余胜男辩解说："我又没做什么？凭什么打我？"

夫子说："我最恨别人偷看我的东西，特别是钱。"

"那你也不能伸手打人呀！"余胜男大声说。

夫子有气无力地说："没想到你下手这么狠。你走吧，我们分手。"

余胜男不敢做声了，只好把夫子扶到床上去，让他慢慢躺下，又把薄被子轻轻给他盖上，原来，余胜男那一脚踢在夫子的要害部位了。

余胜男守在床边，夫子一有点动静她就紧张，生怕夫子出问题。好在，没过多久，夫子坐了起来，扭头不去看他，可余胜男却体贴地问："好些了吗？"

夫子终于鼓起勇气说："你怎么还不走？"

余胜男大声说："你别不识抬举，我走哪里去？当初你费尽心思，千方百计地追求我，现在到手了又不珍惜！自从跟了你，我就没想到回去，为了你我已是无家可归了，你让我到哪里去？你到哪儿，我就到哪儿，别的

第九章 夫子的辉煌

227

你不用想。"

夫子抬起头使劲看了一下余胜男，仿佛不认识似的，他还从来没见过这样让他又爱又怕的女人。以前想不要女人了，直接让她们走，她们从来不纠缠。没想到余胜男却是个难缠的主，想甩还甩不掉了。

余胜男说："你别想扔下我，除非你给我一百万，我现在才知道，我的一生全毁在你的手里。还说什么愿意为了我去死，没想到看一下你的存折就打人，真是男人的嘴，骗人的鬼！"

夫子坐着笑了起来："仙女也会发脾气啊，脾气还挺大。"

余胜男拉着脸背对着夫子。

夫子从背后抱着她，在她耳朵边哄着："我错啦，我不懂怜香惜玉，娘子别生气啦，我保证以后再也不动手了。"

余胜男转过身瞪着他。

夫子赶紧举起手："老天爷，我发誓，以后我再对娘子动手，就让她把我踢残废。"

余胜男还是不说话，夫子放下手，在她耳边说："你再不消气，我成了残废，你就得守活寡了，你舍得吗？"

余胜男娇嗔地捶了夫子几下，二人重归于好。

知道余胜男是个不一般的女人，认准了的人和事一定会坚持到底，其实在他从事的这个行业，最需要这种性格的。

"跟着我可以，以后只要你听话，挣一百万根本不是问题。"

余胜男一下子坐到他身边，温情地说："好了，以后都听你的，谁让我被你迷了心窍呢。"

余胜男跟着夫子奔走于各个产品说明会、事业分享会，以及各种招聘会，甚至公司的年会，她名下的客户到底有多少，连她自己也记不清了。

余胜男果然不再和夫子顶嘴，夫子说什么余胜男就听什么，叫她做什么她就做什么。还真是，那存折上的钱也像进口的水塘，水不住地往上涨。

随着业务的增加，夫子觉得光靠发展会员已经不能适应工作的需要，要在行业站稳脚跟，还必须像朱总那样有着超凡的口才，这样就是不做业务了，也可以凭借自己的口才获取大笔的收入。

为了锻炼自己的口才，他买了很多杂志，专门训练演讲技巧，回到家里，余胜男做饭，他就对着镜子练习，从动作，到表情再到语气，都模仿朱总的样子，后来他主动提出分享自己的发展成果，得到了朱总的批准。

在讲了好几场以后，他发觉得有自己的演讲风格，不能老是用那些学来的套路，虽然下面的听众不停地鼓掌，自己讲的却是别人的东西，他得有自己的内涵和特点，比如自己的经营理念等，他想，如果把《易经》的各种理念掺杂进来，结合《易经》理论来阐述自己的观点，将会更加有吸引力，也能将自己的观点引向深入，因为《易经》的很多观点都有预测性，而预测性对盲从的人来说等于在给他们指点迷津，让他们看到明确的未来。

夫子试着讲了一回，立即产生了不同寻常的效果，连朱总也听得入迷，现在他注重调整会场的气氛，不时地扔出一两个问题，以吸引听众的注意力，而不时地解答自己提出的问题，又让听众有醍醐灌顶一般的大彻大悟。

每一场演讲下来，余胜男都是第一个赞扬他的人，那脸上的表情让夫子非常自豪。

"你的演讲越来越精彩了，每次都让人惊喜。"余胜男看着夫子，说着赞扬的话。

"我们这个行业也要与时俱进，我们必须走在行业的前头，哪怕演讲也是一样，老是炒别人的现饭，终归是要落伍的。"

余胜男也不甘落后，在工作之余，也开始看夫子买回来的杂志和各种书籍，以前在会上，她都是讲一些很规范的课，那都是事先写好底稿，她只需要说清楚就行，现在不一样了，在台上是不能拿着稿子念的，都是事前打好腹稿加上临场发挥，很多例子看似信手拈来，其实都是经过精心挑选的，讲到动情处，甚至还要搭上眼泪，以感动现场观众。

从这个行业里，余胜男也体会到高手在民间的道理，以前她是从来都瞧不上那些上门的客商，还有那些摆地摊的人拿着话筒在那里扯着嗓子宣传自己的产品，也看不起马戏团耍把戏的那些主持人拿着大喇叭招揽客人，她觉得他们的讲演都是不入流的，细细想来，他们也都称得上演讲高手，

第九章　夫子的辉煌

229

还有，在各种分享会上的那些讲师，个个都是演讲高手，一个简单的道理被他们讲得引人入胜，动人心魄，他们心中都有千般沟壑、万丈豪情，让她不得不佩服。

后来，岑琴看到夫子不再出去跑市场了，而是开始在本子上做着各种记录，更增加了对夫子适应市场能力的佩服。

她也要有自己的市场，自己的团队，她不想老是跟着夫子，在后面当一个小跟班，就和夫子说："我也想独立地带自己的团队。"

夫子说："好啊，这也正是我希望的，待在我这里，你永远只是个跟班；你如果独立了，你就是一个将军，就可以指挥千军万马，我支持你。"

没过多久，岑琴就说要到别外去发展，夫子没有挽留，他给她收拾好行李，把事先订好的火车票给她，送她上了火车。岑琴只说了声谢谢，就走到自己的座位上坐了下来，把头扭向窗外。火车开动了，夫子看到岑琴把头伸出来，眼里闪动着泪花。

二　禁止传销

1998年，中央一纸令下，传销被禁止。所有的传销组织都被取缔，夫子也没能幸免。

那天，几名穿着工商制服的人员来到他的办公室，夫子正在看文件，那是秘书胡哲刚交给他的。一个像组长一样的人走进他的办公室，后面跟着一男一女两名工作人员，组长问："你就是鲁德夫吗？"

夫子答："是的。"

组长说："你们的公司被查封了，限你们今天就搬出这个大楼，听候处理。"

夫子说："我的办公物品怎么办？"

组长说："先听候处理，不要动。"组长的回答没有任何商量的余地。

夫子站起来，拿起手包，打电话把胡哲叫来，说："你去通知所有人员今天不要来上班了，公司被暂时查封了，让他们回家，不要在这里逗留。"

胡哲答应了一声是，然后快步退出办公室。

工作人员看到他走出了办公室，就拿出封条把办公室门封了。

夫子走到楼下，那些人员都等在那里，夫子看着他们，也不说话，只小声给胡哲交代了几句，然后就走了。

中午的时候，夫子走进事先订好的餐厅。餐厅很大，能坐二十多个人。夫子坐下后，服务小姐给他倒了茶。接着陆陆续续地走进来好多人，都是他平时认识的，很多还是他从家乡带过来的，一起跟着他。

有两个小姑娘站在那里流泪，说："鲁总，我们怎么办呀，好不容易做起来的团队就这么散了？我们以后到哪里去呀。"

夫子看着她们，一时竟不知说什么好，只好安慰他们："都坐下吧，会有办法的，天下这么大，总有我们落脚的地方。"

来的人有男有女，都各自找到椅子坐了下来，有些把行李箱也带来了，打算吃完饭就回家的。

夫子说："这是大环境，谁也抗拒不了。我们是这样，别人也是这样，被查封的何止我们，大家先回家等我的消息。"他笑笑说："你们说实话，这两年跟着我挣到钱了没有？"

有几个人说挣到钱了，多亏了鲁总把我们带出来，大多数则都低下了头，说："我们没脸回家呀，家里好多人都说被我们骗了，要找我们算账呢。"

夫子大声说："胡说！你们回去问他们，是你们强迫了他们吗？都是自愿的，一个愿打一个愿挨，怨不得别人，要是他们赚到钱了，会不会感谢你们？"

有人说："道理是这个道理，可遇到不讲理的怎么办呢？"

夫子说："你们没长脚呀，不会躲他们？非要让他们找到你，你们能把钱拿出来退给他们吗？"

几个人都低下了头。

夫子接着说："做我们这行的，心里都要清楚，有人赚钱就有人赔钱，这就是跟赌博一样，愿赌服输，再说这个钱，你们不赚，别人也会找他们。"

菜上来了，夫子让胡哲给他们倒酒，男的喝白酒，女的喝红酒，他们好久没进过这么高档的餐厅了，觉得这是最后的荣光。一会儿气氛就热烈起来，大家有说有笑的，相互安慰着，说今后再难见面，仿佛生离死别似的。

吃过饭，他们一同下楼。走到酒店附近广场上，突然看见有很多人站在大街上，夫子也凑过去，看见一个人站在楼顶上，说要往下跳，警察也来了，拉起了警戒线。

围观的人对夫子说："听说是搞传销赔了本，没脸回家了，打算自杀。"

夫子回头看看身后跟他一起做业务的人，大家都你看看我，我看看你，不说话，说："大家都要想开些，这个人没出息，这点挫折都经不起，以后还能干什么？"

大家又都低下了头。

"你们回去了该做什么就做什么，实在不行就先休息，调整好自己的心态，总能找到出路的。"

楼上的人跳了下来，只听得"嘭"的一声响，一个鲜活的生命就这样结束了，大家都掩面扭头，惋惜不已。夫子看到，那是个三十多岁的女人，穿着红色的上装，脚上的高跟鞋已经折断了，化过妆的脸上眼珠突出，露出恐怖的表情。

夫子在外面租了房子，等待处理结果。在等待期间，他没事在街上闲逛，来到一家小吃店吃热干面。夫子喜欢吃热干面，主要是喜欢热干面的芝麻香味，他刚坐下，发现有个女人在看他。他定眼一看，是蔡扣。

蔡扣连忙站起来，问他怎么在这里，夫子说："公司被封了，我没事做，就租了间房子住下了，在等消息，公司还有不少东西，我得处理。"

蔡扣说她们公司也被封了，她正流落街头，不知怎么办才好。

夫子问："这几年你挣到钱了吗？"

蔡扣说："挣了一些，都给老公看病和儿子读书了。"

夫子又问："老公的病好些了吗？"

蔡扣说："腰以下瘫痪了，不过正在恢复。"

夫子说："趁着这几天没事，我去看看他吧。"

蔡扣犹豫不决。

夫子说："怎么？不欢迎吗？"

蔡扣说："好吧。"

于是他们搭上车，一起来到蔡扣家里。

蔡扣的家在一个小镇上，一条铺着石板的老式街道，狭小又破烂，蔡扣的家在街的西头。老式的木板门卸下来放在两边，地面是老式青砖铺成的，房子正中挂着领袖像，像下是一张神龛，放着一只台灯和日历什么的生活小用品，墙的两边对称的贴着几张美女照片。

进屋后蔡扣让夫子坐在靠墙的陈旧的红色沙发上。

蔡扣进去了一会，提着一个热水瓶出来了，给夫子倒了茶，夫子说了声："别客气。"接过茶杯慢慢喝茶。

蔡扣又进去了一会儿，然后出来，说："我老公说想见见你。"

夫子放下茶杯，跟着蔡扣走了进去。夫子绕过天井，走到后堂的房间，里面很暗。

夫子看到，蔡扣老公脸上的胡子很久没有剃过了，老长，脸上生得很饱满。看得出没受伤以前身体是很强壮的，听蔡扣说他没摔伤以前是开车的，挣的钱养活全家绰绰有余，让蔡扣过着养尊处优的生活，蔡扣毕业后就嫁给了他，没做过什么重活，家里只有一个婆婆，对她很好，蔡扣不在的时候，都是婆婆在照顾儿子和孙子。

夫子问："现在好一点了吗？"

老公说："不行，这辈子可能起不来了。"

夫子说："不会的，好好养伤，会慢慢好起来的。"

蔡扣的老公说："我听蔡扣说过，你是个好人，对她也很好，我想托你个事。"

夫子问是什么事？蔡扣老公说："我可能好不了了，你如果看得上蔡扣，就把蔡扣娶过去，我不能耽误她一辈子，她还年轻。"

夫子说："你说什么话，蔡扣正努力挣钱给你治病，你怎么会有这样的念头，你这样对得起蔡扣吗？"

第九章 夫子的辉煌

233

"我就是因为对不起蔡扣，才不想拖累她。"看得出老公的话是诚恳的。

蔡扣这时候走了进来，说："你胡说什么呀，人家有家庭，再说我也不会同意的。"

夫子说："你别胡思乱想了，这样会伤了蔡扣的心的。"

蔡扣做好了饭，先陪夫子吃了，然后又给老公喂饭去了。

夫子说要出去一会儿，蔡扣让他别到处跑，街上有不少混混，别让他们碰上，免得受欺负。

夫子说了声没事，就出去了。

蔡扣一边给老公喂饭，一边埋怨老公，说："你怎么在人家面前说这些话？以后不许胡说了，不管你怎么样，我都不会离开你的。"

老公看着可怜的蔡扣，眼泪不由自主地流了下来。

等蔡扣给老公喂好饭，夫子回来了，他说要走了，来时也没买什么东西。说着从口袋里拿出一个纸包，打开，里面是一沓钱。夫子说："这是一万块，你给他治病吧。"

蔡扣推辞，说什么也不接。

还是老公转过弯来说："既然鲁总一片好心，你就接了吧，以后有机会了，我们再报答。"

蔡扣说："你怎么能这样，这钱我们不能接，接了我们怎么还人家呀。"

夫子说："如果需要还的话我就不会给你们了，快拿着。"

蔡扣只好接在手里，一时感激得不知说什么好，只是用手擦眼泪。

夫子又和蔡扣老公说了一会儿话，就告辞了。

夫子和余胜男在武汉玩了几天，看到了因为非法传销而带来的各种灾难。在回去的客车上，夫子听说他们当中有些人想不开，家里的亲戚朋友都被他骗了个遍，有些人留下遗书，劝大家千万不要再入传销这条魔道；那些人一边说一边骂，说传销害死了好多人。

夫子听了，无奈地摇摇头，没想到会造成这样的结果。他坐在车窗边，眼望着窗外，不由得有些自责起来。

三　捐资

夫子回到省城，工商局还没有对他处罚的消息，想到传销这条路已经被政府封杀了，一时也不知如何是好，好在他相信时间会给他出路的，只是目前还没有给他指明辨别的方向。

县城他是不想再回去了,走的时候他就下定决心,要在外做出一番事业,正在如日中天的时候政府却来了个封杀,让他的大好前程毁于一旦,他摸摸腰里的钱，还有几百万，足够让他再东山再起。

这时，学校不知从哪里得到他的消息，给他打了一个电话，说他的停薪留职期限已到，要他回去上班。他很好奇，这么久没和学校联系了，谁会知道他的电话？又有谁还会想起他来？

他给学校回了电话，原来是校长打来的，除了问了他一些情况外，还征求他的意见，问他想不想回去上班，他想了想问："暂时可能不会回去，因为手头确实还有一些事要处理，再一个我已不能适应教学了。"

校长说："可以延长期限，不过你最好能回学校一趟，把延期手续办一下。"

夫子说好："近期一定安排时间回去。"此时的他在省城除了和余胜男出去玩以外，成天一个人待在出租屋里，虽然附近就是宾馆，可是他现在没有了收入，腰里的钱会越用越少，得省着点用，何况还要积蓄东山再起的力量。

回到学校，校长请他吃了饭，还请了几个副校长作陪，夫子很感谢校长的关照，房子还给他留着，让他回去有个落脚的地方，吃过饭以后，校长把他拉到一边对他说："听说你在外面挣了钱，你看学校现在很困难，好几个月都没有发工资了，你能不能给学校一点赞助？如果可以，我代表学校所有老师感谢你。"

夫子想了想，说："可以，要多少？"

校长问："你能赞助多少？"

夫子说："赞助多少可以解决学校的实际问题？"

校长见夫子那么体贴学校的难处，说："二十万可以吗？"

夫子说："可以，明天就可以打到学校账上。"

校长一听，一连声地说着谢谢，并叫他不要急，他会在学校组织一个捐助仪式，让他在会上捐，他还要请教育局的领导参加。另外还要请电视台的记者做现场报道，对他的善举进行广泛宣传。

夫子说："那倒不必，我主要是看在校长的份上，给学校一些帮助。"双方谈妥以后，校长把几个副校长叫来，对他们说："小鲁决定给我们捐助一笔钱，为我们学校解决实际困难，你们对此有什么看法？"

副校长们齐声说："那还能有什么看法？当然欢迎了，鲁老师不愧是我们学校走出去的人才。"

校长说："那我们说好了，鲁老师如果什么时候想回来上班，我们随时欢迎他，他的编制永远给他留着，虽然编制很紧张，鲁老师的编制不能丢。"

夫子没想到校长想得这么周到，说："那就太感谢各位校长了，我会尽快把款打到学校的账上。"

晚上，胖子问他回来有什么事，夫子把捐助的情况对胖子说了，胖子心疼钱，说："你怎么这么傻，二十万可不是个小数，你一下子能拿出这么多钱来？"

夫子笑笑说："没事，我现在还拿得出来。"

胖子说："那你也得把小山的学费准备好，别到时候小山读书都成问题，这几年虽然你给了家里一些钱，我都用在了小山身上，小山吃的穿的都要钱。"

夫子说："放心吧，我都准备着呢？对了，你的公司怎么样？"

胖子说："还可以，每年都有盈利。"

夫子说："那就好，没想到你能把公司打理得这么好，这些年多亏你照顾小山了。"

胖子很感激夫子还想着这个家，虽然她对夫子已失去幻想，说："你在外面有了对你好的人，可以再结婚，小山还是我带，这样你也可以不用担心他。"

夫子说："小山是我儿子，我怎么能放得下呢，就是再结婚了，我也不会不管他。"

他们一直谈到很晚才各自睡去。

捐助仪式布置在学校操场主席台上。那天刚好学校开运动会，操场两旁插满了彩旗。运动会开幕式过后，开始捐助仪式，学校做了一个二十万的捐助牌子，让夫子拿在手里，主持人宣布仪式开始后，夫子将牌子递给校长，校长接过去交给一旁的女老师，然后握着夫子的手说："谢谢鲁老板的捐助，学校会永远记住这一时刻，不会忘记鲁老板心系学校，热爱教育的善举。"

教育局来了一位副领导，副领导也做了热情洋溢的发言，对夫子的行为给了充分的肯定，并鼓励老师们向夫子学习，如果每个人都像鲁老板一样心系学校，热爱师生，学校一定会培养出一批德才兼备的优秀学生，也会走出一批像鲁老板这样优秀的人才。

最后，是夫子发言，他说他很感激学校，是学校给他创造了这个平台，让他在外有了用武之地，他很热爱学校，如果不是孩子生病，他也不会停薪留职，走上经商这条远离教学之路。不过，停薪留职让他看到了教育的重要性。现在是知识爆炸的时代，没有文化，将来很难在社会上有所作为，如果不读书，他也不会有今天，所以，他不光要感谢学校，还要感谢所有的老师对他的关心和爱护。

夫子的话音一落，会场就响起了热烈的掌声，接着他受校长邀请，坐在主席台上，观看运动会开幕式。

这是夫子第一次坐在家乡的主席台上，第一次拥有这份荣耀，他在分享会上讲了那么多话，演讲的水平越来越高，可是那些场面却和这次不同，甚至连一点可比性都没有。这次他说的是真心话，是发自肺腑的话，这些话其实他在梦里都说过好多次，却一直没有机会说，不是说不出来，是因为身份。他坐在那里，眼望着台下的学生，在这些学生里面也许就有他过去的影子，他也是从这些学生中走出来的，现在走上了一条和初衷完全不同的路，这条路其实是无意中走出来的。现在的路更孤独，甚至要承受数不清的误解。

第九章 夫子的辉煌

今天的讲话他很有底气，用自己挣的钱为家乡的老师和孩子们做点事，他发自内心地高兴。所以当初校长说让他给学校捐助，他一口就答应下来。他记得父亲临终前说的"积善之家必有余庆"，他的心是善良的，他仍是那个热血青年，那个曾经受学生欢迎的鲁老师。可现在呢，那个鲁老师却离学生越来越远了。

看到学校几年的变化，夫子很欣慰，毕竟学校还在，学校还牵挂着自己，可是他却不敢真正面对学校，面对这些学生。于是，他在第二天一早就逃也似的离开了，回到了省城。

四　演讲

到了省城，工商部门还是没有消息，办公室还贴着封条。

夫子在回宾馆的路上，遇到了一个他认识的讲师。讲师问他最近在干什么，夫子说正闲得发慌。那个讲师说要不跟他一起去蚌埠吧，那里没有被封，很多人都聚集到那里去了。

夫子正好没事干，就答应跟他们去一趟。

那个讲师，生得和夫子一样瘦，长着一张下巴有些突出的脸，戴着一副高度近视眼镜，背有点驼，曾是一名公司推销员，因公司效益不好，就卷了一笔钱跑出来加入了团队，他比夫子进入团队早，听过他的几场讲课，别看他人小，声音却很大，很能控制会场气氛，常常使会场掌声不断，大家都叫他金老师。

夫子跟着金老师来到蚌埠。蚌埠城市不大，城市建设如火如荼，空气很不干净，成天灰蒙蒙的，夫子和金老师住在一家不起眼的宾馆里，夫子走过走廊，看到垃圾桶里还留着避孕套没倒掉，他感到一阵恶心。

金老师很健谈，一路上和他说个不停，两片嘴唇像蝴蝶张开的翅膀，说到讲演技巧，他说他称第二，没人敢称第一。

夫子知道他是在自吹自擂，也不和他争辩，由着他神侃，进了宾馆，他说他经常来这里，这里有好多团队，每天都有讲不完的课。夫子则在心里打着腹稿，筹划着这次到底讲什么。其实他也知道套路，来听的人都想从他们身上得到鼓舞，希望自己能够复制他们的成功，他也很愿意带着大家取得成功，这是多么有成就感的事啊。

可是成功哪有那么容易呢，需要个人的努力，需要大环境的支持，还需要一点运气。所以他还是要从《易经》的角度去讲，讲人生哲学，讲事物的变化规律，从成功到失败再从失败到成功，反正所有的人一辈子就是在成功与失败中轮回，谁也逃不掉这个规律，当机会来到的时候，就要抓住机会，狠狠地捞上一笔，给自己的人生铺一条金色的通道，为后半生打下好的基础，不至于老来缺吃少穿，徒自伤悲。

这次的讲演叫产品说明会，不同于以往的分享会。夫子先了解了一些产品的情况，至于产品的作用和功能不说他都知道，除了所谓的养生没有别的，金老师给夫子交了底，说要是讲得好，公司就聘请他做专职讲师，工资按场次给付，每场八百块，时间一般在两个小时以内。

那天来的人很多，又以女性为主，其中很多都是年轻女人。

夫子走上讲台，目光扫视了一下台下的人，那期望的目光让他信心倍增，他于是用夸张的喊声和大家打招呼："亲爱的先生们，女士们，大家上午好！"

台下响起了热烈的掌声，夫子抬抬手，让大家平息掌声，然后说："我想知道大家今天为什么来到这里？"台下有人回答，来听课。

夫子又问："那听课的目的是为了什么？"

台下不再有人回答。他说："其实我问的都是废话，当然是为了赚钱了。人无利谁肯早起？这句话大家都听说过吧，可是我们在座的很多人有的赚到钱了，有的没有赚到钱，又是为什么呢？比如我，就是赚到了钱的那种，很多人很羡慕赚到钱的人，也想像他们一样能够赚到钱，成为有钱人。有钱人真好啊，要什么有什么，要房子有房子，要车子有车子，甚至要女人有女人。大家别笑，我说的都是实话，可是赚钱都那么容易吗？要是容易的话，那天下大众不都个个成了有钱人。"

"所以赚钱不易，大家才来听课，可是光在这里听没有用，得行动，有了行动，哪怕是失败的行动，你也算成功了，因为你行动了，知道了失败的原因，你就会从失败中走出来，向成功迈进。"

"那么怎样才能成功呢，就是卖产品，我们手里都有了产品，可是怎么把产品卖出去，卖出好价钱，把钱收回来，变成自己的财富，这就需要大家掌握一些技巧，也就是方法，说到方法，我就不敢在这里乱说了，因为鱼有鱼路，虾有虾道，每个人的人生不同，经历不同，背景不同，所采取的方法也就不同。比如我以前是算命的，懂得阴阳八卦，又读了大学，有很多大学同学，我就找了他们，他们都听我的，很快就把团队建立起来了，于是我就有了现在的财富，大家不能跟我学，因为我跟你们的经历不一样，你们来自各个家庭，各种环境，要最大限度挖掘自己的潜力，找到自己的方向，每天找准一个目标，或者找准一群目标，作为主攻方向，让他们加入团队，这样你就有了基础，在这个基础上再去拓展，直到团队越做越大。"

"人都希望发财，能拥有财富，这是人的本性。我经常给人看相，能看到他们的内心，看出他们的优点和弱点，给他们指点迷津，让他们相信你的话，这样做起来就很容易，可有的人就不行，自己没有潜力可挖，只能凭着一股蛮劲去冲，往往碰得头破血流，反倒是一无所获，这就是我们的弱点，所以大家要学会经营，不光经营自己更要经营别人，把别人变为自己获取财富的工具，变成你的摇钱树，这样你的人生才会变得精彩。"

夫子本来想大讲他的《易经》的，不想却讲着讲着变成了套路，和其他讲师讲的没有了区别，夫子讲完了，下面只响起稀稀拉拉的掌声。

夫子退到后台，金老师对他说你要发挥你的长处，不能讲老一套，那样没有新意，我们这行业需要创新，要有独到的理念，这样才能抓住听众的心。

夫子看到了自己的短板，对金老师说："以后我会注意。"

散会后，金老师把夫子引到公司的老板那里，老板是个三十多岁的年轻人，穿着黑色的学生装，一张四方脸，颧骨上有一颗显眼的黑痣，两边腮帮子上分别留着一长条胡子，他让夫子坐，然后自己坐在宽大的老板椅上，点燃一支烟，自己抽起来，他吐了一口烟儿，对夫子说："讲得不错，我都听了，不过还有提高的空间。"

夫子说："我初来乍到，情况还不是很熟悉。"

老板姓屈，人称屈总。屈总说："每个人都有一个提高的过程，这里的竞争很激烈，有三十多家公司在做，所以我们要请顶级的讲师来给大家讲课，这样才能把人才吸引过来。"

夫子在这里眼界大开，以前他对朱总很佩服，现在看到屈总这么年轻就能担当这么大一个公司工作，觉得自己真是井底之蛙，像个大山里出来打工的，什么也不懂似的。

夫子以前听金老师的讲演，对夫子来说金老师的讲演充其量和他不相上下，可是这次他听了金老师的讲演，发觉一年多不见，他已经有了很大的提高，夫子有时也听电视上那些风光无限的演讲者的精彩演讲，对比这些团队的演讲者，简直只能算是小儿科，这些人引经据典，口若悬河，滔滔不绝，不时调动会场气氛，一次一次把听众引向高潮，虽然夫子并不弱于他们，可在他的内心，他却知道与他们还存在一定的差距。

这里汇集了全国的演讲精英，他们相互认识，相互切磋，把演讲艺术演绎得出神入化。夫子也认识了很多朋友，特别是安徽的朋友，让他格外看重。他把余胜男也叫了过来做讲师。

在蚌埠待了一个月，几乎每天都有演讲会，这让他的口才得到了很大的提升，他甚至想把自己的演讲体会写成一本书，因为从这些演讲中他真正体会到了什么叫人才。

每次一演讲完，屈总就把红包递上，一个月下来，夫子感觉来钱是这样容易，相比于他在学校的那点工资简直就像是在捡钱。

五　飞宇商厦

夫子不满足于到处演讲，虽然这种工作可以赚一些钱，但那不是他需要的，几百上千的小钱在他面前就像小儿科，他要的是实体，他需要有自己的公司，自己当老板，享受那种进账如流水一样的快感。

夫子将自己的想法和几个安徽的朋友一说，朋友都极力赞同。很快，他们就在闹市区租了一栋百货大楼，由夫子出任董事长兼总经理，负责公司经营管理及市场拓展，余胜男出任副总经理，负责教育培训，其他人员分别担任公司中高层职务。夫子负责招商，申请了招商项目，以招商引资的名义立项，然后注册了公司，并得到了招商局领导的重视。

公司还是采用市场倍增模式，只不过有了实体店，他们经营的产品除了百货公司所经营的各类产品外，主要的还是那些适合应用倍增学营销的保健品，以发展会员为主。

夫子给公司取名叫"飞宇商厦"，并对外招募股东前来投资。

前期招工、装修、进货、铺货，把几个公司人员忙了个不亦乐乎。开业那天，夫子在大楼前搭起了舞台，请了乐队和市歌剧院女演员来助阵，市委副书记及相关部门领导也被邀请前来祝贺。夫子在开幕式上作了即兴演说，接着市委副书记也作了热情洋溢的讲话，称赞公司的开业必将为本市的财税作出重要贡献，更使财税队伍增加了一支重要力量。

夫子把大楼的三楼做了会议室，开分享会就不用去租会议室了，这样就可以省下一大笔钱。

看到夫子在行业里做得很成功，现在又注册了公司，那些原来认识的会员都投到他的名下，夫子在中层干部会上说："蚌埠的倍增市场前景很好，而且这里有大小几十个团队，所以压力不小。不过我们现在是两条腿走路，一边搞倍增，一边做实体经商，请大家做好长远打算，不能再打一枪换一个地方，被人家撵得到处跑。"

秘书胡哲每天除了打理夫子的日常起居，还兼做财务主管，不定时地兼做讲师，每次开招聘会，余胜男也上台作演讲，下来后夫子又给她进行指点，哪几个地方要改进，让她的演讲艺术得到很大提高。

夫子采取薄利多销的策略，白天商厦生意很好，每天人头攒动，营业额直线上升。到了晚上，商厦三楼就灯火通明，像开演唱会一样热闹，不时有新会员加入进来。看着资金如流水一样流进公司的账户，余胜男高兴得合不拢嘴，对夫子佩服得五体投地。

余胜男和夫子同吃同住，俨然一对夫妻。有一天余胜男感冒了，到医院去检查，医生说她是怀孕了，回到家里，余胜男对夫子说了怀孕的事。夫子问她想不想要这个孩子，余胜男说她还没想好，夫子说："现在不是要孩子的时候。"余胜男也觉得孩子是个累赘，就决定打掉。刚好，社区妇女主任也来了，把余胜男堵在屋里，让她把计划生育证明拿出来，余胜男说："没有。"妇女主任说："那就只能打掉了。"并且让余胜男马上在社区做了登记。

余胜男一个人到了医院，打算做引产手术。医生检查后悄悄对她说："可能是个男孩。"余胜男犹豫了，从手术床上下来，说回去征求一下家里意见再说。

夫子问余胜男："怎么没有引产？"

余胜男说："是男孩，我想留着。"

夫子也犹豫了，重男轻女的思想让他对儿子有一种偏执的钟爱，何况鲁青山经常有病，于是他说："那就留着吧。"

到了孩子五个月大的时候，余胜男不能上班了，因为她知道夫子现在是董事长和总经理了，平时要顾忌在下属面前的形象，于是两个人就产生了矛盾。余胜男虽然甘心情愿不计名分替夫子生下这个孩子，但对生命的敬畏让她不得不考虑孩子的将来。后来，余胜男想：以夫子的性格肯定会不管不顾的，那样她以后拖着个孩子怎么嫁人？而且她也知道夫子是不会和她结婚的。

于是余胜男和夫子商量，想把孩子打掉。余胜男本来以为夫子会让她留下这个孩子，没想到夫子说："想打你就打吧，我不会原谅一个违背我意志的女人。"

余胜男直接走进了医院手术台。等夫子后悔说这句话，追到医院夫的时候，看到已成形的孩子放在冰冷的纸盒里已经死掉了，夫子大骂余胜男是个蛇蝎女人，余胜男则骂夫子是个冷血男人。夫子骂过之后就甩手走了，留下余胜男靠在病床上抹眼泪。

夫子一向认为余胜男温顺柔情，没想到还有这么狠心决绝的一面。夫子想着余胜男跟着自己这么久，一直把自己照顾得无微不至，对自己也是言听计从，如今刚流产，一个人孤零零地住在医院里，终究还是于心不忍，在外面抽了两根烟后又回到了病房。

余胜男看见夫子走进来，眼泪流得更多了。

夫子说："别哭了，这个时候不能哭，对眼睛不好。"

余胜男说："你不是走了吗，又回来干什么？"

夫子说："出去抽根烟，我怎么舍得丢下你不管呢？别哭了，你如果真的想要孩子，等养好身体，我们再生一个。"

余胜男说："我是想要孩子，可是孩子生下来没名没分地怎么办？除非我们结婚，否则我不能要孩子。"

夫子说："好！我宁可犯重婚罪，也要把你娶回家。能娶个仙女般的老婆，就算坐牢也愿意。"

余胜男听到这里，终于破涕为笑，在夫子身上捶了两下。

夫子知道余胜男是死心塌地地跟着她，所以总是心软，总能被自己几句软话哄好。余胜男也知道夫子说的离婚只是开玩笑，他不会离婚的，可是自己就是鬼迷心窍般地迷恋他，他身上好像有一种神奇的力量吸引着自己，让自己放不下丢不开，无可奈何。

2000年冬，全面打击传销的风暴终于席卷到蚌埠，夫子的商厦也没能幸免，有人举报夫子的公司打着合法的经营渠道却干着非法传销的勾当，于是将他和余胜男还有公司一干人都集中起来传讯。

工商及公安人员来到会议室，看到墙上到处贴着关于成功学的口号，就认定这是个规模不小的窝点，工商人员当场宣布查封公司。

夫子拿出和市里领导的合影照片，说他们是合法经营时，工商人员说："你最好别拉上市里领导，不然你会死得更惨。"夫子不敢再辩解，只好听从发落。

夫子和余胜男走出商厦大门，回头看看曾经辉煌的公司，有些恋恋不舍。余胜男说："走吧，留得青山在，不怕没柴烧。换个地方，我们还可以东山再起。"

夫子问余胜男打算怎么办？余胜男想跟他回老家，夫子说不能。余胜男说："那你走吧，我还是留在这里，我不能就此罢手。"其实，没有公司，余胜男也不会跟着夫子走的,她早知道夫子的家里还有个老虎一样的女人一直在照顾他的儿子,她不想眼睁睁地看着他跟另一个女人回家。

公司还有些善后工作要处理,夫子也不想再打理那个乱摊子,就跟余胜男和胡哲交代了后续工作,说实在不行了,可以去找他。

看着夫子一个人上了车,余胜男和胡哲才走出了车站,消失在川流不息的人海中。

第九章 夫子的辉煌

第十章　重归学校

一　在火车上遇见秦怀秀

夫子上了火车，刚坐下，发现和他同排座位上的一个三十多岁的女人手里拿到着一个精致的提包，看见夫子坐了下来，惊奇地问："你是夫子吗，怎么这么巧？"

夫子一看，见是秦怀秀，高兴地问："怎么，你来安徽了？"

秦怀秀问："你也在安徽？"

"在这里一年多了，公司被封了，先回家住一段时间。"夫子说。

秦怀秀说："你也是在做团队？我怎么没见过你。"

夫子说："安徽这么大，哪能这么巧？"

秦怀秀说："也是啊，你做得还可以吧。"

夫子说："还可以，你呢？"

秦怀秀说："不咋的，不做了，以后也不做了，还是回去上班稳妥。"

夫子问："你在哪个单位上班？"

秦怀秀说："还不是在一个乡镇里，以前做妇女工作，现在不知道回去能够做什么呢？团队也不好做。"秦怀秀发着感慨。

夫子说："我也打算再回去教书，总不能一直在外面漂着，终归是要回去的。"

秦怀秀看上去明显苍老了许多，那年轻时饱满光洁的脸上，已生了不少暗色的小斑点，还有那双眼睛也变得有些浑浊了，早没有了以前的明澈，所不同的是她变得善谈起来，一见面就有说不完的话。

秦怀秀问："你现在又结婚了吧。"

夫子觉得秦怀秀问得有些奇怪，问："你怎么知道我离过婚的？"

秦怀秀说："你是当地的大名人，大小事都逃不过大众的耳朵。"

夫子本来不想问秦怀秀的婚姻情况，见秦怀秀问了他，他也就随便问："你呢？"

秦怀秀说："我离婚了，就是因为做团队，孩子他爸才跟我离的，现在想起来还是我的不对，可是后悔也来不及了，他早已经又结婚了。"

夫子问："孩子呢？"

秦怀秀说："女儿马上要高考了，所以我得回去，不能丢了丈夫再丢了女儿吧。"

夫子说："也是，女人走错路是很难回头的。"其实当初夫子之所以没跟秦怀秀走得更近，就是从秦怀秀的眉宇间看出了秦怀秀婚姻的坎坷。

夫子问："你今后有什么打算？"

秦怀秀说："好歹得再找一个吧，又不是到了七老八十。"

夫子不想再和秦怀秀说话，就点燃一支烟抽了起来，并站起来走到火车的接头处去抽烟。他站在窗口，眼望着窗外闪过的风景，发觉岁月过得真是快。当初认识秦怀秀的时候都还是风华少年，如今却已青春不在，不禁有些伤感。

二　借车回家

回到家里，已是半夜，胖子开了门，欣喜地接过夫子手里的手包，连忙问他饿了没有？

夫子说："能不饿嘛，一天才吃了一顿饭。"

胖子说："你坐着，我给你弄饭去。"

夫子没有坐，走进鲁青山的卧室，看见鲁青山睡得正香，嘴里不住地说着什么。夫子把耳朵凑上去听，只听鲁青山含糊不清地在喊着爸爸，禁不住伸手上前，在鲁青山的额头上摸了一下。鲁青山长高了，也胖了，长得越来越像他了，浓浓的眉毛，长长的脸蛋，还有那深眼窝中的眼睛，以及两片薄薄的嘴唇，几乎就是他的翻版。

想起这么多年自己在外漂泊，都是胖子在家照顾鲁青山，夫子心里有些愧疚，觉得很对不起胖子。胖子虽然有着农村妇女的粗俗，可是却很善良和勤奋，如果单说居家过日子，胖子应该是最合适的人选，只可惜胖子不是夫子喜欢的那种女人，除了文化上的差异，更多的还是性格上的偏执。

夫子生来喜欢冒险，过新奇的生活，对未来总是充满期盼，而胖子则喜欢稳定和没有风险的生活，大家有时候既想不到一块儿也说不到一块儿。

这几年，胖子一直维持着三替公司的运转，赚的钱足够她和鲁青山的开支。夫子给了胖子一笔钱，算是对胖子这几年的补偿。胖子接过钱，有些激动，说："我们还是夫妻，分那么清干嘛？"

夫子说："是我对不起你，你一个人支撑这个家真的不容易。"

胖子听了干脆哭了起来，夫子没有劝阻，任由胖子哭。胖子的眼泪似乎特别多，像下暴雨一样哗哗啦啦地流，夫子在心里说："女人就是这样，没事就爱流眼泪，哭够了就好了。"

鲁青山醒了，跑下床，上前打量了一下夫子，大声说："不许你欺负我妈妈，你很坏。"说着又上前踢他的腿。

夫子没有动，仍由鲁青山踢，踢了两下后，夫子说："我没有欺负你妈妈，你妈妈是高兴了，哭一会儿就好了。"

鲁青山扑到胖子怀里，叫妈妈不哭。胖子一边搂着鲁青山，一边擦眼睛，说："妈妈没有哭，妈妈是高兴，你爸爸终于回来了。"

夫子听了胖子的话，不觉心里一酸，也差点掉下泪来。

第二天，他想好久没有回家了，也不知道母亲怎么样了。这几年忙着赚钱，一直没有回老家，甚至连电话也没给老家打。可是回家总得有些变化，于是他找经委主任借了辆桑塔纳轿车，连同司机也一起借用一天。

经委主任看着桌子上放着的烟酒，说："用多少天都行。"并给司机交待："以后只要是鲁总要用车，直接找你就行。"

夫子感激得不行，说："还是老感情。"

夫子来到商场，给母亲买了一些营养品，坐上车往家里赶，快到家的时候，夫子叫司机把车开慢一点，并不住地按喇叭，村里的人都跑出来了，夫子要让乡亲们都看看，他这次回来是开着车回来的。

果然，村路两旁无数双眼睛在看着突然进来的一辆小轿车。夫子把车停在门前的禾场上，不一会儿就围过来一些人，大家听说夫子回来了，都跑来看他。

夫子喊了声："妈！"屋里传来老母亲的微弱的应答声。夫子连忙跑进屋里，见母亲躺在床上。他连忙问妈是不是病了？母亲说："都这么大岁数了，哪能不病啊，好在还能起床做饭。"

夫子听出母亲有责怪他的意思，说："我刚回来，就来看您了。"

母亲勉强坐了起来，捋了捋全白的头发。夫子把母亲扶下床，又把母亲扶到门外，母亲见外面有好多人，看见司机，说："怎么不请客人坐？"

夫子这才笑了笑，对郝师傅说："你随便坐，郝师傅。"郝师傅则站在车旁，看着车，他怕过来看的人把车给弄伤了，说："你忙吧，我没事，鲁总。"

听说夫子回来了，几个哥哥和姐姐也都回来了，马上挽起袖子烧火做饭。夫子让母亲坐在门前的椅子上，他自己给乡亲们敬烟，把买的水果和糖拿给不抽烟的女的吃。大家热烈的议论着夫子以及夫子开回来的车，都认为夫子肯定是在外面发了财，买了车，这可是全镇第一个私人买的车，而且要几十万呢。

卫贞抱着儿子经过，夫子走近卫贞，看了看卫贞的儿子，转身拿水果递给卫贞，卫贞摇摇头，然后转身就走了。

吃饭的时候，大家都走了，只剩下两个姐姐和母亲。

大姐埋怨夫子，这么久不回家，不知道跑到哪儿去了，夫子没回答大姐的问话，说："多亏大姐二姐照顾妈。"

母亲则埋怨大姐二姐，说："他忙，这不是回来了嘛，你们不要再埋怨七伢子了。"

吃过饭，夫子给两个姐姐每人手里塞了一个信封。两个姐姐各自走到没人的地方，打开一看，是五百块钱。都回到母亲身边，对夫子说："你在外做什么生意？赚了这么多钱。"

夫子说："也没做什么，出去了这么久，总是要赚一点钱的，不赚钱怎么有脸回家见你们？"

两个姐姐没再埋怨夫子，说："你要是有事就在外面忙，妈妈你不用担心，我们会时常回来看她，没事的。"

夫子知道红包起了作用，笑笑说："以后还请大姐二姐多回家看看妈，她老了，一个人在家很孤独的。"

见母亲只是老了，没什么大碍，到了下午的时候，夫子告别母亲，就和司机一起，往城里赶。在路上，夫子问郝师傅，买辆车要多少钱？

郝师傅说了钱数，夫子说："那就请郝师傅帮忙打听一台吧，我想买辆新车。"

郝师傅扭过头来，两眼放光地说："你想什么时候买？我帮你买吧。"夫子说："可以，你回去了就给我打听去，我对车不内行。"郝师傅说："我包教会你开车。"夫子说那太好了。

夫子看到胖子又要照顾公司，又要照顾鲁青山，很辛苦，就叫胖子把公司转给别人，在家专心照顾鲁青山上学。

鲁青山的学习成绩很好，也很用功，一回到家里就做作业，做完作业就看书，许多课文都背下来，夫子看到鲁青山很有自己的风范，心里感到很欣慰。

夫子找到校长，说想回来上班。校长说："非常欢迎，什么时候都行。"夫子说越快越好。校长想了想说："还是下学期吧，这个学期马上就要结束了，开学了再统一安排课程。"夫子觉得校长考虑得周到，就说行。

夫子回到家里，想到自己转了一大圈，又回到了原点，虽然是个循环，可意义却大不一样，当初是因为生活所迫，被迫下海，现在上岸，却是因为有了钱，他还想回到自己的事业，毕竟找一份固定工作不是很容易，他的大学读得这么艰难，不应该辜负了那张毕业证。

胖子没有了公司，成天在家里做饭，等鲁青山回家吃饭，然后收好碗筷，把夫子和鲁青山换下来的衣服洗干净。成天做这种循环往复的生活，没几天就烦了。她说要出去找份工作做，夫子说她拿着福不会享，生来就是一个做的命。胖子说她不做事情浑身不舒服，万一不行，还是把公司再转回来，让夫子给她凑些钱。

夫子不答应，说又不是养不起你。胖子说她不要夫子养，她要自食其力，不想靠别人。

两个人你一句我一句争了起来。鲁青山看不过，躲到卧室里去做作业了。夫子看见了，说："都是你，成天在家里闹，不闹不行吗？"

胖子说她闹什么了？她就是想找点事做，错了吗？夫子说："你没错，是我错了吗？"胖子说："你没错，是我错了。"两个人又争吵起来。

鲁青山在屋里说："你们都别吵了，再吵我就搬到学校去，不回来了。"

夫子和胖子听了，才没再争吵。但两个人都板着脸不说话，夫子不想在家里待，就走到城外的东荆河边，站在垂柳下，看河水东流。

夕阳西下，波光粼粼，晚霞灿灿，夫子好久没见到这样的美景了。他站在河边遐想，好久没有教书了，他还能胜任吗？现在的课和以前是不是有变化？他怎么适应这些变化？还有他和胖子感情越来越淡，以后还怎么和胖子相处？他真的要永远离开好不容易开创的事业，过上教书匠的生活？

河水轻轻地流，思绪却快速地飞，现在的夫子真是矛盾极了。可他又一想，在这个快速变幻的时代，又有哪个人不是在矛盾中生存，在矛盾中延续生命呢？

三 教书生活

新学期，夫子回到学校，教初二的物理。

电脑已在慢慢普及。好多老师都开始用电脑授课，夫子还拿着课本，晚上备课，早上给学生上课。

夫子是个时尚之人，他买了电脑，练习过打字，他只用一晚上就背熟了字根，学会了打字，又买来电脑实用知识，学习各种软件，很快就跟上了教学步伐。

夫子一向自信，他把落下的这么多年教学经验重新进行总结归纳，提出新的教学理念，把死记课本变成愉快阅读，让学生们通过大量阅读，在故事里学习物理。

这时，街上到处开了网吧，有的学生沉溺于网吧打游戏，夫子为了把学生从网吧里吸引到课堂上来，就在每节课让学生讲一段物理学家的故事，他知道，物理就是一段段故事组成的，整个物理就是生动的故事，这样，学生为了讲好故事，就不得不认真地看书，夫子还特别强调，要把讲故事和物理教材相结合，讲课本上的故事，同时还要结合教材讲课本以外的故事，很多物理概念，他都融入故事之中，让学生从故事中得到启发，后来他把备课的内容整理出来，编成一本本书，印出来让学生们看，竟然起到事半功倍的效果。

到考试的时候，他的教学成绩让其他老师羡慕不已，校长对他的教学更加满意。

可是，有些学生依然沉溺于网吧不能自拔，夫子就找到网吧，把学生从网吧里请出来，送到家长面前，让家长管束，这样就和学生结下了梁子，极少数学生恨他入骨。

有一次他外出散步，突然从后面来了两个人，蒙着面将他摔倒在地，一顿毒打，将他打得鼻青脸肿，他好不容易才回到家里。胖子看了心疼得不行，问他是怎么了？是不是和人打架了？夫子说是自己不小心摔的。胖子不相信，摔跤怎么只摔在脸上？胖子找到校长，向校长汇报了夫子被打的情况。

校长很重视，查明了是两名学生所为，要将那两名学生开除了。可是班主任老师和学生家长却找到夫子，让夫子给学校说情，让学生给夫子认错，恢复学生的学籍。夫子权衡再三，答应了学生家长的要求。但夫子提出了条件，要家长一定要管住学生，杜绝学生再去网吧，家长答应了，又把学生叫到夫子跟前，当面认错，夫子教训了学生一顿，又找到校长说了许多好话，出于挽救学生的目的，校长答应了夫子的要求，恢复了学生的学籍。两名学生才得以重新回到学校，对此两名学生家长对夫子感激不尽。

胖子看见夫子一心扑在教书上，很高兴，可是家里的收入却大为减少，胖子又开始埋怨。

夫子说："你要买什么，就跟我说，不要老是在背后嘀咕。"

胖子说："我总不能一天到晚找你要钱吧，这样一直伸手，连我都觉得烦。"

夫子说："那你想怎么样？"

胖子说："把工资卡给我，每个月我来安排生活。"

夫子二话不说，就把工资卡给了胖子，胖子接过工资卡，笑了起来，搂住夫子的脖子说："我到今天才发现，我们的夫子原来是这么可爱。"

看到胖子谄媚的样子，夫子反而觉得难受。

自从回到家里以后，夫子打算和胖子过平静的生活，可是生活并不像他想象得那样舒适惬意，反而有诸多不顺让他烦恼。虽说自己被打，他从内心里觉得处理得还算周全，挽救了两个被开除的学生，可是那股暗暗涌动的风气，却是他无法扭转的，他有时无意中在街上，看到不少女学生也出入网吧，让他的努力不仅没有产生效果，反而上网的学生越来越多，街上的网吧也越开越多，让他的心情十分沉重。

后来他也开始试着玩游戏，玩着玩着也开始上瘾，原来像他这样的成年人也难以抵挡游戏的诱惑，他的心里甚至产生了恐惧。

老师们也开始寻找各种机会赚钱，有的在学校旁边开起了小吃店，有的在培训班搞起了兼职，在背后相互交流着各自赚钱的经验。

有一次夫子回家后，胖子对夫子说："有个小学生培训学校的校长来找过你，给了我一个电话，让你下班后给他回个电话。"

夫子问："是什么事？"胖子说："是请你到那里做兼职的事，每个月的工资不比你上班差。"

夫子本来不差钱，可是好奇心驱使他来到那所培训学校。一看，好家伙，比他的学校还要高一个档次，各个学科门类齐全，很多老师都是他熟悉的面孔，相互见面都装着不认识，夫子看到老师虚伪起来比演员更甚。

夫子找到校长，答应每个星期来上课，校长听了很高兴，说早就听说过他的大名，是物理名师，虽然是副科，可也能招到不少学生。

夫子在那里上了一个月，竟然拿到了两千块钱的补课费，拿着那些钱，夫子心里却很难过，老师都忙于补课，哪还有心思教学？学校自然发现了这种现象，虽然下发了禁止补课的文件，却形同虚设，根本阻止不了老师们的脚步，看着老师们鱼贯而入进入各类学校，夫子只是摇了摇头，无奈地回到家里，把钱扔给胖子，胖子见了钱，很高兴，却看到夫子脸色阴沉得厉害，问拿了钱怎么还不高兴？

夫子说："这钱很脏。"

胖子把钱翻来覆去看看，说："钱很干净呀。"

夫子鄙夷地看了看胖子，说："跟你说不清楚。"

胖子说："可我跟你说得清楚啊。"她把钱拿起来在夫子面前晃了晃，说："有了这，什么都能说清楚。"

夫子看到胖子一脸庸俗相，不想再看她，就走了出去。来到操场，有几个学生在打篮球，夫子手痒，也加入了进去。几个男生看到老师加入了进来，来了劲。有个学生竟脱口说："老夫，接着。"

夫子听后，愣了一下才知道是在叫他。接过球，跨步上前，把球投进了球篮。

后来，夫子从老师那里打听到，学生给每个老师都取了绰号，只是不敢当面叫他们，但背地里都叫得很欢。对于他在外面这几年的事情，学生们似乎也都知道，知道他曾做过生意，赚到了钱，甚至和人同居的事也在学生中间流传着，知道了他是学校里面最有钱的老师，看他的眼神也和看其他老师的眼神不一样，知道他回来教书，只是权宜之计，不会永远站讲台的，所以对他不像对其他老师那样。

四　谭笑爱上了夫子

夫子和学生一起抢球，拦截，发球，传球，不一会儿就和学生打成一片，也没有了距离。

球场旁边围观的老师和学生越来越多，学生们自发当起了啦啦队，每进一个球都引来他们的欢呼声。人群中有一个年青俏丽的女老师，目不转睛地盯着夫子。

有个学生公然喊他："老夫，没想到你的球竟然打得这么好。"

夫子说："我以前读大学时，是学校篮球队的中锋，好多年没打球了，有些生疏了。"

那个学生叫乔勇，也是学校篮球队的，平时训练还算刻苦，说："那我们打一局，谁输了谁请客。"乔勇说自由组合，夫子说行。于是几个人很快分成了红队和蓝队，打了四十分钟，夫子那一队果然输了，两队人都打得汗流浃背。

夫子说："愿赌服输，你们说到哪儿去吃饭吧？"

乔勇说："当然不能掉老夫的价了，到'嫦娥大酒店'吧。"

夫子说行。于是几个人一起去了"嫦娥"。

吃饭时，乔勇问夫子："听说你在外面发了大财，到底赚了多少钱？"

夫子说："保密。"也是，他怎么能跟学生说这些事呢？再没有距离，这种距离还是要保持的，说："不多，够用吧。"

还是那个说不洗澡的学生又问："够用是多少啊？一万两万还是十万？"

夫子说："你们说有多少就是有多少，不过你们可不能像我一样，你们现在只有好好读书，将来有了知识才能挣到多的钱，我不希望你们今后流落街头。"

几个学生见夫子很随和，不像其他老师一本正经，跟他们保持着距离，而且从来不随便批评他们，于是有个学生竟拍着他的肩膀说："老夫，等我们毕业了你也带着我们出去闯闯吧。"

夫子笑笑说："你们安心读书吧，别胡思乱想了，你们比我有前途，不要学我，一事无成。"

乔勇说："老夫，那么谦虚干吗？你在我们心中是很高大上的，不光是在我们心中，在许多老师的心中你也是高不可攀的。我猜很多女老师都想嫁给像你这样的人。刚才打球时，谭老师的眼睛就没离开你。男老师们估计对你是羡慕嫉妒恨吧。"

夫子笑着说："你们真会恭维老师！哪个谭老师？我都不认识。"

乔勇说："听说谭老师是刚分配来的，教初一的语文，扎个马尾辫。"

夫子没想到学生还挺善于观察，而且敢想敢说，就接着问："那你们说说对我的看法，是喜欢呢还是讨厌？"

乔勇说："怎么说呢？我们是穷人，你是富人，穷人和富人是说不到一起去的，再说我们虽然羡慕富人，但更多的是恨富人，因为富人抢走了大多数穷人的钱。"

夫子听了心里一惊，他没想到贫富差距在学生中间就这么根深蒂固，而且都有仇富心理，这种心理发展下去是很危险的，社会的矛盾往往就是从仇富开始。

想到这里，夫子严肃地说："富人是勤劳致富，不是抢穷人的钱！这世上永远会有富人和穷人，正如大地上永远有大山河流，不可能都平平坦坦一样，并且穷人会比富人多。即使富人把钱全都分给穷人，穷人还是改变不了穷的命运。你们要好好学习，以后努力做富人！"

那晚他花了300多，几乎是他小半个月工资，几个学生酒足饭饱后，又一同陪着夫子回到学校，直到他上楼他们才离开。

在以后的教学中，他似乎顺利多了，也很少和学生产生矛盾。

年终考核的时候，虽然他的物理成绩在学校有目共睹，可是因为他的停薪留职经历，别人最差还有一两张奖状，而他什么也没得到，校长说："老鲁，我知道你有委屈，可是想想他们那点可怜的工资，你就不会和他们计较了。"

夫子看到老师们进进出出，虽说穿得人模人样的，可他们内心的苦他能体会。夫子也是中学教师，对这个群体非常了解：他们对工作非常认真，可以把90%的时间用在工作上，常常顾不上自己的家；他们穷苦又清高，多数人天天抱怨工作这不好那不好，可真正有勇气有能力改变的没几个人；一群人待在一个相对封闭的环境里，为了一点蝇头小利争来争去，内卷严重。面对他们，夫子常常是哀其不幸，怒其不争，根本不会去和他们争。

这天，夫子正在食堂吃午饭，一个年轻俏丽的女老师端着餐盘坐到了他对面。

"鲁老师好！我叫谭笑。"女老师说着标准的普通话，大大方方地介绍自己。

夫子想起打篮球时学生们调侃的话，笑着回应："小谭老师好！我回学校没多久，你认识我？"

谭笑说："鲁老师不在江湖，江湖处处有鲁老师的传说。我一上班就老听人说大名鼎鼎的夫子，全国物理竞赛一等奖的辅导老师，讲课是一绝。"

夫子笑笑说："那是老师们抬举我。"

谭笑说："您谦虚啦！我马上要讲一堂公开课，自己试讲了几次都不满意，想请您指点指点。"

夫子说："语文课我没讲过啊。"

谭笑学着武侠小说里的大侠拱手抱拳："高手一通百通，不分学科。小女子这厢有礼了，拜托啦！"

这个动作让夫子觉得很有趣，于是爽快地答应了。

听了谭笑的课后，夫子提出了两个建议：一堂好课要懂得取舍，不能面面俱到，能让学生有一个实在的收获即可；要适当安排节奏，松弛有度，不要让学生从头到尾紧绷着思想的弦，可以安排一些课堂活动调节气氛和节奏。谭笑按照夫子的建议修改了教学设计，在正式讲课的时候获得了非常高的评价。

谭笑很高兴，坚持要请夫子吃饭，夫子推辞不过就答应了。

在县城最好的西餐厅，两人相对而坐，边吃边聊。谭笑对夫子就像自己的同龄人，丝毫没有对前辈的拘谨，说说笑笑，相谈甚欢。彼时电视剧《人间四月天》正在热播，徐志摩和张幼仪、林徽因、陆小曼的婚姻爱情故事成为大家热议的话题。

谭笑说："夫子是学物理的，没想到对文学、历史都这么了解，还会吟诗作赋，像徐志摩一样是个风流才子。"

夫子说："我看你更像才女林徽因。"

说完，两人不约而同地笑了起来。他们从古典四大名著谈到金庸武侠小说，谭笑常有新颖有趣的观点，甜美狡黠的样子让夫子动了心。

这以后,两人常常不约而同地在食堂相遇,关系越来越近。在一次外地假期培训中,两人发生了亲密关系。

有了谭笑,夫子对胖子更包容,常常拿钱回家,夫妻相安无事。

五　母亲的葬礼

2002年的一天,夫子正在上课,班主任叫他到办公室接电话。电话是二哥打来的,说母亲去世了,让他赶紧回去,夫子给班主任交待了几句,就回到家里,胖子问他怎么不上课了。夫子说母亲走了,他要马上回去,胖子想问她回不回去,见夫子没说,她就不好再问,任由他去。

夫子开着新买的桑塔纳轿车往家里赶,到了家门口,就见很多人进进出出,村里人都来帮忙了,哥哥还有姐姐们都跪在棺木前一边烧纸一边哭,哭什么夫子一点没听清。夫子抢身向前,一膝盖跪在地上,大声恸哭起来。他实在难以相信,这么坚强乐观的母亲就这样离开了?他抬起头,在泪眼蒙眬中看着母亲的遗体,突然觉得自己身后空空,心下一片惘然。

看见他哭得眼泪一串一串的,大姐走过来劝他:"七伢子,别太伤心了,咱妈活了84岁,无病无灾,寿终正寝,是喜丧,我们应该替她老人家高兴。"一边说一边擦掉自己的眼泪。

夫子在大姐的搀扶下站起身来,稳稳了心神,接着问大哥谁在负责丧礼。

大哥看着夫子没有回答。夫子掏出五千块钱,一共五沓,交给哥哥,说:"这是生活费,你收着,要买什么只管买,别怕花钱。"

大哥接过钱,也没数,就去请管事的去开清单,把需要买的东西都买回来。

棺木是父亲在世的时候都置办好了的,放在屋后屋檐那里的,帮忙的抬出来后正在刷漆。夫子又问大哥请了乐队没有,大哥说还没有。夫子说把乐队和戏班都请来吧,要大唱三天。大哥答应了一声就走了。

赶在天黑前,两班乐队就到齐了。门前院子里搭了棚子,一连摆了十张桌子,另外给两班乐队也安排了桌子。乐队的女歌手,围着母亲的棺木不停地唱着孝歌,她们都很专业,唱得人们眼泪直流,加上电子琴深情的伴奏，着实让人伤心。

夫子想想还有什么没安排到的，一再征求大哥的意见，其实大哥根本没有指望夫子操持葬礼，几个哥哥姐姐早已商量好，由他们全权负责。

大哥说："你刚赶回来，歇着吧，我们安排得差不多了。"

夫子想把母亲的葬礼安排得热热闹闹，风风光光的，让母亲获得应有的体面，也让父老乡亲们看看昔日那个穷苦的家庭早已不是当年的光景。就问大哥："我也想尽一份心，我能做什么，大哥尽管吩咐。"

大哥拍了拍他的肩膀，点了点头。从小到大，哥哥姐姐都是这样照顾他、心疼他。这让他又添了一分感动和愧疚。

夫子突然像想起了什么，说："大哥，我得把鲁青山接过来。"

大哥这才想起还没看见鲁青山，说："快去吧。"

夫子站起来，擦了把眼泪，跑到车子边，拉开门，上了车，很快把鲁青山连同胖子一起接了来。

他把鲁青山拉到奶奶棺木前，让鲁青山跪下，说："你奶奶走了，快给奶奶烧纸吧。"鲁青山喊了一声奶奶，然后给奶奶烧起纸来。

夫子说："您的孙子来送您了，鲁青山已经考上了市重点高中，没有辜负您的期望。"

胖子跪在婆婆棺木前，一边烧纸一边不住地流眼泪，嘴里不说一句话，仿佛只是一个来哭丧的。

鲁青山跪在胖子身边，看着妈妈流泪，说："妈妈，奶奶还能醒过来吗？"

胖子说："睡过去了，就再也醒不来了，以后我们老了，也会睡过去的，人只要真的睡过去了，就再也醒不来了。"

鲁青山说："那我们以后就不要睡了，一直醒着。"

胖子劝鲁青山："别说傻话，别人听了会笑话的。"

鲁青山于是闭嘴了，烧了一会儿纸就站起来了，看着来的人陆续给奶奶烧纸，说着和奶奶告别的伤心话。

院子的两班乐队突然开始热闹起来，原来他们在相互挑战，两个乐队谁都不服谁，都把最拿手的音乐吹打出来，两个唱孝歌的也把最好的嗓音亮了出来，由围观的人作评判，听的人怎么知道谁好谁不好？只是听着嗓音一再拔高，高到让人听着刺耳，最后又笑着握手言和，说着相互恭维的话。

队长终于来了，说有好消息要告诉大家，中央取消农业税了，交了多年的农业税从此不再交了，大家听了着实高兴，都鼓起掌来。

队长说："今天是夫子妈的葬礼，人死众人葬，是我们这里的老规矩，也是老祖宗留下来的好习惯，不能丢，以后不管哪家有事，大家都齐心协力帮着办，不要事不关己，在这里，我替夫子谢谢大家了。"

夫子听了队长的话，很是感动，连忙给队长上烟。

队长又说："以后就不要叫队长了，我这个队长也算当到头了，不过，不管当不当队长，以后谁家有事，我照样参加，只要大家不嫌弃。"

夫子一直头顶着白色的孝布，有些不方便，他把队长拉到桌子前坐下，亲自给队长倒了茶，说："我对不起我妈妈，只顾自己的，连最后一面没有见着。"

队长说："你是我们湾里的第一个大学生，给我们队争过光，长年在外工作，忙得很。你母亲一个人过了这么多年也实在不容易。儿行千里母担忧，你妈最担心的还是你，你是有文化的人，道理你都明白。你妈这是喜丧，别太难过，她会在天上保佑你们。"

夫子听着队长的话，眼泪又掉下来了。

来吊唁的人越来越多，花圈摆满了院子。追悼会很隆重，夫子写的悼词情真意切，让人们情不自禁地流下眼泪。

出殡那天，大哥胸前抱着母亲的遗像走在前面，夫子捧着骨灰盒跟在后面，送葬的人一路吹打着往河边坟地里走，那里是个老坟场，全村的人都埋在那里，形成了一个类似公墓的地方，母亲的墓穴选在父亲旁边，之前就有几个人来挖了"井"，等在那里。

一路上，夫子心里哀痛不已。想想小时候，为了给自己治病，母亲背着他走那么远的路，给人送礼，说好话，不知受了多少罪。母亲这一辈子为孩子、这个家操碎了心。自己在外面跑了这么多年，早该回家看母亲了，在他的心里，母亲一直是健康的，好像一直在家里等着他。原来母亲也是有生命周期的，不会永远活下去，总有一天会离开他们的。父亲走了，只剩下了母亲，母亲一个人守在这间空旷的老屋里，膝下没有一个儿女陪伴，母亲的孤独谁能体会？你夫子只顾挣钱，可是挣钱又为了什么呢？

还有，你在外面挣钱，哥哥姐姐们又何曾见到过你一分钱呢？你有钱，他们没钱，有钱的不打照面，离母亲很远，没钱的却有孝心，常常在母亲身边，钱能代替孝心吗？钱能换回母亲的生命吗？

夫子越想越觉得对不起母亲，眼泪止不住。母亲的音容笑貌此时像电影一样在夫子眼前浮现，想到母亲躺在冰冷在棺木里面，再也听不到他的声音，再也不能给他做饭吃，再也不能喊他一声七伢子。

到了"井"边，夫子跪在坟前，看着大家把母亲的棺木慢慢放进墓穴，然后所有的后人上前给母亲培土。看着母亲的坟慢慢加高，想着母亲从此西归，要见也只能在梦中，不禁大哭起来，声嘶力竭地一声声呼唤着"妈"。大哥大姐过来劝了他好久，才把他拉了起来，夫子红着眼睛，失魂落魄地站在那里。

鲁青山一直跟着他，亦步亦趋地学着他的样子，好像奶奶要出远门，他来送别似的，反倒劝爸爸不要哭。夫子对鲁青山说："你以后一定要多留在母亲身边，照顾母亲。母亲就像是太阳，失去了太阳就失去了光明，生命就只能处于昏暗之中，子欲养而亲不待的悔恨常常能折磨人的一生。"

回到家里，大哥把母亲保管的土地证，以及留下来的不多的钱交给夫子，说："这是母亲留给你的，你好好保管，房子你看着办，是留是卖你自己定夺，还有两亩农田和菜地，你愿意怎么处置都由你。"夫子看着从小在里面长大的房屋就要没人管理，又流了一次泪。

大哥说："过几天后烧头七，到时候我们还来，家里一切都为你安排了。"父母在，还有来处，父母去，只剩归途"，夫子想着这句名言，看着母亲的遗物，想再想喊一声妈，都成了无法实现的奢望，心里又一阵难过。

大哥劝道："人死不能复生，妈走了，你也不要过度伤心，只要以后过好自己的生活，不能再到外漂泊了，得让鲁青山有个安稳的家。"

胖子坐在一旁，不说话，一直看着夫子，眼里充满了企盼。

烧头七的时候，就只剩下他们姊妹家几个人，好在活不多，几个人来到坟前，给母亲烧了纸，就回家里来了。

吃过晚饭，送走哥哥姐姐们，只剩下夫子和胖子还有鲁青山，夫子收拾屋子准备睡觉，胖子给鲁青山另外支了个小床。鲁青山睡上去，觉得很好玩，不一会儿就倒在床上睡着了。

夫子仍悲戚不已，母亲走了，老屋一下子变得无比清冷，如同自己一颗空空落落的心，记忆中的温暖，童年的艰辛和甜蜜，和老屋相关的一切都有母亲的烙印，现在这一切似乎都随着母亲一起抽离了。现在父亲和母亲都不在了，从此，人生再无来路，只剩归途。

夫子抚摸着屋里的物件，这些都是父母当年置备的。夫子打开一个木箱子，红色的油漆已斑驳脱落，里面装着夫子上小学和初中时的奖状，母亲细心地把它们卷在挂历里面；还有一个军用水壶，那是夫子五年级参加作文竞赛得的奖品；还有一本相册，几个相框，是一家人这些年的照片，相框原本挂在墙上，后来被小心翼翼地收在红木箱子里。

夫子知道，这是母亲的嫁妆，母亲把最重要的东西都放在里面。此刻，睹物思人，夫子不知不觉已泪流满面。在艰苦的岁月里，这么多孩子，田里，家里，父母花了多少精力啊！以后再没有人守在这间老屋里，恐怕它很快就会荒芜败落了。想到这里，夫子的心一阵阵酸楚，这间老屋，才是他内心的归属。可是，日后他恐怕再难回到这里回到故乡了。

胖子已经睡着了，可以听到轻微的鼾声。两人的心境是多么不同啊！夫子想着自己这么伤心，妻子却完全不能体会，唉！这就是所谓的同床异梦吧。此刻，夫子心里想着余胜男，还有谭笑。夫子越来越想念余胜男了，如果有她陪着，自己肯定不会这么孤独。

六　鲁青山的病

夫子结束了母亲的丧事，站在老屋门前打量了好久，才回到学校，开始正常教学。

鲁青山病了，学校的老师打电话给胖子，说鲁青山烧得厉害，胖子从学校把鲁青山领回来，鲁青山已烧得嘴唇干裂，只说胡话，夫子回到家里，看见鲁青山这样，连忙用车把鲁青山送到人民医院检查。

夫子以为只是普通的感冒，医生听了只是摇了摇头，说等检查完了才能确定。

胖子站在夫子旁边，只埋怨夫子平时根本不关心鲁青山，只是嘴上关心，心里根本没有鲁青山。夫子听了，也确实，平时只知道关心自己的事，鲁青山几乎全由胖子照顾。看到胖子着急的样子，夫子心里又觉得愧疚，对不起胖子。他在心里问自己：胖子是个不错的女人，又忠诚又善良，可自己就是看不上她，老是想抛弃她，原来他不觉得，现在才知道是"三观"不合。胖子刚来的时候，夫子似乎完全没有考虑"三观"，只想着她能照顾好鲁青山就行。随着视野的扩大和眼界的深远，他发现能让他看得上的女人越来越少了。

鲁青山被推进 CT 室做全身检查，鲁青山已处于昏迷状态。夫子接受着胖子的唠叨，也不还嘴，其实他只知道鲁青山有病，至于什么病他是真的一点儿不了解。

鲁青山出来了，又等了好久，才取出 X 光照片，医生将照片放在灯光下，反复观看。然后说："你的孩子不是真正的感冒，而是严重的肾病，他的肾脏已经发炎，必须住院治疗。"

夫子看了看胖子，意思是征求胖子的意见。胖子见夫子犹豫，大声说："看我干什么，还不快去。"夫子连忙跑去办住院手续。

胖子一直陪着鲁青山，给鲁青山擦脸，又不住地盼着夫子过来，脸上充满了焦急，心疼得不行。

住院手续办好了，护士却说没有病房了，只有等住院的人出院后才能住上，夫子找到院长，院长才安排护士在走廊上给鲁青山支了一张病床，夫子老大的不愿意。胖子说："先住上院再说。"

夫子看到胖子焦急的样子，心想，又不是她的亲儿子，却比他还急，真不知道这个钱心安是怎么想的，可是看到胖子忙前忙后，又马上把鬼心思收起来，一心一意配合胖子照顾鲁青山。

夫子坚持上了两天课。胖子一直住在医院陪鲁青山，晚上也陪着鲁青山。夫子除了上课，家里一切家务都要他管，他不会做饭，只会下面条，有时不是煮干了就是煮过了，菜也不是炒得咸了就是淡了。看到连自己也吃不下的饭菜，他才想到胖子每天的不容易。平时，他吃着胖子做的饭菜，连一句好听的话都没有，一心只想着抛弃她，可胖子全当不知道，一心一意顾着这个家，让他没有一点后顾之忧。特别是鲁青山，从小就多病，平时吃药打针，照顾鲁青山起居全是胖子的，胖子还要照顾手里的业务，真不知她是怎么忙过来的。

夫子把鲁青山的病给校长说了，校长很关心地说："要不你请几天假吧，好好照顾一下儿子。毕竟儿子是大事，我们工作一辈子还不是为了他们，没有他们我们活着还有什么意义？"夫子很感谢校长的理解，于是请了一个星期的假。

夫子赶到医院，让胖子回家好好休息一晚。胖子不相信自己的耳朵，问："你说什么？"

夫子又说了让她休息的话，胖子说："你请假了？"夫子说："是的，请了一个星期。"胖子说："你不用请假也行，我一个人照顾得过来。"

夫子看到，胖子明显地瘦了，腰围也瘦了一圈，似乎更好看了。

胖子也知道自己瘦了，小声对夫子说："我要是瘦得像女明星一样，你还会和我离婚吗？"

夫子没想到一直藏着想和胖子离婚的小心思，早被胖子给看穿了，而且她根本就不在乎离不离婚。

鲁青山一时清醒，一时糊涂，搞得夫子和胖子都心焦得不行，看着鲁青山一直打着吊针，夫子觉得比自己心上扎着针还难受。

打了一个星期针，鲁青山的病依然没有一点好转，医院建议转院，夫子也早有转院的意思。夫子知道，不管什么病，只要找到病没有好转，说白了是没对症，是药没起作用。他早就有转院的想法，只是没说出来。

医院虽说让他们转院，却一直拖着，胖子见鲁青山病情稳定了，不再说胡话，而且清醒了许多，能喊妈妈了。胖子说："哪有这么快呀，病了这么久，得慢慢好起来。"

夫子的一个星期假，早到期了，只好依着胖子。直到住满一个月，最终，经胖子同意，夫子决定转院。胖子则一再埋怨医院不用心给鲁青山治病。说医院只管收钱不管病人死活。

医院似乎也觉得理亏，任由胖子骂，只当没听见。胖子骂够了才抱起鲁青山上了夫子的车，拖着鲁青山到武汉再做检查。武汉医院又重复了一遍上次的检查，这次只说是肾病，还是要住院，一家人只好又住了下来。

这次夫子给校长请假，校长没有上次爽快，说："鲁老师，学校可不是菜园子，想来就来想走就走，孩子有病不假，可也不能长期不上课呀，老师都是一个萝卜一个坑，缺一个就少一个，你还是慎重考虑一下吧。"

夫子说："鲁青山病了，我总不能不管吧，总不能看着儿子病死在床上，我还站在讲台上上课吧。我走了，给儿子看病去了，想怎么样随你们的便。"

校长看着夫子走远的背影，觉得夫子说的也不无道理，就说随他去吧。

夫子让鲁青山住上了医院，任由胖子照顾。夫子觉得等着也是等着，想联系以前的齐总，没联系上，最后找到公司租用的宾馆，才知道齐总已经被抓了，判了四年，现在已无法联系上了。夫子又找了几个点，说法都一样，夫子暗自庆幸抽身得早，没有被抓。夫子只好回到医院。

胖子问他去干什么了？夫子说是会朋友去了。胖子知道夫子在敷衍她，也不说穿，只是看着病床上的鲁青山，说："你现在要把心思用在鲁青山治病上。别的不用去想，鲁青山不好，你什么也做不了。"

夫子没说什么，他知道胖子心里想的什么，只好陪着胖子一起照顾鲁青山。夫子看看手里的钱越来越少，那点可怜的工资一到手就没了，根本应付不了日常开支，要抽烟，要喝酒，又要给鲁青山看病，把夫子搞得心力交瘁，这也是夫子偷偷出去找齐总的原因。

在武汉住了一个月医院，鲁青山还是没见好转，只好和胖子一起把鲁青山带回家。

鲁青山瘦得很可怜，夫子抱着鲁青山的身体就像抱着一团棉花，心疼得不行，就四处打听哪里有治肾病的民间良医。

夫子给他的同学们打电话，终于有个同学回电话了，说是河南有一个专治疑难杂症的。同学给了他地址。夫子和胖子说了，让胖子看家，他带上鲁青山去河南看病。

夫子带着鲁青山来到湖北和河南交界的地方，那里和江汉平原一样，分布着一个一个营子，一条国道穿过镇子，将镇子一分为二。那是家私人医院，来看病的人很多，有坐车来的，有坐拖拉机来的，还有用板车拉着来的，都是乡下人。

医院规模不小，一排两层楼房，被围墙围成一个大院子，一楼的门上挂着各种门诊室。看来是个大杂烩，什么病都能治。医生都穿着便服，看不出谁是医生，谁是病人。院子里也没人维持秩序，来看病的人将车子横七竖八地停得到处都是，有的病人还在板车上呻吟，有的则把病人抬进屋里，让医生诊断。

夫子领着鲁青山进了院子，问了看门的大姐。看门的大姐把他领进一间门诊室。夫子一看，原来是肾病门诊，夫子埋怨了一声自己，门前挂着牌子，他竟然没看见。

鲁青山指着门上的牌子说："那上面有个'肾'字我认识。"夫子听了心里一阵难过。

医生是个五十多岁，留着胡子，面色白白的，略显病态的人。他让鲁青山坐好，先看了看鲁青山的额头，又让鲁青山张着嘴巴看了看舌头，接着又让夫子把鲁青山的衣服解开，把听筒伸进鲁青山的胸前去听，四处移动着听了好久，说："病得很久了吧？"

夫子说是的，看了好多地方，都没见效。医生说：这病是胎里面带出来的，很难治，不过也能治，就是时间要长，还要花钱。

夫子说："钱不是问题，只要能治好孩子的病。"

老医生说："我给你开几副药，先吃着，吃完了看效果。如果不行我再给孩子换药，他现在身体很弱，不能用猛药，怕孩子经不起。"

夫子说："行，还请先生多操心，吃完了我再来抓。"

夫子说完，牵着鲁青山去抓药。鲁青山站在院子里，听到病房里传来人的惨叫声，吓得拉着夫子的衣服角，夫子让鲁青山不要怕，说这是在给病人治病。看到有人腿摔断了，鲜血直流，鲁青山只好用手蒙着眼睛从病人身边走过。

夫子双手提着两大包药，出了医院，来到附近的车站搭长途客车。夫子毕竟还没拿到驾驶证，有车也不敢出远门。

七　夫子被抓

鲁青山跟在夫子身后一同上了车，在车上买了票。刚坐下，就有两个人上来，说是警察，并亮出警官证，夫子一头雾水，不知为什么警察会找他？警察又亮出通缉令，说："你被逮捕了。"

夫子一时不知如何是好，不过他没想到逃跑，何况身旁还站着鲁青山，他也不敢跑，警察说："坐着别动。"

鲁青山看着两个人控制了爸爸。警察问鲁青山是谁？夫子说是他儿子，带他来看病的。警察说："那就让他坐在你身边吧。"于是鲁青山紧挨着夫子坐下。警察给夫子戴上手铐。车开动了，夫子对警察说："孩子一个人不好办，我得把孩子安顿到医院然后才能跟你们走。"

两个警察商量了一下，说："好吧，你可不能耍滑头。"

夫子说："我怎么敢。"

警察们显然对他的情况有所了解，说："你打算把孩子送到哪家医院？"

夫子说："当然是我们县中医院了，别的也没地方送，孩子以前在那里住过院，我送去后让他妈妈过来照顾他，我就跟你们走。"

两个警察显然听信了他的话。警察让司机直接把夫子父子俩送到县中医院。

夫子下了车，鲁青山跟在夫子后面，两个警察也跟着他。警察找到医院院长，把夫子和鲁青山的情况向院长说了，院长说等他家属来了他就可以走了。

夫子给鲁青山办好了住院手续，然后对警察说："我去给他妈妈打个电话，让她马上过来。"警察说："快去快回，量你也不敢不要孩子。"

夫子走出房间，看见只有一个警察跟着，他穿过一间病房，很快从医院后门溜了出去。

警察等了好久没有看到夫子出现，才知道他跑了，连忙给所长打电话汇报。

这时，胖子来了，警察说让胖子赶快给夫子打电话，让他回来，不然后果不堪设想。

胖子问为什么抓人，警察说："他在安徽涉嫌犯案，别的人都抓了，就他漏网了，他现在是网上逃犯，跑到哪儿都有人抓他。"说完又把通缉令拿给胖子看。

胖子看了，吓得不行，说："这可怎么办？抓到了会不会坐牢啊？"

警察说："坐牢是肯定的，不知道坐几年。"

胖子说："我连他在哪里都不知道，打给谁呀？你们要抓就去抓吧，反正他也没管过儿子。"

警察见从胖子的嘴里也问不出什么有价值的线索，交待说："只要他一回来，你必须马上报告派出所，不然就以窝藏罪起诉你。"

胖子听了气得不行，说："你们有本事就去抓，随你们便。"

警察还想再教训她一番，另一个警察把说话的警察拉走了。

夫子逃出医院，不知道哪儿去藏身，打算去车站，又马上打消了念头，他知道现在警察早已布下了天罗地网，只等他上钩，他得先躲几天。他站在出租车站台后面，看着来往的行人，思考着。宾馆、旅社都不能去，家里更是不能回。学校肯定早就知道他犯事了，就是能回他也没脸回去，这时站台上来了两个穿着灰色长衫的和尚。

他上前双手合十，打个问讯："老师傅，请问你们是哪个寺庙的？"

两个和尚都四十多岁，长得黑里透亮，说："我们是城郊普济寺的，出来化缘的。"

夫子说："我现在走投无路了，请老师父给指点迷津吧。"

两个老和尚你看看我，我看看你，不知如何是好。等了一会儿，一个和尚和另一个和尚嘀咕了两句说："你自己去吧。"

夫子好像在哪儿见过其中的一个，又一时想不起来，就看着他们上了车。他则又隐匿在站台后面。

夫子出城找了好久，终于找到了那个隐藏在山坳里的普济寺，找到其中一个和尚，仔细一看，原来是他的一个大学同学，夫子很好奇，问他怎么在这里出家？他说他看破红尘了，夫子打了他一下，说："什么看破红尘？我看你是为情所困吧？"

那个朋友生着一张小脸，一张老鼠嘴说话像竹管子里吹出来的风。他说他谈过好几个女人，都看不上他，加上单位又破产了，他没地方去，就到这里出家了，不过这里倒是很清净。

夫子觉得和这样的人没有啥好交流的，就对他说："我想在你这里住几天，可以吗？"

同学说："只要你不嫌弃，当然可以，毕竟同学一场。"

夫子高兴得不行，就在这里住了下来。不过住了几天，他就住不下去了。

于是在一个月黑风高的夜晚，他潜行到家门口，敲响了小区的门。胖子开了门，还是吓了一跳，说："你怎么跑回来了？"

夫子说："我太想小山了。"

胖子说："你怎么知道小山回家了？"

夫子说："我当然知道，没有钱住院了，鲁青山能到哪儿去？"说着走进鲁青山的房间，鲁青山睡着了，脸上瘦得皮贴在骨头上，夫子心疼得不行。

晚上，夫子挤到胖子床上去睡，胖子没有拒绝。夫子问胖子恨不恨他，胖子说能过日子就行了，恨什么恨？

夫子有些恨自己，反手把胖子抱住，说他对不起她。

胖子说："睡吧，明天再说。"

夫子怎么能睡得着，他还不知道明天到哪儿去藏身呢。他想让胖子给出个主意，不想却听到胖子已呼呼睡去。

天没亮，夫子就起床了，胖子给夫子下了面条，鲁青山也醒了。看见鲁青山，夫子说："要不我把鲁青山带去看病吧，鲁青山正好做掩护。"

胖子说："方便吗？"

夫子说："方便倒是不方便，不过可以作掩护，没人会在意一个带着孩子看病的人。"

胖子想了想，说："那就快走吧，走得越远越好。"

夫子背着鲁青山出了门，一会儿就消失在清晨的灰蒙蒙的雾气里。

夫子带着鲁青山来到上次给鲁青山看病的那家医院。他不敢再用真名了，可又一时不知道用什么名字好。他可不敢给自己乱取名字，要取也得请先生给取，他认为一个人的名字代表着一个人未来的财运，搞不好的话，甚至会把命搭上。

夫子和鲁青山进了医院，医生认得，说是上次来过的。医生说要先观察观察再说，让鲁青山在医院住下来，明天再给他作详细检查。夫子说行，就把鲁青山送到病房里。

夫子不敢留在医院，只能在附近找了一家农户住下来。那家农户是个老实人，没有问他别的，说是连吃带住每天十块钱，夫子说行。晚上，夫子问这家户主，附近有会取名字的人没有，户主说没有，正在夫子失望的时候，那家主人说，不过有个会算命的，让他给取一个你看中不中？

夫子说："那就看看吧，还麻烦你带我去一下。"

主人说不远，就在前面百来米的地方，你一去就知道了。夫子摸黑，按照主人的指点，果然找到那户人家。户主人刚要关门，被夫子给挡住了没关成，他的身体已挤进去了一半。

主人正要喊人。

夫子小声说："别喊，我是来请你看相的。"

主人说："现在到处在抓流窜犯，你是流窜犯吗？"

夫子准备逃走，可他又一想，主人未必认识他，再说他必须改名才行，不然会寸步难行。他说："不是，我是来给儿子看病的，我儿子还住在医院里，是医院那边的人介绍来的。"

主人听了夫子的话，门没有劲儿了，接着慢慢开了，夫子进屋，把门关上，说："这么晚打扰你了。"

主人是一个四十多岁有点儿的驼背的男人，又瘦又长的脸上几乎见不到肉，左边脸上还有个大大的黑色的痣，痣上有三根长毛向外呈分射状。他让夫子坐到门外的石板桌上，问："怎么看？"

夫子神秘地小声说："不是看相，是取名。"

主人用眼神扫了他一下，说："你犯事了，对吧？"

夫子站起来说："你不会报案吧？告诉你，我也是做这行的，算命测字，我也行，我们是同行，我是被冤枉的，所以逃出来了，我是不想进去受罪，你说吧，要多少钱？"

主人笑了起来，说："看来今晚遇到贵人了，不需要我想，你得取个凶险的名字，以凶压凶才行，你以前的名字太弱。"

夫子听了很惊讶，连忙说："大师，你说的太对了，还请大师指点迷津，只怪我学术短浅，学艺不精，耽误了自己大半生，不过我现在真的是为了儿子，我儿子病得不轻。"

主人说："所以我不告发你，就是因为你良心未泯，将来还能大富大贵。"

夫子说："还请大师给帮忙取一个吧，我儿子还在医院里，时间久了，我怕他闹。"

主人举起手，将左手指头伸出来，在空中旋转了三下，然后口中念念有词，最后说："有了，叫山鬼吧。"

夫子不解，问："为什么叫这个名字？"

主人说："你不要问，过后自然知道，说破了也就不值钱了。"

夫子不敢再问，只在口中不住地念道："山鬼，山鬼。"然后掏出十块钱，说："大师，现在在难中，别嫌少，日后必当厚报。"

主人说："我说过，不要钱。"

夫子知道，行内规矩，说是不要钱，其实是嫌钱少，至少不能空手，说："还请大师指点迷津，以后往哪个方向走？"

主人说："往北吧，北方水，水能载舟，也能覆舟，不过只要行事谨慎，你一定会度过此劫。"

"谢谢大师。"夫子把钱硬塞给主人,说:"孩子还小,不能久留,我走了。"

夫子一出门,就听主人啪地一声把门关上了。

因为耽误的时间太久,夫子回到农户,农户已经关门,夫子只好喊开门,老头很不情愿地开了门,说:"深更半夜都不让人睡觉。"

夫子道了歉,来到房间,鲁青山一个人坐在床上,见到夫子,一个劲儿地说怕。夫子问他怕什么?鲁青山说:"总有老鼠在看他,像要吃他。"

夫子说:"没事,别怕,老鼠怕人。"夫子环顾四周,一个人没有,静得怕人。身上的汗毛不由得张开了,吓出了一身冷汗。他把鲁青山抱在怀里,说:"明天我们就走了,回去病就好了。"

第二天,夫子起来得早,他把鲁青山也叫了起来,把鲁青山带到院子外面呼吸新鲜空气。街上有不少车辆通过,有人开门走上大街,小镇醒来了,有了生气。太阳带着温暖从东边升上来了。夫子领着鲁青山,来到一家小吃店前,小吃店在炸油条。夫子好久没吃油条了,闻着好香。

夫子问鲁青山吃油条吗?鲁青山摇摇头,夫子这才知道,鲁青山身体太弱,吃不了油腻的东西,又往前走,是一家卖面条的,夫子点了两碗,这次没征求鲁青山的意见,因为再往前走就是街的尽头了。

夫子和鲁青山坐在那里等,夫子的目光却在四处张望。面条端上来了,每人一大碗,碗中间还堆出了山尖尖。夫子这才想起河南人都实在,连面条也和湖北人不一样。夫子早饿了,也不管鲁青山吃不吃,很快风卷残云,就把一大碗面条给吃个精光。看看鲁青山,则像挑毛病一样一根一根地往嘴里送。

夫子看着心疼,说:"慢慢吃,不急。"

鲁青山小声问:"爸爸,我们回家吧,我想回家。"

夫子说:"等看了病就回家。"

鲁青山听说能回家,加快了吃饭的进度,把一根一根地吃变成了一筷子一筷子地吃。

吃完面条,夫子拉着鲁青山快速往医院走。医院已经上班了,那个医生给鲁青山做了检查,又给鲁青山开了药。夫子拿完药,就搭了回家的班车。

鲁青山听说是回家，脸上的表情由阴转晴，变得阳光多了。

回到家里，胖子将夫子带回来的药熬好，给鲁青山喝。鲁青山说药很苦，喝不下去。夫子给鲁青山加了糖，又亲自尝了尝，说这下不苦了。鲁青山才一小口一小口地慢慢喝了下去。看着鲁青山喝药这么艰难，夫子更加心疼。

四副药吃完，鲁青山依然不见好转。夫子很焦急，又打听到安康有一家专治肾病的医院。夫子又带着鲁青山到了安康。这一次他没急着回家，说鲁青山的病不好转他就不回家。

夫子找到那家医院，跟医生说了鲁青山的病情。给鲁青山看病的是一个五十多岁的女医生。长得很好看，脸上的红润不下于一个三十多岁的少妇，只是体态有些发富，看上去很慈祥。

女医生把鲁青山反反复复地看了看，说："这孩子是耽误了，本来很好治的病，被拖得太久，变成了慢性病。"接着问夫子，带了多少钱？

夫子见问，说："不多，身上只有五千块钱了，本来有些钱，都看病了。"

女医生说："当父母的多不容易啊。"

夫子见女医生发着感慨，差点流下泪来。

女医生说完，给鲁青山开了药方，交给他，说："去交钱吧。"

夫子来到划价处，把单子交给拿药的医生。一共四千八百块。夫子一惊，心想：这么贵？忍了好一会，才咬牙把钱交了，交完钱，夫子摸摸口袋，里面已所剩无几，心里不免焦急起来。

夫子不敢耽误，直接搭车回家。这次他不再怕了，决定光明正大地回家。可是到了县城，天还早，他又犹豫起来，小心无大错，他于是把鲁青山领到公园里去玩，等天黑了再回家去。

他在公园里给胖子打了电话。胖子接了电话，说等他们回来吃饭。夫子放下电话，松了口气，他怕胖子不在家，那样他连家都没得回了，那可真是成了无家可归了。

到了小区大门前，夫子瞅着保安不在，很快溜进大门，上了楼，夫子轻轻敲门。胖子开了门，鲁青山见到胖子，一下子扑到胖子怀里，连声喊着妈妈。

胖子心疼地说问:"饿了吧,快吃饭。"胖子给鲁青山盛了饭,端到他面前,说:"快吃吧,想不想家?"

鲁青山说:"想,我想妈妈。"

胖子把鲁青山搂在怀里,说:"看把小山饿的。"

夫子也饿了,端起碗,狼吞虎咽地吃了起来。

胖子看着爷儿俩吃得很香,眼睛在爷儿俩脸上不住地移动,感觉在这个家她的地位越来越巩固了。其实她也没有想太多,不管夫子对她怎么样,她都一直爱这个家,爱鲁青山,她觉得只要有爱才能化解一切矛盾,只有爱才能挽回所有,这种爱一直支撑着她不计较外界的一切干扰,让家庭温暖如春。

晚上,夫子和胖子等鲁青山睡着了,夫子把胖子搂在怀里,说着道歉的话,胖子好久没得到夫子的爱抚了,激动得在夫子的怀里流下泪来。

胖子通过主任领导给夫子弄了山鬼的身份证件,鲁德夫从此有了新的身份:山鬼。

第十一章　北漂生活

一　初上北京

夫子眼看着家里入不敷出，挣的钱几经折腾几乎用尽。鲁青山的病还没见好转，去看医生时都说鲁青山的病能治好，可是吃了那么多药，钱像水一样往外倒，却始终不见起色。夫子只好和胖子商量："看样子我不出去不行了，你在家照看鲁青山吧，我挣了钱就给你寄回来。"

胖子把新证件拿出来交给夫子，说："怎么取了这么个鬼名字？"

夫子说："别看这个名字难听，却大有深意。我越来越觉得那个师傅取名字高级。"

胖子好奇："你说说。"

夫子说："山鬼，说得好听点就是鬼斧神工，可以来无影去无踪。你想，山上的鬼谁能抓得住？可说得难听又叫孤魂野鬼，谁见了都怕，更重要的是，像我这样涉嫌负案的人取这么个名字也是以邪压邪，说不定我以后在这个名字上大有作为呢？你以后就叫我山鬼吧，别人再问你夫子去哪里了，你就说离婚了，夫子从此在这个世界上消失了。你的丈夫现在妙山，叫山鬼。"

胖子轻轻地叫了一声："山鬼。"山鬼严肃地答应了一声。两个人同时都笑了起来。胖子接着问："你走了，小山怎么办？"

山鬼说："我再找一家正规医院，给鲁青山做一次全面检查，然后就认定这家医院，按时拿药，鲁青山是慢性病，急不得。"

胖子说："你把鲁青山安顿好了再走吧。"

山鬼说："那当然，我不能只是让你一个人操心，你为这个家已经付出了太多，我对不起你。"

胖子听说后，眼里含着泪说："说这些干嘛？我们是夫妻，又不是外人，鲁青山也是我的儿子。"

山鬼从屋里拿出一套灰色和尚服，穿在身上，问胖子好不好看？

胖子笑着说："你从哪儿弄来这套鬼衣服？"

山鬼说："这你别管，我们去医院吧。"

胖子和山鬼去了医院，果然没人认出他来。鲁青山做了一次检查，拿了一些药回去，停了一会儿，山鬼问："你还有钱吗？"

胖子在腰里摸出三百块钱，说："就这三百钱了，家里就这么多了。"

山鬼接在手里，说："你看看能不能再想想办法，我会加倍还你的。"

胖子说："你把我当什么人了？谁要你还？"

山鬼拿起三百块钱去了车站。

二　任艳

山鬼坐了一夜火车，来到北京站。

山鬼是第一次看到高大的北京站钟楼，有些兴奋。出了站，车站的旅客像潮水一样涌进涌出。车站外的广场上停满了出租车，山鬼看到有些黑车司机拉着旅客往车上塞，山鬼凭着以往的经验，知道这种车不能随便上，上了就等于上了贼船，搞不好会被拉到黑煤窑里，死了都不知道怎么死的。

山鬼来之前给任艳打了电话，任艳叫他只要来北京就来找她。

任艳是他在安徽认识的一个经销商，当时任艳并没引起山鬼的注意，因为当时有余胜男在，他只顾着和她交往。

山鬼在一家宾馆门口见到了任艳，任艳站在宾馆大门外，看到山鬼走来，连忙跑上前去，叫："鲁总，总算把你盼来了。"

山鬼说："我现在叫山鬼，早已不是鲁总了，以后叫我山总。"

任艳知趣地连忙改口："山总，你好。"

山鬼上前握住任艳的手，任艳的手白皙而细腻，手上的指甲和嘴上的口红都红得鲜艳欲滴。山鬼感觉任艳的手有像一股电流通过，温温的。

任艳见山鬼不松手，使劲抽出手，说："宾馆我已经给你开好了，我们去看看。"

山鬼有些尴尬，任艳的出现让他心里有一股春潮般涌动的感觉。

任艳开了门，山鬼走进房间，看到里面很豪华，电视，电脑都有，洗澡间也富丽堂皇。山鬼说："这房间很贵吧？"

任艳说："我们鼎鼎大名的夫子来了，总不能让你住旅社吧。"

山鬼笑笑，看到任艳比以前有女人味多了，特别是任艳的后背，曲线很优美，不禁说道："任小姐越来越漂亮了。"

任艳见山鬼夸她，说："以后我就跟着你，跟你一起发财了。"

山鬼说："我初来乍到，一切都要靠你呢。"

任艳说："就凭你这张嘴，就不怕财富不找你。"

山鬼听得心里美滋滋的，干脆倒在床上，先享受一下高级宾馆的豪华。

任艳说："从你身上我看到了潜力，你一定会成功的。从安徽一别，我就到了北京，这里的团队也很多，而且管得特别松，还有好多外国团队呢。不过，你来了我们不再做团队业务，我们现在开始改做实体。"

山鬼有些不解，问："什么叫实体？"

任艳说："就是投靠一家公司，应聘到公司做业务，通过公司发展团队，这样既能应付各种检查，又能发展团队，以前你做过，一说就通。"

山鬼对团队有种骨子里的兴奋，更没想到任艳早已给他挖好了战壕，只等他进入，一起取得胜利。

任艳把山鬼带到宾馆一楼，那里是自助餐。一长排菜盘放着几十种菜，荤素都有，把山鬼看得眼花缭乱。山鬼跟着任艳亦步亦趋，却恨不得把所有的菜都夹个遍。任艳找了个地方坐了下来，山鬼也坐到了任艳的对面。任艳说："北京和武汉区别很大。"

山鬼不想让任艳看出自己孤陋寡闻，说："和武汉差不多吧。"看见山鬼吃得有些寡味，任艳说："要不来点酒？"

山鬼说有酒最好。任艳起身，买了两瓶半斤装的劲酒，取开一个，面前放了一瓶。山鬼几口就喝干了。任艳只好把自己的酒倒了一些给山鬼，山鬼也喝了。

任艳说："没想到你酒量还这么大。"

山鬼说他的酒量一直没减，只是近段时间因为鲁青山的病把他的酒差点戒了，好在他现在又出来了。

任艳说她以前就很崇拜他，只是没机会接触。山鬼听得心花怒放，在低迷了这么久以后还有人这么惦记着自己，着实让他很感动。

吃过晚饭，山鬼说要早点儿休息，任艳说："睡这么早干嘛？北京的夜景很美的。"她提议到后海去转转，山鬼没有拒绝。他好像知道任艳在想什么。

他们来到后海，高大的白杨树下，是一座座古旧的四合院。灰色的墙壁显示着曾经的庄重，任艳叫了一辆人力三轮，相挨着坐在一起。秋天的凉爽让两个人的衣服都穿得单薄，山鬼接受任艳的体温，有种肌肤相亲的感觉。

三轮车沿着小巷道一直往前走，曲里拐弯的，呈现出不同的风景。后海所以称为海，其实就是有无数个小池塘，北方人没见过海，甚为稀罕，就把一些不干的池子叫成了海。不过有了这些池塘，这里还真的有了不少生气，植物也特别茂盛。

任艳说："这里以前都是王公贵族居住的地方。那时候的王爷才叫人，现在北京很多有钱人也都是那样生活的。"

山鬼当然知道任艳说的这些，哪个男人不渴望过上酒池肉林的糜烂生活？那样才能体现一个男人的真正价值。一个男人如果连女人都征服不了，还能在这个世界上立足？很多时候他都这样狂妄地驱使自己。

任艳说："其实，古代的格格远没有今天的姑娘漂亮，而且清朝的妃子也都不漂亮，现在的女人也开放。"

山鬼故意挑逗地拿过任艳的手，问："你呢？"

任艳说："我只对喜欢的人开放。"

山鬼说："这么说，你是喜欢我了？"

任艳扭过头来看了看他，红着脸说："美的你。"她见山鬼拿过她的手把玩，也不拒绝，任由山鬼的手在她的手上摩擦。心里向往着山鬼的到来一定会让她走出眼前的困境。因为任艳现在的业务开展得很不顺利，手头越来越紧，正想找一个能够扭转局面的人来帮她。

一阵铜铃声把两个人从幻想中叫醒，到了。拉车的老人停下车子，一共一百块。

山鬼说："这么贵？"

老爷子抬起头，白了他一眼，意思是："你坐没坐过？"

任艳早已掏出钱来，付给大爷，说："大爷，谢谢你了。"

老爷子用白毛巾擦着额头上的汗，说："我这是最便宜的。小伙子，这里不是你讲价钱的地方。"

山鬼还想和老爷子理论。任艳拉着他说："走吧，我们回去。"

出了后海，又坐了几站公交，才到山鬼住的宾馆。任艳一看时间，已经十一点了。任艳在前面走，山鬼跟在任艳的身后。

三　应聘

两个人第二天睡到很晚才起来。

山鬼走到窗口，看着林立的高楼，问："今天怎么安排？"

任艳还沉浸在昨晚的梦幻之中，说："让我多休息一会吧，我太累了。"

山鬼看着任艳，发觉任艳比白天还要美。如果说余胜男是白玫瑰，那么任艳就是娇艳欲滴的红玫瑰，身材凹凸有致，眼神转盼多情。

山鬼从温柔乡中抬眼远望，心想，在这些林立的大楼里，一定有他的用武之地，如果努力，甚至可以拥有这些大楼，这些大楼不是都有自己的主人吗？

他说："起来吧，我可不是来休息的。"

任艳说："急什么？我都想好了，下午去应聘。"

山鬼帮着任艳穿好衣服，两个人才慢慢下楼。

任艳带山鬼来到了那个叫梦佳娜的公司。以前任艳在这里做过，因为业务没做起来，结果被公司淘汰了。这也是一家经销化妆品的公司，目前公司陷入了严重的债务危机，急需一名销售总监来扭转困局。

任艳领着山鬼来到总裁办公室，办公室富丽堂皇，山鬼走进会客室，漂亮的女服务员给任艳和山鬼倒了茶水，对他们说："总裁一会儿过来见你们。"

山鬼站在会客室，环顾四周，发现墙上挂着很多世界名画，显然都是仿制品，裸体的西方女人的身体展示着女性的柔美，足以引起男人的冲动，桌子中间摆着各种牌子的化妆品，包装都很精美，整个房间都充斥着化妆品的香味。

任艳跟在山鬼身后，亦步亦趋地听着山鬼对名画的评价，他小声对任艳说："这家公司肯定不行。"任艳说："我们就是要找这样的公司，那些做得好的公司我们是挤不进去的。"

山鬼说："一会儿见到老总，由我来跟他谈。"

任艳说："那是当然，一切都听你的。"

山鬼和任艳在会客室转了一圈又一圈，开始有些着急了，才看见服务员用手引着老总进来，说让二位久等了。

老总是一位四十多岁的中年男子，头发上的梳子齿印能清晰地数出来。脸上保养得白里透红，耳朵上有一个缺口，山鬼一眼看见，好一张完美的脸，只是有了这个缺陷，心里想，这样的人任他怎么努力，如果不借助于外力，是无法有所成就的，他上身穿着一件黑色学生装，和山鬼、任艳穿着的秋装形成鲜明的对比，裤子和鞋子都是精致的名牌。

服务员对山鬼和任艳说："这是我们的季总。"

季总把手伸给山鬼。两人相互轻轻握了一下，说："坐吧。"

山鬼坐下来，打量着季总，却不说话。还是季总打破沉默，问："请问二位想应聘什么职位？"

山鬼说："我们还在考察，你们这里是第一站。"

季总把他们公司的情况向山鬼做了介绍，说到销售，季总来了劲，口若悬河地大谈他们如何组织各种会议和宣传活动，引经据典地谈了很多成功学的经典名句，说话时双手还不住地比划着。

山鬼已经知道这个季总以前肯定是个出色的讲师，凭他的判断，这个季总是个口实而心不实的人，如果不用重典加以引导，是很难说服他的，他不去打断季总的话，任由他在那里拼命吹嘘自己的公司。

季总见山鬼只是听他神侃，有些不好意思，脸上有了温暖的表情，说："我现在想听听山先生的想法。"

山鬼说："我听你介绍了这么多，感觉只有两个字：不行。"

任艳拉了山鬼一把，让他说话注意分寸。山鬼只当不知道，继续问："你们公司现在的业绩怎么样？"

季总犹豫了一会儿说："还可以。"

山鬼说："什么叫还可以，分明是亏损，从我一进这个会客室，我就感觉公司门可罗雀，缺乏人气。怎么能说可以？"

季总听山鬼说话这么直，几乎不给他面子，站起来要走。

山鬼说："你听我把话说完。"

季总忍了忍，只好坐下。

山鬼说："首先，你的产品好坏我不做评价，但销售渠道不畅，这一点你不能否认；第二，你现在已陷入债务危机，如果不及时解除危机，公司很可能破产，这是事实；特别是第三点，你没有得力的销售人员，一个现代企业，不是你有多少钱，有多少设备，关键是看你公司有没有超强的人才，人才就是企业的生命。你看我来当你们销售总监，怎么样？"

季总彻底被山鬼给征服了，笑着说："你有什么办法？"

山鬼说："我不要你的工资，只拿提成，我不让你养闲人。"

季总没想到山鬼说得这么决绝，还没有哪个来应聘的人开口就说不要工资的，那他不是绝对地赚了？但季总依然不动声色地说："你还有什么要求？"

山鬼说："在销售上我要有绝对的权力，包括你也不能随便干涉，如果一年不能给你创造200万的利润，我自动走人。"

"军中无戏言！"季总说。

"愿立军令状。"山鬼信心十足地说。

季总马上招了招手，示意服务员把财务主管叫来。

不一会儿，一个三十多岁的女人走了进来，季总把刚才和山鬼说的话，对女会计说了，女会计说："我马上去办。"季总又说："你把公司的合同拿两份来，我和山总签个合同。"又说："你马上通知公司中层以上的干部开会，中午一个都不能走。"

山鬼和任艳相互交换了一下目光，看着依然坐在那里不动的季总，山鬼说："既然季总还在犹豫，我们走吧，季总有事要忙。"

季总听了，连忙站起来，说："别走，别走，对不起，是我怠慢了山总，我向你赔礼。"

山鬼说："不必了，你我相互不信任，我不想当你的下级，我只想和你合作，你如果不能答应，我们就没必要再谈。"

季总的脸色有些难看，可是很快就恢复了常态。心想，这个姓山的太厉害了，把他的内心看得一清二楚，遇到这样的对手，不是好事就是坏事。可又一想，公司处于这个状况，不赌一把何以翻身？于是他口气坚定地说："我们合作吧，一切都听你的，你全权负责公司的销售。"

山鬼说："那好，合同我来起草，你审查通过了我们签字。"

季总把手放在头发上不住地捋着，以掩饰心中的忐忑不安。

山鬼说："古人说，疑人不用，用人不疑，这句话很多人都会说，可是真正能做到的又有几人？我希望季总能算一个。"

季总等着山鬼起草合同。

山鬼竟不用起草，直接写了几条，说："写好了，请季总过目。"

季总看了看，见只写了三条：一、公司下达任职文件；二、公司不干涉他的一切经营活动，包括用人，用钱；三、每年上交利润200万。剩余的利润公司不能过问。如果交不清，山鬼赔偿公司百分之二十的损失，并且以法律形式进行公证。

季总拿着合同反复看了又看，才下了最后的决心，签上了自己的名字。

山鬼站起来要走，任艳也跟着站了起来。

季总说："别走，我已经安排了中午饭，还安排了中层干部和你见面。"

山鬼微笑着说:"那好吧,这顿饭算在我头上,以后从我的提成中扣吧。"

季总说:"说话算数。"

公司会议室不大,能坐十余人。季总和山鬼进去的时候,里面已坐着三男两女五个人。见季总进来,都站起来,等季总坐下后,几个人才坐下。

季总清清嗓子,说:"今天我聘请了一位销售总监,和大家见个面。"几个人先是有些惊讶,听说是聘来的销售总监后,都在鼻子里"哼"了一声,脸上露出不屑之色。季总说:"大家别不服气,山总可是走南闯北,见过大风大雨的人,大家以后要支持山总的工作,山总和公司有约定,他和你们不一样,他上通天文地理,下知经商从业,大家欢迎。"

几个人响起稀稀拉拉的掌声。

季总大声说:"热烈一点。"

大家才又使劲鼓起掌来。

下面请山总给我们讲话,大家欢迎。

山鬼用蔑视一切的目光说:"我初来乍到,没有什么可以多说的,高谈阔论解决不了实际问题,我有一个请求,请季总给我配一个手机,我保证年底一并还你,这只是我的个人请求。"他指着身边的任艳说:"以后她就是我的助手,你们就叫她任小姐,以后有什么情况由任小姐负责和季总联系。"

任艳站起来向几位点了点头:"以后还请各位多关照。"

山鬼对季总说:"我说完了。"

季总又征求了几位意见,大家都摇了摇头说:"没有什么可说的。"

于是几个人一起走向餐厅。

四　醉酒

餐厅就在离公司不远的地方,叫"神州大酒店"。酒店广场中央有座很大的假山,是用火山岩堆砌而成的,上面安装了音乐喷泉,阳光下,水雾形成的七色光环吸引着过往行人的目光。

进入餐厅，是一张不大的旋转餐桌，每位客人面前都铺着餐巾，主席上餐巾折成一个皇冠立杯子里面。几个人鱼贯进入，站在餐桌前，季总把山鬼推到主席座位上，山鬼毫不客气地坐了下来，几个人见了都很惊讶，认为山鬼太高看自己了，任艳也高傲地坐在山鬼身边，把季总手下的几个人气得不行。

季总看着手下有些愤愤不平，就把手向下压了压。

菜上来了，都是山珍海味，雕龙画凤。山鬼从来没见过这么高级的菜肴，有些不好下筷子。季总亲自把酒给山鬼斟上，山鬼一看是茅台酒，心中暗喜。季总举杯，山鬼一口干了。季总又斟，山鬼又干了，季总只得跟着干了，一连三杯酒下肚，山鬼看看季总手下几个人，都不动筷子，山鬼拿起筷子说："吃呀，大家吃呀。"几个人才轻轻拿起筷子吃了起来。

接着山鬼回敬季总，第一杯，敬季总接受山鬼，两人一口干了。山鬼又斟了第二杯，敬季总接受他的销售计划，山鬼先干，看着山鬼干，季总有些迟疑，可还是干了。第三杯，山鬼说："庆祝季总年终大发。"这杯酒季总把杯子放下，说："这杯酒我看还是暂时不喝吧，这八字还没一撇呢？如果真像你说的，我买一箱茅台酒专门庆贺。"

山鬼一下子拉下脸来，说："怎么？你不相信我？既然你不相信我，那我们签的合同就算了。"

季总以为山鬼喝高了，说："我不是这个意思，我是说等大功告成以后再喝，今天这杯酒喝得太早了。"

山鬼说："不早，我们就是要有必胜的信心，何况，这顿饭还是我请的呢。"

季总没有办法，只好喝了。山鬼说："这才对了，做朋友就得以诚相待，肝胆相照，哪能虚情假意，人品如酒品，通过酒风看作风。"

季总感觉山鬼喝醉了，说："山总，时间不早了，他们几个下午都还要上班。"山鬼说："慌什么，下午还上什么班呀，来！我陪你们一个人喝一杯，别以为我喝多了。"

几个人相互看看，看他醉意十足的样子，都看着季总。季总又看看山鬼，山鬼则目光直视着他。季总只好说："山总今天高兴，你们大家就陪山总喝个痛快。"

山鬼举起杯子说："人啊，要能吃能干，光吃不干是饭桶。光干不吃是傻瓜，我们既不是饭桶也不是傻瓜，所以要会吃会喝，但不能因为醉酒误事。"山鬼故意贩卖他那一套江湖逻辑。

季总听着山鬼开始说酒话，知道他喝得差不多了，对任艳说："任小姐，山总还能喝吗？"

山鬼说："怎么？你怀疑我的酒量？那好，我们再来三杯。"

季总彻底服了，说："不能再喝了，山总，有时间了我们再喝，你不是还要回去做销售计划吗？"

山鬼说："计划我已经做好了，今天就是喝酒，我已经好久没这么高兴了。"

季总示意手下几个人先走，他来善后。几个人起身走了。山鬼听到外面的人说："请了这么一个酒鬼来，不误事才怪。"

山鬼只当没听见。说："季总，你放心，我没醉，我今天只是高兴，感谢你给了我这个平台，你要相信我，我山鬼说出的话绝不食言。"

季总说："我不能光听你说空话，你得行动给我看。好了，今天到此为止。"

山鬼生气地说："怎么？你想撵我走？那好，我走了，我们的合同到此为止。"

季总实在忍不住了，大声说："姓山的，你到底是来喝酒的还是来应聘的？要喝酒回家去喝，我的公司不收酒囊饭袋，你走吧。任小姐，对不起了，我们让你失望了。"

山鬼却笑着说："季总，你没有肚量，量小非君子，无毒不丈夫，你还要好好学学厚黑学。"

季总听他这么一说，又觉得山总没有醉，他是在故意装醉，就对任艳说："任小姐，你扶山总回去吧，让山总好好休息。"

任艳扶着山鬼出了酒店。山鬼问："我今天的表现如何？"

任艳说："看不出来你究竟是什么用意。"

山鬼说："他们这些老板，一向不把员工当人看，我所以这样做，就是不想受他管束，你一旦俯首听命，以后就别想翻身了，其实我没有醉。"

任艳听了山鬼的话，感到有些可怕，她不知道山鬼对她是什么心思？是把她当朋友，战友还是泄欲工具？不管它，当什么都行，只要能挣到钱，她把宝就押在山鬼身上，大不了从头再来，北京这么大，山鬼多的是机会。

季总一回到办公室，几个人都围了过来，说："季总，你怎么聘了这么一个酒鬼？别以后让我们跟着倒霉。"

季总说："现在还看不出来，我是被他的一番鬼话给忽悠了，不过到底怎么样还要看他以后的表现，谁也不能一眼看透人。"

几个人又你一言我一语地埋怨季总，季总听得烦了，大声说："都工作去，别瞎操心。"

几个人挨了训，怏怏地回到各自的办公室去了。

季总则坐在办公桌前凝神静思，想着怎样对付山鬼。

五　崭露头角

山鬼把余胜男和胡哲从安徽叫到北京来，帮余租了房子，安顿了下来，也推荐到公司做讲师。余胜男和山鬼是涉犯案，也在网络通缉中，山鬼于是疏通关系，帮余胜男做了假身份，改名叫王云。山鬼和王云是业务搭档，是情侣，这是别人无法替代的。王云是讲课的高手，任艳是做市场的高手，两人都是美人中的美人；而山鬼在王云和任艳之间游刃有余，加上胡哲，四个人打团战，事业必将一路开挂。

公司给山鬼安排了一间办公室，任艳每天去公司帮山鬼整理办公室，季总不时过来问问山鬼的情况。任艳总是说："山总在做计划。"

一个星期过去了，山鬼也不到公司打一个照面，季总急了，问任艳："山总到底在干什么？这么久也不来上班，要是实在胜任不了，就明说，我另请高人，别耽误了公司。"

整整一个星期后，山鬼提着任艳给他买的牛皮包，来到办公室，通知季总，说他要开会。

季总说："我的山总，你在玩失踪啊，这么久也不打个照面？计划做好了？"

山鬼说："把人召集过来吧，我要宣布我的计划。"

季总立马通知几个人来到办公室，他们看见山鬼坐在季总的位置上，山鬼说："今天开个会，公布一下我的计划，我和任小姐、王老师为一组把销售部改为市场开拓部，原来负责市场的为一组，负责原有销售渠道。不过不能停留在原有的基础上，要把渠道拓宽，我分析了我们的产品，发觉产品没有问题，重点是宣传不够，很多人不知道我们的产品。大家想想，现在什么人的钱好赚？一个是小孩的钱好赚，另一个就是女人的钱好赚。说得更细一点，就是高端女人的钱好赚，她们对自己的身体往往没有自信，所以千方百计要保养自己的身体，因为身体才是她们的本钱，有了本钱才能拴住男人的心。很多女人因为妇科病的困扰，搞得她们心力交瘁，所以为了身体她们舍得花钱，而我们的产品正好弥补这一空白，这就是商机。"

"这个丹有五大功效，一是提高子宫生理机能，清理宫内毒素和阴道内部的环境，调理和改善各种妇科疾病；二是具有细胞再生的功能，收阴缩阴；三是可以改善内分泌引起的肤色晦暗，淡化脸上面的斑点，恢复皮肤细嫩红润；四是促进女性荷尔蒙分泌，提高胸部丰满状态；五是能够调节女性生理周期，改善新陈代谢，平衡度过更年期，推迟绝经期。因此，我们提出一个口号——美容从内调开始，圣洁丹呵护女人的秘密。"

"在营销方面，由于我们的产品用在女性当中，需要对顾客面对面地解说，所以，我们决定用口碑传播的方式，以市场倍增学为原理，发展销售人员去卖产品。这套模式，我称之为'武大郎卖烧饼'。"

几个来开会的人，还没听过山鬼讲话，也没听过这么直白的产品介绍，听了山鬼的一番话，于是顿开茅塞。

山鬼说："明天我和王老师、任小姐就出去跑市场，还请季总给拨付一笔启动资金，这笔钱记在我账上，回来后就还给公司。"

季总坐在山鬼旁边，一直静静地听着，发觉山鬼说的居然是他只是听说过却从来没有尝试过的营销模式，正好摆脱目前公司人员缺失的状态，不禁大加赞赏。等到山鬼讲完后，他总结说："以后全权听从山总的安排，我们以后要养成大胆用人的习惯，举贤任能，不拘一格。谁能谁上，不搞什么论资排辈，只有这样，公司才能焕发青春，争取早日上市。"

任艳也为山鬼的计划所鼓舞。山鬼说："以后有你高兴的时候。"

在北京，山鬼连续跑了几家销售化妆品的公司，发现品牌太多太滥，而且圣洁丹这个品牌他们根本没听说过。回到家里，山鬼说："这样不行，得找个得力的人才行。"

任艳说："要不我们到天津去看看，找高萍去。"

高萍，山鬼在安徽听说过，在行业里声名远播，听说在天津做得不错。任艳也说，现在好多行业大咖们都汇集到天津了，天津已是全国最大的市场，那里高手云集。

山鬼带着任艳来到天津，找到高萍所在的公司。经了解，高萍正代理着一种营养产品，也是用这种方式在运作，效果不是很理想。高萍正想着更换产品，走出困境，山鬼的到来无疑给高萍注入了一针兴奋剂。

山鬼把产品向高萍作了详细说明，又把产品送了一些给高萍，让高萍和她的朋友试用。

高萍生得比较瘦，高高的个子，一直保持着苗条身材，四方小脸有点像日本明星山口百惠，跟人见面很能产生亲和力，她说话声音很温柔，没有大嗓门，而是和风细语，让人印象深刻，更有她的紧身穿着，让她的身材尽显妖娆。

送走山鬼和任艳，高萍开始试用圣洁丹。别看高萍外表亮丽，婚姻却不和谐，丈夫一直反对她。因为凡是做这种行业的人，大都四处出击，很少在家，大都过着分居生活，除丈夫外，她也有过几个男人，所以就落下了一身妇科病。山鬼的药如雪中送炭，当晚她就开始使用。

高萍是个细心人，从用药开始，她就仔细观察，并做好记录。到第三天的时候，她的小便开始变得浑浊，而且颜色越来越深，里面还掺杂着黑色尘粒，她将这些尿液装在一个玻璃瓶子里，介绍给有妇科病的朋友，朋友用了和她有同样的效果，于是她给山鬼打电话，让山鬼再来天津一趟。

山鬼知道圣洁丹起了作用，有戏了，立即和任艳立马赶到天津。

高萍在她的工作室接待了山鬼和任艳。高萍的工作室其实就是个样品展览室，一大排柜子里摆的全是高档保健品，包装都很精美。

山鬼沿着柜子看了一遍又一遍，然后坐到高萍的办公桌对面。

高萍以为山鬼很欣赏她的产品。

山鬼说：“你卖的这些药品都不可能赚钱。”

"为什么？"高萍有些诧异。

山鬼说："现在保健品不好做了，忽悠人的成分太多，好多人都上当了。"

高萍说："这不用你说，大家心里都清楚。"然后高萍从柜子后面拿出一个玻璃瓶，说："这是我用了你的药排出来的。你看多脏啊，难怪这么多病，再多的营养品也解决不了这种脏病啊，你这药，一用就能排出这么多脏东西，效果一定不错，只要看到效果，女人都会买的。我们就做这个产品吧。"

山鬼说："我就是来跟你谈合作的，不然大老远地跑来干什么？你有那么多人脉，我们有这么好的产品，不发财那就是老天不公了。"

高萍问："怎么合作法？"

山鬼说："老办法，发展经销商，有了人，还怕产品卖不出去？提成的事让任艳和你说，她有资料。"

任艳听说，打开提包，从里面拿出一套资料，说："经销方式都在里面，你只要找人拿我们的产品就行了，提成会直接打到你的卡上。"

高萍说："你们老总是谁？我怎么没听说过？"

任艳说："山总就是老总，公司一切都听他的。"

高萍说："那就好办了，我不想为了结账和人纠结，那样朋友都做不成了。"

山鬼说："这个你放心，我们都不是新手。"

山鬼组织了第一次产品推介会。

他把以前在安徽的经销商请了一部分来，任艳也把在北京的经销商请了几十个，高萍则把天津的经销商请了二十多个。山鬼把会议安排在一家大型宾馆里，在宾馆服务员中间挑选了几个长相漂亮的来接待客人，同时，每个桌子上都摆上了水果和瓶装水，山鬼还特别请了季总手下的人也来参加。

山鬼到美发厅去美了发，又定做了一套职业装，扎着领带，穿着职业装的山鬼一出场就吸引了那些人的目光。王云首先作了产品介绍，讲得很细，把市场分析得很透彻，接着在一阵掌声中请出了高萍讲师。

一袭旗袍将高萍的高挑身材装点得犹如出水芙蓉，惊艳得连灯光都似乎暗了下来。高萍手里拿着一瓶脏水来到台上，她举起瓶子，说："我不是个轻易相信别人的人，但这次我信了，因为我亲自试过，才敢把这款产品介绍给大家，一个女人最重要的是什么？女人最美的时候是什么时候？是不加修饰的时候，我们每个人身上都有毒素，所以我们脸上才会有斑点，才会灰暗，如果一个女人一生都保持亮丽鲜嫩的皮肤，谁会不爱呢？丈夫爱你，朋友爱你，连孩子也爱你，所以，一个优雅的女人就要有一身好皮肤，那么我手里的这款圣洁丹就是让你保持鲜嫩皮肤的法宝。"

高萍又接着说："我们是女人，女人的天性是什么？就是爱美，只有保持美丽的容颜，才能保持女人的魅力，所以，为了我们女人，用圣洁丹给你的身体洗洗澡吧。"

高萍一讲完，台下立即响起女人的持续掌声。

会议一结束，高萍带来的二十多个人每人都购买了一套产品，其他参加会议的人也都怀着不同目的提着产品走出会场。

任艳忙着发放产品，累了个半死，她还从来没有过这种业绩，而在山鬼的记忆中，却已成常态。

山鬼又请了几个团队的负责人吃饭，在宴会厅，山鬼把自己的计划向几个负责人作了详细地介绍，并制定了业绩目标，几个负责人都信心百倍地积极响应。

首战告捷的山鬼看着银行账户的钱如潮水般地增长，心里充满了由衷的自豪。

季总听说会议开得很成功，也前来祝贺，并给山鬼专门租了一套别墅，让山鬼专门在里面办公和休息。

此后，山鬼为了推广产品，多次去找高萍，并在高萍的组织下又相继召开了几场产品推介会。

六　高萍

　　高萍在天津的行业里是个很有号召力的人，这得力于她在这个行业里的长久打拼。在天津第一批申请直销的企业中，高萍就开始行走在各个企业中，她手下汇集了一批姐妹，不过，这些姐妹都没形成自己的产业，高萍的丈夫比她大十八岁，曾经是她的老总，那时，高萍刚到天津，长得虽然高挑，却瘦得可怜，没有丰满的羽毛再好看的凤凰也只能落个不如鸡下场，她开始在一家宾馆做服务员，每月挣一千元左右的工资。有一天一位老总模样的人来宾馆住宿，高萍站在他身边，待办好手续，大堂经理让高萍带老总上楼。高萍来到房间门口，拿过老总手里的房卡，帮他要开门，然后说："您请休息，有事叫我。"

　　高萍的声音很柔和，有种少女的清纯。

　　老总说："你站住。"

　　高萍以为自己做错了什么，只好站住，问他有什么事？

　　老总说："你是新来的吧，我想找个秘书，你可以考虑吗？"

　　高萍以为遇到了坏人，大声说："我不当什么秘书。"说完就要逃走。

　　老总上前一把拉住她的胳膊，说："别跑呀，我又不会吃了你。"

　　高萍只好再次站住，说："您到底想怎么样？"

　　老总说："我看你长得和别的女孩子不一样，而且有潜质，这样的地方不适合你。"

　　高萍转怒为笑："原来是这样，您也不说清楚，那您准备给我开多少工资？"

　　"每个月三千，行吗？"老总说完色眯着眼睛看着高萍。

　　高萍问："什么时候去上班？"

　　老总说："你明天就和我一起走吧，我正需要人呢。"接着老总又介绍了他的公司的一些情况，高萍才知道这个眼前的老总，后来成为她丈夫的老男人叫盛利，开了一家商场和一个修理厂，因为业务需要，经老婆同意，找一个秘书，帮他打理商场。

在家里，盛利说一不二，他经常在外面鬼混，老婆和他闹了几回，他竟把老婆打得躺在医院半个月下不了床，最后他问老婆："以后还管不管我的闲事？"

老婆流着眼泪说："不管了。"

盛利说："这样就对了，不管了，我还是你的男人，再管的话，连男人都没有了。"老婆本来想帮忙管理商场的，可是盛利却非要老婆待在修理厂，整天和那些脏兮兮的修车师傅打交道，而商场里都是漂亮的女服务员，盛利就在这些如花似玉的姑娘们中间穿梭，不时和她们开开玩笑，和姑娘媳妇们打情骂俏，其中的好几个都成了盛利的猎物。

竟在这里看上了高萍。

高萍确实有着一种美人的潜质，主要表现在她魔鬼身材上，她跟着盛利，盛利给她买了衣服、鞋子和化妆品，没过多久就脱去了俗气，变得高雅起来。盛利又把她带到各个应酬场合让他接触各种商业人等，让她感受人生的光鲜和女人的高贵所带来的便利。

不久，在一次高级应酬中，盛利让高萍陪客人喝酒，高萍以前很少喝酒，而且这种场面还从未见过，她想见识见识，此时的她已经不是刚从农村来的那个高萍了。

高萍按照盛利的授意，陪几个老总喝，直喝到不省人事，迷迷糊糊地在离开酒店的时候，她耳朵里偶尔听说："今晚盛总悠着点。"

果然，等高萍醒来的时候，她发现自己躺在盛总身边，一只手还搭在她的胸脯上。

高萍大声地叫道："你这个流氓，我要告你。"说着起身去拿电话。

盛利起身把她抱住，又一次强奸了她，说："你去告呀，说我强奸你两次，你看，裤头上还有你的处女血呢，我得好好帮你收着，留作纪念。"

高萍没想到盛总会这么快就对她下手，虽然她知道他早晚会对自己下手，她又一次拿起电话。

盛利说："打吧，我不拦你。就我们两个在这里，警察来了我就说是你勾引我的，有房卡为证，再说，就算我去坐牢了，你的这里也恢复不了原样了。"他一边说，一边笑着指了指她的下身。

高萍气得大哭，说："你这个王八蛋，你把我的一生给毁了。"

盛利这时竟大声说："你胡说，老子怎么就毁了你，你能住这么高档的酒店，能有这么好的工作？能跟一个千万老板睡觉？恐怕你想睡都睡不着，说吧，什么条件？"

高萍这才平静下来，想想也是，自己的身体已经给了他，不如借梯子下楼，跟他提出条件，总比让他白白占了强。于是她想了想说："第一，以后商场交给我管。第二，我要和你结婚。"

高萍以为这两个条件他都不会答应，那么第三个条件就是给一大笔钱，她从此远走高飞，没想到盛利听了她的条件，说："两件都答应你，你满意了吧。"

高萍说："那你以后一定不能打我，我还要自由，做我喜欢做的事。"

盛利说："老子疼你还来不及呢，哪里舍得打你，至于做你喜欢做的事，我更是巴不得。"

盛利跟他老婆结婚十多年了都没有生出一个孩子，他早就想离婚，物色一个他中意的女人结婚，让她给他生个孩子，最好是个儿子，不久，他把修理厂给了前老婆，和前老婆办了离婚手续，又和高萍在有名的"新时代大酒店"举行了隆重的婚礼。

高萍和盛利结婚以后，女人的虚荣心得到极大满足，虽然丈夫岁数比她大很多，可是在这个有钱就有一切的社会，夫妻年龄差异根本就不是个事，高萍更是看得很淡。

渐渐地，她变得漂亮起来，谈吐也变得高雅起来，完全脱离了农村女人的那种俗气，她非常注重自己的保养，把自己的皮肤养得能挤出水来，只要她出现的场合，都会引来无数男人贪婪的目光。

可是让盛利遗憾的是高萍一直怀不上孩子，这让盛利很是失望，他又开始物色下一个猎物，高萍也慢慢开始失宠，不过此时的高萍羽翼已丰，就在她作好打算准备离开的时候，盛利却在一个夜晚出了车祸。等高萍赶到现场的时候，交警已经将盛利送到医院，盛利昏迷不醒。高萍站在床前，想着到底该怎么办？是陪伴他还是离开他，高萍内心做着艰苦的斗争，斗争的结果，是高萍准备留下来照顾盛利，这个决定得到了盛利家人的极大赞赏。

治病需要大量的费用，高萍只好将商场转让，把钱当着盛利家人的面交到医院，家人更是称赞高萍是一个奇女人，对她赞赏有加。

不久，盛利病情稳定，却只能长期卧床。他的腰椎被车轮碾过，导致粉碎性骨折。

高萍先是自己照顾，可是家里已没有什么积蓄，她不能坐吃山空，就在劳务市场找了个保姆帮着照料盛利。她自己则被朋友拉进了团队，到处听课，发展会员，靠着自己的人脉在行业里混得风生水起，后来又学着讲课，她人长得漂亮，很有亲和力和感染力，很快成了行业高手。

可是，随着政策的调整，天津的市场也出现起伏，山鬼和任艳去找他的时候，她正处于事业低谷，所以听了山鬼的介绍，又用了他们的产品，有了效果，就一炮打响，赚了不少钱。

山鬼给高萍的印象是那种强势又有忍耐力的男人，学识渊博又能言善辩，看事情总能入木三分，让对手感到害怕。高萍见过很多行业高手，可跟山鬼的第一次见面，就给她留下了很深的印象。

在此之前，她有过几个男人，盛利瘫痪后，开始她还保持着女人的矜持，可是一个正常女人所拥有的生理冲动实在无法压抑，就在行业里找过几个人。和他们睡过之后觉得都是些沽名钓誉之辈，要不就是好色之徒，像山鬼这样一个文化深厚的资深讲师，高萍还真的没见过，山鬼的幽默风趣让高萍倾倒，甚至痴迷。当山鬼再次出现时，她就向山鬼表白，但山鬼还是找理由拒绝了她。

山鬼知道，迷住了女人，事业就成功了一半，但不能只迷一个，山鬼要做"万人迷"。在团队里，是不能有男女关系的，这是大家都知道的规矩。何况，山鬼已经有了王云和任艳，坐拥白玫瑰与红玫瑰，而高萍面有克夫败家之相，不是山鬼碗里的菜。

山鬼的一套感谢高萍的鬼话更是让高萍相信，山鬼的确有着不同寻常的口才和执行力，还有用《易经》阐释的经营和成功之道，于是高萍彻底被他征服。

七　任艳的嫉妒

山鬼频繁去王云那里，虽然有胡哲帮忙打掩护，女人的敏感还是让任艳起了疑心。以前山鬼和任艳在一起的时候，任艳总是能得到满足，可是近来，任艳感到山鬼和她只是敷衍了事，有时甚至是倒床就睡。任艳也从山鬼的梦话里不时听到"王云、王云"的模糊叫声。

终于，在一个星期六的晚上，任艳避开胡哲，乘车来找山鬼。在她熟悉的那家宾馆里，任艳查到山鬼登记的名字，直接敲门，山鬼在里面问："谁呀？"

任艳说："查房的。"

山鬼根本没想到任艳会追到天津来，说："这个时候查什么房？"说完开了门。

任艳看到王云也在，问了声："王老师怎么也在这里？"

王云显得很尴尬，一时竟不知说什么好？

任艳拉过山鬼，对王云说："我来找他有事，他得跟我回去一下，对不起了。"

王云没说什么，看着任艳提着山鬼的提包，拉着山鬼走出门去，什么也不说，直接上了停在宾馆门口的出租车。

到了家里，任艳把提包往沙发上一扔，说："你是什么意思？脚踏两只船是吧？"

山鬼自觉理亏，笑着说："没什么意思，主要还是想从王云那里再挖一挖，把业务再扩大一些。"

"挖一挖？"任艳气恼地说："王云有多深，你挖到底了吗？是她的深还是我的深？"

山鬼嬉皮笑脸地说："你们女人就爱吃醋，今天算是打翻了醋坛子。"

任艳说:"山鬼,你有什么呀,一个乡巴佬,我不嫌弃你就不错了,你反而嫌弃我了!告诉你,我任艳也是个在行业里做了这么多年的女人,什么男人我都见过,我是真心对你的,可你的流氓本性让我恶心!说吧,是要我还是要王云?"

山鬼说:"别说得那么难听好不好,我们只是普通的业务往来,再说,你又没有找到什么证据。"

任艳大声说:"证据,别把我当傻子,女人都是很敏感的,你糊弄谁呀。"

山鬼见任艳不依不饶,只好问:"你到底想怎么样?"

任艳说:"从现在起,和王云断了,你只能有我一个女人!我一个北京女人能看上你,你应该知足了,没想到你们男人都是一个德性。"

山鬼听任艳说得这么坚决,说:"那我们同居吧。"

任艳见山鬼让步了,就说:"那就同居吧。就是同居,你也不能朝三暮四,以后必须接受我的监督。"

山鬼这才不敢再在任艳面前嬉皮笑脸,而是一本正经地说:"我以后再不去找王云行了吗?"说着,把任艳拉到身边,温情地说:"从今天起,我就一心一意在你身上,谁也不想了,我真心喜欢的还是你。"

任艳说:"这话你在王云面前说过几次?"

山鬼说:"在团队里,哪个女人没有几个男人,哪个男人又没有几个女人呢?我这还算好的,你也不是没见识过。"

"我当然见识过,可是你总得对一个真心喜欢你的女人有点真心吧,滥情也得凭良心吧。"

山鬼听了任艳说的话,感到好笑,说:"我们在一起怎么能说是滥情呢?"

"我看你就是滥情!"任艳说。

山鬼没想到任艳的内心这么强大,又想着行业里的那么多妙龄女人,肯定每个人都有着心酸的情感往事,不禁从心里感到可怜她们。

此时,山鬼的业务不仅在北京遍地开花,而且已经发展到山东,山西,河南,河北还有辽宁和黑龙江等地区。

山鬼带着任艳跑遍了长城内外,将他们的业务触及到大江南北所有的地方。任艳跟着山鬼过着甜蜜的同居生活。

季总已经很久没见到山鬼了，甚至连电话也难得接到，季总本来就是一个多疑的人，他开始对山鬼起了疑心。

不过看到山鬼的业务越做越大，公司也开始有了起色，觉得自己当初的决定还是英明的，不过，季总看重的还是山鬼年终的那二百万的上交款。

到了年底，山鬼果然将二百万一下子打到了公司的账户上，季总给山鬼打电话，让他到公司开年会，山鬼此时正带着任艳在云南住进了温暖如春的山庄，根本不想回北京开什么破年会。

季总拿到了两百万，觉得山鬼可能赚得更多，于是就把给山鬼租的别墅给退了，这样一年又少支出好几万，同时也不断培养自己的核心人员。

不久，"非典"来了，北京进入戒严状态。季总借机辞退了山鬼。山鬼于是带着王云和胡哲回到湖北。

自从山鬼走了以后，任艳带走了大部分客户，公司销售部业绩一落千丈，高萍只好回到天津。季总接到通知，公司必须停工停产，眼看着刚刚壮大起来的公司再次陷入困境，季总只好再给山鬼打电话，却怎么也打不通，他想用山鬼来挽回败局的计划终于破产，最终尝到了过河拆桥的苦果。后来，季总自己管理公司被抓，以"非法经营罪"被判刑八年。在监狱中，季总常常想起山鬼在北京的这段日子，终于愿意承认，山鬼才是操盘的行家，自己真的不如山鬼。

八　回家

山鬼回到家里，把任艳留在北京。任艳听说山鬼要回湖北，也不挽留，她知道山鬼终非池中物，她无法留住山鬼的狂野之心。

山鬼没有回去找胖子，而是找了一家宾馆住了下来，他先拜访了几个要好的朋友，给主任领导买了几条好烟和几箱好酒，主任留他晚上一起喝了酒。主任问了他这段时间在外面的情况，山鬼说是瞎混，主任也不再追问，只是提醒他，还是少露面的好。

山鬼想到住在宾馆不是个长久之计，还是回了趟家。他早已改了发型，又戴了墨镜，穿着长毛呢大衣，一副港澳客商打扮，他坐在客厅里抽着烟，胖子下班打开门，竟然吓了一跳，惊讶地问他是谁？

山鬼说："你男人都不认识了？"

胖子说："这副打扮吓死人了！"

鲁青山的病还没有好，依然药不离口。胖子过一段时间就到医院给鲁青山拿药，药名几乎全记得，什么药治什么病，基本弄了个透彻，竟成了半个医生。胖子说："学校也不时过来询问你的行踪，我都回答他们一概不知道。"

山鬼说："你做得对，以后就这么说。"

晚上，山鬼就和胖子睡在一起。

山鬼问胖子找到合适的没有。

胖子说："找个鬼呀？我带着小山，小山又有病，哪个敢要呢？"

胖子问："学校那边怎么办？"

山鬼说："学校肯定是回不去了，工作也不用想了，我走到这一步也怨不得别人，只能怪命运。"说完，一种悲凉透过山鬼的全身，山鬼不禁把脸扭向别处。他绝不会在女人面前落泪。

山鬼抚摸着胖子的后背说："四海为家更好，也正符合我这个人的性格，这样，我走到哪里就了无牵挂了，不过你放心，我挣了钱一定会寄回来的，毕竟鲁青山在你这儿，这里永远是我的家。"

胖子感动不已，抱住夫子痛哭起来，边哭边说："你这个人坏是坏，可又让人心疼，放不下，女人遇到你真不知道是祸还是福！"

山鬼觉得愧疚，把胖子抱得更紧。

第二天，山鬼约了谭笑到城郊的一个农家乐。这个农家乐依山傍水，风景宜人，是谭笑很喜欢的地方。山鬼从北京回来之前，给谭笑寄了一套书，还有一些北京特产，问她收到没，谭笑说小女子已笑纳了。山鬼会心一笑，谭笑身上这份灵动有趣很吸引他。两人在山水间游玩，午饭后就在树阴下铺一张垫子，躺在上面自由自在地说笑，谭笑把头枕在山鬼的胳膊上。

两人游玩大半天，吃了地道的农家菜，晚上就在农家乐里住宿。山鬼洗漱出来，不见谭笑，桌上放着一张纸，上面写着一首词：

晚来一阵风兼雨，洗尽炎光。
理罢笙簧，却对菱花淡淡妆。
绛绡缕薄冰肌莹，雪腻酥香。
笑语檀郎：今夜纱厨枕簟凉。

这是李清照的《丑奴儿》，山鬼会心一笑，原始的欲望被勾起来，他四处张望，看到床上的蚊帐遮得严严实实，就过去揭开蚊帐，一把把床上的人儿搂进怀里，笑着说："檀郎来也，怎舍得你独卧枕簟凉！"

第十二章　南下

一　康丽公司

山鬼不想在家里长时间逗留，他的心胸在五湖四海，他要去开创新的事业。正在这时，山鬼接到了高萍的邀请。原来山鬼离开后，高萍在梦佳娜公司干得不愉快，索性自己单干。但是她不懂经营管理，收钱、发货，也不知道给经销商结算工资，因此，引起了大家的不满。眼看公司岌岌可危，只好请山鬼过来商量对策。

山鬼坐飞机来到天津，然后打车到了高萍的小区门前。

他给高萍打了个电话。不一会儿，高萍穿着长长的轻纱外套出来了，一袭长衫尽显她的风姿绰约，可山鬼依然觉得里面的身体是那么廉价。

高萍问："现在怎么办？"

山鬼说："我想好了，我们到广州去，那里还没有开发过。"

高萍把丈夫送进了福利院，每月去看他一次，丈夫对她的不离不弃很感激。她说她现在很自由，可以和山鬼一起走南闯北了。

山鬼说："你不会让我永远站在这里和你说话吧。"

高萍这才想起把山鬼请到家里去。

山鬼跟在高萍后面，进了屋。

高萍说："梦佳娜公司亏待了你，季总做事也不地道。"

山鬼说："说哪里话，我早就不想在公司里待了，正想找个理由出来，没想到那个季总竟给我找了一个好梯子，让我下来得很体面。"

高萍说："知道，公司里的人都说你太厉害了，是个人才。你走后，公司就因'非典'关门了。到现在还没开业，我看呀，恐怕是开不起来了。"

"为什么？"山鬼疑惑地问。

高萍说："你不在，我不在，他们还能开得了呀。"

山鬼笑着说："说的也是啊，他们不注重人才，也不会用人才，怎么可能发达呢？"

高萍脱去外套，穿着紧身的背心，现出如玉的臂膀和优雅的腰身。

山鬼说："怎么漂亮的女人都是命运多舛，这难道就是上帝说的红颜薄命？"

高萍问："你还约了什么人？难道就你我两个人吗？"

山鬼说："我想把任艳也带去，毕竟她也是行业里的高手。"

高萍想了想说："也行，毕竟人多力量大，再说这个世界上，只有永远的利益，哪有永远的敌人呢？"

山鬼说："要不我把任艳也找来，我们一起商量一下？"

任艳第二天上午从北京来到天津高萍的家里。

任艳说："高总还是这么优雅，让人看了心疼。"

高萍说："山总一来就问你，可见你在他心中的地位是多么重要。"

任艳说："我再重要也没你重要，不然他直接坐飞机到天津来找你，还住到你家里来了。"

高萍有些得意地笑着说："我这里不是方便些嘛，你要是不嫌弃，就把他领到你家里去住，我不稀罕。"

任艳说："你已把他牢牢地拴在手里，当然不稀罕了。"

山鬼说："你们站着不累呀，都坐下吧，我们商量到广州的事，北京天津我们不待了，公司名称我都想好了，就叫'康丽国际有限公司'，取健康美丽的意思，至于产品，我们去了再考察，总能找到合适的产品的。"

高萍说："我觉得'圣洁丹'就不错。"

山鬼说："那就用这个产品。"

三人合计，在广州开公司，到香港找个人做名义上的董事长，山鬼负责公司运作，高萍、任艳负责团队扩张，王云负责培训团队，胡哲任山鬼的秘书。

第二天她们一起买了火车票，一路昏昏沉沉来到广州。高萍找到在广州的朋友，请她帮忙在荔湾郊区联系了一套房子，三个人住了下来。高萍又请她朋友帮忙注册公司，一连忙了好几天才注册下来，拿到营业执照后又一连跑了好几天市场。山鬼负责订购产品，他找到一家制药厂，订了一种叫"康丽丹"的妇科药，重新进行了包装，把产品说明书进行了修改，转身变成了女人健康的保护神。

请来的挂名董事长叫湛利，在香港是个配钥匙的，个高，长得也还不错。他们每月给湛利5000元工资，让他开会时出面讲个话就行。

山鬼了解到，广州虽然有几个团队在做，但规模都很小，和北京、安徽根本不能相提并论。山鬼凭着他的超常口才，游说于各个团队之间，连续开了几个产品推介会，收到了很好的效果。他们平时跑市场时，都各自为阵，到了开会的时候，各队又联合起来，把会议规模做得很大，规模越大，效果越好。

广州是中国第一批改革开放城市，能容纳各种商业模式和经营模式，鱼龙混杂，明暗交替，很多直销公司公开挂起了有限公司的招牌。

高萍在天津认识的这个朋友，三十多岁，以前在一家公司当公关部经理，后来接触到了安利、凯玫琳等一批外国公司，看到那些做安利产品的人都发了财，她也参与进来，不过进来之后才发现安利并不好做，做到最后手里积压了大量的产品，只好都白送人了，钱没赚着，倒是交了一帮朋友，这些朋友中有人真的发了财，买了房买了车，过上了富人生活。

这个朋友叫焦芹，是广州人，生得小巧玲珑，两片嘴唇犹如快板书演员手中的快板，声音清脆悦耳。

高萍认识她的时候，她已经在广州做了两年了，但业绩一直不理想，再想回到公司上班，放飞的财富梦想已经让她收不回脚步，只能硬着头皮走下去，正在她困惑不已的时候，高萍打来了电话，焦芹犹如打了鸡血一样兴奋起来。

广州这个国际大都市，充斥着各色人等，和上海一样成了冒险家的乐园，特别是女孩子们怀揣着梦想来到这里，最后都成了这片海洋里面的鱼，但能长成大鱼的却很少，大多数都成了渔民的网中物。

焦芹见到高萍一阵兴奋，说就等她们来了好大干一场，她说这里是座金矿，如果有能力开采出来，那无穷的财富就会像珠江水一样取之不尽。

高萍说："那我们就一起合作把团队做起来吧。"

二　徐州会议

俗话说：三人同心，其利断金。山鬼虽说是顾问，其实就是个总指挥，他把三个女人指挥得团团转，团队越做越大。

任艳领导山东团队，焦芹领导广东团队，高萍回到北京，领导北京团队，山鬼坐镇广州，管理公司。

三人决定在徐州召开一次研讨会议，作为康丽事业的启动大会，也是对经销商全面培训的大会。山鬼和王云拟定了会议培训内容：

  1. 直销行业的发展趋势

  2. 康丽事业的意义

  3. 康丽公司的发展目标

  4. 妇科知识及康丽丹

  5. 公司营销计划

  6. 公司培训计划

  7. 经销商应该做什么

  8. 心态

  9. 技巧

  10. 成功者的特质

山鬼任主讲，王云主持，焦芹任总负责。研讨会如期在徐州举行。山鬼的演讲让经销商们激情高涨，尤其是在讲成功者特质时，他把牛顿惯性定律演绎成失败定律（保持惯性就会失败），把牛顿第二定律演绎成成功定律（经济增长的加速度与外力成正比，与质量成反比。所以，我们要给自己压力,同时心态归零,"知识多了是包袱,只有把知识用出来才是力量"),把牛顿第三定律演绎成人际关系定律(你要人家怎样对你,你就该怎样对人家),让大家脑洞大开。

王云在心里赞叹:山鬼不愧是学物理出身,把物理定律、定理演绎成社会定律、定理,这套本领只有他才会!

除了山鬼演讲外,会议还动用了音乐、歌曲、舞蹈,每个议程完毕,王云都带领大家跳手语舞,如《爱拼才会赢》《真心英雄》等。会议取得了极大成功,300多人的研讨会议,收获订单500多万。

湛利作为董事长致辞时,口才也很好,广式带粤语的普通话引来了大家一阵阵的掌声。湛利身材魁梧,又能说会道,第一天会议后,约高萍去喝酒,该发生的故事就发生了。

于是,湛利成了名副其实的董事长,高萍对他言听计从,山鬼在公司很压抑,常常觉得有志难伸。公司的业务蒸蒸日上,团队越做越大,钱也越赚越多。

终于,山鬼被湛利和高萍辞掉了,最后一个星期的提成也没拿到。

后来,湛利和高萍经营的康丽公司,一年后被查处,高萍以"非法经营罪"被判刑五年,湛利逃回香港。

三 永灵

珠江以它宽广的胸怀容纳万千溪流,从而汇集成珠江三角洲。滔滔的江水犹如慈爱的母亲养育着万千儿女。然而,这些儿女,千姿百态,千奇百怪。

有些失意的山鬼来到珠江边,看着江水流向大海不由得发着感慨。想他山鬼从一个无名小村一路走来,在这个大都市闯下一片天地,既让人骄傲也让人失落。人生沉浮,世态炎凉让他感慨万千。望着珠江上往来的航船,他心潮起伏,他不应该再像小船那样在海上漂泊,而应像巨轮一样驶向大海,去搏击风浪,扬名天下。

高萍的背叛让他清醒,做团队就要广纳人才,形成巨轮,这样才能抗击风险，不然遇到风浪就只能靠向海边，甚至被巨浪打翻。

山鬼沿着江边漫步，让江风吹拂着自己的面颊，借以厘清纷乱的思绪。

这时，从对面走来三个年轻女人，年龄都在三十有余。山鬼迎着她们，走近一看，原来是陈媛，张菊和晏智。三人都曾是高萍团队的人，后来听说她们和高萍闹翻后都离开了团队。

"山总。"三个人一齐跟山鬼打招呼，山鬼对她们三人都有一些印象，问："你们怎么在这里？"

有着一张圆脸和一对大眼睛，看上去很单纯而没有心计的陈媛是广州人，他在安徽就认识，只不过从没和她打过交道。陈媛说："我们三个也是偶然遇到的。"

长着苹果脸的张菊有着白净的皮肤，高大的身板和结实的陈媛形成鲜明的对比，她对山鬼说："我们三个刚离开康丽公司，打算另找一家公司做，山总能帮我们介绍新公司吗？"

山鬼不知道她们说的是真是假，但出于行业的敏感，他猜想她们没说假话。

晏智则没有陈媛和张菊漂亮，而是黑黑的脸庞上闪动着两颗圆圆的黑黑的眼珠子，一对大大的乳房加上粗壮的腰身，给人一种愚蠢又憨厚的印象。

山鬼想，像晏智这样的女人怎么会进入这个行业？这个行业可不是像她这样的人能做的。或者说像她这样的人就是进来了也是很难挣到钱的。可是，让山鬼不理解的是，在这三个女人中间，还就是晏智做的时间最长，业务做得最大，在山鬼了解了晏智的经历之后，她甚至有些颠覆山鬼的三观。

原来，有一种叫作固执的人，往往为了自己的目标可以放弃自己的性命，走到底，晏智就是这样的人。她的可贵之处就是不放弃，完全靠一种信念在支持她的行为。

晏智的声音特别粗壮，她说："你要是创办一个公司，我们跟着你做。"

"好啊。我也刚离开康丽，正在想下一步怎么办呢。"山鬼说。

张菊说："山总，要不我们组建一个新的公司吧，我们跟着你做。"

山鬼早就想有自己的公司了。他于是欲擒故纵地说："我怕我不能胜任，万一把你们带到沟里去了,怎么向你们交待?"

陈媛说:"我们听过你讲的课,知道你的理念比他们都先进,方法也很实在,不像他们一味地瞎吹。"

山鬼说:"你们要是这么说的话,我倒真有这个想法,要不我们四个人组建一个公司吧。"

"好啊!"晏智第一个表示赞同。

山鬼没想到在他处于苦闷之中时,竟会遇到这样的三个女人,也许他的事业会在这三个女人身上重新起飞。山鬼指着前边的江边餐厅说:"都饿了吧,我请你们喝下午茶吧。"

三个女人异口同声地说:"好啊,我们正想找个地方吃饭呢。"

他们一行,来到这个简易餐厅。与其说餐厅还不如说是个野炊的棚子,除了操作间,就是一个大棚,中间用钢管搭起来的棚子里放着十余张餐桌,上面放着茶水和杯子。他们找好位置坐了下来,服务员拿来菜单,山鬼让每个人点一个自己爱吃的菜,然后点了一扎啤酒。陈媛点了一盘西红柿炒鸡蛋,张菊点了一盘虾球,晏智则点了一盘红烧排骨,临到山鬼点了,山鬼想了想,点了一盘红烧小黄鱼,又点了一个紫菜蛋汤。

山鬼问:"你们都点够了吧?"

三个女人说:"点够了。"

吃过午饭,已是下午四点,山鬼把她们领到自己租住的小区里,几个人简单地召开了一个筹备会,给自己成立的公司取名"冠冠(国际)有限公司",山鬼任董事长兼总经理,陈媛、张菊、晏智任副总经理。陈媛负责产品研发,晏智负责市场研发,张菊负责财务部,三人各占公司25%的股份。同时推荐王云也担任副总经理,负责教育培训,按业绩1%提成,胡哲仍然是山鬼的秘书。

经营项目是在广州有一定影响力的一种保健品,他们就以这家保健品公司的产品:"优柔"女性化妆品为依托,发展自己的业务。

山鬼把任艳、焦芹请到越秀公园中的鱼头火锅店吃了一顿火锅,详细地说了自己离开"康丽"的原委及自己创办"冠冠"公司、准备大展拳脚的想法。最后任艳和焦芹表示坚决加盟冠冠事业，并把团队带过来。

这时，又有两个人加入进来。一个叫张洁，一个叫永灵，她们两个人也是从北京一路南下过来的。山鬼后来得知，和他一起南下的团队竟有几十家。这些团队都嗅觉灵敏，哪儿好做就会一窝蜂地前来，犹如蝗虫似地将财富一扫而光，然后再转移迁徙到另一个地方。

张洁是一个年近四十的广西女人，一头黄发梳成波浪状，围在脖子周围，她的一双鹰眼让人看了害怕，灵敏的鼻子能嗅到任何有用的气味，一双像鹰爪一样的手仿佛随时要伸出去获取猎物。

她找到山鬼，一见面就提出要带团队加入，这可是山鬼求之不得的。因为能带团队加入就说明她有实力，有实力就说明能够创造业绩。山鬼和她签了一份合同，于是她带着合同就走了，几天下来她就拿着一沓合同交给山鬼，山鬼收到一大笔资金，当然张洁也得到了她应得到的提成。

另一个叫永灵，是湖南人，原来是中学老师，因为举报校长性骚扰她才出来的，不过在她没加入团队以前，就有几个朋友邀请她加入，但她总是舍不得教师那份稳定的工作，后来那个校长干脆把她堵在她家里，强行非礼她，她对丈夫说了，丈夫不仅不敢对校长怎么样，反而让她顺从校长，说傍上校长以后可以不用教书就可以拿比当老师还高的工资。她的丈夫是个小局的办事员，平时见了局长就像一条被打怕的狗见到主人，只有摇尾巴的份。

永灵一气之下，扇了丈夫一个大耳光，就踏上了开往武汉的火车，她在打过丈夫一个响亮耳光后，对丈夫说："你这个废物，我走后，你一个人去把离婚证办了，别等我回来了骂你个狗血喷头。"

骂完就提着行李箱出来了，开始到武汉，后来又到北京，最后来到广州。永灵有着一身细腻又白净的皮肤，说话声音轻柔又清脆，是那种有着小鸟依人又内心倔强的女人，追求目标往往不择手段，对人又百般计较，看到财富就想扑上去抱在怀里。

她和张洁一前一后来找山鬼，开口就说了提成的比例，说只要答应她的要求，她马上带一百个人过来参加山鬼的产品推介会，并能签上一大批合同。

山鬼问她用什么作保证。永灵说："你们男人都一个样，看不起女人，我告诉你，我对男人不感兴趣，只对人民币感兴趣，我也不多废话，你只看我带的人多少就行了。"

山鬼觉得永灵有自己的个性，说话铿锵有力，办事雷厉风行，而且胸有成竹，山鬼举起双手在空中拍了几下，说："好，你是我见到的第一个有个性的女人，我喜欢，有时间了，我们一起好好叙叙。"

永灵说："我对你不感兴趣，你还是找别人吧，快去把合同拿来，不拿我永灵就不会再来了。"

山鬼连忙从文件夹里拿出合同，递给永灵。永灵看到山鬼的桌子上确实码了一大摞合同。从而看出了公司的实力。

签好合同，山鬼要留永灵吃饭，永灵说："对不起，我还有事，你的饭留给你喜欢的人吃吧。"山鬼说："你就是我喜欢的人呀。"永灵笑着说："别费话。"

这时，山鬼发现永灵笑起来是那么好看。

山鬼有种挫败感，他一向很自信，认为女人见了他没有不喜欢的。可没想到在永灵眼里，他什么都不是，这不禁让他有些沮丧，于是他决定挑战一下永灵，看她是不是真的不可接近。

山鬼给任艳打电话，让任艳约一下永灵，说要请永灵吃饭。男人撩女人的第一个招数就是请吃饭，放下电话，想了想，觉得请吃太老套，于是又拿起电话，让任艳别约了，他另有安排。

山鬼想邀请永灵去夜游珠江，那是凡到广州都要浏览的项目。山鬼给永灵打电话，永灵说她没有时间，当他再打给她时，永灵在电话里说："你是不是老总？你就是这样管理下属员工的吗？以后再打电话，别说我不给你面子，我很尊重你。"

山鬼听了，只好笑笑，放下电话，却还是不死心。

过了几天，他正要给永灵打电话时，却不想接到了永灵的电话，永灵说她遇到了一个麻烦，让山鬼去她那里一趟，山鬼兴奋得不行，以为遇到了机会，说："我马上到，你在哪里？"

山鬼找了好久终于在一个小巷子里找到了永灵的住处，那是一间很小很潮湿的旧房子,大门还是上世纪的那种对开的木门和门槛。山鬼推门进去，见一个男人正抱着永灵往门外拖，永灵则双手扳住门框不出门，见山鬼来了，永灵大声说："快来帮帮我。"

山鬼上前一把喝住那个男人，问："你干什么？大白天的调戏女人！"

永灵说："他是我丈夫，要我回家。"

那个男人问："你想怎么样？我现在要把她带回去，家里都不同意她在外面流浪。"

山鬼说："什么叫流浪？你说你一个月能挣多少钱？"

永灵丈夫说："挣多挣少和你有关系吗？她是我老婆，我养得起她。"

山鬼没想到永灵的丈夫在他面前还大言不惭地说他有钱养永灵，笑着说："你有多少钱？说说看。"

永灵的丈夫说："这跟你没关系？"

山鬼说："怎么没关系？她是我的员工，让员工挣更多的钱，实现人生的价值是我当老板的责任。永灵，你说：你一个月挣多少钱？别怕他知道。"

永灵说："我不会和他这种人说的，我不回去，你帮我把他弄走吧。"

山鬼说："怎么样，你老婆下了逐客令了，走吧。"

永灵的丈夫有些恼羞成怒，大声骂道："都是你们这些王八蛋，勾引人家的女人搞这些，老子今天非好好教训你不可。"说着一拳打在山鬼的脸上，把山鬼打着眼冒金星，用手捂着脸，一会儿，鼻子里全是血。

山鬼双手捂着满是鲜血的脸，任凭永灵的丈夫一个劲地骂，只不还口。

永灵的丈夫骂够了，对永灵说："收拾东西跟我走。"永灵站着不动，永灵的丈夫威胁说："你是不是也要像他这样？"

永灵不敢还嘴，只好回到屋里收拾东西，然后提着行李箱跟在丈夫后面，一步一回头地走进川流不息在大街上。

看见屋里没有动静，山鬼才走到卫生间，慢慢洗脸，一边洗一边对着镜子看，还好只是鼻子流血，脸上并没有流血。山鬼在嘴里骂了一句，"这

第十二章 南下

309

个王八蛋下手这么狠，总有一天老子会找你算账的！"说完抬起脸又对着镜子反复地看，觉得这样走出去有些不好，正在犹豫的时候，却听到永灵的声音从身后传来："你没事吧？"

永灵的问话把山鬼吓了一跳。看看永灵满头大汗地站在那里，问道："你不是走了吗？"

永灵把手里的行李箱重新放回原处，说："我把他说通了，我说我还有不少钱没收回来。再说，我这样走了，万一你死在我家里他也脱不了干系。我让他先回去，我办完手里的事就回去，这样他才走了。"

永灵上前用手抚摸着山鬼的脸，然后从包里掏出一瓶药膏，拧开，挤出药来，轻轻地给他抹上。那药抹上去后很快就不疼了。

山鬼突然拉住永灵的手说："你以后跟着我干，我不会亏待你。"

永灵从山鬼的手里抽出来，说："山总，你别这样。任艳知道了不好，再说我对男人不感兴趣。"

山鬼似乎碰到了一个冰块，刚刚燃起的欲火很快就熄灭了，说："那你好好休息，我走了。"

永灵见山鬼去开门，一把从背后抱住山鬼，哭着说："你别走。"然后把山鬼拉进卧室，说："你来吧，我欠你的。"

山鬼没想到永灵会这样，只静静地看着她。

山鬼也不说话，然后决然地离开了。

四　冠冠国际有限公司

冠冠公司在山鬼的经营下，凭借他的卓越领导艺术，很快将会员发展到八万多人，年销售收入达到五亿多元。他手下的几个女人个个都成了百万富婆。张洁凭借他的坚韧不拔很快在行业里崭露头角，山鬼知道，容貌不一定是女人的本钱，有时能力才能让女人变得强大。

山鬼不停地在电视台做广告，让几个女人不时地在广告里出镜。这下惹恼了当地的不少女艺人。有两个漂亮的女演员竟找上门来质问山鬼，为什么不用当地的演员，而用那些名不见经转的普通女人？

山鬼不敢得罪这些有着强大背景的地方势力，只好请她们出演广告，没想到效果真的比几个女经销商好，销售额更是直线上升。几个生产厂家都把山鬼奉为座上宾，山鬼的虚荣心得到了极大的满足。

冠冠公司成了当地的知名企业，区里领导也来参观考察。山鬼只好把这些爱好政绩的领导引到产品加工厂，让他们参观工艺流程，再把他们请到大宾馆里去吃饭，唱歌，让他们以为公司的实力很大，山鬼又加入自己的企业创新理论，说如果用《易经》理论去管理并加以创新，整个中国将会涌现一批拥有无穷潜力的国际大公司，因为《易经》就是无限理论的源头，用《易经》可以解释宇宙的一切规律。

那些听得云里雾里的领导一个劲儿地鼓掌，爽快地答应给这些企业一定的资金扶持。拿到资金的企业把山鬼奉若神明，更帮着公司发展会员，甚至领导的家属，亲戚都加入到行业中来，曾经平静的广州被山鬼的黑色理论搅得波涛汹涌，暗流涌动。

山鬼的名声越来越响，他经常被请去出席一些政府组织的经济工作会议，当作创新产业的代表去发言。"冠冠"成了名副其实的冠军企业。

真是"时来铁真金"，一个女人的出现将山鬼的公司推向了更快发展的新局面。这个女人就是郝慧。

郝慧也是一个在行业里行走了多年，还是硕士学历。她是在一次招聘会上听了山鬼的讲演后主动走进山鬼的办公室的。当时山鬼的办公室门外有秘书小姐在把门，郝慧要直接闯进去见山鬼，秘书小姐不肯，郝慧就推开办公室的门，说："有什么大不了的，不就是一个大公司的老总吗？"

山鬼看见穿着一袭漂亮连衣裙，戴着金丝眼镜的郝慧闯了进来，眼前不禁一亮，说："你怎么随便闯进别人的办公室？"

郝慧站在那里用手扶了一下眼镜，把山鬼盯了好一会儿，说："你的脸足以说明我有权力进来。"

山鬼听了郝慧的话，不仅没恼，反而又笑着说："你很有眼力，说吧，找我有什么事？"

郝慧直截了当地说："当然是为了财富而来。"说完，拿出一沓钱来，说："给你签合同，我要成为你们的股东。"

山鬼还从来没见过这么直爽的女人，问："你买多少股？"

郝慧说："就这些钱，能买多少买多少。"

山鬼站在郝慧面前就像一个员工站在老总面前一样，说："你稍等一会，我马上给你办。"

郝慧一屁股坐在山鬼桌子对面，说："你们快点，办好了我还有话说。"

秘书小姐进来把钱拿走了。山鬼说："马上就给你办好，你别急。"

郝慧拿了一个发展壮大"冠冠"公司的计划。说："我不光要当股东，还要当副总，我的团队不比你那几个女人差。"

山鬼迅速看完了她的计划，说："没问题！"

这时，秘书小姐把手续办好了，拿到山鬼面前，山鬼又递给郝慧，说："办好了，您看看吧。"

郝慧说："我不用看，这些我比你还熟悉。好了，明天我来上班，你给我准备一间办公室，里面的装备一样不能少。"

山鬼马上打电话，把陈媛她们几个都叫到办公室开会，宣布了对郝慧的任命。几个女人都觉得诧异，怎么这时候突然任命一个副总来，而且从来没听说过。

山鬼看出了几个股东的疑虑，说："这是我临时决定的，你们不要不理解，过后你们都会理解的，我也是在为公司的发展而做的决定。"

陈媛和张洁还有几个股东相互看看，想说什么又没说出来，就都从嘴里挤出"同意"两个字来。

山鬼说："我知道你们有想法。"他看了看郝慧，郝慧则坐在那里看着他。他说："我相信，郝慧的加入会给公司还带更大的发展。"

郝慧接过山鬼的话："你们别这么看着山总，我是毛遂自荐来的，而且你们的情况我都知道，都是行业里行走的人，我不会让大家失望的。"

晏智终究不甘心，问："郝总，你有什么办法让公司在短期内有更大的发展呢？在行业里，你的名字并不像你说的那么响亮。"

郝慧说："我郝慧说到做到。"

山鬼怕她们几个在会上打起来，虽然他不知道郝慧会不会先动手，但任艳为了他的威信也不会坐视不管的，她说："大家没其他的意见，就这么定了，散会。"

几个人站起来表情不一地往外走。郝慧看见山鬼也站起来，说："山总，你留一下。"

几个人又一齐扭过头来看着郝慧，郝慧说："我和山总有事商量，没你们的事了。"

山鬼刚站起来又坐了下去，看看听不到几个人的脚步声了，郝慧说："以后你和任艳要一刀两断，她已经没有利用价值了。"

山鬼说："这好像和你没什么关系吧？"

郝慧说："怎么没有关系，公司不能一盘散沙，就要有强有力的领导，你的威信决定公司的成败，所以你不能跟她走得太近，下面的人会有看法的，对你也是有影响的。"

山鬼最不喜欢别人指使自己，说："你的手伸得太长了吧？"

郝慧听了，不敢再言语。

随后的一段时间，郝慧果然安排山鬼组织了几场招商会，一大批销售人员又加入到他们团队里来，公司业绩直线上升。随后的每个月都要开一次中层干部会，山鬼成了主持人，而郝慧则成了主题报告的主讲人，郝慧讲话的时候，不允许别人随便插话，还必须要大家都正襟危坐，不得交头接耳。

山鬼一直怀疑自己在哪里见过郝慧，可一直想不起来，但总觉得对她有些熟悉。

五　整容

郝慧的到来打破了山鬼的平静，颠覆了山鬼的威信，甚至改变了山鬼的生活。

好久没见到任艳了,山鬼想见见任艳。任艳住在另一个区,为的是便于开展业务。刚来的时候,他们是住在一起的,是任艳提出分开的,山鬼没有反对。

山鬼跟秘书小姐交待了一番,就直接来到任艳的住处。任艳租住在一个小区的28楼,站在窗前可以饱览珠江风光,接天的滔滔江水缓缓地流向大海,江面上大小轮船往来穿梭,汽笛声此起彼伏,两岸的高楼使珠江形成一道独特的平原峡谷,让这个繁忙的大都市充满了生机。

听说山鬼要来,任艳火急火燎地赶回来。任艳现在领导着一个团队,在这一带开展业务,手下已发展了好多会员。除了开会,她已很少见到山鬼。

任艳见到山鬼,问:"你是不是为了郝慧来的?"

山鬼有些惊奇,说:"你怎么知道?"

任艳笑着说:"我就知道,你是无事不登三宝殿。你猜郝慧是什么来头?"

山鬼又是一阵惊奇,问:"什么来头?"

任艳说:"郝慧,就是岑琴。我的一个朋友认识她,她现在这个样子是在韩国整容整出来的。"

山鬼听了任艳这么一说,随口说了一声:"难怪!"

任艳也感到好奇,问:"什么难怪?"

于是山鬼把郝慧过去的事跟任艳说了。

任艳说:"她现在有自己的团队,你可得防着她点儿,她的目的好像不只是当副总。"

原来,郝慧曾主动来找过任艳,向任艳打听山鬼的情况。

任艳说:"我为什么要告诉你?"

郝慧威胁说:"如果不告诉我,我就让山鬼从这个城市消失。"

任艳以为她故意在威胁她,说:"这和我有什么关系?"

郝慧说:"你们曾经同居过,你如果不老实告诉我,我就叫凡是和山鬼好过的女人都从这个城市消失。我找你的事不准告诉山鬼,不然后果很严重。"

任艳很不喜欢这个趾高气昂的女人，打算找个合适的机会告诉山鬼，今天刚好山鬼来了，她就说出来了。

任艳接着说："郝慧也在北京待了几年，挣了不少钱，团队发展得很大，在天津也有团队，后来发展到了韩国。在韩国她整了容，整成了韩国人的脸，还把自己也整得年轻了许多。我的那个朋友现在也在广州，有机会你可以和她见见面，向她详细打听一下郝慧的情况。"

山鬼说："可以，你有机会了约一下她。"

任艳说了声好。山鬼准备留下来，任艳说她家里还住着两个姐妹，山鬼住在这里不方便。山鬼进到任艳的卧室，果然看见里面还有两张床。任艳说她们晚上就会回来住。

山鬼要重叙旧情，任艳似笑非笑地说："你的干姐姐说以后不准我们接近你。"

一想到强势霸道的郝慧，山鬼就没了兴致，也不在任艳处逗留，很快回到了公司。

一打开门的时候，山鬼就看见郝慧已经坐在了他的办公室里。看到他进门，郝慧也不站起来，而是面无表情地问："你现在知道我是谁了吧？"

山鬼说："我没得罪过你呀，你怎么要对我这样？"

郝慧说："我对你怎么样了？你现在不是过得好好的吗？手下有这么多团队，可以说是日进斗金，你还要怎么样？"

山鬼说："姐弟合作的事都过去了，我也不想怎样。"

郝慧说："可是我想怎样呀，我想接管你的公司，更想重新接管你这个弟弟。"

山鬼看着眼前的郝慧，说："我可不敢，你现在好像一个黑老大，哪个见了你都想躲。"

郝慧说："别人可以，你不行，你躲也躲不掉，我又赖上你了。走吧，跟我回去。"

山鬼有些莫名其妙，问："回哪里？"

郝慧说："回我家里呀，还能有哪里？"

第十二章 南下

山鬼站着不动。

郝慧说："怎么，我叫不动你吗？"

山鬼像个听话的孩子，只好跟着郝慧来到她的住处。

郝慧住在海王大厦三十楼。山鬼进了屋，看见屋里富丽堂皇，和任艳的住处有天壤之别，光是那些家具就让一向自负的山鬼眼界大开。

山鬼用手摸一摸沙发，郝慧说："别摸，真皮的。"山鬼又摸一摸茶几，郝慧说："水晶的。"山鬼摸一摸茶几上的杯子，郝慧说："银的。"

山鬼说："没事我要走了。"

郝慧说："走哪里去？以后你就住在这里。"说着上前一步，把脸凑到山鬼面前，说："我是不是比以前年轻多了？"

山鬼闻到郝慧身上的香水味很浓，说："我可不敢住在你这里，不然，死都还不知道怎么死的。"

郝慧笑着说："你真把我当成魔鬼了。告诉你，我一直放不下你，我现在的一切还都是你给的，不过我不像你，我是一个一条道走到底的人。"

山鬼说："没事的话，我真的走了，有事到公司办公室商量。"

郝慧把脸一沉，说："别不识抬举，坐下。我不至于这么可怕吧，想跟干弟弟叙叙旧都不行？"

山鬼听她的话还有几分情义，就坐下来，暂时不提走的事。

山鬼说："你以前好像不是这样啊，现在怎么变得这么强势？"

郝慧说："你没听说有钱就任性吗？我现在有钱了，就要享受一切，做自己想做的事，这是一种刺激。我一辈子都在寻找刺激，你难道不知道吗？"

郝慧打了个电话，一会儿就有一个年轻服务生进来，摆上一桌丰盛的菜肴，还开了一瓶红酒放在桌子上。

郝慧说："饿了吧，我们先吃饭吧。"

山鬼说："拿白酒吧，红酒喝着不过瘾。"

郝慧说："怎么还是乡巴佬一个，你我现在的身份再喝白酒会让人笑话的。"说完给山鬼的杯子里倒上红酒。

山鬼尝了一口，觉得有些甜丝丝的感觉，说："这是女人喝的酒。"

郝慧说："你只管喝，别乱评价，这酒你也评价不了。"

山鬼说："这么多年你是怎么过来的，能说说吗？我想听听。"

在喝了三杯酒之后，山鬼觉得脑子里昏昏沉沉，迷迷糊糊。这时，郝慧开始讲自己的故事。

当年，和山鬼分开后，郝慧直接到了北京。虽然她之前也去过北京，但那是去开会，有人接待，有人安排，现在不同了，她举目无亲，行动茫然，但有一点她坚信在这个大城市里，总会找到属于她的一块天地，于是她住进一家高档宾馆里，伺机打听哪里有搞事业的人。

人的嗅觉总是这样，只要你想闻到什么味道，就能闻到，你想找什么人，也总能找到。开始的几天她不急着找，而是到了一些小区去转，她来到一个陈旧的小区门口，那里有一些进进出出的外地人，而且都是清一色的中年男女，于是她就跟了进去。果然，到了下午的时候，那些进去的男男女女，都走出房间，开始进入另一栋楼。

郝慧也不急于加入他们，她要好好考察一下，有所选择，有些团队也是参差不齐，有好有差，如果进入好的团队那就等于财源滚滚，如果进入差的团队，那就等于身败名裂，妻离子散，甚至家破人亡。

郝慧回到宾馆，走到大厅的时候，她看到有一些男女装做互不认识的样子，走进楼上的会议室，她也跟了进去，里面果然有很多人在，她找了个座位坐下来，观察着周围的人。

这是一个有些高档的会议室，能容纳三百多人。台上的音响质量很好，大厅里回荡着在《希望的田野上》的优美旋律。一会儿，女主持人宣布会议开始，接着就有一位一条断腿讲师上台分享他的成功经验，他说他在各人城市都有房子，是公司分给他的，而且每栋房子里都有人给他打理，内行人一听，都知道他在说他有几个老婆。

郝慧听了一会儿，都是在自吹自擂，觉得没意思，打算走到走廊里去透透气，因为里面的人太多，空气很污浊。

这时，有个男人靠近她，说他也听烦了，不如到卜面咖啡厅去坐坐。

那个男人四十多岁，穿着一身名牌，而且谈吐不俗，郝慧也不说话就跟他一起下了楼。咖啡厅里有几个青年男女坐在那里聊天。他们找了个靠窗的地方坐下来,那个男人点了咖啡,问郝慧要什么?郝慧说要橘子汁,不一会,服务生把咖啡和橘子汁送到他们面前。

那个男人呷了一口咖啡,见郝慧不动,问:"你怎么不喝?"

郝慧说没胃口,却用余光一直打量着那个男人。郝慧问:"你是哪个团队的?"那个男人说:"上面就是他的团队。"他问郝慧在哪个团队?郝慧说她初来乍到,哪个团队都不是。当时是八月的天气,郝慧穿着白色的连衣裙,露着白净的胳膊。

那男的说:"你保养得很好。"郝慧说:"我一直单身,不保养怎么行?以后还要找男人结婚呢?"那男的听了,眼里顿时闪着光芒,说:"我叫李伟也是单身,不过刚离婚,为了行业我已无法回头,所以离过两次婚了。"

郝慧说:"你够花心的,女人跟了你真是倒霉。"

那男人说:"不是她们倒霉,是我倒霉,她们把我的钱都弄走了,搞得我现在很狼狈。"

郝慧说:"你这是活该。"

李伟说:"我叫李伟。你愿不愿意到我们团队来?"

郝慧说:"那我得看看你们的实力如何,我不会随便加入的,除非我看中的。"

李伟说:"那我们上去听一会儿吧,我去讲。"

郝慧说:"你是讲师?那我倒要听听。"

于是,郝慧跟着李伟重新进入会场,只见李伟直接上了台。主持人说:"现在请李总给我们讲课,大家欢迎。"

台下一阵掌声,李伟清了清嗓子说:"今天和大家一起分享怎么样积累财富。说到财富,相信大家都非常向往,因为财富这个东西,实在太有诱惑力了,是很多人梦寐以求的。可是怎样才能拥有财富呢?这就要用到各种方法,刚才我和岑女士聊了一会儿,我知道她已经是很成功的行业精英了,她不远万里来到我们脚下的这个大都市,就是希望获得更多的财富,让自己活得更加精彩。"

他用手指了指郝慧坐的位置，说："请岑女士站起来让大家认识认识。"

郝慧只好站起来，与会的人不约而同地一齐把头转向她，郝慧则微笑着向大家点了点头。

李伟说："我和她聊天时得知，她是个很注意选择团队的人。我们都知道，做任何事选择都很重要。选择对了，你可以少走很多弯路，可以直达理想的彼岸，一旦选择错了，你将一生一事无成。所以，让我们失去发财机会的就是错误的选择……"

李伟光就选择就讲了一个多少时，郝慧开始觉得讲得没有新意，可是听着听着她就来了兴趣，觉得这个团队有这样的一个人领导，不说超凡脱俗，至少不会默默无闻。

李伟接着说："选择有很多条件，比如人的容貌。虽然我们不能以貌取人，但容貌却是供人选择的重要条件。一个优雅的女士和一个粗俗的女人最大的区别就是一个办事方便，一个办事多磨难，这是不争的事实……"

会后，李伟就经常来找郝慧，很快两个人就有相见恨晚的感觉，于是郝慧在李伟的团队做了一年。赚到第一桶金之后的一天，李伟突然让她办一个护照，说带她去韩国看看，郝慧当然一百个愿意。在他们落地韩国的第一个晚上，俩人最终走在了一起，李伟说郝慧的身上有种特殊的女人气质。

李伟第二天起来，把郝慧引到一家整容中心，说让郝慧整一下容，把岁月的沧桑抹去，变回少女的清纯。郝慧笑着说："只听说过整容，没见过，一下子就整容还有些不习惯。"整整化了一个星期，医生终于把四十多岁的郝慧变成了三十岁的少妇，身材也更加苗条了。

回到宾馆，郝慧站在镜子前，差点认不出自己。李伟则站在她身后，双手搂着她纤细的腰肢，说："你是我见过的最性感的女人。"

郝慧说："这句话太老套，能不能有点创新，说点别人没有说过的话。"

李伟想了又想，说："这是最难回答的一句话，因为赞美女人的话早都被别人说完了。"

郝慧说："闲话少说，你要的是女人，我要的是财富；你能给我，我也就是你的。说吧，你怎么选择？"

第十二章 南下

李伟说：“我既要你，也要你的财富。”

郝慧说：“那你走吧，我也该回去了。大路朝天，各走一边。”

在李伟的前半生，还没有哪个女人这么跟他说话，虽然和他离婚的几个女人也都顶撞过他，但像郝慧这么赤裸裸地说男女关系的还是第一个。

李伟终于没有抵御住郝慧的诱惑，答应了郝慧的要求，在提成里再给她加三个点。

突然有一天，他们从一个看相的中年人身旁走过，那牌子上写着，看相，测字，改名字。李伟说：“要不要把你的名字改一改吧，顺便换个身份。”

郝慧说：“我的名字也真的够难听的，要不改一个？”她于是蹲下身来，对那个看相的人说：“我想改个名字，要多少钱？”

那个中年人只有一只手，详细问了她的生辰八字，把右手举起来，大拇指在几个手指着上走了一遍，说：“太俗了不行，太雅了也不行。”问她：“姓什么？”"姓岑。”"不好，不如连姓也改了吧，反正你心里清楚你姓什么就行了。”

那个独臂男人说：“不如叫郝慧吧，以你们做行业的人的叫法，就叫郝慧。”

郝慧问：“以前有人在你这里改过名字？”

独臂男人说：“改名字的太多了，刚才还改了一个呢，刚走。”

郝慧问：“她改的什么名字？”

独臂男人说：“别问，这是行规。”

郝慧顶了他一句：“哪来这么多规矩。”

"郝慧，这名字不错，不雅不俗，正适合你。"李伟觉得郝慧这个名字不怎么合适，可又怕郝慧不高兴，只好恭维她，说改得好听。

这样，郝慧跟着李伟做了几年，和他一起跑遍了各大城市，成了行业里一名响当当的人物。

六　天有不测风云

郝慧说完了她的经历，山鬼说：“你的经历也是够丰富的。”

郝慧说："所以说你在我眼里也就充其量算是一个一般的老板，不过我要是不亮出我的身份，你还不知道在我面前耀武扬威多久呢？"

山鬼问："那你怎么又和那个李伟分手了呢？"

郝慧说："再好的男人在我面前也都是武则天床前的面首，他也不过是个耍嘴皮子的普通男人，倒是你，我总是放不下。"说完用右手的手指在山鬼的脸上划了一下，挑逗得山鬼是近也不是，远也不是。

山鬼从这段时间的接触中，知道郝慧完全变了，不仅容貌变了，连性格名字都变了，唯一没变的是对男人的控制欲，任何一个男人都必须拜倒在她的足下，不然就会被她踩在脚下，不管采取什么方法，只要能达到目的就行。

郝慧果然厉害，她的强势帮了大忙，就像把一只发条拧得很紧的闹钟，滴答声在满城回荡。山鬼的每一个行动都逃不过她的目光，山鬼总是觉得有双眼睛在盯着他，注视着他的一举一动。

再后来，国家颁布了《禁止传销条例》《直销管理条例》，这两个条例将他们的梦想击得粉碎。所有的传销组织一律进行登记、取缔，人员全部遣散回原籍。山鬼手下的几员猛将齐刷刷地坐在他的公办桌前，希望从他那里得到支持和挽留，可是山鬼的一席话让这些跟着他赚得盆满钵满的女人变得沮丧透顶，他说："这是大势所趋，我也无能为力，大家都各自回家吧，从今以后，冠冠公司将在这个城市里消失。"

任艳问："你打算怎么办？"山鬼说："我也累了，正好回家休息一段时间，等这阵风过后我们还有东山再起的时候。"

郝慧则站起来说："冠冠没有了，还有郝慧在，你们跟着我干，在这里总能找到我们生存的土壤。"

几个人你看看我，我看看你，都不说话。

郝慧接着又说："告诉你们，我是不会回去的，虽说禁令下了，可是外国公司还大量存在，国家只是规范一下过多过滥的市场，要不了多久，各种公司又会像雨后春笋般地出现，不要一有困难就退缩。"

郝慧见没有人响应，站起来，说："一帮懦夫。"然后头也不回地走了。

山鬼见其他人都没有动，又说了一声散会，自己站起来走出了办公室。

其他人则坐在办公室里没动，内心都在做着艰难的选择，直到看到两个互不相容的人都走了，才站起身。

任艳没有回家，她直接去了郝慧的家里。

郝慧没想到任艳会来找她，开了门，让任艳坐下，又给任艳倒茶，说："我没想到你会来找我。"

任艳说："我也不知道为什么会来找你，不知不觉就来了。"

郝慧看见任艳脸色有些难看，问："你没病吧。"

任艳说："没病那是假的，我的病就是再也回不去了，只能往前走。"

郝慧说："那就对了，这个行业是不会消失的。没有山鬼照样干得好！"

任艳说："不能这样说，他是个人才，在行业里是领袖级别的人物。"

郝慧说："不说山鬼了，我们再成立一个公司吧，用我们自己的名义，不再靠任何人。"

任艳说："我看行，你负责注册，我们合作，我看就叫慧丰公司吧。"

"慧丰？有丰富智慧的意思。你查一下有没有人注册过？"郝慧说。

"好的，我回去就查，就这么说定了，我们不回去，还有好多人也不会回去的，这个行业是不会消亡的。"任艳说。

七　反思

解散冠冠公司，是无可奈何的决定，也是目前大环境下最好的办法，山鬼不管心里有多么不舍，也只能这样做。事业按下了暂停键，山鬼刚好利用这段时间进行反思和总结。他主要思考三个问题：

1. 直销的价值体现在哪里？

2. 直销为什么负面效应大？

3. 直销之路该怎么走？

反复思考后，山鬼给出了答案：

直销的价值体现在：①有一套公平、公正、公开的分配制度，多劳多得，少劳少得，不劳不得。②自由创业的精神。③倍增效应：倍增时间、倍增财富。

直销的负面效应产生的原因：①消费者就是经营者，误导人们买了产品，就以为可以发大财，结果让很多人失望。②原本很多不适合经商或没有经商心理品质的人为了发财而参与进来，一番努力后失败而归，亏本而回。

直销的路该这样走：把消费者和经营者分开，坚持零售、推荐、服务三种工作，从消费者群体中推荐出经营者。

其实，任何行业都有道德的合法的公平的经营方式，也有不道德的不合法的不公平的经营方式，直销也是这样。要做的是让直销行业道德、公平、合法。

山鬼闭门谢客，潜心写作，将自己的思考和领悟都写在《全面掌握推销的十大秘诀》这本营销专著里。这本书一出版，立刻引发了热潮，短期内就销售一空。

第十三章 命运

一 法事

鲁青山的病好一阵坏一阵,胖子陪着鲁青山操碎了心。

学校也不再要求鲁青山按时上学,病好了就去,病了就住医院。鲁青山病好的时候,胖子就去上班,病了就带着鲁青山去看病,山鬼每个月按时把钱打到胖子的卡上。

有一段时间,鲁青山正在上学,突然发病了,昏倒在教室里,学校连忙给胖子打电话,胖子把鲁青山送到医院。

胖子日夜守着鲁青山,听着鲁青山在梦里说着梦话,胖子除了焦急没有别的办法。看看鲁青山的病情越来越重,胖子只好给山鬼打电话,山鬼马上决定把鲁青山送到武汉协和医院。

看到病床上的鲁青山,山鬼心疼得不行,又看到胖子明显地瘦了,山鬼说:"难为你了。"胖子没有说话,只是眼里湿润着。

晚上,山鬼让胖子去休息。胖子走了,山鬼就躺在鲁青山的床边打瞌睡。等到山鬼醒来的时候,发现胖子也趴在床边,山鬼没有叫醒她,找来衣服搭在身上。看着胖子,山鬼心里一阵内疚。

鲁青山高烧40度,持续了一个月,山鬼和胖子心急如焚,两人轮换着在医院值守。雪上加霜的是,医院也查不出病因。山鬼觉得这样下去不是办法,于是叫来王云帮忙。

鲁青山的病还是没有好转,王云建议做法事。山鬼于是带着王云来到郊区的钟鸣寺,他们找到住持,说想在庙里做一场法事,给鲁青山祈福消灾。

住持四十多岁，从小在这里出家，算是一个得道的和尚，他听了山鬼的诉说，答应给鲁青山做法事消灾。法事在庙里举行，山鬼包下了整座庙宇，所有的和尚都参与法事。山鬼和王云在菩萨的面前跪了一整天。做完法事后，山鬼站都站不起来了。王云心疼山鬼，自己起来张罗所有的事。山鬼感激地看着王云忙碌的身影，心里感叹：还是女人耐磨啊！王云这朵白玫瑰，对自己真是温柔体贴。

山鬼还想住在庙里，住持说不能再住了，让他们还是回到医院，山鬼没有办法。

山鬼回到医院，用手摸一摸经过治疗的鲁青山的额头，发现开始退烧了，高兴地把胖子也拉到床边，让胖子摸，胖子一摸，果然退烧了，说："这么灵？"

山鬼也不敢相信，说："所以让你来摸一下，我也有些不相信。"胖子又去找医生，让医生给鲁青山量体温。医生量了说烧退了。山鬼在胖子的脸上亲了一口，胖子则用手把自己的脸摸了好一会。

鲁青山醒了，喊了声爸爸，山鬼使劲答应了一声，胖子站在一边笑了起来，父子俩还从来没这样亲切地叫过。

在医院调养了几天，经观察医生说："可以出院了。"山鬼去办出院手续，胖子则收拾东西，做出院准备。鲁青山指着床头的课本，说："我回去后就可以上学了。"山鬼听了鲁青山的话，喉咙动了动，没有说出话来，胖子看到山鬼的眼里饱含着泪水。

小区里都知道有个长期得病的孩子鲁青山，看见鲁青山由胖子牵着回来了，都和胖子打招呼。住惯了宾馆的山鬼看到小区的房子，就像看到老家的房子一样，简陋得不行。胖子一回到家里就开始忙着做饭。山鬼提议到外面吃去，鲁青山说就在家里吃妈妈做的饭，山鬼听了又是一阵感动。

休养了几天，鲁青山完全恢复了，胖子就送他去上学。在家里，山鬼觉得无聊，就把房屋里里外外打扫了一遍。快到中午的时候，山鬼试着做了饭。等胖子领着鲁青山回来的时候，山鬼已将饭做好了。

山鬼给鲁青山和胖子盛了饭，三个人坐在桌子旁开始吃饭。鲁青山吃

第十二章 命运

了一口，说鸡蛋太咸了，又吃了一口饭，说饭是生的，山鬼也吃了一口，才知道饭是夹生饭。胖子笑着说："你是不是吃夹生饭吃习惯了？"

山鬼知道胖子在调侃他，说："我再重新做去。"胖子说："你坐着吧，我来做。"

鲁青山拿出作业，说："那我先做一会儿作业。"山鬼看着鲁青山拿出作业，想到鲁青山是个爱读书的孩子，不禁坐到鲁青山的身边，拿起鲁青山的作业看了起来。鲁青山的作业本上造的句子是：我的爸爸是个长年不回家的人。还有很早以前老师批改的批语，山鬼觉得很对不起儿子，说："鲁青山，以后爸爸不再出门了。"

鲁青山说："我跟妈妈已经习惯了你不在家的日子。"

山鬼问："你恨爸爸吗？"

鲁青山说："不恨，只是有时候很想你。"

看到鲁青山这么懂事，山鬼在心里恨自己，恨自己这么多年漂泊在外，这些年来赚的钱也有些不明不白。他知道在这个行业，虽然成就了很多像他这样的有钱人，可也有多少人家庭妻离子散、家破人亡，变得诚信全无；有些人都变成了金钱的奴隶，为了钱可以不要尊严、不要品德，甚至不要孩子，在他身边的几个女人哪一个还像个真正的女人呢？

看着和他一样瘦小的鲁青山，两只大大的眼睛充满了渴望，渴望得到父亲的爱，渴望有一个好的身体，渴望安心在学校读书，可是病痛把一个天真可爱的孩子变成了一个可怜虫，这是不是某种报应？其实在他内心里，《易经》就是一本讲述生命轮回的书，你在损害别人的时候，冥冥之中也有一种力量在报应你，鲁青山一直不能脱离苦海，可能就是他在这片海里错事太多，让鲁青山不能上岸。

还有胖子，这个胸无城府的女人，心地竟是这么善良，和那些穿着打扮时尚光鲜却内心险恶的女人竟是不可相提并论，如果说胖子是一片绿叶，那么那些女人就是掉在地上的败叶，如果说胖子是一片蓝天，那么那些女人就是一片阴霾，一片让人厌恶的阴云。

饭做好了，胖子笑着把饭重新端上来，山鬼从遐想中回到现实。

鲁青山放下课本，开始吃起饭来，可是吃了几口就不吃了。山鬼问他为什么不吃了？鲁青山说他已经吃饱了。山鬼看到正是长身体的鲁青山饭量这么小，心里一阵纠结，正是长身体的孩子饭量这么小终归不是好兆头，山鬼吃了几口也没有了胃口。

胖子问他怎么不吃了，山鬼也说吃饱了。胖子说："人是要吃饭的，不吃饭怎么行？再吃点吧。"山鬼只好又端起碗把剩下的饭全部吃完。

就这样，山鬼回到家里，除了晚上领着胖子和鲁青山出去散步外，其他时间都待在家里发呆思考。

这天，山鬼实在无聊，想起好久没见谭笑了，于是打电话约她出来。谭笑已结婚生子，完全退去了当初青涩的模样，举手投足间有了少妇的韵味，不变的是看山鬼的眼神，仍然带着崇拜透着喜爱。

说起鲁青山的病，谭笑情不自禁地握住了山鬼的手，这个贴心的动作胜过千言万语。

山鬼笑了笑，喝了一口咖啡。

谭笑说："我最近刚看完了余华的《活着》，福贵真是悲惨，也真是了不起。"

山鬼说："福贵真不容易，他遭遇的任何一件事放别人身上可能都承受不了。"

谭笑说："有句名言说，世界上只有一种英雄主义，就是看清生活的真相之后依然热爱生活。"

山鬼笑着说："看样子我有成为英雄的潜质。"

谭笑说："在我心里你一直是英雄啊。孟子的话形容你更合适：大将降大任于斯人也，必先苦其心志，劳其筋骨，饿其体肤。"

山鬼哈哈一笑，说："王尔德说过，美好的肉体是为了享乐，美好的灵魂是为了痛苦。"

二　白月光

鲁青山的身体完全恢复了，天天上学，山鬼又离家去广州开创新事业。

山鬼已经是行业里响当当的人物，成了著名的讲师和老总，走到哪里都有人接待和吹捧，周围也聚集了一大批野心勃勃的女人。有了胡哲的帮助，夫子依旧在王云与任艳之间游刃有余。山鬼常常想起张爱玲的名言：

也许每一个男子全都有过这样的两个女人，娶了红玫瑰，久而久之，红的变成了墙上的一抹蚊子血，白的还是"床前明月光"；娶了白玫瑰，白的便是衣服上的一粒饭粘子，红的却是心口上的一颗朱砂痣。

山鬼得意地想："还是我这样最好，坐拥白玫瑰与红玫瑰，床前的白月光和心口的朱砂痣我都要。"山鬼一边想着，一边打开QQ，看到王云更新了QQ空间，上面写了一段话：

一个女子，无论长得多美丽，前途多灿烂，要不成了皇后，要不成了名妓，要不成了一个才气横溢的词人……她们的一生都不太快乐。不比一个平凡的女子快乐：只成了人妻，却不必承担命运上诡秘与凄艳的煎熬。

这是李碧华的小说《青蛇》中的名言。山鬼隐隐感觉不对劲，想想自己回广州后，王云似乎和之前不一样了，虽然对山鬼一如既往地好，但每次约会时脸上总有淡淡的忧伤，有时又是若有所思的模样。原来的王云不是这样的，她即使再生气，山鬼说几句甜言蜜语也总能哄好；和山鬼在一起时，她总是喜悦的，似乎从心里开出花来。

发生什么事了呢？山鬼在心里猜测，肯定不是因为任艳，王云不是个吃醋的小女人，她们都知道三个人的关系，彼此心照不宣，再加上胡哲的掩护，两人并没有剑拔弩张的时候。

山鬼来到王云的住处，发现屋里都收拾得差不多了，两个硕大的旅行箱静静地放在墙角，桌上有一把油纸伞，是山鬼带着她去西湖游玩时在雷峰塔买的，伞还是崭新的，王云很爱惜。后来，王云读《青蛇》时给他念过几句话：

伞，一切的变故因为它。收起来是密密的网，幽幽的塔，张开来却是血肉人生。心魂在它势力范围之内翻扑打滚，万劫不复。

那是多么美好的时光啊！山鬼坐在沙发上，点燃一根烟，静静地等着。

王云终于回来了，山鬼摁灭烟头，站了起来，牵着王云的手说："准备出门吗？"

王云说："我打算离开广州。"

山鬼说："以后干什么呢？"

王云说："好好谈个恋爱，结婚。"

山鬼说："有对象啦？"

王云点点头，平静地说："我累了，想要一个家。"

山鬼说："决定了？"

王云又点点头。山鬼想问对象是个什么样的男人，但张了张嘴，终究没有说出口，只是抓紧了她的手。

接下来的几天，山鬼带着王云把广州城玩了个遍，买了很多东西给她。山鬼牵着王云走在广州的大街上，恍惚又回到了他们定情的时候，那时王云带着他在武汉游玩，在长江边散步，那是多么美好的时光。流光轻易把人抛，红了樱桃，绿了芭蕉，一转眼就到了曲终人散的时候吗？

终于到了王云离开的日子，胡哲开车，山鬼牵着她，一直送到机场，泪眼蒙眬地看着她消失在自己的视线里。

三 五指山

王云走后，山鬼很长时间都郁郁寡欢，任艳常常陪着他。白玫瑰走了，红玫瑰还在。

有一天，任艳问鲁青山的情况，山鬼不无担忧地说："很不乐观"。

任艳看到了他的处境，便劝他去海南散心。

山鬼说："这个时候没有太大的心情去旅游"。

任艳说："这段时间太多事情了，您出去走走散散心也好，说不定回来好运就来了。"

于是，山鬼接受任艳的建议，决定周末前往海南，任艳便委托海南经销商丁雪接待他。

丁雪是刚加盟公司不久的经销商。

丁雪有个妹妹叫丁甲妹，其祖籍是广东人。她的父母响应政府号召来到海南文昌市农垦系统工作。改革开放后，父亲在一家建筑公司做了包工头，承包一些建筑工程赚到钱，还在文昌盖了一层小洋楼居住，日子过得有些滋润。

　　丁雪大学毕业后分配到海口某保险公司工作，父母也随之来到海口。看到一家人住在丁雪租住的一个单身公寓里，父亲决定将文昌的小洋楼卖了，把钱交给丁雪、丁甲妹保管，希望在海口买间大房子居住。

　　然而，天有不测风云。丁雪的倒霉事一个接一个到来。丁雪、丁甲妹为了发大财，经常去地下赌庄，不到三个月，将父亲交给她们的三十几万的购房款全部输光。这可是她们父亲一生的积蓄。

　　不久之后，丁雪父亲患了肝癌，生活一下子更加艰难起来。在这种情况下，她加盟了山鬼的公司，做了一名经销商，通过自己的努力也赚到一些钱。所以，在丁雪心里，她很感谢公司。

　　当丁雪当接到任总电话，知道山总要来海南旅游，既兴奋又高兴。便和妹妹丁甲妹商议，准备好好接待山总。

　　六月里的海南，是一个梦幻般的世界。蓝天白云，碧海金沙，一切都是那样的美丽和宁静。

　　在这个季节里，海南的景色变得更加多彩，热带植被生机盎然，各种鲜花盛开，让人感受到生命的力量。沿着海岸线散步，可以看到那些绿色的椰树摇曳着，仿佛在向游客招手。在热带雨林中，树木高耸入云，翠绿的叶子和多彩的鸟儿构成了一幅美丽的画卷。

　　海面上，美丽的海豚在游弋，海龟在慢慢爬行，还有各种鱼类在游动，给人们带来了无尽的欢乐。在沙滩上，白色的沙子柔软细腻。

　　到了周末，山鬼坐上飞机来到了海口。在接机的时候，丁雪和丁甲妹来到机场一起接山鬼。丁甲妹虽然久闻山鬼大名，知道他是位多才又多金的鬼大叔，但当她在机场第一次见到山鬼时，还是吃惊不小：原来山总这么帅呀！一眼看上去很像电视里的大领导，这与山鬼的名字迥然不同？晚上的时候，丁雪安排了一场接风宴，商议了旅游的事宜。在接风宴上，丁雪等人为山鬼准备了许多当地的特色美食，还有烤海鲜和当地的特色甜点。

山鬼感叹道："海南的美食真是美味！海南的风景美不胜收。"丁雪微笑着回应："海南是真的很美。明天让我妹妹带您去游览海南风光，她熟悉各大风光美景。"当晚，在丁雪和丁甲妹的安排下，山鬼住进了一家海口星级宾馆。

第二天早上，丁甲妹带着山鬼去游览万全河，万全河是一条幽静的河流，沿岸植被茂密，树木郁郁葱葱，河水清澈见底，荷花和白莲花盛开在水面上，营造出一幅静谧的画卷。岸边有一些村庄和农田，平静而宁静。阳光透过枝叶间的缝隙洒下来，点缀在河水和树木上，让个河流充满了生机和活力。在万全河，丁甲妹带着山鬼一起坐在竹排上欣赏风景。

山鬼感慨说："这些景色真是太美了，加上你的歌声，让我忘记了一时的所有烦恼。"

丁甲妹轻轻地笑着说："是啊，这里的风景让人看了就觉得心情舒畅。"

山鬼欣赏着河岸边的风景，丁甲妹望向山鬼的眼睛，微笑地说："其实，比这里的风景更美的，是您欣赏的眼光。"

山鬼愣了一下，微笑地说："你说话真的很动人。"

丁甲妹的脸上露出了一抹妩媚的笑容："那当然，毕竟我可是当地有名的美女啊。"

山鬼靠近了一些，感受着丁甲妹传来的气息，轻声问道："那你会不会用自己的美丽来吸引男人的注意力呢？"

丁甲妹含笑道："我从不强求，因为我相信，真正的缘分是自然而然的。"

此时，丁甲妹抬起头看着山鬼的眼睛，温柔地说："当你觉得自己在某个地方找到了心灵寄托，那就是缘分呀。"

山鬼听了，心里安静了下来，感叹道："这里的自然风光与你的美丽，让我的心灵得到了极大的滋养。"

丁甲妹望向山鬼，哼唱起山歌。

丁甲妹："山中有瀑布，水边有石桥。"

山鬼在这里，静静地听着流水潺潺。

山鬼："山上有松涛，云里有鸟鸣。"

山鬼在这里，静静地看着云卷云舒。

丁甲妹："山水交融，美景无限。"

山鬼在这里，心灵得到极大滋养。

山鬼："大自然的美，让我心旷神怡。"

山鬼在这里，静静地享受着这份宁静。

两人一起唱着山歌，感受着大自然的美好，心情愉悦无比。歌声在山间回荡，让人陶醉。

此刻，随着微风吹拂，河面荡起微波，荷花在水中轻轻摇曳，白鹭在岸边穿梭飞翔。

傍晚时分，他们来到了五指山，五指山是海南的第一高山，山峰此起彼伏，呈锯齿状，故取名"五指山"，是海南岛的象征。这里居住着黎苗族等少数民族，其美食充满了民族风情。五指山杜仲箱包有限公司是山鬼公司多年的箱包供应商，董事长杜仲和山鬼情似兄弟。当山鬼和丁甲妹到来时，他已经在餐厅等候多时。夜色下的丁甲妹看起来很妖娆，而山鬼则一脸豪爽的笑容。杜仲迎上去，热情地招呼着两人入座，随即侍者端来了酒菜。

这里的海鲜都是新鲜当天捕捞的，包括龙虾、螃蟹、鱼类等，口感鲜美，肉质细嫩。还有五指山小黄牛、干煸五脚猪、酒糟石鲮鱼、油炸小河鲜等五指山著名的特色菜。

杜仲看着山鬼，面带微笑说："好久不见，今天兄弟俩不醉不归。"

山鬼说："不醉不归。"

兄弟俩你一杯我一杯的豪饮起来。

丁甲妹则忙着夹菜，这时也主动地敬起酒来，说："山总，杜总，咱们今天一定要喝开心，来，我敬你们两位老总！"

看着丁甲妹的笑容，大家心情也变得轻松了起来，山鬼和杜仲与杜举起酒杯，对着丁甲妹说："好。"

他们一边吃着美食，一边聊着天。

丁甲妹："山总，您觉得这里的菜好吃吗？"

山鬼："味道很好啊，我觉得比广州的菜还要好吃呢。"

杜仲不时向山鬼介绍了一些当地的文化、历史和景点，这让山鬼对海南的了解更加深入了。

过了一会，丁甲妹开始唱起了一段山歌，歌声婉转动听，她轻轻唱起：

"山青青，水碧碧，山鬼在山中。

山中有鸟飞，水中有鱼游。

山上有松林，水边有芦苇。

山鬼在这里，山鬼在这里。"

山鬼听了，也不由得跟着唱起来：

"山高高，云淡淡，山鬼在山间。

山间有风吹，云间有雨落。

山上有野花，云里有彩虹。

山鬼在这里，山鬼在这里。"

两人一起对唱山歌，引得大家陶醉不已。

很快，丁甲妹又端着一杯酒，笑眯眯地向山鬼敬酒："山总，认识您很高兴，这杯我敬您！"说着，她把酒杯也递到山鬼手中，期待着他一口喝干。

丁甲妹顿时笑容满面说："我的梦想就是能够赚更多钱，然后去到更远更美的地方旅游。"说着，她又向山鬼递过一杯酒。

一杯接一杯，一个小时后，山鬼已经开始醉了。而丁甲妹则是一脸兴奋的样子。

晚宴结束后，杜仲有事离开了，丁甲妹则带着山鬼回到了宾馆。

回到宾馆后，丁甲妹照顾喝醉的山鬼……

第二天，山鬼醒来不记得昨晚喝醉之后的事情。

在宾馆吃完早餐后，丁甲妹带着山鬼坐车来到了三亚。

正值盛夏时节的三亚，阳光明媚，海水清澈，沙滩洁白。被誉为世界十大最美的海湾之一的亚龙湾海滩上，可以看到许多游客在沙滩上玩耍，游泳、冲浪、潜水等各种水上运动。

山鬼与丁甲妹在沙滩上漫步，海风吹拂着他们的脸庞，让他们感到非常凉爽和舒适。他们沿着海边走着,看着远处的海平线,感受到大海的无限宽广和深邃。他们不时地停下脚步,欣赏着海浪拍打在岸边的声音,感受到了大自然的美妙。最后,他们坐在沙滩上,看着夕阳西下,感受到了大自然的神奇和美妙。在海风的吹拂下,他们的心情变得愉悦和轻松,仿佛所有的烦恼和忧虑都被吹走了。

之后他们又去了红树林、南山寺、天涯海角等著名景点,一路玩得很开心。

山鬼的心情是愉悦而开心,他感谢丁甲妹的陪伴并表示:"三亚真的是一个充满生气的城市,我喜欢这里。如果以后有机会,我还要再来。"丁甲妹微笑着回应:"好啊,希望我们可以再次相聚在这片美丽的土地上。"

三天后他们回到了海口。之后山鬼在海口游玩了两天后就回到了广州,重新投入到他的事业工作中去。

尽管短暂的旅行,这次却让山鬼暂时找到了心灵的慰藉,山鬼感叹除了追求事业上的成功,生活中还有很多美好的东西值得去追求。

丁甲妹也很高兴,她觉得这次旅行让她更加了解山鬼。

而丁甲妹的出现,几年后却让山鬼陷入一段意外的"惊喜"。

四 丁星文

某天,丁甲妹发现自己意外怀孕了,她感到非常惊讶和害怕。她不知道该怎么办,于是和丁雪商议。

丁雪安慰她说:"别怕,我们一起想办法。"

丁甲妹犹豫了一下,然后说:"我不想告诉孩子的父亲,他不会承认这个孩子的。"

丁雪听了之后,沉默了一会儿,然后说:"你确定吗?这样做会有很多风险。"

丁甲妹点了点头,然后说:"我想要这个孩子,我想好好照顾他。"

丁雪想了想,最终决定支持丁甲妹的决定。丁雪带上丁甲妹去医院检查,确保孩子的健康。

经过商量，两人决定把孩子生下来，但决定不告诉孩子的父亲——山鬼。

时间过得很快，丁甲妹顺利生下了一个可爱的儿子，她给孩子起名为丁星文。

然而，随着时间的推移，丁星文逐渐长大，丁甲妹的内心却始终存在着一些不安和疑虑。她常常想起自己的过去，想起自己为了生下这个孩子所经历的痛苦和辛酸。她不知道自己是否真的做了正确的选择，是否应该告诉孩子的父亲真相。同时，看着孩子越来越大，她的心态越来越不平衡，总觉得自己受了不公平的待遇。

在一个周末，丁甲妹坐在沙发上，脸色阴沉，一言不发。丁雪看到她的样子，走过来关切地问道："甲妹，你怎么了？是不是有什么烦心的事情？"

丁甲妹瞪了她一眼，然后说："当然有烦心的事情了！你知道吗？我为了这个孩子，付出了多少！可是现在，我却没有得到任何回报！"

丁雪看着她，有些无奈地说："甲妹，你不能这样想。你知道这件事情的风险，当初是你坚持要生下来的。"

丁甲妹撅起了嘴巴，说："我知道，可是我觉得自己吃了亏。我是单亲妈妈，孩子的父亲却不知道在哪里，我觉得自己很不公平。"

丁雪叹了口气，说："甲妹，你现在不能这样想。你要为孩子的未来着想，不能让自己的情绪影响到他的成长。"

丁甲妹听了之后，沉默了一会儿，深吸了一口气，然后说："我知道我做得不对，但是我不知道该怎么办。当初我真的很害怕失去我的孩子。"

有一天，丁甲妹发现丁星文病了，她非常担心。她找到丁雪寻求帮助。丁雪听了之后，马上带着丁甲妹和孩子去医院。在医院里，丁雪帮助丁甲妹和孩子完成了所有的手续，然后陪伴他们等待医生的诊断。医生告诉他们，孩子患了阑尾炎，需要进行手术，手术费用需要五万元。这让丁甲妹非常担心和害怕。

"丁雪，孩子需要手术，手术费用这么高，我无法承担，你能帮我想想办法吗？"丁甲妹说道。

"别担心，我会想办法。"丁雪回答道。

丁甲妹感激地看着丁雪，她知道自己不会孤单地面对这个难题。丁雪开始和医院方面进行沟通，希望医院减免一些费用，但是双方没有达成一致。丁甲妹的情绪开始变得激动，她开始责怪丁雪。

"你怎么这么没用？怎么什么都帮不上忙？"丁甲妹情绪非常激动地说道。

丁雪听了之后，深呼吸了一口气，说："我正在尽力解决问题，但是这个过程需要时间。你不能因为一时的不满就责怪我。"

丁甲妹还是非常激动，她说："我知道你不会理解我的处境，你不知道这几年我经历了什么。"

丁雪看到丁甲妹的情绪非常不稳定，于是她开始安抚她，告诉她不要担心，会尽力想办法救治孩子。

经过丁雪的努力，筹齐手术所有费用。手术进行了几个小时，最终，医生告诉他们手术非常成功，孩子的病情已经得到救治，丁甲妹和丁雪都松了一口气。

经过这次之后，丁甲妹想到自己以后要孤单地面对生活上的任何困难，这让她内心时常感动不安。

后来，丁甲妹心态越来越不平衡，总觉得吃了亏。时常和丁雪吵闹，这让丁雪感到很无奈。

有一天，丁雪实在受不了了，她对丁甲妹说："你到底想要什么？你知道这样做会对你和孩子造成多大的影响吗？"

丁甲妹沉默了一会儿，然后说："我不管，我只是觉得自己受了不公平的待遇。"

丁雪叹了口气，她觉得这样下去肯定会出问题。最终，丁雪决定将实情告诉山鬼。

丁雪找到山鬼，心里有些犹豫，但她知道现在必须把事实告诉他。她深吸了一口气，说："山总，我必须告诉您一件事情，丁甲妹没有告诉您，有个孩子可能是你和她之间的孩子，孩子现在已经1岁多了。"

山鬼听了之后，有些惊讶和疑惑，他不知道丁甲妹为什么要隐瞒这个事实。他沉默了一会儿，看了丁雪一眼，说："你确定吗？为什么丁甲妹要隐瞒这个事？"

丁雪说："丁甲妹天天跟我吵闹，她感觉现在快没勇气活不下去，我也没办法，只能来找您。"

山鬼说："你让我怎么办好？"

丁雪说："能不能去做亲子鉴定？"

山鬼听了之后，内心有些失望和伤心，他怀疑丁甲妹的诚实，同时他也想把这件事情弄清楚，只好答应。于是，在丁雪的安排下，丁甲妹带着丁星文和山鬼一起去到医院做亲子鉴定，以证明孩子的亲生关系。

在医院，丁甲妹看见山鬼，心中有些矛盾，但她也知道现在已经无法改变过去，只能面对现实。她深吸了一口气，说："我很后悔当初发现怀孕没告诉你，现在我是为了孩子才来找你。"

山鬼听了，眉头微微皱起，他内心有些复杂。看到眼前的丁甲妹，一副忧心忡忡的样子。与当年的她能歌善词，实在是相差太大。

经过一番检测，亲子鉴定结果出来后，山鬼接受了现实。

山鬼沉默了一会儿，这让他既惊喜又失落。惊喜的是，眼前这个孩子是自己的；失落的是，觉得自己被丁甲妹欺骗了，这种感觉很不好受。

看着眼前的丁星文，浓密的头发看起来比较凌乱，黑色的眼睛很大却没有神采，脸上没有这个年龄应该有的笑容。

山鬼知道现在已经无法改变过去，他需要接受这个孩子，并且承担起作为父亲的责任，这也是对孩子的负责。他深深地看了丁甲妹一眼，说："过去的事情已经过去了，现在我会尽最大的努力去关心和照顾你们。"然后，他摸了摸丁星文的头，激动地把他抱起。

丁甲妹听了，感到自己的心里一下子轻松了很多，内心感激山鬼的态度和决定。她知道这是一个重要的转折点，也是一个新的开始。

第二天，山鬼主动与丁甲妹沟通协商，积极寻求解决方案。最终，山鬼在海口给丁甲妹买下了一套漂亮的房子和一辆豪华轿车，他还一次性给了丁甲妹二十万元的生养费,并承诺每月支付一万元的抚养费。他也经常关注孩子的需要和兴趣,帮助孩子解决问题,鼓励孩子成长。这让丁甲妹感到非常感激和幸福。同时,山鬼给丁雪八万元作为丁星文手术费用的补偿。

后来,丁甲妹嫁给了一个男人,有了自己的家,生活得很幸福。事业上,她和丁雪经过多年努力,都成为了领袖级经销商,成为了亿万富婆。他们的生活变得越来越美好,丁甲妹也逐渐摆脱了内心的不平衡和不安。

最终,丁甲妹和丁星文移民到了澳大利亚,开始了新的生活。他们在那里过着幸福的日子,丁甲妹也把自己的孩子教育得很好,让他成为了一名优秀的学生。他们内心感激山鬼的慷慨和善良,也想尽一切办法来回报他的恩情。

五 离婚

山鬼有了丁星文,鲁青山的病也好了,心里多了一重安慰。鲁青山的成绩一直很好,没想到今年高考失利,只能上个三本。夫子惋惜不已,对鲁青山既愧疚又心疼,于是把胖子和鲁青山接到广州来住,并且托人多方打听,看有没有办法让鲁青山读好一点的大学。还是老搭档陈媛对山鬼说:"不如送鲁青山去澳大利亚留学。"陈媛是澳大利亚华侨,可以帮助联系澳大利亚的学校。山鬼和胖子商量后,决定送鲁青山去留学。

但出国留学需要经济担保,山鬼改名后无法为鲁青山作经济担保,而胖子无经济来源,也不具备担保的资格。山鬼正在发愁的时候,留学公司出了一个主意:"山鬼和胖子离婚,把财产全部判给胖子,由胖子为鲁青山担保。"

胖子听了山鬼的办法,吃惊地说:"真要离婚吗?"

山鬼说:"为了鲁青山有个好前途,只能这样了。鲁青山是你一手带大的,你的付出最多,你肯定比任何人都希望他有个好前程。"

胖子点点头,流着眼泪说:"所有的钱都给我,你放心吗?"

山鬼说:"你待鲁青山比我待他还亲,如果对你都不放心,还能对谁放心呢？"

胖子说："我不想离婚。"

山鬼拥抱着胖子，温柔地说："为了孩子，委屈你了。我现在的身份实在没办法啊。"

其实，山鬼也不想离婚，这么多年，胖子无微不至地照顾鲁青山，默默地守护着大后方，支持着山鬼，山鬼对胖子是有感情的。而且离婚伤害的是两个人的颜面，更重要的是离婚后现有的熟悉而舒适的生活模式将被打破，未来的生活都要重新规划组合，这绝对不是件容易的事。

胖子更不想离婚，这段婚姻带给了她舒适优越的生活，还有无限的荣耀自豪。何况她为了维持这段婚姻，默默支撑了这么多年，为鲁青山为山鬼付出了这么多，现在要把这一切都归零，让她重新沦为一个漂泊无依的女人，她怎么能接受！

可是，如果不离婚，鲁青山没有担保就没法出国留学，留在国内上个三本，能有多大的前途呢？这么好的孩子，因为父母不能提供担保耽误了前程，这让他们于心何忍呢？想来想去，山鬼咬咬牙，最后决定还是离婚。

山鬼准备了一份离婚协议书，里面明明白白地写着：离婚后鲁青山随胖子生活，夫妻二人的财产除了100万供鲁青山留学使用，其他的都归胖子所有。

山鬼反复地做胖子的思想工作，最后拿出了离婚协议书。看到离婚协议，胖子的眼泪掉了下来，停了好一会儿，最后歪歪扭扭地签上了自己的名字。

第二天两人回家乡办离婚手续。山鬼找主任领导打了个招呼，很快就办好了。

手续办好后两人又回到广州，鲁青山仍然是胖子在照顾。离婚后，胖子像变了个人似的，常常精神恍惚，对鲁青山的照顾也不如之前尽心。是啊，孩子大了，马上要出国留学远走高飞；婚也离了，以后怎么办呢？以为自己找到了一个好归宿，没想到辛苦半生只落得了这样一个结果。

第十四章　大东家（国际）有限公司

一　策划

把家里的事情安顿好以后，山鬼开启了事业上的又一轮辉煌。他用了一个星期，精心策划了一整套方案：

公司：大东家（国际）有限公司

经营宗旨：让每一个消费者都能够满意，让每一个经营者都可以获利

经营理念：共营、共享、共富

经营模式：以消费优质产品为导向，以互动式消费为传播手段，以自产自销和异业结盟为共营基础，以授权经营店的经营方式面市，形成生产、经营、服务、消费四大联盟，实现产销一体化，促进经济发展。

管理模式（五统一）：统一形象、统一价格、统一配送、统一培训、统一管理。

共营是山鬼首创的新行业，它以大东家（国际）有限公司为管理中心，实现消费省钱（消费打折，越用越便宜）和经营赚钱（越经营越发财）两个权益，拥有俱乐部、经营店、倍增效应三大优势，结合四大联盟、五个统一，将在市场中横扫千军所向无敌。

山鬼约来陈媛、任艳、胡哲召开了一次座谈会，向他们详细介绍了自己策划大东家的缘由、过程及未来发展方向。大家一致同意成立大东家公司，由山鬼出任董事长兼总经理，陈媛分管产品研发，任艳分管市场开拓，胡哲分管教育培训。山鬼占股55%，其他三人各占15%的股份，计划投资1500万。

山鬼决定把总公司设在香港，在国内独立成立大东家文化公司、大东家管理公司、大东家物流公司、大东家贸易公司、独立经营，以抗风险。

山鬼注册了"大东家"商标，请专业公司设计了一整套"大东家经营店"的标识形象，包括公司的 logo、旗帜等，还自己作词，请专业人士配曲、演唱，录制了一首《大东家之歌》：

每一次，你把绿色装进我的心里面

每一天，你给我温柔美丽的笑脸

期待着，我能时刻与你相拥

所以我一直追随在灿烂的身边

曾经多少沧桑如今变成了辉煌

大东家，站在舞台中央

我紧紧地紧紧地握着希望

有你在我身旁，我就充满力量

不怕失望　心向太阳

风雨兼程的我们奔向前方

山没有人高　路没有脚长

大雨浇不灭我们的渴望

让我们　一起唱

勇敢地唱　我能闪光

自信和坚强都写在脸上

前方的前方是我们的渴望

远方的远方是我们的梦想

歌声飘荡　大爱无疆

自由和责任都扛在肩上

前方的前方是我们的渴望

远方的远方是我们的梦想

一切准备就绪，大家商量决定于 2006 年 3 月 8 日举行开业大典。

二 开业大典

山鬼主持了一次领袖工作会议，参加会议的除了四位公司老总外，还邀请了张菊、晏智、张洁、永灵、郝慧、丁雪、丁甲妹、李伟、蔡扣等领袖。会议回顾了这么多年在这个行业中的酸甜苦辣、成败得失。山鬼向大家说明了远离负面旋涡，开创一个全新的消费习惯，打造一个全新的消费市场的梦想及大东家的策划过程。

大家进行了热烈而充分的讨论，一直认为要走更远更对的路，纷纷表示要跟着大东家创造新事业，享受新生活。同时把首期订货款都交到了公司，决定选择地址开经营店。

山鬼对 3 月 8 日的开业大典作了具体安排，要求大家代表公司向各自的团队成员发出邀请函，组织接待好来参加庆典的代表。

开业大典如期在广州一高档酒店举行。山鬼邀请了领导、行业巨头、新闻界朋友来参加，经销商代表来了三百余人。

庆典现场铺着红地毯，来宾们送的花篮围了半个主席台，优质的音箱循环播放着《大东家之歌》。郝慧毕竟是当过大领导的人，致辞说得铿锵有力、振奋人心。最让人拍案叫绝的还是山鬼的演讲，山鬼饱含热情地讲解了共营的全新理念，还有消费习惯、消费市场、开创新事业新生活，号召大家抓住大东家这个平台赶紧走上财富的巅峰。

山鬼话音刚落，全场立刻响起了雷鸣般的掌声，大家沉浸在喜悦与激动中。在音乐的渲染下，场面更加热烈，人们都充满了激情，摩肩接踵，跃跃欲试，潮水般涌向咨询柜台。

任艳、郝慧、永灵等人看着涌向柜台的人们和不停运转的验钞机，乐得嘴巴都合不拢。任艳情不自禁地赞叹："鬼哥真是人中之龙，这个"共营"的模式也只有他才能想得出来！咱们跟着他，真是沾了大光了！"

永灵接着说："是啊！这一切策划简直是开行业之先河，完全可以作为营销的典范推广！连歌词也是山总写的，山总真是全才，既会做生意，又会舞文弄墨，咱们行业再也没人能和他相提并论了！"

郝慧说："我就不能听山鬼演讲，听一次就激动得好几天睡不着。他真是个天才，听了他讲话的人，就没有不被他说服、照着他说的去做的！"

晏智、张菊、张洁、李伟等人情不自禁地鼓起掌来，钦佩之情溢于言表，纷纷感叹庆幸跟对了领袖，新一轮的事业辉煌马上要到来了。

一位参会领导对山鬼说："山总啊，你这开业庆典真是让我们大开眼界啊，能想出'共营'的模式真不简单！有你这样的企业家，是咱们老百姓的福气！"

山鬼笑着说："感谢领导们赏光。咱们广州的创业环境真是好，大东家以后还仰仗领导们支持。"

胡哲跑前跑后地指挥工作人员，同时协调现场的一切事宜。山鬼把领导们安排到最豪华的包间就座后，也回到了现场。看着忙忙碌碌的胡哲，还有喜上眉梢的任艳等人，想起了王云，他的白月光。如果王云还在，今天这个场合由她来主持是最合适的。

开业典礼后，山鬼对经销商做了两天一晚的业务培训，收获订单一千多万。

三　英年早逝

大东家业务蒸蒸日上，短短几个月，公司在全国就拥有了一千多家经营店。沉浸在喜悦中的山鬼完全没想到，不幸就这样悄悄降临了。

雅思考试前一天晚上，胖子做了很多好吃的。三个人在一起喝了些红酒，边吃边聊，聊到很晚才休息。胖子想送鲁青山去考场，鲁青山说不用，他已经十八岁了，想独立一次。

那晚山鬼无论如何也睡不着,看书看到五点多才勉强打了个盹儿。

鲁青山的英语成绩很好,平时都是在九十分以上。鲁青山进入考场,门外有保安站岗,考场戒备森严。鲁青山有些紧张,拿到卷子时心律突然加快,急得头上直冒汗。鲁青山用手不住地擦汗,勉强支撑着身体做考题,可是做到一半的时候,鲁青山倒在了课桌上,监考老师以为他睡着了,推了他一下,发觉脸色不对,白得吓人。赶紧告诉门外的老师,老师连忙打电话告诉山鬼。

山鬼和胖子赶到学校的时候,鲁青山已经昏迷,学校联系了救护车,鲁青山被抬上救护车,山鬼和胖子也上了车,到了医院,直接抬进了急救室。山鬼找到医生,说了鲁青山的病,请求医生一定要救活鲁青山,医生让山鬼和胖子出去,山鬼和胖子只好坐到急救室门外的椅子上,胖子低着头不住地流眼泪,山鬼则不住地拍着胖子的后背,安慰胖子,说鲁青山只是急性患病,不会有事的。胖子说鲁青山是她从小把他带大的,比亲生儿子还要亲,如果鲁青山有个三长两短,她不知道今后再怎么生活?山鬼则说鲁青山多亏你,他不会忘了你的,长大了一定会报答你的。

胖子听了山鬼的安慰,只是一个劲儿地哭,她知道这次鲁青山是凶多吉少,不会像以前那样挺过关了。鲁青山的自尊心,好胜心都强,他是怕考不好急出病来的,胖子说她太了解鲁青山了,平时又听话,从来不提额外的要求,虽说山鬼经常给家里打钱,胖子问他喜欢要什么,她好给他买,可是鲁青山总是说不需要,他很体贴大人。鲁青山学习也很用功,做起作业来,不仅把老师布置的全部完成,连课外作业他也是尽量做完,可是他的身体老是折磨他,让他不能上他喜欢上的学,鲁青山的心里其实很痛苦,可是又没有人给他分担,鲁青山挺到现在已经很不容易了。

鲁青山终于走了,没有留下一声哭声,就这么不声不响地走了。山鬼问医生:"鲁青山到底得的是什么病,医生说是苯酚中毒。"

山鬼气得不行,质问医生鲁青山体内怎么会有苯酚。

医生说:"我们怎么知道?"

山鬼说:"你们不说清楚,我们是不会答应的。"

医生说："你们孩子送进来的时候就处于昏迷状态，我们只是给他做了化验，至于怎么中的毒，我们实在不知道，倒是问问你们自己才行。"

山鬼又问胖子鲁青山出事前吃了什么。

胖子说："我早上起来时，小山已经去考场了，应该是在小区门前买了早餐吃了去的，怎么就会中毒呢？"

山鬼无法接受，说要报案，医生说："那是你们的权利。"

山鬼想报案，但又不敢报案，担心惊动了公安会查出之前的事情。儿子走了，自己又有可能去坐牢，这个后果他承受不了。

山鬼给鲁青山安排了隆重的葬礼。葬礼在市殡仪馆举行，来了很多亲朋好友和经销商伙伴，花圈放满了一个大操场。殡仪馆的上空飘荡着哀乐，外面下起了小雨，山鬼木然地看着这一切。大家在司仪的指挥下默哀、围着鲁青山的遗体进行告别仪式。

严寒梅也来了，满脸沧桑的她哭得死去活来，胖子也哭晕了。山鬼却没有掉眼泪，进火炉的时候，他大喊了几声"鲁青山"，吐出了一口鲜血，众人连忙上前搀扶住他。胡哲擦了擦眼角，分开众人，把山鬼扶到旁边的座位上休息，安排任艳和永灵陪着他，就去忙后面的事了。

山鬼感觉自己的天塌了，所有的奋斗似乎都没有意义了。他痛苦不堪，整天以泪洗面，从广州哭到深圳、香港，又从香港哭到珠海、澳门，幸好被陈媛找回。

回来后不住地说胡话，行为有些失常，没事就跑到大街上去，像找什么人。胖子问他去做什么？他说去找鲁青山，说鲁青山走丢了，埋怨胖子没有照看好鲁青山，胖子说鲁青山都上高中了，能走丢吗，他是得病死了，你就别再折磨自己了。

山鬼有时一天也不吃饭，有时又吃得很多，他拼命地抽烟，一根接一根不住嘴地抽，把屋里搞得乌烟瘴气，胖子只好夺下山鬼手中的烟，让他躺下休息。有时，他又一次一次地喝酒，把自己的喝得烂醉，喝醉了就躺在地上打滚，搞得狼狈不堪。胖子只好把他扶到床上，等着他呼呼大睡。

胖子看着山鬼这样，眼泪不住地往下掉，无论是谁遭遇了这样的灭顶之灾都难以接受。可是自己又不知道怎么才能帮他度过这一关。

时间就这样过了半年，山鬼依然不见好转，每天坐在办公室里睡觉、抽烟，对公司不管不问。胖子心疼山鬼，却无计可施，又觉得自己的工作不在这里，又和山鬼离了婚，待在他身边名不正言不顺，于是决定回老家去。

胖子离开的前一天，胡哲去看她。

胡哲说："嫂子，回去以后保重身体，鬼哥我们会尽力照顾好的。"

胖子点点头，又说："以后别叫我嫂子了。"

胡哲犹豫了一会儿说："鬼哥的状况还不知道什么时候能恢复，这段时间都没有上班，公司面临倒闭，又不知鬼哥什么时候恢复过来，生活上没法保障。嫂子能不能留下点钱？"

离婚时，山鬼把夫妻所有的财产都给胖子了，胖子此时腰缠万贯，以后的生活可以过得很滋润。

胖子想了想，同意了给山鬼留下60万。胡哲于是带着胖子去银行转账。

又过了一年多，山鬼还是没有好转，任艳和胡哲很着急，却一筹莫展，只能看着公司慢慢散架。

有些经销商以为山鬼疯了，宴智投靠了其他公司，只有任艳每天按时来公司上班，维持着公司的运转。偶尔有经销商上门，都是任艳接待。任艳把山鬼的办公室也打扫得干干净净，桌前摆着文件，电脑也开着，茶杯也泡上茶，上面还冒着热气，山鬼有时神经不正常，任艳就把他扶到沙发上躺下，给他盖上毯子，看上去在午休的样子。

山鬼有时突然问任艳是谁，任艳说她是任艳。

山鬼说："公司怎么只有你一个人？"

任艳说："她们都出去搞业务了。"

山鬼说："叫她们都回来开会。"

任艳说："我马上去打电话。"

山鬼说："你安排我去给他们讲一次课。"

任艳说好，马上去安排。

山鬼看着任艳说："我怎么不认识你呀，你什么时候来的？"

任艳就不再做声，说："山总，你工作时间太长了，要好好休息一下。"说完就把山鬼扶到床上去。

山鬼看着任艳，凄凉地说："你是任艳，我现在只剩下你一个人了。"

任艳不再说话，关上门，退出房间。

经销商来的目的主要是看望山鬼的病情，看山鬼的病有没有好的希望，然后再做出自己的判断，因为山鬼已经成了行业领袖，只要有山鬼在，公司就能兴旺。

任艳见山鬼久病不好，只好和胡哲支撑着公司，同时照顾山鬼。

胖子带着巨额财产回到仙桃，换了一套大房子，后来经人介绍认识了一个警察，没过多久两人就结婚了。再婚后的漫长岁月里，每每想起和山鬼的这段婚姻，胖子都感觉像在做梦，自己小心翼翼地过了这么多年，生怕失去婚姻，最后还是失去了，就像手里捧着的沙子，抓得越紧，流失得越快。唯一真实的是巨额的银行存款，这笔钱给了胖子底气和信心，在第二段婚姻里，她终于不再卑微，昂起头直起腰做人。时间过得越久，胖子越感激山鬼，山鬼对自己是很够意思的，没有山鬼就没有自己余生的岁月静好。

四　半醉半醒

山鬼的不幸在经销商中传播很快，却也引来了各种经销商的关注。大家认为要给山鬼找个老婆，否则他恐怕恢复不过来。

有个江西女经销商，二十八岁，在广州做了几年的业务，做得很不理想，时刻想找个靠山，借以实现向往已久的财富梦。那个女人听说山鬼现在独居，想到这个被金钱缠绕的男人终将有恢复健康的一天，就找到任艳，说她有个妹妹叫沈娟，是江西一个中学的音乐老师，愿意介绍给山鬼。任艳听说是个老师，也许能和山鬼合拍，一口就答应了。

沈娟请了半年的假，专门来广州照顾山鬼。第一次见山鬼，沈娟无比震惊。

只见山鬼蓬头垢面地躺在一堆酒瓶中，一边哭一边大声喊，沈娟仔细地听，原来他是在背诵舒婷的《致橡树》：

  我必须是你近旁的一株木棉，

  作为树的形像和你站在一起。

  根，紧握在地下，

  叶，相触在云里。

  每一阵风过，

  我们都互相致意，

  但没有人，

  听懂我们的言语。

  你有你的铜枝铁干，

  像刀，像剑，

  也像戟；

  我有我红硕的花朵，

  像沉重的叹息，

  又像英勇的火炬。

  我们分担寒潮、风雷、霹雳；

  我们共享雾霭、流岚、虹霓。

  仿佛永远分离，

  却又终身相依。

  这才是伟大的爱情，

  坚贞就在这里：

  爱——

  不仅爱你伟岸的身躯，

  也爱你坚持的位置，足下的土地。

背完了喝一口酒，大声喊着"我的木棉没了，我的小橡树也没了，哈哈。"接着换了一首顾城的《一代人》：

  黑夜给了我黑色的眼睛，

我却用它寻找光明。

然后又哭喊:"我的眼睛找不到光明!我要喂马劈柴,我要面朝大海,春暖花开!我的人生再无春暖花开!"

喊完已是涕泪纵横,接着又朗诵北岛、白朗宁夫人的诗,一首接一首,一直到声嘶力竭才昏昏沉沉地睡去。沈娟唏嘘不已,把山鬼架到床上,脱了鞋子,盖上被子,又收拾了满屋的狼藉。直到这一连串的事情做完,沈娟还没从震惊之中缓和过来。这个男人,着实让人心疼。

沈娟想了一夜,第二天请来了一个心理学专家。专家静静地坐在旁边,偶尔轻言细语地问几个问题,山鬼继续喝酒、哭喊,那场面闻者伤心见者落泪。

沈娟送专家出来,专家说:"山总这种状态已经超过三年了,由于受到了沉重的打击,精神完全崩溃所致。不能着急,慢慢开导,先引导他说出心里的痛苦,再用轻松快乐的事情感染他,可以尝试音乐疗法。"沈娟一一记在心里。

转身回来,山鬼又在醉酒后睡去了,收拾完房间,沈娟摆上了一束百合花。淡淡的花香,慢慢散开来,有纾解心情和助眠的功效。

第二天一早,选择几味药材,煮了点粥,哄着山鬼喝完,然后拖着他去看电影。山鬼很久没有看电影了,走进影院的时候觉得一切都很新鲜,暂时忘记了伤痛。沈娟不敢大意,时刻注意着他的变化。电影进行到一半的时候,他突然又哭起来,惹得周围的人都像看怪物一样看着他。沈娟赶紧带着他离开电影院。

回到家里,沈娟烧了两三个菜,打开一瓶红酒,又打开电脑,放了一首《城里的月光》。缓慢悠扬的旋律如水一般涌来,歌手许美静沉静而又磁性的声音伴着旋律一起在房间里弥漫开来。山鬼渐渐安静下来。

沈娟说:"今天我陪你喝酒,我们慢慢喝,慢慢聊。"

说完端起酒杯,碰了碰山鬼的酒杯,喝了一口。放下酒杯,又给山鬼夹了菜。

音乐,酒,善解人意的女人,一起产生了奇妙的化学反应。山鬼先是愣了好一会，然后在沈娟温柔而期待的目光中开始了倾诉。

他说起了自己的前半生，被贫穷打败的美好爱情，爱情和婚姻的结晶就是鲁青山，现在鲁青山没了。为了抚养鲁青山，娶胖子为妻，一人养活全家，一路坎坷，饱尝社会炎凉，人情冷暖，命运沉浮，一路辛酸。边说边流泪。

接着又说出了自己的疑惑：鲁青山考场中毒很蹊跷，在广州，认识鲁青山的人不多，知道他考试的人更少，为什么会中毒？苯酚中毒，这种毒很难搞到，究竟是怎么来的？苯酚到底是怎么进入体内的？医生都不知道。无论从哪里进入，都应该有溃烂伤口，但他身体完好。唯一可解释的是有人把苯酚装入口服胶囊中，骗鲁青山服下，那这个人是谁？

本来这些都可以报案查清，但他知道自己是网逃，不敢报案，只能强吞这杯苦酒。可怜的鲁青山就这样枉死，当爸爸的却连他的死因都没法弄清楚。可怜的自己，奋斗半生，只盼儿子有个好前程，没想到只落得个白发人送黑发人的下场。

不是说"积善之家必有余庆"吗？为什么自己奋斗半生却落得个这样的结局。就算自己做错了什么，也不该报应在鲁青山身上。鲁青山是多么争气多么可怜的一个孩子啊，那么小母亲就离开了，病了那么久，成绩还那么好，为什么要这样惩罚他？

说累了也哭累了，沈娟轻轻地拍着他的肩膀，直到他睡着。

一个多月后，任艳、郝慧和永灵来看山鬼。郝慧和永灵看到山鬼的现状，泪水夺眶而出。

任艳说："鬼哥这段时间已经好多了，前几年真担心他活不下去。多亏了沈老师的细心照顾。"

沈娟笑着说："鬼哥是人中之龙，这些磨难打不垮他，他只是需要时间。难得大家聚在一起，晚上去 K 歌吧，对鬼哥的恢复也有帮助。"

大家都异口同声地答应了。

如今的卡拉 OK 厅越来越先进了，早已不是当年的夫子和当年的岑琴唱歌的那样。大家落座后，服务员调好设备，帮着点了几首歌，又忙不迭地端来啤酒、水果和点心。这些年，鬼哥无数次陪唱歌，一般都忙着招呼客人，自己很少唱歌，从来没有像今天这样放松过。

大家都让沈娟先唱。沈娟于是先唱了一首《伤痕》，音色、节拍都无可挑剔，简直是林忆莲原声再现。一曲终了，掌声经久不息，大家赞叹不已，都说毕竟是音乐老师，果然不同凡响。

接下来，郝慧唱了一首《风中有朵雨做的云》，这是1995年还是夫子的鬼哥做东，请她和几位银行的领导唱歌。当时，卡拉OK刚从大城市传到仙桃，这首歌是孟庭苇在1995年央视春晚上唱的，很快火爆全国。

郝慧一边唱一边看着鬼哥，鬼哥似乎想起了什么，表情若有所思。郝慧唱完后径直走过去点了一首《忘情水》，也是鬼哥当年唱过的。1995年央视春晚，香港歌手刘德华唱的，和《风中有朵雨做的云》一起风靡全国。前奏响起，大家都看着鬼哥，鬼哥先是木木地坐着，然后情不自禁地拿起了话筒，唱了出来：

曾经年少爱追梦
一心只想往前飞
行遍千山和万水
一路走来不能回
蓦然回首情已远
身不由己在天边
才明白爱恨情仇
最伤最痛是后悔

鬼哥唱着唱着就泪流满面了。很多年没唱这首歌了，年少不懂曲中意，听懂已是中年人。当年"一心只想往前飞"的自己哪里知道世事如此艰难呢！

郝慧紧张地看着沈娟，沈娟点点头，示意她放心。果然，鬼哥哭了一会儿就停下来了，喝了两瓶啤酒后，又唱了一首《涛声依旧》。接下来，每个人都点了一首男女对唱的情歌，邀请鬼哥一起唱。鬼哥唱了一晚上，散场时露出了罕见的笑容。几个女人都舒来了一口气，笑了起来。

回到家里，鬼哥倒头就睡，一直睡到了第二天中午，醒来就嚷嚷肚子饿。

沈娟端上准备好的午餐，鬼哥狼吞虎咽地一口气吃光了。

从那以后，鬼哥就像换了个人般，又回到了斗志昂扬意气风发的状态。他很快着手打理公司，一切都向好的方向发展。

这天，鬼哥从公司回到家，家里只有卧室开着灯。他一边喊"娟娟"，一边循着灯光找过去。

只见一个卷发红唇的女郎，纤长的指间勾着一只细长的烟，转过身，朝走近的鬼哥莞尔一笑。原来是沈娟。

鬼哥有点呆了，他笑了笑，看着她手中拿捏着一只没有点的烟，"没带火吗？"

沈娟点点头。

鬼哥从口袋中拿出一支打火机，上前一步，靠近她的面前，点燃了火。

沈娟不急着点烟，先用夹着烟的指尖往后撩了一下，把胸前的长发由脖颈处勾到肩后，露出完美白皙的颈部曲线，手指撤回时有意无意地用小指拨动了一下耳垂，一颗圆润透亮的珍珠耳钉轻轻地晃动了起来。

停了一会儿，才把烟放在了微启的红唇上，低头去点烟，在吸入点烟的瞬间，唇角勾起笑意，一双自带风情的水眸在火光中斜斜地朝鬼哥望了一眼。火光熄灭在一刹那的恍惚中，又是她的唇齿间轻吐出来烟雾，缭绕在他们之间。

鬼哥被这眉梢眼角的风情撩动了心神，一把抱起沈娟，二人度过了一个销魂的夜晚。

至此，沈娟知道漫天乌云终于散去，鬼哥已经恢复了，彻底放下心来。鬼哥感念不已，爱上了风情万种的沈娟，想再相处一段时间，如果一切合适，可以考虑结婚。没想到的是，沈娟一边和鬼哥谈恋爱，一边和前夫保持联系，中途回江西时两人还相会过。更不可思议的是，沈娟回到鬼哥身边时，把这些都告诉了鬼哥，包括她和前夫在宾馆过夜的细节，这一点鬼哥无法接受。

沈娟对鬼哥十分痴迷，可又不想就这样放弃自己的工作。鬼哥感恩沈娟这长时间以来无微不至地照顾自己，想着只要把沈娟的工作调动过来，不让她回江西，就会和前夫彻底断了联系。于是四处打听，无奈拜托了很多熟人，想了很多办法，花了无数的钱也没能搞定。后来学校催沈娟回去上课，沈娟就回江西去了，从此消失在鬼哥的生命中，好像一场梦。

鬼哥以为这次重新找到了精神伴侣，没想到结局还是徒留一声叹息。

五　山兰

后来，湖南的经销商山雨介绍了自己的堂妹山兰，山鬼于是和山兰见了面。山鬼对这个姑娘特有好感，身材好，长相更好。

在任艳的安排下，山鬼坐在餐厅沙发上，一边抽烟一边等着山兰的到来。

没过多久，服务员身后跟着一个姑娘走了进来，她穿着一身紧身的连衣裙，展现着少女优美的曲线，高高的个子，高高的胸部以及细细的腰身，亭亭玉立地站在门口。

姑娘站在门口，打量着眼前的这个上了岁数的瘦男人，以为走错了地方，问："请问这是山总订的房间吗？"

山鬼知道来者就是山兰，于是回答："是的，进来吧。"

山兰轻步向前移动，双腿并拢坐到另一个沙发上。

山鬼掐灭手里的烟，说："你很怕见生人吗？"

山兰说："有一点，我生来胆小，一直跟着我姐姐做事。"

山鬼问："你姐姐怎么没来？"

山兰说："她把我送到门口就回去了，她说她来不方便。"

山鬼说："这有什么不方便的，就是吃顿饭嘛，你打电话叫她过来。"

山兰听了山鬼的话，不觉脸上一红，质问道："山总一向是这样对待陌生女人的吗？"

山鬼自觉失言，说："对不起，是我冒昧了，你的情况你姐姐和我说了，我现在是单身，想成个家生个儿子。我今年已经四十多了，你愿意和我结婚吗？"

山兰坐在那里不说话，山鬼看见山兰不吱声，又说："如果你不愿意，可以直接告诉我，我不会强迫任何人。"

山兰说:"你做我的男朋友还可以,要是结婚的话,我觉得不合适,我不喜欢大男人。"

山鬼说:"大男人有什么不好,你不用吃苦就可以得到现在的物质生活,还有,大男人都很体贴人,会疼人,比那些小白脸强多了,你要是愿意的话,我们随时都可以去拿结婚证。"

山兰听到说马上可以结婚,笑着说:"太早了吧,我都还没考虑做不做你女朋友呢?"

山鬼说:"还从来没有一个女人这么拒绝过我,你是第一个,不过我喜欢你这样的性格。"

山兰说:"那我们就先谈着,过一段时间看看合不合适,合适了再说下一步。"

没想到第二天一早,山鬼就给山雨打电话,说叫山兰立马去公司去,他有要事和山兰谈。

山雨大喜过望,说:"好事,好事,你还有机会,快去,快去。山总叫你到他办公室去,有要事相商。"

山兰说:"我得吊吊他的胃口,女人太容易得到,就不会被人珍惜,你对他说我下午去。"

山雨说:"我的姑奶奶,你就快去吧,我求你了。"

山兰说:"不去,要去下午再去,你放心,下午他还会打电话过来的,不信我们打赌。"

果然,吃过午饭,山鬼又打来电话,说晚上的飞机,要山兰和他一起到海南去。

山兰还没坐过飞机,听说要坐飞机,马上兴奋起来,说:"我没说错吧,男人都是这样子,没吃到的肉才是最好的肉,下午你陪我去。"

山雨说:"我去算什么?当灯泡呀,快去吧,别让人失望。"

山兰只好打扮一番去见山鬼。

经过一番化妆之后,山兰显得更加鲜亮。山鬼在心里说,如果山兰这次再拒绝自己,就毫不客气地叫她走。没想到站在山鬼面前的山兰很知趣,直接说了声："走吧，山总。"

山鬼确实是有事，又真的买了他和山兰的机票。山兰不清楚没有她的身份证票是怎么买到的？山鬼说没有他办不成的事。

山兰推测只能是姐姐给他提供的一些身份资料，山兰看到山鬼这个老男人对她这么有心，就笑着挽起他的手，和他一起坐上了开往机场的出租车。

一个多小时的航程，山兰就和山鬼走进了预先订好的房间。山兰是第一次到海南，看到三亚的热带风光，她感觉到一种从未有过的兴奋。

山鬼和山兰一起到海边去洗海水浴，冲淡水澡，很快两个人就像相恋很久的恋人。晚上，山鬼自然是将山兰安排在自己房间，山兰开始有些拒绝，可是看看那些进出房间的青年男女，她能想象晚上都在一起做什么。于是对山鬼说："山总，你可真是用心良苦呀，不过从今晚开始，你要对我负责。"

山鬼并不着急，说："你现在后悔还来得及，我只想要个儿子，你能为我生个儿子，我就对你负责一辈子。"

山兰说："要是生不出儿子怎么办？难道生的是女儿就不负责了吗？"

山鬼说："生不出来再生，总能生出来的，没有哪个女人一生只会生女儿的，概率学教会我们什么事情都有发生的概率。生儿生女都有一定的排列方式。"

两个人讨论了大半夜，直到海上的明月躲进了地平线，山兰才勉勉强强地和山鬼上了床。事后他感觉自己并不是山兰的第一个男人。

山兰从山鬼的表情里也猜到了山鬼的疑虑，却装做不知道。他们在三亚玩了三天才回到广州。

返回前，山兰问山鬼："你不是说有要事要办吗？"

山鬼说："难道我们办的不是要事吗？"山兰听了山鬼的话，才知道这一航程完全是为她开启的。

山兰觉得山总为了自己真是煞费苦心，这样的男人还真是少见，于是对山鬼越来越依恋。

此后，山兰就在公司上班，每天坐在办公室里接电话，有客人来就登记一下，晚上就和山鬼一起。

355

有一天，山兰感觉胃有些不适，就到医院检查，结果是怀孕了。山兰告诉了山鬼，山鬼兴奋得不行，立即决定和山兰办理结婚手续。倒是山兰劝他："急什么？孩子还没有生出来呢？等生出来了再说。"

一般的女人哪个不想和让自己怀孕的男人结婚，这样才有安全感，可山兰对怀孕好像并不那么热心，倒是让山鬼感到很意外。

山兰说："我们要结婚了，要回家去见见父母，这是我们那里的规矩。"

毕竟一个青春少女的请求是很难拒绝的，山鬼答应和山兰回湖南一趟。听到山鬼同意和她一起回湖南的回答，山兰开心地抱了一下山鬼，又在山鬼的脸上亲了一下。山鬼对这个年轻的女孩产生了一种别样的情愫，决定好好疼爱这个可怜的女人。

山鬼带上山兰和山雨一同坐上了回湖南的火车，到了那个三面环水的小村，山兰的父母比山鬼大不了多少，看到新来的女婿是一个年近半百的老头，脸上虽然有些挂不住，但还是很热情地接待了他，姐妹俩倒是很高兴，认为从此可以不用再东跑西颠地外出挣钱了，有了眼前这棵摇钱树，下半辈子就可以衣食无忧了。

山鬼提出在山兰家里办结婚酒席。山兰的父亲却不同意。山鬼问为什么？他以为山兰的父亲不同意他们的婚事，没想到山兰的父亲说山兰的哥哥今年刚结婚，一年不能办两次喜事。

山鬼想了想说："那就换个地方办也行，山兰结婚总不能冷冷清清吧。"

山兰父亲想了半天，也没想出在哪儿办好？

山鬼说："就这么办！"

山兰父亲问怎么办，山鬼说要在当地买套房子送给山兰，就在山兰的新房屋里办酒席岂不更好？

山兰听了并没有高兴的表情，只是淡淡地说："何必那样浪费钱？"

山鬼说："结婚不花钱什么时候花钱？走，我们去看房子。"于是山鬼开着车在一个叫南海公馆的小区订了房，并当场交了定金。

山兰说："是不是太急了？"

山鬼说："说买就买，你不急我急呀，这里的房子都是拎包入住的，里面已经精装修好了，生活用品一应俱全。"

山鬼和山兰很快住了进去，然后就商量筹办婚礼。

虽然山兰的父母不同意在家举办婚礼，但还是请来了所有亲朋好友，在家里整了五六桌，热闹了一天，还叫山鬼在家祖台上烧了一炷香。这个仪式完成意味着他们已经把山兰嫁给了山鬼。

山雨一直没闲着，帮他们布置婚房，购买结婚必备品。山鬼看到山雨对他们的婚姻这么上心，心里不觉有些感激，背地里给了山雨一万块钱。山雨接在手里，却连声谢谢都没有，山鬼不禁笑了起来。

山兰的身体开始有了反应，老是呕吐，山兰的母亲发现了，说："怎么这么快？"

山鬼知道山兰是怀上了，越发疼爱起山兰来，连走路都是扶着山兰。山兰说："我没那么弱不禁风，你忙你的去。"

山鬼把山兰的父母也接到了广州，让山兰的父母享受到有生以来最繁华的视觉冲击。珠江新城，广州铁塔，珠江夜市把山兰的父母玩得头昏眼花，不知道东南西北，回到家里只喊累。

山兰又带着父母进入地铁，把广州地铁的几条线路跑了个遍，还跑到三元里看了黑人。两个老人说：黑人肤色怎么这么深？山鬼听了只是笑个不停，山兰则一个劲地埋怨父母，说看就可以了，不要在嘴上瞎讲，多丢人。

山兰的肚子越来越大了，山鬼老是问山兰喜欢吃什么？山兰说喜欢吃酸的，山鬼就把超市里最好的葡萄买给山兰吃，山兰吃了几次就不吃了，山鬼又领着山兰逛超市，山兰看中什么就买什么。山兰说："不用这么浪费，以后的日子还长呢，你是不想让我以后再吃了呀。"山鬼讨好说，他要满足山兰的一切愿望。

一天，山兰的一个好朋友来找山兰，山兰留她吃了饭，然后就躲在卧室里好久没有出来。到了天快黑的时候，山兰的朋友跟山鬼连个招呼都没有打就匆匆地走了。山鬼问山兰朋友来找她有什么事，山兰说没事，就是过来看看她。山鬼说既然是朋友就留她在这里多玩会再走。

送走了朋友，山兰又到父母的房间里坐了好久才出来，山鬼也没在意。

第二天，山兰说要母亲陪她到外面去转一转。山鬼说不要跑太远，孩子要紧。山兰说没事，就在附近。

快到傍晚，山兰由母亲扶着回来了，山鬼问怎么去了这么久？山兰说她去把孩子打掉了。山鬼一听傻在了那里，问为什么不和他说一声？山兰说她不想要这个孩子。山鬼生气地坐在那里大骂起来，山兰的父母躲进自己的屋里任由他骂。

到了晚上，山雨来了，把一包东西递给山兰，山兰又把东西递给山鬼，说是买房合同和收据。

山鬼问他们为什么这样，山兰的父母说他们不想欠他的，他们不想在这里住了，要回老家去住。

山鬼问他们："到底是为什么？"

一家人却一直不说。山兰的父母赶紧收拾东西，领着山兰回了湖南老家。山鬼无奈，只好躺在床上生气，他怎么也想不明白山兰会离他而去，她的父母也不辞而别。

山鬼没想到自己一片诚心，又落得这样一个结果，山鬼又一次伤得太重，于是躲进郊区的寺庙里住了下来。

这个寺庙座落在一个山清水秀的山坳里，香烟缭绕，香火很旺，来来往往的香客挤满了寺庙，香客们在这里花大把的钱，买那种一人多高的香去烧，为的是得到心理安慰。山鬼也买了香，并请求住持允许他在庙里疗伤。

山鬼很快和寺庙的住持成了朋友，他和住持谈论佛法，把五行和《易经》的要义讲给住持听，住持听得很用心。山鬼本就很有慧根，又有满腹诗书，加上常常听主持讲佛法，感觉自己很受启发，有茅塞顿开之感。

在这里住了一个多月，每天晨钟暮鼓让一颗原本受伤痛苦的心渐渐求得宁静，慢慢体会到了佛经上说的"此岸""彼岸"。

在寺庙里，山鬼完成了他的第二部专著《揭秘道法自然天人合一的营销真谛》。

六　欧阳竹

又住了一个星期，山鬼辞别住持，开着车去湖南退房子，刚好遇见那个叫欧阳竹的售楼小姐。

欧阳竹小姐把山鬼请进了贵宾室，对他说："好久没有看见山总了，你是不是又要买房子送人啊？"

山鬼笑着说："你怎么知道？不会暗地里在打探我的消息吧？"

欧阳竹小姐说："像你这样的贵客当然是我们关注的对象了，我可是一直在跟踪你哦。"

山鬼开玩笑说："是不是要我再买套房子送给你呀？"

欧阳竹说："那当然好了，可惜我没有那样好的条件，能让你为我买套房了。"

"谁说的？只要你说一声要，我现在就给你买，一套房子我还是送得起的。"山鬼故意挑逗她。

"真的吗？"欧阳竹小姐说着，给他倒了茶，转身的时候在他的肩上按了一下。

欧阳竹比山兰漂亮多了，属于那种精致的职业女性，年轻漂亮，每天打扮得一丝不苟，除了化妆外，穿着更是精挑细选，山鬼在心里想，除了她的职业，论长相实在是再无挑剔之处。看到欧阳竹双手放在膝盖上，做出认真听来客讲话的样子，山鬼说："我们也算朋友了，不要那么拘谨，放开点，我今天就是来退房子的，也是来看你的，没别的事。"

欧阳竹有些惊讶："不会吧，山总怎么会想起来看我？我又没有值得山总注意的地方？"

"怎么没有？就凭你在售楼部是最漂亮的一个，就是众人关注的对象，我当然对你印象深刻了。"

"不会吧，我怎么没有注意到？"欧阳竹故意谦虚地说。

"我说的都是真的，不信，你做我的女朋友试试，时间长了你就知道了。"

山鬼在女人面前从来都很自信,而且屡试不爽,他想看看欧阳竹是什么反应。

欧阳竹果然有些惊奇,说:"怎么?山总这样的成功人士,还会没有女朋友?我不信,山总这样的富豪的身边肯定是美女如云,不会到现在还形单影只,我当然愿意做你的女朋友,只怕是有一天,我走在路上被你家夫人碰上,把我弄得身败名裂。"

山鬼说:"真的,我现在还是单身狗一条。刚刚想结婚,可人家嫌弃我,跟人私奔了。山鬼想把自己说成一个被遗弃者,以此博得欧阳竹的同情。"

欧阳竹说:"如果是那样,我当然愿意,只不过我可不想被你山总抛弃呀。"

山鬼一听欧阳竹说愿意,于是兴奋得不行,说:"那么就这样说定了,你做我的女朋友,我现在就买一套房子送给你,作为我们的婚房。去办手续吧。"

欧阳竹兴奋地说:"真的吗,这么快?"

山鬼说:"我就喜欢刺激,快去办手续吧。"

欧阳竹高兴得不行,手舞足蹈地跑去找经理,定下了最好的一套房子。

经理羡慕地说:"山总这么看重你,真是让人羡慕!遇到山总恐怕是你八辈子修来的福份。"

欧阳竹对山总说:"那我们就去办手续了。"

山鬼说:"办吧,还犹豫什么?"

经理说:"你把最好的楼层和最优惠的价格给山总说一下。"

山总说:"也别太难为了欧阳小姐了,合适就行。"

经理对欧阳竹说:"给你放两天假吧,好好陪一下山总。"

欧阳竹高兴地说:"那我就不客气了。"又对山鬼说:"你等我一会儿,我去给财务上交待一下,然后我们就走。"

山鬼看着欧阳竹优雅地扭着腰身向财务室走去,一种美妙的幻想浸透了他的全身,那种被山兰捉弄的沉闷心情一下子阳光灿烂起来。

经理看见山鬼目光一直注视着走远的欧阳竹说:"欧阳小姐可是我们数一数二的业务骨干,你可不能随便把她挖走了。"

山鬼笑笑说:"怎么会呢?我又不带她走,她依然还在这里上班。"

经理说："山总的眼光就是独特，我们这个售楼部成就了不少好姻缘呢。"

山鬼又和经理聊了一会儿，欧阳竹来了，说："走吧，我请山总吃西餐去，经理要不要来，到时候我给你打电话。"

经理说："你们吃吧，我可不想坐在那里当灯泡。"

两个人于是微笑着走出了售楼部。

30岁的欧阳竹有过多次恋爱经历，因为太过于自信，到了这个年龄还没有结婚，自然原因很多，但最主要的一条是她对所有追求她的人要求过高，房子车子自不必说，更重要的是必须是富豪，就是说结婚后不用再为钱发愁。

山鬼第一次来买房子，就是欧阳竹接待的。欧阳竹在许多售楼部待过，眼光自然很独特，能一眼看出哪个人有钱，哪个人没有钱。山鬼找她买房子不问价钱，这欧阳竹刮目相看。后来就发现他不只是有钱，而且很有文化，风度翩翩，于是很喜欢这个极有魅力的男人。

进入西餐厅，山鬼找了一个角落，伸手取下欧阳竹肩上的挎包，然后让欧阳竹坐，自己则坐在欧阳竹的对面，随时准备为她服务。

七成熟的牛排放在两个人面前，他们各自拿起刀叉慢慢品尝，除了牛排，每人又要了一杯饮料。

山鬼说："这里的牛排烤得不错。来，尝尝看。"

欧阳竹拿起刀叉说："还真是饿了。"

山鬼笑眯眯地说："快吃吧。"

欧阳竹就开始大快朵颐，没多久她面前的牛排已所剩无几。抬起头，迎上山鬼宠溺的目光，心里一阵甜蜜。

欧阳竹说："你吃啊，光看我吃，能饱吗？"

山鬼点点头，慢慢用右手的刀切下一小块牛排，再用左手的叉慢慢送到嘴里，动作潇洒极了。欧阳竹看着山鬼的一举一动，心里乐开了花。

山鬼本就是众多女人心目中的男神，满腹经纶，博学多才，一举一动都彰显着风度，这些年阅历更丰富，事业越来越成功，走到哪里都是人群中最吸睛的一个。在寺庙中的一段日子又给他增添了一份从容淡泊，简直让欧阳竹移不开眼睛。

好男人就该是这样的,欧阳竹在心里赞叹。

"我想马上结婚。"欧阳竹突然冒出来一句。她也怕夜长梦多,这么好的男人不能被别人抢了去。

"需要通知家里吗?"山鬼问。

"不用,我已很少和家里联系了,家里如果知道我要结婚了肯定会很高兴的。"欧阳竹不想让山鬼产生任何心理压力。

"家里还有什么人?"山鬼不想出现意外插曲。

"我可以保持这个秘密吗?"欧阳竹不想过早地让山鬼知道她的一切情况。

山鬼说:"当然可以,我就是要让你们在我心里保持一种神秘感。"山鬼表现出言不由衷的洒脱。

"那我们吃了饭就去办睡(税)票吧。"欧阳竹想给山鬼来个幽默。

山鬼开始没听懂,一时愣在那里,他还以为让他交房子的税款,可是聪明的山鬼很快就明白了欧阳竹的意思,连忙说:"好啊,一会儿就去。"

"你带身份证了吗?"欧阳竹问。

山鬼犹豫了一下说:"带了。"

欧阳竹接过身份证,看了好一会儿,说:"你比我大好多哟。"

山鬼说:"你后悔了?"

欧阳竹笑着说:"现在都兴大叔控,我不后悔,你正是我喜欢的那种。"

来到市行政服务中心,两个人站在柜台前,各自拿出身份证递给女服务人员。年轻的女服务人员拿目光扫了他们好几眼,欧阳竹问:"我们不能结婚吗?"

女服务员又看了看她,说:"可以。"

"那就给我们办理吧,我们还有事呢?"欧阳竹催道。

女服务员随口说了一句:"这么急着结婚,要出国吗?"

欧阳竹看了看山鬼,没想到山鬼说:"是的,我们正是打算出国度蜜月。"

当天晚上,他们就住进了宾馆里。

欧阳竹说:"我们真的要出国旅行结婚吗?"

"当然。不过你有护照吗？"

欧阳竹说："有啊，我早就办了。"

山鬼说："那就行了，我们明天就去旅行社报名，争取早点出去。"

第十四章 大东家（国际）有限公司

第十五章 裂变

一 大东家

山鬼蜜月回家，身体已完全恢复，就全心身投入到公司的拓展之中。

随着业务的发展，山鬼越来越感觉到人才的重要。他要大力发展文化产业，决定将西方传来的蓝色文化、中国传承的黄色文化和红色文化融为一体，开创极富个性的大东家文化。

所谓蓝色文化，就是海洋文化，西方所以能统治世界，与他们大力发展海洋文化是分不开的，海洋文化说到底就是掠夺文化、强权文化。这种文化就是强行介入，除了用大炮，更多的却是金钱和人才来发展自己的文化，那些遍布全球的传教士文化就是蓝色文化的一种。而这种文化有着一定的穿透力，能从灵魂上达到殖民统治的目的，让全世界的民众为他们服务，自己则成为世界的霸主，借以掠夺世界人民。

山鬼看过大量的海外商业资料和文学作品，那些海盗所以能大行其道就是进行不断扩张，以扩张促发展，以发展促扩张，从而壮大自己的势力。

所谓黄色文化，就是中国的传统文化。中国的文化以黄色为基调，因为黄色是帝王色彩，帝王以黄袍加身为最高荣耀，人们所追求的最终目的就是黄袍加身，当然并不是让每个人都当皇帝，而是要像皇帝那样有着至高无上的权力，所有中国人所追求的不就是权力和钱吗？而权是钱的基础，有了权就有了钱，而有了钱却不一定有权，在追求不到权的时候，人们大都会追求钱，所以才有"有钱能使鬼推磨"一说。

所谓红色文化，就是我国在历史发展中形成的一套行之有效的创业文化。红色也是中国特色,是暖色,是正能量的主色调,只有大力弘扬红色文化,企业才有生命力。一个企业没有正能量的文化作主导,就没有核心价值观,没有正确的价值观就不会得到国家的认可。

于是山鬼坐在家里细心谋划,整理出一套详细计划、实施方案和培训教材,将"三色"熔为一炉,创造了一套"领导训练教程"。只要有初中文化,通过七天训练就可以做一个合格的团队领袖,可以像大师一样在台上侃侃而谈。山鬼对丁雪、丁甲妹、张洁、永灵做了第一次训练,效果特好,获得了极大成功。山鬼于是坐镇广州,一期期地开展"领导者训练营",公司的团队领袖越来越多。

欧阳竹成了山鬼的秘书和助手,负责制定山鬼的日常生活和日程安排,掌控着公司的经营策略和发展方向,一跃成为公司的核心人物。

山鬼努力培养公司的领导力量,放手发挥她们的领导潜能,培养她们的领导能力。丰厚的收入也让她们更加努力,不敢懈怠。欧阳竹的野心开始膨胀,她很注意联络几个公司主要负责人的感情,没事就同她们通通电话,问候问候,注重培养自己的影响力。

大东家业务已扩大到各大城市,并在全国各大城市拥有了大东家授权经营店。山鬼又联络了北京、武汉等几个团队,加盟到他的公司,雄心勃勃的山鬼要把公司打造成在全国有影响力的上市公司。

二 欧阳明

婚后的欧阳竹让山鬼尝到了新婚的甜蜜和快乐,这次的婚姻不仅让他开启了事业的高峰,而且让他对未来有了新的企盼。

欧阳竹不久就怀孕了,看着欧阳竹的肚子慢慢变大,山鬼放下公司的工作,在家陪伴欧阳竹。欧阳竹问他是喜欢儿子还是姑娘,山鬼抚摸着欧阳竹的肚子说:"儿子姑娘我都喜欢,只要是你生的。"欧阳竹看到山鬼兴奋的样子,一时沉浸在幸福和甜蜜之中。

欧阳竹每个星期都要到医院做一次孕检,山鬼只好陪着,医生看着欧阳竹和山鬼说:"以后走路让你父亲扶着点,你已经不能走远路了,只能轻微活动。"

欧阳竹看看山鬼,山鬼看看欧阳竹,两个人听了不觉得尴尬,倒觉得好笑。山鬼说:"我以后注意就是了。"

欧阳竹不想让医生误会下去,说:"他是我老公,我们是老夫少妻,他很喜欢我。"

医生一边做着记录一边说:"相爱就好,其实年龄不是问题。"

回到家里,欧阳竹坐到沙发上,对山鬼说:"听到了吗?你是我父亲,以后你的一切财富都是我的,我有权继承。"

山鬼说:"你放心,我会像父亲一样对你,你既得到了爱情,又得到了父爱,一箭双雕。"

欧阳竹甜蜜而满足地笑了。

儿子出生的那天,山鬼放弃了一次大型演讲活动,一直陪在欧阳竹身边。欧阳竹疼得直叫,一个劲地说:"这个儿子生了,我是再不生了的。"

医生提议要不要剖腹产?

欧阳竹说:"我不要剖腹,那样会留下伤疤的,我要完整的自己。"

医生说:"那就再坚持一下就出来了。"

果然,不大一会,孩子的头露出来了,头在慢慢往外挤,出来了,只听"哇"的一声,孩子带着哭声落在了床单上。

医生连忙将孩子抱走,放到育婴房里,其余的医生则处理欧阳竹的伤口,然后将欧阳竹推出了产房,进入病房。

山鬼一直坐在产房外等,听到欧阳竹不停地叫,他却在思考着《易经》的阴阳转换,以及阴阳理论存在的缺陷。

山鬼不能照顾欧阳竹,只好将欧阳竹的母亲接来,由山鬼给欧阳妈妈开工资照顾欧阳竹。欧阳竹虽然觉得有些不妥,可是看到妈妈有了收入心里还是挺高兴的。

欧阳竹看着怀里小小的生命,感觉心都要融化了。作为一个女人,她得到了足够荣耀和满足,可以说是人生赢家了。她想给儿子取个名字,可是想了好久也没想出个好名字。在她的心里，儿子的名字必须要高大上才行，而且要越高雅越好，可是一个雅致的名字是和个人的文化素养是分不开的，最后她只好屈服，把取名字的任务交给山鬼。山鬼想都没想，说就叫欧阳明吧。

欧阳竹一听开始觉得很一般，可细一想，又觉得很有深意。于是对山鬼说："我怎么没想到？"

山鬼说："取名字和眼界有关，眼界有多高取名字就有多高，这个名字不雅也不俗，正适合儿子的命相。"

欧阳竹说："你什么时候上的大学，我怎么没听你说过？"

山鬼得意地说："你慢慢就会知道的，你不觉得我的名字也很有讲究吗？"

欧阳竹这才想起自己的老公叫山鬼，一个像鬼一样的神秘人物。

三　疯狂的曼谷

山鬼的事业进入了新的高峰。此时，有无数的团队如过江之鲫穿梭于各大洲旅游胜地，以旅游的名义进行宣传，借以扩大团队的影响。大东家公司当然也不甘示弱，这种营销方式虽然不是大东家首创，可是大东家凭着自己的团队规模完全可以拿下。

鼎盛时期的山鬼成了万人迷，前来朝圣的女人无法估量，很多小团队陆续加入公司，有许多以前不认识的经销商也都慕名前来。

山鬼给她们作了一次大型演讲，成了她们的精神领袖，经销商们像朝圣般地拥戴山鬼，提起山鬼就像去见如来佛一样："你见过山总吗？"

没见过，回答者露出失望之色。

"我见过山总的领袖风范"，一个经销商无不自豪地说，喜形于色的脸上掠过一道闪光。

"我也见过。"另一个刚加入团队的女人得意地说。

当山鬼宣布要组织一个万人团队到曼谷去作旅游考察时，任艳、丁雪、丁甲妹、陈媛、永灵、秦怀秀、陈媛、张菊、晏智、张洁她们一下子都高兴得跳了起来。

山鬼说:"大家回去做好准备,你们要把最漂亮的衣服,最靓丽的容颜,最饱满的热情带上,让我们的团队在异国他乡绽放出异域风采,这次由我亲自带领团队,你们回去随时听候出发的消息。"

欧阳竹的虚荣心得到了极大的满足,回到家里她对山鬼说:"我没看出来,我的老公成了万人瞩目的偶像,我好爱你。"

山鬼说:"嫁给我幸福吧。"

"去你的,说点让我高兴的吧。"欧阳竹说。

"那就去好好做一次美容,买最好的衣服,让那些姐妹看到最美的欧阳竹,山鬼的夫人。"

欧阳竹在山鬼的脸上亲上一口,说:"我去了。"

"去吧,告诉她们,把出国的手续都办齐了。"

欧阳竹说:"都办齐了,旅行社这次做得很细,每个人都核对过,不会出错的。"

任艳来找山鬼,说还有好多经销商都想去,名额不够。

山鬼立即给旅行社打电话,要求增加名额,说一个都不能少,凡是愿意去的都必须带上。山鬼不放心,又对任艳说:你亲自去一趟,具体落实一下,把时间定得充足一点,就说山总要在曼谷见到她们。

任艳此时已经有了男朋友,山鬼对任艳说:"把你那位也带上,让你们也来一次浪漫之旅。"

任艳说:"他已准备好了,放心吧。"

秦怀秀来见山鬼,山鬼看到秦怀秀脸色很好,看上去比以前年轻了许多,问:"你一个人来的还是一家人来的?"

秦怀秀说:"孩子没来,他来了,在宾馆里等着呢。"

山鬼说:"那就好,让他也去开开眼界,这几年做得还可以吧。"

秦怀秀说:"还行吧。"

"家乡来了多少人?"山鬼问。

"来的不多,都是外地人。"秦怀秀说。

山鬼说:"晚上把他带过来,我们一起吃顿饭吧,毕竟我们是老乡。"

秦怀秀说:"不了,他不大喜欢应酬,随他去吧。"

山鬼说:"也行,以后有的是机会。"

从十一月十二日开始,经销商从全国各地机场起飞到达曼谷,十八日聚会后又从曼谷机场飞向全国各地机场,近半个月,曼谷机场总有大东家经销商的身影。山鬼安排人提前到达,进行周密安排,他要把这次旅行做到尽量完美,不留遗憾。

十一月十八日,从曼谷不同的酒店坐大巴向曼谷皇宫广场会聚,每个车队前都有警车开道。皇宫广场上人山人海,主席台中央的LED屏上显示着"大东家(国际)有限公司泰国旅游研讨会",左侧的LED屏显示"经营宗旨:让每一个消费者都满意,让每一个投资者都获利",右侧的LED屏显示"经营理念:共营、共享、共富"。还有许多可直播的LED显示屏悬挂在广场的上空,传达着会议的各种讯息。

十点整,山鬼站在法拉利跑车上,欧阳竹和任艳分立两侧,缓缓驶入会场。大会由任艳主持,山鬼向大家挥手示意,会场欢呼声、尖叫声响彻云霄……

大会开始,泰国旅游部领导致题目为"欢迎贡献希望"的欢迎词,接下来山鬼作名为"天生赢家"的演讲。演讲分为六个主题:

1. 为什么要成功?
2. 成功要有明确的定义。
3. 成功要付出代价。
4. 成功要坚持。
5. 成功要行动。
6. 每个人都会成功,因为我们都是天生的赢家!

山鬼先讲了一个英国拍卖邮票的故事,一个英国拍卖会上,有人花200万欧元拍下了世界上仅存的两张邮票,然后烧掉了其中一张,剩下的独一无二的一张邮票以500万欧元的价格卖给了一位热爱这张邮票的人。

山鬼问大家："各位，他花了200万欧元，一秒钟就赚了300万欧元，意思是什么？物以稀为贵，人们都喜欢把'唯一'好好地珍藏。你来到这个世界上是不是前无古人，后无来者的'唯一'，你应不应该好好地珍藏自己、珍惜自己，让自己成功呢？"

听众的表情由开始的吃惊渐渐转为赞叹，这时，有一个人带头喊"我们要成功"，紧接着，现场万人跟着喊"我们要成功""我们要成功"，喊声一阵高过一阵。

这时，山鬼示意大家停下来，他要接着讲第二个主题"成功要有明确的定义"，他讲了一个魔镜的故事：

一位法国的富豪太太花了一千万美元买了一面魔镜，这面魔镜可以让人愿望成真。她对魔镜说：我要世界上最豪华最漂亮穿在我的身上最得体最高贵的貂皮大衣。话音刚落梦想中的貂皮大衣就披在了她身上。富豪先生亲眼见证了这个过程后，对着魔镜许愿：魔镜啊魔镜，万能的魔镜，我要天下的女人都不拒绝我。说时迟，那时快，魔镜立马就把富豪先生变成了一瓶法国巴黎香水。

讲完故事，山鬼对大家说：所以，成功需要明确的定义，否则，你就可能要承担变成一瓶香水的风险。

听众恍然大悟，纷纷点头称赞有道理。

最后，山鬼讲了智者与神童的故事：

7岁的神童与智者PK，他手里抓着一只小鸟问智者这只鸟是死的还是活的。智者想，神童可真聪明，我如果说是活的，他就把它捏死，我说是死的，他就把手放开让它飞走，怎么说都是错的。智者想了想说：年轻人，这个小鸟是死的还是活的，全在你的一念之间，请你把手打开，让它展翅高飞吧！神童很佩服智者，就把手打开，小鸟就展翅高飞了。

山鬼接着说：各位，我不知道小小的神童用自己的双手创造了怎样的世界，但我相信，我们大东家人一定会伸出友谊的双手，运用聪明的智慧，开采无限的潜能，一手抓住公司，一手抓住市场，一路高唱大东家之歌，奔向成功！因为——我们都是天生的赢家！

现场再次爆发出雷鸣般的掌声，听众们更加热血沸腾，从台下上来四个大汉，他们欢呼着一下子把山鬼抬了起来，抛向空中，一连抛了三次。当四个大汉把他放下来的时候，他差一点儿摔倒，站稳后，连忙挥手向台下的人们挥手致意，潮水般的掌声再一次向他涌来。

　　会议结束后，在皇宫广场举办千桌宴会。宴会上，各种精致的美食流水般端上来，还有表演，唱歌、跳舞等等。

　　第二天，该回国的回国，没去游玩的就去游玩。

　　在清迈，浩浩荡荡的队伍涌进了清迈著名的佛教圣地双龙寺和古城塔佩门。在领略了风月步行街的浪漫之后，又一起涌进免税购物中心和四方水上市场，人们将来时空空的旅行包塞得满满地提在手里。

　　山鬼被一帮漂亮的美女经销商簇拥着跟在队伍后面，导游不停地介绍着当地风俗，品尝着当地的小吃，看着当地表演，感叹着人生无常和世事艰辛。

　　欧阳竹跟着山鬼，不时掉队，她购买的东西把随行人员累得不行。

　　回到住处，欧阳竹虽然知道那些表演人都是男孩子变性而来，她还是问了山鬼一个觉得十分幼稚的问题：你说他们可以结婚吗？要是不结婚真的是太可惜了。

　　山鬼笑着说："要是怕可惜，你可以和他们结婚呀。"

　　欧阳竹把自己的嘴轻轻地拍了一下，说："我还是跟你结婚最合适。"

　　那晚，在霓虹灯的闪耀下，他们渡过了很久以来最浪漫的一个夜晚。

　　接着他们去了苏梅岛。在苏梅岛，光是那蔚蓝色的海水就让这些沉浸在忙碌经销中的经销商们感觉到，世界上竟然还有这么优雅和闲逸的地方，她们穿上游泳衣，跳进温暖的海水里，希望洗去尘世的繁杂和旅途的劳累。

　　山鬼让丁甲妹领着丁星文在宾馆和欧阳竹见了面。欧阳竹看到丁甲妹和丁星文时，心里泛起一阵醋意。

　　丁星文看见欧阳明，丁甲妹让他喊弟弟，丁星文则不做声。他似乎一时间难以接受，在遥远的地方还生活着一个他叫不上名字的弟弟。

　　山鬼对丁星文说："他是你的亲弟弟，你以后要照顾他，好好陪他玩。"

欧阳竹说:"他们岁数相差这么大,怎么能够玩到一块去?"

丁甲妹说:"时间长了,就玩到一块儿了。这几天就让他们多在一起玩,回去了就又没有机会了。"

山鬼听她这样说,没有做声,拉着丁星文到走廊玩去了。

欧阳竹说:"以后还是让他们少见面吧,这样对欧阳明不好。"

山鬼依然不做声,看了欧阳竹一眼。欧阳竹也知道自己说得不恰当,抱着欧阳明离开了山鬼。

曼谷旅行,在经销商一片欢笑声中结束。这场盛会后,山鬼决定进军东盟,并在曼谷购买了一栋二十三层的写字楼,作为东盟总部,同时安排任艳任总裁,动员丁雪、丁甲妹等经销商在泰国开拓市场。

四 打架

欧阳明四岁的时候,欧阳竹又怀孕了。欧阳竹是不愿意再生孩子的,准备将这个孩子打掉,山鬼也无可奈何,只得同意。药物都买回来了,没想到这个孩子命大。当欧阳竹准备吃药的时候,接到了一个闺蜜的电话,说起在美国生孩子的种种好处,如孩子有美国国籍等等,欧阳竹心动了,下定决心要去美国生下这个孩子。

山鬼于是带着欧阳竹、欧阳明和岳母去了美国,在那里他们选好了生孩子的医院,并在那里住了半个月,就回广州了。

山鬼近来因为公司发展太快,很少回家。欧阳竹不停地给山鬼打电话,在她的意识里,山鬼身边一向不缺女人。

孩子在他们预想的时间出生了,还是一个儿子,这虽然让欧阳竹有些失望,因为她想要一个女孩。出院后,他们就拿到了儿子的美国护照。

这次欧阳竹不主动给儿子取名字了,非让山鬼取。山鬼想了想,给儿子取名欧阳亮。他俯下身,拉了拉儿子柔嫩的小手,说:"希望你们都是最明亮的男子汉。"

欧阳竹说:"欧阳明,欧阳亮,一生明亮,多好啊。你们长大了都要像爸爸那样成为最亮眼最有魅力的男人。"

山鬼以为办理护照的人不会同意，没想到他们并没有阻止，还说这个名字取得好，有着丰富的想像力和意境。

欧阳竹对山鬼的能力有充分地了解，深深地依恋着他。她在心里说，爱情真的不能以年龄来衡量，同时，她也理解了那些年轻的女孩子为什么一心要嫁给大叔。

依恋的背后就是警惕。欧阳竹在给山鬼生了两个儿子之后，不甘心待在家里做山鬼的贤内助，她要走向前台主政一方，做个名副其实的女强人。

山鬼因为工作关系，经常要出差，到各个经营店去调研、考察。

欧阳竹看到山鬼不在家里，只有保姆和吃着奶粉的儿子，她的心很不安宁。山鬼第一次出现在她面前的时候，欧阳竹以为山鬼就是个有钱的土豪，可是在多次了解以后，她发现山鬼和那些土豪有着本质的不同。山鬼身上有一种强烈的吸引力，让人移不开眼睛，让对男人要求十分苛刻的她心甘情愿地在一个星期内就闪婚。现在山鬼掌握着好几家公司，同时财富正在快速积累，即将成为一个商业帝国，欧阳竹不由得暗自欣赏自己的眼光。

山鬼接触的女人都各有风韵，有的岁数和她不相上下，有的气质和她不同，在欧阳竹眼里，万一山鬼经不住诱惑，很可能会上了她们的贼船，所以她要时刻防止山鬼和她们过多地接触。

只要山鬼回到家里，欧阳竹就极力满足他的欲望，每晚都要和他亲热好几次，直到他叫累为止。好多次她让山鬼第二天起不了床，她又会给山鬼熬滋补品，端到他床上喂给他喝。山鬼只好一再向她表忠心，说："你别疑鬼疑神，你是数一数二的美女，我已经很满足了，不会再找别人了，你就把心放进肚子里吧。"

欧阳竹说："别哄我，我看得出来，那些来见你的女人的目光，她们都恨不得把你给生吃了。如果我不防备，她们就会像篱笆外的野狗一样随时钻进来，让我防不胜防。"

山鬼说："没你说的那么严重，你就放心吧。再说我又不是金刚玉体，哪能经得起那么多女人折腾？现在一个你就已经把我折腾得够呛。"

"不行，以后我得跟着你，你到哪儿我跟到哪儿，不然我心里不踏实。"欧阳竹故意撒着娇说。

"这怎么行？欧阳明和欧阳亮怎么办，我可不想让两个儿子从小就失去母爱，母亲对孩子的陪伴会影响孩子的成长。"

欧阳竹说："说实话，我本来是不想生孩子的，结果被你强大的武器给打下了两架战斗机，这我也认了。但我绝对不会只是一个家庭妇女，我的目标是做一个商界精英。"

山鬼听了，说："那还不容易，明天开一家公司让你折腾去。折腾好了，你就是精英，折腾败了，你就老老实实的在家做贤妻良母，行吗？"

"不行。"欧阳竹斩钉截铁地说。

山鬼有些不认识欧阳竹似的，看着欧阳竹问："那你想要什么？你想当女皇呀？任何精英也都是从基层做上来的，没有哪个人生来就是精英呢？除非英国皇室和日本皇室。"

"我不管。"欧阳竹说，"我就是要和你在一起，天天在一起，一天也不分离，并且还要有权力，做我喜欢做的事。"

听了欧阳竹的话，山鬼不置可否地笑了笑。在他经历过的众多女人中，欧阳竹几乎是最出众的一个，也让他自豪的一个。年奔五十还能娶到这样一个高质量的美女，本身就是一种幸运，加上她又给自己连生两个儿子，他再没有找其他女人的想法了。

欧阳竹还真的践行了自己的说法。早上起来，她安排好两个孩子的饮食起居，交给保姆和妈妈，就跟着山鬼一起上班，中午的时候，她让山鬼和她一起回家吃饭，然后一起午休后再去上班，晚上到了下班时间，山鬼又必须准时跟在欧阳竹后面回家。

这样坚持了一段时间，两个人都感到很累，欧阳竹说："我再也不监督你了，不过你要自觉。每次非要出去时，必须告诉我到哪里去，去做什么，什么时候回来。"

有一次，山鬼接到任艳的电话，说公司有一个重要客户点名要见他，山鬼告诉了欧阳竹，欧阳竹同意了。山鬼去了,那个老板听说山鬼酒量不错,提出晚上一起吃顿饭，山鬼不好拒绝，只好给欧阳竹打了电话，说晚点回家。

欧阳竹就把手机拿在手里，不时地看时间，时间到了，山鬼还没有到家，欧阳竹就追到公司。她看见任艳扶着山鬼正好走进办公室，其实任艳只是打算让山鬼在沙发上躺一会儿再回家。欧阳竹上前一把推开任艳，说："你怎么又勾引起他来了？"

任艳也不是好惹的，说："你怎么醋劲这么大？我和他同居的时候，你还不知道在哪里混呢！我们早已没有了那种关系，现在只是一心一意做业务，都是为了公司的发展，你这样死死缠着他，让他以后还怎么在公司里主持工作？你别忘了，这里的女人个个都不是好惹的，你以后最好收敛点，不然，没你的好果子吃。"

欧阳竹哪受过这样的委屈，当场说："我就是不让他再碰别的女人，怎么了？山鬼，你现在就把她给开除了。"

山鬼那天喝得有点多，以前这点酒，他是不在话下的，今天不知怎么的，喝了三杯就有些撑不住了。那个客户看见山鬼并不像江湖上传说的那样酒力吓人，只好说："山总，下次到我们公司再一醉方休吧。"

任艳也劝，山鬼只好听任艳的，把他送到办公室里。任艳原想把山鬼送到他家里去的，可是山鬼坚持要回办公室。任艳早听说欧阳竹是个河东狮，怕引起误会，谁料到越是怕误会，误会越是来得快。

山鬼看见欧阳竹脸都变绿了，说："我休息一会儿就回家，你先回去吧。"

欧阳竹说："你想把我打发走后，再跟你的老情人鬼混是吧？我不走。"

任艳听不得欧阳竹这么挤兑她，大声说："你说谁呢？"

欧阳竹当然不甘示弱，说："就是说你，你以为我不知道你是他的姘头吗？"

别看任艳个头没有欧阳竹高，可论结实，欧阳竹远不如任艳。只见任艳上前伸手给了欧阳竹一个大嘴巴，打得欧阳竹转了一个圈才站住。欧阳竹捂住脸，看见山鬼没有什么动静，就上前和任艳撕抓起来。

两个人互不相让，就在办公室里打了起来。不一会儿两个人都互相揪住头发滚在地上，从办公桌前滚到山鬼睡的沙发前，又从沙发前滚到办公桌前。

第十五章 裂变

山鬼这时坐了起来，看着他们打，点燃一支烟，慢慢吸了起来，烟雾变成烟圈从他嘴里吐出来，一串一串在空中慢慢扩散。

欧阳竹看见山鬼不帮她，挣脱任艳的手，冲到山鬼面前，把烟从山鬼的嘴里抽掉，骂道："你这个人渣！"

任艳从地上爬起来，大声说："告诉你，我哪一样都不比你差，你只不过比我年轻一点。"说完又给了欧阳竹两个大耳光，打得欧阳竹晕头晕脑，站都站不稳，一下倒在沙发上。

山鬼又点燃一支烟，问："你们打完了吗？打完了就算了，就当什么事也没发生，欧阳竹，我们回家！"

欧阳竹跺了一下脚，又狠狠地瞪了任艳一眼，跟着山鬼走出了办公室。

五　离婚小计谋

回到家里，山鬼安慰欧阳竹说："你怎么和她打起来了，连我都怕她三分，你这是活该，叫你不要到处闹，你不听，这回吃亏了吧？"

欧阳竹不依不饶地说："我咽不这口气，你现在就给她打电话，停她的职。"

山鬼说："我可不敢随便破坏公司规矩。你说她犯了什么错，公司是要赏罚分明的。"

"我不管，今天有她没我，有我没她。她今天敢欺负我，明天就敢欺负你，以后你还怎么在公司混？"

山鬼心平气和地说："公司是我的，我爱怎么混就怎么混。"

这时，欧阳妈妈抱着欧阳亮来了，问是怎么回事。

欧阳竹说："没你的事，你把欧阳亮抱出去玩。"欧阳妈妈也不想掺和他们夫妻之间的事，就知趣地抱着欧阳亮出去了。

"你现在就打电话，不然今天谁也别想睡觉。"

山鬼听了，反倒笑了起来，说："那我们今天就不睡觉了，我听你的。"

欧阳竹见山鬼不动，就拿起山鬼的手机，拨通了任艳的电话，被山鬼一把夺了过来，说："你越来越不像话了。闹一下就行了，人家受了不白之冤还无处伸张呢，你还要闹！"

在山鬼的所有女人中，原来只有郝慧敢跟他叫板，现在又遇到个欧阳竹。他掐指算了一下，说："活该受你的气，我自认倒霉。"

欧阳竹说："你倒什么霉？我跟了你才真叫倒霉呢！"

他们就这样你一言我一语地打着嘴仗，一直到很晚了，欧阳竹才走进卧室，关上门，睡了。

山鬼的酒还没完全醒，加上又窝了一肚子火，就倒在沙发上休息。想想自从结婚以来，欧阳竹一直温柔体贴，对他照顾有加，好多次他都暗中庆幸年近半百还能娶上像欧阳竹这样的好妻子，是上天对他的眷顾。都说女人一结婚都会变得斤斤计较、患得患失，今天他算是领教了。而且这段时间，他明显感觉到自己的身体越来越差了，这和欧阳竹的过度要求不无关系。

欧阳竹开门看了看，见他还躺在沙发上，又把门关上了。山鬼没有起来的意思，就这么想着他和欧阳竹的事。欧阳竹这样下去，任艳还怎样工作？还有，他要经常下去，怎能还和那些女人接触？他实在不想在婚姻上折腾了。

想着这里他禁不住好笑起来。总会有办法的，女人嘛，只要满足她的一切要求，她们就不会再闹了；如果再闹就不能由着她了，必须给她来个下马威，让她知道任何男人都是有底线的。他闭上眼睛，慢慢进入了梦乡。

欧阳竹并没有因他的一再劝说而改变，反而变本加厉起来，只要是有女人来找山鬼，她就没有好脸色。好几次女下属正和山鬼说着话，见欧阳竹来了，就自动走开。山鬼知道，上次欧阳竹和任艳打架的事，早在公司里传开了，搞得山鬼形象严重受损，十分狼狈。

对于欧阳竹的胡搅蛮缠，山鬼只能采取游击战术，能躲就躲，实在躲不了，就只能硬着头皮顶上去，让欧阳竹抓个"正着"。其实，山鬼此时哪还有精力去照顾其他女人，一个欧阳竹就让山鬼心有余悸了。

为了获取山鬼的猎艳信息，欧阳竹主动与任艳和好，除了经常给她打电话，还请她吃了两次饭，不过都是躲着山鬼进行的。

欧阳竹从任艳那里知道了山鬼和其他女人的情况。

任艳看在山鬼的份上，也想和欧阳竹搞好关系，就劝她："自从和你结婚，山鬼好像变了个人似地，全身心都在你身上。其实像他这样的成功人士，是多少女人追逐的目标，你看现在，他除了公司，哪儿都不去。"

任艳的话，让欧阳竹半信半疑，临走的时候，欧阳竹说："我得到他不容易，既然得到了，我就不想轻易放手，花心的男人，你放手不管，他们就会放任自流。"

没想到，就在欧阳竹刚要出门的时候，山鬼推门进了任艳的办公室。

欧阳竹问："你怎么又来了？"

山鬼面色严肃地说："我找任总有事，你先走吧。"

欧阳竹又嘲讽地说："还真的是旧情难忘啊，我不走，我陪你一起。"

山鬼说："我已经告诉你了，我找任总有要事商量。"

欧阳竹不甘心地说："有事当着我的面说。"

山鬼只好警告她说："你别胡搅蛮缠，快走，不然，我对你不客气了。"

任艳站在那里面带微笑地看着。

当欧阳竹再一次说着"不走"时，她的脸上已落下重重的一巴掌，接着又来了一句："快滚！"

欧阳竹被这一巴掌打懵了，她不敢相信自己娇嫩的脸上会落下山鬼重重的手指印，她反应过来的第一句话就是："离婚！"

山鬼大声说："好，明天我陪你去。"

山鬼忙完工作回到家里，看见欧阳竹哭得泪人似地，把写好的离婚协议扔给山鬼。山鬼看也没看就把协议放在了一边，说："明天去办吧。"

欧阳竹擦了擦眼泪，问："你为什么不看？"

山鬼说："有什么好看的，你是我心爱的女人，我说过要满足你的一切要求，所以你有什么要求，我都会满足。"

欧阳竹听了，一下子扑到山鬼怀里，说："你真是个坏蛋！我们不离婚了，我们好好过日子吧，我以后不闹了，行吗？"

山鬼说："当然行，我不想在婚姻上浪费精力了，有你一个就抵得上以前所有的女人，我还奢望什么呢？"

欧阳竹不再说话，她根本不想离婚，她是真的怕山鬼在离婚协议上签字，到时候会闹得无法收场。

欧阳竹开了一家企业咨询公司，让山鬼坐镇扶持了一段时间，公司逐渐步入了正轨。可是等到山鬼离开后，公司就出现问题了。原来欧阳竹总是怀疑公司销售人员在背后搞鬼，侵害公司的利益，可是等到他派人调查后，又发现没有问题。那些经销商不干了，纷纷给山鬼打电话，控告欧阳竹的"罪行"，山鬼只好再次到公司扭转乾坤。

欧阳竹到处碰壁，回到家里找山鬼诉苦，说那些员工都欺负她。

山鬼说："这些人都是公司员工，并不是你的奴隶，不会像你想象的那样什么都听你的。她们只是投靠在我的名下做事、赚钱，她们随时都可以和我分道扬镳；如果公司出了问题，她们甚至可以联合起来炒了你的鱿鱼。你不但不能把她们当奴隶，还要学会用一些方法笼络她们。"

欧阳竹说："那就叫她们都滚蛋。她以前在房地产公司，都是老总一个人说了算，谁不听随时都可以让他卷铺盖走人。"

山鬼说："现在企业制度强调的是有效的管理和团队精神，并不是从前的一言堂，员工也有话语权。你以后不要再当司令官了，也不要动不动就去员工办公室走动，否则人家会以为我对她们不放心，监督她们。"

欧阳竹说："我对她们也不放心。"

山鬼说："亏你还是大学毕业，怎么心胸那么狭窄？一个大的企业家就要有宽阔的心胸，才能海纳百川。"

虽然山鬼百般劝解，欧阳竹有时能听得进去，有时又听不进去，只要山鬼到公司一天不回家，她的电话就会打过去，有时公司正在开会，山鬼不好接电话，就直接把电话挂掉。回到家里，两个人就会一顿争吵，然而进入冷战。山鬼原来的舒畅，早变成了心烦意乱，甚至心灰意冷。

在山鬼的苦心经营下，公司的规模越来越大，经销商遍地开花，在全国拥有了八千多家大东家经营店，财富如滚雪球一般越滚越大。欧阳竹的公司也有了一些起色，这让她越发膨胀起来，对山鬼的话有时听一句，有时干脆一句不听。

欧阳竹开始设置小金库，把公司的资金抽走一部分，给她在湖南老家的弟弟买了一套房子。山鬼开始没在意，突然有一天他接到还没见过面的小舅子的电话，说房子装修还差一笔钱。

山鬼问："还差多少？"

小舅子说："还差十五万，并说等房子装修好以后，请姐夫去看房子。"

山鬼说："那就等你的房子装修好了，我和你姐姐一起回来看看。"

欧阳竹问："谁打的电话？"

山鬼说："你弟弟打的，说装修房子还差十五万块钱，让你尽快打过去。你给了他多少钱？"

欧阳竹本想掩盖，现在看样子掩盖不了了，就说给了六十五万。

山鬼说："是用公司的周转金对吧？"

欧阳竹说是的。

山鬼突然大声叫道："你怎么这么胆大妄为？公司的钱怎么可以随便挪用！"

欧阳竹并不觉得理亏，说："我给弟弟买套房子怎么了？让你发这么大火？"

山鬼说："你这是犯罪，你知道吗？随便挪用公司资金，就是贪污，是要坐牢的。你赶快把公司资金还上，如果其他股东知道了，他们会起诉你的。"

欧阳竹说："我不管，我出来这么久了，我弟弟从来没向我开过口，我就私自答应了，要告就让他们告吧，反正我不怕。"

山鬼说："你可真是我的祖宗，你不怕我还怕呢！"

欧阳竹说："你有什么好怕的？你有那么多钱，这点钱算什么？你给补上不就行了。"

山鬼说："说得轻巧，我的钱也是公司的钱，也是不能随便动用的。你赶快把钱还上！"

"我到哪里弄钱去？你说过要满足我的，这是我的要求，你必须满足。"欧阳竹只好用山鬼的承诺回击他。

山鬼没有办法，只好说：下不为例，要是再有下次，你就等着在离婚协议上签字吧。

"好啊,我等着签字。"欧阳竹挑战地说。

山鬼以为由他提出离婚,欧阳竹会害怕,不想欧阳竹根本不吃这一套。他开始不再顾及欧阳竹的感受,没事就外出,也不再跟她打招呼,有时一走好几天,任凭欧阳竹把电话打爆他也不接。

欧阳竹又开始了她的盯梢行动,她辗转各个公司,寻找山鬼的足迹。等她赶到的时候,那些人都说山鬼刚走,让她给他打电话。她在心里骂道:"打得通电话我还跑到你们这里干什么!"

等到山鬼终于回家了,欧阳竹挡在门口,说:"你到底想怎么办,是离婚还是好好过日子?"

山鬼感到好笑,说:"怎么,跟踪累了?明天离婚去?"

欧阳竹说:"离就离,谁怕谁呀。"

晚上吃饭的时候,欧阳妈妈说:"竹子,你不要老是把离婚挂在嘴上。你要是再这样闹,我就回家去,由你来带两个孩子,我看你还有心思离婚吗?"

"妈,不是我想离,是他让人太不放心。"欧阳竹说道。

母亲说:"有什么不放心的?这么大个公司,他有多少事要办,哪有心思成天想着找女人。我看都是你没事找事。"

山鬼说:"还是妈说得对。把杯子拿来,我们喝杯分手酒吧,明天好去办手续。"

母亲惊讶道:"真要离呀?竹子,快给山鬼道个歉。"

欧阳竹于是害怕起来,拿起酒瓶给山鬼斟满酒,说:"喝了睡觉去,以后谁再说离婚谁就不准回家。"

山鬼说:"真的不离了?"

"我还不是怕你被别人拉下水了嘛,你以为我真要离婚呀,吓唬吓唬你。"欧阳竹站在悬崖边做出要跳水的样子,结果没有跳,回到了安全地带。她想用这种方法控制山鬼,其实山鬼早识破了她的小心思,有时还故意吓她一下,让她的计划彻底破产,不敢再轻言离婚。

六　陈媛入狱

飞机在白云机场徐徐降落，陈媛跟在山鬼后面走下舷梯，就在陈媛将要落地的时候，只见一男一女两名警察走上前来，对陈媛说："你被捕了。"

陈媛一时不知所措，问："为什么抓我？"

女警察说："你涉嫌诈骗，我们已经监控你很久了，跟我们走吧。"

山鬼没敢上前去问，他也一下子紧张起来。他在想，如果这时候自己也像陈媛一样被捕，那实在是威风扫地，因为他身后还跟着好多崇拜他的女经销商呢。

陈媛扭头看了一眼山鬼，什么也没说，跟着警察向出站口走去。

山鬼紧走几步，看着陈媛被押上了警车，山鬼没敢耽误直接回到了家里。欧阳竹放下手中的欧阳亮，问："陈媛犯了什么事？"

山鬼说："她在外面搞资本运作，可能是诈骗吧？"

欧阳竹问："你怎么也很紧张呢？"

山鬼说："这么大公司，在经营上肯定有这样那样的问题？看来公司要及时整改，不然的话，也不知什么时候会出问题。"

陈媛被直接关进了看守所，在大量的证据面前，陈媛最终被判了三年有期徒刑，被送往农场进行劳动改造。

陈媛换上了囚服，成了一名劳改犯，每天早上统一起床，迅速穿好衣服，集合站队，然后跑步出操，出操结束后洗脸刷牙，然后吃饭，早餐是稀饭馒头。开始几天陈媛很不习惯，自从娘肚子里出来，陈媛根本没想到自己有一天会走进牢房。

吃饭的时候，一位岁数大一点的有着黑瘦脸庞的大姐问："你是犯了什么事进来的？"

陈媛说："他们说我诈骗，可是他们也从我这里赚了不少钱的，这些人很没良心，赚了钱都笑眯眯的，赔了钱就到处告状，到处闹，说我诈骗，钱又不是我从他们口袋里偷的抢的，是他们主动入的股。"

那个大姐姓辛，陈媛叫她辛大姐。辛大姐说："我也是搞直销的，他们赔了本就说我们是诈骗，其实现在搞直销的很多，许多人发了财，只怪我倒霉，被抓了进来。"

陈媛问："你们一共抓进来了几个人？"

辛大姐说："有二十几个，当时我们跑得晚了，我是让其他人先跑的，结果剩下的都给抓起来，好在我听说，我们团队还在，老公和孩子还安全，你呢？"

陈媛说："我是广州人，我的户籍在澳大利亚，我还没结婚呢？"

辛大姐问："为什么还没结婚？"

陈媛说："我不想结婚，找个男人管自己，还不如一个人生活自由自在。"

正说得起劲的时候，管教来了，说："不许说话，吃了饭到操场集合。"

陈媛和辛大姐都闭了口，连忙吃完饭，和其他犯人一起来到操场上，站到队伍中间。管教是个四十多岁的女人，脸色微黑，眉骨有些突出，个子瘦小，操着一口广东嗓音说：现在分配工作，然后按次序点名，陈媛被分配到监区打扫卫生。

解散后，陈媛有些不愿意，对辛大姐说："你们都分到了车间里做工，怎么把我安排打扫卫生？"

辛大姐说："你傻呀，这是份好工作，好多人都想打扫卫生呢，你还嫌弃，千万不能埋怨，不然把你分到流水线上够你受的。"

陈媛这才知道是她的华侨身份起了作用。

陈媛在监狱里呆了大半年后，对里面情况已基本熟悉，这里关的都是人贩子和像她一样的诈骗犯，也有一两个杀人犯，因为改造得好，由死缓改为无期。为此，那些人能一连兴奋好几天，见到管教干部都点头说谢谢，感谢她们的生命再一次得以延续，说不定还可以重见天日。

陈媛虽然慢慢习惯了监区的生活，可那颗自由的心依然在四处飞翔，她渴望着早日出狱，见到那些所谓的姐妹。可是那些平时姐妹长姐妹短的女人，却没有一个人来看她，倒是山鬼托人给她送过几次钱，交给了管教，请管教给她买点水果和零食，可是管教没有告诉她是谁送的，让她心里把这个神秘人一直埋在心里，念念不忘。

有一次，两个和她一样性质的女人为一句什么话打起架来，显然她们是在一个团队，又因为同一个男人而产生矛盾，她们越打越厉害，却没有一个人上前拉架，陈媛实在看不过，就上前拉架，不想她们不想别人干涉她们，两个人同时踹了她一脚，把她踹倒在地上，其中有一脚踹在她的胸口上。管教来了，把看热闹的人都训了一顿，却对陈媛提出了表扬。

陈媛来到管教的办公室，说她的胸部很疼，管教让她把衣服解开，原来胸前被踹出一大块青淤。

管教很心疼地问："那么多人都不去拉架，你为什么去拉？"

陈媛说："都是女人，我怕她们打出人命来。"

管教说："要是把你打伤了怎么办？"

陈媛说："那也只好自认倒霉，看到有人危险，我不能袖手旁观呀。"

管教说："你很有同情心啊，这样吧，你不用在监区打扫卫生了，我看了你的档案，你到我办公室去打扫卫生吧，那里条件比你现在的要好。"

陈媛很感激地说："谢谢管教。"

管教说："你好好改造，我争取让你早点出狱。"

陈媛被抓，给大东家带来了不少危害：陈媛是大东家股东，她被抓，使大东家名誉受损，市场信心下降。同时，陈媛做资本运作时，找了一些大东家的经销商，经销商中有几个被抓了，还有几个亏本了，这些人找到公司来索赔。更严重的是，陈媛负责产品开发，被抓后，几个生产商自己独立开办销售公司，不给大东家供货，迫使山鬼决定建立自己的生产基地。这一切都要山鬼一一解决。

七 《塑造品牌的必经之路》

公司原来是以陈媛的名字注册的，山鬼只好将公司改到自己的名下，这样，山鬼才成了真正的法人。

摆平了所有问题后，大东家事业在稳健发展之中，山鬼一边继续"领导者训练营"，一边写他的第三部著作《塑造品牌的必经之路》。

山鬼不再抛头露面，而是龟缩在家里潜心做起了学问，他走到哪里就把书房搬到哪里，书成了他最好的伴侣，他每天至少看一个小时的书，这早已成了他的生活习惯。他不甘消沉，对从商以来的经历做了深刻的反思与反省，发现经营理念才是一个企业生存的根本，没有一套成功的经营理念是难以持久发展的，他把推销，经营和成功分别做了深入的研究。他一边研究一边记录，将自己的心得编成教材，写出了《全面掌握推销的十大秘诀》《揭秘道法自然天人合一的营销真谛》《塑造品牌的必经之路》三本学术专著。在这期间，他还为大东家的经销商们写了一本销售技术方面的专著《八点八步直销术》。

在《塑造品牌的必经之路》中他对成功作了许多精辟的阐述，在《揭秘道法自然天人合一的营销真谛》中，他通过一套完整的理论，揭秘道法自然、天人合一的营销真谛。

如果说人类有一点是共同的，那就是追求成功。

人的一生，概括起来其实只有两件事，了解自己和了解外部世界。

人之所以存在，是因为有梦想，虽然梦想也是实中有虚，虚中有实，但我们相信，只要坚持，就有成功的希望。

虽然不是人人都能成功，但那有什么关系呢？我们从中得到了乐趣，这不也是一种成功吗？

在完成了以上四部专著之后，他请每天跟他一起喝茶的著名学者、陈明博士为他作序，并专著出版，并在行业内广泛发行推广。

山鬼的专著在行业内获得极大的成功，一下子销售近百万册，而且一再加印，把那些自封的畅销书甩出十万八千里，一举奠定了他在行业内的领袖地位。

山鬼坐在书房里欣赏他的专著，那些专著都是他一生的心血，看着那些带给他荣耀，散发着墨香的书，脸上露出了一丝得意，点燃一支烟。

回想自己一路走过的历程，他没有后悔，只有欣赏，这些骄傲和自豪的资本鼓舞自己不断前行，成了他成功的阶梯和经验，并广为流传。

就在他陶醉成功喜悦的时候，他收到了一封来自法国的邮件：世界营销学会邀请山鬼参加在法国巴黎举行的第 18 届营销论坛会议，并邀请山鬼在大会上作主题演讲。营销论坛会议每五年举办一次，是国际上顶级的营销学术会议，邀请的对象都是全球顶级的营销专家。

山鬼一阵兴奋，心里想着：我要好好准备一下。

山鬼不住地搓着双手，低着头仿佛在寻找什么。

欧阳竹进来了，问："什么事这么高兴？"

山鬼依然不住地搓手，说："好消息，巴黎大会让我去发言。"

"那也不至于这么高兴呀？"欧阳竹知道，每当山鬼特别兴奋时，都会不住地搓着双手，这个习惯也是在和她结婚后才养成的。在答应了山鬼的求婚后，她无意间看到山鬼把双手的掌心合拢，不住地上下左右摩擦，借以掩盖内心的激动。

山鬼说："你也要作好准备，跟我一同赴会，把两个儿子也带上。"

欧阳竹问："那丁星文呢？"

山鬼说："丁星文就算了，他和丁甲妹就在家里。"

山鬼让欧阳竹赶快着手去办理相关手续，却把自己关在书房里三天三夜，撰写会议发言稿，到底怎么写，写什么，他一时无法定夺。谈他的经营之道？不行，那样格局太小。谈推销之道？不行。讲成功之道？更不行。在那些大佬们面前讲这些东西，他们会怎么看他？他连想都不用想就知道，一定会让他们看不起。

那到底讲什么呢？人，对，就讲人？讲人的什么呢？人生，讲自己对人生的理解和看法，把人生讲透，讲出新意来，相信那些商界精英虽然也都对自己人生有一套理解，但要把人生和《周易》结合起来讲，恐怕他们还都没有听过。那就讲人，讲人生吧。人生到底追求什么？这里面的学问太大了，因为不同的人有不同的追求，追求的层面和目的各不相同，只有高智商的人，伟大的人才会追求更伟大的人生，因为大海虽广没有人心广，大海再深也没有人心深，那就从人生讲到人心，讲人生怎么样追求伟大。这样一想，他的题目就出来了——"人因梦想而伟大"。

思考了三天三夜之后，用了不到两个小时的时间，他就写好了初稿，又经过一天的打磨，他认为稿子已经相当成熟，就把欧阳竹叫进书房，让欧阳竹给他把把关。

欧阳竹进来，看了稿子，说："你现在的每一句话都成了经典，能迷倒无数少男少女，不错，真的不错。"

山鬼说："你就说行不行吧？"

欧阳竹大声说："行，我的大学问家，你写的要是不行，这个世界上就没有行的了。"

"那就算是定稿了，不再修改了，有个漂亮能干的贤内助真好啊。"山鬼说完，把欧阳竹搂进怀里，欧阳竹挣脱山鬼的搂抱，说："老不正经的。"

启程的日子快到了，山鬼向丁甲妹告别，说要出去几天，让她照顾好丁星文。没想到丁甲妹说她也想去。

山鬼说："你去干什么？我是去开会，你又不开会。"

丁甲妹说："你们去开什么会，还不就是去玩。她去不去？"

山鬼不好隐瞒她，说："她去。"

丁甲妹鼓起腮帮子说："那不行，她去我也要去。"

山鬼只好耐着性子说："你去不合适。"

丁甲妹说："有什么不合适的？"

山鬼说："你没有身份啊！"

丁甲妹说："你就是偏心，有了新欢忘旧情！"

山鬼见劝不动丁甲妹，有些恼怒地说："不行，你不能去！"

丁甲妹见山鬼动了气，不但不恼，反而笑着说："怕她生气，是吧？好啊，不去也行，你说怎么办吧？"

"那我给你钱。"山鬼转怒为笑说。

"我有钱，不要。"丁甲妹说。

"那你想要什么？"山鬼不知丁甲妹还会提什么要求。

丁甲妹把头偏向他，笑着："我想要你今天陪我一晚。"

看着眼前的这个女人，山鬼联想到《圣经》上的圣女，心想，如果说世上真有圣女的话，那么眼前的这个女人，完全可以称得上圣女。他已有好多年没有碰过丁甲妹的身体了，他不知道丁甲妹一直压制着自己作为女人的欲望，默默地将自己的一生奉献给了山鬼，不管山鬼怎么样，她都不离不弃，真的是难为她了。于是他说："好吧。"

丁甲妹有些不相信自己的耳朵问："真的？"

"天也不早了，你去弄饭吧，今晚不走了，就在这里陪你。大不了明天回去再和她大闹一场。"

丁甲妹说："这才像原来的鬼哥！"

晚上，山鬼充分享受了一个成熟女人的温情。温情过后，丁甲妹在他的怀里哭了起来，泪水流了他一胸，他只好就着被子给丁甲妹擦。

天快亮的时候，山鬼才睡着，却被一阵急促的敲门声吵醒。

山鬼问："谁呀？"

"还能是谁？我就知道你在这里，是我，快开门！"

山鬼只好穿衣起床，打开门。门一开，欧阳竹就怒气冲冲地冲进卧室，扯掉丁甲妹身上的被子，看见丁甲妹赤裸着身体躺在床上。

丁甲妹一轱辘爬起来，揪住欧阳竹的头发，一下子把欧阳竹按倒在床上，用她那有力的拳头在欧阳竹的屁股死劲地打去。欧阳竹根本没有还手之力，任由丁甲妹的拳头雨点一般地落下。

直到打够了，丁甲妹才松手，大声说："告诉你，这个男人不是你一个人的！如果我不让给你，你还在那里当你的售楼小姐。你以后给我放老实点，这次是屁股，下次就是脸了！"

欧阳竹站了起来，推了山鬼一把，什么话也没说，就跑出了房间。

丁甲妹见山鬼尴尬地站在那里，说："你舍不得教训，我来帮你教训，不然以后没你的好日子。"

山鬼说："我回去安慰安慰她吧，你有什么事随时打电话，我走了。"

丁甲妹说："对女人，不要太惯着，惯坏了，就是给自己找罪受。"

山鬼走在路上，想着对策，欧阳竹绝对不会善罢甘休的。这个女人要说不爱他吧，对他又管得这么紧；说爱他吧，又言语之间不时露出厌烦之色，除了结婚前几年他们还算是和谐之外，现在早没了当初的鸾凤和鸣。

山鬼打开家门的时候，看见欧阳竹把柜子里的衣服都拿出来扔在床上，然后往行李箱里装。

山鬼说："你这又是何苦呢？为这点事，你就要走，巴黎还去不去？"

"我的心里装不下两个女人，今后有她没我，有我没她，我回老家。"

山鬼说："你回哪个家？你妈还在这里呢？"

这时，欧阳妈妈进了屋，说："你也体谅一下山鬼，他多不容易呀，又是屋里又是屋外，还有公司这么多事，你该知足了！"

两个儿子也一人抱住欧阳竹一条腿，说："妈妈，不要走。"

欧阳竹说："我走了，让爸爸再给你们找个妈妈。"

欧阳妈妈说："你这是说的什么话？当着孩子的面。"

欧阳竹住了手，说："你问他，那个女人打我，他还站在旁边笑。"

山鬼争辩道："我可没有笑，我当时也不知道拉你们哪个好。"

欧阳妈妈埋怨说："你也是，她们打架，你连拉都不拉一下。算了，以后少去那里就行了。"

山鬼说："我是很少去的，我就是去看看丁星文，她不让走，我就在那里了。"

欧阳妈妈说："算了，竹子，偶尔去一回也没什么大不了的。"

欧阳竹埋怨母亲道："妈，哪有你这样劝人的！"

八　巴黎会议

经过了几天冷战，直到启程的前一天，欧阳竹脸上才有了一点笑容。

在巴黎卜榻的饭店离艾菲尔铁塔不远，当晚欧阳竹住在饭店里远眺着艾菲尔铁塔，说："巴黎除了名气，还真赶不上我们广州。"

山鬼不想扫了欧阳竹的兴，说："应该是各有千秋吧。"在山鬼的眼里，巴黎的文化底蕴深厚，更不用说它的经济实力和国际影响力。

第二天，洗去旅途劳累，焕发出青春活力的欧阳竹缠着山鬼陪她去艾菲尔铁塔和卢浮宫。其实山鬼对巴黎也不熟悉，就给学会秘书处打了个电话，问了会议日程安排，原来还有两天时间才开会，山鬼找到酒店经理，请酒店帮忙找一个会说中文的向导，经理竟然是个中国人，不一会，他就帮忙安排了一名在巴黎上大学的女学生给他们做向导。

女学生居然是广州人，说一口流利的法语。虽然欧阳竹也是大学毕业，但在女学生面前竟有些自惭形秽，一个劲地恭维女学生有本事。

女学生说她还有一年就毕业了，已在巴黎联系好了工作，打算在巴黎定居。

欧阳竹问："是不是找好男朋友了？"

女学生说："是的，他是法国人，也会中文，我们没有语言障碍。今天是一天时间，看在都是中国人的份上，我收你们五百法郎吧。"

欧阳竹有些惊讶地说："这么贵？"

女学生说："不贵，如果是美国人，一千法郎我们也会收的。"

山鬼盯了欧阳竹一眼，让他不要多说话，欧阳竹伸了一下舌头。

他们玩了整整一天，晚上回到宾馆，欧阳竹说："太累了，旅游真是活受罪，以后再也不来巴黎了，名气大，其实也就这样。"

山鬼说："就是有看头，你又能看出什么来呢？巴黎是文艺复兴的中心，产生过很多享誉世界的艺术家和作家，这是许多城市都无法比拟的，单就巴尔扎克的作品就不知影响过多少作家。"

欧阳竹说："你就别发高论了，快洗洗睡吧，我都困死了。"

山鬼也困，但没有瞌睡，他在想着他的发言稿，在想着他的所谓人生到底能不能打动人心，他的发言会不会成功？

现在很多人感到迷茫、空虚、无奈，进退维谷，左右为难，很多人问我，这是为什么？今天我给你一个明确的答案，这都是由心理负面因素造成的，就是贪欲，仇恨，无知，傲慢，怀疑这五大因素造成的，解决这五大难题的方法是：贪欲是痛苦的根源，给予是快乐的种子，仇恨是痛苦的根源，爱心是快乐的种子，无知是痛苦的根源，明理是快乐的种子，傲慢是痛苦的根源，谦让是快乐的种子，怀疑是痛苦的根源，诚信是快乐的种子。

虽然他很久以来讲演都不用稿子了，可是这次他还是精心准备了讲稿，打磨了很久，仍然觉得不是很满意，在他的人生观里，有很多复杂的东西，连他自己也说不清，其实不是说不清，是他不敢承认而已，那就是对金钱的追求，与其说高尚的人生，不如说金钱的人生，世界上百分之九十九的人都是在为了金钱而奔波，虽然金钱从来都被人"瞧不起的"，而越是"瞧不起"，背后人们又是最崇拜的，这就是人的矛盾心理。人就是个矛盾的统一体，而上升到人生又何尝不是充满了矛盾？所以人生既是制造矛盾和解决矛盾的过程，直到这个过程结束，没有例外。

这才是他的真实想法，可是这种想法他怎么可以拿到巴黎大会上来说呢？这是多么庸俗的思考和想法？如果大老远地跑来就为了说这些话，那是连他自己都瞧不起自己，甚至会咒骂自己的。

好在在他的人生哲学里没有畏缩两个字，哪怕失败他也要前行，到时候再临场发挥，说不定会讲得更好，因为在他的演讲生涯中还从来没有失败的记录，这也是他在行业能立足的重要原因。

说到人生，他认为自己是最有发言权的，因为坎坷的人生，让他遍尝人间痛苦，因为不懈地追求，让他获得了巨大的成功。

山鬼一边思考一边走进卧室，看到欧阳竹充满诱惑的身体呈 S 形，他却没有一点兴趣，甚至有点讨厌她这种姿势，这是一种自私的女人才有的姿势，也是一种旁若无人的姿势，这种姿势让他看到了欧阳竹的极度自私。唉，人生不就是凑合着过日子吧，找个合适的人把日子过完就行。

山鬼在欧阳竹身边轻轻躺下，天气有点凉，他扯过被子，不想惊动了欧阳竹，欧阳竹使劲把被子又扯过去了。他只好紧挨着欧阳竹睡，不想欧阳竹说："别胡思乱想，我困了。"

他把双手枕在头上，看着天花板上的顶灯，毫无睡意。他很想和欧阳竹说说话，交流一下对人生的看法，可是欧阳竹酣梦正甜。面对年青靓丽的妻子，他又一次感到了孤独。

此时，他的心境和明天将要登台的演讲形成一种强烈的反差，他觉得实在没意思，熄了灯，强迫自己闭上眼睛，明天还要完成这次历史性的演说。

巴黎会议在一个大型报告厅里举行，到会者有三百余人，都是来自世界各国的顶级营销专家，场面庄严而气派。主席台的后面是一个巨大的LED屏幕，可以放课件和视频。背景音乐是根纳季·谢列兹尼奥夫的《多想活着》：

> 你知道吗？多想活着。
> 去观赏火红的日出，
> 活着，正是为了去爱，
> 与你相伴的所有的人。
> 你知道吗？多想活着。
> 黎明时分，与你一同醒来。
> 调煮咖啡，世人尚在甜睡。
> 你知道吗？多想活着。
> 不必见报宣扬，要全拿出分享。
> 活着，是让孩子永不忘。
> 你知道吗？多想活着。
> 在你牺牲的一刹那
> 站起向大家宣告：
> 我会回来，即使倒下。
> 你知道吗？多想活着。
> 在那致命的一瞬间，
> 忘掉所有不快、宽恕所有人，
> 宽恕就是救赎，这我知道。
> 你知道吗？多想活着，
> 化作冬室里沉睡的樱桃，
> 逢春重绽放，长成新生树。

主持人是一位气质高贵有专业学术范的女士，分别用英语和汉语对大会做着详细的介绍，台下的人们不时发出掌声。

欧阳竹被安排在前面位置上，有人给她递过来一面小红旗，随着红旗晃动，她也晃动着。

山鬼早已被请到了后台，欧阳竹一直在台下观望着，她想看看山鬼骄人的风采。

主持人在敦促了几遍请大家安静之后，宣布大会开始。第一个议程是学会主席致辞。学会主席，穿着黑色的燕尾服，派头十足。

学会主席的演讲欧阳竹一句也没听进去，只听到台下的掌声震耳欲聋。不得不说，这些行业大佬个个都是顶级的演说家，任何一个话题到了他们嘴里，都能变成激扬的文字，从那张口若悬河的嘴里一吐出来，就能产生强烈的共鸣。

终于等到山鬼上场了。山鬼穿着黑色的西服，那是他专门为讲课时准备的，现在看来在这个充斥着浪漫气息的巴黎有些黯然失色。欧阳竹有些后悔当初没有为山鬼好好准备一番的，虽然她平时也不怎么关心山鬼的穿着。

主持人宣布："下面请商界领袖山鬼先生上场，他今天给我们带来的演讲题目是：《人，因梦想而伟大》，请大家以热烈的掌声欢迎山鬼先生上场。"

山鬼拿着话筒优雅地走了出来，那张瘦瘦的长脸和满眼花枝招展的女人形成强烈的反差。但山鬼就是山鬼，他把准备了好久的稿子丢在一边，开始了即兴讲演。演讲的题目是《人，因梦想而伟大》：

自然界最强大的物种是人类，而人类最强大的又是什么？是什么东西可以支撑着人类不断地的改变，是什么力量可以驱使人类从来不曾停止过改变？

大家都是凡人，为什么有的人一生过得轰轰烈烈、惊天动地，被奉为一代伟人？有的人终其一生也不过是庸庸碌碌、默默无闻，成为时代的过眼烟云？

无数个夜晚，独自仰望苍穹：儿时的星星还在原来的地方一眨一眨；无数个晨曦，一个人凭栏远眺：此刻的城市仍旧华灯璀璨、川流不息。这么多的人，都从哪里来，又要到哪里去？人们一个个不知疲倦地奔波到底是为了什么？究竟又是什么力量让他们总在路上……

是梦想！答案使我的心脏几乎要从嗓子眼里蹦出来。不是别的！恰恰就是时时刻刻伴随着我们的梦想。

因为梦想，我们需要推销自己；因为推销，让自己的价值得到充分体现。

也正是因为要去追逐梦想，我们原本看似有点弱小的心，瞬间就变得无比强大，大到像宇宙一样无边无际。

白天的梦想有翅膀，夜晚的梦想会发光。

因为有梦想，我们的每一天都可以成为春暖花开的日子；因为有梦想，我们每个人都多了一双自由翱翔的翅膀！

我们追逐梦想，是因为我们现在比以往任何时候都更清楚我们自己到底是谁，我们究竟想要什么。

我们交流梦想，是因为我们都想填补各自心中的遗憾，这样的话，即使在春寒料峭的日子，也能彼此相拥着梦想取暖。

我们见证梦想，就是知道一个个梦想实现的奇迹在身边发生，然后，又有不同的梦想从身边出发，一次又一次地飞向远方。

我们要完成梦想，就是想时刻证明我们自己的价值是什么：站着，可以挺直脊梁；躺着，能够睡出清香。

我们经营梦想，就是把梦想的种子播撒四方，任其在阳光下随风飘扬，在各处生根、发芽、生枝、长叶。终究有那么一天，无论是你，是我，是他，都能收获一簇簇枝繁叶茂、遍地花香的幸福庄园！

人，因希望而前行；人，因梦想而伟大！

山鬼从人生的意义讲到成功的人生，讲到世界的伟人都是怎么产生的，讲得精彩绝伦，台下不时爆出雷鸣般的掌声。

欧阳竹扭头看到，人们把手中的小旗子摇得如大海的波涛，一浪高过一浪，此起彼伏。欧阳竹第一次感受到山鬼的气场是如此的强大。

山鬼还特别讲了家庭对人生成功的影响，那些坐在台下的女人连连点头称赞。她们不停地摇动着手中的旗子，发出大声的呐喊。

欧阳竹看到她们那个狂热的劲头，心想着在狂热的背后不知有多少不幸和无奈在等待着她们。

山鬼最后说："伟大的时代造就了伟大的梦想，伟大的梦想，必将造就前来参加大会的每个人的伟大的人生。谢谢大家！"

欧阳竹正在欣赏山鬼精彩的谢幕，这时，一个服务小姐拿着一束鲜花走到欧阳竹面前，说："学会主席请欧阳小姐到台上为山鬼献花，请吧。"

欧阳竹有些不知所措，但很快平静下来，她接过鲜花，走上讲台，把鲜花献给山鬼，山鬼接在手里，然后又举了起来向台下致意。山鬼对着话筒说："在此，我要感谢我的夫人欧阳竹女士，我的成功有她的一半，借此机会我要诚挚感谢欧阳竹女士，我的夫人。"

台下又响起一阵长时间的掌声，欧阳竹兴奋地挥舞着右手向台下致意。山鬼搂过欧阳竹的肩头，相拥着走下讲台。这一幕成为了欧阳竹一生中的高光时刻，让她好多年一想起来就无比自豪。想当初坐在售楼部里为卖房冲业绩发愁的她，做梦也不敢想自己这辈子能有这样的荣光。

在这次会议上，山鬼被任命为学会的副会长，并被聘为学会的"智库专家"，学会主席亲自给他颁发了副会长任命书和"智库专家"证书。

巴黎会议奠定了山鬼在世界营销界的江湖地位，也让山鬼的野心急剧膨胀，他觉得目前已经无法承载他宇宙一般博大的胸怀了。他似乎看到了世界更精彩的一面，一个想法让他拥着欧阳竹无法入睡。

九　海外扩张

从巴黎回来，大东家公司在山鬼的苦心经营下快速地发展着。山鬼考察了从美国到西欧发达国家经营市场，这些国家几乎是开放的，比如安利、雅芳等一些举世闻名的外国公司，其之所以能在世界各国大行其道，一个重要的原因就是自由经济的结果。

同时，他也看到了在这些老牌的资本主义国家里，人们都有高度的自由，只要你想经营，政策都会给你一定的鼓励，而且还帮助你向海外扩张，去赚全世界的钱。山鬼终于明白，自由交易也是生产力啊！

于是，山鬼策划了新的发展方案，将东盟总部变为世界总部，公司更名为"大东家集团有限公司",将公司业务扩展到全世界。

成立大东家(柬埔寨)有限公司,蔡扣任总裁;大东家(印尼)有限公司,张洁任总裁;大东家(马来西亚)有限公司,永灵任总裁;大东家(韩国)有限公司,焦芹任总裁;大东家(法国)有限公司,欧阳竹任总裁;大东家(澳洲)有限公司,丁甲妹任总裁;郝慧任大东家(中国)有限公司总裁。同时,大东家在柬埔寨购置了50公顷土地,建起了一个现代化的生产基地。大东家销售的所有产品,均出自这个生产基地。

这样一来,山鬼近几年培养的领袖级经销商都被派往世界各地开拓市场。

泰国总部的业务发展得很快,短时间内就在泰国建立了一百九十多家大东家经营店,月销售额超过五千万人民币。其他公司也都经营得很成功,只有法国的业务做得很失败,原来欧阳竹团结不了经销商,公司内部矛盾重重,愈演愈烈,甚至到了亏本的状态。山鬼无奈之下派晏智赴法国接管,换回了欧阳竹。

现在山鬼每天的工作就是在办公室看工作人员送上来的文件和报表,有时也会去参加一下老总们的聚会。

在其他国家的发展很顺利,经销商们都到了国外,发疯似地推销自己产品。山鬼又将产品不时改进,效果越来越好。山鬼又不时开发出一些男性产品,还在国内时,他就注意到有一家公司开发了一款男性产品。听说效果很好,山鬼专门去拜访过那位老中医,老中医让他试过,效果果然不错。于是他从老中医手里得到了产品配方,很快生产出来投放到市场,山鬼故意把价格定得奇高,可是产品依然销量很好。看到公司的营收大幅度增加,山鬼在心里说,还是男人懂男人。以前是以市场倍增为主,现在则是双管齐下,那些女经销商现在更愿意销售男性产品。

不久,王云带着男朋友来请山鬼,说她要结婚了。山鬼脸上心里像被人揪了一把,生疼,但脸上强撑着笑容,说:"好啊,时间定了的话,提前告诉我;不行就在公司里办,反正餐饮住宿一应俱全。"

王云说:"不了,我们已经另外订了地方,不能让公司的人有想法。"

山鬼想想也是,如果在公司办酒席,那不是明白告诉其他员工,在敲员工们的竹杠吗,他说:"还是你想的周到。"

王云的男朋友叫骆宾汉,山东人,家里穷得叮当响,两个人在网上认识的,互留了电话,然后关系急剧升温,开始住到了一起,并定好了结婚日期。

王云的婚礼如期举行,山鬼结结巴巴地在婚礼上致词,说希望公司的单身女士都要像王云一样,尽快找到自己的终身伴侣,然后带着她们飞向更加辉煌的明天。

山鬼走下舞台,欧阳竹伸手把他接了下来,山鬼说:"我又没有七老八十,哪用这样?"

欧阳竹笑着说:"我知道你心情很沉重,所以今后要一直把你这样扶下去。"旁边的人听了,都鼓起掌来,山鬼则举手向大家致意。

山鬼入席后,王云过来给山鬼敬酒,她对身边的老公介绍说:"这就是我们的山总,在行业里是首屈一指的领袖,对我一向关照有加,是我的良师益友。"

骆宾汉比王云高出一头,戴着高度近视眼镜,留着八字胡,看上去有些不伦不类。

山鬼站起来,说:"祝你们新婚快乐,多子多福,事业有成,家业兴旺。我先干为敬!"

骆宾汉也干了一杯,说:"早就听王云介绍过山总,还说山总出了好几本书,可谓儒商,很难得,很难得。以后还望山总多多关照王云,有机会,我也会向山总多多请教。"

欧阳竹也站起来,对骆宾汉说:"骆总,你以后可要照看好你们王云哟,这么漂亮的老婆可不要被别人给勾引走了。"

骆宾汉骄傲地说:"不会,不会,我们很相爱,我会一辈子爱她。"

王云拉了一下骆宾汉,说:"我们再去给其他朋友敬酒吧,别耽误山总喝酒。"

看着王云和骆宾汉离开了,山鬼心里像被刀割了一把。他强颜欢笑,和欧阳竹碰了一下杯子,说:"我们也喝个交杯酒吧。"

欧阳竹说:"你今天是不是喝多了?"

山鬼把酒一口喝尽,说:"你一会儿要扶我回去,别又怀疑我。"

欧阳竹说:"你不做亏心事,我怀疑你什么?"

回到家里，山鬼一下倒在床上。欧阳竹以为他喝多了，其实他很清醒，这几杯酒不但不会让他迷醉，反而让他更清醒。他在心里回忆和王云的相识、相知、相爱……他们曾经有过又被打掉的一个儿子，后来王云厌倦了江湖离开了他。如今，他真真切切地见证了王云和另一个男人的婚礼，他的白月光如今投入了别人的怀抱，他心里怎能不痛？王云是他从心底想娶的女人，是他的灵魂伴侣，可是，造化弄人，他们总是时机不对，之前有胖子，后来有欧阳竹、骆宾汉，总是有人横亘在他们之间，终究是有缘无分。那个不伦不类的骆宾汉一看就不是好东西，王云只怕是被骗了。山鬼辗转反侧，难以成眠。

十　衡阳生产基地

大东家事业在山鬼的领导和全体领袖的共同努力下，经过几年的积累，步入高速发展阶段。如今，世界各地共有两万多家大东家经营店，年销售额超过60亿。

野心巨大的山鬼有了战略家的眼光。他想，外国再好终究不是久留之地，国内尽管有这样那样的障碍，可是故土难离，他终究还是要回来的。于是他把想回国建生产基地的想法在董事会上提了出来，几个董事有的同意，有的不同意。同意的和山鬼想法差不多，都有恋家情结。不同意的则认为刚刚在国外建了工厂，生产刚步入正轨，而且形势很好，利润可观，他们不想步子迈得太大。

山鬼说："你们怎么都成了目光短浅的小老鼠？我们的目标是建设成为一家国际化的大公司，而根基还是在国内，国内才是我们的靠山，所以我们要有危机意识，做到未雨绸缪。我已经考察好，准备在湖南建立一个大型生产基地，那样，除了满足国内市场，更能满足国际市场不断发展的需求。我们的大东家集团是要四处开花，但我们的花最终还是要开在国内。"

其他几个董事知道山总的脾气，只要是他想好的事，别人是劝不动的，只好一致同意，回到湖南建立生产基地。

谷素玲，是湖南衡阳人，刚满三十岁，生得唇红齿白，一张精致的粉红色脸庞，苗条的身材。她原本是一所镇办幼儿园的老师，由于不甘心在那个小镇上浪费青春，就跟着她的同学进入这个行业，后来进入大东家，在任艳的手下做一名普通经销商。

她一直很想在行业里出人头地，却苦于找不到机会，听说公司要回湖南建生产基地的消息，就找到任艳，说了想回湖南建基地的想法。任艳把她引荐给山鬼。

谷素玲由任艳引着来到山鬼的办公室，山鬼问："听说你想回国主持衡阳基地项目建设？"

谷素玲说："是的，请山总相信我。"

山鬼问："你有什么办法能把这么重的任务完成？"

谷素玲说："信心，我之前跟着任总做了三年，一直没有机会锻炼自己，我想这次是个机会。"

山鬼说："你坐下，详细说说你的想法。"

谷素玲说："我是湖南衡阳人，对当地的情况很熟悉，我以前在那里教过几年书，有不少关系。"

听说谷素玲也教过书，山鬼笑着说："那我们是同行，我也是教师出身。"

谷素玲说："那就请山总看在都是老师的份上，答应我的要求。"

山鬼没有犹豫，说："这样，衡阳那边是以招商引资的名义请我们去的，我们在衡山脚下买了500亩地，公司的征地工作已经完成。我把工程技术部交给你，你负责基础设施建设，直接进入工业产业园。你的职务是项目部总经理，全面负责施工，你看行吗？"

"行。"谷素玲信心十足。

山鬼说："那你去做准备吧，过两天我们就动身回国。"

任艳见谷素玲出了办公室，问："她能担当得起来吗？"

山鬼说："不用你怎么知道？我们就是要放手用人，再说我们公司以女经销商居多，这既是我们的劣势也是我们的优势，用人所长是我们公司的宗旨，你就放心吧。"

谷素玲的提升在公司产生了很大的震动，很多经销商都要求回国发展，她们不再寻求当一名超级经销商，而是想当一名产业工人，山鬼的意思也是把她们培养成一名合格的产业工人，让她们不再四处漂泊，都能有一个好的前程。

谷素玲回到衡阳，就住进了工棚，她把办公室设在工地，吃住都在那里，前期进驻的工程负责人见公司派来了一个三十左右的女人，眼里立即现出不屑之色。谷素玲把他叫到跟前，问了施工情况，队长说了一大堆困难，又埋怨工资太低。

谷素玲说："你们是不是想让我换一个工程队来施工？要是不想干了，就明说。"

施工队长说："谷总，你不要威胁我们，我们也不是吓大的，困难摆在那里，要不要我一项一项说给你听。"

谷素玲说："我不是来听你谈困难的，我是来看工程进度的，有时间你们多看看施工合同。"

湖南的七月，热起来恨不得让人想剥去一层皮。谷素玲连帽子都不戴，直接顶着大太阳穿梭在各个工地。一天，她走到水泥堆旁的时候，看看天阴得像要掉下来，刚刚运来的水泥没有盖，也没有人看管。谷素玲连忙打电话，一会儿跑来一个年轻人，谷素玲问他是不是施工队的负责人。

年轻人说："现在是中午，队长还在休息。"

谷素玲问："水泥怎么没有盖？"

年轻人说："队长说上班了再盖。"

谷素玲严肃地说："领我去见你们的施工队长。"

谷素玲来到板房外，门开着，只见施工队长穿着短裤吹着电扇在睡觉，就让年轻人把队长叫醒。

年轻人推了半天才把队长推醒，原来队长中午喝了酒，正沉浸在酒乡，谷素玲气不打一处来，大声训斥道："工作期间不准喝酒，你不知道吗？"

队长是个四十多岁的黑脸汉子，一身肌肉能看出一身蛮力，一看是个漂亮女人站在门口，问："你是谁呀？长得还蛮好看的，我们这里漂亮女人还是少来，当心有危险。"

谷素玲大声问："拉来的水泥为什么不盖，下雨打湿了谁负责？"

黑脸队长笑着说："我负责。"

谷素玲说："你负得了责吗？几十吨水泥损失了你赔得起吗？赶快派人去把水泥盖上。"

黑脸队长说："我说你是不是闲事管得太宽了？水泥是我们的，打湿了也是我们施工队的。"谷素玲更加严肃地说："别废话，赶快安排人盖水泥去，不管是谁的，我都要管。"

黑脸队长嘿嘿两声说："你走吧，别耽误老子睡觉。"

谷素玲的脸都被他气得发紫，大声说："再不安排人盖，我就叫你们撤出工地，换掉你们这样不负责任的施工队。"

那个年轻人看看情况不对，也不知道谷素玲是什么来头，说："队长，你还是安排人去盖吧，天真的要下雨了。"

黑脸队长说："你别管，我们这么大个施工队还能被这个小娘们给欺负了？不盖。"

谷素玲拿起手机，给公司副总打了一个电话。不一会儿，来了一些工人，承建商的总负责人也来了。

总负责人上来一脚踢在黑脸队长屁股上，大声说："赶快派人去盖水泥，要是打湿一点，你就马上滚蛋。"然后才对着谷素玲笑着说："对不起，谷总，惹你生气了，是我们管教不严。"

谷素玲说："还有，他工作期间喝酒，你们怎么处罚？"

总负责人说："扣三天工资。"

"那好，到时候我来监督你执行，一个工地就像一个战场，管理不好是要死人的，你们死得起吗？你们知道现在死一个人要多少钱吗？恐怕会把你们整个资产给赔进去的。"谷素玲还是很生气。

那个负责人把谷素玲请到办公室里，谷素玲看到墙上贴满了各种安全生产制度。谷素玲说："听山总说和你们公司有许多合作，既然这样，那么我们就要讲诚信，讲效益，你们的损失也是我们的损失，我们希望合作愉快，

第十五章 裂变

就要相互监督。刚才那个队长这么不负责任，你们怎么管呢？以后，每天上岗前都要开班务会，一是讲安全，二是讲质量，不然我们就无法再合作下去了。"

总负责人连忙说："好，好，我们一定按谷总的意思办，你可以经常来监督，不过，我也给你提个小小的建议，进工地是要戴安全帽的。"

谷素玲说："我接受你的批评，以后我们相互监督吧，把你的安全帽借我一个，我过后还你。"她刚来不久，还真的没有戴安全帽的习惯。

总负责人说："不用还，就送你吧。"说着，给谷素玲拿了一顶红色的安全帽，谷素玲戴在头上，感觉很不习惯，可还是戴着又走进了另一个工地。

谷素玲把全部工地检查了一遍，发现了不少问题，就把公司的其他工作人员召集起来开会，让他们每人负责一个工地，每天做好检查记录，然后下班前报到她办公室来，等她过目后才可以下班。

谷素玲又把施工队长召集起来，给他们开会，让他们遵守劳动纪律，工作时间不能打闹，说笑，按时上下班，戴好安全帽，对危险地段安装警示标志。对不遵守劳动纪律的人员一律停工整顿。几天后，几个施工队都来到谷素玲的办公室，对谷素玲的管理赞不绝口，并且说希望谷素玲一直在这里工作下去，不要随便调走。

谷素玲说："你们是想让我现在就滚蛋啊。"

"不是，不是，我们是真心留你。"队长说道。

谷素玲说："我们是合作关系，以后工厂建起来了，如果嫌工作辛苦，还可以到我们公司上班，我们公司也是要招人的。"

施工队长见谷素玲说话口气温和了不少,笑着问:"谷总,你结婚了吗？"

谷素玲也笑着回答："谢谢你的关心，这是我的个人隐私，保密。"

施工队长见谷素玲并不像刚开始接触时那样严肃，都笑着说："难怪世人都说女人是神秘的动物。你要是没对象的话，我们这里倒是有很多没结婚的。"

谷素玲回国半年后，山鬼来到衡阳，在他那征用的 500 亩工业园里，一栋栋厂房拔地而起，各项基础设施安装到位，工人们都井然有序地工作着。山鬼由欧阳竹陪着直接来到谷素玲的办公室。门关着，山鬼推门进去，只见办公桌上放着各种图纸。墙上挂着各种安全制度，后面一间是谷素玲的休息室兼卧室，床上的被子像士兵一样叠得整整齐齐，透着一股女人特有的芳香，地上扫得干干净净，工作服也挂在墙上，看见没人，山鬼顺手将门关上。

不一会儿，谷素玲跑着进了办公室，笑着说："山总，怎么也不打个电话？我到车站去接你。"

山鬼说："我故意不打电话，怎么？工程进展得还顺利吧？"

谷素玲说："很顺利，一切都在按合同要求推进，开始有点乱，我来了之后进行了一些调整，很快走入了正轨。"

山鬼说："看得出来，你用了不少心，我没有看错人。"身后的欧阳竹递上来毛巾，说："快擦擦汗吧。"

谷素玲接过毛巾，把脸上的汗擦了擦，有些黑里透红的脸上显出健康与妩媚。欧阳竹说："真不愧是个大美女。"

谷素玲笑着说："欧总过奖了，什么美女呀，一副操心的命。"

山鬼说："女人只有越操心才会越漂亮，看看欧总就知道了。"

欧阳竹见山鬼取笑她，在山鬼的背上拍了一下，说："不许取笑别人。"

山鬼说："你可以休息几天了，我让欧总来接替你的工作，你可以到总部熟悉一下业务，你可不能光在这里接受锻炼啊。"

谷素玲说："我才刚刚开始呢，怎么又不让我干了？是不是嫌我干得不好？"

"不是。"山鬼说，"通过你近段时间的表现，我觉得你应该适应更高级别的工作，这些工作让那些需要锻炼的人来干吧。"

欧阳竹说："不过你还暂时不能回去，得待在这里陪我一段时间，我想让你当我的副手，等工程完工后我们一起回去。"

山鬼说："不是说好了，要让谷素玲早点回去适应新职务吗？"

欧阳竹说："我临时改变主意了，有大美女陪着我工作得更有劲。"

山鬼还想再劝，欧阳竹说："就这么定了，再说，让大美女在你身边，我不放心。"

谷素玲说:"放心吧,欧总,我是结过婚的人,老公还在等我挣了钱回家买房子呢。"

欧阳竹说:"那不是问题,等工程完工了,我陪你回家看房子去。"

谷素玲说:"真的吗?要是欧总能帮我解决房子问题,我就死心塌地地在公司里干,一定不会让欧总失望。"

欧阳竹说:"那我们就说定了,你帮我把工程竣工,我帮你把房子买到手。"

谷素玲笑着说:"一言为定。"

"一言为定。"欧阳竹不知为什么,在潜意识里,把谷素玲当成了知心朋友,可是又觉得她是自己最大的竞争对手,她觉得只有把她放在身边才放心。

山鬼审视着下面的几个部门经理,几乎都是清一色的女人,而谷素玲虽然进入公司领导层时间不长,却表现出特有的能力和魅力。他了解施工队,那都是一些很难缠的主,就连很多男同志,也被他们给弄得焦头烂额,不时向他诉苦。谷素玲来了以后,从未向他诉苦,就连和他通电话都很少。几个公司中层干部一致对谷素玲的工作表示肯定,说她是个难得的管理人才,不像一般的男同志,仗着公司的实力,总是高高在上的样子,瞧不起施工人员,对施工人员随意辱骂。

工程如期完工,欧阳竹此时已成了公司的核心领导,是山鬼的副手,起着举足轻重的作用。谷素玲的建议欧阳竹一般不会轻易否决,有时甚至心有灵犀,不谋而合。但欧阳竹还是不放心,她要看看山鬼面对谷素玲这样有能力有颜值的美人会不会乱来。

一天,欧阳竹对谷素玲说:"你回总部去住几天吧,顺便熟悉一下公司的情况。"

谷素玲问:"是不是我在这里妨碍了你的工作?"

"不是。"欧阳竹说,"你想多了,我其实是想让你回总部好好休息一下。"

谷素玲说:"我能不去吗?"

欧阳竹说:"不能,你必须回去。"

谷素玲疑惑地上了飞机,回到总部向山鬼报到。

山鬼见到谷素玲时，握住她的手好久没放开，说："你是我见过的最有能力的女人，也是我独具慧眼发现的女高管。"

　　谷素玲挣脱山鬼的手说："多谢山总提携，我会更加努力的。"

　　"晚上我们一起吃饭，我已经安排好了。"山鬼说。

　　谷素玲说："不合适吧，就我们两个？"

　　"怎么？不行吗？"山鬼说。

　　谷素玲说："我一个人随便吃点就行了，不用山总破费，再说我不习惯和男人单独吃饭。"

　　"这么说你是不赏光了？"山鬼开始给谷素玲施压。

　　谷素玲于是答应了。山鬼看着谷素玲的背影，有一瞬间的恍惚。

　　晚上，在一个播放着浪漫轻音乐的雅座，山鬼早已坐在那里等着，却老是不见谷素玲的身影，正当他再次拿起电话准备打给谷素玲的时候，谷素玲推门进来了。

　　山鬼说："今晚就我们两个人，放松些。"

　　谷素玲说："山总，你有欧阳竹那么漂亮又能干的夫人，我也有老公和孩子，为了我们的家庭，我们都要珍重些。我不想让大家认为我是靠色相得到提升的。"

　　山鬼说："放心，我只是欣赏你的才能而已，对你没有坏心思。约在这里，可以谈谈人生和理想，还有进一步的事业规划。"

　　谷素玲说："好，吃了饭我们各自回家。我老公一会儿还要给我打电话。"

　　山鬼点点头，但很快就接到欧阳竹的电话，让他马上给谷素玲买回衡阳的机票，有紧急事情。挂电话前还说了一句："我马上动身回家，有你好看的。"

　　山鬼云淡风轻地说："那就赶快回来吧。"

　　谷素玲瞬间明白了，山鬼只是想气一气欧阳竹这个醋坛子。想到霸道总裁山鬼也有这么可爱的一面，吐了吐舌头，笑了起来。

　　山鬼笑着挠了挠头，说："让河东狮吼来得更猛烈些吧！"

　　谷素玲越发觉得山鬼可爱，调皮地看着他，忍不住笑出声来。气氛一下子轻松起来，两人相谈甚欢。

现在的交通工具速度真是快，天还没黑，欧阳竹就提着行李箱，回到了山鬼的身边。山鬼一看欧阳竹并没有要找他算账的样子，反而十分亲热地上前拥抱了他。他疑惑不已，故意把欧阳竹抱得很紧，没想到欧阳竹挣脱他的拥抱，笑着说："碰壁了吧？"

山鬼说："碰什么壁？"

欧阳竹说："当然是碰谷素玲的壁了。"

"我根本就没有非分之想，只是吃个饭而已。"山鬼说。

欧阳竹一脸狐疑。

山鬼让保姆把饭端上来，吃饭的时候，欧阳竹不停地给山鬼夹菜，山鬼吃一口，看一眼欧阳竹，发觉欧阳竹并没有胡闹的意思。

山鬼说："你到底什么意思？"

欧阳竹笑着说："心虚了吧，先吃饭，晚上睡觉时和你说。"

山鬼干脆放下筷子，说："好，睡觉的时候再说，更有情调。"

吃完饭，两个人脱了衣服躺在床上，山鬼感到难得的舒畅。

欧阳竹对着他的脸说："谷素玲是不是拒绝了你？"

山鬼不耐烦地解释说："你要我说多少遍？只是吃饭而已。"

欧阳竹说："她的确是个人才，不能让她流失，所以我想让你把她收了，让她死心塌地地跟着我们干。没想到你们俩真是秋毫无犯。这样也好，不然我以后还真不好和她相处，现在好了，也不用你收了，有这样一个正经女人为公司的那些女经销商树立了一个榜样，是公司的万幸。"

山鬼一时不知说什么好，没想到眼前的这个醋坛子还有这样的心计，为了公司和他，是什么招都想得出来。他一把将欧阳竹拉进怀里，调笑地说："我的小宝贝，你怎么不早说，否则我说什么也不会放她走。"

衡阳生产基地，一座花园式的现代化工厂如期完工。之后衡阳生产基地开始生产，大东家事业如虎添翼，高速发展。

第十六章　浮沉

一　母校聚会

长江师范大学举办建校六十周年庆典，专门成立校长办公室负责组织接待。山鬼接到校办的电话和邀请函，就欣然答应来了。

想起母校，夫子心中总有千丝万缕的感触，母校对他的意义非比寻常。在母校求学期间，他经历了生命中最艰难的岁月，也经历了最甜蜜的时光，汉口流浪，磁湖定情，亦苦亦甜，都是他人生中浓墨重彩的篇章。休学的那两年，母校对他的照顾，还有老师同学们对他的关心，他永远无法忘记。阔别三十多年，是时候回母校去看看了。

车停在长江师范大学门口，夫子下车瞬间就被吸引了，母校早已不是当年的模样，处处焕然一新，人人都洋溢着欢乐与热情。原来的铁门早已换成了高端的自动门，校园的主干道两旁都是高大的法国梧桐，青山湖公园十几年前已纳入母校版图，沿着山坡盘旋而上的公路，美轮美奂的水上音乐厅，图书馆、体育馆、食堂、学生宿舍、教职工办公楼错落有致，广播里专业的播音员播放着欢迎辞，母校处处都是靓丽的风景线。

母校特地准备了一场盛大的欢迎晚会，在水上音乐厅上表演。大学生志愿者带着山鬼来到校友接待处，山鬼登了记，献上了自己精心准备的礼物：捐赠人民币五千万，用于建设物理系实验室增加设备；四本专著，以及自己企业生产的价值100万的黄酒，送给所有老师；赞助全班同学吃喝玩乐的所有费用……

校办主任接过山鬼的礼物清单，激动得不行，握着山鬼的手连连致谢。

之后安排山鬼和同学们在本市最豪华的宾馆下榻，并留下了联系电话，有事可以随时找他，山鬼连声说谢谢。

在宾馆，山鬼和当天来的十几位同学见了面，这些同学有从政的，有搞学术研究的，有经商的，多年后再见，大家都感慨万千，相约去喝茶，回到宾馆后彻夜长谈。

第二天，同学们都到齐了，大家簇拥着几位老师欢聚一堂，回忆当年的大学生活，当年喜欢过的女生、挨过的批评，说说笑笑，相互打趣调侃，也感慨着岁月不饶人，三位同学和两位老师英年早逝。

豪华的晚宴过后，校长和校友们去水上音乐厅大礼堂观看演出。校长进行了简单的致辞，然后请山鬼作为校友代表发表演讲。山鬼在掌声中走上舞台，先是饱含深情地回忆了大学生活，然后感恩母校的培养，尤其是在休学阶段母校对自己的照顾，接着感恩老师们的教育，从老师们身上学会了自强不息、默默无闻、一丝不苟的工作精神，最后说自己三十年来的上下求索，是希望为母校争光。

山鬼的演讲引起了所有校友的共鸣，大家用力地欢呼鼓掌。这时，校长情不自禁地站了起来，接着校友们也都站起来了，大家站着为他鼓掌，掌声经久不息。

校长亲自给山鬼颁发了捐赠证书，感谢山鬼为母校做的贡献。校庆议程全部结束后，山鬼和他的同班同学在母校好好玩了几天才回广州。

二　荣归故里

山鬼接到了家里大哥的电话。大哥说，村里现在都传开了，说他在泰国发了大财，又在国内建了生产基地，县里乡镇的领导热情邀请他回去投资创业，在杨林尾镇或者是村里也建一个工厂。大哥说，很久没和他联系了，以为电话打不通了，还好，一打就通。大哥问他什么时候可以回去看看，书记正巴望着呢。

山鬼想想，自己确实好久没回家了，现在大哥打来电话，肯定是书记一再央求的结果。还有家里的房子也不知怎么样了？他已经好久没有关注了。

他把要回家一趟的想法告诉了欧阳竹，欧阳竹说："应该回去看看哥哥姐姐和家乡的变化，这也是每一个成功人士都向往的事。"

他给大哥回电话说："回去可以，请书记先不要声张，投资的事情他会考虑的。"大哥说："太好了，你能回来村里就有希望了。"

山鬼先到衡阳检查了一番基地的生产情况，然后和胡哲开着车一路狂奔回到了家乡。他们在县城里住了下来，整理了一下心情，第二天一早才回到家里。

十多年没回来了，房子陈旧了不少，地面上长满了小草，看得出大哥每年都进行过打扫。他和胡哲站在门前场子里，不一会儿村民都聚拢过来，山鬼掏出烟，让胡哲给每个人都上了烟。大哥开了门，又招呼几个村民把屋里屋外扫了一遍，村书记也来了，握着山鬼的手，说："你没变，一点没变。"

镇书记是个四十多岁的年轻人，他说镇里现在有招商引资任务，镇里没有办法，就把本地名人逐一筛选了一遍。他听说夫子曾经为学校捐过二十万元，在外面有自己的公司，希望夫子能回来为家乡建设出点力。

山鬼拒绝了镇里专门在县里为他设置的接待宴会，他让胡哲带着大哥到镇上去买菜，然后就在家里招待书记和乡亲们，家里又热闹起来。这时，山鬼看到一个年轻瘦瘦的小伙子也在忙出忙进。

晚上，趁大伙都走了以后，大哥在堂屋里坐了下来，对山鬼说："你看见小峰了吗？"

山鬼问："小峰是谁？"

大哥说："就是卫贞的儿子，他一直叫我大伯。当年，因为你们谈过恋爱，卫贞在家里一直抬不起头来，她老公游手好闲，没有本事不说，还喜欢抽烟喝酒，只要是喝多了酒，就回到家里打骂卫贞，小峰对他妈妈很孝顺，经常维护着他妈妈，直到小峰大了，她男人才没敢再动手打她。"

山鬼听了，心里很同情卫贞。于是他向大哥："那我现在该怎么办？"

大哥说："你能够帮助他们的话，多帮帮她们母子。"

第十六章 浮沉

"怎么帮？"山鬼问。

大哥说："小峰从小读书很聪明，因为家庭原因，考上了一个三类大学，毕业后又找不到工作，考了两次公务员也没考上，只能在县城的一个汽车修配厂打工。好在他勤劳肯干，学会了修车的手艺，谈了一个女朋友，已经几年了。提到结婚，女方父母就说要买房买车，你看看他们家，现在还住在低矮的旧房子里，到猴年马月才能买得起房子车子啊？"

山鬼听着听着，只觉得心里一阵难受和愧疚，原来，自己在外面风光无限，却还有一个曾经爱过自己的人在农村如此遭罪，不知不觉湿了眼眶。

大哥说："小峰过得太可怜，你要是有钱，就帮帮他，让他把房子盖起来，成个家。"

山鬼想了想问："那需要多少钱？"

大哥说："不多，几十万就够了。如果你不好出面，我来出面帮他办。"

山鬼问："这样合适吗？"

"那有什么不合适的？你帮了那么多人，听说前些年你一次就给学校捐了二十万，那时的二十万值多少啊？"大哥说道。

"这事你们都知道？"山鬼说。

"谁不知道啊？村里所有人都知道了，当时村书记还埋怨，能捐给学校为什么不捐给村里。如果捐给村里，村里可以用来修公路、修渠道、安装太阳能路灯，村里还会在村口给你树个碑。当初捐给学校，真的是白捐了。"大哥说。

"那就干脆这样，我们明天去一趟县城，帮小峰买一套房，再买一辆小车，另外给他买两间门店，让他把修车店开起来。这样也花不了多少钱，算是彻底帮他把困难解决了，也让我心里稍微安稳一点。"山鬼说道。

大哥说："行，如果是这样的话，他就可以早一点结婚成家。"

山鬼说："小峰的事情就这样，我们明天去县城办，然后把旧房子也拆了重新盖一下，也由你帮忙盖，盖成别墅，把绿化也搞好，说不定我以后老了要回来住的，平时你们想住就在里面住。"

大哥说："明天我找人把设计图纸拿过来，你看看，想盖成什么样子。"

山鬼说："只要是别墅就行，面积要大点，车库、院墙什么的都要一应齐全。"

第二天，山鬼带着大哥和小峰去了县城，用小峰的身份证在桃园小区给他买了一间一百二十平方米的电梯房，里面的装修全部完工，电气设备一应俱全，可以马上住进去。小峰当场给山鬼写了一张借条。山鬼笑着收下了。

镇里的书记又来了，他们领着山鬼到经济开发区转了一圈，书记说："现在村里已经划入经济开发区，县政府把这里当成了招商引资的重点，你看看，能够在里面建个什么厂，让年轻人都不要到处跑，就在家里上班。"

山鬼说："你让我好好想一想，建厂没问题，关键是一些建厂的条件很多，比如水、电、路等基础设施都要配套，不然的话，厂怎么建？投产后产品怎么运出去？"

书记说："你要是有意向，我再向县里反映，就看你投资规模了。"

山鬼说："这个我一时不能答复你，你知道，我们公司是股份有限公司，需要召开股东会议，让所有董事都表态，不过，我回去后，马上开一个董事会，把你的想法说一说，如果能行的话，会很快落实下来。"

书记说："那就太好了，不过要尽快，今年我们的招商引资任务就只能靠你了，上面催得很紧。"

山鬼在家里住了三天，他给四个哥哥两个姐姐每家送上一百万，让哥哥姐姐们作养老费用，又找来村书记，给村里捐赠了五百万元，让村里盖一个养老公寓，供村里的老人们居住。临走的时候，大哥、书记、小峰还有卫贞都来了。山鬼和人家一一辞别，到了上车的时候，瞥了卫贞一眼，她还是那样静静地站着，清澈的眼睛里流露出感激之情。

小峰对卫贞说："妈，七叔帮了我们这么大的忙，明天我们就可以搬到城里去了，我一定好好工作，早点把钱还给七叔。"

山鬼赞许地笑了笑，他喜欢小峰那股不服输的劲儿。山鬼一边向大家致意，一边关上了车玻璃。车渐行渐远，周围的一切渐渐从倒车镜里消失，他不由得在心里感慨着。此时的他没有料到，一场炼狱般的浴火重生正在

第十六章 浮沉

411

前方等着他。

三　迷人的柬埔寨

山鬼回到广州不久，就带着欧阳竹、郝慧、任艳、张洁、永灵、蔡扣等东南亚公司的总裁来到柬埔寨，一方面检查下大东家（柬埔寨）有限公司的生产和销售工作，另一方面打算考察一下柬埔寨的房地产市场。在生产基地，蔡扣详细向老总们介绍了产品的研发生产情况后，又带领老总们参观几家大东家经营店，并详细汇报了柬埔寨市场的销售情况。大家对蔡总的工作给予了充分的肯定和赞赏。

这片古老的土地曾是中国的属地，现在早已成为异国他乡，因为国情的原因，这里发展相当滞后，可以说是一片未开垦的处女地，到处充满了商机。

在山鬼的童年记忆里，越南、老挝、柬埔寨都是很熟悉的国名，那时三国都是中国的盟友，人们从广播里，电影里都能看到各国人民的身影，改革开放以后，中国到柬埔寨的人越来越多，大都是来经商的。可是涉足房地产的企业还不多，约山鬼来考察的是他的一个经销商朋友，他们已在此开发了两个楼盘，因为资金链出现问题，所以才叫他前来投资。

山鬼当然另有打算，他可不想在别人手下讨饭吃，如果这里有开发价值，他会独资开发，不想和别人搅在一起。

他们在"海亮明珠大酒店"下榻，这是金边最有名的五星酒店，一同前来的还有两个年轻保镖。

晚上，那两个经销商前来看望山鬼，山鬼在酒店接待了他们，约定第二天开车在金边各个旅游景点去看看，然后再到他们开发的楼盘去考察。

山鬼一行人在导游的带领下，来到了吴哥窟。他们都穿着长衣长裤，这是当地人的习惯，也为了爬山方便。

吴哥窟寺坐东朝西。一道由正西往正东的长堤，横穿护城河，直通寺庙围墙西大门。走进西大门，是参拜大道，参拜大道两旁是七头蛇形栏杆。

导游说，在柬埔寨的传说中，七头蛇会带来风调雨顺，出口处高昂着头的蛇就是蛇神那伽。

穿过翠绿的草地，陡峭的三段台基扑面而来，台基高而长，几个人都觉得有点吃力，夫子转身扶着气喘吁吁的欧阳竹。一路走到了金字塔式的寺庙的最高层，那里矗立着五座宝塔，如骰子五点梅花，其中四个宝塔较小，排四隅，一个大宝塔巍然矗立正中，宝塔与宝塔之间连接游廊。

庄严匀称的建筑，精致的浮雕，一脸虔诚游客，让他们不由得在心中升起庄严肃穆之感，似乎到了这里人就抛却了红尘杂念，开始了灵魂的洗礼。

他们手脚并用地爬上了须弥山金刚坛，这里每一层都有回廊环绕，是吴哥窟建筑的特色，台阶十分陡峭。

走到西北角，骑着大象上了巴肯山，在巴肯山上俯瞰吴哥窟。吴哥窟坐东朝西，平面呈长方形，有两重石砌墙，外墙之外有壕沟。一道明亮如镜的长方形护城河，围绕一个长方形的满是郁郁葱葱树木的绿洲，绿洲有一道寺庙围墙环绕，绿洲正中的建筑就是须弥山金字坛。

抬头看，湛蓝而高远的天空中飘着几朵悠悠地白云；低头俯瞰，蓝天、白云、宝塔所有的一切都投影在水中，一派透明纯净的美，让人有宠辱皆忘之感。

他们在吴哥窟流连了大半天，直到天色向晚才依依不舍地出来。接下来导游带着她们游览了女皇宫、十二生肖塔。一路上遇到很多乞讨的孩子，夫子慷慨地把随身携带的东西都送给了他们。

几天游玩下来，她们都筋疲力尽，连连称赞景色优美。

欧阳竹现在已经不忌讳任艳接近山鬼，三个人成了形影不离的朋友和同事。

山鬼和任艳的配合也越来越默契。任艳的心思都在工作上，常常有出其不意的好点子，给公司带来了很大的收益。

山鬼对金边的风景和投资环境很满意，决定将一部分资金投向金边，并马上和金边政府取得联系，落实开发项目。

金边政府对山鬼的申请很快给予答复，同意立项。山鬼于是留下欧阳竹办相关手续。山鬼则回到广州，随后山鬼就在两国之间往来穿梭，谋求企业更大的发展。

四　飞机上的意外

任艳提前订好了从金边飞往广州的机票。山鬼跟在欧阳竹和谷素玲后面，通过了安检，然后来到候机室等待登机。山鬼把行李箱放在面前，然后坐下来。在不远处，他看到有两个看上去很机警的年轻人不住地用余光看他。他以为是崇拜他的经销商，对其报以颔首微笑，两个人则当没看见他，只顾扭头看进进出出的旅客。

开始登机了，欧阳竹和谷素玲拖着行李箱，跟在山鬼后面。

山鬼扭头看着她们，说："金边的飞机怎么都这么小？我喜欢坐大飞机。"

谷素玲说："那以后我们就买大飞机的票，小飞机听说不安全。"

山鬼的座位在前面的舷窗边，欧阳竹坐在中间，走廊边则坐着谷素玲。欧阳竹刚拿出手机，服务员就在广播里说："请大家关闭手机。"欧阳竹只好把手机关掉，放进包里。

当飞机爬上万米高空，进入平静飞行时，那两个年轻人从后面走到谷素玲面前，说："请让一下。"谷素玲站了起来，那个年轻人又让欧阳竹站起来，说："请你配合一下，我们在执行公务。"欧阳竹有些疑惑，连忙站起来，却把目光对准山鬼。

山鬼已感到情况不妙，他站了起来，那个年轻人说："你是鲁德夫吧，我们是国际刑警组织的工作人员，请你配合我们的工作，把双手伸过来。"

山鬼顿时紧张起来，问："请问你们是不是弄错了？我犯了什么罪？"

手里拿着手铐的年轻警官说："你涉嫌非法经营罪，已经在网上通缉了多年，我们一直没有放弃对你的缉拿，请你配合。"

欧阳竹和谷素玲同时相互看看，他们不相信眼前的名震商界的山总竟是网上通缉犯，而且姓鲁。

山鬼说："你们不用怕，稍后我向你们解释，你们回广州把公司打理好，我相信要不了多久就会出来的。"

两个人女人都不说话，看着警察把山鬼带到后面的座位上，她们则重新坐回到自己的位置，这场面她们只在电视剧里看过，没想到就真实地发生在眼前。

五 看守所

后来，山鬼才搞清楚，原来他是被连累的。当年公司关门后，有部分经销商到副董事长安海家去协商赔偿损失事宜，强悍的安海不仅不赔偿，还托关系找人把经销商抓了起来。安海的做法激怒了经销商，大量人员去市政府闹事，有跳楼的、有自残的……政府为稳定大局，就把安海及其他几个合伙人抓了起来，以非法经营罪判了刑，鲁德夫也就成了网上逃犯。其实，这些年山鬼走南闯北的，基本没有受到影响，而且时隔近二十年，大家都忘记了。到了2019年，人脸识别技术已经非常成熟了，所以山鬼在这一天被识别出来了。

审询人员还没开始审问，山鬼就说："我认罪，我接受处罚，请你们及早审判，我一定好好改造，争取早日出狱。"

欧阳竹回到广州，就开始着手营救山鬼，她先是到公安局询问了情况，又赶到区政府找到曾参加过公司开业典礼的汪秘书长。汪秘书长说："你们要相信法律，相信山总会得到公正的审判，既不会冤枉他，也不会让他受苦的。"

欧阳竹和谷素玲听到汪秘书打着官腔，只好回到公司，商量其他办法。

此时，正值全国重点打击传销诈骗活动时期，公安机关决定对山鬼进行深挖，希望从他那里得到更多线索，于是不时提审他，让他交待其他问题。可是他身上就只有这一个案子，并不牵扯到其他的什么。

当然，他心里清楚，有很多东西是说不清道不明的。大东家毕竟也用了市场倍增学，虽然和传销扯不上什么关系，但判个非法经营罪是完全可以的。如果把大东家判个非法经营，那么牢底都要坐穿！幸好大东家在安徽蚌埠名气不大，但是他关在里面不能在公司主政，万一哪个地方闹出点事来，都会卷到这里来并案处理，所以他迫切需要把一个决定传到公司去。

欧阳竹到处打听可以搭救山鬼的人，终于她从经销商那里打听到有个金律师可以帮他把山鬼给弄出来，不过要花大钱。欧阳竹和谷素玲商量后说："出多少钱都可以。"很快，金律师在拿到第一笔十万元现金后去见了山鬼。

山鬼一看他那对狼眼，就当即回绝了他，说他相信法律，感谢他有心代理他的案子。金律师又把欧阳竹和谷素玲的想法告诉了山鬼，山鬼说："请你帮我带话给她们，让她们管好公司就行了，我在里面不会待太久。"

欧阳竹和谷素玲只好打消了请律师的念头，另找渠道搭救山鬼，可是却到处碰壁，两人焦头烂额，无计可施。

欧阳竹把山鬼被捕的消息告诉了丁甲妹。

丁甲妹来到看守所，值班民警不让探监，丁甲妹一屁股坐在值班室，说："我是来给他送药的，他有严重的心脏病，从小又得过小儿麻痹症，身体不好，我就是想看看他。"

警察问她是山鬼的什么人？丁甲妹说："我是他老婆。"

警察一看丁甲妹那种善良憨厚样子，相互递了个眼色，把她带到接见大厅，同时，通知了山鬼。

山鬼出来一看是丁甲妹，问："你怎么来了？"

丁甲妹说："我过来看看你。"

山鬼说："谢谢，丁星文还好吗？我好长时间没去看他了。"

"你现在先不用操心丁星文的事情，到了这里，你就把该交待的都交待清楚，求他们谅解，这样你才能早点儿出去。"丁甲妹一脸关切地说道。

山鬼听了，对丁甲妹说：有两句话一定要传达到公司：一任命郝慧为公司总负责，二停止国内一切业务，国外业务正常经营。

丁甲妹点点头。丁甲妹看到山鬼瘦得可怜，两条腿肿得老粗，他坐在椅子上，不住地用手轻轻地在腿上摸来摸去，一阵心酸。

进看守所后，从来不操心体力劳动的山鬼被逼着洗碗、擦地、打扫厕所，还常常挨打挨骂，没过几天双腿就变得又红又肿，无法行走，医生诊断为网管炎。

丁甲妹走出监室，对警察说："他的腿肿得厉害，你们得让医生给他治治，要是死在这里，你们是要负责任的。"

看守人员说："他现在不能去住院，进来的时候检查过身体，他的腿没什么问题，慢慢会消肿的。"

丁甲妹说："不行，你们不能草菅人命，我现在就要求你们给他治疗。"

警察说："你以为你是谁，刚才已经给你方便了，再闹就把你赶出去。"

丁甲妹说："你们要是不给他治，我就不走了，你们把我也关起来吧。"

警察没想到这个看上去像瘦猴一样的人还有人关心，说："你走吧，我们会给他治的。"

丁甲妹不好再在这里纠缠，只好让看守人员帮他存了五百块钱，说："请帮他买点吃的，他身体很虚弱。"

山鬼进来已经有半个月了，虽然进来时剃了光头，可没过多久，头发和胡子都长得老长，加上脸色惨白，整个脑袋像个长满了嫩刺的冬瓜。

丁甲妹从他的视线里消失了，屋里又恢复了平静，只有隔壁的监室里不时传来犯人的咳嗽声，山鬼坐下来，不停地按摩他的腿。

回想起这次出事，他心里反而显得平静，因为通缉犯的罪名一直伴随着他，让他想起来就觉得心烦意乱。这么多年行走江湖，有过辉煌也有过低谷，但他都挺过来了，特别是近几年，公司发展很快，他的海外扩张尤其成功。他粗略估计了一下，他的个人资产已不下数十亿元，这些资产他可不想一下子放弃，要保住这些资产，就不能和国家的法律对抗，有错就改，相比较而言，这点苦就是修行路上必经的一次劫难，挺过去就好了。

丁甲妹把山鬼的决定告诉了欧阳竹，大东家（中国）公司按下了暂停键。欧阳竹她们找人送来钱和物，山鬼的处境才有了改善，一个多月后，双腿才恢复。

在看守所，山鬼见到了形形色色的人和事：

一个酒厂的年轻员工，因企业倒闭，老板拖欠工资，把厂里的酒拖了两箱回去，于是犯了"盗窃罪"，被关了进来。

第十六章 浮沉

一个30岁的男孩，在看守所几进几出，还天天唱歌，领读训词，开开心心地做号霸的打手，欺压老实人、外来人、强奸犯、盗窃犯等。看守所关押的人也有鄙视链，强奸犯、盗窃犯处于鄙视链的底端。后来，山鬼和男孩聊天才知道，男孩父母离异，都不管他。

一个老人，女婿为了和女儿离婚，答应给女儿六万元补偿费，但是离婚后，女婿一分钱都没给。老人气不过，拿把菜刀找到女婿，威胁他，没敢真动刀，却因为涉嫌"寻衅滋事罪"被关了进来。

两个企业家，罪名都是涉嫌"组织、领导黑社会性质"。一个是开矿山的，一个是采砂的，他们被指"金字塔结构""保安队""强迫交易"。

一个近四十岁的煤矿老板，进来后在一个深夜自杀，血流了一地，突然感觉自己不想死，拼命呼叫，抢回了一条命。后来揭发立功，揭发了二十多位腐败干部。

小小的看守所，包含着大千世界的众生之相。这些千奇百怪的人和事，给了山鬼极大的震撼。人们看到的往往只是事情的表象，眼见未必为实，真相可能大相径庭。真真假假，善善恶恶，不是那么容易分清楚，假作真来真亦假，所以《易经》告诉我们要用阴阳的眼睛看世界，要透过现象看本质。皆因无法摆脱贪嗔痴，芸芸众生在此岸纠结消耗。

号子里凭拳头说话，在外面"混社会"名气大的，进来后理所当然是"号霸"；拳头越厉害的，越接近"号霸"。一个"号霸"往往还有两三个副手，在号子里形成"暴力集团"，欺压其他成员，理直气壮地享用他们的家人送进来的钱和物。山鬼在心里感叹：这种"暴力集团"控制在少数人手里，来欺压掠夺大多数人组成的"非暴力集团"的财产，获得丰厚的利润。如果"非暴力集团"能控制"暴力集团"的"暴力"，才会走出监室里的这种野蛮，人类才会走向文明。

山鬼在放风时就和各种各样的犯人聊天，静坐时被"特许"看书。公司给他送来了很多和《易经》相关的书籍，这些书大多是文言文，其他人看不懂，也没人抢夺。山鬼一边看书一边思考，一边回忆，还写了几首诗歌。

其中一首是写给英年早逝的儿子的《背影》：

已经记不起他的模样
唯一能确定的是
他曾经激起我
卑微的自信，男人的责任

以及，迷迷糊糊的希望
也许还有
坚韧的毅力　成功的渴望

他渐行渐远，不带走一粒尘埃
我越走越黑，难忘记一片迷茫
……
就这样，我的心
再也回不到原来的模样
讲台上的传道授业
下海后的风雨兼程
非典时的推销售卖
珠江边的激情梦想
都只是水中月　镜中花
唯一清醒的，还是
让人难忘的背影
以及背影折射出的
我倔强的模样

也许有心伤才有美丽
也许有遗憾才有梦想
沧海桑田
又留下几分美好时光

第十六章　浮沉

依稀见他

渐行渐远的背影

依稀见我

奋力一搏的坚强

还有一首写给王云的《喜欢就是喜欢》：

喜欢就是喜欢，

喜欢她内心的柔软与细腻，

喜欢她胜似江南女子的水样年华，

喜欢她那一抹不胜娇羞的容颜，

喜欢她夕照下谦卑的眼神和笑容。

喜欢就是喜欢，

喜欢她的小小女人心，

有玉的温润柔和，

也有玉的一丝脆弱与零落；

喜欢她阳春白雪般的清高，

喜欢她曲高和寡的孤独。

喜欢就是喜欢，

喜欢她，所以容忍她的娇蛮无理，

喜欢她，所以容忍她的神经质；

喜欢她，所以容忍她的反反复复，

喜欢她，所以容忍她可爱的小谎言；

喜欢她，才包容她的多愁善感心，

喜欢她，才会珍惜她的多病多愁身。

喜欢就是喜欢，

喜欢她，才会坚守在她身边、不离不弃，

喜欢她，才会在若远若近的距离望着她。

喜欢就是喜欢，

真的，这和有没有用没有关系。

在看守所，山鬼最想念的除了鲁青山，就是王云。鲁青山是他永远的痛，王云是他的白月光，是他心口的朱砂痣。多少次他做梦都梦见王云，梦见她在身边的日子，自己把她捧在手里，揉在心里。山鬼已经知道，王云结婚后过得并不好，那个骆宾汉果然是个骗子。这个傻女人自己出钱给婆家买房，给老公买的士，为了挣钱自己开了个培训公司。突然有一天，她发现老公卖掉所有财产跑了，原来他们根本没拿结婚证。王云倍受打击，公司也因经营不善倒闭了，后来出家做了尼姑。山鬼想象自己的白月光穿上尼姑袍的样子，不由得泪眼蒙眬。有几次警官提审山鬼，追问王云的下落，山鬼都坚定地说"不知道"，他宁可把牢底坐穿，也绝不会把自己心爱的女人供出来。

最终，因为非法经营罪判处山鬼两年半徒刑，缓刑四年。山鬼在看守所关押了半年，期间还因为腿伤住了近一个月的医院，管教们都很尊敬这个博学多才的儒商，对他很照顾。山鬼从容地度过了看守所的日子，半年后就获得了释放，缓刑到衡阳市。

六 祭祖

谷素玲接山鬼出来后，路过武汉，山鬼说要回老家给父母烧些冥钱，谷素玲陪山鬼在武汉下了车，打算陪山鬼回乡祭祖。刚好接到大哥的电话，说别墅盖好了，让他回去看看盖得满意不满意。

他叫了一个司机开着车往家里赶。到家的时候，天已黑了，他上前敲门。大哥开了门。司机把车开到车库里，安排司机住下。

大哥高兴得不行，领着他楼上楼下的每个房间都看了看。里面按照大哥的意思进行了装修。本来大哥打电话征求过他的意见，他说没时间问，就让大哥作主。于是就装修成现在这个样子。

他很感谢大哥为他操心，对大嫂也说着感激的话。大嫂说："一家人说什么感谢？你只要满意我们就高兴了。"

大嫂做好了晚饭，山鬼坐下来陪大哥喝酒。一边喝一边问："怎么只有你一个人回来了？孩子呢？"

山鬼说："我现在是一个人，孩子都跟他们的妈妈在一起。"

大哥说："你呀，这么大岁数也该安分了，好好过日子，不要再折腾了，爸妈要是看到你现在还一个人，多伤心啊。"

山鬼说："我这次回来，就是要到爸妈坟上去看看，我实在想他们了。"

大哥说："你其实每年都应该回来看看爸妈的，我好几次都梦见妈妈在埋怨你。"

山鬼说："我也知道我对不起爸妈，对他们几乎没尽到一点儿孝心。"

司机吃了一点饭就去休息了。剩下哥俩，他们一边喝酒，一边说着往事。山鬼看到，大哥明显地老了。

大哥说："你回来了，明天我就搬回去住。"

山鬼说："你想错了，我不是回来要房子的，你们就住在这里吧，帮我看着房子。过几天我回去跟财务说一声，每个月跟你们付一点看守费。"

大哥说："看守费就算了，只要你在外面平安，我和你大嫂就放心了。"

大哥见山鬼有些醉了，就说："不喝了，你早点儿休息吧，坐车一定累了。"

山鬼说："也行，大哥你也早点儿休息。"

于是大哥起身进了他们在一楼的卧室。

山鬼洗了澡，躺在大嫂为他铺好的床上。一会儿就打起了呼噜。当鸡叫头遍的时候，他醒了，起来喝了大哥晚上给他泡的茶。上了厕所，打开窗户，看到漆黑的夜里，微风在黑色的原野里轻轻地抚弄着地上的植物，不禁感慨道："好安静啊。"他站了一会儿，想起明天要到爸妈的坟上去，就又倒在了床上。

不知什么时候，梦到母亲来到他的床前，对他说："七伢子，你回来了？"

山鬼说："是的，我回来了，回来住一段时间，好好陪陪你和爸，我想你们了。"

母亲说:"你不要口是心非,你出去了这么久,什么时候回来过?孩子们呢,怎么没带回来?"

山鬼说:"他们没放假,回不来,我一个人回来就行了。"

母亲说:"我很想我的孙子。"

父亲也来了,站在他床前,手里拿着一根木棍就往他身上打,说:"你读书都读到狗肚里了,到现在连个家都没有?你这样不争气,把我的脸都丢尽了。"

山鬼说:"我没给你们丢脸,我挣了很多钱,足够你们养老的。"

父亲说:"我不要你的钱,我只要看看我的孙子们,你这辈子算是完了,我和你妈也指望不上你了。"说完,父亲的声音变了,眼里也湿润了。

山鬼突然想起,父亲原来是想让他出人头地,去当官的,并没指望他发什么财?在父亲的眼里,钱并不是他最想要的,尽管他一生都在为钱奔波。

母亲看到父亲又在训斥山鬼,说:"七伢子好不容易回来一趟,你就不要埋怨他了,他也累了,让他好好休息吧。"

突然一声炸雷划破夜空,一下子把山鬼给惊醒了。山鬼坐起来,听到外面下起了大雨。他想起刚才梦里父母都来看他了,心里一阵惊悸,突然觉得这个世界真的有了轮回,不然真的无法解释梦是怎么回事?

他没有了睡意,干脆穿上衣服起来,看看手表,已经六点多了,天马上就要亮了。他于是下楼,打开门,外面的雨还在下,是非常小的毛毛雨,他站在雨中,想想从前的院子里留下的悲苦,觉得他现在走的路并没有什么错。

大巳大亮,他顺着儿时的记忆,往东荆河边走去。河堤两边是一眼望不到头的杨树林,树干粗壮,直插云天,看着苍劲的树,他看到了生命的力量。

远处,有几个早起撒网的捕鱼人,此时,烟雨空蒙下的东荆河变得奇妙无比,这条曾经留下许多童年记忆的河,让他此时感慨万千。他从这条故乡的母亲河走向大千世界,历经过无数苦难和艰辛,如今成了富甲一方的土豪,要风得风,要雨得雨,可是他觉得自己的生活并不如大哥过得惬意,他有些不明白,钱到底是不是万能的?在他的教条里,钱就是万能的,可是大哥看上去并没有多少钱,但是他从来没羡慕过他的钱,说到钱,大哥总是显得很不屑。

远处一条被当地人叫作鱼鸭划子的小船向他驶来,船上的人喊:"买鱼吗?"船上的人显然把他当成了买鱼人。

他想了想,说:"划过来看看。"

小船靠岸了,原来是他的同学产子。产子还是跟小时候一样生得黑壮壮的,只是一头灰白的头发下,长着一张布满沧桑的脸,山鬼看到岁月几乎把产子打造成了一尊雕像。

"还认得我吗?"山鬼问。

"当然认得,你还是像小时候一样瘦。"产子大声说。

"你什么时候开始打起鱼来了?"山鬼问。

"我已经打了一辈子鱼,看来这辈子要一直打到不出气为止。"产子回答。

"怎么卖的?"山鬼问。

"要看什么鱼了,今天的鱼不错,你看,有财鱼,黄古丁,草鱼,还有一个四斤多的大王八。"他说着用一只手把王八拎起来给山鬼看。

山鬼问:"多少钱?"

产子说:"四斤多,你看着给吧。"

山鬼二话没说,从票夹子里抽出五百块钱递给产子。

产子又顺手拿了两条财鱼说:"再送你两条鱼吧。"

山鬼也不客气,全部接在手里,说:"把船弯在岸边,到我家吃早饭吧。"

产子说:"不了,我还要卖鱼呢。今天遇到了你,卖得快,剩下的鱼一会有人就过来买了。"

"河里的鱼多吗?"山鬼问。

"不是很多了,以前你知道的,只要是下河就没有空过手,现在都被打光了。"

山鬼还想和产子叙叙旧,他问:"你有几个孩子?"

产子说:"一儿一女,都结婚了。儿子分家另住,我们老两口单独过,很自在。"

山鬼又问："有孙子了吗？"

"有两个了，结婚了哪能没有孙子呢？"产子自豪地说。

那王八不住地在手里挣扎，山鬼说："不聊了，有时间到家里去坐，我们好好喝一回酒吧。"

产子说："好啊，只是我怕我这身衣服进不了你那别墅。"

"说笑了，有时间就过来玩。"山鬼说完提着王八，顺着来时的路，回到了家里。

大哥发现山鬼不在，正到处找他呢，看见他捏着一只大王八回来了，问他从哪儿弄来的？山鬼说是在产子那儿买的。

大哥说："以后别买他的东西，他卖得特别贵。"

山鬼说："贵不怕，只要东西好就行。你看，这只王八这么大。"

大哥问："多少钱？"

"五百块。"山鬼说？

"这么贵。送回去吧，我们不吃。"大哥说。

"买都买了，送回去干什么？"山鬼说。

"肯定好吃，可是农村人哪能吃这么贵的东西呀。"

山鬼说："农村人怎么啦，农村人就不能吃贵重东西吗？只要有钱，谁都能吃。"

大哥把几个弟弟妹妹都叫来，一家人吃了饭，一起去祭祖。山鬼像小时候一样跟在大哥后面，来到父亲坟前，先给父亲烧了纸，又来到母亲坟前给母亲烧纸。

在母亲坟前，山鬼跪了好久，说："妈，我来看您了，上次回来，没来得及到坟上看您，您没怪我吧？我知道你们在那边很孤独，以后我每年都会来看您。您原谅七伢子不孝，多担待您的幺儿子吧。"

母亲的坟上已长满了草，如果不是大哥带路，几乎无法辨认，好在母亲的坟墓在父亲的旁边。两座坟并列排在坐北朝南的方向，坟头上已经褪色，一些红色的、黄色的不知名的小花在露气里哀鸣。回到家里，他给了大哥一笔钱，让大哥清明节时给父母坟前各立一个石碑，要请师傅雕刻，到时候打电话他再回来。

大哥答应了，却不要他的钱，说只要他到时候回来就行。山鬼说什么也不同意，大哥只好把钱接在手里。

山鬼还特意去县城看了一下小峰。小峰的汽车修理店开张之后，生意一直很好，没过多久就还上了钱。小峰当年年底就和那个姑娘结了婚，现在已经添了一个儿子。小峰的爸爸在一次醉酒之后，把摩托车骑进了东荆河中，淹死了。卫贞跟着小峰住在县城高大的电梯房里面，帮着小峰照看孙子，一家人的日子过得和和美美。

山鬼在大哥盖好的别墅里好好休息了几天，又和谷素玲来到了衡阳，山鬼回生产基地，谷素玲则回家去了。

七　回衡阳基地

山鬼直到走出看守所心情都很平静，大家的帮助让他免于牢狱之灾。"积善之家必有余庆"，《易经》说的一点也不错。经过了这次历练，山鬼更加从容淡泊了，言谈举止间似乎多了一分禅意。

山鬼故意不告诉欧阳竹从家里回来的时间。那天，他一个人背着进去时的旅行包，站在基地门口，正打算进门时，保安拦住他，问他找谁。他说不找谁。保安不让进，他说那就找山鬼。

保安笑着说："你是不是有神经病，山鬼在看守所还没出来呢，你走吧。"

山鬼说："我能到他的办公室去看看吗？保安说不行。"

山鬼说："那把你们胡哲大秘书找来，让他看看我是谁？"

保安进去了，不一会儿就出来了，后面跟着胡哲，胡哲一见到山鬼，连忙说："山总，您什么时候出来的，怎么也不打个招呼，我们好派车去接您呀。"

保安听说他就是山总，连忙给他道歉。

山鬼说："你做得很好，当保安就是要负责任，在没有弄清楚别人身份时，不能随便放人进来。"

队长跑在前面帮山鬼把办公室打开。这时，公司其他领导都来了，见了山鬼都向他问好。山鬼说："都去工作吧，不用陪我。"

看到公司井然有序，山鬼直接进了办公室。他给欧阳竹打了电话，欧阳竹很快来了，她把公司情况向山鬼作了汇报。中午，山鬼和欧阳竹在一起吃了饭，山鬼问了任艳目前的情况，欧阳竹说任艳在泰国打理公司。

通过调查，山鬼发现公司在众多领导的经营下，虽然正常运行，业绩却越来越差。有不少加盟进来的经销商看到公司的状况，又带着团队离开，那些还没走的经销商都来向他诉苦，希望山鬼重新执掌公司大权。

山鬼不想看着自己一手创办的公司就这样毁掉了，就对他们说："你们让欧总开个会吧，在会上我来宣布重掌公司的决定。"那些董事们都说好。

山鬼让欧阳竹把公司中层以上领导召集起来，下午他要开会。

欧阳竹说："马上安排。"

下午，开会的人都到齐了，山鬼说："我不在的这半年里，大家都辛苦了，我在这里感谢你们，公司能发展壮大，在座的都是功臣。现在我宣布，大东家集团现在由我来掌管，请大家报告一下各自的工作。"

董事们开始面面相觑，他们看了看坐在主席上山鬼和欧阳竹，最后报以热烈掌声。

散会后，欧阳竹说："我早就想你回来，这一下公司的事情我就可以全部甩给你了，今晚你回家去住吧。"

山鬼问："欧阳明和欧阳亮他们还好吧。"

欧阳竹说："都很好，总是闹着要见你。"

山鬼把欧阳竹拉到窗前，指着江面上行驶着船舶的湘江说："你对眼前的景色有什么看法？"

欧阳竹说："我没看出来。"

山鬼说："这些船有逆水而上的，也有顺水而下的，可他们都有明确的目标，不管江水涨落，都能坦然行驶，我们的公司也应该这样。"

欧阳竹说："我没想这么多。"

山鬼说："一个公司的领导就像那船上的掌舵人，必须有明确的目标，

第十六章 浮沉

还要负重前行,既不能搁浅,更不能撞船,这就是一个领导的能力。光有雄心不行啊。"

欧阳竹说:"你回来就好了,我实在太累了。"

山鬼提议:"我们到江边去散散步吧。"

两个人来到江边,游人很多。两个人沿着人行道慢慢走着。不一会儿,到了游船码头,欧阳竹买了票,两个一起上了船,上了二楼,靠窗坐下,随着长长的汽笛声响,游船向上游驶去。他们点了两碟小菜,要了饮料,一边吃一边欣赏着湘江两岸的景色。

太阳落山了,远处的衡山积雪在慢慢融化,露出青翠的山色。衡山为五岳之一,世称南岳。山鬼曾去过那里,置身山中,有化外之感,现在远眺,又有神秘之趣。其实最好的风景只可远观,不可近玩。

八 疫情

一场突如其来的瘟疫席卷了全国,政府一声令下,工厂全部停产,城市封城。一夜之间,热闹的城市按下了暂停键。大东家全面停业,公司也被封了,除了保安谁也不准进出。人们只能蜷缩在家里进行隔离。街道上除了风吹起的纸屑和尘埃,见不到一个行人。偶尔画着红色十字的救护车从街道上驶过,隔离在家的人们立即惊醒,于是祈祷着车上的人可以躲过死神的光顾。电视里每天公布的感染数据让隔离在家的人们忧心忡忡,生怕瘟疫会从天而降,造成家庭不幸。

山鬼也被隔离衡阳工业园区的家里,只能和老婆、秘书及保姆隔着窗户眺望在疫情中挣扎的城市。通过电话和各公司的领导联系,坏消息一个一个传来,让他变得焦虑不安。公司的员工就地隔离,生活的负担让公司越来越难以承受,告急的电话让山鬼不敢再轻易接听。工业园区的道路已经封闭,出入必须登记,被允许后才能出去购买生活必需品,每天工作人员都要进来给他们量体温、登记。

社区工作人员又进来给他们量体温,他问社区领导,自己可不可以参加志愿者？

这次来的是两个人，其中一个是社区主任，说："可以呀。"

他说："那我现在就跟你们走。"

主任看了看山鬼，觉得他是个热心人，而且看上去很稳重，量完了体温，主任说："跟我们走吧，不过得服从统一指挥，不能自由行动。"

山鬼跟欧阳竹交待了一下，就跟着主任出了门。

来到大门口的时候，他看到很多志愿者在为社区住户发放蔬菜和水果，住户们听到喊声，才可以戴着口罩下来领取，拿不动的就由志愿者帮着扛到楼上的家里。山鬼看到有个中年女人领了东西后站在那里，山鬼马上跑过去，把东西扛在肩上，说帮他扛到楼上去，那个女人的好像认识他，说："你不是夫子吗？"

山鬼一时想不起那个中年女人是谁，问："你怎么认识我？"

中年女人说："你当然不认识我了，我是曾经被你抛弃的李冰。"

山鬼想起读大学时，李冰对自己很好，也利用过自己，后来去老家找过自己。

山鬼一时惊讶得不行，问："你怎么会住在这里？"

李冰说："那年我们分手后，我找了一个男朋友，跟他一起来到了湖南，其实我早就知道你住在这里。"

山鬼说："你怎么知道我在湖南？"

李冰说："你这样大名鼎鼎的企业家，电视里面经常看到你和你的公司的身影。"

山鬼说："那你怎么不去找我？"

李冰说："我找你干啥呀，我们早就成了路人。"

山鬼不好再问下去，就提起蔬菜和水果跟在李冰身后，进入楼梯间。

"几楼？"山鬼问。

"七楼。"李冰说。

到了门口，李冰说："谢谢你，我进去了，再见。"

李冰进了屋，并顺手关上了门。

第十六章 浮沉

山鬼在门外站了一会,把举起来准备再次敲门的手放下,然后往楼下走。

回到小区门口,主任叫住了他。山鬼看到有两个人等在那里。

主任说:"你跟他们去吧,他们那里更需要人。"

山鬼问那两个人去哪儿,其中一个说去抬病人。

山鬼跟着他们上了车,来到医院。只见医院里人来人往,都穿着防护服,看不到一个人的脸,他们像走在幽灵中间,进了医院太平间。里面停了不少尸体,正在送去火化。

山鬼感到一阵恶心,可是没有走开。医生给他和另外三个人每人拿来一套防护服,让他们穿上。那里很安静,人们都不说话。他和另一个人走到尸体旁,抬起尸体往外走,然后递给车上的人。车装满了,他们也上了车。不到一个小时,就到了火葬厂。

山鬼下了车,把尸体直接抬进火化车间,几个人都感到很累,就站在外面场子里。他走到场子边,虽是冬季,山却还是绿的,苍松翠柏环绕着火化炉。他看见工作人员把尸体一个个送进火化炉,不一会儿就变成了股股清烟消散在空中。

这时,有人喊:"上车了,上车了!"

山鬼的身上出了汗,有些凉,风一吹,打了个冷噤,心里感到一阵发凉。生命原来如此脆弱,这么容易就随风而逝。

回到家里,老婆欧阳竹给他端来了咖啡,柔情蜜意地走近他身边,在他脸上印上了深深的一吻,然后问他:"你晚上想点吃什么?"

山鬼没有直接回答她,而是伸手把她搂进怀里。

九 反省

山鬼有时闭目沉思,有时直接打坐参禅,有时看着墙上名家临摹本《容膝斋图》。《容膝斋图》是元末明初画家倪瓒创作的纸本水墨画,构图是"一河两岸"式,中间是河,两边是岸;此岸近景是杂树数枝,彼岸远景是云山一抹。山鬼细细品着这幅画,此岸,彼岸,这画的就是人生啊。

回望自己的一生，坐看风云变幻，有高潮，有低谷，有成功，有失败，短短二十多年，他从一名教书匠到成为一个成功的商人，从一穷二白到亿万身家，完成了华丽转身，成为了人生的大赢家。

感恩上苍，让他赶上了中国经济腾飞的大好时机，在事业方面取得了巨大的成功，让无数人受益，改变了人生和命运。家庭方面，他有过四个儿子，除了早逝的鲁青山，三个都移民国外，丁星文取得了澳大利亚国籍，欧阳明拥有了欧盟绿卡，欧阳亮是在美国生的。他曾经为鲁青山的逝去疯狂，为自己的孤独悲怆难过，为心爱的人离去伤心，现在看来这一切都已经云淡风轻，人的一生其实是自己在过，人生经历的一切悲欢都是此岸必经的修行，修行圆满就可以进入宁静祥和的彼岸。

山鬼反复总结、思考自己半生的成败得失，最后回到人生的终极之问：我从哪里来？我来干什么？我向何处去？

山鬼阅读了大量古今中外哲学、宗教书籍，对上述问题的回答千千万万，但归纳起来，只有三类：

第一，一个生命，一个世界。唯物论认为，人死如灯灭，生命无需对谁负责。做人无底线、道德败坏的原因或许就在这里。

第二，一个生命，两个世界。基督教认为，人死后或上天堂或下地狱，且是单程的。生命对上帝负责，做人做事对上帝负责，人要心存对上帝的敬畏。

中国的易教奉行阴阳论，认为人死后要见祖宗，或受列祖列宗欢迎，或被祖宗扫地出门，成为孤魂野鬼。生命对祖宗负责，做人做事对祖宗负责，人要心存对祖宗的敬畏。

第三，一个生命，六界轮回。佛教认为，生命对自己负责，做人做事对自己负责，人要心存对自己轮回到什么地方的敬畏。

山鬼不满足于这些，他梦想着用自己的方式回答上述问题。

山鬼还领悟到，世间无论是大学问，还是小文章，都在用不同的方式回答下面的问题：

1. 为什么有这个问题？

2.这个问题是什么?

3.我们该怎么办?

对这三个问题回答得好坏,决定了文章写得好坏,学问做的好坏,做企业也是要回答这几个问题:

1.这个企业是干什么的?

2.为什么有这个企业?

3.这个企业该怎么办?

例如,佛教(国际)有限公司的答案:

1.为什么有佛教? 答曰:因为有"八苦",即生、老、病、死、爱别离、怨憎会、求不得、五阴炽盛。

2.佛教是干什么的? 答曰:普度众生到彼岸,不受轮回之苦。

3.怎么修佛? 答曰:奉持"六波罗蜜",即布施波罗蜜(檀波罗蜜)、持戒波罗蜜(尸波罗蜜)、忍辱波罗蜜(羼提波罗蜜)、精进波罗蜜(毗离耶波罗蜜)、禅定波罗蜜、般若波罗蜜。

释迦牟尼老夫子用不同方式回答这些问题,讲解了几十年,回答得太有境界了。所以,佛教公司传承了几千年,成为为数不多的世界级品牌公司,其他各大公司亦然。

山鬼一定要创办一个企业来回答上述三个问题,于是诞生了大健康主义。

十　健康主义

这次关押,这场疫情,让大东家停业,给大东家事业带来的损失是无法估量的。

其一,对几百家原材料供应商的订单的终止,事实上形成了违约,虽然有天灾人祸的因素,但也难免会引起许多民事纠纷。

其二,公司聘任的高级管理人才、工程师、技术工人都离开了企业,以后不知道还回不回来。企业恢复经营后形成人才缺口是不可避免的,怎么办?

其三，公司突然停业，经销商存货太多，又因疫情卖不出去，肯定会因资金困难而影响生活，说不定还会引发退货潮，山鬼即将面对的是一场前所未有的危机。

山鬼明白:进攻是最大的防守！如果此刻退出江湖，不仅危机很难化解，而且对社会是极不负责任的，在余生的日子里，良心会受到谴责，山鬼别无选择，只能进攻、进攻、进攻。

山鬼已年近花甲，人生的经历让他深深地体会到我们生活的环境是存在不健康的：

人的身心不健康、自然不健康、社会不健康、文化不健康、制度不健康，当然人生不健康。

那么，什么是健康？山鬼以为：当人心和宇宙之心同频共振时，这个世界才健康起来！

宇宙之心，我们看不见、摸不着，但宇宙创造了大自然，我们可以从大自然给我们的启示中，窥见宇宙之心。

大自然有六大特质：真诚、博爱、公平、正义、自由、和谐。

这个世界之所以不健康，是因为人心远离了宇宙之心，在这病态的时刻，我们高举健康主义的旗帜，实践健康的人生，一定会使我们强大起来。

为此，山鬼将大东家作了如下战略调整：

一、公司更名为：大健康（集团）有限公司

二、经营理念：经营健康、健康经营！

经营健康：追求所有大健康人身心双幸福的同时，为人类健康事业做贡献。

健康经营：以宇宙之心经营的所有经营活动。

三、经营宗旨：让每一个消费者都可以满意，让每一个经营者都可以获利！

四、公司使命：让世界健康起来！

在产品研发、生产、经营方面，山鬼把所有产品调整为四大品牌：

甲牌：女性健康用品

乙牌：绿色营养食品

丙牌：酵素果蔬饮料

丁牌：汉风养生黄酒

以品牌战略实现公司"经营健康"的经营理念。

在营销方面，山鬼仔细研究了传统代理制度、直销制度和现代各种营销制度中的种种精华，将其熔为一炉，即将以他独创的、全球唯一的"目标式代理制"面市，实现"健康经营"的企业理念。

山鬼又给企业作了一首歌《大健康之歌》：

多少年奋发真心不改

这一生无愧这个时代

一路走来　壮气豪迈

无极大健康　大爱大情怀

请跟我来　向着未来

山外的山都是舞台

快将心中的大幕拉开

让绿色的绿无处不在

多少年豪情激荡澎湃

这一生命运活得精彩

朝着远方　敞开胸怀

无限大健康　大志大气概

请跟我来　飞奔起来

强中的强更高更快

任凭风雷为我们喝彩

让金色的金 照亮四海

多少年梦想始终都在

这一生命运自己主宰

执着内心　淋漓痛快

　　无量大健康 响彻云天外

　　请跟我来　开创未来

　　追寻理想　怎能等待

　　快把追梦的翅膀张开

　　让心海的海　自由自在

中华人深信：人的生命是无限的，一半生活在阳间，一半生活在阴间。你在阳间的生活是怎样的，在阴间的生活就是怎样的。一个生命，两个世界，往复轮回。我们大健康人的梦想是：一个生命，一个世界，永远活在一个健康的世界！

是的，山鬼即将带着对健康的信仰上路了。

第十六章　浮沉

尾 声

疫情慢慢退去，政府号召各类企业克服困难复工复产，山鬼心潮澎湃，提笔给所有经销商写了一封启动大健康事业的信：

山鬼给亲爱的大东家伙伴们的一封信

亲爱的伙伴们：

大家好！

时间转眼到了 2020 年这个拐点，这一年注定是一个"迎难取胜年"。现在已经是四月春暖花开的时候，被疫情笼罩的阴霾似乎快要散去，今年突发的疫情，让城乡有了难得的宁静。在这里，允许我诚挚地问候您和您的一家人，并祝您及您的一家人一切如意！

2019 年，是多么不平凡的一年，也是多么不寻常的一年。年初，政府取缔了两家拿了牌照的直销公司，震动中华大地，紧接着整顿保健品行业一百天，整个行业一片萧条，我们的经营环境越来越差，我也因此上山学习了半年，铁门铁窗铁锁链，外地的一个老文人被打被骂被劳动，睡厕所、洗冷水澡……腿被折磨肿得比腰还粗，我们的大东家事业也因此停摆。好在现在一切都已过去，此刻儿子们在家里肆无忌惮地嬉戏打闹着，孩子们一天天长大，再次回归家庭的怀抱，我倍感珍惜！任凭光阴打磨，时代的大浪冲击，我心依旧没有失去对生命的热爱，对事业孜孜不倦的追求。眼前的岁月静好，妻儿环绕的天伦之乐，朋友的惺惺相惜，这些人生中弥足珍贵的东西，怎能不叫人心生向往呢？在这里，允许我诚挚地感谢我的夫人欧阳竹女士和我的同事谷素玲女士，在那个地生人不熟的地方艰苦卓绝地工作，把我接下山，把我带回家！

经历了这场人生的洗礼，我也开始重新思考人生，思索人生的加减法。年近耳顺时，回望我的这一生，坐看风云变幻、沧海起伏，有高潮，有低谷，我尽力了，也努力了。从一穷二白到亿万身家，我感恩上苍给我机会。我赶上了中国经济迅速腾飞的大好时机，这短短数十年的风华，让我从一名教书匠到下海经商成为一个成功的商人。我感恩时代没有抛弃我，在公司运营发展的这些年，我将古代易经中的"象、数、理"的奥妙和智慧充分运用到商业经营和企业管理中，与现实结合并灵活运用，打造出了一套系统的营销理念，让无数平凡的人摆脱了贫穷的命运。我亲眼见证了他们成为千万富翁、亿万富翁，实现了贫民草根想都不敢想的人生梦想！这些年，我拼命地与时间赛跑，生怕光阴从指缝中悄然溜走而愧对了命运的恩宠。

在那些奋斗的日子里，缘分让我结识了一群志同道合的经销商伙伴，他们与我一起打拼多年，一直坚守初心追随我支持我。他们对生活的热爱，不甘于平庸的抱负，肝胆相照的义气，支撑我把公司做大做强，没有他们，公司的一切发展都是天方夜谭，更没有公司今天辉煌的历史。在这里，允许我诚挚地向我的伙伴们道一声感谢！感恩遇见你们！如果生命从此戛然而止，我想说这一生我没有在这个世界白来过。如果我的儿子们长大问我："爸爸，您这一生中做过的事中，最值得骄傲的是什么？"我会自豪的告诉他："爸爸做过的最骄傲的一件事是做了一个最优秀的推销员！"

在公司歇业的这段岁月里，我相信我的伙伴过得并不舒坦；有过震惊，有过迷茫，有过诅咒，有过悲伤，也应该有过坚持，有过开创……但无论如何，您是我生命中重要的一员，在这万丈红尘中，您曾经走进我的生活，走进我的生命，与我一起，构造我们共同的梦想，陪伴我一路风雨、一路坎坷地去追逐我们的梦。那成功的欢笑、喜悦，那失败的忧伤、泪水，那点点滴滴的感动、关心，历历在目，常常让我心潮澎湃、难以忘怀！现在，您或许有了您的新事业、新职业，我衷心地祝福您财源滚滚，开开心心；您就把这封信当作是一个老朋友给您的一声问候，看一看，我就很感动了！如果您还在迷茫中选择，在清醒中坚持，我建议您认认真真地把这封信看完，

尾声

也许对您来说，是一个很好的选择机会。

您能接到这封信，说明我们曾经有缘相聚。当然，缘起缘灭都是很正常的事。对于过去曾经有过共同奋斗的感觉，您如果仍存留着美好的回忆，那么，我极愿意在大健康事业即将大发展的时刻，邀请您一起来参与这个伟大的事业。因为，它即将展现出比过去更加辉煌灿烂的光芒！

我们规划已久的大健康事业就要诞生了，我即将出任大健康（集团）有限公司的总经理，全面负责中国大陆市场的有关业务。我将要为全新的大健康事业征集首批事业合作伙伴，或许这也是您梦寐以求的事业机会！

因为条件非常简单，只要您：

1. 您曾经是大东家公司老客户。

2. 缴纳 12000 元的订货款。

然而，您的收获不但令人无法置信的丰富，而且是专门为伙伴们准备的，您将可以：

1. 终身成为大健康的 VIP 客户，享受大健康系列商品的优惠折扣。

2. 终身成为大健康俱乐部的 VIP 会员，用专属您的会员密码登录大健康官方网站，了解国际、国内消费热点及商机。

3. 参与并享受一套专为伙伴们设计的中国大陆市场推广计划。

4. 参与并享受一套国际推广计划。

5. 参与并享受大健康教育书院的教育、培训计划。

6. 收获一个价值超过二十万元的大健康系列产品的大礼包。

请您相信自己的眼睛，这里的印刷没有错误！是的，您将收获的是价值超过二十万元的大健康产品的大礼包一个！我可以负责任地告诉各位，这些产品和过去的产品一样，品质卓越，可自用可零售！您应该了解：我不是一个信口开河的人，至少，我要对得起我心中的神！您应该明白：我们拥有自己的现代化的生产基地，我们会以工匠精神，对生产的产品每一道工序认真监控，脚踏实地做产品，精心呵护我们的老品牌；大东家！我用我的实力和信用担保，只要您相信，我的承诺一定会一一兑现！

我之所以敢下大本钱来为大健康事业招募首期事业合作伙伴，是因为我对大健康事业充满必胜的信心。为了更好地向您说明整个决策的过程和详细的内容，使得这封信或许会较长，但是能够为您带来您所无法衡量的长远利益及眼前的立即好处。只希望您读完了它，选择相信它并马上采取行动，抑或不屑一顾将其丢进垃圾桶里，都是您的自由。

　　大健康事业是大东家事业梦想的延续，大东家事业像是我的女儿，承载着我一生的梦想；健康、财富、自由、公正、和谐的生活。十八年来含辛茹苦、风风雨雨的哺育，确实不易。此刻，虽然要给女儿改一个名字，但梦在心就在！幸好，我还年轻，还可以走路，还可以承担养育孩子的责任。过去的一段时间沉潜和静默，只是要让自己积蓄更大的能量走更远的路，重要的是：走更对的路！我希望将有限的力量，用在更需要我的人和事上，以求发挥更大的功能，产生更大的价值！在过去的分分秒秒里，我没有达到最理想的目标，但是在未来的时光里，我希望所有跟着我的伙伴，赚到的不仅仅是钱而已，更能够真实地感受到自我价值的体现，能够觉得被肯定，被需要，还能够做得很快乐！我愿意与您快快乐乐地生活在大健康这个大家庭里！歌照唱！舞照跳！财照发！我们的生活更加多姿多彩！我们的生活更健康！

　　十八年前，在非典肺炎猖獗的岁月，我在北京街头推销圣洁丹（金圣丹）；今天，在疫情快结束时，我在生产基地给您写这封信，这是不是历史的轮回？其实，追逐的是同一个梦想！

　　本来，我的初心只是想去凝聚一群人并为大家架构起一个共同的事业体，让每一个人的理想与才能都能够在其中得到发挥，让一批有才能的人来共同管理整个系统并将其利润公平合理地回馈给每一个参与的伙伴。但是，做一个好梦是一回事，付诸行动实现这个好梦却是另外一回事；毕竟随口高呼几声成功的口号或上台侃侃而谈，比起愿意付出代价并坚持到底达到成功要容易得多了。值得庆幸的是；经得起考验的友谊必将终久长存！

　　大健康事业计划是根据大东家事业计划，结合国家法律法规传统行销模式改良、设计而来。我们将把我们的梦想经由一个简单的方式去完成，本该在这里给各位说明一下这个计划，但出于商业保密的需要，这里不能分享得太具体，待您真正成为大健康事业伙伴时，我再向您做详细的说明。但我可以负责任地告诉您：这项计划完全符合政府的各项法律法规，我们完全可以大胆地全力以赴地经营我们的事业；这项计划创造的财富更多更无限；这项计划一定是全球范围内唯一的、从没有人使用过的具有前瞻性的事业计划。我个人把这项计划称之为"营销革命"，因此，我们将创造出一个全新的消费市场和消费习惯！

您曾经选择了大东家，选择了大东家的产品，也选择了大东家的服务，更选择了大东家的经营理念。过去的日日夜夜，许多伙伴对大东家事业的热爱和盼望，陪伴大东家风雨兼程，蓦然回首，曾几何时，一些伙伴的态度变得如此陌生和冷淡？我常在想，这许多的事情，为何昨是今非？是我改变了吗？是我们的产品和服务改变了吗？还是我们曾经共同坚持的理念改变了呢？坦白说，我自认为什么都没有变！

或许，有些事情本身就不应该发生的，像去点燃一个原本应该属于平凡之辈的人的内心深处渴望成功的火花（这是不是不应该呢？我不知道！）。而有些事情也许本身就是错误的，好比您可能曾经相信某个骗子信誓旦旦的承诺，但是后来发现是竹篮打水一场空。这里，我要重申一句我曾经白纸黑字写给您的一句话：时间可以证明一切！我们不需要去指责、抱怨，或揭露任何人的错误！我不在乎外面有过什么样的话，正面的或负面的，积极的或消极的，只想让每一位伙伴知道：昨天有我，今天有我，明天依然有我，我会永远地在这里陪伴您！

过去，很多伙伴向我抱怨：机会来得太迟了，今天，我向您分享的绝对是一个最早的公平的事业机会！问题是，您的选择如何？

世上原本没有失败，只有暂时停止的成功！而成功的路上，困难不会太少，也不会太多，只是您要的成功是什么呢？成功对您的意义又在哪里呢？对我而言，正如我多次讲过的一样：永续经营是我给自己的目标而非喊给您听的口号！对您而言，如果您决定选择回应这封信，或给公司一个电话或给公司一个传真，我们将有专人为您提供服务，重重惊喜也在等着您拿！如果您选择不屑一顾，也没有关系，我永远在这里等着您，只要您愿意，什么时候来都不嫌太迟！同时，无论我们将来关系如何，我希望我们永远是好朋友！我依然在这里诚挚地祝福您：身体健康！家庭和乐！事业顺利！

在大健康，在风光宜人、钟灵毓秀的衡山脚下，我等着您的到来！

大健康（集团）有限公司

总经理　山鬼

2020 年 6 月 9 日

写完信后，山鬼闭目养神。他知道，自己又要风雨兼程了。